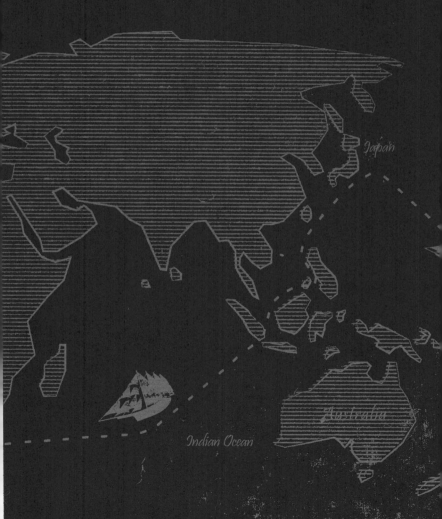

Japan

Indian Ocean

Australia

모비 딕 하

Moby-Dick: or, The Whale

허먼 멜빌 장편소설 강수정 옮김

MOBY-DICK; OR, THE WHALE
by HERMAN MELVILLE (1851)

이 책은 실로 꿰매어 제본하는 정통적인 사철 방식으로 만들어졌습니다.
사철 방식으로 제본된 책은 오랫동안 보관해도 손상되지 않습니다.

61
스터브, 고래를 죽이다

스타벅에게는 괴물 오징어의 출현이 앞으로 일어날 일의 전조였지만, 퀴퀘그에게는 전혀 다른 의미였다.

「오징어 놈 나타나면, 향유고래 곧 보게 된다.」 이 야만인은 끌어 올린 보트의 뱃머리에서 작살 날을 갈며 말했다.

다음 날은 무척이나 잔잔하고 무더웠다. 딱히 할 일이 없던 피쿼드호의 선원들은 망망대해가 일으키는 졸음기를 떨쳐 내기 힘들었다. 그때 우리가 지나던 인도양의 그 지역은 고래잡이들이 활기차다고 일컫는 어장이 아니었는데, 그 말은 돌고래나 날치처럼 좀 더 사나운 바다에 서식하는 활기찬 어종을 만날 일이 라플라타 강 앞바다나 페루 근해의 어장에 비해 드물다는 뜻이었다.

내가 앞 돛대에 올라갈 차례였다. 느슨한 돛대 밧줄에 어깨를 기대고 마법에 걸린 것 같은 대기 속에서 한가로이 몸을 앞뒤로 흔들었다. 아무리 마음을 굳게 먹어도 버틸 수가 없었다. 의식이 모두 사라진 그 몽환적인 상태에서 급기야 영혼마저 몸을 떠나 버렸다. 애초에 그걸 움직이게 만들던 힘은 사라진 지 오래인데도 몸은 계속해서 추처럼 흔들렸다.

완전한 망각이 덮치기 전에 보니 주 돛대와 뒤쪽 돛대에 올라간 선원들도 이미 꾸벅꾸벅 졸고 있었다. 그렇게 해서 마침내 세 사람 다 돛대에서 정신없이 몸을 흔들어 댔고, 우리가 그렇게 흔들릴 때마다 아래에서 조는 키잡이도 고개를 까딱거렸다. 파도의 물마루조차 나른하게 꾸벅이고, 드넓은 몽환의 바다에서는 동쪽이 서쪽을 향해 꾸벅이고, 태양은 만물을 향해 꾸벅거렸다.

불현듯 감은 두 눈 밑에서 거품이 터지는 느낌이 들었다. 두 손이 바이스처럼 돛대 밧줄을 움켜쥐었다. 눈에 보이지 않는 어떤 자비로운 힘이 내 목숨을 지켜 준 것 같았다. 흠칫 놀라며 정신이 들었다. 그랬더니 이런! 바람이 불어 가는 쪽으로 40길도 떨어지지 않은 거리에서 엄청나게 큰 향유고래 한 마리가 뒤집힌 군함같이 몸을 흔들고 있는데, 에티오피아인의 피부처럼 번들거리는 넓은 등짝이 햇살을 받아 거울인 양 번쩍였다. 하지만 파도치는 바다에서 한가로이 출렁이며 이따금씩 안개 같은 물기둥을 차분하게 뿜어 올리는 고래의 모습은 따뜻한 오후에 파이프 담배를 피우는 풍채 좋은 시골 유지처럼 보였다. 그러나 가여운 고래여, 그게 마지막 담배가 되고 말았으니. 마법사가 지팡이라도 휘두른 것처럼 잠에 빠진 배와 졸던 선원들이 한꺼번에 잠에서 깼다. 커다란 물고기가 일정한 간격으로 느릿느릿 바닷물을 뿜는 동안, 돛대 위의 세 사람과 동시에 사방에서 몇십 명이 익숙한 소리를 외쳐 댔다.

「보트를 내려라! 러프!」[1] 에이해브의 목소리였다. 그러고

---

1 바람 부는 쪽으로 뱃머리를 돌려서 돛이 흔들리지 않을 정도로만 바람을 받게 하라는 항해 용어.

는 본인이 제 지시에 따라 키로 달려가더니 키잡이가 어떻게 해볼 틈도 주지 않은 채 와락 키를 돌렸다.

선원들의 느닷없는 고함에 고래가 놀란 모양이었다. 보트를 내리기도 전에 위풍당당하게 방향을 바꾸더니 바람이 불어 가는 쪽으로 헤엄치기 시작했는데, 어찌나 침착하고 의연하던지 잔물결도 거의 일지 않을 정도여서 녀석이 아직 경계를 하지 않는 건지도 모른다고 판단한 에이해브는 노를 쓰지 말고 얘기를 하려면 귓속말로 하라고 지시했다. 그래서 우리는 온타리오 인디언들처럼 짧은 노를 손에 들고 보트 뱃전에 앉아 빠르게, 하지만 조용하게 노를 저었다. 바람이 잔잔했기 때문에 소리가 나지 않는 돛은 올려 봐야 소용없었다. 그렇게 미끄러지듯 추격을 하는 사이에 괴물은 꼬리를 12미터나 허공으로 곧추세우더니 매몰되는 탑처럼 바닷속으로 들어가 시야에서 사라졌다.

이제 쉬어도 되겠다는 생각에 스터브가 성냥을 꺼내 들고 파이프에 불을 붙이자마자 〈저기 꼬리가 보인다!〉라고 외치는 소리가 들렸다. 그 소리의 여운이 사라질 때쯤 고래가 다시 떠올랐다. 이번에는 담배를 피우는 스터브의 보트 앞쪽이었고, 다른 보트보다 훨씬 가까웠기 때문에 스터브는 그걸 잡는 영광이 자신의 차지라고 생각했다. 이젠 고래도 마침내 추격자들의 존재를 알아차린 게 분명했다. 그러므로 소리를 내지 않기 위해 조심하는 건 아무 의미가 없었다. 짧은 노를 내려놓고 정식 노를 요란하게 저었다. 그리고 스터브는 파이프 담배를 연신 뻐끔대며 부하들을 격려했다.

과연, 고래에게도 엄청난 변화가 일어났다. 위험을 생생하게 감지한 고래가 〈머리 쳐들기〉를 하고 있었다. 고래는 제가

만들어 낸 격렬한 거품 속에서 머리를 비스듬히 쳐들었다.[2]

「몰아라, 몰아! 서두르지 마라, 얼마든지 천천히 해라. 하지만 몰아라. 천둥 치듯 몰아가라!」 스터브는 연기를 뿜어 대며 외쳤다. 「몰아. 노를 길게 힘껏 저어라, 타슈테고. 그래, 잘한다, 타슈. 계속 몰아가. 하지만 침착하게, 침착하게. 냉정해야 한다. 서두르지 말고 천천히. 냉혹한 사신처럼, 사악한 악마처럼 쫓아가서 죽은 송장을 무덤에서 건져 내는 거야! 그러기만 하면 된다. 자, 몰아라!」

「우--후! 와--히!」 게이 곶 출신인 타슈테고가 싸우러 나가는 인디언의 함성으로 화답했다. 열정적인 인디언이 엄청난 힘으로 노를 한 번 저을 때마다 보트에는 바짝 힘이 들어갔고 보트의 노잡이들은 전부 저도 모르게 앞으로 튀어 나갔다.

하지만 그의 야성적인 외침에 뒤지지 않는 야성으로 화답하는 사람이 있었다. 「키-히! 키-히!」 다구는 우리에서 어슬렁거리는 호랑이처럼 자리에 앉은 채 앞뒤로 힘껏 몸을 흔들며 소리를 질렀다.

「칼-라, 쿨-루!」 퀴퀘그도 대구 스테이크를 한입 가득 물고 입맛을 다시는 것처럼 으르렁거렸다. 보트들은 그렇게 노를 젓고 고함을 치며 물살을 갈랐다. 그러는 동안 스터브는

---

2 향유고래의 엄청나게 큰 머리 내부가 얼마나 가벼운 물질로 채워졌는지에 대해서는 따로 언급하겠다. 보기에는 대단히 육중한 것 같지만 머리는 고래의 몸 중에서 가장 물에 뜨기 쉬운 부분이다. 그렇기 때문에 쉽게 머리를 공중으로 쳐드는 것이며, 전속력으로 헤엄칠 때는 예외 없이 그렇게 한다. 게다가 머리의 앞쪽 윗부분은 폭이 넓고, 아랫부분은 뱃머리처럼 점점 좁아지는 형태이기 때문에 머리를 비스듬히 들어 올리면 절벽 같은 앞부분으로 인해 굼뜬 갤리선이었던 것이 끝이 날렵한 뉴욕의 수로 안내선으로 변신하는 셈이라고 말할 수 있다 — 원주.

선두 자리를 지키면서 부하들을 독려하는 내내 담배를 뻐끔 거렸다. 다들 죽기 살기로 노를 저었고, 마침내 반가운 소리 가 들렸다. 「일어나라, 타슈테고! 한 방 날려!」 작살이 날아 갔다. 「뒤로!」 노잡이들이 뒤로 노를 저었다. 그 순간 뭔가 뜨거운 것이 모두의 손목을 스치고 지나갔다. 바로 마법의 밧줄이었다. 그 직전에 스터브는 재빨리 밧줄을 밧줄 기둥 에 두 번 더 감았고, 회전하는 속도가 빨라진 까닭에 밧줄 기 둥에서는 어느새 삼줄의 푸른 연기가 일어나 스터브의 파이 프에서 꾸준히 피어오르는 연기와 뒤섞였다. 밧줄은 밧줄 기 둥을 계속 돌아 나갔고, 기둥에 도달하기 직전에는 스터브의 양손에 물집이 생길 만큼 그 사이를 힘차게 지나갔다. 손형 겊은 이럴 때 사용하기 위해 솜을 넣고 누빈 네모난 캔버스 천인데, 그게 그만 아래로 떨어져 버렸다. 그러니 마치 적이 휘두르는 양날의 칼을 맨손으로 잡은 상황에서 적이 칼을 빼내려고 안간힘을 쓰며 비틀어 대는 것과 마찬가지였다.

「밧줄을 적셔라! 밧줄을 물에 적셔!」 스터브가 통 옆의 노 잡이에게 소리치자, 노잡이는 벗은 모자에 바닷물을 떠서 밧 줄에 끼얹었다.[3] 밧줄은 몇 번 더 감긴 다음에야 자리를 잡고 버티기 시작했다. 이제 보트는 들끓는 바다를 날렵한 상어처 럼 헤치고 나아갔다. 그리고 스터브와 타슈테고는 이물과 고물의 자리를 서로 바꿨다. 보트가 격렬하게 흔들리는 상황 에서는 위험천만한 일이었다.

3 이게 얼마나 절실한 행동인지 얘기할 겸 잠시 설명을 하고 넘어가자면, 옛날 네덜란드 포경선에서는 날아가는 밧줄에 물을 적시기 위해 자루걸레를 사용했고, 그 목적으로 손잡이 달린 나무 물통을 따로 준비해 두는 배들도 많다. 하지만 가장 편리한 건 모자다 ― 원주.

보트 위쪽에서는 앞에서 뒤까지 길게 뻗은 밧줄이 진동하는데, 밧줄이 하프의 현보다 더 팽팽하게 당겨진 모습을 본다면 이 보트는 용골이 두 개여서 하나는 물을 가르고 하나는 공기를 가르며 상반된 두 가지 물질을 동시에 헤치고 나아간다는 생각을 하게 될 것이다. 뱃머리에서는 연신 폭포가 쏟아지고 뒤로는 소용돌이가 그치지 않았다. 그 보트 안에서는 아주 사소한 동작, 심지어 새끼손가락을 움직이기만 해도 부르르 떨며 돌진하는 배가 경련을 일으켜 뱃전을 물속으로 뒤집어엎을 것 같았다. 그 정도로 빠르게 돌진했고, 다들 물거품 속으로 내동댕이쳐지지 않으려고 힘껏 자리를 지켰다. 키잡이 노를 쥔 타슈테고는 무게 중심을 낮추려고 거구를 거의 반으로 접은 것처럼 웅크렸다. 그렇게 날아간 보트는 대서양과 태평양까지 단번에 통과한 것 같았고, 마침내 고래가 도주 속도를 조금 늦췄다.

「당겨라! 당겨!」 스터브가 뱃머리 노잡이에게 외쳤다. 보트는 여전히 끌려가는 상황이었지만, 고래를 향해 방향을 틀고 전원이 그쪽으로 보트를 몰아갔다. 이윽고 보트가 고래 옆구리와 나란히 놓이자, 스터브는 어정쩡한 밧줄 걸이에 무릎을 단단히 대고 달아나는 고래를 향해 창을 던지고 또 던졌다. 그의 지시에 따라 보트는 고래의 무시무시한 몸부림을 피해 뒤로 물러났다가 다시 창을 던질 수 있도록 정렬하길 반복했다.

어느새 괴물의 온몸에서는 산비탈의 개울처럼 붉은 피가 쏟아졌다. 고통에 겨운 고래는 바닷물이 아닌 핏물 속에서 몸부림쳤고, 고래와 보트가 지나간 자리에서는 부글부글 소용돌이치는 핏물이 한참 이어졌다. 저무는 햇살이 선홍색 웅덩이에 떨어졌다가 모두의 얼굴에 반사되는 바람에 다들 홍인종처럼 얼굴이 붉어졌다. 그러는 동안에도 고래는 분수공에서 고통스러운 물기둥을 흰 연기처럼 뿜어냈고, 흥분한 보트장도 맹렬하게 담배 연기를 뿜어 댔다. 스터브는 창을 한 번 던질 때마다 구부러진 창을 다시 끌어당겨(창에 달린 밧줄을 이용해서) 뱃전에 재빨리 여러 차례 내리쳐 곧게 편 다음 고래를 향해 던지고, 또 던졌다.

「바짝 붙여라, 바짝 붙이란 말이다!」힘이 빠진 고래의 맹위가 누그러졌을 때 스터브가 뱃머리 노잡이에게 외쳤다. 「바짝 붙여, 가까이 다가가!」보트가 고래 옆구리와 나란히 놓였다. 스터브가 뱃머리 너머로 몸을 잔뜩 내밀고 길고 날카로운 창을 조금씩 비틀며 고래의 몸에 찔러 넣고는 그렇게 창을 찌른 채로 조심스럽게 휘저었는데, 마치 고래가 삼켰을지 모르는 금시계가 갈고리에 걸려 깨지지 않도록 신중하게 더듬더듬 찾아내려는 것 같았다. 하지만 그가 찾는 금시계는 고래의 가장 깊숙한 곳에 도사린 목숨이었다. 그리고 마침내 거길 찔렀다. 이 괴물은 정신을 잃었다가 깨어나 이루 형언할 수 없는 단말마의 고통에 빠졌는지, 제가 흘린 핏물 속에서 맹렬하게 뒤척였고 앞이 보이지 않을 정도로 미친 듯이 들끓는 물보라 속에서 몸부림쳤다. 위험을 느낀 보트는 즉시 뒤로 물러났고, 광포한 어스름에서 한낮의 맑은 대기로 벗어나기 위해 한바탕 난리를 쳤다.

고통에 몸부림치느라 힘이 빠진 고래가 다시 한 번 몸을 뒤척이는 것이 우리 눈에 들어왔다. 고래는 파도치듯 몸을 좌우로 흔들고 경련하듯 분수공을 열었다 닫으며 고통스럽고 격한 숨을 내쉬었다. 마침내 붉은 포도주의 보랏빛 찌꺼기처럼 엉겨 붙은 핏덩이가 겁에 질린 대기로 연거푸 솟구쳐 올랐다가 다시 떨어져 미동도 하지 않는 옆구리를 타고 바다로 흘러내렸다. 고래의 심장이 터져 버린 것이다!

「죽었어요, 스터브 씨.」 타슈테고가 말했다.

「그래. 양쪽 파이프가 전부 꺼졌군!」 스터브는 물고 있던 파이프를 입에서 빼내어 죽은 담뱃재를 물 위에 흩뿌렸다. 그러고는 잠시 서서 자신이 해치운 엄청나게 큰 시체를 물끄러미 바라보았다.

62
작살 던지기

앞 장에서 일어난 사건과 관련하여 한마디 덧붙이자면.

포경업계의 변함없는 관습에 따라 포경 보트가 본선을 떠나면 고래를 죽이는 임무를 맡은 보트장이 임시 키잡이가 되고 고래의 몸에 작살을 꽂는 작살잡이가 작살잡이 노라고 하는 맨 앞의 노를 잡는다. 첫 번째 살촉을 고래의 몸에 찔러 넣으려면 강하고 억센 팔이 필요한데, 멀리서 던질 경우 그 묵직한 무기를 6~9미터 거리까지 던져야 할 때도 많기 때문이다. 그러나 아무리 오랜 추격전에 녹초가 될 지경이어도 작살잡이는 계속해서 있는 힘껏 노를 저어야 한다. 사실은 엄청난 힘으로 노를 저을 뿐만 아니라 크고 용맹한 목소리로 쉬지 않고 고함을 지르며 다른 선원들에게 초인적인 행동의 모범을 보여야 한다. 다른 모든 근육에 바짝 힘이 들어가 반쯤 시동이 걸린 상태에서 쉬지 않고 목청이 터져라 고함을 지르는 게 어떤 건지는 직접 해보지 않고는 알 수 없다. 나만 하더라도 목청껏 고함을 지르는 것과 아주 격렬하게 몸을 움직이는 걸 동시에 할 수 없다. 그런데 고래를 등진 채 전력을 다해 노를 젓고 고함을 치느라 녹초가 된 작살잡이의 귀에 불현듯 잔뜩 흥분한 소리가 들려온다. 「일어나, 한 방 먹여!」 그러면 노를 안전하게 내려놓고 몸을 반쯤 돌려 작살받이에 꽂아 둔 작살을 움켜쥔 다음 남은 힘을 다 쥐어짜서 고래의 몸에 작살을 던진다. 포경 선단 전체를 놓고 봤을 때 적절한 기회를 포착해서 작살을 던지더라도 성공하는 경우가 쉰에 다섯 번도 안 된다는 건 조금도 놀랄 일이 아니다. 심한 욕설에 강등까지 당한 불운한 작살잡이가 그토록 많고 실제로 보트에서 혈관이 터져 버린 작살잡이가 있다는 사실도, 4년이나 항해를 하고도 기름을 네 통밖에 채우지 못한 향유고래 포경선이 무수히 많은 것도, 많은 선주에게 포경업이 밑지는 사업이라는 것 역시 놀랄 일이 아니다. 항해의 성패가 작살잡이에게 달렸는데, 이렇게 기운을 다 빼놓고서야 어떻게 가장 필요할 때 그걸 발휘하길 바랄 수 있겠는가!

그런 데다가 작살이 명중했다 하더라도 두 번째 결정적인 순간, 그러니까 고래가 도망치기 시작하면 보트장과 작살잡이도 앞뒤로 달리기 시작하는데, 두 사람뿐만 아니라 보트에 탄 모든 사람을 위험에 몰아넣는 이런 행동은 자리를 바꾸기 위해서다. 작은 배의 책임자인 보트장이 뱃머리의 제 위치에 자리를 잡는다.

누가 아니라고 반박하더라도 나는 이 모든 게 어리석고 불필요하다고 생각한다. 보트장은 처음부터 끝까지 뱃머리의 자리를 지켜야 하고, 작살과 창을 모두 던져야 하며, 어떤 뱃사람이 보더라도 명백한 상황이 아니라면 그에게 노 젓기를 기대해선 안 된다. 그로 인해 추격전의 속도가 조금 떨어지는 경우도 없지 않겠지만, 나는 오랜 세월에 걸쳐 여러 나라의 다양한 포경선을 경험하면서, 고래잡이에 실패하는 원인은 절대적으로 고래의 속도가 아닌 앞서 말한 작살잡이의 체력 소모에 있다고 확신하게 되었다.

작살의 효율성을 최대한 높이려면 포경업계의 작살잡이들은 힘든 일을 할 게 아니라, 아무 일도 하지 않고 늘어져 있다가 일어나서 작살을 던져야 한다.

63
작살받이

나무줄기에서 가지가 자라고 그 가지에서 잔가지가 뻗어 나간다. 그런 것처럼 생산적인 주제에서는 여러 장(章)이 무성하게 자라나는 법이다.

앞서 언급한 작살받이는 별도로 다룰 가치가 있다. 이건 V자 모양으로 홈을 판 독특한 형태의 막대기인데, 길이는 60센티미터 남짓이며 뱃머리 가까운 우현에 수직으로 박혀 있다. 작살의 나무 부분을 얹어 두려는 용도이며 미늘이 달린 작살의 반대쪽은 비스듬하게 뱃머리 너머로 뻗어 있다. 이렇게 놔두면 사냥꾼이 벽에 걸린 총을 낚아채듯 순식간에 재빨리 작살을 잡기 쉽다. 작살받이에는 작살 두 개를 얹어 두는 게 관행이고, 각각 1작살과 2작살이라고 부른다.

하지만 제각기 따로 밧줄이 달린 두 작살은 선으로 연결되어 있다. 그 까닭은 가능할 경우 두 작살을 한 고래를 향해 연달아 던지기 위해서다. 그러면 고래를 잡아당길 때 작살하나가 빠지더라도 다른 작살이 여전히 고래의 몸에 박혀 있을 수 있다. 즉 확률을 두 배로 늘리는 것이다. 하지만 첫 번째 작살을 맞은 고래가 순간적으로 격렬하게 요동치며 달아

나는 탓에 작살잡이의 동작이 아무리 번개처럼 빠르더라도 두 번째 작살을 맞히는 게 불가능할 때가 많다. 그럼에도 불구하고 두 번째 작살에 이미 선이 연결되어 있고, 그 선이 풀려 나가기 때문에 어찌 됐건 그건 보트 밖으로 던져야만 한다. 어디로 어떻게든 던져야지, 그러지 않으면 모두가 극단적인 위험에 처하게 된다. 따라서 이런 경우에는 물속에 내던져진다. 대체로 이런 일을 빈틈없이 실행할 수 있는 건 상자 위에 감아 둔 여분의 밧줄(상자 밧줄에 대해서는 앞에서 언급했다) 덕분이다. 하지만 이 중요한 행위에 더없이 슬프고 치명적인 참사가 전혀 따르지 않는 건 아니다.

더구나 두 번째 작살을 보트 밖으로 던지면 예리하게 날선 칼날이 대롱거리며 보트와 고래 주변에서 제멋대로 날뛰다가 밧줄을 얽거나 잘라 버리기 때문에 사방에서 엄청난 소동이 벌어진다는 걸 알아야 한다. 일반적으로는 고래를 완전히 잡아서 죽이기 전까지는 그 작살을 다시 회수하는 게 가능하지 않다.

그렇다면 이례적으로 힘이 세고 격렬하며 영리한 고래 한 마리에 보트 네 척이 달라붙은 상황이 어떨지 상상해 보라. 상대가 이런 데다 으레 사고가 빈발하는 위험한 작업인 탓에, 여덟에서 열 개의 두 번째 작살이 동시에 고래 주변에서 날뛸 수도 있다. 보트마다 빗나간 첫 번째 작살을 회수하지 못할 경우에 대비하여 예비 작살을 여러 개 밧줄에 동여매 놓았기 때문이다. 여기서 이런 상황들을 자세하게 설명하는 까닭은 앞으로 그리게 될 장면들에서 대단히 중요하지만 복잡한 몇몇 부분을 틀림없이 명료하게 보여 줄 거라고 믿기 때문이다.

64
스터브의 저녁 식사

 스터브의 고래는 본선에서 약간 떨어진 곳에서 죽었다. 파도가 잔잔했기 때문에 우리는 보트 세 척을 나란히 정렬하고 포획물을 피쿼드호로 인양하는 느린 작업에 착수했다. 그렇게 우리 열여덟 명은 팔 서른여섯 개와 손가락 180개를 이용하여 좀처럼 움직이려 들지 않는 굼뜬 시체를 붙들고 몇 시간이나 땀을 흘렸다. 그런데도 고래는 어쩌다 간신히 한 번이나 움직일까 거의 꼼짝도 하지 않았다. 우리가 끌고 간 물체의 엄청난 크기를 실감할 수 있는 확실한 증거다. 중국의 황하인지 뭔지 하는 커다란 수로에서는 노동자 네다섯 명이 강둑의 보행로를 걸으면서 1시간에 1.6킬로미터의 속도로 짐을 잔뜩 실은 정크를 끈다던데, 우리가 인양한 이 커다란 배는 납덩이라도 실은 것처럼 육중하게 움직였다.

 어둠이 내렸지만 피쿼드호의 주 돛대에 위아래로 매달린 등불 세 개가 희미하게나마 길을 알려 주었고, 좀 더 가까이 다가가자 에이해브가 뱃전 너머로 호롱을 늘어뜨린 모습이 보였다. 물살에 들썩이는 고래를 잠시 멍하니 쳐다보던 그는 밤새 고래를 잘 단속하라는 일상적인 지시를 내린 후 호롱을 선원에게 건네주고는 선실로 들어가서 아침까지 나오지 않았다.

이 고래의 추격전을 감독할 때만 해도 평소 정도의 활기를 보여 주던 에이해브 선장은 이제 고래가 죽자 막연한 욕구 불만이나 초조함, 또는 절망에 시달리는 것 같았다. 고래의 시체를 보니 아직 모비 딕을 죽이지 못했다는 사실이 새삼 떠오른 모양이었고, 다른 고래 1천 마리를 잡아서 끌고 온들 그의 원대하고 편집광적인 목표에는 한 걸음도 다가갈 수 없었다. 곧이어 피쿼드호의 갑판에서 난 소리를 들었다면 모든 선원이 심해로 닻을 던질 준비를 하는 모양이라고 생각했을 텐데, 묵직한 쇠사슬을 갑판 위로 질질 끌고 가서 현창으로 내던지긴 했어도 그 요란한 쇠사슬이 붙들어 맨 건 배가 아니라 고래의 커다란 시체였다. 머리를 고물에, 꼬리는 이물에 묶인 고래는 이제 검은 동체를 배에 바짝 붙인 채 누워 있었고, 높이 솟은 활대와 삭구마저 흐릿하게 만드는 밤의 어둠 속에서 보자니 배와 고래는 같은 멍에를 씌운 한 쌍의 큼지막한 황소이되 한 마리는 누웠고 한 마리는 선 것처럼 보였다.[4]

4 여기서 간단히 설명을 하고 넘어가는 게 좋을 것 같다. 고래를 뱃전에 나란히 붙들어 맬 때 가장 튼튼하고 안전한 방법은 꼬리를 묶는 것이다. 꼬리는 밀도가 높아서 다른 부위에 비해 (옆 지느러미 말고는) 상대적으로 더 무겁고, 죽은 뒤에도 유연해서 수면 밑으로 낮게 가라앉기 때문에 보트에서 쇠사슬을 감으려고 손을 내밀어도 닿지 않는다. 그러나 이 난관은 교묘한 방법으로 해결할 수 있다. 짧고 튼튼한 밧줄을 준비해서 끝에 나무 부표를 매달고 가운데에는 무거운 추를 단 다음, 나머지 끝은 배에 고정한다. 숙련된 솜씨로 나무 부표가 고래를 한 바퀴 감싼 다음 몸뚱이가 반대쪽에 뜨도록 만들면 쇠사슬로도 쉽사리 똑같은 과정을 반복할 수 있다. 고래의 몸통을 따라 쇠사슬을 미끄러뜨리다 보면 결국 꼬리의 가장 좁은 부분, 즉 넓적한 꼬리와 몸통의 연결 부분을 단단히 조여 맬 수 있다 — 원주.

우울한 에이해브가 완전한 활동 중지 상태에 돌입했다면, 이등 항해사 스터브는, 아무튼 갑판에서 보기로는, 성공을 만끽하며 이례적으로 기분 좋은 흥분을 드러냈다. 그가 평소와 달리 부산을 떨자, 직무 계통상 그의 상관인 한결같은 스타벅은 아무 말 없이 모든 일 처리를 당분간 그에게 일임했다. 스터브가 이토록 활기에 넘친 데에는 또 하나의 사소한 이유도 한몫을 했는데, 그 이유는 이내 별스러운 방식으로 밝혀졌다. 스터브는 미식가였고 자신의 미각을 즐겁게 해주는 고래를 조금 과하다 싶게 좋아했다.

「스테이크, 스테이크, 자기 전에 먹어야지! 어이, 다구! 뱃전을 넘어가서 꼬리 한 조각만 잘라 와!」

여기서 밝히자면, 전쟁터의 중대한 실천 원칙에 따라 이 거친 고래잡이들은 적에게 전쟁 비용을 물리지 않는 게 일반적이지만(최소한 항해 수입을 정산하기 전까지는) 일부 낸터컷 사람들은 스터브가 구체적으로 지정한 그 부위, 점점 좁아지는 몸통 끄트머리를 정말 좋아한다.

스테이크 부위를 잘라서 구운 건 자정 무렵이었다. 스터브는 향유고래 기름으로 밝히는 등불 두 개를 켜고 캡스턴이 식당 벽에 붙은 간이 식탁이라도 되는 것처럼 향유고래 요리를 위에 올려놓고는 그 앞에 버티고 섰다. 그날 밤 고래 고기 향연에 참석한 건 스터브만이 아니었다. 몇천, 몇만 마리 상어 떼가 죽은 바다 괴물 주위에 몰려들어 고래의 지방을 마음껏 즐겼고, 스터브가 고기를 뜯는 소리에 상어들이 씹어 대는 소리가 함께 뒤엉켰다. 아래 선실에서 자던 선원들은 자신들의 심장에서 불과 몇 뼘밖에 떨어지지 않은 거리에서 상어들이 꼬리로 선체를 찰싹찰싹 내리치는 소리에 소스라치기 일쑤였다. 뱃전 너머를 굽어보면 (조금 전에 소리를 들은) 상어들이 음산하고 검은 물속에서 뒹굴고 몸을 뒤척이며 고래 살을 사람 머리통만큼 커다란 공 모양으로 도려내는 걸 볼 수 있었다. 상어들의 이런 묘기는 거의 기적처럼 보인다. 도무지 공략할 틈이 없어 보이는 고래의 표면을 어떻게 그토록 완벽한 대칭으로 한입씩 도려낼 수 있는지, 이 문제는 우주의 신비로 남아 있다. 그 과정에서 상어가 고래에게 남기는 자국의 비유로 가장 적합한 것이라면 목수가 나사못을 박기 위해 파는 구멍을 들 수 있을 것이다.

화약 연기 피어오르는 끔찍하고 처참한 해전이 벌어지면 상어들은 물고기 밥으로 내던져질 시체를 꿀꺽 삼킬 태세로, 붉은 고기를 자르는 도마 주변에서 어슬렁거리는 굶주린 개들마냥 갈망하는 눈빛을 하고 배의 갑판을 쳐다본다. 그리고 갑판의 식탁에서 건장한 백정들이 식인종처럼 금도금을 하고 술 장식을 단 고기 칼로 살아 있는 상대의 살점을 자르는 동안 상어들 역시 식탁 밑에서 보석을 박은 입으로 죽은 고기를 뜯어 먹으려고 다툼을 벌이는데, 이 상황을 거꾸로 뒤집어도 이야기는 거의 바뀌지 않는다. 요컨대, 당사자 입장에서는 모두 충격적이고 상어 같은 짓이라는 얘기다. 상어는 대서양을 건너는 모든 노예선에 어김없이 동행하고 거의 기마 시종처럼 조직적으로 배와 나란히 달리면서 꾸러미를 다른 곳으로 치우거나 죽은 노예를 적당히 묻어 버려야 할 때 도움을 준다. 그 밖에도 상어들이 친목을 도모하며 더없이 유쾌한 향연을 벌이는 일정한 조건과 장소와 상황에 대해 비슷한 예를 한두 개쯤 더 들 수도 있지만, 밤바다에서 포경선에 묶여 있는 죽은 향유고래의 주변만큼 많은 상어가 모여 유쾌하고 명랑한 기분을 만끽하는 때와 장소는 생각할 수 없다. 그 광경을 본 적이 없다면 악마 숭배의 정당성이나 악마의 힘을 빌리려는 편법에 대한 판단을 보류하는 게 좋을 것이다.

그러나 스터브가 바로 옆에서 벌어지는 연회의 우물거리는 소리에 신경을 쓰지 않았듯이, 상어들 역시 이 미식가가 입맛을 다시는 소리에 무심했다.

「요리사, 요리사! 이 양털 영감탱이가 어디 간 거야?」 그는 저녁을 먹기에 좀 더 안정된 토대를 갖추려는 듯이 다리를 더 벌리며 외쳤다. 그러면서 동시에 포크를 창 던지듯 요리에 꽂아 넣었다. 「요리사, 어이 요리사! 이리 와봐, 요리사!」

가뜩이나 아닌 밤중에 따뜻한 그물 침대에서 끌려 나온 게 못마땅한 흑인 영감이 취사실에서 발을 끌며 나왔는데, 흑인 노인들 대부분처럼 그도 슬개골에 문제가 있었다. 솥은 문질러 닦으면서 정작 제 무릎은 잘 간수하지 않은 탓이었다. 선원들 사이에서 양털 영감으로 통하는 노인이 쇠고리를 펴서 만든 엉성한 부지깽이를 지팡이 삼아 발을 질질 끌고 절룩거리며 다가왔다. 허위허위 다가온 흑단색 노인은 명령에 복종하듯 스터브의 식탁 맞은편에 우뚝 멈춰 섰다. 양손을 앞으로 모아 아래가 두 갈래로 갈라진 지팡이에 얹은 그는 굽은 등을 더 구부려 절을 하는 동시에 잘 들리는 쪽 귀로 얘기를 들으려고 머리를 옆으로 기울였다.

「요리사.」 스터브는 불그스름한 고깃점을 재빨리 입으로 가져가며 말했다. 「스테이크를 너무 바짝 익혔다고 생각하지 않아? 그리고 너무 많이 두드렸어. 지나치게 연하단 말이야. 좋은 고래 고기 스테이크는 질겨야 한다고 내가 늘 말하지 않았나? 지금 저기 뱃전 너머에 상어 떼가 있는데 말이지, 저놈들이 질긴 날고기를 더 좋아하는 거 안 보여? 아주 살판 났잖아! 요리사, 가서 저놈들한테 말해. 얌전하게 적당히 먹는 건 환영이지만 정숙하라고. 젠장, 내 목소리도 안 들릴 지경이네. 가, 가서 내 말을 전해. 여기 이 호롱을 가져가.」 그는 식탁에서 호롱을 하나 집어서 건네며 말했다. 「얼른 가서 알아듣게 설교를 하란 말이야!」

스터브가 내민 호롱을 찌무룩하게 받아 든 양털 영감이 절룩거리며 갑판을 가로질러 뱃전으로 가더니 자신의 설교를 들으려고 모인 회중을 잘 보려는 듯 한 손을 내밀어 호롱을 수면 위로 낮게 드리웠다. 그리고 다른 손으로는 부지깽이를 엄숙하게 휘두르며 뱃전 너머로 몸을 한껏 기울이고서 상어 떼를 상대로 웅얼웅얼 설교를 시작했는데, 어느 틈에 슬그머니 다가온 스터브가 뒤에서 그 말을 죄다 엿들었다.

「이놈들아, 나더러 그 빌어먹을 소리 좀 내지 말라고 말하란다. 들었냐? 쩝쩝거리는 소리 좀 내지 말라고. 스터브 씨가 그러는데 배 터지게 먹는 건 좋지만 제기랄, 시끄럽게 굴지 좀 말란다!」

「요리사.」 스터브가 그의 어깨를 느닷없이 철썩 내리치며 끼어들었다. 「아니, 요리사! 제대로 좀 못해? 설교할 때 욕을 하면 쓰나. 그래서야 어디 죄인들이 뉘우치겠냐고, 요리사!」

「뭐여? 그럼 당신이 설교를 하든지.」 그러고는 뾰로통해서 가려고 돌아섰다.

「아냐, 요리사. 계속해. 계속하라고.」

「뭐, 그렇다면. 사랑하는 여러분.」

「좋아!」 스터브가 만족스럽게 외쳤다. 「놈들을 살살 달래야지. 그렇게 해보라고.」그러자 양털 영감이 말을 이었다.

「여러분은 모두 상어고, 천성이 매우 탐욕스럽다. 하지만 그 탐욕스러움도…… 꼬리로 그렇게 내리치지 말라니까! 그렇게 계속해서 꼬리를 내리치고 우적우적 씹으면서 어떻게 내 얘기를 듣겠냐고? 제기랄.」

「요리사.」스터브가 그의 목덜미를 잡고 소리쳤다. 「욕은 용납하지 않겠어. 신사답게 얘기해 봐.」

설교는 다시 이어졌다.

「나는 여러분의 탐욕스러움을 탓하지 않는다. 그건 천성이니 어쩔 수 없다. 하지만 사악한 천성을 다스리는 것, 그게 중요하다. 여러분은 상어지만, 내면의 상어를 다스린다면 천사가 될 수 있다. 천사란 상어의 천성을 잘 다스린 것에 다름 아니기 때문이다. 자, 잘 들어라, 형제여. 고래를 먹을 때 예의를 갖추려고 노력해라. 옆에 있는 놈의 입에서 고래기름을 뜯어내려고 하지 마라. 그 고래에 대해서는 모든 상어가 똑같은 권리를 갖고 있지 않은가? 아니지, 젠장. 너희 중에 그 고래에 권리가 있는 놈은 하나도 없다. 그 고래는 남의 것이야. 너희 중에는 입이 유난히 큰 놈도 있지만, 입은 큰데 배는 작은 놈들도 있다. 그러니까 입이 크다고 해서 마구 삼키라는 뜻이 아니고, 밀치고 들어가서 직접 뜯어 먹지 못하는 작은 새끼 상어들을 위해 기름을 뜯어 주라는 거다.」

「잘하는데, 양털 영감!」스터브가 외쳤다. 「그게 기독교 정신이지. 더 해봐.」

「더 해봐야 소용없어요. 저 빌어먹을 놈들은 계속해서 서로 뺏고 때릴 테니까. 스터브 씨, 저놈들은 한마디도 듣지 않아요. 배가 터지도록 먹어 대는 대식가들한테 설교가 다 무슨 소용입니까. 그것도 밑 빠진 독 같은 배에다. 그리고 저놈들은 배가 불러도 말을 듣지 않아요. 배가 부르면 바다 깊이 내려가 산호 틈에서 쿨쿨 잠이나 자고 아무 소리도 들을 수 없으니까요. 영원히, 죽도록.」

「맹세컨대, 내 생각도 비슷해. 그렇다면 축복이나 내려 주시지, 양털 영감. 나도 가서 저녁이나 먹게.」

그 말에 양털 영감은 상어 떼 위로 양손을 내밀고 새된 목소리를 한껏 높여 외쳤다.

「빌어먹을 놈들아! 마음껏 떠들어라. 배가 터지도록 처먹어서 죽어 버려라.」

「자, 요리사. 이젠 조금 아까 섰던 그 자리, 저기 내 맞은편에 서서 예의 주시하게.」 스터브는 캡스턴에서 다시 저녁을 먹으며 말했다.

「완전히 주시합죠.」 양털 영감은 또다시 스터브가 원하는 위치에 서서 부지깽이를 짚고 몸을 수그렸다.

「좋아.」 스터브는 그러는 동안에도 고기를 양껏 집어 먹으며 말했다. 「이제 스테이크 얘기로 돌아가자고. 일단, 나이가 어떻게 되나, 요리사?」

「그게 스테이크와 뭔 상관이오?」 흑인 영감이 발끈했다.

「어허! 몇 살이나 먹었냐고, 요리사?」

「아흔쯤 됐다고들 합디다.」 그는 울적한 목소리로 중얼거렸다.

「그러면 이승에서 백 년 가까이 살았다는 건데 고래 스테이크 요리하는 법도 모른단 말이야?」 스터브는 마지막 말을 하면서 재빨리 고기 한 점을 입에 넣었는데, 마치 그 고기가 질문의 연장인 듯 보였다. 「태어난 곳은 어디야, 요리사?」

「로아노크 강⁵의 나룻배 승강구 뒤요.」

「나룻배에서 태어났다고? 그것도 묘하군. 하지만 난 어느 고장에서 태어났는지 물은 거야.」

「로아노크라고 했잖소?」 영감이 날카롭게 외쳤다.

「아니, 안 했는데. 아무튼 내가 하려고 하던 말은 뭔고 하니, 영감은 고향으로 돌아가서 다시 태어나야 한다는 거야. 아직 고래 스테이크 만드는 법도 모르잖아.」

「내가 그걸 다시 만드나 봐라.」 영감은 부아가 치밀어 투덜대고는 몸을 돌려서 돌아가려 했다.

「돌아와, 요리사. 자, 그 부지깽이는 이리 주고 이 스테이크를 한 점 먹어 봐. 그런 다음에 이게 제대로 됐다고 생각하는지 말해 봐. 먹어 보라고.」 스터브는 부지깽이를 자기 몸 쪽으로 당기며 말했다. 「먹어. 맛을 음미해 보라고.」

쪼글쪼글한 입술을 잠시 우물거리던 흑인 영감이 중얼거렸다. 「지금까지 먹어 본 중에 최고의 스테이크로구먼. 육즙이 뚝뚝 떨어지네.」

「요리사.」 스터브가 어깨를 바로 펴며 말했다. 「교회에 다니나?」

「케이프타운에서 한 번 지나간 적이 있소.」 영감이 볼멘소리로 대답했다.

「평생 동안 케이프타운에서 딱 한 번 신성한 교회 앞을 지나갔단 말이지. 목사가 사랑하는 여러분이라고 말하는 건 귓결에 들은 모양이군. 그래 놓고는 여기서 방금 한 것 같은 끔찍한 거짓말이나 하고 말이야, 응? 영감은 어디로 갈 것 같아?」

5 미국 버지니아 주와 노스캐롤라이나 주를 흐르는 강.

「지금 당장 침대로 갈 거요.」 그는 이렇게 중얼거리며 몸을 반쯤 돌렸다.

「멈춰! 거기 서라니까! 나는 죽은 다음을 얘기한 거야. 끔찍한 질문이지. 어쨌거나 대답해 봐.」

「이 늙은 검둥이가 죽으면.」 그는 태도와 자세를 지금까지와 다르게 바꾸며 느릿하게 말했다. 「이 몸은 아무 데도 가지 않겠지만, 천당의 천사들이 내려와 데려가겠죠.」

「데려간다고? 어떻게? 엘리야를 데려갔을 때처럼 말 네 필이 끄는 마차로?[6] 그래서 어디로 데려간다는 거야?」

「저 위.」 양털 영감은 부지깽이를 머리 위로 쳐들고 대단히 엄숙한 자세를 유지했다.

「그러니까 영감은 저 주 돛대에 올라간다는 거야? 죽으면? 하지만 높이 올라갈수록 춥다는 거 모르나? 주 돛대라고?」

「내가 언제 그랬소?」 양털 영감은 다시 부루퉁해졌다.

「저 위라고 그랬잖아. 그리고 지금 영감의 모습을 좀 봐. 부지깽이가 어디를 가리키는지 보라고. 장루(墻樓) 승강구를 기어서 천국으로 올라갈 작정인가 본데, 안 돼, 안 돼. 돛대 밧줄 옆을 돌아서 정해진 길로 가지 않고는 거기 올라갈 수 없어. 어렵지만 해내야 해. 안 그러면 방법이 없으니까. 하지만 우리 중에 누구도 천국에 가본 사람은 없지. 부지깽이를 내리고 내 명령을 들어, 영감. 듣고 있어? 내가 명령을 할 땐 모자를 한 손에 들고 다른 손은 가슴에 얹어. 아니, 영감은 심장이 거기 있어? 그건 창자지! 위로! 더 위로! 그래! 이제 됐군. 자, 이제 거기에 손을 얹고 예의 주시해!」

---

6 구약 성서에서, 이스라엘의 선지자 엘리야는 죽지 않고 불 말이 끄는 불 수레에 실려 하늘로 들려 올라갔다.

「완전히 주시하고 있소.」흑인 영감은 시키는 대로 손을 대고 양쪽 귀를 동시에 앞으로 내밀려는 것처럼 반백의 머리를 부질없이 흔들어 댔다.

「좋아, 영감. 영감이 만든 이 고래 스테이크는 너무 맛이 없어서 내가 되도록 빨리 눈에 띄지 않는 곳으로 치워 버렸어. 알겠지? 그러니까 앞으로 여기 이 캡스턴의 내 전용 식탁에 오를 고래 스테이크를 또 만들 때 고기를 지나치게 익혀서 망치지 않으려면 어떻게 해야 하는지 말해 줄게. 한 손에 스테이크를 들고 다른 손으로는 이글거리는 숯을 들어서 스테이크한테 보여 줘. 그게 끝이야. 그런 다음 접시에 담으라고. 알아들었어? 그리고 내일 고기를 자를 때 옆에 지키고 서 있다가 지느러미 끄트머리를 챙겨서 피클을 만들어 둬. 꼬리 끝은 소금에 절이고. 자, 이제 가봐.」

하지만 양털 영감이 미처 세 걸음도 떼어 놓기 전에 다시 불러 세웠다.

「영감. 내일 밤 당직 때는 저녁으로 커틀릿을 만들어 줘. 알았지? 알았으면 가봐. 아니, 잠깐! 인사를 하고 가야지. 잠깐, 다시 멈춰 봐! 아침으로는 고래 고기 완자! 잊지 마.」

「젠장, 저놈이 고래를 먹을 게 아니라 고래가 저놈을 먹으면 좋겠구먼. 상어보다 더 상어 같은 놈일세.」늙은이는 절룩절룩 걸어가며 중얼거렸고, 그렇게 현명한 말을 내뱉고는 그물 침대로 들어갔다.

65
고래 고기 요리

　인간이 등불에 연료를 채워 주는 동물을 잡아먹고, 게다가 스터브처럼 그 등불 옆에서 바로 그 고기를 먹는다는 건 아무래도 기이해 보이므로 여기에 얽힌 내력과 철학을 조금 살펴볼 필요가 있겠다.

　기록에 따르면 3백 년 전에 프랑스에서는 참고래 혀를 대단한 별미로 여겨서 고가에 거래했다. 또 헨리 8세 시대에는 어느 궁중 요리사가 구운 돌고래 고기와 잘 어울리는 좋은 소스를 개발하여 두둑한 상을 받았다는 기록도 있는데, 기억하겠지만 돌고래도 고래의 한 종류다. 사실 돌고래는 오늘날까지도 고급 요리로 통한다. 그 고기를 당구공만 한 완자로 만들어서 적당히 양념을 하고 향신료를 뿌리면 거북이나 송아지 완자로 통할지도 모른다. 던펌린[7]의 늙은 수도사들이 이걸 아주 좋아해서 왕에게서 돌고래 고기를 푸짐하게 하사받기도 했다.

　실제로 고래 고기의 양이 그렇게 많지만 않다면, 최소한 고래잡이들만큼은 누구나 고래를 근사한 요릿감이라고 생

7 베네딕트 수도회가 있는 스코틀랜드의 마을.

각할 것이다. 그러나 거의 30미터에 달하는 고기 파이 앞에 앉으면 식욕이 싹 가신다. 요즘은 스터브처럼 음식에 대한 편견이 없는 사람이나 고래 고기 요리를 먹는다. 하지만 에스키모는 그렇게 까다롭지 않다. 그들이 고래를 잡아먹고, 오래된 최상급 고래기름으로 귀한 어유(魚油)를 만든다는 건 누구나 아는 사실이다. 유명한 에스키모 의사인 조그란다[8]는 맛과 영양이 매우 뛰어나다면서 고래 지방을 얇게 저며 유아에게 주라고 권한다. 이 얘기를 하니 어느 영국인이 생각난다. 옛날에 포경선에 탔다가 실수로 그린란드에 남겨진 이 남자는 실제로 기름을 짜내고 바닷가에 내버려서 곰팡이가 핀 고래 고기 조각으로 몇 달을 연명했다고 한다. 네덜란드 고래잡이들은 이런 조각을 〈튀김〉이라고 부르는데, 신선할 때는 갈색인 데다 바삭하고 냄새도 옛날 암스테르담 주부들이 만들던 도넛이나 튀김 과자와 대단히 흡사하다. 어찌나 먹음직스러운지 제아무리 자제력이 강한 손님이라도 손을 내밀지 않을 도리가 없다.

하지만 고래 고기가 세련된 요리 취급을 받지 못하는 또한 가지 이유는 과도한 기름기 때문이다. 바다의 으뜸 황소인 고래는 섬세한 맛을 자랑하기엔 너무 기름지다. 고래의 혹만 하더라도 피라미드 모양의 기름 덩어리만 아니었다면 진미로 간주되는 들소의 혹등만큼 고급 식재료가 됐을 것이다. 하지만 고래의 뇌 자체는 어찌나 맛이 좋고 부드러운지, 석 달쯤 자란 코코넛의 하얀 과육처럼 투명하고 거의 젤리 같다. 버터 대용으로 쓰기엔 지나치게 기름지지만 고래잡이들은 대체로 그걸 다른 음식에 흡수시켜서 먹는 방법을 안

8 이것도 멜빌이 스코스비 선장을 우스꽝스럽게 지칭한 이름이다.

다. 밤새 경뇌유를 정제할 때 선원들이 건빵을 커다란 정유 솥에 담가서 한동안 튀기는 건 흔한 일이다. 나도 그런 식으로 든든하게 식사를 한 적이 많다.

작은 향유고래는 골을 고급 요리로 친다. 두개골을 도끼로 쪼개서 통통하고 희끄무레한 뇌엽 두 개(커다란 푸딩 두 개와 완전히 닮은꼴이다)를 꺼낸 다음 밀가루를 섞어 요리하면 아주 맛있는데, 맛은 일부 미식가들이 최고급 요리로 치는 송아지 골과 어딘가 비슷하다. 그리고 미식가들 가운데 일부 젊은 친구들이 송아지 골을 계속 먹다가 결국 그만한 크기의 뇌를 갖게 되어 송아지 머리와 제 머리 정도는 구분할 수 있게 된다는 건 다들 알 텐데, 그건 실로 비범한 분별력을 요하는 일이다. 그리고 지적으로 보이는 송아지 머리를 앞에 놓은 젊은 친구의 모습이 그토록 슬픈 이유이기도 하다. 송아지 머리는 어쩐지 〈브루투스, 너마저도!〉 같은 표정으로 그를 책망하는 것 같다.

뭍사람들이 고래 고기에 질색하는 것처럼 보이는 까닭이 순전히 과도한 기름기 때문만은 아닐 것이다. 어느 정도는 앞서 말한 이유, 그러니까 갓 잡은 바다의 짐승을 그 짐승의 기름으로 밝힌 등불 밑에서 먹어야 한다는 거부감이 작용한 데 따른 결과로 여겨진다. 하지만 최초로 황소를 죽인 자는 살인자 취급을 받았을 게 틀림없고 아마 교수형에 처해졌을 것이다. 아무튼 황소들이 그를 재판에 회부했다면 단연코 교수형을 당했을 것이며, 여느 살인자와 똑같이 그런 벌을 받았어야 마땅하다. 토요일 밤에 고기 시장에 나가 줄줄이 내걸린 죽은 네발짐승을 살펴보는 살아 있는 두발짐승 무리를 보라. 식인종도 놀라 입을 다물지 못할 광경이 아닌가? 식인종? 누군들 식인종이 아니란 말인가? 다가올 기근에 대비해서 바짝 마른 선교사를 소금에 절여 지하실에 저장해 놓은 피지 사람들이 더 참아 줄 만하다. 심판의 날이 오면 그렇게 선견지명을 발휘한 피지 사람들이 거위를 땅에 못 박아 놓고 간을 비대하게 부풀려 〈파테 드 푸아그라〉를 즐기는 세련되고 교양 있는 당신네 식도락가들보다 더 관대한 처벌을 받을 거라고 나는 생각한다.

하지만 스터브는 고래기름을 태우는 등불 옆에서 고래 고기를 먹고 있으니, 그건 잔인도 모자라 모욕까지 더하는 짓이 아니냐고? 그렇다면 저녁으로 로스트비프를 먹는 세련되고 교양 있는 미식가여, 지금 그대가 쥔 나이프의 손잡이를 보라. 그건 뭐로 만들어졌는가? 그대가 먹는 소, 그것과 형제인 소의 뼈가 아니고 무엇이겠는가? 그리고 기름진 거위를 게걸스레 먹은 후에는 무엇으로 이를 쑤시는가? 바로 거위 깃털이다. 또 거위 학대 방지 협회의 사무총장은 어떤 깃털 펜으로 회람을 작성했는가? 그 협회에서 철제 펜만을 사용하자는 결의문을 통과시킨 건 불과 한두 달 전의 일이다.

66
상어 대학살

남양 어장에서는 포획한 향유고래를 길고 고된 씨름 끝에 밤이 깊어서야 본선 옆까지 끌고 와도, 아무튼 일반적으로는 당장 해체에 돌입하지 않는 게 관행이다. 그건 엄청나게 힘들고 금세 끝낼 수도 없을뿐더러 모든 인력이 매달려야 하는 일이다. 그렇기 때문에 보통은 돛을 모두 접고 바람 방향으로 키를 돌린 다음 선원들을 전부 그물 침대로 내려 보내 날이 밝을 때까지 쉬게 하고, 그사이에는 2인 1조로 한 시간마다 교대를 하며 갑판에 올라가 아무 이상이 없도록 정박 당직을 선다.

하지만 가끔은 이런 방법이 전혀 통하지 않을 때가 있는데, 태평양의 적도 해역이 특히 그렇다. 배에 붙들어 맨 고래 시체 주변으로 무수한 상어 떼가 몰려들어 그렇게 여섯 시간만 그대로 방치할 경우 아침에는 뼈밖에 남지 않기 때문이다. 그러나 상어가 그렇게 많지 않은 대개의 해역이라면 날카로운 고래 절단용 삽을 맹렬하게 휘젓는 것으로 놈들의 놀라운 탐욕을 상당히 떨어뜨릴 수 있다. 물론 그게 오히려 상어들을 자극해서 더 활기차게 만드는 경우도 있다. 이번에 피쿼드호 주변으로 몰려든 상어들은 그렇지 않았지만, 이런 광경에 익숙하지 않은 사람이 그날 밤 뱃전 너머를 굽어봤다면 둥그런 바다 전체가 하나의 커다란 치즈 덩어리고, 상어들은 그 안에서 우글거리는 구더기라고 생각했을 것이다.

그럼에도 불구하고, 저녁 식사를 마친 스터브가 정박 당직을 배정해서 퀴퀘그와 앞 돛대 선원 한 명이 갑판에 올라갔을 때, 상어들 사이에서는 적잖은 소동이 벌어지고 있었다. 그래서 이 두 뱃사람은 즉시 뱃전에 발판을 대고 호롱 세 개를 내려 어지러운 바다 위로 긴 빛줄기를 드리우고는 기다란 고래 삽을 던져서 상어의 유일한 급소로 보이는 두개골 깊이 날카로운 쇠를 박으며 쉬지 않고 상어들을 죽이기 시작했다.[9] 하지만 뒤엉킨 채 버둥거리는 상어 떼가 일으키는 혼란스러운 물거품 속에서는 제아무리 명사수라도 백발백중을 기대할 수 없었고, 그건 상상을 초월하는 적의 흉포함이 새롭게 드러나는 계기가 되고 말았다. 놈들은 사납게 달려들면서 서로의 내장을 물어뜯었을 뿐만 아니라 몸을 유연한 활처럼 구부려 제 살까지 뜯어 먹어서, 급기야 입으로 삼킨 내장이 찢어진 상처로 다시 나오길 반복하는 것처럼 보였다. 그게 끝이 아니었다. 이런 짐승은 시체나 유령하고 얽히는 것조차 안전하지 않았다. 생명이라고 부를 수 있는 것이 떠난 후에도 놈들의 관절과 뼈마디에는 뭐랄까 포괄적인, 또는

9 고래 고기를 절단하는 데 사용하는 고래 삽은 가장 좋은 철로 제작되며, 크기는 쫙 펼친 남자 손바닥만 하다. 일반적인 모양새는 이름에서 알 수 있듯이 정원에서 쓰는 도구와 비슷하지만 양쪽 가장자리가 완전히 평평하고 위쪽 끝이 아래쪽에 비해 상당히 좁다. 이 무기는 늘 최대한 날카롭게 유지하며, 사용하는 중에도 면도날처럼 종종 숫돌에 갈아서 쓴다. 6~9미터 길이의 단단한 장대를 구멍에 꽂아서 자루로 삼는다 — 원주.

범신론적인 생명이 깃든 것처럼 보였다. 가죽을 벗기려고 죽은 상어를 갑판에 올렸다가 그중 한 마리가 죽어서도 여전히 살인적인 주둥이를 닫으려 하는 바람에 불쌍한 퀴퀘그의 손이 거의 결딴날 뻔했다.

「퀴퀘그는 어떤 신이 상어를 만들었든 상관없다.」이 야만인은 고통스럽게 손을 위아래로 흔들며 말했다. 「피지의 신, 낸터컷 신. 하지만 상어를 만든 신, 빌어먹을 인디언 틀림없다.」

67
해체 작업

그게 토요일 밤이었으니 이튿날은 아주 볼만한 안식일이었다! 고래잡이들은 하나같이 직무상 안식일을 어기는 데 박사들이다. 상앗빛 피쿼드호는 피가 낭자한 도살장으로 변했고, 선원들은 전부 도살자가 됐다. 그 모습을 누가 봤다면 바다의 신들에게 붉은 황소를 1만 마리쯤 바치는 줄 알았을 것이다.

제일 먼저, 으레 녹색을 칠하는 도르래의 여러 육중한 장치들 중에서 커다란 절단용 도르래는 혼자서 도저히 들 수 없을 만큼 무겁다. 이 엄청난 포도송이를 휘청휘청 주 돛대까지 끌어 올린 다음 갑판에서 가장 튼튼한 뒤쪽 돛대 꼭대기에 단단히 묶는다. 이제 이 복잡한 장치를 들고 나는 닻줄 같은 밧줄 끄트머리를 양묘기에 연결하고, 도르래의 커다란 아래쪽 토막을 고래를 향해 내리는데 여기에는 무게가 50킬로그램에 달하는 커다란 갈고리가 달렸다. 이번에는 스타벅과 스터브, 두 항해사가 뱃전에 걸친 발판에 올라서서 기다란 고래 삽을 들고 양쪽 옆 지느러미 바로 위쪽에 갈고리를 걸기 위한 구멍을 파기 시작한다. 이 작업이 끝나면 구멍 주변으로 넓게 반원형 절개선을 넣어 갈고리를 걸고, 선원들이 우렁찬 함성을 지르며 일제히 양묘기에 달라붙어 감아올리는 작업에 착수한다. 순간적으로 배 전체가 한쪽으로 쏠리고, 배에 박힌 나사란 나사는 전부 한겨울 낡은 집의 못대가리처럼 툭툭 튀어나올 지경이다. 배는 부들부들 몸을 떨고, 겁에 질린 돛대 꼭대기는 하늘을 향해 고개를 까딱거린다. 배는 점점 더 고래 쪽으로 기울어지고, 양묘기가 헐떡이며 당겨질 때마다 물결이 호응하듯 굽이친다. 그러다 마침내 갑자기 흠칫 놀랄 만한 꽹음이 들리면, 요란한 물소리와 함께 배가 몸을 위로 일으키면서 고래에게서 물러나고, 반원 모양으로 떼어 낸 첫 번째 기름 덩어리를 매단 도르래가 의기양양하게 올라온다. 귤이 껍질에 싸였듯이 고래는 지방으로 뒤덮여 있기 때문에 귤껍질을 나선형으로 돌려 벗길 때처럼 고래의 지방층도 몸에서 그렇게 벗겨진다. 계속 잡아당기는 양묘기의 힘에 고래는 물속에서 쉬지 않고 빙글빙글 돌아가고, 스타벅과 스터브의 삽이 동시에 내는 〈흠〉을 따라 기름층은 한 조각으로 균일하게 벗겨진다. 그뿐 아니라 그렇게 빨리 벗겨지는 만큼, 사실상 벗겨지는 행위 자체로 말미암아 점점 더 높이 들리다가 마침내 위쪽 끝이 주 돛대 망대에 닿게 된다. 그제야 양묘기에 붙었던 선원들은 손을 놓고, 핏물이 뚝뚝 떨어지는 엄청난 고깃덩어리는 한동안 마치 하늘에 매달린 것처럼 흔들리는데, 그 자리에 있는 사람들은 흔들리는 고깃덩어리를 조심해서 피해 다녀야 안 그랬다간 귀싸대기를 얻어맞고 바다에 풍덩 빠질 염려가 있다.

이제 자리를 지키던 작살잡이 한 명이 〈해적 검〉이라고 부르는 길고 날카로운 연장을 들고 앞으로 나와 적당한 기회를 노리다가 흔들리는 고깃덩어리 아래쪽에 상당한 크기의 구멍을 요령 있게 도려낸다. 그 구멍에 두 번째 도르래 끝을 끼워 고정하면 또 다른 작업이 이어진다. 능숙한 칼잡이는 모두에게 물러나라고 경고한 후 다시 한 번 고깃덩어리를 향해 정확하게 돌진해서, 몇 번에 걸쳐 옆으로 비스듬하게 열심히 찌르고 저민 끝에 완전히 두 부분으로 나눈다. 그러면 짧은 밑부분은 그대로 고정되어 있지만 〈담요〉라고 부르는 길쭉한 윗부분은 따로 흔들리며 아래로 내려지길 기다린다. 앞쪽에서 양묘기를 당기던 선원들이 다시 노래를 부르기 시작하고, 도르래 하나가 고래에서 두 번째 기름층을 벗겨서 들어 올리는 동안, 또 다른 도르래는 처음에 벗겨 낸 기름 조각을 바로 아래의 승강구를 통해 지방 처리실이라고 부르는 빈 선창으로 서서히 내린다. 침침한 이 방에서는 여러 선원이 민첩한 손놀림으로 긴 담요를 둘둘 마는데, 그 모습은 마치 똬리를 튼 뱀이 잔뜩 모여든 것 같다. 그렇게 작업은 계속된다. 도르래 두 개가 동시에 오르내리고, 고래와 양묘기가 함께 올라가고, 양묘기를 당기는 사람들이 노래를 부르는 동안 지방 처리실의 일손들은 기름층을 돌돌 만다. 항해사들은 홈을 파고, 배는 힘겹게 버티고, 만연한 긴장감을 누그러뜨리기 위해 너나없이 왕왕 욕설을 내지른다.

68
담요

고래 가죽, 논란이 없지 않은 이 주제에 나는 지금껏 적잖은 관심을 기울여 왔다. 바다에서는 연륜이 깊은 고래잡이들과 논쟁을 하고 뭍에서는 해박한 박물학자와 의견을 다퉜다. 내가 애초에 가졌던 의견에는 변함이 없지만, 그건 다만 하나의 의견일 뿐이다.

문제는, 고래의 가죽이 무엇이며 또 어느 부위냐는 것이다. 고래의 기름층에 대해서는 이미 다들 안다. 기름층의 육질은 단단하고 조직이 치밀하여 쇠고기와 흡사하지만, 더 질기고 쫄깃쫄깃 탱탱하며 두께는 20이나 25센티미터부터 30이나 38센티미터에 달한다.

어떤 동물의 가죽이 그렇게 치밀하고 두껍다는 얘기를 처음 들으면 터무니없다는 생각이 들겠지만, 사실상 이 주장에는 반박할 근거가 없다. 바로 그 기름층 말고는 고래의 몸을 감싸는 다른 조밀한 조직 층을 제시할 수 없기 때문이다. 어떤 동물이건 몸을 감싸는 가장 바깥 층이 상당한 밀도를 지녔다면, 그게 가죽이 아니고 뭐란 말인가? 물론 훼손되지 않은 고래의 사체에서 지극히 얇고 투명한 물질을 손으로 긁어

낼 수 있기는 하다. 그건 얇게 저민 아이징글라스[10]와 비슷하지만 비단처럼 유연하고 부드럽다. 그러나 마르기 전에 그렇다는 것이고, 마른 후에는 오그라들면서 두꺼워질 뿐만 아니라 제법 단단하고 쉽게 부서진다. 나는 그렇게 마른 조각 몇 개를 고래와 관련된 책들의 서표로 사용한다. 앞서 말한 것처럼 투명하기 때문에 가끔씩 글자 위에 올려놓고 확대경 대용으로 쓰기도 했다. 아무튼 고래의 몸으로 만든 안경을 가지고 고래에 대한 글을 읽는 건 즐거운 일이라고 말할 수 있을지도 모르겠다. 하지만 여기서 주장하는 바는 다른 게 아니다. 바로 그렇게 얇디얇은 아이징글라스 같은 것이 고래의 몸 전체를 감싸고 있다는 건 인정하지만, 그건 고래 가죽이라기보다 이를테면 가죽의 가죽이라고 봐야 한다. 엄청나게 커다란 고래의 진짜 가죽이 갓난아기의 피부보다 더 얇고 더 부드럽다고 말하는 건 우스꽝스러운 노릇이기 때문이다. 하지만 이 얘기는 여기서 끝내자.

지방층을 고래의 가죽이라고 가정했을 경우 매우 큰 향유고래라면 이 가죽에서 기름 1백 통 분량이 나오는데, 양이나 무게로 따져 봤을 때 산출된 기름은 가죽 총량이 아닌 4분의 3에 불과하다. 겉가죽 일부만으로도 호수를 채울 만큼 기름이 나온다니, 살덩이는 얼마나 클지 짐작해 볼 수 있다. 기름 10통을 1톤으로 치면 고래 가죽 4분의 3의 중량이 10톤이라는 계산이 나온다.

살아 있는 상태에서, 겉으로 보이는 향유고래의 표면은 이 고래가 가진 수많은 경이로움 가운데 결코 무시할 수 없는

10 철갑상어 따위의 부레로 만든 흰색 젤라틴으로, 과자 등을 만드는 데 쓰인다.

부분이다. 거의 예외 없이 사선으로 엇갈린 무수한 줄무늬가 빽빽해서, 마치 이탈리아의 섬세한 선묘 동판화를 보는 듯하다. 그러나 이 무늬는 앞서 말한 아이징글라스 표면에 새긴 것 같지 않고, 몸통 자체에 새겨진 무늬가 아이징글라스를 통해 보이는 듯한 느낌을 준다. 그뿐만이 아니다. 간혹 예리한 눈으로 잘 관찰하면 줄무늬가 진짜 동판화에서처럼 전혀 다른 작업을 위한 밑그림에 불과해 보이기도 한다. 말하자면 상형 문자다. 그러니까 피라미드 벽에 있는 알 수 없는 암호를 상형 문자라고 부른다면 지금 이 맥락에서 사용하기에도 적절한 표현이다. 어느 향유고래의 몸에서 본 상형 문자를 또렷이 기억하던 나는 미시시피 강 상류의 유명한 상형 문자 암벽에 새겨진 옛 인디언 문자의 복제화를 보고 무척 놀랐다. 그 신비로운 바위처럼 고래의 신비로운 무늬도 지금까지 해독되지 않았다. 인디언 암벽 얘기를 하고 보니 생각나는 게 하나 더 있다. 겉모습에 나타나는 이런저런 특징 외에도, 향유고래는 등을 빈번히 드러내고, 그중에서도 특히 수없이 격렬하게 긁힌 탓에 줄무늬가 상당 부분 지워져 단속적이고 불규칙한 양상을 보이는 옆구리를 많이 보여 준다. 아가시[11]가 표류하는 커다란 빙산들이 거칠게 긁고 지나면서 자국을 남겼다고 추정한 뉴잉글랜드 해안의 바위들이 바로 이 지점에서 향유고래와 적잖이 비슷하다고 말하지 않을 수 없다. 또한 고래의 몸에 난 긁힌 상처는 아마도 다른 고래와 적개심을 가지고 벌인 몸싸움의 결과일지도 모른다. 그런 상처를 주로 커다란 어른 수컷에게서 목격했기 때문이다.

고래의 가죽, 즉 지방층과 관련하여 한두 마디만 덧붙이겠

11 스위스 태생의 미국 고생물학자.

다. 이미 말한 바와 같이 그건 담요라고 부르는 길쭉한 조각으로 벗겨진다. 대부분의 항해 용어처럼 이 표현 역시 대단히 적절하고 의미심장하다. 고래는 정말로 담요나 이불처럼 지방층에 덮였기 때문이다. 아니, 그보다는 머리부터 발끝까지 뒤집어쓰는 아메리카 원주민의 망토라고 하는 게 더 적절하겠다. 고래가 계절이나 조류에 관계없이 모든 바다에서 전천후로 편안한 생활을 할 수 있는 건 바로 몸에 두른 아늑한 담요 덕분이다. 예를 들어 몸서리치게 추운 북극해에 사는 그린란드고래에게 이 아늑한 외투가 없다면 어떻게 되겠는가? 물론 북극의 물속에서도 날렵하게 헤엄치는 물고기들이 있다. 그러나 그 물고기들은 허파가 없는 냉혈 어족이며, 그들의 배 속은 냉장고나 마찬가지다. 겨울의 나그네가 여인숙 난로 앞에서 몸을 녹이듯 빙산 그늘 밑도 따뜻하다고 할 동물들이다. 반면에 고래는 인간처럼 허파가 있는 온혈 동물이다. 피가 얼면 죽는다. 그러니 (설명을 듣지 않는다면) 인간만큼이나 몸의 온기가 중요한 커다란 괴물이 북극해의 물속에 몸을 통째로 담그고 일생을 편안하게 산다는 건 얼마나 놀라운가! 뱃사람이 빠졌다간 몇 달이 지나 호박에 들러붙은 파리마냥 빙원 속에 수직으로 얼어붙은 채 발견되곤 하는 그곳에서. 하지만 더 놀라운 건 북극 고래의 피가 한여름 보르네오 흑인의 피보다 더 따뜻하다는 것이 실험을 통해 입증되었다는 사실이다.

내가 보기에는 바로 여기서 고래 특유의 강한 생명력이 지닌 진귀한 가치, 두꺼운 벽과 널찍한 내면이 지닌 진귀한 가치를 알 수 있다. 오, 인간들이여! 고래를 칭송하며 본받을지니! 그대들도 얼음물에서 온기를 유지하라. 그대들도 세상에 살되 그곳의 일부가 되지 마라. 적도에서는 서늘하게 지내고 극지에서는 피를 돌게 하라. 성베드로 성당의 커다란 돔 지붕처럼, 그리고 커다란 고래처럼, 오 인간들이여! 사계절 어느 때건 그대만의 체온을 유지하라.

하지만 이런 미덕을 가르치는 것은 얼마나 쉽고 또 부질없는가! 세상에 성베드로 성당처럼 돔을 얹은 건축물이 얼마나 되며, 고래만큼 큰 생물은 또 몇이나 되겠는가!

69
장례식

「쇠사슬을 당겨라! 사체를 뒤로 흘려보내!」

엄청난 크기의 도르래는 이제 임무를 모두 마쳤다. 목이 잘리고 가죽이 벗겨진 고래의 몸이 대리석 무덤처럼 번쩍인다. 색은 달라졌지만 부피는 조금도 줄어든 것 같지 않다. 여전히 커다랗다. 서서히 떠내려가는 사체 주변으로 굶주린 상어들이 몰려들면서 파도가 일고 물이 튄다. 하늘은 날카롭게 우짖는 새들의 욕심 사나운 날갯짓으로 어지럽고, 새들은 무례한 단검 같은 부리로 고래를 찔러 댄다. 목이 잘린 희고 커다란 환영은 떠내려가면서 배와 점점 멀어지고, 간격이 벌어질수록 수면의 상어와 허공의 새 떼가 일으키는 무시무시한 소음은 더 커지는 것 같았다. 거의 제자리를 멈춰 선 배에서는 그 고약한 광경을 몇 시간이나 볼 수 있었다. 구름 한 점 없이 온화하고 푸른 하늘 밑에서 상쾌한 바람이 일으키는 바다의 잔물결 위로 생명을 잃은 커다란 몸뚱이는 둥둥 떠가더니 마침내 무한한 시야 너머로 소실되었다.

이 얼마나 쓸쓸하고 조롱으로 가득 찬 장례식인가! 바다의 독수리들은 전부 경건하게 애도하며, 공중의 상어들은 하나같이 격식을 갖춰 검은 옷과 얼룩무늬 옷을 차려입었구나. 생전에는 행여 고래가 도움을 청했더라도 누가 도움을 주었을까. 그런데도 장례식 만찬에는 저리도 경건하게 덤벼들다니. 아, 이 끔찍한 탐욕이여! 가장 강력하다는 고래도 지상의 이 탐욕에서 자유로울 수 없구나.

이게 끝이 아니다. 능욕을 당한 몸일지언정 복수에 불타는 혼령은 시체 위를 떠돌며 공포를 자아낸다. 소심한 군함이나 어설픈 탐험선이 새 떼도 희미할 정도로 먼 거리에서 햇볕 속에 떠 있는 흰 덩어리와 그 위로 높이 솟구치는 물보라를 보면, 아무런 해도 끼칠 수 없는 고래의 시체건만 그걸 보자마자 떨리는 손가락으로 즉시 항해 일지를 쓴다. 〈근방에 여울과 바위, 암초: 주의 요망!〉 그러면 몇 해가 지나도록 배들은 그곳을 우회한다. 장대가 가로막았을 때 선두가 장대를 뛰어넘었다고 해서 장대가 없어진 후에도 허공을 뛰어넘는 어리석은 양 떼나 마찬가지다. 그게 당신들의 관습법이고, 전통의 효용이다. 땅에 뿌리를 둔 적도 없고 그렇다고 하늘을 떠다니지도 않는 구태의연한 믿음이 끈질기게 목숨을 이어 가는 이야기! 그런 게 정설이다!

그리하여 살아생전엔 고래의 엄청난 몸뚱이가 적들에게 실질적인 공포의 대상이었다면, 죽은 후에는 고래의 혼령이 세상에 무력한 공포를 일으킨다.

벗이여, 그대는 혼령을 믿는가? 세상엔 코크 거리에 횡행하는 것 말고도 다른 유령이 있고, 존슨 박사보다 훨씬 학식이 깊은 사람들도 유령을 믿는다.[12]

12 1762~1763년에 런던 코크 거리에 유령 소동이 일어났다. 새뮤얼 존슨 박사 등이 조사에 착수하여 장난임을 밝혔다.

70
스핑크스

바다 괴물의 몸을 완전히 발가벗기기에 앞서 머리를 잘라 낸다는 얘기를 빠뜨리지 말았어야 했다. 항유고래의 참수는 과학적이고 해부학적인 기술이어서, 노련한 고래 외과의들이 대단한 자부심을 갖는 바이며 과연 그럴 만한 이유가 있다.

고래한테 목이라고 부를 만한 부위가 없다는 걸 생각해 보라. 오히려 머리와 몸이 연결된 것처럼 보이는 바로 그 부분이 가장 굵다. 그뿐 아니라 의사가 거의 2.5~3미터가량 위에서 수술을 집도하며, 대상은 핏물이 굽이치고 때로는 사납게 들끓는 물속에 있다는 사실도 잊지 말아야 한다. 이런 악조건 속에서 그는 살을 깊숙이 저며야 하고, 물속이다 보니 자꾸 수축하는 칼자국을 한번 들여다보지도 못한 채 자르면 안 되는 인접 부위들을 교묘히 피해 가며 두개골과 이어진 척추의 중요한 지점을 정확하게 잘라야 한다. 그러니 항유고래 한 마리의 머리를 자르는 데 10분밖에 걸리지 않았다는 스터브의 자랑이 놀랍지 않겠는가?

머리를 잘라 내면 일단 선미에 내려서 몸통의 가죽을 벗길 때까지 그곳에 밧줄로 묶어 놓는다. 그 작업이 끝나면, 작은 고래일 경우 머리를 갑판에 올려서 꼼꼼하게 처리한다. 하지만 완전히 자란 바다 괴물일 때는 이게 불가능하다. 향유고래는 머리가 몸 전체에서 약 3분의 1을 차지하고, 제아무리 커다란 포경선 도르래라 하더라도 그렇게 부담스러운 무게를 완전히 들어 올린다는 것은 건초 헛간의 무게를 보석상 저울로 재려는 것만큼이나 헛된 일이다.

피쿼드호에서 잡은 고래는 머리를 자르고 가죽을 벗긴 후에 머리를 뱃전에 대고 물 밖으로 반쯤만 끌어 올렸는데, 그래야 물의 부력이 무게를 어느 정도 받쳐 주기 때문이었다. 그런데도 아래쪽 돛대 머리에서 밑으로 끌어당기는 엄청난 힘 때문에 배는 여전히 그쪽으로 심하게 기울어졌고, 그쪽 활대는 전부 두루미처럼 바다 위로 목을 잡아 늘였다. 그리고 피쿼드호 옆구리에 매달려 피를 뚝뚝 흘리는 머리는 유디트의 허리띠에 달린 거인 홀로페르네스의 머리 같았다.[13]

이 마지막 작업까지 마쳤을 땐 정오였고, 선원들은 식사를 하러 아래로 내려갔다. 조금 전까지 소란하던 갑판에 이제는 아무도 없이 정적만 감돌았다. 강렬한 구릿빛 고요는 마치 우주에 피어나는 노란 연꽃처럼 소리도 없이 무량한 이파리를 바다 위에 하염없이 펼쳐 놓았다.

잠깐의 시간이 흐르고, 선실에 있던 에이해브가 적막 속으로 홀로 들어섰다. 뒤쪽 갑판을 몇 바퀴 돌던 그는 걸음을 멈추고 뱃전을 굽어본 다음 천천히 주 돛대 밧줄을 고정하는 닻사슬로 다가가, 고래의 머리를 자른 후에 그냥 놔둔 스터브의 긴 고래 삽을 집어 한쪽 끝을 목발처럼 겨드랑이에 끼

13 구약 성서 외경인 「유디트서」에 나오는 이야기이다. 유대인 과부인 유디트는 적장 홀로페르네스의 목을 베어 이스라엘 민족을 구했다.

운 채 그걸로 허공에 반쯤 매달린 덩어리의 아래쪽을 때리며, 고래 머리에 주의 깊은 시선을 고정했다.

너무나 강렬한 적막 속에 매달려 있어서인지, 두건을 쓴 것 같은 그 검은 머리가 사막에 있는 스핑크스의 머리처럼 보였다. 「말하라, 크고 장엄한 머리여.」에이해브가 중얼거렸다. 「비록 수염은 없으나 여기저기 이끼가 낀 모습이 백발처럼 성성하구나. 말하라, 위대한 머리여. 그대 안에 깃든 비밀을 우리에게 말해 다오. 바다에 몸을 담그고 사는 것들 중에 그대만큼 깊이 잠수하는 것은 없다. 지금 중천의 태양에 번쩍이는 그 머리는 이 세상의 밑바닥을 통과해 왔다. 그곳에서는 기록조차 없이 스러진 사람과 함대가 녹슬고, 실현되지 못한 희망과 닻이 썩어 가며, 물에 빠져 죽은 몇백만 명의 뼈가 지구라는 군함의 흉악한 선창에 바닥짐 대신 실려 있다. 그 끔찍한 물속 나라가 그대의 정든 집이었다. 종소리도 잠수부도 닿은 적 없는 곳에서 그대는 살았다. 불면의 어미들이 몸을 눕힐 수만 있다면 죽어도 여한이 없겠다는 수많은 뱃사람들 옆에서 그대는 잠을 잤다. 화염에 휩싸인 배에서 끌어안은 채 뛰어내리는 연인들을 보았고, 가슴을 맞댄 그들이 미쳐 날뛰는 파도 밑으로 가라앉는 것을 보았다. 하늘이 저버린 것 같은 그 순간에도 그들은 서로에게 충실했다. 그대는 한밤중의 갑판에서 해적이 죽여 내던지는 항해사를 보았다. 그는 한밤의 탐욕스러운 구렁 속으로 몇 시간이 지나도록 가라앉았고, 정직한 남편을 간절한 품에 데려다 줬을 인근 배가 갑작스러운 번개에 전율할 때 살인자들은 유유히 배를 몰았다. 오, 머리여! 그대는 행성을 쪼개고 아브라함을 이단자로 만들 만큼 많은 것을 보았으면서도 한마디

말이 없구나!」

「돛이다!」 주 돛대 꼭대기에서 우렁찬 목소리가 들렸다.

「뭐라고? 그거 신나는 일이로구나.」 에이해브는 이렇게 외치며 돌연 몸을 일으켰고, 그의 이마를 짓누르던 먹구름은 씻은 듯이 사라졌다. 「이 지긋지긋한 적막 속에서 저렇게 활기찬 외침을 들으면 누구라도 기운이 날 것이다. 어디냐?」

「우현 뱃머리 3포인트 방향입니다. 바람을 타고 이쪽으로 다가옵니다!」

「금상첨화로군. 성바울이라도 그쪽에서 오실 테고, 바람 한 점 없던 우리에게 바람을 보내 주시겠지! 오 자연이여, 오 인간의 영혼이여! 도대체 이 둘은 말로 형언할 수 없을 만큼 닮았구나! 물질 속에서 티끌만 한 요소라도 꿈틀대거나 움직이면 우리 마음속에서도 교묘할 정도로 똑같은 일이 일어나거든.」

71
제로보암호 이야기

배와 산들바람이 나란히 다가왔다. 하지만 배보다 바람이 더 빨랐기 때문에 피쿼드호는 금세 출렁이기 시작했다.

그나저나 망원경으로 보니 매달린 보트며 돛대에 망꾼이 올라가 있는 것이, 낯선 배가 포경선임을 알려 주었지만, 바람이 불어오는 쪽으로 너무 멀리 떨어져 있고 다른 어장으로 가려는지 빠른 속도로 지났기 때문에 피쿼드호가 따라잡을 가망이 없었다. 그래서 신호기를 올리고 어떤 반응을 보일지 기다리기로 했다.

여기서 말해 둘 것은, 미국 포경 선단의 배들이 해군 군함처럼 저마다 고유의 신호기를 갖고 있다는 사실이다. 그 신호기를 전부 모아 선박의 이름과 함께 책으로 묶어서 선장에게 한 권씩 나눠 준다. 그 덕분에 포경선의 선장들은 바다에서 마주쳤을 때 상당히 먼 거리에서도 서로를 쉽게 알아볼 수 있다.

피쿼드호가 신호기를 올리자 마침내 낯선 배에서도 신호기를 올려 답을 했고, 그걸 보고 그 배가 낸터컷 선적의 제로보암[14]호라는 사실을 확인했다. 제로보암호는 활대를 용골과 직각으로 해서 바람을 타고 다가와 피쿼드호의 바람 불어 가는 쪽에 배를 나란히 놓은 후 보트를 내렸다. 보트는 즉시 다가왔다. 방문하는 선장의 편의를 위해 스타벅이 사다리를 내리라고 지시했지만, 정작 당사자는 보트의 고물에서 손을 내저어 전혀 그럴 필요가 없다는 뜻을 전했다. 알고 보니 제로보암호에 악성 전염병이 돌았고 메이휴 선장은 피쿼드호에 병을 옮기게 될까 봐 염려했다. 비록 자신과 보트의 선원들은 감염되지 않았고 배가 라이플총 사정거리의 절반 정도 떨어졌으며 그 사이로 청정한 바닷물과 공기가 흘렀지만, 메이휴 선장은 육지의 심약한 격리 규정을 양심적으로 준수하며 피쿼드호와 직접 접촉하기를 단호히 거부했다.

하지만 그렇다고 해서 소통이 전혀 불가능한 것은 아니었다. 제로보암호의 보트는 일정한 간격을 지켰고, 간간히 노를 저으면서 피쿼드호와 평행을 유지했다. 피쿼드호는 주 돛대의 돛이 바람을 거슬러 힘겹게 천천히 나아가는 상황이었다(어느새 바람이 몹시 거세졌다). 한 번씩 큰 파도가 갑자기 일어나면 저만치 앞으로 밀려나기도 했지만, 보트는 금세 능숙하게 적당한 위치를 되찾곤 했다. 이 밖에도 비슷한 난관에 한 번씩 가로막혔으나 둘 사이의 대화는 이어졌다. 그런데 가끔씩 전혀 다른 종류의 방해에 직면했다.

개성 넘치는 사람들이 모인다는 거친 포경업계지만 제로보암호의 보트에서 노를 젓는 한 사내의 외모는 정말 독특했다. 작고 땅딸막한 체구에 젊은 편인 남자의 얼굴은 주근깨로 뒤덮였고 노란 머리가 덥수룩했다. 유대 신비주의자가 입

14 제로보암은 이스라엘에서 분열된 열 지파의 첫 번째 왕으로, 황금 송아지를 만들어 우상 숭배를 한 여로보암을 의미한다.

는 것 같은 빛바랜 호두색 긴 외투로 온몸을 감싸고 손을 뒤덮는 소매는 손목까지 걷어 올렸다. 눈빛에서는 깊고 뿌리 깊은 광적인 망상이 번뜩였다.

그 모습을 처음 보자마자 스터브가 소리를 질렀다. 「그놈이야! 그놈! 타운-호호의 선원들이 말해 줬다는 긴 옷 입은 건달 말이야!」 스터브는 여기서 피쿼드호가 타운-호호와 만났을 때 들은 제로보암호와 한 선원에 대한 이상한 이야기를 들려주었다. 그 이야기와 나중에 알게 된 내용에 따르면, 문제의 건달은 제로보암호의 거의 모든 선원에게 기이한 영향력을 발휘하는 모양이었다. 스터브의 이야기는 이랬다.

사내는 원래 광신적인 뉴욕의 니스큐나 셰이커교도[15]라는 공동체에서 자랐고, 그곳에서 위대한 예언자로 통했다. 광신자들의 비밀 집회에서 그는 여러 번 천장의 뚜껑 문을 통해 하늘에서 강림하여, 조끼 주머니에 넣어 가지고 다니는 일곱 번째 약병을 곧 열겠다고[16] 선언했다. 하지만 그 안에는 화약 대신 아편이 들어 있다는 소문이 돌았다. 기이한 사도적 열망에 사로잡힌 그는 니스큐나를 떠나 낸터컷으로 갔고, 미치광이 특유의 교활함을 발휘하여 건실하고 상식적인 겉모습을 유지하면서 제로보암호의 고래잡이 항해에 풋내기 선원으로 자원했다. 그리하여 결국 배에 올랐지만 육지가 시야에서 사라지기 무섭게 광기의 봇물이 터졌다. 스스로 대천사 가브리엘을 자처하며 선장에게 바다에 뛰어들라고 명령했다. 자신을 모든 섬의 구세주이자 오세아니아 전역의 주교

15 셰이커교의 정식 명칭은 그리스도 재림 신자 연합회로, 천년 왕국설을 믿는 독신주의자들의 단체다.
16 곧 종말이 올 것이라는 의미.

총대리로 천명한 선언문도 발표했다. 이런 선언을 할 때 그가 보여 준 단호한 진지함, 불면의 과도한 상상력이 발휘된 음울하고 대담한 작용, 진정한 망상이 자아내는 초현실적 공포가 어우러지면서 무지한 대다수 선원은 이 가브리엘에게서 성스러운 기운을 느꼈다. 더 나아가 그를 두려워했다. 하지만 그런 사내이고 보니 배에서는 별로 쓸모가 없었고, 심지어 내키지 않을 때는 아예 일을 하려 들지 않아서 그가 못 미더운 선장은 그를 쫓아낼 궁리를 했다. 하지만 적당한 항구에 도착하자마자 그를 하선시키려는 선장의 의도를 간파한 대천사는 즉시 자신의 모든 봉인과 약병을 열었고, 선장이 의도를 관철할 경우 배와 선원 모두를 완전히 파멸시키겠다고 으름장을 놓았다. 자신을 믿고 따르는 선원들에게도 어찌나 강력한 힘을 발휘했는지, 그들은 급기야 선장에게 우르르 몰려가 가브리엘을 하선시키면 전부 따라 내리겠노라고 공언했다. 선장은 계획을 철회하지 않을 수 없었다. 선원들은 가브리엘의 언행에 상관없이 어떤 식으로든 그를 학대하면 절대 용납하지 않겠다고 했다. 그렇게 해서 가브리엘은 배에서 완전한 자유를 얻게 되었다. 그 결과 대천사는 선장과 항해사들을 전혀 신경 쓰지 않았고, 역병이 돈 후로는 전보다 더 막강한 권위를 행사했다. 그는 전염병을 천형이라고 부르며 오로지 자신만이 그걸 통제할 수 있다고 단언했다. 병을 불러들인 것도 자신이라고 했다. 대체로 비겁한 선원들은 무서워서 움찔했고 일부는 알랑거렸다. 그의 지시가 신의 말씀이라도 되는 것처럼 복종했으며, 가끔은 그를 신처럼 숭배했다. 믿기 힘들겠지만 아무리 놀라워도 사실이었다. 광신자들의 역사를 보면, 광신자 본인의 엄청난 자기기만보다 그렇게 많은 사람을 속이고 미혹시키는 무한한 힘이 갑절은 더 놀랍다. 아무튼 이제 다시 피쿼드호의 이야기로 돌아가 보자.

「전염병 따위는 두렵지 않소.」뱃전에 선 에이해브가 보트 고물에 서 있는 메이휴 선장에게 말했다. 「배로 올라오시오.」

하지만 그때 가브리엘이 벌떡 일어섰다.

「생각하라. 누렇게 뜨고 속이 울렁거리는 열병을 생각하라! 끔찍한 역병을 조심하라!」

「가브리엘, 가브리엘! 자네는 좀······.」메이휴 선장이 말을 하는 순간 와락 밀어닥친 파도가 보트를 저만치 앞으로 밀어냈고, 소용돌이가 말소리를 모두 삼켜 버렸다.

「흰 고래를 봤소?」보트가 되돌아왔을 때 에이해브가 물었다.

「생각하라, 구멍이 나서 가라앉을 그대의 포경 보트를 생각하라! 끔찍한 꼬리를 조심하라!」

「다시 말하지만, 가브리엘······.」하지만 이번에도 보트는 악마가 끌고 가기라도 하는 것처럼 앞으로 밀려났다. 한동안 어떤 말도 오가지 않았고, 요란한 파도만 줄지어 굽이치며 지나갔다. 바다가 가끔씩 부리는 변덕으로 인해 파도는 출렁이는 대신 몸부림을 치는 중이었다. 그러는 동안 높이 매단 향유고래 머리가 격렬하게 흔들렸고, 가브리엘은 대천사의 격에 어울리지 않게 우려스러운 눈으로 그걸 바라봤다.

막간의 소동이 끝나자 메이휴 선장은 모비 딕과 관련된 무시무시한 이야기를 시작했지만, 그 이름이 나올 때마다 가브리엘이 번번이 끼어들었고, 광란의 바다도 그와 한통속인 것처럼 이야기를 방해했다.

제로보암호는 고향을 떠나 얼마 지나지 않았을 때 어느

포경선과 얘기를 나누다가 모비 딕의 존재와 만행에 대해 제대로 전해 들은 모양이었다. 이 정보를 탐욕스럽게 흡수한 가브리엘은 선장에게 이 괴물이 나타나더라도 흰 고래를 공격해서는 안 된다고 엄중히 경고했고, 광기 어린 헛소리로 흰 고래가 바로 현신한 셰이커 신이며 셰이커교도들은 성경의 계시를 받는다고 선언했다. 하지만 한두 해가 지나 주 돛대에서 모비 딕이 또렷이 포착되었을 때, 일등 항해사 메이시는 놈과 맞대결을 펼치고 싶은 열정에 불탔고 선장도 그에게 기회를 주고 싶은 마음이 없지 않았기 때문에, 대천사의 위협과 경고에도 불구하고 메이시는 다섯 명을 설득하여 보트에 태우는 데 성공했다. 메이시는 그들과 함께 출발했고, 한참을 녹초가 되도록 노를 젓고 여러 차례 위험한 공격을 실패한 끝에 마침내 작살 하나를 깊숙이 꽂는 데 성공했다. 그러는 동안 가브리엘은 주 돛대 꼭대기에 올라가 한 팔을 미친 듯이 휘저으며 자신이 모시는 신을 공격하는 무례한 자들에게 당장 천벌이 떨어질 거라는 예언을 퍼부었다. 항해사 메이시가 보트 앞머리에 서서 자기 부족 특유의 거침없는 에너지로 고래를 향해 격렬한 외침을 토해 내며 작살을 던질 기회를 노리는데, 이런! 커다란 흰 그림자가 바다에서 솟구치더니 부채질이라도 하는 것처럼 재빠르게 움직이는 모습에 노잡이들은 잠시 숨을 죽였다. 그리고 다음 순간, 광포한 생기가 넘치던 불운한 항해사는 허공으로 내동댕이쳐져 긴 포물선을 그리며 50미터쯤 앞의 바다에 떨어졌다. 보트는 조금도 상하지 않았고 노잡이들 역시 털끝 하나 다치지 않았지만 항해사는 영원히 물속에 가라앉고 말았다.

　여기서 우리가 알아야 할 점은 향유고래 포경업계에서 일어나는 치명적인 사건들 중에는 이런 종류의 참사도 다른 사건 못지않게 빈번하다는 사실이다. 그런 식으로 목숨을 잃은 사람 말고는 전혀 다른 손상이 없을 때도 있고, 보트의 앞머리가 부서지거나 보트장이 서 있는 널빤지가 날아가면서 보트장이 함께 떨어지는 경우는 더 흔하다. 하지만 가장 기이한 건 사체를 건져 보면 빳빳하게 죽은 몸에서 폭력의 흔적을 전혀 찾아볼 수 없을 때가 한두 번이 아니라는 점이다.

본선에서는 메이시가 물에 빠진 것까지 모든 재난을 똑똑히 목격했다. 「천벌이다! 천벌이야!」 가브리엘은 날카롭게 외치면서 공포에 휩싸인 선원들에게 더는 고래를 공격하지 말라고 명령했다. 이 끔찍한 사건으로 대천사의 영향력은 더욱 커졌다. 누구라도 할 수 있는 예언이었고 수많은 커다란 과녁 가운데 우연히 하나를 맞힐 수 있는 수준의 일반적인 예언을 했을 뿐이지만, 순진한 신봉자들은 그가 구체적으로 사건을 예언했다고 믿었다. 그는 배에서 이루 말할 수 없는 공포의 존재가 되었다.

메이휴의 이야기를 들은 에이해브가 이런저런 질문을 퍼붓자, 낯선 배의 선장은 기회가 주어지면 흰 고래를 사냥할 작정이냐고 묻지 않을 수 없었다. 그 질문에 에이해브는 〈그렇다〉고 대답했다. 그러자 가브리엘은 다시 한 번 자리에서 벌떡 일어나 노인을 노려보았고, 손가락으로 아래를 가리키며 맹렬하게 외쳤다. 「생각하라, 지금 죽어 저 아래 가라앉은 불경한 자를 생각하라! 불경한 자의 말로를 유념하라!」

에이해브는 무심하게 몸을 틀어 메이휴에게 말했다. 「선장, 방금 생각났는데, 내가 잘못 안 게 아니라면 우리 행낭에 그쪽 선원에게 온 편지가 있소. 스타벅, 행낭을 찾아보게.」

모든 포경선은 이런저런 선박 앞으로 가는 편지를 적잖이 싣고 있는데, 원래의 임자에게 편지가 전달되는지 여부는 순전히 사대양에서 서로 마주치는 우연에 좌우된다. 그런 연유로 편지 대부분은 결국 의도한 사람 손에 들어가지 못하고, 2년이나 3년, 그 이상 시간이 지난 후에야 받아 볼 때도 많다.

스타벅이 금세 편지 한 통을 들고 돌아왔다. 편지는 아무렇게나 다뤘고 선실의 어두침침한 장 속에 보관한 탓에 축축했으며 군데군데 흐릿한 녹색 곰팡이가 피었다. 그런 편지라면 죽음의 신이 배달하는 게 더 어울릴 것 같았다.

「못 읽겠나?」 에이해브가 소리쳤다. 「이리 줘보게. 아니 이런, 글자가 너무 희미하군. 이게 뭐라고 쓴 거지?」 그가 편지를 들여다보는 동안 스타벅은 길쭉한 삽자루를 가져왔는데, 칼로 끝을 살짝 찢은 편지를 삽자루에 끼워 보트를 배에 더 가까이 대지 않고도 넘겨받을 수 있도록 하기 위해서였다.

그러는 사이에도 에이해브는 편지를 들고 중얼거렸다. 「해, 이게 뭐냐, 해리…… 여자의 귀여운 글씨체로군. 부인이 보낸 모양이야. 그래…… 해리 메이시, 제로보암호. 아니, 메이시라면, 그 사람은 죽었잖아!」

「불쌍한 친구! 불쌍한 친구 같으니! 부인이 보냈군.」 메이휴는 한숨을 쉬었다. 「그래도 받아 두겠소.」

「아니, 그냥 당신이 갖고 계시오.」 가브리엘이 에이해브에게 소리쳤다. 「당신도 곧 그곳으로 가게 될 테니.」

「염병할 놈 같으니!」 에이해브가 소리를 질렀다. 「메이휴 선장, 자 이걸 받으시오.」 그러고는 스타벅에게서 받은 삽자루 끝에 죽음의 서신을 끼워서 보트를 향해 내밀었다. 하지만 그러는 동안 노잡이들이 보란 듯이 노 젓기를 멈추는 바람에 보트가 배의 고물 쪽으로 조금 떠내려갔다. 그러자 갑자기 무슨 마법을 부리기라도 한 것처럼 편지가 그걸 노리던 가브리엘의 손에 가 닿았다. 그는 당장 편지를 낚아채더니 주머니칼에 편지를 꿰어 다시 배로 던졌다. 그건 에이해브의 발치에 떨어졌다. 그러자 가브리엘은 동료들에게 배를 저으라고 날카롭게 외쳤고, 반란자들의 보트는 그렇게 쏜살같이 피쿼드호에서 멀어져 갔다.

막간극이 끝난 후 고래 가죽을 벗기는 일을 다시 시작한 선원들은 이 엉뚱한 사건과 관련된 기이한 얘기들을 한참 주고받았다.

72
원숭이 밧줄

고래를 해체하고 처리하는 떠들썩한 작업을 하는 동안 선원들은 앞뒤로 많이 뛰어다니게 된다. 여기서 일손이 필요한가 싶으면 저쪽에서 손이 모자란다. 한군데 머무를 수가 없다. 동시에 사방에서 한꺼번에 일을 처리해야 하기 때문이다. 그건 그 광경을 묘사하려는 사람도 마찬가지여서 이야기를 조금 전으로 되돌려야겠다. 고래의 등을 처음 공략할 때, 항해사들이 삽으로 뚫은 처음의 구멍에 지방용 갈고리를 끼운다는 얘기는 앞에서 했다. 하지만 그렇게 육중하고 무거운 갈고리를 그 구멍에 대체 어떻게 끼우는 걸까? 그건 바로 나의 각별한 친구인 퀴퀘그가 끼워 넣은 것인데, 작살잡이로서 바로 그 작업을 위해 괴물 등에 내려서는 것이 그의 소임이었다. 하지만 지방층을 걷어 내는 작업이 모두 마무리될 때까지 작살잡이는 고래 등에 그대로 있어야 하는 경우가 대단히 많다. 그런데 당장 작업이 이루어지는 부위를 제외한 고래의 거의 대부분이 물에 잠겨 있다는 사실에 주목해야 한다. 그러니 불쌍한 작살잡이는 갑판에서 3미터쯤 아래로 내려가, 커다란 덩어리가 발밑에서 쳇바퀴처럼 돌아가는 가운데 반은 고래 위에 서고 반은 물속에 잠긴 채 허우적거리는 신세다. 지금 이야기하는 이 상황에서 퀴퀘그는 스코틀랜드의 하일랜드풍 옷차림(셔츠와 양말)이었고, 적어도 내 눈에는 보기 드물게 멋있어 보였다. 그리고 곧 알게 되겠지만, 그를 관찰하기에 나보다 더 좋은 기회를 가진 사람은 없었다.

나는 이 야만인의 노잡이로서 그가 타는 보트의 뱃머리 노(앞에서 두 번째)를 저었기 때문에, 지금 죽은 고래의 등으로 힘들게 기어오르는 그를 돕는 것은 나의 기꺼운 의무였다. 이탈리아의 오르간 악사들이 춤추는 원숭이를 긴 끈에 매어 데리고 다니는 모습을 본 적이 있을 것이다. 그것처럼 나도 가파른 뱃전에서 저 아래 바다로 내려간 퀴퀘그를 밧줄에 붙들어 맸는데, 범포로 만든 튼튼한 허리띠에 달린 그 밧줄을 포경업계에서는 흔히 원숭이 밧줄이라고 부른다.

그건 우리 둘 모두에게 우스꽝스러울 정도로 위험한 작업이었다. 얘기를 계속하기에 앞서 말해 두자면, 원숭이 밧줄 한쪽은 퀴퀘그의 넓은 범포 허리띠에, 그리고 다른 쪽 끝은 나의 좁은 가죽 허리띠에, 이렇게 양쪽을 모두 단단히 묶어야 하기 때문이다. 따라서 좋든 싫든 우리 둘은 당분간 일심동체로 맺어진 사이였고, 불쌍한 퀴퀘그가 물에 빠져 두 번 다시 떠오르지 못한다면 관례와 명예에 따라 나 역시 밧줄을 자르는 대신 함께 끌려 들어가야 한다. 그러므로 우리는 긴 줄을 통해 샴쌍둥이처럼 한 몸이 되었다. 퀴퀘그는 뗄 수 없는 나의 쌍둥이 형제였으며, 나는 어떤 식으로든 삼밧줄 결합에 따른 이 위험한 책임에서 벗어날 수 없었다.

나는 당시의 내 상황을 너무나 통렬하게, 그리고 형이상학적으로 인식한 터라, 그의 동작을 열심히 지켜보는 동안 나의 개체성이 2인 합자 회사로 통합되어 자유 의지는 치명상을 입고, 타인의 실수나 불운으로 인해 아무 죄 없는 내가 무자비한 재앙과 죽음으로 곤두박질칠 수 있다는 사실을 또렷하게 인식했던 것 같다. 그렇다면 이건 어떤 면에서 신의 섭리가 단절된 상황과 같다고 판단했다. 공명정대한 신의 섭리라면 이렇게 터무니없는 부당함을 용납했을 리 없기 때문이다. 그러다가 이따금 고래와 배 사이에 끼일 처지가 된 퀴퀘그를 한 번씩 당기면서 조금 더 곰곰이 생각해 본 결과, 지금의 내 처지가 살아 숨 쉬는 모든 인간의 처지라는 걸 깨달았다. 다만, 인간 대부분은 이런저런 방식을 통해 다수의 인간과 샴쌍둥이로 결합된다는 게 다를 뿐이었다. 거래하는 은행이 파산하면 끝장이다. 약제사가 실수로 약에 독을 넣으면 죽는다. 물론 극도로 조심한다면 이런 상황을 비롯해서 삶의 무궁무진한 불운을 피해 갈 수 있을 거라고 말할지도 모른다. 그러나 나는 퀴퀘그의 원숭이 밧줄을 조심스럽게 다뤘건만, 이따금 그가 밧줄을 휙 잡아채는 통에 배 밖으로 거의 미끄러져 떨어질 지경에 처하기도 했다. 여기서 결코 망각할 수 없는 사실은, 내가 뭘 어떻게 하든 내가 다룰 수 있는 건 다만 밧줄의 한쪽 끝뿐이라는 것이다.[17]

고래와 배 사이에 긴 불쌍한 퀴퀘그를 종종 당겨서 빼줬다는 얘기는 앞에서도 했다. 고래와 배가 둘 다 쉬지 않고 출렁이고 흔들리다 보니 그렇게 가끔씩 빠지곤 했지만, 그가

17 원숭이 밧줄은 모든 포경선에서 볼 수 있다. 하지만 원숭이와 끈잡이를 한데 묶는 건 피쿼드호뿐이다. 원래의 용도를 이런 식으로 개량한 사람은 다름 아닌 스터브였는데, 위험한 작업을 하는 작살잡이에게 끈잡이의 성실함과 조심성을 확보해 줄 가장 강력한 방법을 제공하기 위해서였다 — 원주.

노출된 난감한 재앙은 그것만이 아니었다. 사체에 괴었던 피가 흐르기 시작하자 밤중에 벌어진 대학살에 아랑곳하지 않는 상어들이 다시 격렬하게 꾀어들었다. 미쳐 날뛰는 상어들이 벌집 속의 벌 떼처럼 주변에 우글거렸다.

그리고 상어 떼 한복판에 퀴퀘그가 있었다. 그는 버둥거리는 발로 상어들을 연신 밀어냈다. 도저히 믿을 수 없는 상황은 그게 아니라, 죽은 고래라는 엄청난 먹이에 정신이 팔린 탓에 고기라면 뭐든 가리지 않고 먹어 치우는 상어가 인간을 거의 건드리지 않는다는 점이다.

그래도 워낙 게걸스러운 놈들이기 때문에 주의를 게을리하지 않는 게 현명했다. 그에 따라 내 불쌍한 친구가 유난히 광포해 보이는 상어의 아가리에 지나치게 근접할 경우 한 번씩 원숭이 밧줄을 당겼는데, 그에게는 그것 말고도 또 다른 보호 장치가 제공되었다. 타슈테고와 다구가 뱃전 너머 발판에 서서 그의 머리 위로 예리한 고래 삽을 계속 휘두르며 닥치는 대로 상어를 죽인 것이다. 둘의 행동이 사심 없는 호의였던 건 분명하다. 그들이 퀴퀘그의 행운을 기원했다는 건 나도 인정한다. 하지만 그를 도우려는 성급한 열정으로, 이따금 핏물이 번진 물에 퀴퀘그와 상어가 반쯤 가려진 상황에서 무분별하게 삽을 휘두르는 바람에 꼬리가 아닌 다리를 자를 뻔한 적도 많았다. 하지만 불쌍한 퀴퀘그는, 짐작하건대, 커다란 쇠갈고리를 끼우려고 안간힘을 쓰며 오로지 자신의 요조 신에게 목숨을 맡긴 채 기도를 드렸을 것이다.

그래, 그래, 소중한 내 친구이자 쌍둥이 형제여. 바다가 굽이칠 때마다 밧줄을 당겼다 늦추길 반복하며 나는 생각했다. 결국 다 무슨 소용이란 말인가? 자네야말로 이 포경업에 종사하는 우리 모두의 소중한 표상이 아니겠는가? 자네가 몸을 담근 채 헐떡이는 불안정한 바다는 인생이요, 상어는 적이고 고래 삽은 친구며 상어와 삽 사이에서 자네는 슬픈 곤경과 위험에 처했구나, 가여운 친구여.

그러나 용기를 내라, 퀴퀘그! 떠들썩한 주연(酒宴)이 그대를 기다리니. 마침내 입술은 시퍼렇고 눈에는 핏발이 선 채 기진맥진한 야만인이 사슬을 타고 기어올라 뱃전에 서서 물을 뚝뚝 떨어뜨리며 몸을 바들바들 떨었다. 사환이 다가와 위로하는 듯한 선량한 눈길로 그를 바라보며 뭔가를 건넸다. 뭐였을까? 뜨거운 코냑? 천만의 말씀! 그에게 건넨 건, 오 맙소사! 미지근한 생강차였다!

「생강? 이거 생강 냄새 아니야?」스터브가 가까이 오며 미심쩍은 투로 물었다. 「맞아, 틀림없이 생강이네.」그는 아직 입도 대지 않은 잔을 들여다보며 말하고는, 믿을 수 없다는 듯이 잠시 서 있다가 놀란 사환에게 침착하게 다가가 천천히 말했다. 「생강? 생강? 이봐 찐빵, 대체 생강이 어디에 좋은지 좀 말해 줄래? 생강이라니! 찐빵, 지금 이렇게 덜덜 떠는 식인종의 몸속에 불을 지피는 연료로 생강을 쓰겠단 말이야? 생강이라고! 대체 생강이 뭔데? 석탄이야? 장작인가? 부싯돌? 화약? 대체 생강이 뭐기에 불쌍한 퀴퀘그한테 이런 생강차를 주냔 말이야?」

「여기엔 비열한 금주 협회의 음모가 도사리고 있어.」그는 불쑥 덧붙이더니 이번에는 막 뱃머리 쪽에서 나타난 스타벅에게 다가갔다. 「저 잔을 좀 들여다보시겠어요? 내키시면 냄새도 맡아 보세요.」그러고는 항해사의 안색을 살피며 말을 이었다. 「글쎄 저 뻔뻔스러운 사환 녀석이 고래 작업을 막 끝내고 올라온 퀴퀘그한테 감홍과 할라파[18]를 줬지 뭡니까. 사환이 무슨 약제사라도 된단 말입니까? 이게 과연 물에 빠져 죽을 뻔한 사내에게 생기를 되찾아 줄 그런 약이냐고요?」

「아닐세.」 스타벅이 말했다. 「정말 형편없군.」

「어이, 어이, 사환.」 스터브가 외쳤다. 「작살잡이한테 약 먹이는 법을 가르쳐 주마. 여기 내온 약제들로는 어림없어. 혹시 너 우리를 독살하고 싶은 거냐? 우리 목에 보험이라도 들어 놓은 거야? 그래서 우리를 전부 살해한 다음 보험금을 챙기려는 거냐고? 응?」

「제가 그런 게 아니에요.」 찐빵이 울먹였다. 「배에 생강을 실은 건 채러티 아주머니였어요. 그러면서 작살잡이에게는 절대로 어떤 술도 주지 말고 이것만 주라고 하셨어요. 이게 생강차라고 하셨어요.」

「생강차! 이런 생강 같은 놈! 저리 치우지 못해! 그리고 냉큼 선반으로 달려가서 더 나은 걸 가져와. 제가 잘못하는 게 아니겠죠, 스타벅. 고래에 올라탔던 작살잡이에게 독주를 주라는 건 선장의 명령입니다.」

「알아들었네.」 스타벅이 말했다. 「그래도 다음부터는 때리지는 말고 그냥…….」

「아니, 저는 때려도 상처를 내는 법이 없어요. 고래나 그런 걸 때려잡을 때를 제외하면 말이죠. 그리고 이 녀석은 족제비 같은 놈이라고요. 그런데 하시려던 말씀은 뭐였나요?」

「다른 게 아니라, 저 녀석하고 같이 내려가서 자네가 원하는 걸 가져오라는 거였어.」

스터브가 다시 나타났을 땐, 한 손에는 짙은 색 병, 또 다

18 두 가지 다 설사제다.

68

른 손에는 차통 같은 걸 들고 있었다. 독주가 담긴 첫 번째 것은 퀴퀘그에게 넘기고, 채러티 아주머니의 선물이라는 두 번째 것은 아낌없이 파도에게 건네주었다.

73
스터브와 플래스크, 참고래를 잡고
이야기를 나누다

그러는 사이에도 향유고래의 커다란 머리가 피쿼드호의 뱃전에 매달려 있었다는 걸 기억해야 한다. 하지만 처리할 기회가 올 때까지는 계속 거기 매달아 두는 수밖에 없다. 당장은 다른 일들이 급하기 때문에 고래 머리에 대해 우리가 할 수 있는 최선은 도르래가 버틸 수 있게 해달라고 하늘에 기도하는 것뿐이다.

한편, 지난밤부터 오전까지 피쿼드호는 노란 요각류 떼가 간간이 눈에 띄는 바다로 점차 진입했다. 요각류가 보인다는 건 참고래가 가까이 있다는 심상찮은 신호였다. 하지만 이 바다 괴물이 이 특정한 시기에 주변에 도사리고 있을 거라고 생각하는 사람은 거의 없었다. 게다가 모든 선원이 열등한 고래를 잡는 걸 하찮게 여기고, 피쿼드호는 참고래를 잡으라는 요구를 받지 않았으며, 크로제 제도 인근에서 참고래 여러 마리를 지나치면서도 보트를 내리지 않았는데, 향유고래 한 마리를 잡고 머리까지 자른 이 마당에, 그날 중으로 기회가 나면 참고래를 잡으라는 지시가 내려오자 모두 깜짝 놀랐다.

오래 기다릴 것도 없었다. 바람이 불어오는 쪽에서 물기둥이 포착됐고, 스터브와 플래스크가 이끄는 보트 두 척이 추격에 나섰다. 하도 멀리 나가는 바람에 돛대 꼭대기 망꾼의 눈에도 거의 보이지 않을 정도가 되었다. 그런데 갑자기 저 멀리서 흰 물살이 크게 일어나는 게 보였고, 곧이어 보트 한 척 또는 두 척 모두가 고래에 작살을 꽂은 게 틀림없다는 전언이 돛대 꼭대기에서 들려왔다. 잠시 후 보트들이 또렷하게 눈에 들어왔는데, 고래에 매달린 채 본선을 향해 곧장 끌려오는 중이었다. 괴물이 본선에 너무 가까이 다가와 처음에는 해를 가할 의도인 듯 보였지만, 뱃전까지 15미터 정도를 남겨 둔 지점에서 소용돌이를 일으키더니 용골 밑으로 잠수한 것처럼 완전히 시야에서 사라졌다. 「밧줄을 끊어! 끊으라고!」 배의 선원들이 보트를 향해 외쳤을 땐 보트들이 금방이라도 본선에 부딪혀 산산조각 날 것만 같았다. 하지만 밧줄통에 아직 밧줄이 많이 남았고 고래도 그렇게 급하게 잠수를 한 건 아니었기 때문에, 보트에서는 밧줄을 충분히 길게 풀어 내는 동시에 본선보다 앞서 나가기 위해 있는 힘껏 노를 저었다. 몇 분 동안 위험천만한 싸움이 펼쳐졌다. 한편으로는 팽팽한 밧줄을 늦추면서 다른 방향으로 부지런히 노를 젓는 와중에 그에 상응하는 힘이 아래에서 위협적으로 보트를 끌어당겼기 때문이다. 하지만 그들은 그저 본선보다 몇 미터만 앞서려 했을 뿐이다. 그리고 불굴의 의지로 목적을 달성한 순간, 갑작스러운 전율이 번개처럼 용골을 훑고 지나갔고 팽팽한 밧줄이 배 밑바닥을 긁으면서 뱃머리 밑에서 불쑥 솟아올랐다. 튕기듯 부르르 떨리는 밧줄에서 물방울이 사방으로 튀었는데, 마치 깨진 유리 조각이 물 위로 후드득 떨어지는 것 같았다. 그러는 중에 고래도 그 너머의 수면으로 떠올랐고, 보트들은 다시 한 번 날듯이 질주할 기회를 얻었다. 하지만 지친 고래가 속도를 늦추고는 되는대로 진로를 바꾸면서 보트 두 척을 매단 채 본선의 고물을 돌았고, 결국 배를 한 바퀴 빙 돌았다.

그러는 사이에도 보트에서는 밧줄을 계속 잡아당겼고, 마침내 양쪽에서 고래에 근접했을 때 플래스크가 창을 찌르자 스터브도 창으로 응수했다. 그렇게 피쿼드호를 빙빙 돌며 사투가 이어졌고, 향유고래 주변에서 헤엄치던 상어 떼는 새롭게 쏟아진 피로 달려들어, 모세가 지팡이로 내리친 바위에서 솟아난 샘물을 마신 이스라엘 사람들처럼 고래가 상처를 입을 때마다 솟구치는 피를 게걸스레 마셔 댔다.

고래는 결국 피를 뿜고 무섭게 몸을 뒤척이며 먹은 걸 게위 내더니 배를 뒤집고 죽었다.

두 보트장이 꼬리에 밧줄을 단단히 묶었는데 그 커다란 몸뚱이를 끌고 갈 이런저런 준비를 하는 동안 둘 사이에는 이런 대화가 오갔다.

「영감은 뭐하자고 이 냄새나는 기름 덩어리를 원하는지 모르겠네.」 스터브는 이런 질 떨어지는 고래를 다뤄야 한다는 생각에 염증을 내며 말했다.

「왜냐고요?」 플래스크가 남은 밧줄을 뱃머리에 감아 넣으며 말했다. 「향유고래 머리를 우현에 매달고 동시에 좌현에 참고래 머리를 매단 배는 절대로 뒤집히지 않는다는 얘기를 한 번도 들어 본 적 없어요?」

「왜 그런 건데?」

「그야 저도 모르죠. 하지만 누렁이 유령 같은 페달라가 그

72

렇게 말하는 소리를 들었는데, 그치는 배의 주술에 대해 모르는 게 없는 것 같더라고요. 가끔은 그치가 결국 배에 주술을 걸어 쓸모없게 만들어 버릴 거라는 생각도 들어요. 스터브, 난 그자가 영 마음에 안 들어요. 그자의 송곳니가 뱀 대가리 모양으로 조각된 거 봤어요, 스터브?」

「집어치워! 난 그놈은 쳐다보지도 않아. 하지만 어느 캄캄한 밤에 녀석이 뱃전에 혼자 서 있고 주변에 아무도 없는 때가 온다면, 저길 내려다봐, 플래스크.」 그러면서 양손을 희한하게 움직여 바다를 가리켰다. 「아무렴, 하고말고! 플래스크, 내가 보기에 페달라는 변장한 악마거든. 그가 배에 몰래 탔다는 황당무계한 얘기를 믿어? 놈은 악마라니까. 꼬리가 안 보이는 건 눈에 띄지 않게 감췄기 때문이야. 둘둘 말아서 주머니에 넣었을 테지. 염병할 놈! 지금 생각해 보니, 부츠의 발끝에 채우기 위해 늘 뱃밥을 챙기잖아.」

「잘 때도 부츠를 신고 자요. 그물 침대도 없고요. 한번은 밤에 밧줄 타래 위에서 자는 걸 본 적이 있어요.」

「틀림없어. 빌어먹을 꼬리 때문일 거야. 그걸 감아서 밧줄 안에 넣어 두는 거지.」

「영감은 대체 그놈하고 무슨 관계가 있는 걸까요?」

「모종의 거래나 계약을 맺었겠지.」

「계약이라고요? 무슨 계약요?」

「뭐겠어. 영감은 흰 고래를 잡는 데 혈안이니까 저 악마가 은시계나 영혼이나 아무튼 그런 걸 내놓으면 모비 딕을 주겠다고 살살 구슬리는 거지.」

「에이! 스터브, 농담하지 말아요. 페달라가 무슨 수로 그렇게 한단 말이에요?」

「낸들 알아? 하지만 악마란 호기심이 많고 사악한 존재니까. 왜, 이런 얘기도 있잖아. 언젠가 악마가 신사처럼 아주 태연하게 꼬리를 빙빙 돌리며 낡은 기함으로 어슬렁어슬렁 들어가 함장을 좀 보자고 했다는 거야. 마침 자리에 있던 함장이 악마에게 원하는 게 뭐냐고 물었지. 그랬더니 악마가 발을 구르며 소리쳤대. 〈존을 내놔.〉늙은 함장이 뭣 때문에 그러냐고 묻자 악마가 화를 내며 말했대. 〈무슨 상관이냐, 쓸데가 있다.〉그래서 함장이 〈데려가라〉고 했대. 플래스크, 악마가 존을 용도 폐기하기 전에 그에게 아시아 콜레라를 옮기지 않았다면, 신께 맹세코, 이 고래를 한입에 먹어 치우겠네. 하지만 주의를 게을리하지 마. 준비 다 끝났나? 좋아, 그러면 가세. 고래를 뱃전에 나란히 대자고.」

「그와 비슷한 얘기를 본 기억이 나는 것 같기도 하네요.」두 보트가 마침내 묵직한 짐을 끌고 배를 향해 천천히 나아가기 시작했을 때 플래스크가 말했다. 「하지만 어디였는지는 도저히 생각이 안 나요.」

「『세 명의 스페인 사람』[19] 아닌가? 잔인무도한 세 스페인 악당의 모험 말이야. 거기서 읽었지, 플래스크? 그랬을 것 같은데.」

「아뇨, 그런 책은 본 적이 없어요. 들어 보긴 했지만. 그런데 스터브, 조금 전에 말한 악마가 지금 피쿼드호에 있는 악마라고 생각하는 거예요?」

「자네와 함께 이 고래를 잡은 남자는 나랑 같은 사람인가? 악마는 영원히 살잖아. 악마가 죽었다는 얘기 들어 본 사람 있어? 악마가 죽었다며 상복을 입은 성직자를 본 적 있

19 영국 작가 조지 워커의 소설.

냐고? 그리고 함장의 선실 열쇠를 가지고 있는 악마라면 현창으로 기어들어 갈 수도 있다고 생각하지 않아? 말해 보게, 플래스크.」

「페달라가 몇 살쯤 됐다고 생각해요, 스터브?」

「저기 주 돛대가 보이지?」 스터브가 배를 가리키며 물었다. 「저게 숫자 1일세. 이제 피쿼드호의 선창에 있는 쇠테를 전부 꺼내다가 저 돛대 옆에 죽 늘어놓고 그것들을 숫자 0이라고 치잔 말이야. 아마 그렇게 해도 페달라의 나이는 이제 막 세기 시작하는 것에 불과할걸. 이 세상 통장이들이 아무리 많은 쇠테를 만들어 내도 부족할 거야.」

「하지만 스터브, 조금 전에 기회만 있으면 페달라를 바다에 집어 던지겠다고 큰소리치지 않았나요. 아니, 그자가 배에 있는 쇠테를 전부 더해야 할 만큼 나이가 많고, 또 영원히 사는 놈이라면 바다에 던져 봐야 무슨 소용이에요? 안 그래요?」

「그래도 냅다 처넣을 거야.」

「그래 봤자 다시 기어오를 텐데.」

「또 처넣지. 계속해서 처넣을 거야.」

「그런데 그놈이 당신을 처넣겠다고 들면 어쩌죠? 그렇잖아요, 당신을 빠뜨려 죽이겠다면, 그때는 어떻게 할 거예요?」

「놈이 그러는 걸 보고 싶군. 양쪽 눈덩이를 시퍼렇게 만들어서 놈이 지내는 맨 아래 갑판과 뻔질나게 돌아다니는 위쪽 갑판은 말할 것도 없고, 한동안 함장의 선실에도 차마 얼굴을 내밀지 못하게 만들어 줄 테니. 빌어먹을 악마 같으니. 플래스크, 내가 악마를 무서워한다고 생각하는 거야? 놈을 붙잡아 이중 수갑을 채워야 마땅한데도 그럴 엄두를 내기는커녕 사람들을 납치하고 돌아다니게 풀어 준 늙은 함장 말고 누가 놈을 두려워한다는 거야? 게다가 악마가 납치한 인간을 불에 구워 준다는 계약이나 맺고. 한심한 함장 같으니!」

「페달라가 에이해브 선장을 납치하려 한다고 생각해요?」

「그렇게 생각하느냐고? 머잖아 자네도 알게 될 거야, 플래스크. 하지만 당장은 주의를 게을리하지 말아야지. 그리고 뭔가 심상찮은 일이 벌어지는 것 같으면 목덜미를 잡고 말하겠어. 이봐, 악마, 그만둬. 그리고 놈이 소란을 피우면 신께 맹세코 놈의 주머니에서 꼬리를 꺼내 들고 도르래로 끌고 가서 꼬리가 댕강 떨어져 나가도록 둘둘 말아 올릴 거야. 제 꼬리가 그렇게 볼썽사납게 잘린 걸 알면 사타구니에 꼬리를 끼우는 하찮은 만족감조차 느끼지 못한 채 슬그머니 꽁무니를 빼지 않겠어?」

「그러면 그 꼬리는 어떻게 할 거예요, 스터브?」

「뭘 어떻게 해? 집에 가져가서 소몰이 채찍으로 팔아야지. 그것 말고 어디에 쓰겠어?」

「지금 그 말이나 여태까지 한 말 전부 진심이에요, 스터브?」

「진심이고 자시고, 이제 배에 다 왔어.」

본선에서는 보트의 선원들에게 고래를 좌현으로 끌고 가라고 소리쳤다. 좌현에는 꼬리에 감을 쇠사슬을 비롯해서 고래를 붙들어 매기 위해 필요한 장비가 이미 준비되어 있었다.

「내가 뭐랬어요?」 플래스크가 말했다. 「이제 참고래 머리가 향유고래 맞은편에 매달릴 테니 두고 보세요.」

이윽고 플래스크의 말이 사실로 입증되었다. 전에는 향유고래 머리 쪽으로 심하게 기울어졌던 피쿼드호는 이제 두 머리가 균형을 이루면서 평형을 되찾았다. 하지만 힘겹게 버티는 건 틀림없었다. 그러니까 한 손으로 로크의 머리를 들면 그쪽으로 기울어지지만, 반대쪽 손으로 칸트의 머리를 들면 원래의 자세로 돌아오는 것과 같은 이치다. 하지만 그게 얼마나 곤란한 상황이겠는가. 그런 것처럼, 어떤 사람들은 오로지 배의 균형을 유지하는 것에만 신경을 쓴다. 아, 어리석은 자들 같으니! 차라리 그 멍청한 머리들을 전부 배 밖으로 던져 버리면 물 위에 가볍게 똑바로 뜰 텐데.

뱃전에 나란히 가져다 댄 참고래의 몸을 처리할 때에도 향유고래의 경우와 똑같은 사전 준비 작업이 이루어지는 게 보통이다. 다만 향유고래는 머리를 통째로 잘라 내는 데 반해, 참고래는 입과 혀를 따로 제거한 후 정수리라고 불리는 것에 달린 잘 알려진 검은 뼈와 함께 전부 갑판으로 끌어 올린다. 그런데 이번에는 이런 작업을 하지 않았다. 두 고래의 사체는 고물에서 내버렸고, 머리를 매단 배는 양쪽으로 지나치게 무거운 짐 바구니를 짊어진 노새 꼴이었다.

그러는 사이에 페달라는 참고래의 머리를 차분히 바라보고, 이따금 고래의 깊은 주름에서 제 손의 주름으로 시선을 옮겼다. 에이해브가 마침 그곳에 서 있었던 탓에 그의 그림자가 배화교도 위로 드리웠다. 배화교도의 그림자가 있었더라도, 에이해브의 그림자와 합쳐져 그의 그림자를 더 길게 늘인 것처럼 보였다. 선원들은 힘들게 일하면서도 눈에 들어오는 이런 것들에 대해 구구한 억측들을 주고받았다.

74
향유고래의 머리 — 비교 고찰

자, 여기 커다란 고래 두 마리가 머리를 맞대고 누웠으니, 우리도 그 틈에 끼어 머리를 눕혀 보자.

당당한 2절판 바다 괴물 중에서 가장 주목할 만한 건 단연 향유고래와 참고래다. 인간이 본격적으로 사냥하는 것도 이 고래들뿐이다. 낸터컷 사람들은 두 고래를 지금까지 알려진 모든 고래의 두 극단으로 여긴다. 외관상 차이점은 주로 머리에서 관찰되는데, 마침 두 고래의 머리가 피쿼드호 뱃전에 매달려서 갑판을 거니는 것만으로 이쪽저쪽 자유롭게 살펴볼 수 있으니, 실용 고래학을 연구하기에 이보다 더 좋은 기회가 어디 있겠는가?

일단 두 머리의 일반적인 차이는 첫눈에 확연히 느껴진다. 확실히 둘 다 엄청나게 크지만, 향유고래는 수학적인 대칭이 분명한 반면, 안타깝게도 참고래에게서는 그걸 찾아볼 수 없다. 향유고래의 머리에는 그 밖에도 더 많은 특징이 있다. 향유고래의 머리를 보면 전체적으로 위엄이 넘친다는 점에서 향유고래의 어마어마한 우월함을 무심코 인정하게 된다. 이번 경우에도 오랜 연륜과 풍부한 경험을 나타내는 정수리의 희고 검은 점들 때문에 위엄이 한결 고조된다. 간단히 말해, 향유고래는 고래잡이들 사이에서 〈회색 머리 고래〉로 통하는 바로 그 고래다.

이번에는 두 머리에서 가장 차이가 적은 부분, 즉 가장 중요한 기관인 눈과 귀를 살펴보자. 머리 옆으로 한참 뒤로 돌아가서 아래쪽으로 턱 모서리 근처를 주의 깊게 살펴보면 속눈썹이 없고 어딘가 어린 망아지 같은 눈, 커다란 머리와 전혀 균형이 맞지 않는 눈을 찾을 수 있다.

그런데 이렇게 희한하게 옆에 달라붙은 고래의 눈으로는 바로 뒤에 있는 물체를 볼 수 없는 것처럼 정면에 있는 물체도 볼 수 없을 게 분명하다. 한마디로 고래 눈이 달린 위치는 사람의 귀 지점에 해당된다. 귀를 이용해서 옆으로 사물을 관찰한다면 어떨지는, 각자 상상해 보라. 옆으로 직선을 그린다면 거기서 전후 약 30도까지 시야에 들어올 것이다. 백주 대낮에 철천지원수가 단검을 꺼내 들고 정면에서 다가오더라도 볼 수가 없다. 뒤에서 몰래 접근할 때나 다를 바가 없다. 말하자면 등이 두 개인 셈이다. 그런가 하면 앞(옆에 붙은 앞)도 두 개라는 뜻이 되는데, 인간에게 앞이란 결국 눈이 달린 곳이 아니던가.

더구나 지금 내 머릿속에 떠오르는 다른 동물들 대부분은 자연스럽게 양쪽 눈의 시력을 결합하여 둘이 아닌 하나의 상을 그릴 수 있도록 눈이 배치되어 있다. 그런데 고래는 눈의 위치가 희한해서, 몇 제곱미터에 달하는 견고한 머리가 사실상 두 눈 사이를 가른다. 웅대한 산이 골짜기의 두 호수를 갈라놓는 것과 마찬가지다. 그러니 각각 독립된 기관에서 전달하는 상이 전혀 다를 수밖에 없다. 따라서 고래는 이 눈으로 별개의 풍경을 보고 저 눈으로 또 다른 풍경을 봐야 하며, 그 사이에 있는 것은 깊은 암흑이어서 고래에겐 존재하지 않는 것이나 다름없을 터다. 인간은 사실상 두 창틀을 합쳐 하나의 창을 낸 초소를 통해 세상을 내다본다고 말할 수 있다. 그런데 고래의 경우 두 창틀을 따로 부착하여 별개의 두 창을 냈고, 그 결과 시야에 심각한 훼손이 초래되었다. 포경업에 종사하는 사람은 고래 눈의 이런 특수성을 항상 유념해야 하며, 독자들 역시 앞으로 나올 몇몇 장면에서 이 점을 기억해야 한다.

고래의 시야라는 문제에 대해 별나고 당혹스러운 의문을 제기할 수도 있지만, 여기서는 넌지시 암시하는 것으로 만족해야겠다. 인간은 밝은 곳에서 눈을 뜨면 보는 행위가 무의식적으로 이루어진다. 즉, 앞에 있는 사물은 무엇이든 자동적으로 보지 않을 수 없다. 그런가 하면 누구나 경험으로 알게 되겠지만, 사물을 가리지 않고 일별하여 훑어볼 수는 있어도 두 가지 물건(아무리 크거나 아무리 작은 것이라도)을 동시에 주의 깊게 온전히 살펴보는 건 불가능하다. 나란히 연달아 놓인 물건들은 여기에 해당되지 않는다. 하지만 물체들을 떨어뜨려서 각각 짙은 어둠으로 둘러싼다면, 한쪽을 제대로 지각할 수 있을 만큼 관찰하기 위해서는 그 순간에 다른 쪽 물체는 의식에서 완전히 배제해야 할 것이다. 그렇다면 고래의 경우는 어떨까? 물론, 고래의 눈은 동시에 작동할 게 분명하다. 하지만 고래의 뇌가 인간보다 훨씬 포괄적이고 복합적이며 명민하여, 하나는 이쪽에 있고 또 하나는 정반대쪽에 있는 별개의 두 상을 동시에 면밀하게 관찰할 수 있을까? 그럴 수 있다면 인간이 유클리드 기하학의 두 문제를 동시에 증명할 수 있는 것만큼이나 놀라운 능력이 아닐 수 없다. 아무리 엄밀히 따져 봐도, 이 비유는 전혀 부적절하지 않다.

엉뚱한 공상에 불과할지 모르지만, 내가 봤을 때 일부 고래들은 보트 서너 척이 에워싸기만 하면 유난히 동요하는 것 같았다. 그런 고래들은 흔히 소심한 모습을 보이고 희한하게 겁을 먹는 경향이 있다. 내 생각에 그건 간접적으로나마 정반대 지점에 위치한 별개의 시야에 따른 의지의 혼란에서 기인하는 것 같다.

그런데 고래의 귀도 눈 못지않게 기이하다. 고래라는 종에 전혀 문외한인 사람이라면 여기 두 머리를 몇 시간 동안 뒤지더라도 그 기관을 발견하지 못할 것이다. 고래의 귀에는 겉으로 드러난 귓바퀴라는 게 전혀 없고, 귓구멍도 펜촉조차 끼울 수 없을 만큼 작다. 위치는 눈에서 조금 뒤쪽이다. 향유고래와 참고래는 귀에도 중요한 차이가 있다. 향유고래의 귀는 밖으로 구멍이 뚫렸지만, 참고래의 귀는 막으로 완전히 덮였기 때문에 밖에서는 좀처럼 알아볼 수 없다.

고래처럼 거구인 생물이 그렇게 작은 눈으로 세상을 보고 토끼보다 작은 귀로 천둥소리를 듣는다니 희한하지 않은가? 하지만 눈이 허셜[20]의 망원경 렌즈만큼 크고 귀가 성당 입구처럼 널찍하다면, 고래가 더 멀리 보고 더 예리하게 들을 수 있을까? 천만의 말씀이다. 그러니 뭣 때문에 마음을 〈넓히려고〉 노력하는가. 그저 예민하게 만들면 될 것을.

이제 가까이에 있는 아무 지렛대나 증기 엔진을 이용해서 향유고래의 머리를 기울여 거꾸로 뒤집은 다음, 사다리로 꼭

20 영국의 천문학자, 직접 만든 대형 반사 망원경으로 천왕성을 발견했다.

대기에 올라가 입을 들여다보자. 몸통을 완전히 분리하지 않았다면 등잔을 들고 켄터키 주의 커다란 매머드 동굴 같은 배 속으로 내려갈 수도 있을 것이다. 하지만 이 이빨 옆에서 걸음을 멈추고 주변을 살펴보자. 얼마나 아름답고 순결해 보이는 입인가! 바닥부터 천장까지 신부의 드레스처럼 반들반들 광채가 나는 하얀 막으로 안감을 댄 것 같다. 아니, 도배를 한 것 같다.

이번에는 밖으로 나와서 무시무시한 아래턱을 살펴보자. 마치 커다란 코담배 갑의 길고 좁은 뚜껑, 옆이 아니라 끝에 경첩이 달린 뚜껑을 보는 듯하다. 그걸 비틀어 열어서 머리 위로 올리면 아래쪽으로 드러나는 이빨이 마치 섬뜩한 내리닫이 쇠살문처럼 보인다. 하기야 왜 아니겠는가! 위에서 내리꽂히는 이 대못에 몸을 꿰뚫린, 수많은 불쌍한 고래잡이들에겐 이게 바로 쇠살문이었으니. 하지만 더 참혹한 광경은 깊은 바다에서 4.5미터에 달하는 엄청난 아가리를 배의 제2기움돛대처럼 몸과 직각이 되도록 쩍 벌리고 떠 있는 부루퉁한 고래를 만나는 것이다. 그 고래는 죽은 게 아니라 기운이 없을 뿐이다. 기분이 언짢거나 우울증에 걸렸을지도 모른다. 맥이 풀린 나머지 턱 관절마저 느슨해져서 종족에게 손가락질 받을 만한 볼썽사나운 몰골을 하고 있으니, 다른 고래들은 그가 개구(開口) 장애에라도 걸리길 기도할 게 틀림없다.

대부분 아래턱은 숙련된 기술자가 쉽게 떼어 낼 수 있기 때문에 상앗빛 이빨을 뽑고 단단하고 흰 고래 뼈도 얻을 양으로 분리해서 갑판에 올린다. 고래잡이들은 이 고래 뼈로 지팡이와 우산대, 승마용 채찍의 손잡이를 비롯한 여러 가지

공예품을 만든다.

한참을 힘들게 당겨서 마치 닻을 올리듯이 턱을 갑판에 끌어 올려 놓으면, 다른 작업을 끝내고 며칠이 지나 적당한 때가 됐을 때 저마다 능숙한 치과 의사인 퀴퀘그와 다구, 타슈테고가 이빨 뽑기에 착수한다. 퀴퀘그가 날카로운 고래삽으로 잇몸을 절개한 다음 턱을 고리 달린 볼트에 동여매고 위에서 도르래를 달아, 미시건의 황소가 원시림에서 아름드리 참나무의 그루터기를 끌듯 이빨을 뽑는다. 이빨은 총 마흔두 개가 보통이다. 늙은 고래의 이빨은 마모가 상당히 심하기는 해도 썩은 것은 없다. 사람처럼 인공적으로 때우지도 않는다. 턱은 나중에 납작하게 썰어서 집을 짓기 위한 들보처럼 쌓아 놓는다.

75
참고래의 머리 — 비교 고찰

갑판을 가로질러 이번에는 참고래의 머리를 찬찬히 들여다보자.

기품 있는 향유고래의 일반적인 머리 형태를 로마 전차, 그중에서도 특히 넓고 둥근 앞부분에 비교할 수 있다면, 그다지 우아하지 않은 참고래의 머리는 멀리서 봤을 때 발끝을 갤리선처럼 처리한 커다란 구두와 비슷하다. 2백 년 전에 네덜란드의 어느 늙은 항해자는 참고래 머리를 제화공의 구두 골에 비유하기도 했다. 아무튼 참고래 머리가 구두 골, 아니 구두라면, 어느 동화에서처럼 할머니가 아들 손자들을 잔뜩 거느리고 아주 편안하게 살 수 있었을 것이다.

하지만 가까이 다가갈수록 커다란 머리는 보는 관점에 따라 다른 형태를 띠기 시작한다. 정수리에 서서 f 자 모양의 분수공 두 개를 본다면 머리가 커다란 콘트라베이스 같고 분수공은 공명판 구멍처럼 보일 것이다. 그리고 꼭대기에 장식처럼 달라붙은 닭 볏 같은 이상한 딱지, 그린란드 사람들이 〈왕관〉이라고 부르고 남양의 고래잡이들은 〈모자〉라고 부르는 녹색 굴등에 초점을 맞추면 생각이 또 달라진다. 오

84

로지 이것에만 시선을 집중하면 갈라진 지점에 새가 둥지를 튼 커다란 참나무 줄기처럼 보일 터다. 어쨌거나 이 모자에 보금자리를 짓고 사는 게들을 보면 자연스럽게 그런 생각이 들 것이다. 하지만 거기에 붙은 〈왕관〉이라는 업계 용어에 상상력을 집중하면, 이 커다란 괴물이 어떻게 바다의 제왕이 되고, 녹색 왕관은 또 어떻게 이토록 기묘한 방식으로 씌워 졌는지에 흥미가 통한다. 그러나 이 고래가 제왕이라면, 왕관을 쓰기에는 너무 뚱한 표정이 아닐 수 없다. 축 늘어진 저 아랫입술을 보라! 부루퉁하게 입술을 빼문 모습을! 빼문 입술을 목수가 재봤더니 길이 6미터에 두께가 1.5미터여서 기름을 5백 갤런은 족히 뽑아낼 수 있을 정도였다.

그런데 이 불운한 고래가 언청이라니, 통탄할 노릇이다. 벌어진 틈이 가로로 약 30센티미터쯤 된다. 어쩌면 산통이 왔을 때 어미 고래가 페루 해안을 따라 내려오는데, 그때 지진이 일어나 해변이 갈라졌을지도 모른다. 이제 미끄러운 문지방을 넘어가듯 이 입술을 넘어 입속으로 미끄러져 내려가 보자. 단언컨대, 내가 매키노[21]에 있었다면 인디언의 원형 오두막 안으로 들어왔다고 생각했을 것이다. 오, 맙소사! 요나가 이 길을 걸어간 걸까? 천장 높이는 3.6미터 정도며 정식 마룻대를 댄 것처럼 상당히 가파른 각도를 이룬다. 털이 난 아치형 늑골에는 얼추 수직으로 선 언월도 모양의 얇은 고래수염 판이 한쪽으로 거의 3백 개씩 늘어섰는데, 정수리나 왕관부 뼈에 매달린 수염 판은 앞에서 언뜻 언급한 베니스풍 덧문을 형성한다. 이 뼈의 가장자리에는 털투성이 섬유질이 달렸는데, 참고래는 그걸 통해 물을 거른다. 식사 때가 되어 입을 벌

21 미시건 주 북부의 도시.

린 채 요각류 떼 사이를 지나면 촘촘하게 얽힌 틈새에 작은 물고기가 걸린다. 생성된 순서대로 세워지는 고래수염 판 덧문의 중심부에는 움푹 파이거나 솟은 부분, 희한한 무늬와 곡선이 있는데, 둥근 나이테로 떡갈나무의 수령을 알 수 있듯 고래잡이들은 이걸 보고 고래의 나이를 짐작한다. 이 기준의 정확성은 보증할 수 없지만, 대체로 믿을 만한 것 같다. 아무튼 이 기준을 수용할 경우, 처음에 언뜻 보고 짐작하는 것보다 참고래의 나이가 한참 많다는 걸 인정해야 한다.

옛날에는 이 덧문을 놓고 상당히 별난 상상력을 발휘한 모양이다. 퍼처스의 책에 등장하는 한 항해자는 이걸 고래 입속의 신기한 〈구레나룻〉이라 칭했고[22] 또 다른 사람은 〈억센 돼지 털〉, 그리고 해클루트의 책에 나오는 또 다른 노신사는 다음과 같이 고상한 표현을 동원했다. 〈참고래의 위턱 양쪽으로는 지느러미가 약 250개 자라나 있는데, 입 양쪽에서 혀 위로 아치를 그린다.〉

〈억센 돼지털〉이니 〈지느러미〉, 〈구레나룻〉 또는 〈덧문〉, 아무튼 내키는 대로 이름을 붙인 바로 그것이 부인들의 코르셋 살대나 그 밖의 단단한 보강재로 쓰인다는 건 모두가 아는 대로다. 그런데 이런 용도의 수요는 오래전에 내리막길로 접어들었다. 고래수염이 전성기를 누린 건 파딩게일[23]이 크게 유행하던 앤 여왕 시절이었다. 그 옛날 부인들은 쾌활하

22 이 얘기를 하니 실제로 참고래에게 일종의 구레나룻, 또는 수염이 있다는 게 생각난다. 아래턱 바깥쪽 끝의 윗부분에 흰 털이 듬성듬성 나 있다. 참고래는 으레 근엄한 표정을 짓고 있는데, 이 털로 인해 가끔 어딘가 산적 같은 느낌을 주기도 한다 — 원주.

23 16세기 후반 스커트를 부풀리려고 고안한 속치마. 고래수염으로 속버팀을 만들어 크게 부풀렸다.

게 돌아다녔어도 사실상 고래 입속에 들어가 있었던 것이라고 말할 수 있다. 하지만 우리도 소나기가 쏟아지면 똑같이 아무 생각 없이 고래 턱 아래로 뛰어들어 비를 피한다. 우산도 바로 그 뼈 위에 천을 덮은 것이기 때문이다.

그렇지만 이제 덧문이니 구레나룻이니 하는 건 전부 잊고 참고래 입에 서서 다시 한 번 주변을 둘러보자. 주랑의 기둥처럼 질서 정연하게 늘어선 뼈를 본다면, 하를럼[24]의 유명한 오르간 안에 들어가 1천 개의 파이프를 바라보고 있다는 생각이 들지 않을까? 오르간에 융단이 깔렸다면 여기에는 더없이 부드러운 터키산 깔개가 있다. 그것은 혀, 입 바닥에 들러붙은 고래의 혀다. 혀는 대단히 기름지고 부드러우며, 갑판에 올리는 중에 찢어지기 쉽다. 바로 그 혀가 지금 우리 앞에 있는데, 얼핏 봐도 여섯 통 분량이라는 걸 알 수 있다. 그만큼의 기름이 나올 만한 혀라는 뜻이다.

내가 처음에 거론한 얘기, 향유고래와 참고래의 머리가 거의 전적으로 다르다는 얘기가 사실이라는 건 이미 명백하게 깨달았으리라 생각한다. 그렇다면 정리해 보자. 참고래에게는 향유고래 같은 엄청난 양의 기름이 없고, 상아 이빨이나 길고 가느다란 아래턱도 없다. 반면에 향유고래에게는 창살문 같은 수염이나 커다란 아랫입술이 없고, 혀라고 할 만한 것도 거의 찾아볼 수 없다. 게다가 참고래는 바깥의 분수공이 두 개인데, 향유고래는 하나뿐이다.

두건을 뒤집어쓴 것 같은 장엄한 머리들이 함께 놓여 있는 동안 그것들을 마지막으로 살펴보라. 하나는 기록 한 줄 남

24 네덜란드의 암스테르담 서쪽에 있는 도시. 이 도시의 성바보 교회에 있는 파이프오르간은 헨델과 모차르트가 연주했던 것으로 알려져 있다.

기지 않은 채 바다에 가라앉을 테고, 다른 하나도 오래지 않아 그 뒤를 따를 테니 말이다.

저기 있는 향유고래의 표정이 보이나? 이마의 긴 주름이 조금 지워진 듯할 뿐, 죽을 때의 표정 그대로다. 놈의 넓은 이마에는 죽음을 바라보는 무심한 사유에서 유래된 대초원 같은 평온함이 깃든 것 같다. 하지만 또 다른 머리의 표정을 살펴보라. 공교롭게도 뱃전에 짓눌려 턱을 단단히 감싸게 된 저 놀라운 아랫입술을 보라. 머리 전체가 죽음을 바라보는 엄청난 실천적 결의를 말하고 있는 것 같지 않나? 내가 보기에 참고래는 스토아 철학자였고, 향유고래는 플라톤주의자였다가 말년에 스피노자를 만났을지도 모른다.

76
공성퇴

　향유고래의 머리 얘기를, 당분간, 중단하기 전에 잠시, 분별 있는 생리학자처럼 모든 특징이 압축적으로 집약된 앞부분을 특별히 주목해 보자. 거기에 얼마나 강한 공성퇴의 힘이 실릴 수 있는지 가감 없이 명석한 판단을 내리겠다는 일념만으로 그 부분을 살펴봐 주기 바란다. 이건 중요한 문제다. 이 문제를 만족스럽게 규명하지 못하면, 유사 이래 가장 섬뜩하면서도 더없이 진실된 사건에 대해 두고두고 불신을 품게 될 것이기 때문이다.

　향유고래가 평상시 헤엄치는 자세를 보면 머리 앞면이 수면과 거의 수직을 이룬다는 걸 알 수 있다. 앞면의 아랫부분은 돛의 아래 활대 같은 아래턱을 끼운 긴 구멍을 더 깊숙이 들여놓기 위해 상당히 뒤로 기울어졌으며, 입은 머리 바로 아래쪽이라 사람으로 치면 입이 턱 밑에 있는 셈이다. 그뿐 아니라 고래는 겉으로 드러난 코가 전혀 없고, 그나마 있는 코(분수공)는 머리 위에 있으며, 눈과 귀는 머리 양쪽으로 전체 몸길이의 3분의 1 지점에 달렸다. 그러므로 이제 향유고래의 머리 앞부분에는 아무 기관이 없고 어떤 민감한 것도 돌출되지 않은, 그야말로 무신경하고 꽉 막힌 벽이라는 걸 이해해야 한다. 더 나아가, 머리의 앞면에서도 뒤로 기울어진 아랫부분에서나 뼈의 흔적이 간신히 보이고 이마에서 거의 6미터는 내려가야 완전한 두개골을 보게 된다. 그렇다면 뼈가 없는 이 엄청난 덩어리는 하나의 혹이다. 마지막으로, 곧 알게 되겠지만, 그 내용물의 일부는 대단히 순수한 기름이다. 하지만 이제 누가 봐도 연약한 그것을 그토록 견고하게 감싼 물질의 성격에 대해서도 알아야 한다. 앞에서도 지방이 고래의 몸을 오렌지 껍질처럼 감싸고 있다는 얘기를 했는데, 그건 머리도 마찬가지다. 한 가지 다른 점은, 머리의 경우 이 덮개가 그렇게 두껍지 않고 뼈도 없건만 만져 보지 않은 사람은 짐작조차 할 수 없을 정도로 단단하다는 것이다. 가장 강한 팔로 가장 뾰족한 작살과 가장 날카로운 창을 던지더라도 무력하게 튕겨 나온다. 향유고래의 이마는 마치 말굽으로 뒤덮인 것 같다. 거기에 어떤 감각이 도사리고 있을 것 같지는 않다.

그런가 하면 이것도 한번 생각해 보자. 짐을 잔뜩 실은, 커다란 동인도 회사 소속의 배 두 척이 비좁은 부두에서 충돌할 지경에 처한다면 선원들은 어떻게 할까? 그들은 배 두 척이 맞닿은 지점에 쇠나 나무처럼 그저 단단하기만 한 물건을 끼워 넣지는 않는다. 그들은 밧줄과 코르크를 둥글게 뭉친 커다란 덩어리를 제일 두껍고 질긴 소가죽으로 싸서 끼운다. 그러면 떡갈나무 지레나 쇠지레마저 뚝 부러질 만한 충격이라도 아무 손상 없이 거뜬히 견뎌 낸다. 이것만 보더라도 내가 주장하는 명백한 사실이 충분히 입증된다. 하지만 문득 떠오른 가설로 보충 설명을 덧붙이자면, 일반적으로 물고기는 마음대로 부풀리고 수축할 수 있는 부레라는 걸 가지고 있는 데 반해, 내가 알기로 향유고래한테는 그런 장치가 없다. 게다가 머리를 완전히 물에 담갔다가 금세 물 밖으로 높이 쳐들고 헤엄치는 방식을 달리 설명할 길이 없으며, 머리를 감싼 물질의 거침없는 탄성과 머리의 독특한 내부 구조 등을 감안하고 보니 이런 가설이 문득 떠올랐는데, 뭔고 하니, 벌집 모양의 신비로운 허파가 있어서, 지금껏 알려지지 않았고 상상조차 할 수 없는 방식으로 바깥 공기와 통하기 때문에 기압에 따라 팽창하고 수축할 수 있다는 것이다. 그렇다면, 자연 요소 중에서 가장 감지하기 어려우면서도 파괴적인 공기가 기여하는 그 힘이 얼마나 막강할지 상상해 보라.

이제 정리해 보자. 바깥은 뚫을 수 없는 난공불락의 벽이고 안에는 최고의 부력을 간직했으며, 뒤는 목재의 체적을 재는 단위인 〈코드〉로나 크기를 측량할 수 있는 엄청나게 큰 생명체가, 티끌만 한 벌레와 다를 바 없이 하나의 의지에 완전히 복종한 채 헤엄쳐 간다. 그러니 내가 앞으로 이 커다란 괴물의 전신에 도사린 잠재력의 특징과 집중력을 낱낱이 거론할 때, 또한 그에 비하면 훨씬 하찮은 두뇌의 작용을 거론할 때, 무지에서 비롯된 의혹을 전부 거두고 이것 하나만 유념하기 바란다. 향유고래가 다리엔 지협[25]을 뚫고 대서양과 태평양을 뒤섞더라도 우리로서는 눈썹 하나 까딱할 이유가 없다는 것. 심중에 고래를 품고 있지 않다면, 진리에 관한 한 감상적인 시골뜨기에 불과하기 때문이다. 하지만 명징한 진리란 불도마뱀이나 마주할 수 있는 것이니, 시골뜨기는 가당

25 북아메리카와 남아메리카 대륙을 잇는 파나마 지협의 옛 이름.

키나 할까? 사이스에서 무시무시한 여신의 베일을 벗긴 심약한 젊은이에게 무슨 일이 닥쳤던가?[26]

26 사이스는 나일 삼각주 서쪽에 있던 고대 이집트의 도시인데, 멜빌이 이야기하는 사이스의 젊은이는 진리를 보고자 그림의 베일을 들췄다가 정신을 잃고 우울증에 빠져 일찍 생을 마감한, 프리드리히 실러의 시 「사이스에 있는 베일에 가려진 그림」에 나오는 청년을 의미한다.

77
하이델베르크의 큰 술통

　드디어 기름통에서 기름을 퍼낼 때가 됐다. 하지만 이 과정을 제대로 이해하기 위해서는 작업이 이루어지는 머리의 신기한 내부 구조에 대해 조금 알아 둘 필요가 있다.

　향유고래의 머리를 단단한 타원형이라고 보고 기울어진 경사면을 따라 길게 두 개의 외각[27]으로 나눌 경우, 아래쪽은 두개골과 턱을 형성하는 뼈대고, 위쪽은 뼈가 전혀 없는 기름 덩어리다. 불룩하게 솟은 수직의 이마는 앞쪽 끝이 널찍하다. 이마 한가운데에서 위쪽 외각을 수평으로 자르면 거의 똑같은 두 부분이 나오는데, 자르기 전에도 이미 두꺼운 힘줄 같은 내벽으로 자연스럽게 나뉘어 있다.

　수평으로 재분할한 아랫부분을 지방 조직이라고 부르는데, 질기고 탄성이 뛰어난 흰 섬유질 몇만 개가 종횡으로 엇갈리며 만들어 놓은 구멍 몇만 개에 기름이 들어찬, 하나의

27 외각(外角)은 유클리드 기하학 용어가 아니라 순수한 항해용 수학에서 사용하는 말이다. 전에 어디서든 이 용어가 명확하게 정의된 적이 있었는지는 모르겠다. 외각은 양쪽이 동시에 점점 가늘어지는 게 아니라 한쪽만 가파른 기울기를 이루며 끝이 뾰족하다는 점에서 일반 쐐기와 다른 입체형을 말한다 — 원주.

커다란 벌집이다. 기름통으로 불리는 윗부분은 향유고래 판 〈하이델베르크의 큰 술통〉[28] 정도로 생각해도 좋다. 그리고 그 유명한 술통 앞면에 신비로운 그림이 조각된 것처럼 고래의 주름진 커다란 이마에도 이 불가사의한 통을 상징적으로 장식하는 기이한 무늬가 무수히 새겨져 있다. 그뿐 아니라, 하이델베르크의 통에 언제나 라인 계곡 최고의 포도주가 가득 담겨 있는 것처럼 고래의 기름통에도 고래기름 가운데 가장 귀한 기름, 귀하디귀한 경뇌유가 더없이 순수하고 투명하고 향기로운 상태로 담겼다. 이러한 귀한 물질은 이 생물의 다른 부위 어디에서도 순수한 형태로 발견되지 않는다. 살아 있는 고래의 몸에 담겼을 때는 완전한 액체 상태를 유지하지만, 죽은 후에 공기에 노출되면 즉시 단단하게 굳기 시작해서 흐르는 물에 막 형성되는 얇고 깨지기 쉬운 첫 얼음처럼 아름답고 투명한 결정이 맺힌다. 큰 고래의 기름통에서는 경뇌유가 일반적으로 5백 갤런 정도 나오는데, 불가피한 사정이라고는 해도 그중 상당량을 넘치거나 새거나 흘러내리거나, 아무튼 양껏 뽑아내려고 조바심을 치는 중에 어떤 식으로든 돌이킬 수 없이 잃어버리고 만다.

하이델베르크 술통의 안쪽을 얼마나 훌륭하고 값비싼 재료로 칠했는지는 알 길이 없지만, 최상급의 풍요로움이라는 면에서 향유고래 술통 안쪽을 고급 외투의 안감처럼 감싼 매끈한 진주 빛 막과는 비교조차 할 수 없을 것이다.

보면 알겠지만 향유고래 판 하이델베르크 술통은 머리 위쪽을 따라 길게 놓여 있다. 앞에서 언급했듯이 머리가 전체

---

28 하이델베르크 성의 지하에는 1751년에 만들어진 4만 9천 갤런들이의 커다란 술통이 있다.

길이의 3분의 1을 차지하므로 상당히 큰 고래의 총 길이가 24미터라고 하면 기름통을 뱃전에 세로로 매달아 놓을 경우 그 깊이는 8미터가 넘는다.

고래의 머리를 자를 때 집도의의 칼은 경뇌유 저장고 속까지 내처 들어갈 수 있는 지점과 가까운 곳을 겨누게 된다. 그렇기 때문에 부주의하고 미숙한 손놀림으로 성역을 침범하여 귀중한 내용물을 내버리는 일이 없도록 여간 조심하지 않으면 안 된다. 이렇게 절단한 머리는 잘린 면을 위로 해서 물 밖으로 들어 올리고 커다란 도르래를 이용하여 위치를 유지하는데, 그러자면 그 일대는 도르래의 삼밧줄로 인해 상당히 어수선해진다.

이 얘기는 이쯤 해두고, 이제 부디 향유고래 판 하이델베르크의 큰 술통을 따는 경이로운, 그리고 (이 특별한 경우에는) 거의 치명적인 작업에 관심을 가져 주기 바란다.

78
기름통과 들통

타슈테고가 고양이처럼 민첩하게 돛대 꼭대기로 올라간다. 꼿꼿한 자세를 유지한 채 위로 뻗은 큰 돛대의 활대 위를 곧장 내달려서 매달린 고래 머리통 바로 위로 간다. 그는 활차 바퀴 하나를 통과하는 두 부분만으로 이루어진, 〈고패〉라고 부르는 작은 도르래를 들었다. 밧줄이 활대에서 늘어지도록 도르래를 단단히 고정한 타슈테고가 밧줄 한쪽 끝을 흔들자 갑판에 있던 선원이 그걸 낚아채서 힘껏 붙든다. 이제 이 인디언은 밧줄의 다른 쪽 끝을 잡고서 두 손을 번갈아 옮기며 허공을 가로질러 능숙하게 고래 머리 꼭대기에 내려선다. 여전히 동료들보다 훨씬 높은 곳에서 호방하게 소리를 지르는 그의 모습은 흡사 첨탑 꼭대기에서 선민들에게 기도 시간을 알리는 터키의 기도 시보원(時報員) 같다. 손잡이가 짧고 날카로운 절개용 삽을 올려 보내자 그는 기름통을 뚫고 들어가기에 적당한 위치를 부지런히 찾는다. 낡은 집에 감춰진 황금을 찾기 위해 벽을 두드리는 보물 사냥꾼처럼 아주 조심스럽게 작업을 진행한다. 신중한 탐색이 끝날 때쯤이면 쇠를 댄 튼튼한 들통, 우물의 두레박처럼 생긴 들통이 고패의 한쪽 끝에 매달리고, 밧줄의 다른 쪽 끝은 갑판을 가로질러 민첩한 선원 두세 명이 움켜쥔다. 이들은 두레박을 인디언이 낚아챌 만한 높이까지 끌어 올리고, 또 다른 누군가는 아주 긴 장대를 그에게 건넨다. 타슈테고는 이 장대를 들통에 넣어서 들통이 완전히 사라져 보이지 않을 때까지 기름통 속으로 내리누른다. 그런 다음 고패를 담당하는 선원들에게 신호를 보내면, 젖 짜는 여인들이 금방 짜낸 우유처럼 거품이 부글거리는 들통이 다시 올라온다. 그 높이에서 조심조심 아래로 내린 들통을 담당 선원이 붙잡아 신속하게 커다란 통에 따른다. 그런 다음 들통을 다시 올려 보내고, 깊은 기름통에서 더는 퍼낼 게 없을 때까지 같은 과정이 반복된다. 작업이 막바지에 이르면 타슈테고는 긴 장대를 점점 더 힘껏, 6미터가 넘는 장대가 쑥 들어가도록 기름통 속으로 깊이 밀어 넣어야 한다.

피쿼드호의 선원들이 한참을 이런 식으로 기름을 퍼내서 통 여러 개가 향기로운 경뇌유로 채워졌을 때, 느닷없는 변괴가 일어났다. 행동이 거친 인디언 타슈테고가 조심성 없이 무모하게 고래 머리가 매달린 굵은 도르래 밧줄을 잠시 놓아버린 건지, 아니면 그가 선 곳이 워낙 불안정하고 미끄러워서인지, 그것도 아니면 악마가 별다른 이유 없이 그런 일을 벌인 건지, 정확한 이유는 알 길이 없지만 여든 번째인가 아흔 번째 들통이 쭉쭉 올라가던 와중에 갑자기, 아이고 하느님, 불쌍한 타슈테고, 진짜 우물에 떨어지는 쌍둥이 두레박처럼 하이델베르크의 큰 통 속으로 곤두박질쳐 기름이 부글거리는 섬뜩한 소리와 함께 시야에서 완전히 사라져 버렸다!

「사람이 빠졌다!」 다들 황망한 가운데 제일 먼저 정신을 차린 다구가 소리쳤다. 「들통을 이쪽으로 보내!」 그러고는 고패를 쥔 손이 미끄러우므로 몸을 더 안정되게 지지할 수 있도록 발 한쪽을 들통에 넣은 다구를 선원들이 고래 머리 위까지 끌어 올렸을 땐 타슈테고가 고래의 밑바닥에 거의 닿을 무렵이었을 것이다. 그러는 사이에 엄청난 소동이 벌어졌다. 뱃전을 굽어보니 조금 전까지만 해도 생명이 없었던 머리가 수면 바로 밑에서 고동치듯 오르내리는 모습이 마치 순간적으로 어떤 원대한 사상에라도 사로잡힌 것 같았지만, 그것은 불쌍한 인디언이 버둥거리면서 자신이 빠진 위험한 심연을 무의식적으로 드러낸 것에 불과했다.

그리고 고래 머리 위에 있던 다구가 커다란 절단용 도르래에 뒤엉킨 고패를 끊는 순간, 뭔가 우지끈 쪼개지는 날카로운 소리가 들렸다. 그러면서 머리 위에 걸려 있던 커다란 갈고리 두 개 가운데 하나가 떨어지는 바람에 다들 혼비백산했고, 어마어마한 그 무게가 엄청난 진동과 함께 옆으로 흔들리자 배는 술에 취한 것처럼 비틀거리고 빙산에 부딪힌 것처럼 요동쳤다. 이제 모든 짐을 혼자 지탱하게 된 남은 갈고리는 금방이라도 부러져 버릴 것 같았는데, 머리의 격렬한 움직임으로 인해 그럴 가능성이 훨씬 더 높아졌다.

「내려와, 내려와!」 선원들은 다구에게 외쳤지만, 고래 머리가 떨어지더라도 공중에 매달릴 수 있도록 한 손으로 묵직한 고패를 움켜 쥔 검둥이는 엉킨 줄을 끊은 다음 이제 허물어져 버린 우물 속으로 들통을 밀어 넣었다. 빠진 작살잡이가 그걸 붙잡으면 끌어당길 작정이었다.

「대체 무슨 짓이야.」 스터브가 소리쳤다. 「아예 탄약통을 밀어 넣지 그래? 멈춰! 그게 무슨 도움이 되겠나, 쇠를 댄 들통을 머리 위로 쑤셔 넣다니? 그만두지 못해!」

「도르래에서 비켜라!」 어디선가 불꽃이 터지는 것 같은 목소리가 외쳤다.

그것과 거의 동시에, 우레 같은 소리와 함께 커다란 덩어리가 바다로 떨어졌는데, 마치 나이아가라의 탁자 바위[29]가 소용돌이에 휩쓸리는 것 같았다. 갑자기 짐을 벗어 던진 배가 반대쪽으로 밀려나면서 바닥의 반짝이는 동판이 보일 만큼 기울어졌다. 흔들리는 도르래에 매달려 선원들의 머리 위와 바다 위를 오가며 흔들리는 다구가 짙게 일어난 물보라 너머로 희미하게 보이고, 산 채로 매장된 가여운 타슈테고가 바다 밑바닥으로 완전히 가라앉을 때 선원들은 모두 숨을 죽였다! 그런데 시야를 가리던 자욱한 물안개가 채 걷히기도 전에 옷을 벗어부치고 해적 검을 움켜쥔 사내가 뱃전을 넘어가는 모습이 얼핏 보였다. 이어서 곧바로 들려온 요란한 물소리는 나의 용감한 친구 퀴퀘그가 타슈테고를 구하러 뛰어들었음을 알려 주었다. 우르르 뱃전으로 달려간 선원들은 잔물결 하나라도 놓칠세라 열심히 지켜봤지만, 빠진 사람도 뛰어든 사람도 털끝 하나 보이지 않았다. 몇몇 선원이 그제야 뱃전에 묶인 보트에 뛰어내려 본선에서 보트를 조금 밀어냈다.

「하! 하!」 위에서 잔잔하게 흔들리던 다구의 목소리가 터져 나왔다. 그래서 조금 먼 곳으로 시선을 옮겼더니 푸른 파도 틈으로 불쑥 내민 팔 하나가 보였다. 무덤의 풀숲 위로 치켜든 팔처럼 기이한 광경이었다.

29 나이아가라 폭포 옆에 위치한 암반 턱인데, 멜빌이 『모비 딕』을 집필하던 1850년에 무너졌다.

「둘이다! 둘! 두 사람이다!」 다시 한 번 기쁨에 겨워 외치는 다구의 목소리가 들렸고, 머지않아 한 손으로 대담하게 물살을 가르고 다른 손으로는 인디언의 긴 머리카락을 움켜쥔 퀴퀘그가 나타났다. 대기하던 보트가 그들을 건져서 재빨리 갑판으로 올려 보냈다. 그러나 타슈테고는 좀처럼 정신이 들지 않았고, 퀴퀘그도 별로 팔팔한 모습이 아니었다.

그런데 이 숭고한 구조는 어떻게 이뤄졌을까? 어떻게 된 일인고 하니, 서서히 가라앉는 머리를 쫓아 바다로 뛰어든 퀴퀘그는 날카로운 칼로 밑바닥 근처의 옆 부분을 찔러 커다란 구멍을 낸 다음, 칼을 버리고 긴 팔을 안쪽 위로 밀어 넣어 가여운 타슈테고의 머리채를 잡아서 끌어냈다. 그의 증언에 따르면, 처음에 손을 밀어 넣었을 땐 다리가 잡혔지만, 그건 올바른 방법이 아니며 큰 난관을 초래할 여지가 있다는 걸 잘 알았던 퀴퀘그가 다리를 다시 집어넣은 후 능숙하게 당기고 밀쳐서 인디언을 한 바퀴 돌리는 데 성공했다고 한다. 그래서 그다음에는 정상적으로 머리부터 잡아당길 수 있었다. 고래 머리 자체도 순순히 움직여 주었다.

그렇게 해서 퀴퀘그의 용기와 뛰어난 산파술 덕분에 타슈테고의 구출, 아니 엄밀히 말하면 출산이 성공적으로 이루어졌는데, 너무나 힘들고 누가 보기에도 절망적인 역경을 딛고 이루어졌다는 사실은 결코 잊어서는 안 되는 교훈이다. 산파술은 검술과 권투, 승마, 조정과 같은 교과 과정으로 가르쳐야 한다.

일부 뭍사람들은 게이 곶 사나이의 이 기이한 모험을 믿지 못할 테지만, 그들도 육지의 우물에 누가 빠진 것을 보거나 들은 적은 있을 것이다. 그런 사고는 심심치 않게 일어난다.

그러나 향유고래라는 우물의 가장자리가 매우 미끄럽다는 점을 감안하면 이번 사고만큼의 이유가 없더라도 얼마든지 일어날 수 있다.

하지만 혹시라도, 머리가 좋은 사람이라면 어떻게 그럴 수 있느냐고 따져 물을지도 모른다. 향유고래의 기름이 잔뜩 스민 머리가 고래의 몸 전체에서 가장 가볍고 가장 코르크 같은 부분이라고 하지 않았냐. 그런데 그게 훨씬 비중이 큰 물속에 가라앉는다는 게 말이 되느냐. 어째, 할 말 없지? 천만에, 할 말이 없는 건 오히려 당신이다. 불쌍한 타슈테고가 떨어졌을 때 고래의 기름통은 가벼운 내용물을 거의 비우고 조밀한 힘줄로 이루어진 우물 벽만 남은 상태였다. 이 벽은 앞에서도 말했듯이 이중 용접에 망치로 다진 것 같은 물질이고, 바닷물보다 훨씬 무거워서 거의 납덩이처럼 가라앉는다. 하지만 이번 경우에는 머리에서 아직 떨어져 나가지 않고 남은 다른 부분으로 인해 빠르게 가라앉는 경향이 크게 상쇄됐고 그 덕분에 매우 천천히, 사실상 신중하게 가라앉음으로써, 퀴퀘그가 민첩한 산파술을 발휘할 기회가 생긴 것이다. 그건 정말이지 다급한 분만이었다.

타슈테고가 고래 머릿속에서 죽었다면 매우 값비싼 죽음이 됐을 것이다. 더없이 희고 섬세하고 향기로운 경뇌유에서 숨을 거두고 고래의 은밀한 내실이자 신성한 밀실이라는 관과 영구차와 무덤에 안치된 것이니, 이보다 더 감미로운 죽음이 있을까. 얼른 떠오르는 건 하나뿐이다. 오하이오에서 벌꿀을 채취하던 사람이 속이 빈 나무의 갈라진 나무줄기에서 꿀을 찾다가 엄청난 양의 꿀을 발견하고는 몸을 지나치게 굽힌 나머지 꿀에 빨려 들어가 그대로 죽고 말았다. 이처

럼 플라톤의 꿈 같은 머리에 빠져 달콤한 죽음을 맞은 사람
은 얼마나 될까?

79
대초원

바다 괴물의 얼굴 주름을 자세히 살피거나 머리의 혹을 만져 보는 건 어떤 인상학자나 골상학자도 이제껏 시도해 보지 못한 일이다. 이런 일은 라바터[30]가 지브롤터의 바위 주름을 연구하거나 갈[31]이 사다리에 올라서서 판테온의 돔 지붕을 살펴본 것만큼이나 전도유망한 분야로 보일지 모른다. 물론 라바터는 자신의 저명한 저서에서 인간의 다양한 얼굴만 다룬 게 아니라 말과 새, 뱀과 물고기의 얼굴도 면밀하게 조사하고, 식별할 수 있는 여러 표정의 변화를 자세히 논했다. 갈과 그의 제자인 슈푸르츠하임 또한 인간 이외 다른 생물의 골상학적 특징을 언급하는 것을 잊지 않았다. 그런 까닭에, 내가 비록 선구자의 자격은 갖추지 못했으나, 이 두 가지 유사 과학을 고래에 적용해 보고자 한다. 이것저것 시도해 보면서 뭐든 손에 잡히는 결과를 도출해 볼 작정이다.

인상학 차원에서 향유고래는 파격적인 동물이다. 일단 제대로 된 코가 없다. 이목구비 가운데 코는 중앙의 자리를 차

30 스위스의 신학자이자 시인. 관상학과 골상학 연구로 유명하다.
31 독일의 의학자이자 골상학자. 골상학을 창시했다.

지하며 가장 눈에 띄고, 또한 이목구비가 함께 만들어 내는 표정에 아무래도 가장 많은 변화를 주며 최종적으로 표정을 결정하는 역할을 하기 때문에, 외부 부속 기관인 코가 아예 없다는 건 고래의 인상에 매우 지대한 영향을 미칠 수밖에 없다. 정원 조경에서 풍경을 완성하는 데 첨탑과 둥근 지붕, 기념탑을 비롯한 모종의 탑이 거의 필수적인 요소로 간주되듯이, 높고 구멍 뚫린 코라는 종탑 없이는 어떤 얼굴도 인상학적으로 조화로울 수 없다. 페이디아스[32]가 만든 제우스 대리석 조각상에서 코를 없앤다면 남은 얼굴이 얼마나 애처롭겠는가! 그럼에도 불구하고 바다 괴물은 크기가 워낙 크고 풍채가 당당하기 때문에, 제우스 조각상을 흉하게 만들어버릴 결함이 고래에게는 조금도 흠이 되지 않는다. 그러기는커녕 오히려 위엄을 더해 준다. 고래에게 코는 어울리지 않았을 것이다. 인상학 연구를 위해 작은 보트를 타고 고래의 커다란 머리 주위를 돌다가 고래에게 잡아당길 코가 있다는 생각으로 고래에 대한 경외심이 훼손될 염려도 없다. 막강한 왕가의 하급 관리가 권좌에 앉은 모습을 볼 때 불쑥불쑥 솟구치는 당찮은 그런 생각 말이다.

어떤 점에서는 정면에서 바라보는 머리 전체가 인상학적으로 향유고래의 가장 당당한 모습일지도 모른다. 그 모습은 그야말로 장엄하다.

생각에 잠긴 인간의 고상한 이마는 아침 햇살이 번지는 동쪽 하늘 같다. 풀밭에서 휴식을 취하는 황소의 주름진 이마에는 어딘가 장대함이 깃들어 있다. 좁은 산비탈을 따라 무거운 대포를 밀어 올리는 코끼리의 이마는 웅대하다. 인간이

32 고대 그리스의 조각가.

든 동물이든, 신비로운 이마는 독일 황제가 칙령에 찍는 황금 옥새와 다르지 않다. 그건 〈신이여, 오늘 내 손으로 이 일을 했나이다〉라는 뜻을 담고 있다. 그러나 생물 대부분, 아니 인간의 경우, 이마는 설선(雪線)을 따라 뻗은 가느다란 산길 정도에 불과할 때가 많다. 셰익스피어나 멜란히톤[33]처럼 아주 높이 솟거나 아주 낮게 내려앉아서 눈빛이 맑고 변함없고 잔잔한 산중 호수처럼 보이는 이마는 드물다. 그리고 그 위쪽으로 이마의 주름을 보면 고원의 사냥꾼들이 눈에 찍힌 사슴 발자국을 쫓아가듯, 호수로 물을 마시러 내려온 사슴뿔처럼 갈라진 상념을 따라가는 것 같다. 하지만 위대한 향유고래의 경우, 본래부터 이마에 깃든 고귀하고 전능한 신 같은 이런 위엄이 너무나 크게 증폭되어, 정면에서 골똘히 바라보면 자연의 어떤 생물을 볼 때보다 훨씬 막강하게 신성과 그 무서운 힘을 느끼게 될 것이다. 그건 구체적으로 어느 한 지점을 보지 않기 때문이다. 이목구비 중에 명확하게 드러난 부분은 하나도 없다. 코도 없고 눈도, 귀도, 입도 없다. 아예 얼굴이 없는 셈이다. 고래에게는 제대로 된 얼굴이 없다. 오로지 넓은 창공 같은 이마뿐이다. 수수께끼 같은 주름이 잡힌 이마, 보트와 배와 인간의 운명을 무심하게 끌어내리는 이마. 옆에서 봐도 이마에 대한 놀라움은 줄어들지 않는다. 그래도 그쪽 방향에서 봤을 때는 웅장함이 그렇게 압도적이지는 않다. 옆에서는 이마의 가운데 부분이 수평으로 뻗은 초승달 모양으로 함몰된 걸 또렷이 확인할 수 있는데, 사람으로 치면 라바터가 천재의 표식이라고 했던 특징이다.

하지만 뭐? 향유고래가 천재라고? 향유고래가 언제 책을

33 독일의 신학자이자 종교 개혁자.

쓴 적이 있던가, 아니면 연설을 했던가? 아니, 그의 위대한 천재성은 그걸 입증하기 위해 특별히 뭔가를 한 적이 없다는 데서 분명하게 드러난다. 더 나아가 피라미드 같은 침묵에서도 드러난다. 위대한 향유고래가 여명기의 동방에 알려졌더라면, 막 생겨나기 시작한 신비주의 사상에 의해 신격화되었을 거라는 생각이 든다. 그들은 혀가 없다는 이유로 나일 강의 악어를 신격화했다. 그런데 향유고래에게는 혀가 없다. 아무튼 내밀기에는 너무나 작다. 앞으로 문화가 고도로 발달한 어느 시인의 나라에서 태고의 쾌활한 오월제 신들을 다시 불러내어 오늘날의 이기적인 하늘과 신들이 머물지 않는 언덕에 그들을 다시 모신다면, 그때는 틀림없이 제우스의 높은 권좌에 위대한 향유고래가 앉아 모든 것을 주재하리라.

샹폴리옹[34]은 화강암의 주름진 상형 문자를 해독했다. 하지만 모든 인간과 모든 존재의 얼굴에 새겨진 이집트를 해독해 낼 샹폴리옹은 존재하지 않는다. 인상학은 다른 모든 인문학처럼 스쳐 지나가는 우화에 지나지 않는다. 그렇다면, 서른 가지 언어를 읽을 줄 알았다는 윌리엄 존스 경[35]도 순박하기 짝이 없는 소작농의 얼굴에 담긴 훨씬 심오하고 미묘한 의미는 읽지 못했거늘, 배운 바 없는 이슈마엘이야 어찌 감히 향유고래의 이마에서 장엄한 칼데아 문자를 읽어 내길 바라겠는가? 그저 그 이마를 여러분 앞에 내놓을 뿐이니, 할 수 있으면 읽어 보시라.

34 프랑스의 이집트학자. 로제타석에 새겨진 상형 문자를 처음으로 해독했다.
35 영국의 법률가이며 동양학자.

80
뇌

　향유고래가 인상학의 스핑크스라면, 골상학자에게 그 뇌는 면적을 계산하는 게 불가능한 기하학의 원처럼 보인다.

　다 자란 고래의 경우 두개골의 길이는 최소한 6미터 이상이다. 아래턱을 떼어 내고 두개골의 측면을 보면 평평한 밑변에 꽉 들어차게 얹힌 완만한 경사면을 옆에서 보는 것 같다. 하지만 앞에서 살펴봤듯이, 살아 있는 고래의 경우 이 경사면은 구석구석 꽉 차 있고, 위에서 누르는 엄청난 지방과 향유 덩어리로 거의 빈틈이 없다. 두개골의 꼭대기 부분이 분화구처럼 움푹 들어가서 이 덩어리를 담는 역할을 하고, 분화구의 길쭉한 바닥 밑으로 길이가 25센티미터를 넘지 않고 깊이도 그 정도인 또 다른 구멍에 겨우 한줌에 불과한 이 괴물의 뇌가 가로놓인다. 살아 있을 때 향유고래의 뇌는 튀어나온 이마에서 최소한 6미터는 안으로 들어가 있다. 퀘벡의 광대한 요새에서도 가장 깊숙한 곳에 들어앉은 성채처럼, 웅대한 바깥 보루 뒤에 숨겨진 것이다. 고래의 뇌는 이렇게 귀한 보석 상자처럼 몸 깊숙이 숨어 있기 때문에, 몇 제곱미터의 경뇌유 저장고로 이루어진 뇌 비슷한 것 말고 향유고래에게 다른 뇌는 없다고 단호하게 주장하는 고래잡이들도 있다. 묘하게 주름지고 겹치고 소용돌이치는 그곳의 모습이 지성의 원천이라는 신비로운 부위와 관련해서 고래의 전반적인 위상과 더 어울린다고 여기는 것이다.

그렇다면 살아 있는 온전한 상태에서 이 바다 괴물의 머리는 골상학적으로 철저한 기만인 게 명백하다. 그때는 진짜 뇌의 징후를 볼 수도 없고 만질 수도 없다. 힘 있는 존재들이 전부 그렇듯이 고래도 세상을 향해 거짓된 표정을 짓고 있는 것이다.

두개골에서 기름 덩어리를 덜어 낸 후에 높이 솟은 뒤쪽 끝을 보면 같은 위치와 같은 각도에서 본 인간의 두개골과 너무 흡사해 깜짝 놀랄 것이다. 실제로 인간의 두개골 도판들 사이에 반대로 뒤집은 이 두개골을 섞어 놓으면(인간의 크기로 축소해서) 무심결에 혼동하게 될 것이다. 그러고는 정수리의 움푹 들어간 부분을 가리키면서 〈이자는 자존심도 존경심도 없다〉며 골상학적 평가를 내릴 것이다. 그리고 그런 부정적인 특징을, 고래의 어마어마한 체구와 힘이라는 긍정적인 사실과 함께 고려한다면, 가장 고귀한 권력에 대해 비록 가장 유쾌하다고는 할 수 없더라도 가장 진실된 개념을 형성하기에 더없이 적합할 것이다.

하지만 고래의 뇌가 차지하는 상대적인 크기를 여전히 제대로 가늠하는 게 불가하다면 다른 식으로 생각해 보자. 거의 모든 네발짐승의 척추를 주의 깊게 살펴보면 그 등뼈가 조그만 해골을 실에 꿴 목걸이와 비슷하고, 하나하나가 진짜 두개골과 기본적으로 닮은꼴이라는 사실에 깜짝 놀랄 것이다. 등뼈가 단연코 미발달한 두개골이라는 건 어느 독일인의 생각이지만, 신기한 외관상의 닮은꼴을 제일 먼저 감지한 건 독일 사람이 아니었던 것 같다. 언젠가 한 이방인 친구가 자신이 죽인 적의 해골에서 등뼈를 가져다가 카누의 뾰족한 뱃머리에 무늬를 박아 넣으며 둘의 닮은꼴을 나에게 지적했다. 그렇다면 골상학자들은 소뇌에서 척추관으로 연구를 진행하지 않음으로써 중요한 걸 놓친 것 같다는 생각이 든다. 나는 인간의 성격이 상당 부분 등뼈에서 나타나는 것으로 밝혀질 거라고 믿기 때문이다. 나는 누구라도 두개골보다는 척추를 만져 보고 싶다. 가느다란 척추골이 완전하고 고귀한 영혼을 지탱한 예는 일찍이 없었다. 나는 세상을 향해 흔들어 대는 깃발의 단단하고 대담한 깃대 같은 내 척추가 자랑스럽다.

골상학에서 뻗어 나온 척추 분파를 향유고래에 적용해 보자. 향유고래의 두개강(頭蓋腔)은 제1경추와 이어지고, 그 척추관 밑바닥은 폭이 25센티미터에 높이가 20센티미터며, 밑변이 넓은 세모꼴이다. 남은 척추골을 따라 내려갈수록 척추관의 크기는 점점 작아지지만, 상당한 지점까지는 큰 용량을 유지한다. 물론 이 구멍도 뇌와 마찬가지로 묘한 섬유질인 척수로 상당 부분 채워졌으며 뇌와 직접 연결된다. 그뿐 아니라, 척수는 두개강에서 나온 뒤로도 상당 거리까지 뇌와 거의 동일한 굵기를 그대로 유지한다. 모든 상황을 종합해 볼 때, 고래의 척추를 골상학적으로 연구하고 설명하는 것이 과연 불합리한 일일까? 이런 관점에서 보면, 몸에 비해 놀랄 만큼 작은 뇌의 크기는 몸에 비해 놀랄 만큼 굵은 척수의 크기로 상쇄되고 남기 때문이다.

하지만 이 실마리를 어떻게 발전시킬지는 골상학자들에

게 맡기고, 나는 다만 향유고래의 혹에 잠시 척수 가설을 적용해 보겠다. 내가 잘못 알지 않았다면, 이 당당한 혹은 그보다 더 큰 척추골 위로 솟아 있고, 그렇기 때문에 어떻게 보면 그 척추골이 바깥으로 볼록하게 돌출한 형상이다. 그 상대적인 위치로 판단컨대, 높은 혹이야말로 향유고래의 확고함이나 불굴의 강건함을 다루는 기관이라고 말하고 싶다. 그리고 이 괴물이 불굴의 존재인 이유는 곧 알게 될 것이다.

81
피쿼드, 처녀를 만나다

　운명의 날이 도래했고, 우리는 정해진 운명에 따라 데릭 데 데어 선장이 이끄는 브레멘 선적의 융프라우호를 만났다.

　한때는 세계 최고의 고래잡이 민족이었던 네덜란드와 독일이 지금은 맨 뒤로 처졌지만, 드넓은 해역을 다니다 보면 지금도 태평양에서 어쩌다 한 번씩 그들의 깃발을 보게 된다.

　무슨 연유인지, 융프라우호는 우리에게 안부를 전하는 데 매우 적극적인 것처럼 보였다. 피쿼드호와 상당한 거리를 둔 상황에서 바람 부는 쪽으로 뱃머리를 돌리고 보트를 내리더니 선장이 우리를 향해 황급히 다가왔는데, 고물이 아니라 뱃머리에 서 있는 모습에서 초조함이 묻어났다.

　「손에 뭘 든 거야?」 스타벅은 독일인이 손에 들고 흔드는 것을 가리키며 소리쳤다. 「말도 안 돼! 등잔에 기름을 넣는 급유기잖아!」

　「그게 아니에요.」 스터브가 말했다. 「아니, 저건 커피 주전자예요, 항해사님. 우리에게 커피를 끓여 주러 오는 거라고요. 독일 사람답네요. 옆에 있는 커다란 깡통 보이죠? 저기에 끓는 물을 담았을 겁니다. 허! 사람 괜찮군, 독일 사람다워.」

「그런 소리 마세요.」플래스크가 외쳤다. 「저건 등잔 급유기랑 기름통이에요. 기름이 떨어져서 구걸하러 오는 겁니다.」

기름배가 고래 어장에서 기름을 빌린다는 게 희한한 노릇이고 〈석탄 지고 뉴캐슬 간다〉[36]는 옛 속담을 뒤집어서 반박하는 꼴이지만, 가끔은 그런 일이 실제로 일어난다. 그리고 과연 플래스크가 단언한 것처럼 데릭 데 데어 선장이 손에 들고 흔든 것은 등잔 급유기였다.

그가 갑판에 오르자 에이해브는 손에 든 것 따위는 전혀 개의치 않은 채 불쑥 질문을 던졌지만, 독일인 선장은 서툰 영어로 흰 고래에 대해서는 아는 바 없음을 분명히 밝힌 후 화제를 등잔 급유기와 기름통으로 재빨리 돌렸다. 칠흑 같은 어둠 속에서 잠자리에 들어야 하며 브레멘에서 가져온 기름이 다 떨어졌는데 빈 기름통을 채워 줄 날치 한 마리 잡지 못했다는 등의 얘기를 한 선장은 자신의 배가 포경업계에서 얘기하는 〈깨끗한 배〉(즉 빈 배라는 뜻)라면서, 처녀라는 뜻을 가진 융프라우의 이름값을 톡톡히 한다며 말을 맺었다.

데릭은 필요한 것을 얻어서 떠났지만, 본선에 닿기도 전에 두 배의 돛대 머리에서 거의 동시에 고래들을 포착했다. 데릭은 추격 의지가 너무 강렬한 나머지 기름통과 급유기를 배에 올려놓을 틈도 없이 보트의 뱃머리를 돌려 바다 괴물 〈기름통〉을 뒤쫓았다.

사냥감들이 바람이 불어 가는 쪽에서 떠올랐기 때문에, 선장의 뒤를 즉시 따라나선 나머지 세 척까지 독일 보트 네 척 모두가 피쿼드호의 보트보다 상당히 앞서 갔다. 고래는 모

36 잉글랜드 북동부의 도시이자 자치구 뉴캐슬어폰타인은 런던의 석탄 공급지였다.

두 여덟 마리로 일반적인 규모였다. 위험을 감지한 고래들은 일렬로 나란히 늘어서서 뒷바람을 받으며 대단히 빠른 속도로 달아났다. 옆구리가 스칠 듯이 헤엄치는 모습이 마차를 끄는 말 여덟 필 같았다. 고래들 뒤로 이어지는 크고 넓은 자국은 흡사 커다란 양피지 두루마리를 바다에 쉬지 않고 펼쳐 놓는 듯했다.

이렇게 급히 움직이는 고래 떼의 몇 길쯤 뒤에서는 혹이 솟은, 크고 늙은 수고래 한 마리가 헤엄을 쳤는데, 비교적 느린 속도와 별스럽게 누런 딱지들이 잔뜩 붙은 것으로 미루어, 황달이거나 그와 비슷한 병에 걸린 것처럼 보였다. 그렇게 나이 든 바다 괴물은 무리 지어 생활하는 경우가 드물기 때문에, 이 고래가 앞의 고래들과 같은 무리인지는 의문이었다. 어쨌거나 수고래는 앞의 무리를 따라갔는데, 아마도 그들이 일으키는 물살을 거스르느라 속도가 지체되는 모양이었다. 넓은 주둥이에 부딪혀 일어나는 하얀 거품이 상반되는 해류가 맞부딪칠 때 일어나는 거품만큼이나 격렬했다. 수고래의 물기둥은 짧고 완만하며 힘겨웠다. 가쁜 숨처럼 뿜어 올린 물기둥은 기운이 빠져 갈가리 흩어졌고, 뒤이어 물속에서 묘하게 몸부림을 쳤는데, 그것 역시 물에 잠긴 반대쪽 끝에서 출구를 찾았는지 꽁무니에서 물거품이 솟아올랐다.

「누구 설사약 있는 사람 없어?」 스터브가 말했다. 「놈이 배탈이 난 것 같아. 세상에, 반 에이커 크기의 배가 복통을 일으켰다고 생각해 봐! 배 속에서 역풍이 불어 야단법석이 났나 보군. 꽁무니에서 이렇게 구린 바람이 불어오는 건 처음이야. 하지만 저걸 좀 봐. 고래가 저렇게 한쪽으로 흔들리는 거 본 적 있어? 아무래도 키를 놓쳤나 봐.」

겁에 질린 말을 갑판에 잔뜩 싣고 힌두스탄 해안을 따라 내려가는 동인도 회사 무역선이 기우뚱거리다 가라앉기도 하고 좌우로 흔들리며 허우적허우적 간신히 전진하는 것처럼, 이 고래도 늙은 몸뚱이로 그렇게 헤엄을 쳤고, 이따금 성가신 옆구리를 반쯤 뒤집어 기이하게 밑동만 남은 오른쪽 지느러미가 제대로 나아가지 못하는 원인이라는 걸 드러내 보였다. 그 지느러미를 싸우다 잃은 건지, 날 때부터 그런 건지는 알 길이 없었다.

「어이 영감님, 잠깐 기다리쇼. 부러진 팔에 붕대를 감아줄 테니.」 무자비한 플래스크가 옆에 있는 고래 밧줄을 가리키며 소리쳤다.

「자네나 저놈한테 감기지 않도록 조심해.」 스타벅이 외쳤다. 「힘껏 저어라. 안 그러면 독일 놈들이 채가겠다.」

서로 경쟁하는 보트들이 한마음으로 이 고래를 노리는 이유는 가장 커서 그만큼 가치가 높은 데다 제일 가까이 있기 때문이었다. 게다가 다른 고래들은 워낙 빠른 속도로 달려나가서 당분간은 따라잡을 수 없었다. 이쯤 해서 피쿼드호의 보트들은 나중에 합류한 독일 보트 세 척을 앞질렀지만, 데릭의 보트는 워낙 출발이 빨랐기 때문에 여전히 선두를 달렸다. 그래도 경쟁 보트들과의 간격은 시시각각 좁혀졌다. 그들의 유일한 두려움은, 자신들이 완전히 따라잡기 전에 이미 표적에 상당히 근접한 데릭이 작살을 던질 수 있는 상황이 되는 것이었다. 데릭은 당연히 그렇게 될 거라고 자신하는 눈치였고, 이따금 조롱하는 듯이 다른 보트들을 향해 급유기를 흔들어 댔다.

「무례하고 배은망덕한 저 개자식!」 스타벅이 소리쳤다.

「내 손으로 채워 준 지 5분도 안 되는 자선함을 가지고 감히 나를 희롱해!」 그러더니 격하게 속삭이는 특유의 어조로 이렇게 말했다. 「힘껏 저어라, 사냥개들아! 가서 물어!」

「다들 잘 들어라.」 스터브도 보트의 선원들에게 외쳤다. 「흥분하는 건 내 신조에 어긋나지만, 저 야비한 독일 놈은 씹어 먹고 싶구나. 저어라, 노를 저어! 저 파렴치한 놈한테 지고 말 테냐? 다들 브랜디 좋아하지? 최고의 공을 세운 놈한테 브랜디 큰 통을 하사하겠다. 자, 그러니 핏대가 서도록 저으란 말이다! 누가 닻이라도 내린 거야? 이거 원 꿈쩍도 하지 않잖아. 아예 멈춰 섰어. 아니, 보트 바닥에서 풀이 자랄 판이야. 어럽쇼, 돛대에서는 싹이 났네. 이래서는 어림도 없다. 저 독일 놈을 보란 말이야! 좌우지간에 이놈들아, 불을 뿜는 게냐 마는 게냐?」

「와! 저놈이 일으키는 거품을 좀 봐.」 플래스크가 펄쩍펄쩍 뛰며 외쳤다. 「그 혹 한번 대단하군. 쇠고기를 쌓아 올려라. 통나무 쌓듯이 쌓으라고! 자, 다들 기운을 내라. 오늘 저녁은 핫케이크와 조개 요리다. 대합 구이와 머핀이라고. 자, 있는 힘껏 저어라. 저놈은 백 통짜리다. 놓치면 안 돼, 절대 안 돼! 저 독일 놈을 보란 말이다. 자, 한몫 챙길 수 있는데도 안 저을 테냐. 저렇게 큰 놈, 저렇게 굉장한 놈을 놓칠 셈이야! 향유고래 좋아하지 않아? 저기 3천 달러가 달아난다! 은행! 은행이 통째로 헤엄친다! 영국 은행이! 자, 가자, 가자, 가자! 저 독일 놈은 지금 뭐 하는 거야?」

그때 데릭은 따라붙는 보트들을 향해 급유기와 기름통을 던지는 중이었다. 경쟁자의 속도를 늦추는 동시에 물건을 내던지는 순간적인 반동으로 제 보트의 속도를 높이려는 속셈인 모양이었다.

「저 치사한 네덜란드 개자식!」 스터브가 소리쳤다. 「저어라, 제군들, 붉은 머리 악마를 잔뜩 실은 5만 척 전함의 기세로 저어라. 타슈테고, 어떤가. 자네는 게이 곶의 명예를 위해 등뼈를 스물두 조각으로 부러뜨릴 수 있는 남자인가? 어때?」

「미친 듯이 젓겠습니다.」 인디언이 외쳤다.

독일인의 조롱에 일제히 격분한 피쿼드호의 보트 세 척은 어느새 거의 나란히 전진하기 시작했고, 따라잡고야 말겠다는 마음으로 순식간에 거리를 바짝 좁혔다. 사냥감이 가까워졌을 때 세 항해사는 세련되고 느긋하고 기사도 넘치는 보트장의 태도를 과시하며 당당하게 일어나 한 번씩 우렁차게 소리를 질러 노잡이들을 격려했다. 「저기 간다! 노로 바람을 일으켜라! 독일 놈을 잡아라! 저 놈을 앞지르자!」

하지만 데릭의 출발이 워낙 결정적이었던 탓에 아무리 분발해 봐야 그가 이 경주의 승자가 될 게 틀림없었다. 그런데 그에게 정의의 심판이 내려졌으니, 가운데 앉은 노잡이가 노를 헛저은 것이다. 이 어수룩한 풋내기가 노를 잡아 빼려고 안간힘을 쓰는 바람에 데릭의 보트는 거의 뒤집힐 지경에 처하고, 격분한 데릭이 선원들에게 불같이 호통을 치는 동안 스타벅과 스터브, 그리고 플래스크는 절호의 기회를 맞았다. 이들은 함성을 지르며 필사적으로 돌진했고, 비스듬하게나마 독일인의 보트와 어깨를 겨누게 되었다. 그리고 다음 순간 보트 네 척이 모두 대각선으로 고래가 일으키는 물보라 속에 들어갔고, 고래가 만드는 거품 파도가 양쪽으로 뻗어 나갔다.

더없이 애처롭고 끔찍하고 처참한 광경이었다. 고래는 머리를 쳐들고 고통에 겨운 물기둥을 연신 앞으로 쏟아 냈고, 공포의 고통 속에서 하나뿐인 지느러미로 제 옆구리를 쳐댔다. 고래는 이쪽으로 갔다 저쪽으로 향하며 비틀비틀 달아났지만, 자신이 일으킨 큰 파도에 부딪힐 때마다 경련하듯 물속으로 가라앉거나 하늘을 향해 옆으로 뒹굴며 하나뿐인 지느러미를 펄럭거렸다. 부러진 날개로 어그러진 원을 허공에 그리며 해적 같은 매 떼를 피하기 위해 부질없이 노력하는, 겁에 질린 새를 보는 기분이었다. 그래도 새는 소리를 낼 수 있으니 애처로운 울음으로나마 두려움을 토로할 수 있지만, 말 못하는 이 커다란 바다 야수의 두려움은 몸속에 갇힌 채 빠져나올 길이 없었다. 분수공에서 나는 가쁜 숨소리를 제외하면 고래는 아무 소리를 내지 못했고, 그 모습은 보는 이에게 말할 수 없이 연민을 자아냈다. 그래도 엄청난 덩치와 창살문 같은 턱, 전능한 꼬리는 연민의 정을 품은 건장한 사내들을 섬뜩하게 하기에 충분했다.

이제 곧 피쿼드호의 보트에게 우위를 빼앗기겠다고 판단한 데릭은 그런 식으로 사냥감을 놓치느니, 자신이 보기에도 이례적으로 먼 거리이긴 하지만, 마지막 기회가 영영 사라지기 전에 모험을 걸어 보는 쪽을 택했다.

그러나 그의 작살잡이가 작살을 던지려고 일어서기 무섭게 세 호랑이, 즉 퀴케그와 타슈테고와 다구가 전부 본능적으로 벌떡 일어섰고, 대각선 대형으로 서서 동시에 작살을 겨눴다. 낸터컷의 작살 세 자루는 독일 작살잡이 머리 위를 날아가 고래 몸에 박혔다. 시야를 가리는 물거품과 흰 폭죽! 격렬하게 반응하며 돌진하는 고래의 기세에 보트 세 척이 독일 보트를 들이받았고, 그 바람에 데릭과 선수를 빼앗긴 작

살잡이가 물에 빠졌다. 보트 세 척이 그들 위로 날듯이 달려
갔다.

「버터 상자들아, 겁내지 마.」스터브가 쏜살같이 지나가며
그들을 힐끗 쳐다봤다. 「괜찮아. 곧 건져 줄 테니. 내가 저 뒤
쪽에서 상어 몇 마리를 봤거든. 세인트버나드의 개들[37]처럼
곤경에 처한 나그네를 구해 줄 거야. 만세! 이렇게 달려야 제
맛이지. 배마다 햇살 같구나! 만세다! 우리는 미친 퓨마 꼬
리에 붙들어 맨 깡통 세 개처럼 달린다! 코끼리에 경마차를
매달고 벌판을 달리는 기분이야. 그렇게 묶으면 바퀴가 하
늘을 날아가지. 그러다 언덕이 나오면 밖으로 내동댕이쳐질
지도 몰라. 만세! 바다 귀신을 만나러 갈 때도 이런 기분일
까. 한없는 비탈을 전속력으로 내달리는 기분! 만세! 이 고래
는 저승으로 우편 마차를 끌고 가는 모양이야!」

하지만 괴물의 질주는 곧 끝났다. 고래는 갑자기 가쁜 숨
을 내뱉더니 요동치며 물속으로 들어갔다. 밧줄 세 개는 귀
에 거슬리는 소리를 내며 밧줄 기둥에 깊은 홈을 팔 만큼 엄
청난 기세로 풀려 나갔다. 고래의 갑작스러운 잠수로 인해
금세 밧줄이 동이 날까 봐 겁이 난 작살잡이들은 능란한 솜
씨를 총동원해서 연기까지 일으키는 밧줄을 몇 번이나 기둥
에 고쳐 감았다. 그러다 급기야 물속으로 곧장 곤두박질치
는 세 밧줄이 납을 두른 밧줄 기둥을 수직으로 당기는 바람
에 뱃머리가 거의 수면에 닿을 지경이었고, 그 반면에 고물
은 하늘 높이 치솟았다. 그러다 고래가 이내 잠수를 멈췄다.
보트들은 조금 불안정한 자세이기는 해도 밧줄을 더 풀어
낼 수 없어서 한동안 그 자세를 유지했다. 비록 이런 식으로

37 조난당한 등산객을 돕는 구조견으로 유명한 개를 일컫는다.

빨려 들어가 침몰하는 경우도 있지만, 흔히 〈버티기〉라고 부르며 뒤에서 살아 있는 고래의 등에 날카로운 작살을 찍어 당기는 이 방식은 괴로움을 견디지 못한 바다 괴물이 금세 다시 수면으로 올라와 날카로운 창의 공격을 받게 한다. 그러나 위험한 건 고사하고라도, 이 방식이 항상 최선인지에 대해서는 의문의 여지가 있다. 작살을 맞은 고래가 물속에 오래 머물수록 기력이 빠진다고 추정하는 건 너무나 타당하기 때문이다. 고래는 엄청난 표면적으로 인해(다 자란 향유고래의 경우 표면적이 180제곱미터에 달한다) 그만큼 엄청난 수압을 받게 된다. 지상의 공기 중에도 상당한 기압이 존재한다는 건 모두가 아는 사실이다. 하물며 2백 길이나 되는 바다의 기둥을 등에 짊어진 고래의 부담은 얼마나 엄청나겠는가! 최소한 기압의 50배는 넘을 게 틀림없다. 어떤 고래잡이는 그게 대포와 식량과 선원까지 전부 실은 전함 20척의 무게에 맞먹을 거라고 추산하기도 했다.

보트 세 척이 잔잔한 바다 위에서 정오의 망망한 바다를 굽어보고 있을 때, 바닷속에서는 한 줄기 신음이나 비명은커녕 잔물결이나 거품 하나 올라오지 않았다. 이렇게 고요하고 평온한 물속에서 바다를 호령하는 최고의 괴물이 고통에 몸부림치며 몸을 뒤틀고 있다는 걸 뭍사람들은 상상이나 할 수 있을까! 뱃머리에서 수직으로 떨어진 밧줄은 채 20센티미터도 눈에 들어오지 않았다. 그 가느다란 세 가닥에 엄청난 크기의 바다 괴물이 여드레 괘종시계[38]의 커다란 추처럼 매달려 있다는 게 가당키나 할까? 매달려 있다고? 그것도 어디에? 고작 널빤지 석 장에? 한때 이와 같이 당당한 찬사

38 8일에 한 번씩 태엽을 감아 줘야 하는 괘종시계.

119

를 받던 생물이? 〈너는 그 살가죽에 창을, 머리에 작살을 꽂을 수 있느냐? …… 칼로 찔러 보아도 박히지 않고 창이나 표창, 화살 따위로도 어림없다. 쇠를 지푸라기인 양 부러뜨리고 청동을 썩은 나무인 양 비벼 버린다. 아무리 활을 쏘아도 달아날 생각도 하지 않고 팔맷돌은 마치 바람에 날리는 겨와 같구나. 몽둥이는 검불처럼 여기며 절렁절렁 소리 내며 날아드는 표창 따위에는 코웃음 친다!〉[39] 이게 그 생물이라고? 이게? 아! 예언이란 으레 실현되지 않는 법이던가. 꼬리만 해도 허벅지 1천 개에 버금가는 힘을 지닌 바다 괴물이 피쿼드호의 작살을 피해 산더미 같은 바닷속에 머리를 처박았다니!

기울어 가는 오후 햇살 속에 보트 세 척이 수면에 드리운 그림자는 크세르크세스의 대군 절반을 가릴 만큼이나 길고 넓었을 것이다. 상처 입은 고래에게 머리 위로 지나는 그 커다란 유령이 얼마나 섬뜩했을지 누가 알겠는가!

「준비해라! 움직인다!」 세 가닥 밧줄이 물속에서 갑자기 부르르 떨리며 자력이 통한 철사처럼 생사의 갈림길을 헤매는 고래의 맥박을 고스란히 위로 전해 주자 스타벅이 이렇게 외쳤고, 노잡이들도 모두 제자리에서 그걸 느꼈다. 다음 순간, 뱃머리를 아래로 당기는 힘이 거의 사라지면서 보트들이 위로 불쑥 솟구쳤는데, 마치 흰곰 무리가 허둥지둥 바다로 뛰어들면 작은 얼음덩이가 튀어 오르는 것과 같았다.

「당겨라! 당겨!」 이번에도 스타벅의 목소리였다. 「올라온다!」

불과 조금 전까지는 한 뼘도 당길 수 없던 밧줄이 이제는 물을 뚝뚝 떨어뜨리며 보트 위로 빠르게 말려 올라왔고, 이

39 구약 성서 「욥기」 40~41장.

윽고 고래가 사냥꾼들에게서 배 두 척 거리도 떨어지지 않은 곳에 모습을 드러냈다.

고래의 움직임에는 기진맥진한 기색이 역력했다. 육지 동물 대부분에게는 혈관에 판막, 그러니까 수문 같은 게 있어서 상처를 입었을 때 최소한 당장은 피가 일정 방향으로는 흐르지 않도록 어느 정도 차단해 준다. 고래는 그렇지 않다. 혈관 전체에 판막이 없는 것도 고래의 특이한 점들 가운데 하나여서, 작살처럼 작고 뾰족한 것에 찔리더라도 즉시 전신의 동맥에서 치명적인 출혈이 시작되고, 심해의 강한 수압으로 인해 출혈이 심해지면 그야말로 목숨이 줄줄 흘러 나간다고 해도 과언이 아니다. 하지만 피의 양이 워낙 많고 몸속의 샘 또한 워낙 깊고 많기 때문에 상당히 오랫동안 그렇게 피를 흘려 대면서도 버틸 수 있다. 아득히 먼 산속의 샘에서 발원한 강이 가뭄에도 마르지 않는 것과 같은 이치다. 보트들이 다가가 흔들어 대는 꼬리의 위험을 무릅쓰고 창을 던지자, 창이 박힌 자리마다 새로운 상처에서 하염없이 피가 흘러나왔다. 애초부터 있던 머리의 분수공에서는 거세기는 해도 어쩌다 한번만 겁에 질린 물기둥이 솟구치는 데 반해, 상처에서는 쉴 새 없이 피가 흘렀다. 분수공에서 피가 나오지 않는 건 아직 급소를 찔리지 않았기 때문이었다. 고래잡이들이 하는 말마따나, 목숨은 아직 건드리지 못한 것이다.

어느새 보트들이 더 가까이 에워싸자 대체로 물속에 잠겨 있는 게 보통인 고래의 상반부 전체가 확연히 드러났다. 눈이라기보다 눈이 있던 자리도 보였다. 더없이 당당하던 참나무도 쓰러지고 나면 옹이구멍에 제대로 자라지 못한 이상한 덩어리가 끼듯이, 한때 고래의 눈이 박혔던 자리에 보지도 못하는 안구가 튀어나와 있어서 보기에 끔찍한 연민을 자아냈지만, 거기 동정심이 끼어들 자리는 없었다. 늙고 외팔이에 눈까지 멀었어도, 인간의 흥겨운 결혼식과 여러 잔치에불을 밝히고, 또한 만물은 만물에게 절대로 위해를 가해서는안 된다고 설교하는 엄숙한 교회를 밝혀 주기 위해, 녀석은죽어 목숨을 내줘야 했다. 여전히 자신이 흘린 핏물 속에서몸을 뒤척이던 놈이 마침내 군데군데 묘하게 퇴색한 혹 같은살덩이를 드러냈는데, 옆구리 아래쪽에 붙은 살덩이는 커다란 통만 했다.

「바로 저기야.」 플래스크가 외쳤다. 「내가 저길 찔러 볼게.」

「멈춰!」 스타벅이 소리쳤다. 「그럴 필요 없다!」

하지만 인도적인 스타벅의 제지는 너무 늦었다. 창을 던지자마자 처참한 상처에서 고름 같은 것이 뿜어져 나왔고, 더는 참을 수 없는 고통에 고래는 급기야 분수공으로 걸쭉한피를 뿜더니 보트를 향해 맹렬하게 돌진해서 득의양양한 선원들에게 소나기처럼 피를 퍼부었으며, 플래스크의 보트를뒤집고 뱃머리를 부쉈다. 고래로서는 죽음의 일격이었다. 하지만 이때는 출혈로 인해 완전히 힘이 빠진 나머지 자신이부순 보트 옆에서 하릴없이 몸을 뒤집은 채 옆으로 누워 헐떡였고, 끄트머리만 남은 지느러미를 무력하게 펄럭이다가종말을 맞은 지구처럼 느릿하게 반복적으로 몸을 회전하더니 비밀스럽던 흰 배를 드러내고 통나무처럼 드러누워 죽고말았다. 마지막 숨과 함께 뿜은 물기둥은 애처롭기 그지없었다. 보이지 않는 손에 의해 웅장한 분수의 물길이 차츰 잦아들고 숨통이 반쯤 틀어막힌 것처럼 꼬르륵거리는 침울한 소리와 함께 물줄기가 낮아지자, 죽어 가는 고래의 마지막 물기둥도 끝이 났다.

얼마 지나지 않아, 선원들이 본선을 기다리는 동안 고래의 사체는 몸속의 보물을 강탈당하지 않은 채 그대로 가라앉으려는 징후를 보였다. 스타벅은 재빨리 여러 군데를 밧줄로 동여매라는 지시를 내렸고, 그러자 보트들은 가라앉은 고래를 밧줄에 묶어 조금 아래쪽에 매단 부표 신세가 되었다. 본선이 가까이 왔을 때 선원들은 고래를 아주 조심스럽게 뱃전으로 옮겨 제일 튼튼한 쇠사슬로 단단히 묶었는데, 인위적으로 떠받치지 않으면 사체가 즉시 바닥으로 가라앉을 게 분명했기 때문이었다.

고래 삽으로 자르기 시작하자 앞서 말한 아래쪽 살덩이에 완전히 파묻혔던 녹슨 작살 하나가 발견됐다. 하지만 포획한 고래 사체에서 작살 끄트머리가 발견되는 일은 흔했고, 주변의 살도 완전히 아물어 작살이 박힌 곳을 알려 주는 돌출부가 전혀 없는 게 보통이었다. 그렇다면 이번 경우에는 앞서 언급한 궤양을 완전히 설명해 줄, 또 다른 알려지지 않은 이유가 있어야 할 게 분명했다. 하지만 그보다 더 흥미로운 건 작살과 그리 멀지 않은 부위에서 돌로 만든 창끝이 발견됐다는 사실이었다. 그 주변 살은 완전히 굳은 상태였다. 대체 돌로 된 창을 던진 건 누구였을까? 그리고 언제였을까? 아메리카 대륙이 발견되기 한참 전에 북서부의 인디언이 던졌을지도 모를 일이었다.

이 괴물 같은 밀실에서 또 어떤 놀라운 물건을 찾게 될지 알 수 없었다. 하지만 몸뚱이가 가라앉으려는 징후가 심해지면서 배가 전례 없이 옆으로 기울어지는 바람에 그 이상의 탐사는 갑작스러운 중단을 맞았다. 하지만 작업을 지휘하던 스타벅은 마지막까지 포기하지 않았다. 어찌나 집요하게 고래에 집착했는지, 사체를 그대로 끌어안고 있겠다고 고집을 부렸다면 결국 배가 전복되고 말았을 것이다. 그래서 고래를 떼어 내라는 명령을 내렸지만, 쇠사슬과 밧줄을 묶은 가름대에 가해지는 압력이 너무 심한 나머지 그걸 푸는 게 불가능한 지경이었다. 그러는 동안에도 피쿼드호의 모든 것이 점점 기울어, 갑판을 가로지르려면 마치 가파른 박공지붕 위를 걸어 오르는 것 같았다. 배가 신음을 하며 헐떡였다. 뱃전과 선실의 상아 장식이 부자연스럽게 뒤틀리며 툭툭 떨어지기 시작했다. 꿈쩍도 하지 않는 쇠사슬을 가름대에서 들어내기 위해 나무 지레와 쇠지레를 동원했지만 전부 소용없었다. 이제고래가 너무 깊이 가라앉아서 물속에 잠긴 끝 부분으로는 아예 접근할 수 없었고, 가라앉는 그 몸뚱이에도 시시각각 몇 톤의 중량이 더해지는지, 배는 급기야 넘어갈 듯 보였다.

「기다려, 좀 기다리라니까!」 스터브가 고래 사체를 향해 소리쳤다. 「그렇게 서둘러서 가라앉을 게 뭐야! 제기랄, 무슨 수를 쓰지 않으면 안 되겠군. 그렇게 지렛대로 들어 올려 봐야 다 소용없어. 나무 지레 따위는 내려놓고 누가 기도서랑 주머니칼을 가져와서 저 사슬을 끊어 버려.」

「칼? 그래, 그래.」 퀴퀘그는 이렇게 외치더니 목수용 큰 도끼를 움켜쥐고 현창 밖으로 몸을 기울여 쇠에는 강철이 제격이라는 듯이 제일 굵은 쇠사슬을 찍기 시작했다. 그렇게 몇 번 내리치자 불꽃이 일면서 팽팽한 장력이 저절로 작용하여 소기의 성과를 내주었다. 끔찍한 소리와 함께 모든 결박이 풀리며 배는 똑바로 서고 시체는 가라앉았다.

방금 잡은 향유고래가 이따금 이렇게 불가피하게 가라앉

는 건 매우 이상한 일이고, 아직까지 어떤 포경업자도 만족스러운 설명을 제시하지 못했다. 일반적으로 죽은 향유고래는 큰 부력으로 인해 물에 뜨고, 옆구리나 배는 수면 위로 꽤 높이 솟는다. 이렇게 가라앉는 고래들이 하나같이 늙고 야위고 상심한 놈들, 지방층은 오그라들고 뼈는 병들어 무거워진 놈들뿐이라면, 고래 몸속에서 어떤 이례적인 중력이 작용하면서 부력이 사라진 탓으로 이런 현상의 원인을 돌릴 수 있을지도 모른다. 그런데 실상은 그렇지가 않다. 가장 건강하고 원기 왕성해서 인생의 5월을 만끽하던 한창 나이에 때 이른 죽음을 맞은 젊은 고래들, 기름이 터져 나올 것처럼 근골이 억세고 부력이 충만한 영웅들도 이따금 가라앉는 일이 있다.

그렇기는 해도 향유고래는 다른 종에 비해 이런 일이 훨씬 드물다. 향유고래가 한 마리 가라앉을 때 참고래는 스무 마리 가라앉는다. 종에 따른 이런 차이는 참고래에게 뼈가 훨씬 많다는 사실이 적잖은 이유로 작용하는 게 분명하다. 참고래는 내리닫이 창살문의 무게만 1톤이 넘을 때도 있는데, 향유고래에게는 그런 성가신 것이 아예 없다. 하지만 가라앉은 지 몇 시간이나 며칠이 지나 생전보다 더 커진 부력으로 다시 떠오르는 경우도 있다. 이유는 명백하다. 몸에 가스가 차서 엄청난 크기로 부풀어, 일종의 고래 풍선이 되기 때문이다. 그 지경에 이르면 군함으로도 누르기 힘들다. 뉴질랜드 만 앞바다의 연안 고래잡이들은 참고래가 가라앉을 것 같은 기미가 보이면 긴 밧줄에 부표를 묶어 놓는다. 그렇게 하면 고래가 가라앉더라도 다시 떠오를 경우 어디서 찾을지 알 수 있기 때문이다.

피쿼드호의 주 돛대에서 융프라우호가 또다시 보트를 내

린다고 알려온 건 고래가 가라앉고 얼마 지나지 않았을 때였다. 이때 포착된 건 긴수염고래의 물기둥뿐인데, 놀라운 헤엄 실력 때문에 도저히 잡을 수 없는 고래였다. 하지만 긴수염고래의 물기둥이 향유고래와 워낙 흡사해서 노련하지 못한 고래잡이들은 종종 혼동했다. 그리고 그런 까닭에 데릭과 그의 부하들은 절대 근접할 수 없는 짐승을 용감하게 뒤쫓고 있었다. 처녀는 돛을 모두 펼치고 보트 네 척을 내려 고래를 추격했고, 그렇게 그들은 대담하고 희망에 찬 추격전 속에 바람이 불어 가는 쪽으로 멀어졌다.

아! 세상에는 긴수염고래가 많고 데릭 같은 사람도 많다네, 친구여.

82
포경업의 명예와 영광

어떤 분야에서는 신중한 무질서가 진정한 비결이 되기도 한다.

포경이라는 문제에 뛰어들어 그 원천에 이르기까지 연구를 진척시킬수록, 포경업의 위대한 영광과 유서 깊은 전통에 더 깊은 감명을 받게 된다. 특히 수많은 반신(半神)과 영웅들, 그리고 온갖 종류의 예언자들이 이런저런 방식으로 포경에 경의를 표했다는 걸 알게 되니, 비록 미력하나마 내가 이토록 빛나는 일단의 소속이라는 생각에 황홀해진다.

제우스의 아들인 용맹한 페르세우스는 최초의 고래잡이였다. 그리고 우리 직업의 무궁한 명예를 위해 말해 두건대, 우리의 동료가 처음으로 공격한 고래는 결코 치졸한 의도 때문에 죽음을 당한 게 아니었다. 그때는 우리의 이 직업이 의협적이던 시대여서, 우리는 어려움에 처한 자들을 돕기 위해 무기를 들었을 뿐 인간의 등불에 기름을 채우려는 목적이 아니었다. 페르세우스와 안드로메다의 아름다운 이야기는 모두가 안다. 아름다운 안드로메다 공주가 바닷가 바위에 묶여 바다 괴물이 그녀를 채가려는 순간, 고래잡이들의 왕자인 페르세우스가 용맹하게 나아가 괴물을 작살로 찌르고 공주를 구해 내어 결혼한 이야기다. 일격에 바다 괴물을 해치웠으니, 요즘의 작살잡이는 아무리 최고의 실력을 자랑하더라도 좀처럼 구사하지 못할, 경탄스러운 예술적 묘기였다. 그리고 알가 족[40]의 이 이야기에 의심을 가져서는 안 된다. 시리아 해안에 위치한 고대의 요빠라는 마을은 지금의 야파인데, 대대로 고래의 커다란 유골이 안치된 이교도 사원이 하나 있었다. 도시에 전해지는 전설도 그렇거니와 모든 주민이 그것을 페르세우스가 죽인 괴물의 뼈라고 굳게 믿었다. 요빠를 점령한 로마는 바로 그 뼈를 전리품으로 챙겨 이탈리아로 가져갔다. 이 이야기에서 찾아볼 수 있는 대단히 비범하고도 중요한 암시는 바로 요나가 배를 타고 떠난 곳이 다름 아닌 요빠였다는 사실이다.

페르세우스와 안드로메다의 모험과 유사한 것으로 성 조지와 용의 이야기가 있는데, 일각에서는 실제로도 간접적으로나마 여기서 유래됐다고 보기도 한다. 그리고 나는 이 용이 고래였다고 단언한다. 왜냐하면 옛날 연대기에서는 고래와 용이 묘하게 하나로 뒤섞이며 동일시되는 경우가 많았기 때문이다. 〈그대는 물의 사자요, 바다의 용이로다〉라고 에스겔[41]이 말했을 때 이것이 고래를 의미하는 것임은 명백하다. 실제로 성서의 몇몇 판본에서는 아예 그 단어를 사용한다. 게다가 성 조지가 심해의 위대한 괴물과 전투를 벌인 게 아

40 고대 시리아의 부족으로, 요빠 지역에 살았다.
41 유대 왕국 말기, 4대 선지자 가운데 한 사람이다. 「에스겔」 32장 2절에 〈네가 만방의 사자 같더니 망하고 말았구나. 너는 강물에서 꿈틀꿈틀 네 발로 물을 차며 강물을 흐리던 물속의 악어 같았다〉는 구절이 있다.

니라 고작 땅을 기어 다니는 파충류에 맞섰을 뿐이라면, 그의 공훈은 크게 빛이 바랠 것이다. 뱀이라면 누구라도 죽일 수 있지만 담대하게 고래에 맞설 심장을 가진 건 오직 페르세우스, 성 조지, 코핀[42] 같은 사람들뿐이다.

그 장면을 묘사한 근대의 회화에 현혹되지 말자. 옛날의 용맹한 고래잡이가 맞서 싸운 생물을 그리핀과 비슷한 형상으로 모호하게 묘사하고, 성자가 말을 타고 뭍에서 벌인 것으로 전투 장면을 표현했지만, 무지한 시대였던 탓에 그때는 화가들이 고래의 참모습을 알지 못했다. 그리고 페르세우스의 경우처럼 성 조지와 싸운 고래가 바다에서 나와 해변에 올랐을지도 모르며 성 조지가 올라탄 동물이 커다란 바다표범이거나 해마일지도 모른다. 이런 것들을 모두 고려했을 때 이른바 용이라 일컬어지는 이것이 바로 위대한 바다 괴물이라고 주장한다 해도 신성한 전설이나 그 장면을 묘사한 오래된 그림과 조금도 모순되는 것처럼 보이지 않을 터다. 사실상 엄밀하고 단호한 진실에 비추어 보면, 이 이야기는 팔레스타인 민족이 숭배한 물고기이자 짐승이며 새인 〈다곤〉이라는 우상과 비슷해 보인다. 다곤을 이스라엘의 언약궤[43] 앞으로 데려가자 말 같은 머리와 두 손바닥이 떨어져 내리고 물고기 같은 하반신만 남았다. 이러하므로, 그렇다면, 우리네 직업의 거룩한 대표는 고래잡이면서 잉글랜드의 수호 성인이고, 우리 낸터컷의 작살잡이들은 고귀하기 이를 바 없는 성 조지 기사단에 입회해야 마땅하다. 그러니 그 명예로

42 훌륭한 고래잡이를 많이 배출한 낸터컷의 코핀 가문을 일컫는다.
43 하느님과 이스라엘 민족이 맺은 계약의 표시로 성막 안 지성소에 안치한 궤. 제사장 아론의 지팡이, 만나, 십계명을 새긴 석판을 넣어 두었다.

운 기사단의 일원들(감히 말하건대, 어느 누구도 자신들의 위대한 수호성인처럼 고래와 얽힐 일이 없던)이 낸터컷 사람에게 경멸의 눈초리를 보내는 일은 없어야 할 것이다. 비록 우리가 모직 작업복과 타르 칠을 한 바지를 입고 있지만 성 조지의 훈장을 받을 자격은 그들보다 우리에게 훨씬 많기 때문이다.

헤라클레스를 우리 일원으로 받아들일 것인지에 대해서는 오랫동안 결정을 내리지 못했다. 그리스 신화에 따르면, 고대의 크로켓이나 키트 카슨[44]이라고 할 수 있는 근육질의 이 선량한 호걸을 고래가 삼켰다가 다시 토해 낸 적이 있다지만, 그것만 가지고 그를 엄밀한 의미의 고래잡이로 간주할 수 있는지에 대해서는 논란의 여지가 있기 때문이다. 배 속을 제외하고 실제로 고래에게 작살을 던졌다는 기록은 어디에도 없다. 그렇더라도 본인의 의지와 상관없이 일종의 고래잡이가 된 것으로 간주할 수는 있다. 어쨌거나 그가 고래를 잡지는 못했어도 고래가 그를 잡았으니까. 나는 그를 우리의 일원이라고 주장한다.

하지만 상반된 주장을 하는 최고 권위자들이 있으니, 헤라클레스와 고래에 대한 그리스 신화가 그보다 더 오래된 히브리의 요나와 고래 이야기에서 유래됐다고 보는 사람들, 또는 유래의 선후 관계를 뒤집어서 보는 사람들이다. 확실히 두 이야기는 매우 흡사하다. 반신(半神)인 헤라클레스를 우리 일원으로 본다면 예언자인 요나는 왜 아니겠는가?

우리 기사단의 명단이 영웅과 성자, 반신과 예언자로만 가득 찬 건 아니다. 기사단의 단장은 아직 거론도 되지 않았다.

44 두 사람 다 미국 개척 시대의 모험가.

고대의 왕들처럼 우리 모임의 본류에도 위대한 신들은 결코 드물지 않다. 이제 힌두교의 삼대 현신인 무시무시한 비슈누 신의 이야기가 실린 샤스트라[45]에서 동양의 놀라운 이야기를 인용해 보자. 샤스트라에 따르면 비슈누 신이 바로 우리의 주신이다. 열 가지 모습으로 지상에 모습을 나타낸 비슈누가 맨 처음에 고래로 현신함으로써 고래를 영원히 특별하고 신성하게 만들었기 때문이다. 또한 샤스트라에서 말하길, 신 중의 신인 브라마는 주기적으로 세계를 파괴하고 재창조하기로 결정했을 때 그 일을 주재할 비슈누를 낳았다. 하지만 창조에 앞서 비슈누는 신비로운 책인 『베다』를 반드시 숙독해야 했던 것 같은데, 아마도 거기에 젊은 조물주들을 위한 실용적인 조언이 담겼던 모양이다. 그런데 『베다』가 바다 밑바닥에 놓여 있었기 때문에 비슈누는 고래로 몸을 바꾸고 가장 깊은 곳까지 내려가 신성한 책을 가져왔다. 그렇다면 말을 타는 사람을 말잡이 기수라고 부르듯이, 비슈누도 고래잡이 포경꾼이라고 할 수 있지 않을까?

페르세우스, 성 조지, 헤라클레스, 요나, 그리고 비슈누! 이상이 우리의 회원 명단이다! 고래잡이 말고 어떤 모임에서 이런 면면을 내세울 수 있을까?

45 산스크리트어로 쓰인 힌두교 경전을 뜻한다.

83
역사적으로 고찰한 요나

앞 장에서 요나와 고래의 역사적인 이야기를 언급했다. 오늘날 몇몇 낸터컷 사람은 이 유구한 요나와 고래 이야기에 의구심을 갖기도 한다. 그러나 옛날 그리스와 로마에도 당시의 정통파였던 이교도들과 거리를 두고 헤라클레스와 고래 이야기나 아리온과 돌고래 이야기[46]를 의심하는 회의적인 사람들이 있었지만, 대대로 전승되어 온 이 이야기들을 그들이 의심한다고 해서 이야기의 진실성이 조금이라도 훼손되는 건 아니다.

새그 항의 어느 늙은 고래잡이가 히브리 이야기에 의문을 제기하는 주된 이유는 다음과 같았다. 그에게는 기이하고 비과학적인 삽화로 꾸며진 색다르고 고풍스러운 성서가 한 권 있었고, 거기에 요나를 삼킨 고래가 머리에서 물기둥 두 줄기를 뿜어내는 그림이 있었다. 그건 한 종류의 바다 괴물(참고래와 그 변종)만이 지닌 특징인데, 그 종은 고래잡이들이

---

46 그리스의 시인이자 음악가인 아리온은 어느 날 돈을 노린 선원들이 자신을 죽이려 하자 마지막으로 노래를 부르게 해달라고 청했고, 바다에 던져졌을 때 그의 노래에 매혹된 돌고래가 그를 구해 주었다.

〈1페니 롤빵만 삼켜도 목에 걸릴 것〉이라고 말할 정도로 목구멍이 좁다. 그러나 제브 주교[47]는 이런 주장을 미리 예견하고 반론을 준비해 두었다. 요나가 꼭 고래 배 속에 매장됐다고 생각할 필요는 없으며, 입속 어딘가에 잠시 머물렀다고 보면 된다는 주장이었다. 훌륭하신 주교님 입장에서는 그 정도면 충분히 타당한 해명이었다. 실제로 참고래의 입은 카드놀이 탁자 두 개를 놓고 여덟 명이 둘러앉아도 될 만큼 넓다. 요나는 이빨에 뚫린 구멍에라도 넉넉히 들어가 앉았겠지만, 다시 생각해 보니 참고래에게는 이빨이 없다.

새그 항 노인네(늙은 고래잡이는 이 이름으로 통했다)가 예언자 이야기를 믿지 못하는 또 다른 이유는 고래 배 속에 유폐된 몸과 고래의 위액에 대한 모호한 언급이다. 하지만 이 반론 역시 무위로 돌아갔는데, 독일의 어느 성서학자가 요나는 물에 떠 있는 죽은 고래의 몸속으로 피신했던 게 분명하다고 주장했기 때문이다. 실제로 러시아 원정에 참가한 프랑스 병사들은 죽은 말을 텐트 삼아 그 속으로 기어들어가기도 했다. 게다가 유럽의 다른 성경 주석자들은 요빠의 배에서 바다로 내던져진 요나가 곧장 근처의 다른 배로 피신했는데, 그 배에 고래 장식이 달려 있었다는 주장을 펴기도 했다. 거기에 내가 한마디 덧붙이자면, 오늘날 배에 〈상어〉니 〈갈매기〉, 또는 〈독수리〉라는 이름을 붙이듯이, 그 배의 이름이 〈고래〉였을 가능성도 있다. 『요나』에 언급된 고래가 단순히 구명 장치, 즉 공기로 부풀린 자루에 불과하며 위험에 처한 예언자가 그 구명 장치를 향해 헤엄쳐 가서 익사의 운명을 면했다는 견해를 피력하는 성서학자들도 적지 않았

47 아일랜드의 성직자로, 성경 주석서를 집필했다.

다. 그러니 불쌍한 새그 항 노인네는 사방에서 반박을 당하는 처지가 되었다. 하지만 그가 믿음을 갖지 못하는 데에는 아직 한 가지 이유가 더 있었다. 내 기억이 옳다면 그 이유는 이러했다. 지중해에서 요나를 삼킨 고래가 사흘 후에 그를 토해 낸 곳은 티그리스의 니네베라는 도시에서 사흘 거리 정도의 지점이었는데, 지중해에서 니네베까지는 최단 거리로도 사흘이 훨씬 넘게 걸린다. 그러니 이건 어떻게 설명할 것인가?

하지만 고래가 예언자를 니네베와 그렇게 가까운 곳에 내려놓을 다른 방법은 없었을까? 있었다. 고래가 요나를 품고 희망봉을 돌았을 수도 있다. 그럴 경우 지중해를 완전히 지나는 것은 물론이고 페르시아 만과 홍해도 통과해야 하므로 그 가설대로라면 사흘 안에 아프리카 대륙 전체를 일주해야 할 뿐만 아니라 니네베 인근의 티그리스 강도 지나야 하는데, 이 강은 고래가 헤엄치기엔 수심이 너무 얕다. 게다가 그 시절에 이미 요나가 희망봉의 고난을 이겨 냈다고 주장할 경우, 그 위대한 곳을 발견한 영예를 바르톨로메우 디아스에게서 빼앗아야 하고, 그러면 근대사는 거짓이 되고 만다.

그렇지만 새그 항 노인네의 바보 같은 주장들은 논리를 앞세운 어리석은 그의 오만을 입증할 뿐이며, 태양과 바다에서 주워들은 것 말고는 배운 게 거의 없는 노인네라는 걸 생각하면 더욱 가증스러운 노릇이다. 그래 봐야 자신의 어리석고 불경한 오만과 거룩한 성직자들에 대한 고약한 반항심만 드러날 뿐이다. 포르투갈의 한 가톨릭 신부는 요나가 희망봉을 돌아 니네베로 갔다는 이런 주장은 일반적인 기적을 본보기 삼아 확대한 개념이라는 주장을 제기했다. 그리고 실제로 그랬다. 그뿐 아니라, 오늘날까지도 교양 있는 터키 사람들은 요나의 이야기가 역사적인 사실이라고 굳게 믿는다. 그리고 약 3세기 전의 해리스 항해기에는 한 영국 여행자가 요나를 기리기 위해 지은 터키의 어느 사원과 그 사원에 있다는 기름 한 방울 없이 불을 밝히는 기적의 등잔에 대해 얘기하는 내용이 나온다.

84
창 던지기

마차가 힘들이지 않고 빨리 달리려면 바퀴 축에 기름칠을 해야 한다. 일부 고래잡이들이 보트에 비슷한 작업을 하는 목적도 거의 비슷한데, 이들은 바닥에 기름을 칠한다. 이런 조처는 전혀 무해할뿐더러, 기름과 물의 성질이 정반대고 기름이 미끄러운 물질이며 보트가 맹렬히 미끄러져 나가게 만드는 것이 소기의 목적이라는 점을 감안하면 적잖은 장점으로 작용할 가능성이 있다. 퀴퀘그는 보트 기름칠의 효과를 신봉했고, 독일의 융프라우호가 멀어지고 며칠 지나지 않은 어느 날 아침에는 평소보다 더 공을 들이며 작업에 열중했다. 뱃전에 매달아 놓은 보트 밑으로 기어 들어가 대머리처럼 반질반질한 용골에서 머리카락 한 톨이라도 자라게 하려는 듯이 부지런히 기름을 문질렀다. 그는 무슨 특별한 예감에 순종하는 것처럼 보였는데, 과연 그 예감을 입증해 주는 사건이 일어났다.

정오가 가까워 올 무렵에 고래 떼가 발견된 것이다. 하지만 배가 돌진하자 고래들은 방향을 바꿔서 황급히 도망쳤다. 악티움 해전에서 클레오파트라의 배들이 그러던 것만큼이나 황망하게 달아났다.

보트들은 아랑곳없이 뒤를 쫓았고, 스터브의 보트가 선두에 나섰다. 엄청난 분발 끝에 타슈테고가 결국 창 하나를 꽂는 데 성공했지만, 창에 찔린 고래는 잠수를 하기는커녕 속도를 더 높여 그대로 달아났다. 꽂힌 창에 그런 식으로 계속 압력이 가해질 경우 조만간 창이 빠질 게 분명했다. 질주하는 고래를 향해 창을 던지거나 아니면 포기하고 돌아서야 하는 상황이었다. 하지만 워낙 빠르고 맹렬하게 헤엄을 치는 통에 고래 옆으로 보트를 바짝 가져다 붙이는 건 불가능했다. 그렇다면 남은 방법은 뭘까?

노련한 고래잡이들이 종종 발휘하는 온갖 놀라운 기술과 빈틈없는 솜씨, 날랜 손재주와 예리한 통찰력 중에서도 창을 다루는 묘기를 능가하는 건 없는데, 그걸 흔히 투창이라고 부른다. 짧은 단검이건 날이 넓은 큰 칼이건, 제아무리 능숙하게 다룬다 해도 투창에는 비할 수 없다. 완강하게 도망치는 고래를 상대하려면 이 기술이 반드시 필요하다. 투창의 경이로운 사실이자 특징은 엄청난 속도로 달리며 격렬하게 요동치는 보트에서도 긴 창을 정확하게 던지는 놀라운 거리에 있다. 강철과 나무 부분까지 포함하면 창의 총길이는 3~3.6미터에 달한다. 자루는 작살에 비해 훨씬 가늘고 더 가벼운 소나무로 만든다. 자루에는 당김 줄이라는 상당히 길고 가는 밧줄이 달려서, 던지고 난 후에 이 줄을 당기면 창을 회수할 수 있다.

얘기를 계속하기 전에 여기서 짚고 넘어가야 하는 중요한 사항은, 작살도 창과 똑같은 방법으로 던질 수는 있지만 실제로 그렇게 하는 경우가 드물다는 것이다. 또 그렇게 하더라도 성공률이 훨씬 낮은데, 창에 비해 훨씬 무겁고 짧다는 사실이 작살의 심각한 단점으로 작용하기 때문이다. 그래서 일반적으로 뭐가 됐든 던지기 전에는 일단 고래에게 바짝 다가가야 한다.

자, 이제 다시 스터브의 상황을 살펴보자. 급박한 위기의 순간에도 명랑함과 신중함, 그리고 평정심을 잃지 않는 그는 투창에 특히 뛰어난 자질을 갖췄다. 저 사내를 보라. 날듯이 달려가느라 높이 들린 보트의 뱃머리에 꼿꼿하게 서 있다. 고래는 양털 같은 물거품을 일으키며 12미터쯤 앞서 간다. 긴 창을 가뿐하게 다루며, 완벽하게 곧은지 확인하기 위해 처음부터 끝까지 두세 번쯤 훑은 스터브는 휘파람 같은 소리를 내며 둘둘 감긴 당김줄을 한 손에 들고 늘어진 부분이 거치적거리지 않도록 끝을 단단히 움켜쥔다. 그런 다음 허리춤 앞으로 창을 들어 고래를 겨눈다. 고래가 사정거리에 들어오면 손에 쥔 창 자루 끝을 서서히 낮추며 창끝을 올린다. 그러다 보면 창이 손바닥 위에서 균형을 이루면서 허공으로 4.5미터 정도 솟은 상태가 된다. 그런 모습을 보면 턱에 긴 장대를 세운 곡예사가 연상되기도 한다. 다음 순간, 번쩍이는 창끝이 도저히 형언할 수 없을 정도의 빠른 추진력으로 하늘 높이 포물선을 그리며 물보라 너머로 멀리 날아가더니 고래의 급소에 꽂혀 바르르 떤다. 고래는 이제 눈부신 물기둥 대신 붉은 피를 뿜어 올린다.

「놈의 마개가 열렸다!」 스터브가 외친다. 「독립 기념일이 따로 있냐. 오늘 같은 날은 분수마다 술이 넘쳐흘러야 마땅하다! 가만있자, 저게 올리언스의 위스키냐, 오하이오, 아니 기가 막힌 머농거힐라[48]의 위스키더냐! 이봐 타슈테고, 자네가 저걸 깡통에 좀 담아 오지 그래. 다들 돌려 가며 한잔씩 하게 말이야. 아무렴, 그래야지. 저놈의 분수공은 넓어서 최고급 펀치도 만들겠는걸. 살아 있는 펀치 볼에서 생명수를 쭉 들이켜는 거야!」

이렇게 장난스러운 말을 지껄이는 동안에도 그의 능숙한 투창은 거듭되고, 창은 교묘한 줄에 붙들어 맨 사냥개처럼 번번이 주인에게 다시 돌아온다. 고통에 겨운 고래가 몸을 뒤틀기 시작한다. 밧줄을 늦추고, 투창의 명수는 뱃고물로 물러나 팔짱을 낀 채 괴물의 죽음을 말없이 지켜본다.

48 위스키로 유명한 펜실베이니아 남부의 강 마을.

85
분수

6천 년 동안, 물론 그 이전에 몇백만 년이 흘렀을지는 아무도 모르는 일이지만, 커다란 고래들은 모든 바다에서 물기둥을 뿜어 올렸고, 화분에 물을 주고 분무를 하듯 심해의 정원에 물을 주며 분무질을 해왔다. 그리고 몇 세기 전부터 고래의 분수에 가까이 다가가 고래가 물을 뿌리고 뿜어 올리는 걸 지켜본 고래잡이는 몇천 명에 달할 것이다. 그럴진대, 지금 이 복 받은 순간(1850년 12월 16일 오후 1시 15분하고도 15초)까지도 물기둥이 실제로 물인지 아니면 수증기에 불과한지가 여전히 의문으로 남았으니, 이건 확실히 주목할 만한 문제다.

그러니 관련된 몇몇 흥미로운 사항을 곁들여 이 문제를 살펴보기로 하자. 다들 알듯이 지느러미가 달린 물고기라는 족속은 일반적으로 아가미라는 특수한 장치를 이용하여 그들이 헤엄치는 물에 어김없이 섞여 있는 공기를 호흡한다. 그렇기 때문에 청어나 대구는 1백 년을 살더라도 수면 위로 머리를 쳐드는 일이 없다. 그러나 고래는 인간과 똑같이 평범한 허파를 가진 특수한 신체 구조로 말미암아 대기 중의 공기를 마셔야 살 수 있다. 그런 까닭에 주기적으로 물 위쪽의 세계를 방문해야 한다. 하지만 입으로 숨을 쉬는 건 전혀 불가능한데, 보통의 자세일 경우 향유고래의 입은 수면에서 최소한 2.4미터 아래에 잠겨 있기 때문이다. 그런 데다가 숨통도 입과 연결되지 않았다. 그래서 고래는 머리 꼭대기에 있는 분수공을 통해서만 숨을 쉰다.

호흡이란 공기에서 일정한 요소를 뽑아낸 다음 그걸 혈액과 접촉시켜서 생동감을 주는 원소를 혈액에 보급하는 작용이므로, 어떤 생물이건 호흡이 생명 유지에 반드시 필요한 기능이라고 해도 틀린 얘기는 아닐 거라고 생각한다. 그럴듯한 과학 용어를 들먹일 수도 있지만, 쉽게 얘기하자면 그렇다. 그렇게 가정할 경우, 호흡 한 번으로 모든 피에 산소가 공급된다면 사람은 콧구멍을 막고 상당히 오랫동안 숨을 쉬지 않아도 견딜 수 있다는 논리가 성립된다. 말하자면, 숨을 쉬지 않아도 살 수 있다는 얘기다. 이례적으로 여겨질지 모르지만, 고래가 바로 그렇다. 고래는 주기적으로 꽉 차게 한 시간이나 그 이상씩(심해에 있을 때) 단 한 번도 숨을 쉬지 않은 채, 아무튼 어떤 식으로든 공기를 한 숨도 들이마시지 않고 체계적으로 살아간다. 기억하겠지만 고래에게는 아가미가 없기 때문이다. 어떻게 그럴 수 있는 걸까? 고래의 갈비뼈 사이, 그리고 척추 양쪽에는 국숫발 같은 관이 크레타 섬의 미로처럼 복잡하게 얽혀 있는데, 고래가 수면에 나왔다가 잠수할 때면 산소가 공급된 혈액이 이 관에 가득 찬다. 그렇기 때문에 물 없는 사막을 건너는 낙타가 보조 밥통 네 개[49]에 나중에 마실 여분의 물을 채우듯, 고래는 천 길 물속에서 한 시

49 실제 낙타에게는 반추위 3개가 있다.

간 이상 버틸 수 있는 여분의 생명력을 몸에 비축하는 것이
다. 이 미로의 해부학적 사실 여부는 논란의 여지가 없고, 이
걸 토대로 한 가설이 합리적이며 옳다는 주장도, 고래가 그
렇게 고집스럽게 물을 뿜는 이유를 달리 설명할 길이 없다는
걸 고려하면, 훨씬 설득력이 있는 것 같다. 내 말의 의미는 이
렇다. 아무런 방해도 없는 상황에서, 수면에 떠오른 향유고래
는 늘 일정한 시간만큼 물 위에 머무른다. 고래가 11분 동안
머물며 일흔 번 물을 뿜었다면, 다시 말해서 일흔 번 숨을 쉬
었다면, 그 고래는 수면으로 나올 때마다 정확하게 일흔 번
씩 숨을 쉴 것이다. 그런데 이 고래가 숨을 몇 번만 들이마셨
을 때 위협을 느껴서 잠수를 했다면 정량의 공기를 채우기 위
해 어김없이 다시 올라올 것이다. 그러고는 일흔 번을 채우
고서야 물속에서 일정한 시간을 보내기 위해 아래로 내려갈
것이다. 물론 고래마다 정해진 숫자가 다르다는 걸 유념해야
하지만, 대개는 엇비슷하다. 그러니 오랫동안 잠수하러 내려
가기 전에 공기를 새로 보충할 목적이 아니라면 고래가 왜 이
렇게 물 뿜기를 고집하겠는가? 물 위에 올라와야 할 필요가
있기 때문에 치명적인 추격의 위험에 노출된다는 건 너무나
명백하지 않은가. 햇볕도 닿지 않는 천 길 물속에서 헤엄치
는 이 커다란 바다 괴물을 갈고리나 그물로 잡을 수는 없다.
그러니 고래잡이들이여! 그대들이 승리를 거두는 건 그대들
의 기술이 대단해서가 아니라 고래의 생리 작용 때문이다!

사람은 끊임없이 숨을 쉰다. 한 번 들이마신 숨은 맥박이
두세 번 뛸 분량에 불과하다. 그래서 다른 일을 봐야 할 때도
자나 깨나 숨을 쉬어야지, 안 그러면 죽는다. 하지만 향유고
래는 생애의 7분의 1만 숨을 쉬니, 이를테면 일요일에만 숨

을 쉬는 셈이다.

고래가 분수공을 통해서만 호흡을 한다는 얘기는 이미 했다. 거기에 물이 섞여 있다는 얘기를 덧붙여도 거짓이 안 된다면, 고래에게 후각이 없는 이유를 찾아냈다고 말할 수 있을 것이다. 고래에게서 코에 해당되는 게 있다면 오직 분수공뿐인데, 그 구멍이 공기와 물이라는 두 요소로 꽉 채워졌다면 냄새 맡는 기능을 기대할 수 없기 때문이다. 하지만 물 뿜기의 실상(그것이 물인지, 아니면 수증기인지)이 밝혀지지 않은 까닭에 이 문제에 대해서는 아직 완벽하게 확실한 결론에 도달하지 못했다. 그래도 향유고래에게 진정한 후각 기관이 없는 것만큼은 분명하다. 하기야 향유고래에게 그게 다 무슨 필요겠는가? 바다에는 장미도 제비꽃도 향수도 없는데.

그런 데다가 향유고래의 숨통이 물을 뿜는 통로로만 뚫렸고, 그 긴 통로에는 이리 대운하처럼 일종의 수문(열리고 닫히는)이 달려서 공기는 아래로 내려오고 물은 위로 배출되기 때문에 고래에게는 목소리가 없다. 고래가 기이하게 꾸르륵거리는 소리를 코로 말하는 소리냐고 조롱하지 않는다면 말이다. 하지만 이번에도 역시, 고래에게 무슨 할 말이 있겠는가? 먹고 살기 위해 어쩔 수 없이 무슨 말이든 떠듬거려야 하는 게 아니라면, 생각이 깊은 존재치고 이 세상에 대해 할 말이 있는 경우를 나는 알지 못한다. 아! 세상은 무슨 말이든 잘 들어 주니 얼마나 다행인가!

향유고래의 분출 통로는 공기의 운반을 주된 목적으로 하며, 머리의 위쪽 표면 바로 아래에서 한쪽으로 살짝 치우친 채 몇 미터에 걸쳐 수평으로 뻗어 있다. 이 기이한 통로는 도로 한쪽에 매설된 도시의 가스관과 비슷하다. 하지만 이 가

스관이 또한 수도관이기도 한 것인지, 그 여부에 대한 의문이 또다시 제기된다. 다시 말해서, 향유고래가 뿜어내는 것이 날숨의 수증기에 불과한가, 아니면 그 날숨에 입으로 들이마신 물이 섞여서 분수공으로 배출되는 것인가? 입이 분출 통로와 간접적으로 연결된 것은 확실하지만, 그게 분수공으로 물을 배출할 목적인지는 입증할 수 없다. 향유고래는 먹이를 먹으면서 부수적으로 물을 마시게 되는데, 물을 배출해야 할 필요성이 가장 큰 건 아무래도 그때인 것 같기 때문이다. 하지만 향유고래의 먹이는 수면에서 한참 아래에 있으므로, 물을 배출하고자 해도 그럴 수가 없다. 게다가 고래를 아주 면밀히 관찰하며 시간을 잰다면, 아무런 방해도 받지 않을 경우 물을 뿜는 주기와 정상적인 호흡 주기가 정확하게 맞아떨어진다는 사실을 알게 될 터다.

하지만 왜 이런 문제를 놓고 따지느라 성가시게 구는 거요? 속 시원히 말하시오! 고래가 물을 뿜는 걸 봤을 테니 뭘 뿜는지 분명히 말해 보라고. 아니, 물이랑 공기도 구분 못합니까? 저기, 선생님, 이 세상에서는 이렇게 명백한 것을 분별하는 일도 그렇게 쉽지 않답니다. 선생님께서 간단하다고 말씀하신 게 제일 까다로운걸요. 그리고 고래의 물 뿜기와 관련해서는 비록 그 속에 서 있더라도 그게 정확하게 뭔지 판단이 서지 않을 겁니다.

그 중심부는 눈처럼 번쩍이는 안개에 가려져 있다. 뭘 뿜는지 자세히 볼 만큼 다가가면 고래가 사납게 날뛰어 사방에서 물이 폭포처럼 떨어지니 도대체 거기서 물이 뿜어져 나오는 건지 어떻게 확실히 알 수 있겠는가? 실제로 물방울이 떨어지는 걸 감지했다고 생각할 만한 때라도 그 물방울이 수증기가 응결된 게 아니라는 걸 어찌 알겠는가? 혹은 고래 정수리에 파인 분수공의 틈새에 맺혔던 물방울이 아니라는 건 또 어찌 알겠는가? 한낮의 잔잔한 바다에서 사막의 단봉 낙타처럼 불룩 솟은 등을 햇볕에 말리며 유유히 헤엄칠 때조차 고래 머리에는 항상 작은 물웅덩이가 고인다. 태양이 이글거리는 날에도 바위에 파인 구멍에 빗물이 가득 찬 걸 볼 수 있는 것과 마찬가지다.

고래가 뿜는 것이 정확하게 무엇인지에 대해 고래잡이가 지나친 호기심을 갖는 건 그리 현명한 짓이 아니다. 구멍에 얼굴을 들이밀고 들여다봐도 소용없다. 물병을 가져가서 채워 올 수도 없다. 물기둥 바깥쪽 수증기에 조금만 닿아도 심한 자극 때문에 살갗이 화끈화끈 쑤실 때가 많다. 내가 아는 어떤 사람도 과학적인 목적인지 아니면 다른 이유 때문인지는 알 수 없지만, 물기둥에 가까이 갔다가 뺨과 팔의 살갗이 벗겨졌다. 그래서 고래잡이들은 물기둥에 독이 들었다고 생각해서 피하려고 한다. 물기둥을 눈에 쏘이면 눈이 먼다는 얘기를 들은 적이 있는데, 새빨간 거짓말이라고 일축하지는 않겠다. 그러니 연구자가 할 수 있는 가장 현명한 행동은 이 치명적인 물 뿜기에 아예 관심을 끊는 것이다.

하지만 비록 학설을 입증하고 수립할 수는 없어도 가설은 세워 볼 수 있다. 내 가설은 뭔고 하니, 고래가 뿜는 것은 안개일 뿐이라는 것이다. 다른 어떤 이유보다, 향유고래의 태생적인 위엄과 숭고함을 고려하면 이런 결론에 도달할 수밖에 없다. 다른 모든 고래가 이따금 그러는 것과는 달리 향유고래가 얕은 곳이나 해변 근처에서 발견되지 않는다는 엄연한 사실을 보더라도 향유고래는 결코 평범하고 천박한 존재가 아니다. 향유고래는 육중한 것만큼이나 심오하다. 그리고 나는 플라톤과 피론,[50] 악마, 제우스, 단테처럼 장중하고 심오한 모든 존재는 깊은 사색에 잠겨 있을 때 항상 머리에서 눈에 보일 듯 말 듯한 증기 같은 게 피어오른다고 확신한다. 나도 영원에 대한 짧은 논문을 쓰는 동안 호기심이 동해서 앞에 거울을 가져다 놔 봤더니, 얼마 지나지 않아 내 머리 위의 공기가 기이하게 꿈틀거리며 파동을 일으키는 것이 거울에 비쳤다. 8월 한낮에 얇은 지붕널을 댄 다락방에서 뜨거운 차를 여섯 잔 마시고 깊은 생각에 빠지면 내 머리는 예외 없이 축축해지는데, 이것 역시 위의 가설을 뒷받침할 또 하나의 논증이 될 수 있을 것 같다.

그리고 잔잔한 열대의 바다를 장엄하게 헤엄치는 모습, 크고 온화한 머리 위로 말로 형언할 수 없는 사색의 수증기를 차양처럼 드리우고 하늘이 고래의 생각을 보증이라도 하는 듯이 종종 그 수증기가 무지개로 아름답게 장식되는 걸 보면, 웅대하고 신비로운 고래에 대한 마음이 얼마나 고결해지는가. 알다시피 맑은 하늘에는 무지개가 걸리지 않으며 빛이 어리는 건 수증기뿐이다. 내 경우에도 마음속에 자욱한 어두운 회의의 안개를 뚫고 이따금 신성한 직관이 솟구쳐 천상의 빛으로 마음의 안개를 태워 버릴 때가 있다. 그것을 신께 감사드린다. 만인이 의심하고 다수가 부정하지만, 그런 의심이나 부정과 더불어 직관을 갖는 경우는 드물다. 지상의 모든 것에 대한 의심, 그리고 천상의 어떤 것에 대한 직관. 이 두 가지를 겸비하면 신자도 불신자도 되지 않으며, 다만 공정한 눈으로 양쪽을 바라보는 사람이 된다.

50 회의주의의 시조로 알려진 그리스 철학자.

86
꼬리

다른 시인들은 영양의 다정한 눈동자와 지상에 내려앉지 않는 새의 사랑스러운 날개를 칭송했지만, 그런 절창이 못 되는 나는 꼬리를 찬양한다.

향유고래의 몸통이 인간의 허리 정도로 가늘어지는 부분에서 꼬리가 시작된다고 보면, 가장 커다란 향유고래일 경우 윗부분의 표면만 쳐도 4.5제곱미터는 충분히 넘는다. 작고 둥근 밑동에서 넓고 단단하고 평평한 손바닥 같은 꼬리가 두 갈래로 갈라지는데, 두께가 서서히 얇아지면서 끄트머리는 2~3센티미터도 되지 않는다. 가랑이처럼 갈라지는 부분에서는 꼬리가 살짝 겹쳤다가 날개처럼 옆으로 벌어지면서 중간에 넓은 틈이 생긴다. 초승달 테두리만큼이나 절묘한 꼬리 선의 아름다움은 다른 어떤 생물에서도 찾아볼 수 없다. 다 자란 어른 고래의 꼬리를 최대한 펼치면 폭이 6미터를 훌쩍 넘는다.

꼬리는 전체적으로 힘줄이 조밀하게 짜여 하나의 조직을 이루는 것처럼 보이지만, 절단해 보면 상, 중, 하, 이렇게 세 층으로 뚜렷하게 나뉘는 걸 확인할 수 있다. 상층과 하층의 조직은 길게 수평을 이루며, 대단히 짧은 중간층은 바깥의 두 층과 엇갈려 놓여 있다. 이런 3중 구조야말로 다른 무엇보다 꼬리에 힘을 실어 주는 특징이다. 고대 로마의 성벽을 연구하는 학자라면 경이로운 고대 유적에서 예외 없이 돌과 번갈아 놓이는 얇은 타일 층과 이 중간층이 신기할 정도로 흡사하다고 여길 텐데, 그런 구조가 석조 건물의 굳건함에 상당한 기여를 했다는 데는 의문의 여지가 없다.

하지만 힘줄로 이루어진 꼬리의 막강한 국지적인 힘만으로는 충분하지 않다는 듯이 바다 괴물은 몸통 전체가 근육 섬유의 씨줄과 날줄로 짜여 있고, 이 구조가 허리 양쪽을 따라 꼬리까지 내려간 후 자연스럽게 꼬리 조직과 어우러지면서 꼬리의 힘에 크게 기여한다. 그렇게 고래 전체의 헤아릴 수 없이 막강한 힘이 꼬리의 한 점에 집중되는 것처럼 보인다. 물질의 소멸이 있을 수 있다면, 꼬리야말로 그 일의 집행자일 것이다.

그 놀라운 힘은 꼬리의 우아한 유연성을 전혀 훼손하지 않으며, 타이탄처럼 막강한 힘 속에는 어린아이 같은 태평함이 굽이친다. 훼손은커녕 그 힘은 꼬리의 움직임에서 섬뜩한 아름다움을 이끌어 낸다. 진정한 힘은 결코 아름다움이나 조화를 해치지 않고 오히려 그 원천이 될 때가 많으며, 모든 당당한 아름다움이 발휘하는 매력에는 힘이 크게 작용한다. 헤라클레스의 석상에서 대리석을 뚫고 나올 것 같은 팽팽한 힘줄을 제거한다면 매력은 사라지고 말 것이다. 경건한 에커만[51]이 천을 들춰 벌거벗은 괴테의 시신을 봤을 때 그는 로마

---

51 독일의 문필가이자 괴테의 비서. 괴테 연구에 중요한 문헌으로 꼽히는 『괴테와의 대화』를 집필하여 만년의 괴테의 풍모를 소개했다.

의 개선문처럼 늠름한 남자의 가슴에 압도되었다. 미켈란젤로가 아버지 하느님을 인간의 형상으로 그렸을 때에도 얼마나 강건한 느낌을 담았는지 확인해 보라. 그리고 부드러운 곱슬머리와 양성적인 이탈리아의 그림들은 독생자의 성스러운 사랑을 드러내고 예수의 사상을 더없이 성공적으로 구현했다. 이 그림들에서는 억센 근골이나 어떤 힘의 암시도 찾아볼 수 없지만, 순종과 인내처럼 만인이 예수의 가르침에 담긴 독특한 실천적 가치라고 인정하는 소극적이고 여성적인 덕목이 담겨 있다.

내가 다루는 부위의 미묘한 탄력은 어찌나 대단한지 장난 삼아 휘두르건 본격적으로 분노를 실어서 휘두르건, 고래가 어떤 기분으로 휘두르더라도 꼬리의 굴곡 작용에서는 어김없이 탁월한 우아함이 두드러진다. 요정의 팔놀림이라도 그걸 능가할 수는 없다.

고래 꼬리 특유의 다섯 가지 동작이 있는데, 첫 번째는 앞으로 나가기 위해 꼬리지느러미를 사용할 때, 두 번째는 전투에서 철퇴로 사용할 때, 세 번째는 모든 걸 소탕하듯 쓸어낼 때, 네 번째는 꼬리를 쳐들었다가 수면을 힘껏 내리칠 때, 다섯 번째는 꼬리를 꼿꼿이 치켜들 때다.

첫 번째. 수평으로 놓인 바다 괴물의 꼬리는 다른 바다 생물의 꼬리와 다른 방식으로 움직인다. 절대로 꿈틀거리는 법이 없다. 사람이든 물고기든 꿈틀댄다는 건 열등하다는 표시다. 고래에게 꼬리는 추진력을 위한 유일한 수단이다. 몸 아래에서 앞쪽으로 두루마리처럼 말았다가 재빨리 뒤로 펼치는데, 고래가 맹렬하게 헤엄칠 때 몸을 내던지듯 도약하는 독특한 동작이 바로 여기서 나온다. 고래의 옆 지느러미는 키의 역할을 하는 데 그친다.

두 번째. 향유고래끼리 싸울 때는 머리와 턱만 사용하면서 인간을 상대할 때는 마치 경멸이라도 하는 것처럼 꼬리를 주로 사용한다는 건 조금 의미심장하다. 보트를 공격할 때면 꼬리를 반대쪽으로 잽싸게 구부렸다가 펴는 반동으로 타격을 가한다. 중간에 아무런 장해물이 없는 허공에서 이루어지고, 특히 표적을 정확히 내리치는 동작은 도저히 저항이 불가능하다. 그 충격을 감당할 수 있는 갈비뼈나 보트는 없다. 피하는 것만이 살 길이다. 하지만 꼬리가 물의 저항을 뚫고 옆에서 타격할 경우에는 포경 보트의 가벼운 부력과 자재의 탄성 때문에 아무리 심각한 결과라고 해봐야 일반적으로 늑재에 금이 가거나 갑판의 판재가 한두 장 부서지고 뱃전이 긁히는 정도가 고작이다. 이렇게 물속에서 가해지는 측면 타격은 워낙 흔한 일이라 포경업계에서는 아이들 장난쯤으로 여긴다. 그때는 아무나 웃옷을 벗어서 구멍을 막으면 된다.

세 번째. 증명할 수는 없지만, 내가 봤을 때 고래의 촉각은 꼬리에 집중된 것 같다. 이 점에서 고래 꼬리의 섬세함에 필적할 수 있는 건 코끼리의 예민한 코뿐이다. 이런 섬세함은 주로 쓸어 내는 동작에서 나타나는데, 커다란 꼬리를 바다의 수면 위에서 처녀처럼 얌전하고 부드럽게 좌우로 천천히 움직인다. 그런데 그게 뱃사람의 수염에라도 닿는다면, 수염이고 뭐고 전부 재앙에 처하고 만다. 닿기 전에는 얼마나 부드러울 것 같은가! 이 꼬리가 뭔가를 움켜쥘 수 있다면, 나는 꽃 시장에서 처녀들에게 고개 숙여 절하며 꽃다발을 바치고는 그네들의 허리띠를 어루만졌다는 다르모노데스의 코끼리를 당장 떠올렸을 것이다. 고래 꼬리에 이런 능력이 없다는 건 여러 가지 점에서 애석한데, 전투에서 부상을 당하자 코를 감아 창을 뽑아낸 또 다른 코끼리 얘기를 들으면 더 그렇다.

네 번째. 적막한 바다 한가운데 경계심 없이 떠 있는 고래를 향해 가만히 다가가면, 엄청난 체구의 위엄을 내려놓고 난롯가의 새끼 고양이처럼 장난치는 걸 보게 될 것이다. 그러나 그렇게 장난을 칠 때에도 고래의 힘은 분명하다. 넓은 꼬리를 허공 높이 펄럭이다가 수면을 내리치면 우레 같은 진동이 몇 킬로미터 밖까지 울려 퍼진다. 어디서 대포를 쐈다고 착각할 정도다. 게다가 반대쪽 끝의 분수공에서 물보라가 번쩍이며 소용돌이치는 걸 본다면 포문에서 피어나는 화약 연기라고 생각할 것이다.

다섯 번째. 바다 괴물이 물 위에 떠 있는 정상적인 자세에서는 꼬리가 등보다 상당히 밑에 있고, 완전히 물속에 잠겨 보이지 않는다. 하지만 심해로 잠수하기 직전에는 최소한 10미터 이상의 몸통과 함께 꼬리 전체를 공중으로 꼿꼿하게 쳐들고 가볍게 떨면서 잠시 동안 자세를 유지하다가 물속으로 들어가 시야에서 사라진다. 나중에 따로 설명할 장엄한 도약을 제외하면, 고래가 이렇게 꼬리를 치켜세우는 동작은 동물의 세계 전체에서 가장 웅장한 광경일 것이다. 끝 모를 심연에서 불쑥 솟구친 커다란 꼬리는 드높은 하늘을 움켜잡으려는 것처럼 보인다. 나는 꿈에서 대악마가 지옥의 불바다에서 고통에 겨운 커다란 발톱을 내미는 걸 본 적이 있다. 하지만 그런 장면의 인상은 보는 순간의 심경에 전적으로 좌우된다. 단테 같은 기분이라면 악마가 떠오르고, 이사야[52]의 기분이라면 대천사로 보일 것이다. 언젠가 하늘과 바다가 진홍빛으로 물드는 동틀 무렵에 돛대 꼭대기에 서 있다가 동쪽에 고래 떼 한 무리가 모인 걸 봤는데, 전부 태양을 향해 머리를 돌리고 잠깐 동안 일제히 꼬리를 치켜든 채 부르르 떨었다. 그 모습이 내게는 배화교의 본고장인 페르시아에서도 결코 볼 수 없는 웅장한 숭배의 몸짓으로 보였다. 프톨레마이오스 필로파토르[53]가 아프리카 코끼리에 대해 그랬듯이 나는 고래가 모든 생물 가운데 가장 경건하다고 단언하겠다. 유바 왕[54]에 따르면, 그 옛날 전투에 동원됐던 코끼리들은 깊은 적막 속에서 코를 높이 쳐들고 아침을 맞이했다고 한다.

이번 장에서 뜻하지 않게 고래와 코끼리를 비교하게 됐는데, 한쪽은 꼬리고 다른 쪽은 코라는 몇몇 특징상 상반되는 두 기관을 대등하게 놓고 보면 곤란하며, 각 부위를 소유한 동물 자체도 그렇게 비교하지 말아야 한다는 건 두말할 나위가 없다. 아무리 큰 코끼리라도 바다 괴물 앞에서는 애완견에 불과하고, 바다 괴물의 꼬리와 비교했을 때 코끼리의 코는 백합꽃 줄기일 뿐이기 때문이다. 인도의 곡예사가 공을 던지듯 선원과 노까지 아예 보트를 통째로 허공에 날려 버리는 일이 수도 없을 만큼, 향유고래의 육중한 꼬리가 발휘하는 가늠할 수 없는 파괴력과 분쇄력에 비할 때 코끼리의 코는 제아무리 맹렬하게 휘둘러 봐야 부채로 가볍게 내리치는 수준이다.[55]

52 기원전 8세기 무렵의 유대 선지자. 그리스도의 동정녀 탄생을 예언했으며, 번영의 시기에 태어났으나 민족의 멸망을 예견하고 경고했다.

53 이집트 프톨레마이오스 왕조의 4대 파라오.

54 알제리 지방에 있었던 누미디아 왕국의 왕.

이 강력한 꼬리에 대해 생각하면 할수록 내 미력한 표현력이 유감스러울 따름이다. 꼬리는 이따금 인간의 손짓과 비슷한 동작을 하는데, 의미는 전혀 알려져 있지 않다. 신비로운 이런 동작은 큰 규모의 무리에서 매우 뚜렷하게 나타나곤 하며, 고래잡이들이 그걸 프리메이슨의 신호나 암호와 비슷하다고 이야기하는 걸 들은 적이 있다. 고래가 실제로 이런 방법을 이용해서 세상과 지적인 대화를 나눈다는 것이다. 몸 전체를 이용한 다른 동작 중에도 제아무리 노련한 사냥꾼조차 이해하지 못할 만큼 기이한 몸짓이 없지 않다. 나로서는 아무리 분석해 본들 피상적일 뿐이다. 나는 고래를 모르고, 앞으로도 영원히 모를 것이다. 고래의 꼬리조차 모른다면 머리는 어찌 알겠는가? 게다가 있지도 않은 얼굴을 어떻게 이해하겠는가? 고래는 내게 이렇게 말하는 것 같다. 그대가 내 뒷부분인 꼬리는 보더라도 내 얼굴은 보지 못할 거라고. 하지만 나는 고래의 뒷부분도 완전히 이해할 수 없고, 제 얼굴에 대해 고래가 뭐라고 암시를 한들, 다시 말하건대 고래에게는 얼굴이 없다.

55 하지만 고래와 코끼리를 전체적인 덩치로 비교하는 것은 터무니없다. 고래와 코끼리를 그렇게 비교하는 건 코끼리와 개를 비교하는 것과 마찬가지다. 그러면서도 어떤 점에서는 희한하게 닮았는데, 그중 하나가 물 뿜기다. 코끼리가 코로 물이나 흙을 빨아들였다가 코를 높이 쳐들고 힘껏 뿜는다는 건 잘 알려져 있다 ― 원주.

87
무적함대

미얀마 땅에서 남동쪽으로 뻗은 길고 좁은 말라카 반도는 아시아 전체에서 최남단에 해당된다. 그 반도의 연장선에 수마트라와 자바, 발리, 티모르 같은 섬들이 늘어섰고, 이 섬들과 수많은 다른 섬들이 함께 광대한 방파제, 이를테면 방벽을 형성하면서 아시아와 오스트레일리아를 길게 연결하며, 섬들이 빽빽하게 박힌 동양의 다도해와 드넓은 인도양을 갈라놓는다. 이 방벽에는 선박과 고래들의 편의를 위해 비상구가 몇 군데 뚫렸는데 그중 가장 유명한 곳이 순다 해협과 말라카 해협이다. 서양에서 중국으로 가는 배는 주로 순다 해협을 통해 중국해로 들어간다.

수마트라와 자바를 가르는 좁은 순다 해협은 항해자들 사이에서 자바 곶이라고 알려진 깎아지른 초록색 곶이 버팀벽 역할을 하는 섬들의 커다란 방벽 중간에 자리한다. 이 해협은 성벽을 두른 광활한 제국으로 입성하는 정문에 해당되고, 동양의 바다에 점점이 박힌 섬 몇천 개에 향료와 비단, 보석, 황금과 상아 같은 재물이 무궁무진하다는 걸 생각하면, 비록 실질적인 힘은 없을지언정 외관상으로나마 탐욕스러운

서양 세계로부터 보물을 보호하는 지형을 이룬다는 건 자연의 심오한 섭리처럼 보인다. 순다 해협 양쪽 연안에서는 지중해나 발트 해, 그리고 프로폰티스 해[56]의 입구를 지키는 위압적인 요새를 찾아볼 수 없다. 북유럽 사람들과는 달리 이동양인들은 지난 몇 세기 동안 동양의 값비싼 화물을 잔뜩 싣고 순풍을 받으며 밤낮으로 끊임없이 수마트라와 자바의 섬들 사이를 지나간 배들을 향해 큰 돛을 접고 순종의 예를 갖추라고 요구하지 않았다. 하지만 그런 요식 행위는 깨끗이 포기했어도, 좀 더 실질적인 공물의 요구는 결코 포기하지 않았다.

아득히 먼 옛날부터 말레이 해적의 빠른 범선은 수마트라의 낮고 그늘진 후미와 작은 섬들 사이에 숨어 있다가 해협을 통과하는 선박에 달려들어 창을 들이대며 공물을 바치라고 거칠게 요구했다. 유럽 대형 선박의 선원들에게 연거푸 피비린내 나는 응징을 당한 끝에 이 해적들의 대담함이 요즘 들어 다소 누그러지기는 했지만, 지금도 영국이나 미국의 배들이 그 해협을 지나다가 무자비한 난입과 약탈을 당했다는 소식이 종종 들려온다.

피쿼드호는 상쾌한 순풍을 받으며 바야흐로 이 해협에 다가가는 중이었다. 에이해브는 이곳을 통해 자바 해로 들어갔다가 거기서 북쪽으로 뱃머리를 돌려 향유고래가 자주 출몰한다고 알려진 해역들을 들른 후에 필리핀 근해를 지나 풍성한 고래잡이 철에 맞춰 일본의 먼바다에 도착할 계획이었다. 이렇게 하면 피쿼드호는 전 세계의 이름 있는 향유고래 어장

56 터키의 아시아 쪽 영토와 유럽 쪽 영토를 부분적으로 갈라놓는 내해. 지금은 마르마라 해라고 부른다.

을 거의 빠짐없이 훑은 후에 태평양의 적도 부근으로 내려가게 되는데, 에이해브는 비록 다른 곳에서는 전부 추격에 실패했어도 거기서만큼은 모비 딕과 한판 승부를 벌일 수 있을 거라고 굳게 확신했다. 거기는 모비 딕이 자주 모습을 나타내는 곳으로 가장 잘 알려진 해역이었고, 시기적으로도 녀석의 출현을 확신하기에 가장 적절한 때였다.

하지만 지금은 어떤가? 이렇게 해역별로 추격을 이어 가는 동안 에이해브는 땅을 아예 안 밟을 작정일까? 그의 선원들은 술 대신 공기만 들이켜라는 얘기인가? 설마, 물을 채우러 어딘가에는 기항할 테지. 천만에. 하늘을 순회하는 태양은 오래전부터 불타는 고리 안을 달리고 있지만 기존에 지닌 것 외에는 어떤 보급도 필요로 하지 않는다. 에이해브도 마찬가지다. 포경선에 대해서는 또 이걸 알아야 한다. 다른 배들은 외국의 부두로 운반할 이런저런 이방의 물건들을 싣지만, 세계를 주유하는 포경선에 실린 짐이라곤 배 자체와 선원, 무기와 필수품뿐이다. 넓은 선창에는 호수를 하나 채우고 남을 만큼의 물이 담긴 병이 있다. 바닥짐도 실용적인 물건으로 대체한다. 쓸모없는 납덩이나 쇳덩이 같은 건 절대 싣지 않는다. 물은 몇 년치 분량이다. 낸터킷의 맑고 몸에 좋은 물이다. 낸터킷 사람들은 태평양에서 3년을 항해한 후에도 페루나 인도의 개울에서 어제 담아 온 찝찔한 물보다 이 물을 더 선호한다. 그렇기 때문에 다른 배들은 뉴욕에서 중국으로 갔다가 다시 돌아오는 길에 몇십 군데의 항구를 거칠지 몰라도, 포경선은 그 기간 동안 땅이라곤 흙 알갱이 하나도 보지 못하고 사람도 자신들처럼 바다 위를 떠도는 뱃사람밖에 구경하지 못할 수도 있다. 그러니 그들에게 또다시 대홍수가 왔다는 소식을 전해 봐야 이런 대답이나 듣는 게 고작이다. 「괜찮아, 이게 방주인걸, 뭐!」

순다 해협 인근의 자바 섬 서해안 앞바다에서 향유고래가 많이 잡혔기 때문에 그 일대 어장이 향유고래를 쫓기에 가장 좋은 지점이라는 건 고래잡이들이 일반적으로 인정하는 사실이었다. 그래서 피쿼드호가 자바 곶에 가까이 갈수록 망꾼을 향해 눈을 크게 뜨고 살피라며 큰 소리로 주의를 주는 일이 잦아졌다. 하지만 머잖아 야자수 녹음 푸르른 뭍의 절벽이 우현 너머로 보이고 향긋한 계피 향이 바람에 실려 와 콧구멍을 간질였어도, 물기둥은 한 번도 보이지 않았다. 결국 이 근방에서 고래를 만나게 될 거라는 생각을 거의 단념하고 막 해협으로 들어가려는 찰나, 돛대 위에서 익숙한 환호성이 들렸고 곧이어 야릇하고 웅장한 장관이 우리를 맞이했다.

하지만 여기서 미리 말해 둘 것이 있다. 향유고래들이 예전에는 거의 예외 없이 작은 무리를 지어 다녔지만, 최근 들어 사대양 전역에서 쉴 새 없이 쫓기는 신세가 된 까닭에 지금은 대부대를 종종 만나게 되고, 가끔은 수가 너무 많은 나머지 마치 여러 부족이 엄숙한 동맹을 맺고 상호 원조와 방위 조약이라도 체결한 것처럼 보일 정도다. 최고로 치는 어장에서도 이따금 몇 주를 너머 몇 달 동안이나 단 한 번의 물기둥도 보지 못하다가 갑자기 물기둥 몇천 개를 한꺼번에 보게 되는 이유는 향유고래가 이렇게 큰 무리를 지어 몰려 있기 때문이라고 생각할 수도 있다.

뱃머리 양쪽으로 3~4킬로미터 전방에, 수평선을 거의 절반 가까이 차지할 정도로 커다란 반원을 형성하며 줄줄이 이어지는 고래의 물기둥이 한낮의 하늘로 높이 솟구쳐 찬란히 반짝였다. 참고래가 수직으로 뿜는 물기둥 두 개는 꼭대기에서 양 갈래로 갈라져 축 늘어진 버들가지처럼 떨어지는 반면, 향유고래의 경우 앞으로 기울어진 물기둥 하나가 계속해서 솟구쳤다가 바람이 불어 가는 쪽으로 떨어지며 자욱하게 소용돌이치는 흰 안개의 숲을 이룬다.

물마루에 올라선 피쿼드호의 갑판에서 보니 안개 같은 한 무리의 물기둥이 저마다 소용돌이치듯 허공으로 솟구쳤고, 연무처럼 푸르스름한 대기와 어우러지자 상쾌한 가을 아침 어느 언덕 위에서 말을 타고 바라보는 빽빽한 대도시의 기운찬 굴뚝 몇천 개처럼 보이기도 했다.

행군하던 군대가 전세에 불리한 좁은 골짜기에 들어서면 위험한 길을 빨리 벗어나려는 마음에 속도를 높이고 그곳을 빠져나와 비교적 안전한 평원에 접어들면 전열을 다시 넓히듯이, 고래들의 대함대도 해협을 빨리 통과하기 위해 서두르는 것 같았다. 반원의 양 날개를 서서히 좁히며 한 덩어리로 헤엄쳤는데, 그래도 가운데는 여전히 초승달 모양을 유지했다.

피쿼드호는 돛을 모두 펼치고 고래를 바짝 뒤쫓았다. 작살잡이들은 손에 무기를 들고 아직 본선에 매달린 보트의 뱃머리에서 신나게 소리를 질러 댔다. 바람만 잦아들지 않는다면, 순다 해협을 지나 동양의 바다로 들어가는 고래들을 뒤쫓아 적잖은 수를 잡을 수 있으리라고 확신했다. 그리고 시암 왕의 대관식 행렬에서 경배를 받는 흰 코끼리처럼 모비딕도 저 무리에 잠시 끼어들어 헤엄을 치고 있을지 누가 알겠는가! 그런 까닭으로 보조 돛까지 전부 펼치고 앞의 바다 괴물들을 맹렬하게 따라갔는데, 갑자기 타슈테고가 배 뒤쪽을 가리키며 소리를 쳤다.

선두의 초승달 대형과 대응하는 무리가 뒤로도 보였다. 그 무리는 하얀 증기들로만 이루어진 것 같았는데, 고래의 물기둥처럼 솟구치고 떨어지길 반복하면서도 분명하게 나타났다 사라지는 건 아니었다. 완전히 사라지지 않은 채 계속 허공에 머물렀기 때문이다. 망원경을 들고 그 광경을 바라보던 에이해브는 의족을 축 삼아 몸을 휙 돌리며 외쳤다. 「돛대에 올라가라. 고패와 물통으로 돛을 적셔라. 말레이 놈들이 쫓아온다!」

피쿼드호가 해협에 완전히 들어설 때까지 곶 뒤에 숨어 오래 (너무 오래) 기다린 모양인지, 이 흉악한 동양 놈들은 지나치게 조심하느라 지체한 시간을 만회하려고 맹렬히 따라붙었다. 속도가 빠른 피쿼드호는 때마침 불어 주는 바람까지 받으며 고래를 한창 추격하던 중이었는데, 황갈색 박애주의자들이 친절하게도 중차대한 추격전의 속도를 더 높일 수 있도록 채찍과 박차 역할을 해주는 셈이었다. 에이해브는 망원경을 겨드랑이에 낀 채 갑판을 거닐었다. 앞으로 몸을 돌리면 자신이 쫓는 괴물들이 보이고 뒤로 돌아서면 〈자신〉을 쫓아오는 피에 굶주린 해적들이 보였다. 아무튼 그는 그들이 자신을 쫓는다고 생각하는 것 같았다. 그리고 그 순간에 배가 지나던 좁은 수로 양쪽 초록색 절벽을 올려다봤을 때 그의 머릿속에는 그 문 너머에 복수의 길이 놓여 있다는 생각이 떠올랐고, 바로 저 문을 통해 자신이 이렇게 쫓고 쫓기며 치명적인 종말을 향해 나아간다는 사실, 그뿐만 아니라 냉혹하고 거친 해적과 신을 모르는 무자비한 악마의 무리가 저주의 말을 퍼부으며 사악하게 자신을 부추긴다는 사실을 깨달았다. 이런 생각들이 뇌리를 스칠 때 에이해브의 이마에는 거센 파도가 단단한 것은 뽑아내지 못한 채 그저 할퀴고 지나간 흑 모래 사장처럼 황량하게 주름이 잡혔다.

하지만 무모한 선원들은 아무도 이런 생각들로 머리를 어지럽히지 않았고, 해적과의 거리를 꾸준히 벌린 피쿼드호는 마침내 수마트라 쪽의 화사한 초록빛 코카투 곶을 쏜살같이 지나 그 너머 넓은 수역으로 빠져나갔다. 작살잡이들은 말레이 해적을 보란 듯이 따돌려서 기쁜 것보다 민첩한 고래들이 배와 거리를 벌린 게 못내 속상한 것 같았다. 그래도 계속 추격하자니 드디어 고래들이 속도를 늦추는 눈치였다. 간격이 서서히 좁혀졌고 어느새 바람도 잦아들었다. 보트에 타라는 명령이 떨어졌다. 그런데 향유고래만의 놀라운 본능인지 보트 세 척이 뒤쫓는 걸 알아차리자마자 아직 거리가 1.6킬로미터나 떨어져 있었건만 전열을 다시 정비하고 대오를 갖추었다. 그러자 고래들의 물기둥은 번쩍이는 총검의 대열처럼 보였고, 움직이는 속도도 두 배로 빨라졌다.

우리는 옷까지 벗어부치고 달려들어 노를 저었지만, 몇 시간이나 노를 저었더니 추격을 거의 단념하고 싶은 마음이 들었다. 바로 그때 고래 무리에서 전체적인 흐름이 중단된 것 같은 동요가 일어났는데, 놈들이 마침내 무기력한 우유부단에 따른 이상한 혼란에 빠졌다는 징조였다. 고래의 이런 징조를 포착하면 고래잡이들은 고래들이 〈혼겁했다〉는 표현을 쓴다.[57] 이제까지 빠르고 꾸준하게 헤엄치던 고래들의 질

---

57 〈혼겁하다(gally, 또는 gallow)〉는 말은 〈극도로 겁에 질리다, 겁에 질려 당황하다〉라는 뜻으로, 셰익스피어의 작품에도 한 차례 등장한다.

— 격노한 하늘은
어둠 속에 돌아다니는 것들을 혼겁케 하여

서 정연한 대오가 오합지졸로 흐트러졌고, 알렉산더 대왕에 맞선 인도 포루스 왕의 코끼리 떼마냥 돌연한 공포에 넋이 나가 버린 것 같았다.[58] 사방으로 크고 불규칙한 원을 그리며 흩어지더니 우왕좌왕하며 이리저리 헤엄쳤는데, 짧고 굵게 물기둥을 뿜는 것에서도 공포에 정신이 나가 버렸다는 걸 알 수 있었다. 이런 현상은 몇몇 고래에게서 더욱 기이하게 드러났는데, 몸이 완전히 마비되기라도 한 것처럼 무력하게 떠 있는 모습은 마치 물에 잠긴 난파선 같았다. 들판에서 사나운 세 마리 늑대에게 쫓긴 어리석은 양 떼라도 이렇게까지 허둥대는 모습을 보여 줄 수는 없었을 것이다. 하지만 한 번씩 나타나는 이런 소심함은 거의 모든 군집 동물의 특징이다. 사자 같은 갈기를 휘날리며 몇만 마리가 떼 지어 이동하는 서부의 들소들도 말을 타고 나타난 한 사람을 피해 도망친다. 인간은 또 어떤가. 극장이라는 우리에 모였다가 어디서 조그맣게 화재 경보가 울리기 시작하면, 허둥지둥 출구로 몰려가 짓밟고 밀치며 무자비하게 서로를 죽음으로 밀어 넣

굴 속에 머무르게 합니다.

『리어 왕』, 제3막 제2장

일상 용어로서 이 말은 완전히 폐어가 되었다. 품위 있는 육지 사람이 수척한 낸터컷 사람한테서 처음으로 이 말을 듣는다면 고래잡이들이 멋대로 만들어 쓰는 은어라고 생각하기 쉽다. 근육질의 색슨족이 사용한 말 중에는 공화정 시절에 영국 이민자들의 당당한 근육과 함께 암초가 즐비한 뉴잉글랜드로 이주했다가 비슷한 신세가 된 것들이 많다. 어원이 하워드나 퍼시 가문에 버금갈 만큼 더없이 훌륭하고 유서 깊은 영어의 낱말들이 이렇듯 신세계에 와서 민주화, 아니 그야말로 평민화한 셈이다 — 원주.

58 인도 정복에 나선 알렉산더 대왕이 인도 왕 포루스의 코끼리 부대 때문에 패퇴했다가, 이후 코끼리 등에 올라탄 조련사를 공격하여 통제 불능에 빠뜨린 후 승리를 얻었다.

지 않는가. 그러니 이상스레 혼겁한 고래들을 보고 놀랄 이 유가 없다. 세상 모든 짐승의 어떤 어리석음도 인간의 아우 성에 비하면 아무것도 아니니까.

앞서 말했듯이 많은 고래가 격렬하게 움직이는데도 전체로서는 앞으로 나아가거나 뒤로 물러서지 않은 채 한곳에 무리 지어 머물렀다. 이런 경우의 관례에 따라 보트들은 즉시흩어져 제각기 외곽에 홀로 떨어져 나온 고래를 공략했다. 한 3분쯤 지났을 때 퀴퀘그의 작살이 날아갔고, 작살에 맞은 고래는 앞이 보이지 않을 정도의 물보라를 우리 얼굴에 끼얹으며 돌진하더니 무리의 중심부를 향해 번개처럼 달아났다. 이런 상황에서 공격을 당한 고래가 그런 반응을 보이는 건 전례 없는 일이 아니었고, 실제로 어느 정도 예상한 바였다. 그러나 고래잡이들로서는 아무래도 위험한 상황일 수밖에 없다. 날쌘 고래를 쫓아 광포한 무리 속으로 깊숙이 들어가는 건 분별 있는 세상을 하직하고 광란의 흥분 속에서 사는 것과 같기 때문이다.

장님인 데다 귀머거리인 고래가 몸에 달라붙은 강철 거머리를 순전한 속도의 힘으로 떼어 버리려는 듯이 앞으로 돌진하고, 그래서 우리도 바다를 희게 찢으며 내달리자, 사방에서 미쳐 날뛰는 고래들이 우리를 위협하며 여기저기서 달려들었다. 그렇게 포위된 보트는 흡사 폭풍우 속에서 빙산 틈바구니에 끼어 금방이라도 짓뭉개질지 모르는 상황에서 복잡한 수로와 해협을 빠져나가려고 안간힘을 쓰는 배의 처지였다.

하지만 퀴퀘그는 전혀 굴하지 않고 당당하게 보트를 몰았다. 앞을 곧장 가로지르는 고래를 피해 방향을 트는가 하면,

커다란 꼬리를 머리 위로 쳐든 고래를 빙 돌아가기도 했다. 그러는 내내 스타벅은 손에 창을 든 채 뱃머리에 서 있었지만 멀리 창을 던질 기회가 없는 탓에, 가까운 거리의 고래들을 가리지 않고 찌르며 길을 냈다. 노잡이들은 본연의 임무에서 완전히 면제받은 상황이었어도 빈둥거리고 있지만은 않았다. 그들은 주로 고함치는 일에 전념했다. 「피해요, 대장!」 커다란 외등고래가 갑자기 수면으로 솟구쳐서 순간적으로 배가 침몰할 것 같았을 때 누군가 외쳤다. 「그 꼬리 내리지 못해!」 뱃전 가까이에서 부채처럼 생긴 꼬리로 조용히 땀을 식히는 고래에게 어떤 선원은 또 이렇게 소리쳤다.

모든 포경 보트에는 신기한 장치가 실렸는데, 〈드러그〉라는 그 장치는 원래 낸터컷 인디언이 처음 고안한 것이다. 같은 크기의 굵은 나무토막 두 개를 결이 직각으로 엇갈리게 포개서 단단히 붙들어 매고, 상당한 길이의 밧줄을 한가운데 연결한 후 반대쪽 끝은 언제라도 작살에 고정할 수 있도록 고리를 짓는다. 드러그를 사용하는 건 주로 혼잡한 고래들에게 둘러싸였을 때다. 이때는 한꺼번에 추격할 수 없을 만큼 많은 고래가 주변을 에워쌌지만 향유고래는 매일 마주칠 수 있는 상대가 아니므로 마주쳤을 때 최대한 많이 잡아야 한다. 그리고 한꺼번에 전부 잡을 수 없다면 나중에 여건이 좋아졌을 때 잡을 수 있도록 어떤 식으로든 무력하게 만들어놔야 한다. 바로 이럴 때 드러그가 필요하다. 우리 보트에는 드러그가 세 개 있었다. 첫 번째와 두 번째 드러그는 정확히 명중했고, 엄청난 측면 저항력을 발휘하며 잡아끄는 드러그라는 족쇄로 인해 고래들이 비틀거리며 달아나는 게 보였다. 고래들은 쇳덩이 달린 사슬을 채운 죄수들처럼 쩔쩔 맸다.

그런데 세 번째를 던지려는데, 어정쩡하게 나무토막을 뱃전 너머로 던지는 와중에 노잡이 자리 밑에 걸렸고, 순간적으로 자리가 떨어져 나가면서 노잡이가 보트 바닥에 엉덩방아를 찧었다. 부서진 널빤지 틈으로 양쪽에서 바닷물이 밀려들었지만, 속바지와 셔츠 두세 장을 뭉쳐 막았더니 한동안은 물이 스며드는 것을 막을 수 있었다.

무리 속으로 들어갈수록 우리가 추격하는 고래의 속도가 크게 줄어들지 않았다면, 그뿐 아니라 소동이 벌어지는 주변부에서 멀어질수록 끔찍한 혼란이 잦아드는 것처럼 보이지 않았다면, 이렇게 드러그를 매단 작살을 던지는 건 거의 불가능했을 터다. 그래서 우리를 끌고 가던 고래에게서 마침내 작살이 빠지면서 놈이 옆으로 비켜나자, 우리는 고래와 분리되면서 전해 받은 관성의 힘에 의해 고래 두 마리 사이를 지나 무리 한복판으로 미끄러져 들어갔다. 마치 산속의 급류를 타다가 계곡의 잔잔한 호수로 미끄러져 들어간 기분이었다. 거기서는 제일 바깥쪽 가장자리 고래들의 협곡에서 으르렁거리는 폭풍을 소리로는 들어도, 실감할 수는 없었다. 한복판에는 매끄럽다고 해서 흔히 〈슬리크〉라고 부르는 수면이 그야말로 비단처럼 널찍하게 펼쳐졌는데, 평온한 상태의 고래가 토해 내는 미세한 수증기가 만들어 낸 것이었다. 맞다. 우리는 지금 모든 소용돌이의 중심에 도사리고 있다는 매혹적인 고요 속으로 진입한 것이다. 그래도 저 멀리로 바깥쪽 동심원에서 벌어지는 어지러운 소용돌이가 보였다. 고래들이 여덟에서 열 마리씩 떼를 지어 경마장의 말들처럼 빠른 속도로 꼬리를 물며 빙빙 돌았다. 간격도 어깨가 닿을 듯 가까워 거인 곡예사라면 등에 올라서서 가운데 고래 위로 아치를 드리우고 함께 원을 그릴 수도 있었을 것이다. 이들에 둘러싸여 중심축을 이루며 쉬는 고래들이 너무 빽빽한 탓에 우리로서는 당장 빠져나갈 기회를 얻을 수 없었다. 우리를 가둔 살아 있는 벽, 우리를 가두기 위해 진입을 허락한 그 벽에서 균열을 찾아내야 했다. 이렇게 호수 한복판에 있는 동안 이따금 작고 온순한 암컷과 새끼들이 다가왔는데, 이 오합지졸 무리에 속한 여자와 아이들이었다.

바깥에서 빙빙 도는 원들 사이에 이따금 벌어지는 넓은 간격, 원을 그리는 여러 무리 사이의 공간까지 포함할 경우 고래 무리 전체가 차지하는 총면적은 최소한 5~7제곱킬로미터 이상이었을 것이다. 이런 상황에서 나오는 증언에는 사실상 오해의 소지가 있지만, 아무튼 우리가 탄 낮은 보트에서 보기로는 고래의 물기둥이 거의 수평선 가장자리에서 올라오는 것 같았다. 이런 상황을 언급하는 이유는 암컷과 새끼들을 일부러 제일 안쪽에 가둔 것 같았고, 무리가 넓게 퍼진 까닭에 암컷과 새끼들은 멈춰 선 이유를 여태껏 모르는 듯했기 때문이다. 그들은 너무 어리거나 천진난만하고, 어느 모로 보나 순진하고 경험이 없었다. 어쨌거나 호수 가장자리를 벗어나 잠잠한 우리 보트로 한 번씩 다가온 이 작은 고래들은 놀랄 만큼 대담하고 당당했다. 어쩌면 아직도 돌연한 공포라는 마법에 걸려 있는 걸 수도 있었지만, 아무튼 경탄하지 않을 도리가 없었다. 집에서 키우는 애완견처럼 다가와 킁킁거리며 냄새를 맡았고, 뱃전을 건드릴 정도로 바짝 다가왔다. 정말이지 무슨 마법의 힘이 그들을 갑자기 길들이기라도 한 것처럼 보일 정도였다. 퀴퀘그는 고래의 이마를 가볍게 두드리고 스타벅은 창으로 등을 긁어 주기도 했지만, 그로 인한 파장이 두려웠는지 창을 던지는 건 한동안 자제했다.

그런데 뱃전 너머를 굽어보니 수면 위에 펼쳐진 이 놀라운 세계 밑에는 훨씬 기이한 세상이 펼쳐져 있었다. 물로 이루어진 그들의 천장에는 젖먹이를 키우는 어미 고래들, 그리고 어마어마한 몸 둘레로 볼 때 조만간 어미가 될 것들이 매달려 있었다. 이 호수는, 앞서 말했다시피, 상당한 깊이까지 대단히 투명했다. 인간의 젖먹이들은 젖을 빠는 동안 차분한 시선을 다른 곳에 고정하고는 마치 동시에 두 삶을 살기라도 하는 듯이 이 세상의 영양을 섭취하면서 정신적으로는 딴 세상의 기억을 맘껏 즐기는 것처럼 보인다. 어린 고래들도 우리를 올려다보는 것 같지만 실제로 우리를 보는 건 아니었는데, 갓 태어난 녀석들 눈에는 우리가 한낱 모자반 정도로 비치는 듯했다. 그리고 그 옆에 떠 있는 어미들 역시 조용히 우리를 바라보는 것 같았다. 새끼 한 마리는 몇 가지 특이한 특징으로 보건대 태어난 지 하루도 채 지나지 않은 것 같았지만, 벌써 4미터가 넘는 길이에 몸 둘레도 2미터는 족히 될 듯싶었다. 까불대며 장난을 치면서도 불과 얼마 전까지 어미의 자궁 안에서 취하던 거북한 자세를 아직 완전히 벗어 버리지는 못한 것 같았다. 마지막 도약의 준비를 모두 마친 고래의 태아는 타타르의 활처럼 꼬리를 머리에 붙인 채 웅크리고 있다. 섬세한 옆 지느러미와 갈래진 꼬리에도 다른 세상에서 막 도착한 갓난아이의 귀처럼 쪼글쪼글한 주름이 아직 그대로 남아 있었다.

「밧줄! 밧줄!」퀴퀘그가 뱃전 너머를 굽어보며 외쳤다.「맞았다! 맞았어! 누가 맞혔어? 누가 던졌어? 두 마리다. 하나는 크고, 하나는 작다!」

「대체 무슨 일이야?」스타벅이 소리쳤다.

「여길 봐라.」퀴퀘그가 아래를 가리켰다.

작살에 맞은 고래가 몇백 길이나 되는 밧줄을 풀어내면서 깊이 잠수했다가 다시 떠오를 때 늘어진 밧줄이 함께 떠올라 허공에서 선회하는 것처럼, 길게 똬리를 튼 어미 고래의 탯줄과 그 탯줄을 통해 아직 어미에게 연결되어 있는 새끼 고래가 스타벅의 눈에 들어왔다. 급박한 추격전 중에는 어미 몸에서 탯줄이 떨어져 나가 밧줄과 엉키면서 새끼를 옭아매는 경우가 드물지 않았다. 이 신비의 호수는 바다의 가장 은밀한 비밀 몇 가지를 우리에게 공개한 것 같았다. 우리는 심해에서 젊은 고래들이 사랑을 나누는 것도 봤다.[59]

그렇게 당황하고 겁에 질린 무리에 겹겹이 둘러싸였으면서도, 한복판의 이 불가사의한 고래들은 자유롭고 대담하게 온갖 태평스러운 일에 몰두했다. 뭐랄까, 유희와 쾌락을 조용히 만끽한 것이다. 그렇지만 나 또한 존재는 폭풍이 휘몰아치는 대서양 같되 마음의 중심에서는 고요함과 잔잔함을 즐겼고, 사그라지지 않는 고뇌가 커다란 행성처럼 내 주변을 도는 동안에도 바다 깊은 곳과 내륙 깊은 곳에서는 나 역시 기쁨의 영원한 온화함에 몸을 담갔다.

59 다른 고래들처럼 향유고래도 대부분 어류와 달리 계절에 상관없이 번식한다. 아마도 아홉 달 정도인 임신 기간을 거쳐 한 번에 한 마리를 낳는다. 하지만 극히 드물게는 에서와 야곱 같은 쌍둥이를 낳기도 하는 것으로 알려져 있다. 그럴 때를 대비해서 젖꼭지가 두 개 달렸지만, 그 위치가 희한하게도 항문 양쪽이다. 그래도 유방 자체는 위를 향하고 있다. 어쩌다 젖을 물리는 고래의 이 소중한 부위가 고래잡이의 창에 찔리면, 어미에게서 쏟아지는 젖과 피가 서로 앞다퉈 넓은 바다를 물들인다. 젖은 매우 달콤하고 영양이 풍부하다. 먹어 본 사람 말로는 딸기에 곁들이면 무척 잘 어울릴 거라고 한다. 서로에 대한 존경심이 넘칠 때면 고래들은 사람처럼 인사를 한다 ─ 원주.

우리가 그렇게 넋을 놓고 늘어져 있는 동안, 저만치에서 한 번씩 느닷없이 벌어지는 광란의 풍경은 다른 보트들이 전방의 고래들에게 드러그를 걸고 있음을 알려 주었다. 공간이 널찍하고 편리한 피난처도 있는 맨 바깥쪽 원 안에서 격투를 벌이는지도 몰랐다. 하지만 드러그에 걸려 날뛰는 고래들이 앞뒤로 마구 돌진하며 원을 흐트러뜨리는 모습도 막판에 우리 눈앞에 펼쳐진 광경에 비하면 아무것도 아니었다. 가끔 유난히 힘이 세고 민첩한 고래에게 작살을 꽂을 경우 커다란 꼬리의 힘줄을 자르거나 못 쓰게 해서 놈을 무력하게 만드는 게 보통이었다. 그럴 때는 자루가 짧은 고래 삽에 다시 당길 밧줄을 묶어서 던진다. (나중에 듣자니) 꼬리에 상처를 입기는 했지만 치명상은 아니었던 고래가 보트를 떼어 내고 작살 밧줄을 반쯤 매단 채 달아난 모양이었다. 그런데 상처 부위의 극심한 고통으로 인해, 새러토가 전투[60]에서 홀로 말을 달리며 분투한 아놀드 장군처럼 빙빙 도는 원들 사이로 돌진하며 가는 곳마다 혼란을 일으켰던 것이다.

하지만 이 고래의 상처가 고통스럽고 어느 모로 보나 처참한 광경을 만들어 내긴 했어도, 그 고래가 무리의 나머지에게 일으키는 것처럼 보이는 기이한 공포의 원인을 처음엔 먼 거리 탓에 파악할 수 없었다. 그러다가 마침내 포경업계에서는 상상할 수 없는 사고로 말미암아 제가 끌고 가던 작살 밧줄에 얽혔다는 걸 알게 되었다. 녀석은 고래 삽도 꽂힌 채 달아났는데, 거기 달린 밧줄이 꼬리 주변의 작살 밧줄과

---

60 미국 독립 전쟁 중인 1777년 9월과 10월, 현재의 뉴욕 주(州) 올버니의 북쪽 약 50킬로미터 지점에서 벌어진 두 차례의 전투. 아놀드 장군은 두 차례 전투에서 크게 활약하여 승리를 이끌어 냈다.

뒤얽히면서 고래 삽이 상처에서 뽑혔다. 고통에 정신이 나가 버린 고래가 유연한 꼬리를 격렬하게 휘두르며 물을 휘저어 댔고, 날카로운 삽이 이리저리 날아다니면서 제 동료들에게 상처를 입히거나 심지어 목숨을 빼앗았다.

이 끔찍한 흉기가 고래 무리 전체에게 잠잠하던 공포를 일깨워 준 모양이었다. 우선 우리가 있는 호수 가장자리의 고래들이 조금씩 안으로 들어오기 시작하더니, 멀리서 밀려와 힘이 반쯤 빠진 큰 파도에 들썩이는 것처럼 서로 밀쳐 댔다. 그러자 이번에는 아예 호수가 조금씩 넘실대기 시작했고 물속의 신방과 육아실도 사라졌다. 안쪽 고래들이 원을 점점 좁히면서 촘촘한 무리를 이루며 헤엄치기 시작했다. 한동안 유지되던 고요가 사라져 갔다. 머잖아 콧소리처럼 낮게 울리는 소리가 들려왔고, 봄이 되면 허드슨 강이 녹으면서 요란하게 깨지는 얼음덩이처럼 고래 무리 전체가 중심을 향해 덮치듯 몰려왔다. 자신들을 쌓아 올려서 웅장한 산이라도 하나 만들려는 것 같았다. 스타벅은 퀴퀘그와 재빨리 자리를 바꿔서 고물에 섰다.

「노! 노를 잡아라!」 그가 키를 움켜쥐며 격한 목소리로 속삭였다. 「노를 꽉 쥐고 정신을 바짝 차려라! 자, 모두 준비됐나! 어이 퀴퀘그, 저놈을 밀어내, 거기 그 고래! 찔러 버려! 공격하라고! 일어서라, 일어선 채로 그대로 있어! 노를 저어, 힘껏 당겨라. 등은 신경 쓸 것 없다. 그냥 밀어 버려! 밀고 나가!」

보트는 이제 커다란 검은 덩치 둘 사이에 완전히 끼인 꼴이었고, 기다란 몸통들 사이로는 다르다넬스 해협처럼 좁은 틈새만 남았다. 하지만 죽을힘을 다해 노력한 끝에 마침내 우리는 잠시 생겨난 열린 공간으로 빠져나왔고, 힘껏 노를 젓는 동시에 또 다른 출구를 열심히 찾았다. 이렇게 아슬아슬한 탈출을 여러 번 반복한 끝에 우리는 결국 조금 전까지 바깥쪽 동심원이었던 곳으로 재빨리 빠져나왔다. 바깥쪽 원을 형성하던 고래들은 이제 여기저기서 중심을 향해 맹렬히 돌진하고 있었다. 이 행운의 탈출은 퀴퀘그가 모자를 잃어버린 하찮은 대가를 치르고 얻어 냈는데, 도망치는 고래에게 작살을 던지려고 뱃머리에 서 있던 퀴퀘그의 모자가 바로 옆을 지나며 느닷없이 휘두른 고래 꼬리의 소용돌이에 날아갔다.

광범위하게 번진 소동은 어지럽고 혼란스러웠지만 머잖아 체계적인 움직임으로 바뀌는 것 같았다. 마침내 하나의 밀집 대형으로 뭉치더니 한층 빨라진 속도로 달아나기 시작했다. 더 추격하는 것은 소용없었지만, 그래도 보트들은 드러그에 걸려 뒤처진 고래나 플래스크가 죽어서 푯대를 꽂아 놓은 것들을 끌고 가기 위해 남아 있었다. 푯대는 삼각기를 매단 장대를 말하는데, 보트마다 두세 개씩 가지고 다닌다. 이미 잡은 것 말고 또 다른 사냥감이 나타났을 경우, 죽어 떠 있는 고래의 몸에 이 푯대를 수직으로 꽂아 위치를 표시하는 한편, 혹시라도 다른 배가 다가올 경우 이미 선점했음을 알리는 용도로 사용한다.

이번 추격의 결과는 포경업계의 격언, 고래가 많을수록 수확은 적다는 말을 증명한 실제 사례였다. 드러그를 건 고래들 중에 잡은 건 한 마리에 불과했다. 나머지는 다들 용케 달아났는데, 잠시 후 알게 되겠지만 피쿼드호가 아닌 다른 배에 결국 잡히고 말았다.

88
학교와 교장

앞 장에서는 향유고래의 엄청난 무리 또는 군집에 대해 이야기했고, 그러면서 그렇게 많은 수가 한데 모이는 원인으로 여겨지는 것에 대해서도 거론했다.

이렇게 큰 군집이야 어쩌다 마주치지만, 지금도 스물에서 쉰 마리 정도의 소규모 무리는 종종 눈에 띈다. 그 정도의 무리를 학교라고 부르는데, 일반적으로 두 종류가 있다. 거의 전부 암컷으로만 이루어진 학교와 흔히 황소라고 일컫는 젊고 원기 왕성한 수컷들로 이루어진 학교다.

암컷들의 학교에는 거의 예외 없이 완전히 자랐지만 아직 늙지는 않은 수컷 한 마리가 기사처럼 따라다니는데, 위험이 감지되면 대열의 뒤에서 숙녀들의 피신을 엄호하며 기사도를 발휘한다. 이 신사는 사실 후궁들에 둘러싸인 채 쾌락과 애무를 즐기며 수중 왕국을 유유히 헤엄쳐 다니는 호사스러운 오스만 제국의 왕이다. 왕과 후궁들의 차이는 뚜렷한데, 왕은 예외 없이 고래들 중에 가장 큰 체구를 자랑하는 반면, 숙녀들은 다 자랐을 때조차 체구가 수컷 평균의 3분의 1에 불과하다. 실제로 암컷은 상대적으로 가냘프다. 단언컨대 허리둘레도 6미터가 넘지 않는다. 그래도 전체적으로는 풍만한 체형이 집안 내력이라는 걸 부인할 수는 없다.

후궁들과 왕이 한가롭게 노니는 모습은 대단히 흥미롭다. 마치 사교계의 인사들처럼 기분 전환을 할 만한 것들을 찾아 계속해서 느긋하게 돌아다닌다. 적도에서 한창 먹이를 먹을 때면 그 일대에서 이들을 볼 수 있는데, 아마도 불쾌하고 권태로운 더위를 피해 북해에서 여름을 나고 막 돌아온 길일 것이다. 적도의 산책로를 잠시 한가롭게 오르내린 다음에는 또다시 찾아올 타는 더위를 피하고 서늘한 계절을 보내기 위해 동방의 바다로 길을 떠난다.

이런 한가로운 여행길에 낯설고 수상쩍은 모습이 눈에 띄면, 고래 나으리는 흥미를 보이는 가솔에게서 경계의 눈초리를 거두지 않는다. 건방진 젊은 고래가 숙녀에게 은밀히 다가갈 경우에는 대로한 나으리가 놈에게 덤벼들어 쫓아낸다! 그 따위 파렴치한 어린 난봉꾼이 신성한 가정의 행복을 해치도록 내버려 뒀다간 정말 큰일이다. 하지만 나으리가 무슨 수를 쓴들, 천하에 악명 높은 로사리오[61]가 그의 침대에 들어오는 걸 막을 수는 없다. 오호 애재라! 모든 물고기는 한 침대를 쓰기 때문이다. 육지에서는 귀부인을 흠모하는 경쟁자들 사이에 끔찍한 결투가 벌어지곤 하는데, 그건 고래들도 마찬가지여서 오로지 사랑 때문에 목숨을 걸고 싸우기도 한다. 고래들은 긴 아래턱을 창 삼아 휘두르고, 때로는 뿔이 뒤엉킨 채 싸우는 큰 사슴들처럼 턱을 맞대고 필사적으로 우열을 가린다. 고래를 잡아 보면 이런 결투에서 깊은 상처를 입은 놈들이 적지 않다. 머리에 골이 파이고 이빨이 부러지고

61 영국 극작가 니콜러스 로의 희곡 「아름다운 회개자」에 등장하는 난봉꾼.

지느러미가 너덜거리거나 입이 돌아가고 턱이 빠진 경우도 있다.

하지만 가정의 행복을 침범한 난봉꾼이 나으리의 공격 한 번에 줄행랑을 쳤다면, 이제 나으리를 지켜보는 것도 매우 흥미롭다. 젊은 로사리오가 안달이 날 만큼 가까이 있는 상황에서 처첩들 사이로 들어가 자신의 거구를 은근히 과시하며 한바탕 흥청거리는데, 그 모습은 마치 처첩 1천 명을 거느리고서 신께 열렬히 경배를 드리는 경건한 솔로몬을 보는 것 같다. 고래잡이들은 주변에 다른 고래가 있을 경우 터키의 왕 같은 이런 고래는 웬만해선 추격하지 않는다. 기력을 너무 탕진한 탓에 몸에 지방이 적기 때문이다. 이들 사이에서 태어난 아들과 딸들은 어미에게서 최소한의 도움만 받을 뿐 각자 알아서 살아가야 한다. 상대를 가리지 않고 뒹구는 바람둥이들이 그렇듯이, 우리의 고래 나으리도 육아실엔 관심이 없고 오로지 후궁의 거처만 찾아가기 때문이다. 그런데다가 대단한 여행가라 세계 도처에서 이름 모르는 그의 자식들이 자라며 하나같이 이국적이다. 그러나 시간이 흐르면 젊음의 열정도 식고, 나이가 들수록 울적함이 늘어나 옛날을 돌이켜보며 한숨짓게 된다. 다시 말해서, 넘치는 쾌락에 물린 나으리가 전반적인 권태에 빠지면 평온과 덕행에 대한 사랑이 여자에 대한 사랑을 밀어낸다. 우리의 오토만 왕은 정력이 감퇴하면서 과거를 참회하고 훈계를 일삼는 단계에 접어들어 처첩들을 물리치고 내쫓은 후, 점점 완고하고 까다로운 노인이 되어 기도문을 중얼거리며 바다의 자오선과 평행선을 홀로 다니고 젊은 고래들에게 자신과 같은 욕정의 과오를 범하지 말라고 경고한다.

고래잡이들은 후궁 고래 무리를 〈학교〉라고 부르며, 그 학교의 주인이자 지배자를 가리키는 포경업계의 용어는 교장이다. 그렇다면 멀쩡하게 학교를 다니다가 바깥세상에 나가서는 학교에서 배운 것이 아닌 그곳의 어리석음을 설파하고 돌아다니는 게 풍자적으로는 아무리 그럴듯해도, 엄밀하게 따지면 교장이라는 역할에 맞지 않는다. 교장이라는 칭호는 후궁 무리를 부르는 이름에서 파생됐다고 보는 것이 자연스럽지만, 일각에서는 오토만 왕 고래에게 그 칭호를 처음 붙인 사람은 비도크[62]의 회고록을 통해 이 유명한 프랑스 남자가 시골 학교 교장이던 젊은 시절에 제자들에게 어떤 은밀한 비결을 가르쳤는지 알았던 게 틀림없다고 추측하기도 한다.

교장 고래가 말년에 선택하는 은둔 고적의 삶은 나이 든 모든 향유고래에게 똑같이 해당된다. 혼자 다니는 바다 괴물을 가리켜 외톨이 고래라 하는데, 그들을 보면 거의 예외 없이 늙은 고래들이다. 수염에 이끼가 낄 정도로 고색창연한 대니얼 분[63]처럼 외톨이 고래 옆에도 오로지 자연뿐이고 황량한 바다에서 그렇게 자연을 아내 삼아 지내는데, 말이 없고 비밀이 많기는 해도 세상에서 제일 좋은 아내가 아닐 수 없다.

앞서 말한, 원기 왕성한 젊은 수컷들로만 이루어진 학교는 후궁 학교와 뚜렷한 대조를 이룬다. 암컷 고래들이 본래 소심한 반면, 〈40통 황소〉인 젊은 수컷들은 바다 괴물들 중에 제일 호전적이며 우리에게도 가장 위험한 상대로 정평이 나

---

62 프랑스의 비밀 경찰 창설에 이바지한 형사이며 모험가.
63 미국의 서부 개척자이자 사냥꾼이며, 미국 최초의 민중 영웅으로 추앙받는다.

있다. 이보다 더 위험한 고래라면 어쩌다 마주치는 회색머리 고래뿐인데, 이 녀석들은 천형 같은 통풍(痛風)에 약이 바짝 오른 무자비한 마귀처럼 덤벼든다.

40통 황소들의 학교는 후궁 학교에 비해 규모가 크다. 젊은 대학생 패거리마냥 싸움과 장난과 몹쓸 짓들을 일삼고 무모하게 까불며 세상을 설치고 돌아다니기 때문에, 신중한 보험업자라면 예일이나 하버드의 분방한 젊은이들과 마찬가지로 이들의 가입 신청도 받아 주지 않을 것이다. 하지만 이들도 머지않아 떠들썩한 생활을 청산하고, 4분의 3쯤 자랐을 땐 전부 흩어져 각자 정착할 곳, 다시 말해 후궁을 찾아 나선다.

암컷과 수컷 학교의 또 다른 차이점에서는 성별의 차이가 더 도드라진다. 40통 황소를 공격하면, 아이고 가여워라! 동료들은 전부 그를 내버리고 달아난다. 그런데 후궁 학교 학생을 공격할 경우 동료들이 그녀를 에워싼 채 헤엄을 치며 온갖 걱정스러운 몸짓을 하고, 가끔은 너무 가까이에서 너무 오래 머물다가 함께 잡히는 일도 있다.

89
잡은 고래와 놓친 고래

앞의 앞 장에서 신호기와 푯대에 대해 언급했으니, 푯대가 중요한 상징이자 기장으로 간주될 수 있는 포경업계의 법률과 규정에 대해 몇 가지 설명할 필요가 있겠다.

배 여러 척이 함께 항해를 할 경우, 이 배의 작살을 맞은 고래가 달아났다가 결국 다른 배의 공격을 받고 잡히는 일이 빈번하다. 그리고 이 한 가지 중요한 상황을 둘러싸고 수많은 사소하고 부수적인 사건들이 간접적으로 얽혀 든다. 예를 들어 위험하고 힘든 추격 끝에 고래를 잡았지만 심한 폭풍으로 인해 고래 시체가 배에서 떨어져 바람 부는 쪽으로 멀리 흘러갔는데, 그걸 두 번째 포경선이 목숨은커녕 밧줄을 잃어버릴 위험조차 없이 침착하고 편안하게 끌어당겨 챙겼다고 해보자. 이럴 때 성문법이든 불문율이든, 모든 경우에 적용할 수 있는 보편적이고 명백한 법칙이 없다면 고래잡이들 사이에 더없이 난처하고 격한 분쟁이 일어날 것이다.

아마 입법부에서 정식으로 포경법을 제정한 나라는 네덜란드뿐일 것이다. 해당 법은 1695년에 네덜란드 의회에서 공포됐다. 그 밖에는 성문화한 포경법을 가진 나라가 없기는 해도, 미국 포경업계의 경우 독자적으로 법규를 만들어 적용해 왔다. 이들은 유스티니아누스 법전이나 중국의 오지랖 금지 협회의 내규를 능가할 만큼 간명하면서도 포괄적인 체제를 구축했다. 실제로 이 법규는 앤 여왕 시대에 주조된 파딩[64] 동전이나 작살 미늘에 새겨서 목에 걸고 다닐 수 있을 정도로 짧았다.

I. 잡힌 고래는 잡은 자의 것이다.

II. 놓친 고래는 먼저 잡는 자가 임자다.

하지만 이 훌륭한 법규를 망치는 것이 바로 감탄스러운 간결함인데, 그걸 상술하기 위해 엄청난 분량의 주석이 필요하기 때문이다.

첫째. 잡힌 고래란 무엇인가? 살았건 죽었건 사람이 탄 배나 보트, 또는 한 사람 이상의 점유자가 조종하는 여하한 장치(돛대, 노, 23센티미터 밧줄, 전선, 심지어 거미줄)에 연결되어 있으면 엄밀한 의미에서 잡힌 고래다. 마찬가지로 표지나 그 밖에 소유권을 나타내는 여하한 상징을 부착하고 있을 경우, 그 표지를 부착한 당사자가 언제라도 고래를 뱃전에 매달 수 있는 능력과 그렇게 하겠다는 의지를 분명하게 나타낸다면, 엄밀한 의미에서 잡힌 고래다.

학문적인 주석은 이렇지만, 고래잡이 당사자들의 주석은 거친 표현과 더 거친 주먹다짐으로 이루어질 때가 많다. 이를테면 쿡과 리틀턴[65]이 학문적인 논리 대신 주먹으로 싸우는 격이다. 물론 명예를 중시하는 강직한 고래잡이들은 언제

64 영국의 옛 화폐. 4분의 1페니에 해당한다.
65 영국의 판사이자 법률서 저자인 리틀턴의 소유권 관련 저작에 대해, 법률가이자 정치가인 쿡이 방대한 주석서를 저술했다.

나 특수한 경우를 감안하며, 어떤 배에서 추격했거나 잡은 고래를 다른 배에서 자기네 것이라고 주장하는 짓을 얼토당 토않은 도의적 범죄로 여기지만, 세상에는 그렇게 양심적이 지 않은 사람도 있다.

50여 년 전에 영국에서 고래 가로채기와 관련하여 특이한 소송이 제기되었는데, 원고 측은 북해에서 고래를 힘들여 추 격한 끝에 실제로 작살을 꽂는 데 성공했지만 목숨이 위태로 운 지경에 처하는 바람에 끝내 밧줄뿐만 아니라 보트까지 포 기해야 했다고 주장했다. 결국 피고 측(다른 배의 선원들)이 고래를 따라잡아 작살을 꽂았고, 원고가 보는 앞에서 고래 를 가로챘다는 것이다. 원고 측이 항의하자 피고 측 선장은 원고들을 조롱했으며 뻔뻔하게도 자신이 세운 공을 기리기 위해 고래에 매달린 원고의 밧줄과 작살, 보트까지 챙기겠노 라고 선언했다. 이에 원고가 고래와 밧줄, 작살, 그리고 보트 에 상응하는 가치를 돌려받고자 소송을 제기한 것이었다.

피고 쪽 변호인은 어스킨 씨, 판사는 엘런버러 경이었다. 재담가인 어스킨은 변론을 하던 중에 상황을 예증할 요량으 로 얼마 전에 일어난 간통 사건을 언급했는데, 한 남자가 아 내의 부정을 막기 위해 아무리 노력해도 소용이 없자 급기야 아내를 세상이라는 망망대해에 내버렸다가 몇 년 뒤에 자신 의 행동을 후회하고 아내에 대한 소유권을 되찾기 위해 소송 을 걸었다는 얘기였다. 어스킨은 상대편 변호사였으므로 이 런 말로 피고를 두둔했다. 남자가 애초에 부인에게 작살을 던져 한때 그녀를 잡았지만, 부정한 행위에 몰두하는 아내가 극심한 스트레스를 준다는 이유만으로 끝내 그녀를 포기했 고, 그렇게 포기함으로써 부인은 놓친 고기가 되었으며, 뒤이어 나타난 남자가 다시 그녀에게 작살을 던졌을 때 그녀는 등에 꽂혀 있었을지 모르는 작살과 함께 두 번째 남자의 소유가 되었다는 것이다.

어스킨은 이번 사건의 고래와 자신이 인용한 숙녀는 상호 예증이 되는 관계라고 주장했다.

학식이 매우 높은 재판장은 변론과 반론을 충분히 들은 후에 명확한 판결을 내렸다. 즉, 보트에 대해서는 단지 목숨을 구하기 위해 포기한 것이므로 원고에게 돌려줘야 하지만 다툼의 대상이 된 고래와 작살, 밧줄은 피고의 소유라고 판결했다. 고래는 최종적으로 포획되었을 때 놓친 고래였기 때문이고, 작살과 밧줄은 고래가 그걸 매단 채로 도망감으로써 고래가 해당 물건의 소유권을 획득했으므로 나중에 그 고래를 잡은 사람이 그 물건들에 대해서도 권리를 갖기 때문이었다. 피고가 나중에 고래를 잡았으므로 앞에서 말한 물건들도 그들의 소유가 되었다.

보통 사람이라면 학식이 매우 높은 재판장의 이와 같은 판결에 이의를 제기할지도 모른다. 하지만 사안의 근원까지 파고 들어가면, 앞서 인용했으며 위의 사건에서 엘런버러 판사가 적용하고 설명한 한 쌍의 포경법에 규정된 양대 원칙, 즉 잡힌 고래와 놓친 고래에 대한 두 가지 법칙은, 곰곰이 따져 보면, 인간 세상을 규정하는 모든 법체계의 근간에서 발견된다. 복잡한 그물 무늬로 조각했더라도, 법의 신전은 블레셋의 신전[66]처럼 기둥 단 두 개로 지탱되고 있기 때문이다.

[66] 구약 성서에서, 머리카락을 잘려 힘을 잃은 삼손이 블레셋인의 포로로 잡혔다가 나중에 구경거리로 끌려나왔을 때 힘을 되찾아 신전의 두 기둥을 밀어 무너뜨렸다.

소유가 법의 절반이라는 건 누구나 아는 속담이 아니던 가? 이 말은 물건을 어떤 경로로 소유하게 됐는지는 상관하지 않는다는 얘기다. 그런데 소유가 법의 전부인 경우도 많다. 러시아 농노나 공화국 노예의 근육과 영혼이 소유가 법의 전부인 상황에서 잡힌 고래가 아니면 뭐란 말인가? 탐욕스러운 지주에게 과부의 마지막 한 푼이 잡힌 고래가 아니면 뭐란 말인가? 저기 폿대 대신 문패가 달린, 아직 들통 나지 않은 악당의 대리석 저택, 저것이 잡힌 고래가 아니면 무엇인가? 비통한 파산자가 가족을 굶기지 않기 위해 돈을 빌릴 때 중개인 모르드개[67]가 뜯어내는 턱없이 비싼 선불 이자, 그것이 잡힌 고래가 아니면 무엇인가? 영혼을 구제한다는 대주교가 등이 휘게 일하는 노동자 몇십만 명(대주교가 도와주지 않아도 전부 천국에 들어갈 게 확실한)의 얼마 안 되는 빵과 치즈에서 10만 파운드를 뜯어낼 때, 티끌 모아 쌓아 올린 10만 파운드가 잡힌 고래가 아니면 무엇인가? 칠푼이 공작이 대대로 물려받는 마을과 촌락이 잡힌 고래가 아니면 무엇인가? 무적의 작살잡이인 존 불에게 가난한 아일랜드가 잡힌 고래가 아니면 무엇인가?[68] 사도 같은 전사 브라더 조너선에게 텍사스는 잡힌 고래가 아니면 무엇인가?[69] 이 모든 경우가 〈소유는 법의 전부〉이지 않은가?

67 구약 성경에서, 유대인 에스더의 사촌 오빠로, 에스더가 아하수에로 왕(크세르크세스)의 왕후가 되는 데 일조했다. 여기서는 유대인은 곧 고리대금업자라는 고정 관념을 드러낸 것으로 보인다.
68 존 불은 전형적인 영국인을 일컫는 말. 이 당시 아일랜드는 영국의 지배하에 있었다.
69 브라더 조너선은 전형적인 미국인을 상징하는 이름. 텍사스는 멕시코령이었다가 1845년 미국에 병합되었다.

그러나 잡힌 고래의 원칙이 이렇게 광범위하게 적용된다면, 그와 한 쌍을 이루는 놓친 고래의 원칙은 적용 범위가 더 넓다. 그건 국제적으로, 그리고 보편적으로 적용된다.

　　콜럼버스가 왕과 왕비를 위해 푯대 대신 에스파냐 국기를 꽂았던 1492년의 아메리카는 놓친 고래가 아니면 무엇이었나? 폴란드는 러시아 차르에게 무엇이었나? 그리스는 터키에게 무엇이었나? 인도는 영국에게 무엇이었나? 멕시코는 결국 미합중국에게 무엇이 될까? 전부 놓친 고래다.

　　인간의 권리와 세계의 자유는 놓친 고래가 아니면 무엇인가? 모든 인간의 생각과 사상은 놓친 고래가 아니면 무엇인가? 그들이 지닌 신앙의 원칙이 놓친 고래가 아니면 무엇인가? 겉만 번지르르하게 남의 말을 주워섬기는 사람들에게 철학자의 생각이 놓친 고래가 아니면 무엇인가? 커다란 지구 자체가 놓친 고래가 아니면 무엇인가? 그리고 이 글을 읽는 독자여, 그대 또한 놓친 고래이자 잡힌 고래가 아니면 무엇이겠는가?

90
머리냐 꼬리냐

De balena vero sufficit, si rex habeat caput, et regina caudam
(고래를 잡으매 왕이 머리를 갖고 왕비가 꼬리를 가지기에 참으로 온당하도다).

브랙턴, 『영국의 법률과 관습법론』, 3장 3행

영국 법률에 관한 책에서 인용한 위의 라틴어 문장은 전후 맥락을 따져 보면 저 나라 해안에서 잡힌 모든 고래는 명예 수석 작살잡이인 왕이 머리를 갖고 여왕에게는 공손하게 꼬리를 바쳐야 한다는 뜻이다. 고래의 경우 이런 식의 분할은 사과를 반으로 나누는 것과 다르지 않아서, 중간에 남는 부분이 없다. 이 법은 수정된 형태로 오늘날까지 영국에서 시행되며, 여러 측면에서 잡힌 고래와 놓친 고래라는 일반 법칙에 가해진 기이한 변형을 보여 주므로 여기에 별도의 장을 할애하여 다룰 예정인데, 왕실의 편의를 위해 특별히 별도의 객차를 마련하는 영국 철도청의 수고에 버금가는 정중한 원칙을 따른 것이다. 우선, 위에서 언급한 법률이 지금도 시행되고 있다는 사실을 입증하는 기이한 사례로 2년 전에 일어난 사건을 소개하겠다.

도버인지 샌드위치인지, 아무튼 5항[70] 가운데 한 곳에서 일어난 일이다. 어느 날 정직한 선원들이 해안에서부터 멀리 떨어진 지점에서 처음 발견한 고래를 맹렬한 추격 끝에 잡아 항구로 끌고 오는 데 성공한 모양이다. 그런데 5항은 부분적으로, 또는 어떤 식으로든, 총감이라고 부르는 일종의 경찰 비슷한 하급 관리의 관할하에 있다. 그 자리는 왕실 직속이기 때문에 5항에서 발생하는 모든 왕실의 수입은 법규상 그의 주머니로 들어가는 듯하다. 어떤 사람은 그 자리가 한직이라고 생각하는데, 그렇지 않다. 총감은 부수입을 챙기느라 바쁠 때가 많고, 부수입은 순전히 그걸 그렇게 슬쩍하는 덕분에 그의 차지가 되었다.

아무튼 햇빛에 그을린 이 가난한 선원들은 맨발에 바지를 둥둥 걷어붙여 뱀장어 같은 다리를 드러낸 채 안간힘을 쓰며 기름진 고래를 마른 땅까지 높이 끌어 올렸다. 그들은 귀한 고래기름과 뼈를 내다 팔면 150파운드는 족히 벌 수 있을 거라는 기대에 부풀었다. 각자의 몫을 챙겨 마누라와 귀한 차를 마시고 친구들과 비싼 맥주를 마시는 공상에도 잠겼다. 그때 학식이 높고 신심이 깊으며 자애로운 신사가 옆구리에 블랙스톤[71]의 저서를 끼고 나타나 책을 고래 머리 위에 얹더니 이렇게 말했다. 「손을 치워라! 이 고래는 잡힌 고래다. 총감의 소유로 압류한다.」 그 말에 들은 가난한 선원들은 소스

70 14세기까지 영국 왕실 함대의 중심 기지로 사용하던 잉글랜드 남동부 항구의 연합체로, 원래는 다섯 항구로 시작했지만 나중에 도시 30여 곳이 더 합류했다.
71 영국의 법률가.

라치게 놀라면서도 진정한 영국인답게 예의를 갖추느라 무슨 말을 할지 모른 채 그저 머리통이나 여기저기 긁어 대며 안타까운 눈으로 낯선 남자와 고래를 번갈아 바라볼 뿐이었다. 하지만 그것으로는 사태가 수습되지 않았고, 블랙스톤의 저서를 들고 온, 배운 남자의 완고한 마음을 누그러뜨리지도 못했다. 그러다 마침내 한 선원이 머리를 한참 긁으며 궁리를 한 끝에 용기를 내어 입을 열었다.

「죄송합니다만 나리, 총감이 누굽니까?」

「공작님이시다.」

「하지만 공작님은 이 고래를 잡은 것과 아무 상관이 없는데요.」

「이건 그분의 것이다.」

「우리는 갖은 고생을 하며 위험을 무릅썼고 돈도 만만찮게 들었는데, 공작님 좋은 일만 시켜 드리면 우리는 그 고생을 하고 물집밖에 얻는 게 없단 말인가요?」

「이건 그분의 것이다.」

「공작님은 이렇게 악착같이 먹고 살아야 할 만큼 가난하신가요?」

「이건 그분의 것이다.」

「이 고래에서 제 몫을 받으면 몸져누우신 어머니의 병을 고쳐 드리려고 했는데요.」

「이건 그분의 것이다.」

「반에 반이나 절반만 드려도 공작님은 만족하시지 않을까요?」

「이건 그분의 것이다.」

한마디로, 고래는 압수되었고 그걸 판 돈은 웰링턴 공작[72]

각하가 챙겼다. 몇몇 시각에 비춰 볼 경우 이 사건이 정황상 어느 정도는 다소 가혹하게 여겨질 가능성이 없지 않다고 판단한 마을의 한 정직한 목사가 공작에게 공손하게 편지를 써서 운수 사나운 뱃사람들의 사정을 참작해 달라고 간청했다. 이에 대해 공작은 이미 참작해서 돈을 받았고, 귀하께서는 앞으로 남의 일에 참견하는 걸 정중히 사절해 주면 고맙겠다는 요지의 답장을 보냈다(양쪽의 편지는 모두 공개되었다). 이자는 세 왕국[73]의 모퉁이에 서서 오가는 사람들에게 동냥을 강요하는 호전적인 늙은이인 것일까?

이 사건에서 공작이 주장하는 고래에 대한 권리는 군주에게서 위임받은 권리라는 걸 쉽게 알 수 있을 것이다. 그렇다면 애초에 군주는 어떤 근거로 그러한 권리를 부여받았는지 따져 볼 필요가 있다. 법률은 이미 앞에서 설명했다. 하지만 플로든[74]이 그 이유를 제시한다. 플로든은 그런 식으로 잡은 고래가 왕과 왕비의 소유인 까닭이 〈탁월한 미덕 때문〉이라고 말했다. 그리고 빈틈없는 주석가들은 지금껏 이런 사안을 다룰 때 플로든의 설명을 설득력 있는 논거로 거론해 왔다.

하지만 어째서 왕은 머리를 취하고 여왕은 꼬리를 갖는 것인가? 법률가들이여, 이유를 말해 보라!

〈왕비의 황금〉, 즉 왕비의 용돈에 대한 보고서에서 영국 고등 법원 왕좌부 소속인 윌리엄 프린이라는 늙은 법학자는 이렇게 논했다. 〈꼬리는 왕비의 것이니, 이는 왕비의 옷장에

---

72 아서 웰슬리 웰링턴 공작. 워털루 전투에서 나폴레옹을 격파했으며, 영국의 총리를 지냈다.

73 잉글랜드와 스코틀랜드, 아일랜드를 말한다.

74 16세기 영국 법률가.

고래수염을 공급하기 위함이다.〉이 글이 쓰인 시대는 그린
란드고래나 참고래의 검고 유연한 뼈를 숙녀용 코르셋에 널
리 사용하던 때였다. 그런데 그 뼈는 꼬리가 아니라 머리에
있으니, 프린 정도의 영리한 법률가에게는 안타까운 실수가
아닐 수 없다. 하지만 왕비가 인어라 꼬리를 바치는 걸까?
여기에 어떤 우화적인 비유가 숨어 있는지도 모른다.

영국의 법학자들이 제왕어로 규정한 물고기는 고래와 철
갑상어, 이렇게 두 가지인데, 모두 일정한 규정에 따라 왕실
의 재산으로 간주되며 명목상 왕실 통상 수입의 열 번째 항
목에 해당된다. 이 문제를 다룬 사람이 또 있는지는 모르겠
지만, 추론에 따라 철갑상어도 고래와 같은 방식으로 분할
해야 마땅하다고 여겨진다. 철갑상어 특유의 대단히 단단하
면서도 탄력 있는 머리를 왕이 차지한다면, 상징적인 관점에
서 볼 때 양쪽이 뭔가 일맥상통하는 것을 해학적으로 보여
줄 수 있을 것 같다. 그러고 보면 세상만사에는, 심지어 법률
에도 다 이치가 있는 모양이다.

91

피쿼드, 장미 봉오리를 만나다

용연향을 찾아 이 바다 괴물의 배 속을 샅샅이 뒤졌지만, 참을 수 없는 악취에 탐색은 헛수고가 되고 말았다.

T. 브라운 경, V. E.[75]

앞에서 설명한 포경 상황이 벌어지고 한두 주가 지났을 때였다. 안개에 덮여 나른한 오후의 바다를 천천히 지나가는데, 피쿼드호 갑판에 있던 여러 사람의 코가 높은 곳에 올라가 있는 세 명의 눈보다 더 예리한 발견을 했다. 바다에서 특이하고 썩 유쾌하지 않은 냄새가 난 것이다.

「여기 어딘가에 저번 날 드러그를 걸었던 고래가 있다는데 내기를 걸어도 좋아. 조만간 떠오를 거라고 생각했지.」 스터브가 말했다.

이윽고 앞의 안개가 걷히더니 저 멀리 배 한 척이 보였는데, 돛을 접은 걸로 보아 무슨 종류가 됐든 고래를 뱃전에 달

75 토머스 브라운 경의 『전염성 유견*Pseudodoxia Epidemica*』이라는 방대한 저서는 일반에 회자되는 통념과 오류들을 집대성한 것인데, 흔히 〈V. E.〉 즉 〈저속한 오류〉라고 일컬어졌다.

고 있는 게 분명했다. 가까이 다가가 보니 낯선 배의 꼭대기에는 프랑스 국기가 걸려 있었고, 그 주위에 구름처럼 몰려들어 소용돌이치듯 맴돌다가 급강하하며 고래를 노리는 육식 바닷새들로 짐작하건대, 옆에 매단 고래는 고래잡이들이 〈시든 고래〉라고 부르는, 바다에서 자연사하여 누구의 소유도 아닌 채 떠돌던 그런 고래인 모양이었다. 그 시체에서 얼마나 지독한 악취가 풍겼을지는 충분히 짐작할 수 있을 것이다. 그건 역병이 돌아 산 자들이 죽은 자를 묻을 기력조차 없었던 아시리아의 어느 도시에서보다 더 지독하다. 실제로 얼마나 견디기 힘든지 돈을 주며 설득해도 그걸 뱃전에 매달지 않으려는 사람들이 있을 정도였다. 게다가 여기서 나오는 기름은 질이 매우 낮고 장미 기름에 비할 바 못 되지만, 그럼에도 그런 고래를 챙기려는 사람이 없지 않았다.

잠잠해지는 산들바람을 타고 조금 더 가까이 다가갔더니 그 프랑스 선박에는 고래가 또 한 마리 매달려 있었는데, 이 두 번째 고래는 첫 번째 것보다도 향기가 더 지독했다. 알고 보니 그건 실제로 일종의 극심한 위장병이나 소화 불량으로 말라 죽은 것처럼 보이는 고약한 고래였다. 그렇게 죽은 몸은 기름 비슷한 것조차 거의 바닥나기 마련이다. 하지만 노련한 고래잡이들이 일반적으로 시든 고래는 피하더라도 이런 고래는 결코 업신여기지 않는다는 사실을 적당한 때가 되면 알게 될 것이다.

피쿼드호는 어느새 낯선 배에 바짝 다가갔고, 스터브는 고래 가운데 한 마리의 꼬리에 밧줄이 칭칭 감긴 채 꽂혀 있는 고래 삽이 자신의 것이라고 장담했다.

「이거, 맹랑한 놈일세.」 그는 뱃머리에 서서 놀리듯이 껄껄

웃었다. 「자칼 같은 놈! 프랑스 얼간이들이 형편없는 고래잡이라는 건 익히 아는 바야. 하얗게 부서지는 파도만 보고도 향유고래의 물기둥인 줄 알고 보트를 내릴 때도 있다니까. 그래, 가끔은 출항할 때 양초랑 촛불 끄개를 바리바리 싣고 떠난다는데, 자기들이 잡아서 뽑아낼 기름으로는 선장실의 심지를 적시기에도 부족하리라는 걸 미리 내다본 거지. 뭐, 이런 것들은 다 아는 일이지만. 그런데 좀 보라고. 이건 우리가 버린 걸 좋다고 챙긴 얼간이잖아. 우리가 드러그를 걸었던 고래 말이야. 그리고 저기 매달아 놓은 또 다른 귀한 고래의 바싹 마른 뼈다귀를 긁는 것도 만족스러운가 봐. 불쌍한 놈들! 자, 누가 모자라도 좀 돌리지 그래. 기름을 모아서 적선이라도 하자고. 드러그 걸린 저 고래에서 얻은 기름은 감옥에서 태우기에도 적당하지 않을 텐데. 웬걸, 사형수의 감방에서라도 안 될 말이지. 그리고 또 다른 고래로 말할 것 같으면, 우리 배의 돛대 세 개를 잘라 기름을 짜는 편이 저 뼈다귀 더미에서 얻어 내는 것보다 많을 거야. 하지만 다시 생각해 보니 기름보다 훨씬 값진 것이 들었을지도 모르겠군. 그래, 용연향. 우리 노인네가 그 생각을 했는지 모르겠네. 해볼 만한 일이야. 그래, 해봐야겠어.」 그러고는 뒤쪽 갑판으로 향했다.

이때쯤에는 희미하던 바람마저 가라앉아 완전히 잠잠해졌다. 그러는 통에 좋든 싫든 피쿼드호는 냄새에 완전히 갇힌 신세가 됐고, 다시 바람이 불기 전에는 벗어날 가망이 없었다. 선실에서 나온 스터브가 자기 보트의 선원들을 불러 모으더니 낯선 배를 향해 출발했다. 스터브가 그 배 앞머리로 다가가서 보니, 희한한 프랑스 취향답게 뱃머리 윗부분을 늘어진 나무줄기처럼 조각해서 초록색으로 칠하고 가시 대신 구리 못이 여기저기 튀어나오게 했으며, 끝에는 선명한 붉은색 둥근 모양을 좌우 대칭으로 배치해 놓았다. 머리 판에는 커다란 금빛 글자로 〈부통 드 로즈〉라고 적었는데, 이 향기로운 배에 붙인 낭만적인 이름의 뜻은 장미의 싹, 또는 장미 봉오리였다.

스터브는 부통이라는 말의 뜻은 몰랐지만, 〈로즈〉에다가 둥근 뱃머리 장식을 보태서 전체적인 뜻을 충분히 알아차릴 수 있었다.

「나무로 만든 장미꽃 봉오리란 말이지, 응?」 그는 손으로 코를 감싸 쥐고 소리쳤다. 「다 좋은데, 이건 무슨 고약한 냄새냐고!」

갑판 위의 사람들과 직접 대화를 나누기 위해서는 뱃머리를 돌아 우현에 보트를 붙여야 했고, 그러려면 시든 고래에 바짝 다가가 그 너머로 얘기를 해야 했다.

그 위치에 도달한 그는 여전히 손으로 코를 감싼 채 소리쳤다. 「부통 드 로즈, 어이! 부통 드 로즈에 영어할 줄 아는 사람 없나?」

「있네.」 건지[76] 출신 사내가 뱃전에서 대꾸했는데, 알고 보니 일등 항해사였다.

「잘됐군. 그럼 말이지, 부통 드 로즈 봉오리 친구, 흰 고래를 본 적 있나?」

「무슨 고래?」

「흰 고래. 향유고래일세. 모비 딕이라고. 본 적 있어?」

「그런 고래는 금시초문이군. 카샬로 블랑슈! 흰 고래라.

76 영국 해협에 있는 섬으로, 프랑스 노르망디 지방과 가깝다.

못 봤네.」

「그렇단 말이지. 그럼 잠시 가봐야겠군. 곧 다시 오겠네.」

그러고는 서둘러 피쿼드호로 돌아갔고, 뒤쪽 갑판의 난간 너머로 몸을 내민 채 자신의 보고를 기다리는 에이해브를 발견하고는 두 손을 나팔 모양으로 입에 대고 소리쳤다. 「못 봤답니다, 선장님! 못 봤대요!」 그 소리를 듣자마자 에이해브는 선실로 들어갔고, 스터브는 프랑스 배로 다시 돌아갔다.

이번에는 건지 출신 사내가 닻사슬에 올라가서 고래 삽을 휘두르기 시작한 참이었는데, 무슨 주머니 같은 걸로 코를 싸매고 있었다.

「어이, 코는 왜 그런 건가?」 스터브가 말했다. 「깨지기라도 했나?」

「차라리 깨졌으면 좋겠네. 아니, 코 같은 건 아예 없었으면 좋겠어!」 건지 출신 사내는 지금 하는 일이 썩 내키지 않는 눈치였다. 「그런 자네는 왜 코를 움켜쥐었나?」

「뭐, 별일 아닐세! 밀랍으로 만든 코라서 붙들고 있어야 하거든. 날씨 참 좋지 않나? 꽃밭에라도 들어온 것처럼 공기가 신선하군. 꽃다발이라도 좀 던져 주지 그러나, 부통 드 로즈 친구?」

「대체 무슨 일로 찾아온 건가?」 건지 출신 사내가 갑자기 발끈해서 고함을 질렀다.

「어허! 흥분하지 말고 머리 좀 식히게. 식힌다? 바로 그거야. 작업하는 동안 고래를 얼음에라도 담가 두는 건 어때? 하지만 농담은 그만두기로 하지, 장미 봉오리 친구. 그런 고래에서 기름을 뽑으려는 건 허튼 짓 아닌가? 저기 저 말라붙은 고래는 온몸을 쥐어짜 봐야 기름이 0.1리터도 안 나올걸.」

「나도 잘 아네. 하지만 보다시피 여기 선장은 그 말을 믿으려 하지 않을 거야. 선장은 이번이 처녀항해거든. 전에는 화장수를 만들었다더군. 그나저나 좀 올라오지 그러나. 어쩌면 내 말은 안 믿어도 자네 말은 믿을지 몰라. 그러면 나도 이런 더러운 일을 하지 않아도 될 테고.」

「자네를 위해서라면 뭐든지 하지, 다정하고 유쾌한 친구인 것 같으니 말이야.」 스터브는 이렇게 대꾸하면서 즉시 갑판으로 올라갔다. 그곳에는 이상한 풍경이 펼쳐져 있었다. 술이 달린 빨간 털모자를 쓴 선원들이 묵직한 도르래에 달라붙어 고래를 자를 준비를 하고 있었다. 하지만 몸은 느릿느릿 움직이면서 입만 대단히 빨리 놀렸고, 대체로 썩 좋은 기분이 아닌 것 같았다. 그리고 하나같이 제2기움돛대처럼 코를 하늘로 쳐들었다. 이따금 한두 명이 일손을 놓고 신선한 공기를 마시러 돛대로 올라갔다. 역병에 걸릴지도 모른다는 생각에 콜타르에 담근 뱃밥을 한 번씩 콧구멍에 가져다 대는 선원들도 있었다. 그런가 하면 또 어떤 선원들은 대통만 남기고 물부리 부분은 거의 다 잘라 버린 파이프로 담배를 뻑뻑 피워 대면서 후각 기관을 끊임없이 연기로 가득 채웠다.

고물 쪽 선장실에서 소나기처럼 쏟아지는 고함과 저주의 소리에 놀란 스터브가 그쪽 방향으로 고개를 돌렸더니 빠끔히 열린 문 뒤로 불같이 화를 내는 얼굴 하나가 삐죽 나와 있었다. 그는 괴로움을 주체하지 못하는 의사였는데, 그날의 작업을 하면 안 된다고 항의했지만 소용이 없자 역병을 피하기 위해 선장실(그는 그곳을 캐비닛이라고 불렀다)로 도망쳤고, 거기서도 이따금 큰 소리로 애원하며 울분을 토해 내지 않고는 견딜 수 없었다.

모든 상황을 파악한 스터브는 계획을 궁리하고는 건지 출신 남자와 잠시 한담을 나눴다. 이 낯선 배의 항해사는 자신의 선장이 잘난 척만 하는 바보고, 자신들을 건질 것 하나 없이 불쾌한 이런 곤경에 빠뜨렸다며 혐오감을 드러냈다. 그를 주의 깊게 살피던 스터브는 건지 출신 사내가 용연향에 대해서는 아무런 낌새도 못 챘다는 걸 확신했다. 그래서 그 문제에 대해서는 입을 다물었지만 다른 점에서는 솔직하게 속내를 털어놨고, 두 사람은 금세 선장을 함정에 빠뜨리고 놀려주면서도 선장이 두 사람의 진심을 꿈에도 의심하지 않을 묘책을 꾸몄다. 그 계획이 뭐고 하니, 건지 출신 사내가 통역을 한다는 구실로 마치 스터브의 말을 옮기는 것처럼 자신이 하고 싶은 말을 선장한테 하고, 스터브는 선장 앞에서 아무 말이나 머리에 떠오르는 대로 마구 내뱉는다는 것이었다.

그때 그들이 점찍은 희생자가 선실에서 나왔다. 키가 작고 까무잡잡한 얼굴에 구레나룻과 콧수염이 무성하지만 선장치고는 허약해 보이는 남자였다. 그는 빨간 우단 조끼를 입고 도장이 달린 회중시계를 찼다. 건지 출신 사내는 그 신사에게 스터브를 정중히 소개했고, 곧 보란 듯이 두 사람의 통역을 시작했다.

「무슨 말부터 하지?」 그가 물었다.

「글쎄.」 스터브는 우단 조끼와 도장이 달린 회중시계를 보면서 대답했다. 「내가 무슨 판관은 아니지만 내 눈에 뭐랄까 조금 유치해 보인다는 말부터 시작해도 좋을 것 같은데.」

「선장님, 이분이 말하길.」 건지 출신 사내는 선장을 바라보며 프랑스어로 얘기했다. 「바로 어제 어떤 배를 만났는데, 그 배의 선장과 일등 항해사, 그리고 선원 여섯 명이 뱃전에 매단 시든 고래 때문에 열병에 걸려 모두 죽었더랍니다.」

그 말을 들은 선장이 깜짝 놀라며 좀 더 자세한 내막을 듣고 싶어 했다.

「이번엔 또 뭐라고 하지?」건지 사내가 스터브에게 물었다.

「뭐, 쉽게 믿는 것 같으니까 이렇게 말해 봐. 내가 선장을 자세히 보아 하니 고래잡이배보다는 생자고 섬의 원숭이를 조종하는 게 더 낫겠다고 말이야. 그러고 보니 개코원숭이처럼 보인다는 말도 해주게.」

「선장님, 이분은 또 마른 고래가 시든 고래보다 훨씬 더 치명적이라고 단언하는군요. 말인즉슨, 목숨이 중요하다면 저 고래들을 붙들어 맨 줄을 끊어 버리랍니다.」

선장은 당장 앞으로 달려가더니 선원들에게 도르래 올리는 일을 중단하고 즉시 고래를 배에 붙들어 맨 밧줄과 쇠줄을 끊어 버리라고 큰 소리로 명령했다.

「이번엔 뭐라고 해?」선장이 다시 돌아왔을 때 건지 사내가 스터브에게 물었다.

「어디 보자. 그래, 이번에는 그러니까, 사실은 내가 그를 속였다고 얘기해. (혼잣말로) 뭐, 또 다른 놈도 속아 넘어갔지만.」

「선장님, 이분 말씀이 우리에게 도움이 되어 무척 기쁘답니다.」

이 말을 들은 선장은 고마운 건 자신들(그러니까 본인과 항해사)이라면서 선장실로 내려가 보르도 포도주를 한 병 마시자고 했다.

「선장이 자기랑 포도주 한잔 하자는데.」통역이 말했다.

「무척 감사하지만 속인 사람과는 함께 술을 마시지 않는 게 내 원칙이라고 얘기해. 아닌 게 아니라 정말로 가봐야겠다고 말하게.」

「선장님, 이분은 술을 마시지 않는 원칙을 갖고 있답니다. 하지만 선장님께서 하루라도 더 오래 술을 드시고 싶으면 보트 네 척을 모두 내려서 배를 끌고 고래에게서 멀어지는 게 상책이라는군요. 바람이 불지 않아 고래가 떠내려가지 않을 테니까요.」

그러는 사이에 스터브는 뱃전으로 가서 자신의 보트에 옮겨 탔고, 건지 사내에게 이런 취지의 말을 외쳤다. 우리 배에 긴 밧줄이 있으니 둘 중 가벼운 고래를 이 배와 멀어지도록 도와주겠다고. 그리하여 프랑스 보트들이 한쪽으로 배를 끌고 가는 동안 스터브는 친절을 베푸는 것처럼 이례적으로 긴 밧줄을 보란 듯이 늦추며 고래를 반대쪽으로 당겼다.

이윽고 산들바람이 불기 시작했다. 스터브는 고래를 내버리는 시늉을 했고, 보트를 전부 올린 프랑스 배는 금세 거리를 벌렸다. 그러는 동안 피쿼드호가 프랑스 배와 스터브의 고래 사이로 슬그머니 들어왔다. 그러자 스터브는 바다에 뜬 고래를 향해 서둘러 다가가면서 피쿼드호 선원들에게 자신의 의도를 알리고는 교활한 속임수로 손에 넣은 결실을 거두기 시작했다. 그는 날카로운 고래 삽을 움켜쥐고 옆 지느러미 조금 뒤쪽에 구멍을 뚫기 시작했다. 모르는 사람이 그 모습을 봤다면 바다에 지하실이라도 파는 줄 알았을 것이다. 그리고 그의 삽이 마침내 앙상한 늑골에 부딪혔을 때는 흡사 영국의 비옥한 흑토에 묻힌 고대 로마 시대의 그릇과 도자기를 발굴하는 것 같았다. 스터브의 보트 선원들은 잔뜩 흥분한 채 대장을 돕느라 열심이었는데, 다들 황금 사냥꾼들처럼 달뜬 모습이었다.

그러는 동안 모여든 수많은 바닷새들이 급강하해서 자맥질을 하고 꽥꽥거리며 서로 싸워 댔다. 고약한 악취가 점점 심해지자 스터브의 얼굴에 실망스러운 기색이 돌기 시작했지만, 그때 역병 같은 악취의 한복판에서 갑자기 희미한 향기가 풍겼고, 그건 강물이 다른 강물로 흘러 들어가도 한동안은 뒤섞이지 않은 채 함께 흐르듯이 악취의 물줄기에 휩쓸리지 않고 유유히 퍼졌다.

「찾았다, 찾았어.」 스터브는 깊숙한 곳에서 뭔가를 찾아내고는 환호성을 질렀다. 「돈주머니다! 돈주머니!」

스터브는 삽을 내던지고 두 손을 안으로 밀어 넣더니 물컹한 윈저 비누[77] 같기도 하고 오래되어 얼룩덜룩한 기름진 치즈 같기도 한 뭔가를 몇 줌이나 꺼냈다. 그건 기름기가 번지르르하면서 동시에 향기로웠다. 엄지로 누르면 쉽게 들어갔고, 노랑과 잿빛의 중간 색이었다. 벗님네여, 그것은 바로 어느 약방에 가져가도 1온스에 1기니 금화를 받을 수 있는 용연향이었다. 그 고래에서는 용연향이 여섯 줌 정도 나왔지만, 어쩔 수 없이 바다에 내버린 건 더 많았다. 참다못한 에이해브가 스터브에게 당장 그만두고 배에 올라오지 않으면 여기서 작별이라고 호통치지 않았다면, 아마 더 많은 용연향을 손에 넣었을지도 모른다.

77 갈색이나 백색 향료가 든 세숫비누.

92
용연향

　그런데 이 용연향이 매우 별난 물질이고 상품으로서의 가치가 워낙 중요해서 1791년에는 낸터컷 출신의 코핀 선장이라는 사람이 이 문제로 영국 하원에서 심문을 받았다. 그 당시, 그리고 사실상 비교적 최근까지도 용연향의 정확한 기원은 호박(琥珀)처럼 풀리지 않은 문제로 남아 있었기 때문이다. 용연향*ambergris*이라는 말은 프랑스어로 회색 호박이라는 뜻이지만, 용연향과 호박은 전혀 다른 물질이다. 호박이 이따금 해안에서 발견되지만 내륙 깊숙한 곳의 흙 속에서도 채굴되는 반면, 용연향은 바다 이외의 지역에서는 발견되는 법이 없다. 게다가 파이프의 물부리나 목걸이 등의 장신구로 활용되는 호박은 단단하고 투명하며 부서지기 쉬운 데다 아무 냄새가 없는 반면, 용연향은 부드럽고 밀랍 같은 성질에 이루 말할 수 없이 향기롭고 향긋하기 때문에 주로 향수와 선향(線香), 고급 양초, 머리 분이나 머릿기름에 사용된다. 터키 사람들은 이걸 요리에 쓰고, 기독교도들이 로마의 성베드로 사원에 유향(乳香)을 가져가는 것과 같은 목적으로 메카 성지 순례에 용연향을 가져간다. 어떤 포도주 상인들은 풍미를 더하기 위해 소량의 용연향을 술통에 넣기도 한다.

그러니 고귀한 신사, 숙녀들이 병든 고래의 더러운 창자에서 꺼낸 향료를 만끽하며 즐거워하리라고 누가 상상이나 하겠는가! 그런데 실상이 그렇다. 일부에서는 용연향이 고래가 소화 불량에 걸리는 원인이라고 생각하고, 또 어떤 사람들은 소화 불량에 걸린 결과로 용연향이 생긴다고 주장한다. 그런 소화 불량을 어떻게 치료하는지에 대해서는 뭐라 말하기 힘들지만, 보트 서너 척에 브랜드레스 알약[78]을 실어다 먹인 다음 암석을 폭파하는 인부들처럼 안전한 거리까지 죽자 사자 도망치는 수밖에 없을 것이다.

깜빡 잊고 말을 안 했는데, 이 용연향에서는 뭔가 단단하고 둥글고 납작한 뼈 같은 것들이 나왔다. 처음에 스터브는 그게 선원의 바지 단추일 거라고 짐작했지만 나중에 알고 보니 다른 게 아니라 용연향 속에서 방부 처리된 작은 오징어 뼛조각이었다.

더없이 향기로운 용연향이 그렇게 지독한 부패 속에서 순결한 상태로 발견된다는 게 과연 대수롭지 않은 일일까? 성 바울이 「고린도서」에서 부패와 순결에 대해 한 말을 생각해 보라. 우리가 욕된 것으로 심기고 영광스러운 것으로 다시 살아난다고 하지 않았던가.[79] 또한 최고의 사향을 만들어 내는 것에 대해 파라셀수스[80]가 한 말도 떠올려 보라. 그리고 온갖 악취 나는 것들 중에 최악이 제조 초기 단계의 향수라

78 멜빌 시대에 널리 쓰인 하제.
79 「고린도전서」 15장 42절. 〈썩을 몸으로 묻히지만 썩지 않는 몸으로 다시 살아납니다.〉
80 스위스의 의학자 겸 화학자.

는 기이한 사실도 잊어서는 안 된다.

　이상의 설명으로 이번 장을 마무리하고 싶지만 고래잡이들이 자주 접하는 비난을 반박하고 싶은 마음에 그럴 수가 없는데, 기왕에 편견에 사로잡힌 사람들은 프랑스 선박의 두 마리 고래 이야기가 간접적으로나마 자신들의 비난을 정당화해 준다고 생각할지도 모른다. 이 책의 어딘가에서 나는 포경업을 전반적으로 더럽고 불결한 직업이라고 여기는 중상모략을 반박한 바 있다. 그런데 반박할 게 한 가지 더 있다. 사람들은 모든 고래가 항상 악취를 풍긴다는 식으로 얘기한다. 이런 가증스러운 낙인은 어디서 유래된 걸까?

　내가 생각하기에, 이 낙인의 유래는 그린란드의 포경선이 처음 런던 항에 입항한 2백여 년 전으로 거슬러 올라갈 수 있을 것 같다. 남양 포경선과 달리 그 나라 포경선들은 그때나 지금이나 바다에서 기름을 짜지 않고 신선한 지방을 잘게 잘라서 마개 구멍으로 큰 통에 우겨 넣은 채 고국으로 가져간다. 그린란드 빙해에서는 고래잡이 철이 짧은 데다 갑작스럽고 맹렬한 폭풍으로 인해 다른 방법을 쓸 수가 없다. 그런 탓에 그린란드 포경선이 부두에 들어와 선창을 열고 고래들의 공동묘지라고 할 수 있는 그 통을 하나 내려놓으면, 분만용 병원을 짓기 위해 옛 도시의 묘지를 파헤칠 때와 비슷한 냄새를 풍기게 된다.

　그런가 하면 고래잡이들에 대한 악의적인 이런 비난에는 또 다른 원인도 있을 것 같다. 옛날 그린란드 해안에는 슈메렌부르그, 또는 스메렌베르크라고 불리는 네덜란드 부락이 있었는데, 뒤의 이름은 학식이 높은 포고 폰 슬라크[81]가 냄새

81 스코스비 선장의 또 다른 별칭.

를 다룬 저술에 인용하기도 했다. 이름에서 알 수 있듯이(스메르: 지방 / 베르크: 저장하다) 이곳은 네덜란드 포경선이 고래를 고국까지 가져가지 않고 기름을 짤 수 있는 장소를 제공하기 위해 조성된 마을이었다. 마을에는 화덕과 정유솥, 기름 창고 등이 모여 있고, 작업이 한창일 때는 확실히 썩 유쾌하지 않은 냄새가 풍겼다. 그러나 남양의 향유고래 어선은 사정이 전혀 다르다. 4년 정도 항해를 하다 보면 선창이 기름으로 가득 차는데, 그 기름을 끓이는 데는 채 50일이 걸리지 않고, 그렇게 통에 담은 기름은 거의 냄새가 없다. 실제로 고래는 살았을 때나 죽었을 때에도 처리만 제대로 하면 절대로 악취를 풍기는 동물이 아니다. 중세 사람들은 코를 이용해서 무리 가운데 섞인 유대인을 찾아낼 수 있다는 듯 굴었지만, 고래잡이를 후각만으로 알아낼 수는 없다. 대체로 건강을 유지하고 그렇게 몸을 많이 움직이는 고래에게서 좋은 냄새가 나지 않을 도리가 없다. 그리고 비록 맑은 공기를 쐬는 경우는 드물지만 늘 야외에서 생활하는 향유고래가 물 위에서 꼬리를 움직이면 사향을 뿌린 귀부인이 따뜻한 객실에서 옷자락을 스치는 것 같은 향기를 발산한다. 그렇다면 그렇게 큰 몸집을 감안했을 때 향기로운 향유고래를 무엇에 비유하면 좋을까? 인도의 어느 마을에서 상아를 보석으로 장식하고 몰약 냄새를 풍기며 알렉산더 대왕에게 경의를 표했다는 유명한 코끼리에 비유해야 옳지 않을까?

93
버려진 자

프랑스 선박을 만나고 며칠 지나지 않았을 때, 피쿼드호의 선원들 중에서도 가장 보잘것없는 사내에게 대단히 중대한 일이 벌어졌다. 그건 말할 수 없이 통탄스러운 일이었으며, 때로는 미친 듯이 즐거우면서도 운명이 예정된 뱃사람들에게 얼마나 참담한 결말이 닥칠 수 있는지에 대한 생생하고 한결같은 예언을 들려주었다.

그런데 포경선 선원이라고 해서 모두가 추격 보트를 타는 건 아니다. 배지기라고 부르는 몇 명은 배에 남는데, 이들의 소임은 보트가 고래를 추격하는 동안 본선을 돌보는 것이다. 일반적으로는 배지기도 보트에 타는 선원들만큼 건장하다. 하지만 어쩌다 포경선에 어울리지 않게 체격이 왜소하고 일이 서툴거나 소심한 겁쟁이가 있으면, 어김없이 배지기가 된다. 피쿼드호에서는 피핀이라는 별명을 붙이고 그걸 다시 줄여서 핍이라고 부르던 검둥이 꼬마가 그랬다. 불쌍한 핍! 그는 앞에서 이미 등장한 적이 있는데, 저 극적이었던 한밤중에 우울하면서도 흥겹던 그의 탬버린 소리를 다들 기억할 것이다.

외모만으로 보면 핍과 찐빵 사환은 좋은 대조를 이루는데, 색은 다르지만 덩치가 비슷한 검은 망아지와 흰 망아지가 특이한 멍에에 한데 매인 것 같았다. 하지만 불쌍한 찐빵이 날 때부터 굼뜨고 머리 회전이 느린 반면, 핍은 마음이 지나치게 약하기는 해도 실제로는 매우 영특한 데다 흑인 특유의 유쾌하고 다정하고 흥겨운 총명함을 지녔다. 이들은 다른 어느 인종보다 더 활기차고 자유롭게 모든 축일과 축제를 즐긴다. 흑인들에게는 1년 365일이 전부 건국 기념일이고 설날이다. 그러니 이 검둥이 꼬마가 반짝반짝 빛났다고 말해도 웃지 마시라. 암흑도 광채를 갖기 때문이다. 왕의 진열장을 장식하는 반들반들한 흑단을 보라. 하지만 핍은 삶을 사랑했고 삶의 평화로운 안전을 사랑했기 때문에, 까닭도 모른 채 휘말린 끔찍한 사건은 너무나 안타깝게도 그의 총명함을 흐려 놓았다. 그러나 이제 곧 알게 되겠지만, 이렇게 일시적으로 억제되었던 그의 능력이 결국에는 이상하게 타오르는 거친 불빛으로 섬뜩하게 빛나면서 무슨 소설에서처럼 타고난 광채보다 그를 열 배쯤 더 돋보이게 해줄 운명이었다. 일찍이 그는 그런 타고난 광채로 고향인 코네티컷 주 톨랜드의 초원에서[82] 바이올린을 켜며 떠들썩한 자리에는 활기를 더하고, 잔잔한 저녁 무렵이면 흥겨운 웃음소리로 둥근 지평선을 별이 반짝이는 탬버린으로 바꿔 놓았다. 그리하여, 순수한 물방울 같은 다이아몬드는 한낮의 맑은 공기 속

---

[82] 핍은 27장에서 〈가여운 앨라배마 아이〉라고 나오는데, 205쪽에 〈고래를 팔면, 앨라배마에서 쳐주는 네 몸값〉 운운한 부분에서 짐작할 수 있듯이, 고향은 코네티컷이지만 앨라배마가 남부의 노예 주였기 때문에 〈검둥이 노예〉라는 의미로 그런 표현을 쓴 것 같다.

에서 핏줄이 파랗게 선 창백한 목에 걸렸을 때에도 건강한 광채를 발하지만, 가장 인상적인 광채를 과시하려는 교활한 보석상이라면 다이아몬드를 어두운 바닥에 내려놓은 다음 햇빛이 아닌 부자연스러운 가스등 불빛을 비출 것이다. 그렇게 하면 지독하게 탁월하고 강렬한 광채를 발한다. 그리하여 한때 수정처럼 맑은 하늘의 신성한 상징이었던 다이아몬드가 불길하게 타오르며 지옥의 마왕에게서 훔쳐 온 왕관의 보석처럼 보이게 된다. 하지만 다시 본론으로 돌아가 보자.

이런 일이 있었다. 용연향을 채취할 때 스터브의 보트 맨 뒤의 노잡이가 손을 접질리는 바람에 당분간 일을 할 수 없게 됐고, 그래서 임시로 핍이 그 자리에 배치됐다.

처음으로 스터브를 따라 보트를 타게 된 핍은 잔뜩 긴장했지만, 그때는 다행히 고래에 가까이 가는 상황을 피한 덕분에 완전히 창피를 당할 일은 없었다. 그래도 스터브는 그를 눈여겨봤고, 앞으로 필요할 상황이 많을 테니 용기를 최대한 북돋우라고 타이르는 걸 잊지 않았다.

그런데 두 번째로 보트를 바다에 내렸을 땐 고래 앞까지 다가갔고, 작살을 맞은 고래가 여느 때처럼 보트에 부딪혔는데, 공교롭게도 불쌍한 핍의 자리 바로 아래를 들이받았다. 당황한 핍은 저도 모르게 노를 쥔 채 벌떡 일어나다가 보트 밖으로 튕겨 나갔다. 그러는 와중에 늘어진 밧줄을 가슴으로 밀면서 뱃전 너머로 떨어졌고, 마침내 물에 빠졌을 땐 밧줄에 엉킨 신세가 됐다. 그런데 그 순간 작살을 맞은 고래가 맹렬히 도망치기 시작하면서 밧줄이 순식간에 팽팽해졌다. 그것도 급속도로! 불쌍한 핍은 가슴과 목에 밧줄을 몇 겹이나 칭칭 감은 채 보트의 밧줄 걸이까지 올라온 물거품에 휩싸여 무참히 끌려갔다.

그때 타슈테고는 뱃머리에 서 있었다. 사냥에 대한 열의로 가득한 그는 겁쟁이인 핍을 못마땅하게 여겼다. 그는 칼집에서 칼을 뽑아 예리한 날을 밧줄 위에 대고 스터브를 돌아보며 물었다. 「자를까요?」 그러는 동안 핍의 파랗게 질린 얼굴은 제발 잘라 달라고 간청하는 듯했다! 순식간에 벌어진 상황이었다. 모든 일이 불과 30초도 안 되는 사이에 일어났다.

「제기랄, 끊어라!」 스터브가 외쳤다. 그렇게 해서 고래는 놓치고 핍은 구조됐다.

불쌍한 검둥이 꼬마가 정신을 차리기 무섭게 선원들의 고함과 욕설이 쏟아졌다. 스터브는 마구잡이로 터져 나온 욕설이 잦아들 때까지 잠자코 기다렸다가, 분명하고 사무적이면서도 조금은 익살스럽게 핍을 공식적으로 나무랐다. 그런 이후에 비공식적으로는 좀 더 신중한 조언을 해주었다. 내용인즉슨, 「핍, 보트에서는 절대로 뛰어내려서는 안 된다, 다만……」 그러나 건전한 충고가 늘 그렇듯이 뒤의 내용은 모호했다. 아무튼 일반적으로 고래잡이들의 진짜배기 좌우명은 〈보트를 고수해라〉다. 하지만 가끔은 〈보트에서 뛰어내려라〉가 더 나은 상황도 발생한다. 그런데 상황을 감안하지 않고 곧이곧대로 조언했다가는 나중에 핍이 바다로 뛰어들 여지가 너무 크다는 걸 뒤늦게 알아차렸는지, 스터브는 충고를 하다 말고 단호한 명령으로 말을 맺었다. 「보트를 고수해라, 핍. 그렇지 않을 경우 하늘에 맹세코, 네가 바다에 뛰어들어도 너를 건져주지 않을 것이다. 명심해. 너 같은 놈 때문에 고래를 놓칠 수는 없어. 고래를 팔면, 앨라배마에서 쳐주는 네 몸값의 서른 배는 더 벌 수 있단 말이다. 이 얘기를 명심하고 앞으로는 절대 보트에서 뛰어내리지 마.」 여기서 스티브가 은연중에 내비친 것은 아무리 동료를 사랑하더라도 인간은 돈을 버는 동물인지라, 그 성향이 인정의 발로를 막을 때가 아주 많다는 것이었다.

그러나 우리는 모두 신의 손바닥 위에 있고, 핍은 다시 바다에 뛰어들었다. 첫 번째와 대단히 흡사한 상황이었지만, 이번에는 가슴으로 밧줄을 밀지 않아서 고래가 도망치기 시작했을 때 핍은 서두르는 바람에 내버리고 간 여행 가방처럼 홀로 바다에 버려졌다. 이를 어찌할꼬! 스터브는 자신이 한 말에 지나치게 충실했으니. 아름답고 풍요롭고 화창한 날이었다. 반짝이는 바다는 잔잔하고 시원했으며, 금박 세공사가 최대한 얇게 두드려 편 것처럼 수평선 끝까지 사방으로 평평하게 펼쳐졌다. 그 바다에서 출렁이며 오르내리는 핍의 까만 머리는 정향 봉오리 같았다. 핍이 눈 깜짝할 사이에 고물에서 떨어졌을 때 칼을 꺼내 든 사람은 아무도 없었고, 스터브는 매정하게 등을 돌렸으며, 고래는 날개라도 달린 것처럼 달아났다. 3분도 지나지 않아 스터브와 핍 사이에는 1~2킬로미터의 망망대해가 가로놓였다. 불쌍한 핍은 바다 한가운데에서 곱슬곱슬 물결치는 검은 머리를 돌려 태양을 향했다. 가장 높은 곳에서 가장 찬란히 빛났지만 홀로 외롭게 버려진 존재이기는 태양도 마찬가지였다.

헤엄치는 데 능숙한 사람이 바람 잔잔한 날 드넓은 바다에서 헤엄치기란 스프링 달린 마차를 타고 육지의 도로를 달리는 것만큼이나 쉽다. 그러나 끔찍한 외로움은 참을 수 없다. 이토록 무정하고 광막한 바다 한복판에서 치열하게 압박하는 자아의 집중! 아, 그걸 누가 알까? 바람 한 점 없이 잔잔한 바다에서 헤엄칠 때 뱃사람들이 배에 바싹 달라붙어 근처만 맴도는 걸 눈여겨보라.

하지만 스터브는 불쌍한 검둥이 꼬마를 정말로 운명에 내맡긴 걸까? 아니, 그렇지 않다. 아무튼, 그럴 의도는 아니었다. 뒤에 보트 두 척이 따라오니 그들이 신속히 다가가 핍을 건져 줄 거라고 생각한 게 틀림없다. 물론, 비슷한 상황에서 고래를 쫓는 선원들이 겁을 집어먹은 나머지 화를 자초한 노잡이에게 항상 그렇게 마음을 쓰는 건 아니다. 또한 그런 상황은 드물지 않게 일어난다. 포경업계에서 이른바 겁쟁이는 거의 예외 없이 해군이나 육군에서처럼 무자비한 경멸의 대상이다.

그런데 공교롭게도 보트들은 핍을 보지 못한 상태에서 갑자기 고래 떼가 한쪽 옆에 가까이 있는 걸 발견하고는 방향을 돌려 추격에 돌입했다. 스터브의 보트와는 이제 너무 멀어졌고, 스터브와 그의 선원들이 전부 고래에 집중한 나머지 핍을 둘러싼 수평선은 참담하게 넓어졌다. 결국 본선에 구출된 것도 순전히 우연이었다. 그리고 그때부터 검둥이 꼬마는 백치처럼 갑판을 배회했다. 아무튼 사람들 말로는 백치가 되어 버렸다고 했다. 바다는 조롱하듯 유한한 육체만을 물 위에 띄우고 무한한 영혼은 물속에 빠뜨렸다. 하지만 완전히 가라앉은 건 아니었다. 산 채로 엄청난 깊이까지 끌고 내려갔다. 그 아래에서는 그의 무력한 눈앞에서 왜곡되지 않은 원초적인 세계의 기이한 형상들이 미끄러지듯 오갔고, 지혜라는 이름의 인색한 인어 왕자가 산더미처럼 쌓인 보물을 내보였다. 즐겁고 무심하고 영원히 젊은 불사의 세계에서 핍은 신처럼 어디에나 존재하는 무수한 산호충이 물의 창공에서 광대한 천체를 들어 올리는 것을 보았다. 신의 발이 베틀의 발판을 밟는 것을 봤고, 그렇게 말했다. 그랬더니 동료들은 그가 미쳤다고 생각했다. 그렇다면 인간의 광기는 하늘의 분별이며, 인간사의 모든 논리를 벗어난 인간은 마침내 논리로 따질 경우 부조리하고 터무니없는 천상의 생각에 도달하게 된다. 그리하여 길흉을 초월하여 신처럼 불편부당하고 치우치지 않는 심정이 된다.

그 밖의 것들에 대해서는 스터브를 지나치게 책망하지 말기 바란다. 포경업계에서 이런 일은 일상다반사고, 이어지는 이야기에서 나 또한 어떻게 버림받는지 보게 될 터이니.

94
손 쥐어짜기

이렇게 호된 대가를 치르면서 추격한 스터브의 고래는 이윽고 피쿼드호의 뱃전에 매달렸고, 앞서 설명한 대로 자르고 끌어 올린 후 하이델베르크의 큰 통이라고 부르는 고래 머리에서 기름을 퍼내는 것까지 모든 작업이 차례차례 진행되었다.

몇몇이 이 마지막 작업에 몰두하는 동안 다른 선원들은 고래기름이 차는 족족 큰 통을 끌어냈다. 그리고 적절한 순서에 따라 고래기름을 정제하기에 앞서 신중한 처리를 거치는데, 그것에 대해서는 조만간 다시 얘기하기로 하자.

기름이 식으면서 어느 정도 결정(結晶)이 생겼고, 내가 몇몇 선원과 함께 콘스탄티누스 대제의 목욕탕[83]만큼이나 커다란 통 앞에 앉았을 무렵에는, 묘하게 굳어 덩어리진 기름이 액체 상태의 기름 속을 이리저리 굴러다녔다. 이 덩어리를 쥐어짜서 다시 액체로 만드는 게 우리가 할 일이었다. 얼마나 달콤하고 살살 녹는 임무인가! 옛날에 고래기름이 화장품으로 널리 쓰인 것도 놀랄 일이 아니다. 피부를 얼마나

83 콘스탄티누스 대제가 로마에 세운 공중목욕탕 단지.

맑게 해주는지! 얼마나 향기롭게 해주는지! 얼마나 부드럽게 해주는지! 얼마나 기분 좋게 진정시켜 주는지! 불과 몇 분 담갔을 뿐인데 손가락이 마치 장어라도 된 느낌이었고, 그렇게 뱀처럼 구불거렸다.

녹초가 되도록 힘들게 양묘기를 돌린 후에 평온하고 청명한 하늘 아래 돛을 늘인 채 바다 위를 조용히 미끄러지는 배의 갑판에서 그렇게 책상다리를 하고 편하게 앉아, 형성된 지 한 시간도 안 되는 투명한 조직의 부드럽고 순한 알갱이들 속에 손을 담그고, 그것들이 손가락 끝에서 몽글몽글 부서지며 완전히 무르익은 포도에서 즙이 나오듯 풍부한 기름을 뿜어낼 때, 순수한 향기, 그야말로 봄날의 제비꽃 같은 그 향기를 한껏 들이마시자니, 어느 순간 사향 냄새 진동하는 풀밭에 와 있는 기분이 들고, 우리의 끔찍한 저주 따위는 전부 잊은 채 말로는 뭐라 형언할 수 없는 경뇌유에 내 손과 마음을 모두 씻어 냈다. 경뇌유에 분노의 열기를 가라앉히는 진기한 효험이 있다는, 옛날 파라셀수스의 미신까지 믿게 될 지경이었다. 그 통에 손을 담그고 있는 동안 나는 세상의 모든 악의나 노여움, 또는 원한에서 벗어나 자유로워진 듯 홀가분했다.

쥐어짜고! 쥐어짜고! 쥐어짜고! 아침 내내 내가 녹아들어 갈 지경이 되도록 경뇌유를 쥐어짰다. 급기야 묘한 광기에 사로잡힐 때까지 경뇌유를 쥐어짰고, 나도 모르는 새에 동료의 손을 몽글몽글한 덩어리로 착각해서 쥐어짜는 일도 있었다. 이 작업을 하다 보면 넉넉하고 다정하고 상냥하고 사랑스러운 기분이 들기 때문에, 나는 계속해서 동료들의 손을 쥐어짜고 이렇게 말하듯이 그들의 눈을 정겹게 들여다보았다. 오! 친애하는 동료들이여, 우리가 어찌하여 더 이상 신랄한 감정을 품어야 하며 불쾌함이나 질투 같은 걸 느껴야 하는가! 자, 우리 다 함께 손을 쥐어짜세. 아니, 우리 서로의 손을 쥐어짜세. 다정함의 젖과 향유 속으로 우리를 아예 쥐어짜서 넣어 버리세.

영원토록 경뇌유를 짤 수 있다면! 하지만 나는 오래 반복된 경험을 통해 인간이란 어떤 경우에도 결국 자신이 얻을 수 있는 행복에 대한 환상을 낮추거나 최소한 변경해야 한다는 걸 알았다. 행복은 지성이나 공상이 아닌 아내와 사랑, 침대, 식탁, 안장과 난롯가, 시골 같은 곳에 놓아야 한다. 나는 이제 이런 것들을 모두 깨달았기 때문에 기름통을 영원토록 짤 준비가 되어 있었다. 밤에 그리는 환상의 상념 속에서 나는 줄지어 선 천사들이 저마다 경뇌유 통에 손을 담그고 있는 천국을 봤다.

경뇌유 얘기를 시작한 김에, 기름 정제를 위해 향유고래를 준비하는 과정에서 이와 관련된 몇 가지 사항을 언급할 필요가 있을 것 같다.

제일 먼저 백마(白馬)라는 게 있는데, 고래의 몸통이 가늘어지는 부분과 꼬리의 두툼한 부분에서 나온다. 응축된 힘줄(근육 다발)이 있어서 질기지만, 그래도 어느 정도는 기름이 들었다. 고래의 몸통에서 떼어 낸 백마는 일단 손으로 옮길 수 있는 크기의 장방형으로 잘랐다가 썰기 담당 선원에게 넘긴다. 장방형으로 자른 백마는 버크셔 대리석과 아주 흡사하다.

자두 푸딩이란, 지방층 담요 여기저기에 붙은 살점을 이르는 말로, 고래 고기의 기름진 성질에 상당한 기여를 할 때가 많다. 아주 상쾌하고 기분 좋고 아름다워 보이는 부위다. 이름에서 짐작할 수 있듯이 색채의 배합이 대단히 화려한데, 백설 같은 흰색과 황금색이 어우러진 바탕에 선명한 진홍색과 보라색 반점이 찍혀 있다. 시트론[84] 모양의 루비로 만든 자두 같다. 아무리 자제하려 해도 먹고 싶은 마음을 참기 힘들다. 고백하건대, 한번은 앞 돛대 뒤에 숨어 몰래 먹은 적도 있다. 뚱보 왕 루이[85]가 먹었음직한 왕실의 사슴 넓적다리 커틀릿, 그것도 샹파뉴 지방의 포도 작황이 이례적으로 좋았던 해의 사냥철 개시 첫날 잡은 사슴의 맛이 그럴 것 같다는 생각이 들었다.

이 작업 과정에서 나오는 아주 색다른 물건이 또 한 가지 있는데, 그건 적절하게 묘사하기가 아주 까다롭다. 진창이라고 부르는 것인데, 원래 고래잡이들이 붙인 이름이 이 물건의 성질을 잘 말해 준다. 이건 뭐라 표현할 수 없을 정도로 질척거리고 실처럼 늘어지며, 한참 동안 짜내기를 하다가 기름을 다른 곳에 따라 부은 경뇌유 통에서 주로 발견된다. 내가 생각하기에는 대단히 얇은 막이 찢어졌다가 다시 엉긴 것 같다.

이른바 찌꺼기는 참고래잡이들이 쓰는 말이지만, 향유고래 쪽에서도 어쩌다 무심코 사용한다. 이건 그린란드고래나 참고래의 등에서 긁어 낸 검은색의 점착성 물질을 의미하며, 대체로 급이 낮은 그런 고래들을 사냥하는 열등한 영혼들의 갑판을 뒤덮고 있다.

84 크고 울퉁불퉁한 레몬처럼 생긴 과일.
85 프랑스의 루이 6세.

집게. 이 말은 엄밀히 따지면 고래 계통에서 유래하지 않았다. 하지만 고래잡이들이 쓰면 고래 계통의 용어가 되는 법. 고래잡이들이 말하는 집게란 고래 꼬리가 가늘어지는 부분에서 잘라 낸 짧고 억센 힘줄을 뜻하는데, 두께는 평균 2.5센티미터 정도고, 크기는 괭이의 쇠붙이 부분과 비슷하다. 그 끝을 미끈거리는 갑판에 대고 밀면 가죽 걸레 같은 역할을 하면서, 뭐라 형언할 수 없는 힘을 발휘하는 마법처럼 모든 오물을 빨아들인다.

하지만 이렇게 잘 알려지지 않은 물질들에 대해 알고 싶으면, 지금 당장 지방 처리실로 내려가서 그곳 담당자들과 긴 이야기를 나누는 게 제일 좋다. 지방 처리실은 앞서 언급했듯이, 고래에서 벗겨 낸 지방층을 보관하는 곳이다. 여기 보관한 것들을 자를 때가 되면 처음 보는 사람들에게 이곳은 공포의 현장이 되는데, 그때가 밤이라면 더 말할 나위가 없다. 한쪽에 희미한 등불을 밝혀서 일꾼들이 일할 공간을 마련한다. 보통은 창과 갈고리를 든 사람과 고래 삽을 든 사람, 이렇게 둘이 짝을 지어 일을 한다. 포경용 창은 군함에 설치된 같은 이름의 무기와 흡사하고, 갈고리는 보트를 당기는 데 사용하는 갈고리 장대와 비슷하다. 갈고리를 쓰는 일꾼은 지방층을 갈고리로 찍고, 배가 곤두박질치거나 기우뚱거리더라도 미끄러지는 일이 없도록 노력한다. 그러는 사이에 고래 삽을 쥔 일꾼은 아예 지방층에 올라가서 그걸 수직으로 잘라 운반할 수 있는 백마 조각으로 나눈다. 이 삽은 숫돌로 최대한 날카롭게 갈아서 사용하는데, 고래 삽 일꾼은 신발을 신지 않고, 그가 서 있는 지방층은 발밑에서 썰매처럼 손써 볼 여지없이 미끄러진다. 그러니 그가 제 발가락

이나 보조 일꾼들의 발가락을 자른들 크게 놀랄 일이겠는
가? 지방 처리실에서 오래 일한 일꾼들은 발가락이 드물다.

95
사제복

고래 시체를 해부하는 중에 피쿼드호에 올라가 양묘기 근처를 지나간다면, 정체를 알 수 없는 아주 이상한 물건이 바람 불어 가는 쪽 배수구를 따라 길게 놓인 것을 보고 적잖은 호기심이 동하여 살펴보게 될 터다. 고래의 커다란 머리 안에 있는 놀라운 기름통도, 떼어 낸 아래턱의 비범한 모습이나 좌우 대칭을 이루는 꼬리의 경이로움도, 얼핏 눈에 들어온 이 불가해한 원뿔형 물체보다 더 놀랍지는 않을 것이다. 켄터키 사람보다 크고,[86] 밑부분 지름은 30센티미터에 달하며, 퀴퀘그의 흑단 우상인 요조처럼 새까맣다. 아닌 게 아니라 실제로 우상이다. 아무튼 예전에는 이와 비슷한 우상이 있었다. 유대의 왕비 마아가의 비밀 정원에서 발견된 것이었는데, 왕비가 그걸 우상으로 숭배하자 아들인 아사 왕이 어머니를 폐위하고 우상을 파괴한 후 기드론 시냇가에서 불살

86 멜빌은 작품에서 켄터키 사람의 체구를 두 번 언급하는데, 고래의 물건 가죽으로 만든 일종의 작업복을 비교한 이 부분과 105장에서 플리니우스가 고래 크기를 과장했다고 주장하기 위해 그 시대에 발굴된 미라가 켄터키 사람보다 크지 않다고 비교한 부분이다. 짐작할 만한 기록은 찾을 수 없지만, 어떤 이유에서인지 멜빌은 켄터키 사람의 체구를 평균치 정도로 생각한 것 같다.

랐다는 음울한 내용이 「열왕기상」 15장에 기술되어 있다.

동료 둘의 부축을 받으며, 뱃사람들이 대물(大物)이라고 부르는 걸 무겁게 짊어지고 어깨를 잔뜩 구부린 채, 전장에서 죽은 전우를 둘러메고 오는 척탄병마냥 비틀거리며 다가오는 썰기 담당 선원을 보라. 그걸 앞 갑판에 내려놓고는 아프리카 사냥꾼이 보아 뱀의 가죽을 벗기듯이 검은 가죽을 원통형으로 벗기기 시작한다. 일을 마친 다음에는 가죽을 바짓가랑이 뒤집듯 뒤집어 지름이 거의 두 배 가까이 늘어나도록 힘껏 당긴다. 이제 마지막으로 삭구에 넣고 잘 펴 말린다. 오래 놔두지 않고 다시 걷어다가 뾰족한 끝부분을 90센티미터쯤 잘라 내고 양쪽으로 팔을 끼울 구멍을 두 군데 길쭉하게 낸 다음 머리부터 집어넣어 입는다. 이제야 썰기 담당 선원은 자신의 소임에 딱 맞는 사제복을 차려입었다. 이 일을 해온 아주 오랜 옛날부터, 이 독특한 소임을 맡아 일하는 동안 그를 제대로 보호해 줄 수 있는 건 오직 이 옷뿐이다.

그의 소임은 지방층에서 떼어 낸 백마를 솥에 넣기 위해 잘게 써는 것이다. 꽁무니가 뱃전을 향하도록 세운 희한한 목마 위에서 이루어지며, 썬 조각은 열광적인 연사의 탁자에서 떨어지는 연설문 종이만큼이나 빠르게 밑에 받친 널찍한 통으로 떨어진다. 근사한 검은 옷을 차려입고 눈에 확 띄는 설교단에 올라 성서의 책장에 온 정신을 집중하다니, 고기를 써는 이 선원은 그럴싸한 대주교 후보이자 교황감이 아닌가![87]

87 성서의 책장! 성서의 책장! 이 말은 항해사들이 고기 써는 선원에게 외치는 상투어다. 조심해서 작업을 하는 한편으로 고기를 최대한 얇게 썰라는 당부인데, 그래야 기름을 끓이는 과정이 한결 빨라지고 양도 훨씬 늘어나며 질도 좋아지기 때문이다 — 원주.

96
정유 화덕

보트를 뱃전에 매달아 놓은 것과 더불어 미국 포경선의 외관상 특징 또 한 가지는 바로 기름을 정제하기 위한 화덕이다. 완전한 설비를 갖춘 미국 포경선은 참나무, 삼베 밧줄 외에 견고한 벽돌 구조물이 등장하는 희한한 조합을 보여 준다. 이건 벌판의 벽돌 가마를 갑판에 옮겨 놓은 것과 같다.

정유(精油) 화덕은 갑판 위에서 가장 널찍한 부분인 앞 돛대와 주 돛대 사이에 놓인다. 아래를 받치는 목재는 길이 3미터에 폭이 2.5미터쯤 되고 높이는 1.5미터에 달한다. 거의 벽돌과 모르타르로만 이루어진 단단한 덩어리의 무게를 지탱할 수 있을 만큼 특별히 단단한 목재를 사용한다. 토대는 갑판에 박혀 있지 않고, 벽돌 구조물을 전체적으로 단단히 조이는 무릎 모양의 묵직한 쇠를 밑받침 목재에 나사로 고정한다. 측면에는 판자를 댔고, 위는 비스듬히 기울어진 커다란 나무 뚜껑으로 완전히 덮었다. 이 나무 뚜껑을 열면 각각 몇 배럴 용량인 커다란 정유 솥 두 개가 나타난다. 사용하지 않을 때는 이걸 놀랄 만큼 깨끗하게 간수한다. 가끔씩 은으로 만든 펀치 볼처럼 번쩍거릴 때까지 활석과 모래로 광을 낸다. 세상이 못마땅한 늙은 선원들은 야간 당직을 서다가 솥 안으로 기어 들어가서 몸을 웅크린 채 한숨 자기도 한다. 두 사람이 나란히 서서 솥을 하나씩 맡고 닦을 때면, 가장자리 너머로 무수한 비밀 얘기가 오간다. 그곳은 또한 심오한 수학적 명상에 잠기는 곳이기도 하다. 내가 처음 뜻하지 않게 그 놀라운 사실을 깨달은 것도 왼쪽 솥에 들어가 부지런히 활석을 돌리며 광을 낼 때였다. 즉 기하학에서 사이클로이드 곡선을 따라 활강하는 모든 물체, 말하자면 내 활석이 곡선 상의 한 점에서 낙하하는 데 걸리는 시간은 항상 일정하다는 것이었다.

화덕 앞쪽 방화 판을 치우면 앞면의 벽돌 구조물이 드러나는데, 솥 바로 밑에는 쇠로 만든 아궁이 입구 두 개가 뚫려 있다. 아궁이에는 육중한 쇠문이 달렸다. 뜨거운 불기운이 갑판에 전해지지 않는 건 화덕 밑에 얕은 저수조가 있기 때문이다. 뒤에 달린 관으로는 뜨거운 물이 증발되는 속도에 맞춰 저수조에 물이 공급된다. 밖으로 난 굴뚝은 없고 뒤쪽 벽에 직접 구멍이 뚫려 있다. 그러면 이야기를 잠시 앞으로 돌려 보자.

이번 항해 들어 피쿼드호가 정유 화덕을 처음 가동했을 때는 밤 9시 무렵이었다. 작업의 감독은 스터브가 맡았다.

「모두 준비됐나? 그럼 뚜껑을 열고 작업을 시작해. 어이, 요리사. 화덕에 불을 지펴.」 그건 쉬운 일이었다. 항해하는 내내 목수가 대팻밥을 아궁이에 밀어 넣었기 때문이다. 여기서 해둘 말은, 포경 항해 중에 정유 화덕에 처음 불을 피울 때는 얼마 동안 나무만 때야 한다는 것이다. 그다음에는 주연료에 불을 빨리 붙여야 할 때를 제외하고는 나무를 쓰지 않는다. 기름을 짜내서 파삭하게 쪼그라든 지방층을 찌꺼기 또는 튀김이라고 하는데, 아직도 상당한 기름이 남아 있는 이 튀김으로 불을 땐다. 불길이 잦아들지 않는 순교자, 또는 자기 자신을 소진하는 염세주의자처럼 한번 불이 붙은 고래는 스스로 연료를 공급하며 제 몸으로 자신을 태운다. 연기까지 다 태워 없애 주면 좋으련만! 고래 연기를 들이마시는 건 고역이지만 도무지 들이마시지 않을 수 없는 데다 한동안 그 연기 속에서 살아야 한다. 거기서는 뭐라 말할 수 없는, 어딘가 미개한, 인도의 화장터 장작 근처에 도사린 것 같은 냄새가 난다. 최후의 심판을 받는 날 신의 왼쪽에 선 자들의 냄새, 지옥의 불구덩이를 입증하는 것 같은 냄새다.

한밤중이 되자 작업은 본격적으로 진행되었다. 고래의 잔해는 바다에 처리하고 돛을 폈다. 바람이 상쾌했다. 광막한 바다는 칠흑처럼 어두웠다. 그 어둠을 강렬한 불길이 핥았는데, 검댕으로 그을린 연기 구멍에서 이따금씩 날름거리는 불길은 저 유명한 그리스의 화공(火攻)처럼 하늘 높이 매달린 밧줄을 낱낱이 비추었다. 불타는 배는 거침없는 복수의 화신인 듯 돌진했다. 흡사 대담한 히드라 섬 사람 카나리스[88]가 역청과 유황을 싣고 한밤중에 항구를 떠난 뒤 넓은 돛에 불을 붙이고 돌진하여 터키 군함을 화염 속에 몰아넣었던, 쌍돛대 범선 같았다.

화덕에서 벗겨 낸 뚜껑은 이제 그 앞에 놓여서 넓은 화덕 바닥 역할을 했다. 뚜껑 위에는 으레 포경선의 화부 역할을 하는 이교도 작살잡이들이 지옥도 같은 모습으로 서 있었

88 에게 해에 있는 그리스령 섬 히드라 출신의 해군 장교이자 정치가. 그리스 독립 전쟁 당시 화공으로 투르크의 전함들을 격침해 명성을 얻었다.

다. 그들은 갈퀴처럼 끝이 갈라진 굵은 막대기로 쉭쉭거리는 비계 덩어리를 뜨거운 솥에 던져 넣었고, 그걸로 아래쪽 불길을 쑤석대면 뱀 같은 불길이 아궁이 문에서 일어나 그들의 발을 휘감자고 들었다. 연기는 육중한 뭉텅이를 이루어 굽이쳐 흘러갔다. 배가 출렁일 때마다 끓는 기름도 출렁였고, 기름은 선원들의 얼굴로 덤벼들고 싶어 안달이라도 난 것 같았다. 화덕 아궁이 맞은편으로 넓은 뚜껑 바닥 저편에 있는 양 묘기는 바다의 소파였다. 야간 당직 선원들은 딱히 할 일이 없으면 여기서 빈둥거리면서, 눈이 머릿속에 눌어붙는 느낌이 들 때까지 붉게 이글거리는 불길을 들여다봤다. 어느새 연기와 땀으로 얼룩진 그들의 황갈색 얼굴, 뒤엉킨 수염과 대조를 이루는 야만스레 번득이는 이빨, 이 모든 것이 변덕스럽게 피어오르는 화덕의 화려한 불길에 기묘하게 드러났다. 그들이 지독한 모험담을 주고받으며 오싹한 이야기를 우스갯소리 하듯 할 때, 야만적인 웃음소리가 아궁이의 불길처럼 튀어 오를 때, 그 앞에서 작살잡이들이 이리저리 오가며 갈래진 굵은 막대와 국자를 들고 격렬히 움직일 때, 바람이 울부짖고 바다는 넘실거리며 배가 신음 소리와 함께 곤두박질칠 때, 그러면서도 시뻘건 지옥의 불길을 바다와 밤의 암흑 속으로 흔들림 없이 점점 더 깊이 쏘아 보내고 입속의 흰 뼈를 경멸하듯 우적거리다 사방으로 심술궂게 뱉어 낼 때, 야만인들과 불을 싣고 시체를 태우며 검은 어둠 속으로 곤두박질하듯 돌진하는 피쿼드호는 선장의 편집광적인 영혼에 대응하는 물질처럼 보였다.

키를 잡고 서서 몇 시간 동안 이 화공선의 바닷길을 묵묵히 인도하자니 그런 생각이 들었다. 그러는 내내 어둠에 휩싸여 있었기 때문에 나는 다른 사람들의 붉은 광기와 요기(妖氣)를 더 잘 볼 수 있었다. 눈앞에서 연기와 불길에 싸여 날뛰는 악귀 같은 모습들을 계속 바라보자니 급기야 내 영혼에도 비슷한 환영이 일어났다. 한밤중에 키를 잡기만 하면 덮쳐드는 까닭 모를 졸음에 굴복하는 순간 그 환영들이 나타났다.

하지만 그날 밤에는 유난히 이상한(그 후로도 납득이 가지 않는) 일이 내게 일어났다. 선 채로 깜빡 졸다 흠칫 깨어난 나는 뭔가 단단히 잘못되었다는 생각에 섬뜩한 기분이 들었다. 고래 턱뼈로 만든 키의 손잡이가 거기 기댄 내 옆구리를 강타했고, 이제 막 바람에 떨리기 시작한 돛들이 나직하게 윙윙거리는 소리가 들렸다. 나는 눈을 뜨고 있다고 생각했다. 그리고 무의식적으로 손가락을 눈꺼풀에 대고 더 크게 벌리려고 했다. 그런데 이렇게까지 했건만 앞에 있는 키잡이 나침반을 볼 수 없었다. 꺼지지 않는 나침반 등불로 방위반을 읽은 게 불과 1분 전이었던 것 같은데, 지금 내 앞에는 번득이는 붉은 섬광 때문에 더 음산해 보이는 칠흑 같은 어둠뿐이었다. 제일 먼저 든 생각은, 나를 싣고 빠른 속도로 돌진하는 이 물체가 무엇이든 앞쪽의 안식처를 향해 간다기보다 뒤쪽의 안식처에서 도망친다는 것이었다. 죽음처럼 당혹스러운 느낌에 온몸이 뻣뻣해졌다. 나는 발작적으로 키의 손잡이를 움켜쥐었는데, 어찌된 영문인지 키가 무슨 마법에라도 걸려 거꾸로 뒤집혔다는 어처구니없는 망상에 사로잡혔다. 맙소사! 내가 왜 이러지? 이게 무슨 꼴이람. 깜빡 조는 동안 몸을 돌려서 뱃머리와 나침반을 등진 채 고물을 향하고 있었던 것이다. 얼른 뒤로 돌아선 나는 배가 바람 속으로 날아올라 뒤집힐 뻔한 상황을 가까스로 막았다. 밤의 이런 기이한 환각에서 깨어나, 역풍이 불러왔을 돌이킬 수 없는 재난을 피한 것이 얼마나 기쁘고 감사하던지.

　인간들이여, 불의 얼굴을 너무 오래 들여다보지 마라! 절대로 키를 잡은 채 꿈나라로 가지 마라! 나침반에 등을 돌리지 말고, 와락 잡아당기는 손잡이의 첫 번째 암시를 거부하지 말고, 사람이 피운 불의 붉은 기운이 모든 사물을 요괴처럼 만드는 걸 믿지 마라. 내일이면 자연의 햇빛 속에 하늘이 밝게 빛나고, 넘실대는 화염에 악마처럼 번득이던 자들도 아침이면 딴사람 같거나 적어도 더 다정한 모습을 보일 것이다. 금빛 찬란한 아름다운 태양만이 유일한 진짜 등불이며, 나머지는 전부 거짓말쟁이다!

　그럼에도 불구하고 태양은 버지니아의 대습지도 로마의 저주받은 평원도, 드넓은 사하라 사막, 달빛 아래 비애에 잠긴 길고 긴 그 사막도 감추지 않는다. 태양은 지구의 암흑면이자 지표면의 3분의 2를 덮은 바다도 감추지 않는다. 그러므로 내면에 슬픔보다 기쁨을 많이 지닌 인간은 진실할 수 없다. 진실하지 않거나 아직 성숙하지 못했거나 둘 중 하나다. 책도 마찬가지다. 가장 진실한 인간은 〈병고를 아는 사람〉[89]이고 가장 진실한 책은 솔로몬의 책[90]이며, 그중에서도 특히 「전도서」는 정교하게 단련된 비애의 강철이다. 〈세상만사 헛되다.〉 모든 것이. 이 강퍅한 세상은 그리스도를 알지

---

89 그리스도를 의미한다. 「이사야」 53장 3절에 〈사람들에게 멸시를 당하고 퇴박을 맞았다. 그는 고통을 겪고 병고를 아는 사람……〉이라는 구절이 있다.

90 구약 성경 중 「잠언」, 「전도서」, 「아가」를 말한다.

못한 솔로몬의 지혜조차 아직 파악하지 못하고 있다. 그러나 병원과 감옥을 교묘히 피하고 묘지를 빠른 걸음으로 가로지르며, 지옥보다는 오페라에 대해 이야기하려는 자는 쿠퍼와 영, 파스칼과 루소를 모두 불쌍한 병자라고 부르고, 태평한 인생 내내 라블레를 들먹이는 것으로 알량한 지혜를 자랑하며 명랑하게 살아간다.[91] 그런 인간은 묘석 위에 앉아 깊이를 가늠할 수 없이 위대한 솔로몬과 함께 푸르고 축축한 흙을 파기에 적합하지 않다.

하지만 솔로몬마저도 이렇게 말했다. 〈슬기로운 길을 버리는 사람은 수명을 못 채우고 저승 사람이 된다.〉 그렇다면 불길이 그대를 거꾸로 돌려세워 감각을 둔하게 만들지 않도록 그대 자신을 불에 내맡겨서는 안 된다. 비애인 지혜가 있지만 광기인 비애도 있으니. 그리고 어떤 영혼 속에는 캐츠킬 산의 독수리가 살아서 어두운 골짜기로 급강하했다가 다시 솟구치며 눈부신 창공으로 모습을 감출 수도 있다. 그리고 독수리가 설사 영원히 골짜기 안에서만 날아다니더라도 그 골짜기는 산중에 있다. 그렇기 때문에 산 독수리는 아무리 낮게 급강하해도 평원에서 솟아오르는 다른 새들보다 여전히 더 높은 곳에 있다.

---

91 『가르강튀아와 팡타그뤼엘』에서 드러난 가볍고 명랑한 라블레의 시각을 솔로몬과 반대되는 태도라고 본 것이다. 즉 철학자를 향해 혀를 차고 경박한 즐거움을 과시하며, 그리스도보다 이전 사람인 솔로몬의 지혜조차 깨닫지 못한 채 생각 없이 살아가는 사람들의 모습을 한탄한 것이다.

97
등불

피쿼드호의 정유 화덕 옆에 있다가 비번인 선원들이 잠을 자는 앞 갑판으로 내려간다면 문득 시성(諡聖)한 왕과 섭정을 모신 찬란한 사당에 들어온 듯한 착각이 들지도 모른다. 선원들은 떡갈나무로 만든 세모난 지하 납골 묘에서 저마다 조각처럼 입을 다문 채 누워 있고, 두건을 뒤집어 쓴 그들의 눈 위에서는 등불 몇십 개가 번쩍인다.

상선에서는 선원용 기름이 왕비의 젖보다 귀하다. 어둠 속에서 옷을 입고 어둠 속에서 밥을 먹고 어둠 속에서 더듬더듬 침상을 찾아가는 게 흔한 일상이다. 하지만 포경 선원들은 빛의 먹이를 잡으러 다니고, 그렇기 때문에 빛 속에서 생활한다. 그들은 침상을 알라딘의 램프로 만들고 그 속에 눕는다. 그래서 아무리 칠흑처럼 어두운 밤이라도 배의 검은 선체에는 밝은 빛이 가득하다.

한 손에 등잔 여러 개를 움켜쥐고(비록 낡은 병이나 약병에 불과할 때가 많지만) 정유 화덕의 구리 냉각기로 가서 큰 통의 맥주를 따르듯 거리낌 없이 기름을 채우는 고래잡이들을 보라. 심지어 가공되지 않았기 때문에 가치도 손상되지 않은 가장 순수한 기름, 해나 달, 또는 별 모양의 육지 등잔은 구경도 해본 적 없는 그 액체를 태운다. 그것은 4월의 싱싱한 풀을 뜯어 먹은 소젖으로 만든 버터처럼 향기롭다. 고래잡이들은 초원의 나그네가 저녁거리를 사냥하듯, 기름의 신선함과 순수함을 확신할 수 있도록 기름을 사냥하러 나간다.

98
쌓고 치우기

멀리 있는 커다란 바다 괴물을 돛대 꼭대기에서 어떻게 발견하고, 망망한 바다에서 그걸 어떻게 추격하여 깊은 골짜기에서 도살한 다음, 어떻게 뱃전까지 끌고 와 머리를 자르는지, 그리고 어떻게 (저 옛날 망나니가 사형수의 옷을 취할 자격을 가지던 것과 동일한 원칙에 따라) 고래의 두툼한 외투가 사형 집행자들의 소유가 되는지, 적절한 때가 되면 죽은 고래를 어떻게 솥에 넣고, 사드락과 메삭과 아벳느고[92]처럼 경뇌와 기름과 뼈가 손상되지 않은 채 불을 빠져나오는지는 앞에서 이미 이야기했다. 하지만 기름을 통에 붓고 그 통을 선창에 옮기는 낭만적인 과정을 자세히 나열하여(할 수만 있다면 노래로라도 읊어서) 이 부분의 설명을 마무리하는 일이 아직 남아 있다. 그곳에서 바다 괴물은 다시 한 번 태어난 심해로 돌아가 예전에 그랬듯이 수면 밑을 미끄러져 다니지만, 오호 통재라! 두 번 다시 수면 위로 올라와 물기둥을

92 「다니엘서」에 나오는 다니엘의 세 친구로, 바빌로니아 왕 느부갓네살(네부카드네자르)이 만든 황금 상을 경배하기 거부하여 타오르는 풀무 불에 던져지지만 아무런 해도 입지 않고 빠져나온다.

뿜을 수는 없다.

기름은 뜨거운 펀치처럼 아직 따뜻할 때 6배럴들이 통에 붓는데, 심야의 바다에서 배가 굽이치며 이리저리 흔들리면 엄청나게 큰 통이 빙빙 돌며 뒤집히고 때로는 산사태라도 일어난 것처럼 미끄러운 갑판 위를 위험하게 돌진하다가 선원들이 붙들어야 질주를 멈춘다. 그러면 선원들은 너 나 없이 달려들어 테두리를 따라 탕탕, 망치질을 한다. 그때만큼은 모든 선원의 직책이 통장이가 되기 때문이다.

마침내 마지막 한 방울까지 통에 담아 완전히 식히면, 커다란 선창의 입구가 열리면서 배의 배 속이 드러나고 통은 그곳으로 내려가 바다에서 마지막 안식을 취한다. 이 일이 끝나면 벽장을 벽으로 막아 버리듯이 선창을 닫아 밀폐한다.

이건 향유고래잡이에서 고래 포획과 관련된 모든 일 가운데 가장 인상적인 작업일 것이다. 어느 날 갑판이 피와 기름으로 홍수가 지고, 신성한 뒤쪽 갑판에는 큼직한 고래 머리가 불경하게 쌓인다. 녹슨 커다란 통들이 양조장 마당처럼 여기저기 널려 있고, 정유 화덕에서 피어오르는 연기에 뱃전은 온통 그을음으로 뒤덮인다. 선원들은 기름 범벅이 된 채 돌아다니고, 배 전체가 커다란 바다 괴물이 된 것처럼 보이는 가운데 사방에서 귀가 먹먹한 소음이 들려온다.

하지만 하루나 이틀쯤 지나 같은 배에서 주위를 둘러보고 귀를 기울여 보라. 고자질쟁이 같은 보트와 정유 화덕만 아니라면, 더없이 꼼꼼하고 깔끔한 선장이 지휘하는 조용한 상선에 올라탔다고 맹세라도 할 것이다. 정제되지 않은 고래기름은 독특한 세정력을 지닌다. 이른바 〈기름 작업〉을 마친 직후에 갑판이 유난히 하얗게 보이는 건 그 때문이다. 그뿐 아니라 고래의 부산물을 태운 재로는 강력한 잿물을 쉽게 만들 수 있어서, 고래 등의 끈끈한 물질이 뱃전에 달라붙더라도 이 잿물로 순식간에 말끔히 지울 수 있다. 선원들은 물통과 걸레를 가지고 부지런히 뱃전을 오가며 배를 다시 깨끗하게 되돌려 놓는다. 아래쪽 삭구에 묻은 검댕은 솔로 털어 낸다. 기름 작업에 쓴 수많은 도구들도 정성껏 씻어서 간수한다. 커다란 뚜껑은 북북 문질러 정유 솥이 완전히 가려지도록 화덕에 덮는다. 통은 전부 사라졌고, 밧줄도 감아서 눈에 띄지 않는 구석에 정리한다. 거의 모든 선원이 합심해서 한꺼번에 일을 하기 때문에 이 꼼꼼한 작업이 모두 끝나면 이번엔 선원들이 목욕재계를 할 차례다. 이들은 머리부터 발끝까지 완전히 탈바꿈하고는 급기야 깔끔하기로 소문난 네덜란드에서 막 배에 올라탄 신랑만큼이나 생생하고 상기된 모습으로 깨끗한 갑판에 나온다.

그러고는 두셋씩 짝을 지어 갑판을 사뿐사뿐 거닐며 거실과 소파, 카펫, 그리고 고급 삼베에 대해 익살스레 얘기를 주고받는다. 갑판에 멍석을 깔자는 둥, 장루에 장식 벽걸이를 걸자는 둥, 달이 뜨면 앞 갑판 광장에서 차를 한잔 마시는 것도 좋은 생각이라며 떠들어 댄다. 이때 이 고상한 선원들에게 기름이라든가 뼈, 지방 얘기를 꺼내는 건 무례한 짓이다. 넌지시 운을 떼어 봐야 그들은 통 모르는 소리일 테니. 저리가, 가서 냅킨이나 좀 가져와!

하지만 보라. 저 위쪽 돛대 머리 세 곳에는 세 사람이 버티고 서서 더 많은 고래를 찾기 위해 혈안이다. 고래를 잡으면 또다시 오래된 떡갈나무 선구를 더럽히고 최소한 어딘가에 작은 기름 얼룩 하나라도 남길 게 틀림없다. 맞다. 그리고 이런 일은 부지기수다. 밤낮없이 아흔여섯 시간을 내리 고된 노동을 한 다음이거나, 적도를 따라 온종일 노를 젓느라 손목이 퉁퉁 부은 채 보트에서 겨우 갑판에 오르자마자 커다란 사슬을 옮기고, 무거운 양묘기를 감아올리고, 고래를 자르고 베고, 그러고는 땀범벅이 된 채로 연기를 들이마시고, 적도의 태양도 모자라 적도의 정유 화덕까지 가세한 불길에 새로이 몸을 태우고, 이런 작업을 마치자마자 마지막 남은 힘으로 배를 청소해서 얼룩 한 점 없는 낙농장 수준으로 만들었더니, 이 가여운 친구들이 깨끗한 작업복의 맨 위 단추를 막 채우자마자 〈저기 고래가 물을 뿜는다!〉는 소리에 깜짝 놀라 또 다른 고래와 싸우러 나가서, 넌더리 나는 이 모든 작업을 또다시 되풀이할 때가 많다. 오! 벗님네여, 이건 사람 잡는 노릇이다! 그러나 이런 게 인생이다. 우리 인간이란 오랜 노동 끝에 세상이라는 커다란 배에서 적지만 귀중한 고래기름을 뽑아낸 후 지긋지긋한 인내심을 발휘하여 몸의 오물을 깨끗이 씻어 내고 영혼의 거처를 깨끗이 유지하며 사는 법을 터득하자마자, 그러기 무섭게 〈저기 고래가 물을 뿜는다!〉 이 외침에 영혼이 사로잡혀 또 다른 세계와 싸우기 위해 노를 젓는다. 젊은 날의 낡은 일상을 되풀이한다.

오, 윤회여! 오, 피타고라스여! 2천 년 전에 빛나는 그리스에서 죽은 지극히 선량하고 지극히 현명하며 지극히 온순했던 이여. 나는 지난 항해에서 그대와 함께 페루 해안을 지나갔고, 비록 나도 잘 모르나마 무지한 풋내기 소년인 그대에게 밧줄 가닥을 꼬아 연결하는 법을 가르쳐 주었다.

99
스페인 금화

　에이해브에게 나침반 함과 주 돛대 사이를 규칙적으로 오
가며 뒤쪽 갑판을 거니는 버릇이 있다는 이야기는 앞서 했지
만, 할 얘기가 너무 많은 나머지 미처 덧붙이지 못한 게 있는
데, 이따금 유난히 침울한 기분으로 갑판을 걸을 때면 한쪽
끝에서 방향을 틀다가 멈춰 선 채 눈앞에 있는 특정한 사물
을 별스럽게 바라보는 버릇이 있다는 것이다. 나침반 함 앞
에서 걸음을 멈추고 나침반 바늘에 시선을 고정할 때는 눈빛
이 마치 목표를 겨눈 창 같고, 다시 걸음을 옮겨 주 돛대에서
또 멈출 때에는 대못 같은 조금 전의 시선을 그곳에 못 박아
놓은 금화에 고정했다. 표정도 그렇게 못처럼 완고했지만, 거
기엔 희망까지는 아니더라도 격한 갈망의 빛이 어려 있었다.
　그런데 어느 날 아침에는 스페인 금화 앞에서 몸을 돌리려
다가 기이한 도안과 문자에 새삼 마음이 끌렸는지, 그게 무
슨 의미일까 그제야 비로소 편집광답게 직접 해석하기 시작
하는 것 같았다. 물론 만물에는 일정한 의미가 담겨 있다. 그
렇지 않다면 만물의 가치는 미미할 테고 둥그런 이 세상도
그저 텅 빈 영(零)과 같아서 보스턴 인근의 언덕처럼 몇 수레

씩 퍼 담아 은하수의 늪을 메우라고 팔아 치울 가치밖에 없을 것이다.

그런데 이 금화는 황금 모래펄을 동서로 흐르는 수많은 팍톨루스 강[93]의 발원지인 어느 아름다운 골짜기에서 캐어 한 번도 사용한 적 없는 아주 순수한 황금으로 만들었다. 지금이야 녹슨 쇠못과 녹청 덮인 구리 못 틈에 박힌 신세가 됐지만, 여전히 함부로 손댈 수 없고 어떤 불결함에도 물들지 않은 채 키토의 광채를 그대로 간직했다. 비록 무지막지한 선원들 사이에 놓여 시종 무지막지한 손들이 그 앞을 지나며, 지금껏 누가 훔칠 마음을 먹고 접근해도 모를 만큼 짙은 어둠 속에서 밤을 보냈지만, 그런데도 번번이 해가 뜨면 금화는 해 질 녘에 있던 그 자리를 그대로 지키고 있었다. 그건 숭고한 목적을 위해 바쳐진 특별한 금화이기 때문이었다. 뱃사람들의 생활이 방만하다지만, 그들은 한마음으로 그걸 흰 고래 부적처럼 여겼다. 지루한 밤 당직을 설 때면 그 앞으로 가서 이게 결국 누구 차지가 될 것인지, 그 사람이 과연 살아서 이걸 쓸 수 있을지 궁금해하며 얘기를 나눴다.

그런데 남아메리카의 이 고귀한 금화는 태양의 훈장이고 열대의 기념물이다. 여기에는 야자수와 알파카와 화산, 둥근 해와 별, 일식과 월식, 풍요의 뿔, 멋지게 나부끼는 깃발 등이 화려하게 새겨져서 스페인의 시적이고 화려한 주조 과정을 거친 덕분에, 귀중한 금에 가치와 영광이 더해진 것처럼 보일 정도다.

피쿼드호의 스페인 금화는 마침 그중에서도 가장 화려한 종

93 그리스 신화에서, 미다스 왕이 이 팍톨루스 강에 몸을 담가 만지는 것마다 황금으로 변하던 저주를 씻어 낸다.

류에 속했다. 둥근 가장자리에는 REPUBLICA DEL ECUA-DOR: QUITO(에콰도르 공화국: 키토)라는 글자가 새겨져 있었다. 그러니까 이 반짝이는 동전은 세계의 한가운데 자리 잡고 있으며 적도*equator* 아래쪽이라 이름을 에콰도르라고 붙인 나라에서 왔으며, 동전을 주조한 곳은 여름이 저물지 않아 가을을 모르는 안데스 산맥의 중턱이었다. 글자가 둘러싼 그림은 안데스의 세 봉우리처럼 보이는데, 봉우리 한 곳에서는 불길이 솟고 또 한 곳에는 탑이 서 있으며 세 번째에서는 수탉이 운다. 그리고 황도 12궁의 아치가 그 세 봉우리를 덮었는데, 모두 익숙한 카발라[94] 상징으로 표현되었고 중앙에 놓인 태양은 천칭자리의 분점[95]에 들어가고 있다.

에이해브는 적도의 금화 앞에 걸음을 멈췄고, 그런 그를 지켜보는 눈이 없지 않았다.

「산봉우리와 탑, 뭐든 웅장하고 높은 것에는 어떤 식으로든 자부심이 어리기 마련이지. 이것 좀 봐. 악마처럼 으스대는 세 봉우리를. 견고한 탑, 그건 에이해브고. 화산, 그것도 에이해브고. 용감하고 씩씩하고 의기양양한 수탉, 그것도 에이해브지. 전부 에이해브야. 그리고 이 둥근 금화는 더 둥근 지구의 형상이며, 마법사의 거울처럼 들여다보는 사람마다 그의 신비로운 자아를 되비쳐 주지. 그 신비를 풀어 달라고 세상에 부탁하는 자는 들이는 수고에 비해 얻는 게 적어. 세계는 스스로의 문제도 풀 수 없거든. 보아하니, 동전 속 이 태양은 얼굴이 상기된 것 같군. 하지만 이걸 봐! 태양이 폭풍의 상징인 분점으로 들어가고 있어! 양자리에서 앞의 분점

94 유대교 신비주의 철학.
95 태양이 적도를 통과하는 점. 춘분점, 추분점이 있다.

을 통과한 게 여섯 달 전인데! 폭풍에서 폭풍으로! 그러라지. 격통 속에 태어난 자라면 비탄 속에 살다가 고통 속에 죽는 것이 마땅해! 그러니, 그러라지! 재난이 덤벼들어 볼 억센 상대가 여기 있다. 그러니, 그러라지.」

「어떤 요정의 손가락도 저 금화를 움켜쥘 수 없었겠지만, 어제 이후로 악마의 발톱이 저기에 자국을 남긴 게 틀림없어.」 스타벅은 뱃전에 기댄 채 혼자 중얼거렸다. 「저 노인네는 벨사살의 무시무시한 글을 읽는 것 같군.[96] 나는 저 동전을 자세히 들여다본 적이 없는데. 노인네가 아래로 내려가니 어디 나도 한번 읽어 볼까. 하늘에 닿을 것처럼 솟은 웅장한 세 봉우리는 어렴풋하나마 지상의 삼위일체를 상징하는 것 같고, 그 사이에 어두운 골짜기가 있구나. 그러니까 이 죽음의 골짜기에서 하느님이 우리를 보호하시고, 우리의 모든 암울함 위로 정의의 태양이 등대이자 희망의 빛이 되어 주는 거야. 시선을 아래로 내리면 어두운 골짜기에 하찮은 흙이 보이지만, 눈을 들면 밝은 태양이 중간까지 마중 나와 기운을 북돋아 준다. 하지만 오, 위대한 태양은 부동의 존재가 아니어서, 한밤중에 태양에게서 달콤한 위안을 얻고자 아무리 하늘을 올려다본들 아무 소용이 없네! 이 동전은 현명하고 온화하게 진실을 말하고 있지만, 그 말이 내게는 슬프게 들린다. 진실이 나를 부당하게 뒤흔들지 않도록 이쯤에서 그만두자.」

「무굴 영감이 나오셨군.」 스터브는 정유 화덕 옆에서 혼잣

---

96 벨사살은 고대 바빌로니아 제국의 마지막 왕. 구약 성서에서, 벨사살 왕이 잔치를 벌일 때 사람의 손가락이 나타나 석회 벽에 벨사살(벨사자르)의 죽음과 바빌로니아 왕국의 멸망을 예언하는 글을 썼다.

말을 했다. 「이때껏 저걸 뚫어져라 보더니 이번엔 스타벅이 똑같이 하고 있네. 둘 다 얼굴이, 뭐랄까, 아홉 길만큼 늘어졌는데 전부 금화 한 닢을 쳐다봤기 때문이야. 내가 니그로 언덕이나 콜리어스 곶에서 저걸 손에 넣었다면 오래 들여다볼 것도 없이 써버렸을 텐데. 흥! 보잘것없고 하찮은 내 소견으로는 좀 이상해. 나도 항해를 하면서 스페인 금화를 본 적이 있거든. 옛날 스페인 금화, 페루 금화, 칠레 금화, 볼리비아 금화, 포파얀[97] 금화. 포르투갈과 브라질과 스페인의 금화들. 요하네스와 반 요하네스와 반의 반 요하네스 금화도 잔뜩 봤단 말이야. 그런데 이 적도 금화가 뭐 그렇게 엄청나게 대단하다는 거야? 젠장, 어디 한번 보자. 오호라! 무슨 계시와 기적 같은 것들이 있기는 있군! 보디치 영감이 책에서 12궁도라고 부른 것인데, 저 아래 선실에 있는 내 역법서(曆法書)에도 그렇게 나와 있어. 다볼[98]의 산수책으로 악마를 불러낼 수 있다는 얘기도 있으니, 매사추세츠 역법서로 이 구불구불 괴상한 기호의 뜻을 풀어 보자. 여기 책이 있군. 어디 보자. 계시와 기적. 그리고 태양. 태양은 늘 끼어 있단 말이야. 흠, 흠, 흠. 여기도 있고 저기도 있고. 전부 생기가 넘쳐. 양자리의 숫양, 황소자리의 황소! 이건 쌍둥이자리의 쌍둥이군. 그리고 태양은 별들 틈에서 돌고. 그래, 여기 이 동전에서는 태양이 원을 이룬 12궁 가운데 두 별자리 사이의 문지방을 막 넘어가고 있구나. 책! 거기 가만히 있지 못해. 사실, 너희 책들은 분수를 알아야 해. 너희는 단순한 말과 사실

97 콜롬비아 서남부의 도시.
98 네이선 다볼은 미국 교사로, 그가 1799년에 쓴 『교사용 참고서』는 산수 교과서로 널리 사용되었다.

을 전달할 뿐이고, 거기에 생각을 공급하는 건 우리잖아. 아무튼 매사추세츠 역법서와 보디치의 항해술서, 그리고 다볼의 산수책 정도에 불과한 내 얕은 경험으로는 그래. 계시와 기적이라고? 계시에 놀라운 게 없고 기적에 의미심장한 게 없다면 안타까운 일이지! 어딘가에 단서가 있을 거야. 잠깐, 쉬잇. 들어 봐! 세상에! 찾았다! 이봐 금화, 여기 있는 12궁도는 인간의 일생을 하나의 원에 담아 낸 거야. 이제 그걸 차례대로 읽어 볼게, 책에 적힌 그대로. 역법, 이리 와! 시작해 보자. 양자리의 숫양 — 호색한 개, 이게 우리를 낳지. 그다음은 황소자리의 황소 — 이건 제일 먼저 우리를 들이받아. 그다음 쌍둥이자리의 쌍둥이 — 그러니까 선과 악이지. 우리는 선에 이르려고 노력하는데, 그때 이게 웬일이야! 게자리의 게가 우리를 다시 끌고 가네. 그래서 선에서 나오면 이번에는 사자자리의 사자가 으르렁거리며 길에 누웠다가 우리를 사납게 물어뜯고 험악한 앞발로 때려. 우리는 달아나면서 처녀자리의 처녀를 큰 소리로 부르지! 그건 우리의 첫사랑이야. 우리는 결혼해서 영원히 행복할 거라고 생각하지만 그때 불쑥 천칭자리의 저울이 등장해서 행복을 저울에 달아 보고는 무게가 부족하다는 걸 알게 돼. 그 사실에 몹시 상심할 때 전갈자리의 전갈이 우리 엉덩이를 찌르는 바람에 펄쩍 뛰어오르지. 상처를 치료할 때 사방에서 화살이 쌩쌩 날아드는데, 그건 궁수자리의 궁수가 장난을 치는 거야. 그 화살대를 뽑을 때, 저리 비켜라, 전속력으로 달려드는 염소자리 염소의 뿔에 받혀 고꾸라지면, 그때 물병자리의 물병이 홍수를 쏟아부어 우리를 익사시키지. 그러면 우리는 물고기자리의 물고기들 사이에서 잠드는 거야. 이게 높은 하늘에 적힌 설교 말씀인데, 태양은 해마다 그 사이를 지나면서도 생생하고 건강하단 말이야. 태양이 저 높은 곳에서 간난신고를 명랑하게 통과한다면, 여기 이 낮은 곳의 명랑한 스터브도 마찬가지란 말씀. 아, 명랑이여 영원하라! 잘 있어라, 금화야! 하지만 잠깐! 저기 왕대공 녀석이 오는군. 정유 화덕 뒤에 몸을 숨기고 녀석이 무슨 말을 하는지 들어 보자. 그래, 녀석이 저 앞에 섰구나. 이제 곧 무슨 말을 지껄이겠지. 그래, 그래. 시작하네.」

「여기서 보이는 거라곤 금으로 만든 둥그런 물건뿐이고, 누구든지 그 뭐라는 고래를 잡기만 하면 이 둥그런 물건을 차지하게 돼. 그런데 왜 다들 이걸 노려보는 거지? 이것의 값어치가 16달러라는 것, 그건 사실이야. 2센트짜리 시가를 9백하고도 60개나 살 수 있는 돈이지. 나야 스터브처럼 더러운 파이프는 피우지 않지만 시가는 좋아하니까, 여기 시가가 960개 있는 거라고. 그래서 이 플래스크도 이렇게 고래를 찾으러 돛대로 올라가는 거야.」

「저걸 현명하다고 해야 할까, 어리석다고 해야 할까? 진정으로 현명하다고 하기엔 어리석어 보이고, 진정으로 어리석다고 하기엔 어딘가 현명해 보인단 말이지. 하지만, 잠깐. 저기 맨 섬 영감이 나오는군. 바다 일을 시작하기 전에 저 영감은 영구차를 몰았을 게 틀림없어. 금화 앞으로 가네. 아니, 돛대 반대편으로 돌아가잖아. 그쪽엔 말굽이 박혀 있는데. 아, 다시 돌아오는군. 뭐하자는 거지? 들어 보자! 뭔가 중얼거리고 있어. 목소리하고는. 꼭 낡아 빠진 커피 분쇄기 같네. 귀를 쫑긋 세우고 들어야겠다!」

「흰 고래를 잡아 올린다면 한 달 하고 하루 뒤, 태양이 여기 이 상징들 가운데 한곳에 들었을 때일 거야. 나는 상징을 연구했기 때문에 이 표시들을 잘 알지. 40년 전에 코펜하겐의 늙은 마녀가 가르쳐 줬거든. 어디 보자, 그때 태양은 어떤 자리에 있게 될까? 말굽 표시. 금화 바로 뒤에 말굽이 있으니까. 그런데 말굽 표시가 뭐지? 사자가 말굽 표시야. 으르렁거리며 먹이를 먹어 치우는 사자. 배여, 낡은 배여! 그대를 생각하니 내 늙은 머리가 지끈거리는구나.」

「또 다른 해석이 나왔네. 원문은 그대로 하나인데. 하나뿐인 세상에 인간은 오만 가지니. 자, 또 몸을 숨겨라! 퀴퀘그가 온다. 온몸이 문신투성이라 꼭 12궁도처럼 보이네. 저 식인종 녀석은 뭐라고 할까? 아니 저건 기호를 비교하는 건가 본데. 제 대퇴골을 보고 있어. 태양이 넓적다리나 장딴지나 창자에 있다고 생각하는 모양이지. 산골 오지 노파들이 외과 의사의 천문학을 말하는 것 같군. 이런 세상에. 녀석이 제 넓적다리 언저리에서 뭔가를 발견했나 봐. 궁수자리의 궁수가 아닐까. 아니, 놈은 금화가 뭔지도 몰라. 왕의 바지에서 떨어진 낡은 단추쯤으로 생각하는 거야. 그런데, 또 숨어야겠다! 이번엔 섬뜩한 악마 같은 페달라네. 평소처럼 꼬리는 말아 감추고 구두 발끝에도 뱃밥을 넣었어. 저 낯짝으로 무슨 말을 할까? 아니, 기호를 향해 무슨 손짓만 하고 절을 하잖아. 금화에 태양이 새겨졌으니까, 저러는 걸 보면 배화교도인가 봐. 오호! 계속해서 나오네. 핍이 이쪽으로 오고 있어. 불쌍한 녀석! 그때 죽는 게 나았을지도 몰라. 아니면 내가 그랬어야 했나. 난 저 녀석이 조금 섬뜩해. 녀석도 금화를 해석하려는 모든 자를, 나까지 포함해서 전부 지켜본 거야. 그러다 이제 얼빠진 백치 같은 낯짝을 하고 그걸 들여다보러 나왔네.

다시 몸을 숨기고 녀석의 말을 들어 보자. 잘 들어!」

「나는 본다, 너는 본다, 그는 본다. 우리는 본다, 너희는 본다, 그들은 본다.」

「저게 뭐야. 저 녀석은 머레이 문법[99]을 공부하는 모양이네! 꼴에 똑똑해지겠다고, 불쌍한 놈! 그런데 지금은 뭐라는 거지? 쉬잇!」

「나는 본다, 너는 본다, 그는 본다. 우리는 본다, 너희는 본다, 그들은 본다.」

「아니, 암송을 하는 거잖아. 쉬잇! 또 뭐라고 한다.」

「나는 본다, 너는 본다, 그는 본다. 우리는 본다, 너희는 본다, 그들은 본다.」

「거참, 우습군.」

「그리고 나, 너, 그리고 그, 그리고 우리, 너희, 그들은 전부 박쥐다. 그리고 나는 까만 까마귀다. 특히 여기 이 소나무 꼭대기에 서 있을 때는. 까악! 까악! 까악! 까악! 까악! 까악! 내가 까마귀가 아니란 말이야? 그런데 허수아비는 어디 있지? 저기 있네! 낡은 바지에 꽂힌 뼈다귀 두 개, 누더기 저고리 소매에도 뼈다귀가 두 개.」

「내 얘기를 하는 건가? 대단한 칭찬이로군! 불쌍한 녀석! 나는 이러다간 목이라도 맬 것 같아. 아무튼, 일단 핍 근처에서 벗어나자. 다른 사람들이라면 참아 줄 수 있어. 다들 정신은 온전하니까. 하지만 저 녀석은 완전히 미쳤기 때문에 나까지 돌 지경이야. 그래, 그러니 혼자 지껄이게 내버려 두자.」

「여기 이 금화는 배의 배꼽인데 다들 이걸 빼내려고 혈안

---

99 머레이L. Murray가 영문법을 대중적으로 정리한 『영문법』(1795)은 영국과 미국에서 많이 팔리며 큰 인기를 누렸다.

이야. 하지만 몸에서 배꼽을 뺀다면 어떻게 되겠어? 그렇다고 그냥 두는 것도 볼썽사납지. 뭐가 됐든 돛대에 못 박는다는 건 상황이 절망적이라는 신호니까. 하하! 에이해브 영감! 흰 고래가 당신을 못 박을 거야. 이건 소나무야. 우리 아버지가 고향인 톨랜드 시골에서 소나무를 베어 넘긴 적이 있는데, 그 안에서 은반지가 나왔어. 어느 늙은 검둥이의 결혼 반지였지. 그게 어떻게 거기 들어갔을까? 그러니까 부활의 날에 사람들이 이 낡은 돛대를 건져 올려서 보풀이 일어난 나무껍질에 다닥다닥 달라붙은 굴 껍데기 틈에서 금화를 발견한다면 이렇게 말하겠지. 와, 금이다! 귀하고 귀한 금! 이제 곧 초록빛 수전노[100]가 너를 감춰 버릴 거야! 쉿! 쉿! 신은 검은딸기를 따며 세상을 돌아다니네. 요리사! 어이, 요리사! 우리를 요리해! 제니! 헤이, 헤이, 헤이, 헤이, 헤이, 제니, 제니! 옥수수 빵을 구워 줘!」[101]

---

100 선원들의 상상 속에서, 해저의 보물을 지키는 바라의 악령.

101 1840년대에 흑인들 사이에 널리 퍼졌던 「늙은 까마귀의 왕」이라는 노래에 〈까악, 까악, 제니가 옥수수빵을 만들어 줄 거야〉라는 가사가 나온다.

100
다리와 팔•낸터컷의 피쿼드호,
런던의 새뮤얼 엔더비호를 만나다

「어이, 이보게! 흰 고래를 보았소?」

에이해브는 영국 깃발을 달고 고물을 스쳐 가는 배를 향해 또다시 소리쳐 물었다. 노인네는 입에 나팔을 대고 끌어올린 보트에 서서, 뱃머리에 무심히 기대선 저쪽 배의 선장에게 자신의 고래 뼈 다리를 그대로 드러내 보였다. 저쪽 선장은 검게 그을린 피부에 건장한 체구였고, 성품이 온화해 보이는 예순 언저리의 잘생긴 사내였다. 품이 넉넉한 짧은 웃옷이 푸른 양복감으로 만든 꽃줄처럼 그의 몸을 감쌌는데, 소매 한쪽은 팔을 끼우지 않아 경기병 저고리의 자수 장식 소맷자락처럼 몸 뒤로 나부꼈다.

「흰 고래를 본 적이 있소?」

「이게 보이시오?」 그러면서 웃자락 사이에 감췄던 것을 꺼내는데, 향유고래 뼈로 만든 흰 팔이었고, 끝에는 나무망치 같은 게 달려 있었다.

「내 보트를 내려라!」 에이해브가 황급하게 소리치며 가까이 있는 노들을 밀어냈다. 「내릴 준비를 해!」

1분도 지나지 않아 그는 이미 올라타고 있던 보트에 그대

로 탄 채 선원들과 바다로 내려갔고, 금세 영국 배의 뱃전에
닿았다. 그런데 여기서 애매하고 곤란한 일이 벌어졌다. 순
간적으로 너무 흥분한 나머지, 에이해브는 다리를 잃은 후로
한 번도 바다에서 다른 배에 승선한 적이 없다는 사실을 깜
빡 잊었던 것이다. 피쿼드호에는 특별히 고안된 기발하고 편
리한 장치가 있지만, 다른 배에는 그런 게 없으며 당장 가져
다 설치할 수도 없는 노릇이었다. 바다에 떠 있는 보트에서
뱃전에 오르는 것은 고래잡이처럼 그런 일에 익숙한 사람을
제외하면 누구에게라도 그리 쉬운 일이 아니다. 큰 파도가
일어나면 보트는 뱃전으로 높이 밀려 올라갔다가 순식간에
내용골(內龍骨) 가까이 떨어지기 일쑤였다. 그러니 한쪽 다
리가 없는 에이해브는 자신의 상황을 고려한 장치가 당연히
설치되지 않은 낯선 배 앞에서 비참하게도 다시 한 번 미숙
한 풋내기 신세로 전락했음을 깨달았다. 그러고는 불안정하
게 오르내리는, 도저히 오를 수 없는 뱃전의 높이를 맥없이
바라보았다.

전에도 얼핏 말했지만, 에이해브는 간접적으로나마 자신
의 불운한 재난에서 초래된 성가신 상황에 처할 때면, 아무
리 사소한 경우라도 거의 예외 없이 짜증을 내거나 울화통을
터뜨렸다. 그리고 이번에는 낯선 배의 간부 선원 두 명이 밧
줄 걸이에 박아 놓은 수직 사다리 옆에서 뱃전 너머로 몸을
기울이고는 멋지게 장식한 난간 줄 두 개를 그에게 흔드는
통에 심사가 더 뒤틀렸다. 처음에는 이 외다리 남자가 밧줄
사다리를 이용하지 못할 정도로 몸이 불편할 거라고는 생각
하지 못한 모양이었다. 하지만 이런 어색한 상황은 채 1분밖
에 지속되지 않았는데, 그쪽 배의 선장이 상황을 한눈에 파

악하고 이렇게 소리쳤기 때문이다. 「알았다, 알았어! 밧줄을 끌어 올리는 건 그만두고 얼른 달려가서 도르래의 갈고리를 내려라!」

운이 따르려고 그랬는지 그 배는 하루 이틀 전까지 고래를 뱃전에 매달고 있었기 때문에 커다란 도르래를 아직 돛대에 걸어 두었고 어느새 깨끗하게 마른 커다란 지방용 갈고리도 그 끝에 그대로 달려 있었다. 이걸 재빨리 내려보내자, 단번에 의도를 파악한 에이해브는 하나뿐인 자신의 넓적다리를 갈고리의 구부러진 부분으로 밀어 넣고(이를테면 닻가지나 사과나무 아귀에 걸터앉는 것처럼) 신호를 보낸 후에 몸을 단단히 지탱하는 건 물론이거니와 도르래의 한쪽 밧줄을 두 손으로 번갈아 당기며 자신의 몸무게를 위로 끌어 올리는 데 일조했다. 머잖아 높은 뱃전 안으로 조심스럽게 당겨진 그는 캡스턴 위로 서서히 내려섰다. 상대편 선장은 환영의 표시로 고래 뼈 팔을 숨김없이 내밀며 다가왔고, 에이해브는 고래 뼈 다리를 뻗어 (칼 같은 주둥이를 교차한 두 마리 황새치처럼) 고래 뼈 팔에 가로지르며 바다코끼리 같은 목소리로 외쳤다. 「야아, 이거 기분 좋군! 우리 뼈끼리 악수나 합시다! 팔과 다리로 말이오! 오므릴 수 없는 팔과 달릴 수 없는 다리라. 흰 고래는 어디서 봤소? 얼마 전이었소?」

「그 흰 고래.」 영국인 선장은 고래 뼈 팔을 뻗어 동쪽을 가리키며 그게 마치 망원경이라도 되는 것처럼 그쪽으로 한탄스러운 눈빛을 보냈다. 「그놈을 본 건 저기 적도에서였소. 지난번 고래잡이 철이었지.」

「그럼 녀석이 그 팔을 떼어 간 게요?」 에이해브는 영국 선장의 어깨를 짚고 캡스턴에서 내려왔다.

「그래요. 아무튼 녀석이 원인이었소. 그럼, 그 다리도?」

「얘기 좀 해보시오. 어떻게 된 일이오?」에이해브가 말했다.

「내가 적도를 항해한 건 그때가 처음이었소.」영국인 선장이 얘기를 시작했다. 「그땐 흰 고래에 대해 전혀 몰랐지. 그러던 어느 날 네댓 마리 고래 무리를 추격하려고 보트를 내렸는데, 내가 탄 보트에서 그중 한 마리한테 작살을 꽂았소. 그놈이 무슨 곡마단 말처럼 빙빙 도는 바람에 선원들이 죄다 보트 고물 바깥쪽 뱃전에 앉아 간신히 균형을 잡았다오. 그때 갑자기 바다 밑바닥에서 엄청난 고래 한 마리가 솟구쳐 오르는데, 대가리며 혹이 우유처럼 희고 온몸이 주름투성이더이다.」

「그놈이다, 그놈이야!」에이해브가 참았던 숨을 단번에 내쉬며 소리쳤다.

「그리고 오른쪽 지느러미 근처에 작살이 여러 개 박혔더군요.」

「그래, 그래. 내가 던진 거요. 내 작살이야.」에이해브가 기쁨에 겨워 소리쳤다. 「자, 얘기를 계속해 봐요!」

「그럼, 계속하리다.」영국인 선장은 싹싹하게 대답했다. 「그러니까 흰 대가리와 흰 혹이 늙은 증조할아버지 같은 이 고래가 물거품을 잔뜩 일으키며 무리 속으로 달려들더니 무서운 기세로 내 작살줄을 물어뜯는 게 아니겠소.」

「그래, 그래! 끊고 싶었던 거지. 잡힌 고래를 풀어 주려고. 예전부터 그랬어. 그놈은 내가 알아.」

「어떻게 했는지 정확하게는 모르겠지만.」외팔이 선장이 말을 이었다. 「하여간 줄을 물어뜯다가 그게 이빨 어딘가에 걸린 모양이오. 당시에 우리는 그걸 알지 못한 채 밧줄을 당기다가 그만 그 고래의 혹을 정면으로 들이받은 거요. 우리가 작살을 꽂은 첫 번째 고래는 꼬리를 흔들며 바람 부는 쪽으로 달아났소. 영문을 파악하고 보니 어찌나 크고 웅장하던지. 내가 본 중에서, 내 평생 가장 크고 웅장한 고래였소. 녀석은 광분한 상태인 듯 보였지만, 나는 이놈을 잡고야 말겠다고 결심했소. 그리고 엉성하게 걸린 밧줄이 풀리거나 지금 밧줄이 걸린 이빨은 빠질지도 모른다는 생각에, 우리 선원들이 고래 밧줄을 당기는 데는 귀신들이니까, 아무튼 그렇게 생각한 나는 여기 있는 일등 항해사의 보트로, 아참, 선장, 이쪽은 마운톱이오, 마운톱, 선장께 인사드리게. 그러니까 말씀드린 대로 두 보트의 뱃전이 맞닿았을 때 나는 마운톱의 보트로 건너뛰어 제일 먼저 눈에 들어온 작살을 움켜잡고는 이 늙은 할아범 고래의 몸에 꽂지 않았겠소. 그런데 세상에, 이게 어찌된 영문인지, 글쎄 내 말 좀 들어 보시오. 그 다음 순간 나는 놀랍게도 박쥐처럼 장님이 되어 버렸지 뭐요. 두 눈이 다. 시커먼 물거품에 아무것도 보이지 않고 모든 게 안개에 싸여 사라져 버렸는데, 허공에 대리석 첨탑처럼 수직으로 뻗은 고래 꼬리만이 희미하게 보였소. 배를 뒤로 몰아 후퇴해 봐야 소용이 없었기에, 왕관에 박힌 보석처럼 눈부신 햇살 때문에 한낮인데도 더듬더듬 두 번째 작살을 찾아 던졌더니, 그 꼬리가 리마의 탑처럼 우리를 덮쳐 보트를 두 동강 내고 완전히 산산조각 내버렸소. 그러고는 꼬리에 이어 흰 혹이 후진하면서 난파선의 나뭇조각들을 대팻밥처럼 밀쳐 냈소. 우리는 전부 놈을 피해 헤엄을 쳤다오. 놈의 무시무시한 도리깨질을 피할 마음에 나는 놈의 몸에 박힌 내 작살 자루를 움켜잡았고, 한동안 빨판상어처럼 거기 매달려

243

있었소. 그런데 솟구쳐 오른 파도가 나를 밀어냈고, 바로 그 순간 고래가 앞으로 힘껏 돌진하더니 번개처럼 물속으로 내려갔는데, 거기 딸려 가던 빌어먹을 두 번째 작살의 미늘이 여기를 찍은 거요. (그는 어깨 바로 아래를 손으로 찰싹 내리쳤다.) 그래, 바로 여기였는데, 정말이지 지옥 불에 빠진 줄만 알았소. 그런데 그때 갑자기, 고마우신 하느님 덕분에 미늘이 살을 가르며 팔을 따라 내려와 손목 근처에서 빠져나갔고, 덕분에 나는 위로 떠올랐다오. 나머지 얘기는 저기 있는 신사분이 마저 해줄 거요. 아, 선장, 이쪽은 우리 배의 주치의인 벙거 박사요. 벙거, 선장께 인사드리게. 벙거, 이 친구야, 이제 자네가 남은 얘기를 풀어 보게나.」

그렇게 격의 없이 소개를 받은 의사는 지금까지 내내 옆에 서 있었는데, 배에서의 지위를 말해 줄 만한 특이 사항은 눈에 띄지 않았다. 얼굴은 유난히 둥글었지만 진지했고, 작업복인지 셔츠인지 분간이 가지 않는 빛바랜 푸른색 모직 윗도리와 천을 덧댄 바지를 입었다. 그때까지는 밧줄 송곳을 한 손에 들고 다른 손에는 환약 상자를 든 채 그 두 가지를 번갈아 바라보면서 이따금 몸이 성치 않은 두 선장의 고래 뼈 팔다리에 예리한 시선을 던졌을 뿐이다. 하지만 상관이 자신을 에이해브에게 소개하자 정중하게 고개를 숙이고는 곧바로 선장의 지시를 실행에 옮겼다.

「끔찍할 정도로 심한 부상이었습니다.」 고래잡이배의 선의(船醫)가 이야기를 시작했다. 「제 충고에 따라 부머 선장은 우리 새미를…….」

「〈새뮤얼 엔더비〉가 이 배 이름이라오.」 외팔이 선장이 끼어들어 설명했다. 「자, 계속하게.」

「우리 새미의 뱃머리를 북쪽으로 돌려 적도의 이글거리는 더위에서 벗어났습니다. 하지만 그것도 소용이 없었죠. 그래도 저는 최선을 다했습니다. 밤새 선장의 옆을 지켰고 식사도 매우 엄격하게⋯⋯.」

「아무렴, 아주 엄격했지!」 환자였던 자가 맞장구를 치더니 갑자기 목소리를 바꿔 말했다. 「밤마다 붕대를 감을 수 없을 지경이 되도록 뜨거운 물을 탄 럼주를 나와 함께 마시고, 바다를 반쯤 건넜을 새벽 3시쯤에야 잠자리에 들게 했으니. 아, 대단한 친구야! 저 친구는 실제로 밤새 내 옆을 지키고 음식에 대해서도 매우 엄격했다오. 아! 벙거 박사는 뛰어난 간병인이며 음식에 대해 매우 엄격하답니다. 벙거, 이 친구야, 웃어! 웃으라고! 유쾌한 장난꾸러기가 왜 이러시나. 아무튼, 계속해 보게. 나는 다른 사람 손에 목숨을 구하느니 자네 손에 죽는 쪽을 택하겠네.」

「존경하는 선장님께서도 보셔서 아시겠지만.」 벙거는 아무런 동요 없이 침착한 표정으로 에이해브를 향해 가볍게 목례를 하며 말했다. 「저희 선장님은 종종 익살을 부리신답니다. 저렇게 기발한 얘기들을 많이 지어내서 들려주시죠. 하지만 말이 나온 김에 말씀드리면, 앙 파상, 프랑스에서는 이렇게 표현하던데, 명망 높은 목사의 자제인 저 잭 벙거는 금주 서약을 철저히 지키는 사람으로서 단 한 방울의⋯⋯.」

「물!」 선장이 외쳤다. 「저 친구는 물을 단 한 방울도 마시지 않는다오. 그걸 마시면 발작을 일으키거든. 신선한 물을 마셨다간 공수병에 걸린다니깐. 하지만 계속하게. 팔 얘기를 계속해 봐.」

「네, 그러는 게 좋겠군요.」 의사는 차분하게 말했다. 「부머 선장이 끼어들어 농담을 하시기 전에 말씀드렸다시피, 최선을 다해 모든 노력을 기울였음에도 상처는 계속 악화되었습니다. 정말이지, 어떤 의사도 그렇게 흉측하게 벌어진 상처는 보지 못했을 겁니다. 70센티미터가 넘었죠. 납줄로 재어 봤거든요. 아무튼 상처가 까맣게 변했습니다. 어떤 상황이 될지 저는 알았고, 결국 그 상황이 벌어졌습니다. 하지만 저 고래 뼈 팔을 다는 데에는 전혀 관여하지 않았습니다. 저건 규정에 어긋나는 일이거든요.」 의사는 송곳으로 고래 뼈 팔을 가리키며 말을 이었다. 「저건 선장의 생각이고, 저는 모르는 일입니다. 선장은 목수에게 저걸 만들게 했어요. 끝에 곤봉 같은 망치를 단 것도 선장 생각이었는데, 아마 누군가의 머리를 부수려는 것 같습니다. 실은 제 머리가 벌써 그 꼴을 당했답니다. 선장은 이따금 악마 같은 격정에 사로잡히거든요. 여기 움푹 들어간 자국 보이십니까.」 그러면서 모자를 벗더니 머리를 옆으로 쓸어 넘겨 두개골에 종지처럼 움푹 파인 자국을 보여 주었지만, 어떤 식으로 보아도 끔찍한 흔적이나 상처를 입은 자국 같은 건 전혀 보이지 않았다. 「어쩌다 이렇게 된 건지는 선장님이 말씀해 주실 겁니다. 선장님이 아시니까요.」

「아니, 난 모릅니다.」 선장이 말했다. 「저 친구 어머니가 아시지. 태어날 때부터 저랬으니까. 허허, 멀쩡한 얼굴로 장난도 잘 치는군! 벙거 이 친구야! 이 넓은 바다에 자네 같은 사람이 또 있을까? 벙거, 자네는 죽을 때 피클 속에서 죽어야 해. 잘 보존해서 후세에 남겨야 하니까. 이 불한당 같으니.」

「흰 고래는 어떻게 됐소?」 지금까지 본론을 벗어난 두 영국인의 곁다리 이야기를 꾹 참고 듣던 에이해브가 마침내 소리를 질렀다.

「아!」 외팔이 선장이 외쳤다. 「아, 그렇지! 물속으로 들어
간 후로 한동안 놈을 다시 보지 못했소. 사실은 앞서 잠깐 얘
기한 것처럼, 나한테 이런 짓을 한 고래가 어떤 놈인지 몰랐
다가 나중에 적도로 다시 돌아왔을 때 모비 딕 얘기를 듣고
그게 그놈이라는 걸 알게 되었소.」

「그 후로 다시 만난 적이 있소?」

「두 번.」

「그런데 잡지는 못하고?」

「그럴 마음이 없었소. 팔 한쪽으로 충분하지 않단 말이
오? 이쪽 팔까지 없어지면 어쩌라고. 그리고 보아하니 모비
딕은 물어뜯기보다 통째로 삼키는 편인 것 같더군.」

「그렇다면.」 벙거가 끼어들었다. 「왼팔을 미끼로 내주고
오른팔을 받아 오시죠.」 그러고는 매우 정중하고도 정확하
게 두 선장을 향해 차례로 목례를 했다. 「고래의 소화 기관은
신의 섭리에 따라 매우 불가사의하게 만들어져서 사람의 팔
한쪽도 완전히 소화시키는 게 거의 불가능하다는 사실을 아
시나요. 그리고 그걸 고래도 잘 알아요. 그렇기 때문에 흰 고
래는 두 분이 생각하는 것처럼 악의가 있어서가 아니라 다만
거북해서 그러는 겁니다. 놈은 팔이건 다리건 삼킬 의도가
전혀 없었거든요. 시늉으로 겁을 주려는 것뿐이지. 하지만
가끔은 제가 전에 실론에서 치료해 준 늙은 마술사처럼 굴
때도 있죠. 그 마술사는 단검을 삼키는 시늉을 했는데, 언젠
가 하나를 실제로 삼키는 바람에 그걸 열두 달도 넘게 배 속
에 담고 다녔지 뭡니까. 제가 구토제를 줬더니 작은 압정 같
은 것들을 잔뜩 토해 내더군요. 단검을 소화해서 몸으로 완

전히 흡수할 길은 없으니까요. 그러니 부머 선장, 얼른 서둘러서 한쪽 팔의 장례를 제대로 치러 주기 위해 다른 쪽 팔을 저당 잡힐 의향이 있다면 그 팔을 되찾을 수 있어요. 고래한테 잠깐 동안 당신을 공격할 기회만 주면 된다니까요.」

「고맙지만 사양하겠네, 벙거.」 영국인 선장은 말했다. 「기왕에 삼킨 팔은 그냥 가지라고 해. 그건 내가 어쩔 수 없는 일이고, 그때는 놈을 알지도 못했으니까. 하지만 나머지 팔은 안 돼. 이제 흰 고래는 딱 질색이야. 놈을 잡겠다고 한 번 보트를 내렸고, 그걸로 족하네. 놈을 죽이면 대단한 영광이긴 할 거야. 그건 나도 알지. 귀한 기름도 배를 가득 채울 만큼 가지고 있을 거야. 하지만 잘 듣게. 녀석은 건드리지 않는 게 상책이야. 그렇게 생각하지 않소, 선장?」 그는 고래 뼈 다리를 흘깃 쳐다보며 물었다.

「그렇소. 하지만 그럼에도 불구하고 여전히 놈을 쫓는 사람들이 있을 거요. 건드리지 않고 놔두는 게 상책이지만, 저주받은 놈이라고 해서 마음을 끌어당기는 매력이 없는 건 아니니까. 놈은 자석이나 다름없지! 마지막으로 놈을 본 게 언제였소? 어느 방향으로 갑디까?」

「내 영혼을 축복하고 더러운 마귀에게 저주를 내리소서.」 벙거는 이렇게 외치더니 몸을 수그리고 에이해브 주변을 빙빙 돌며 개처럼 기이하게 냄새를 맡는 듯 킁킁거렸다. 「이 사람의 피가, 체온계를 가져와! 펄펄 끓고 있어. 이 사람의 맥박에 갑판까지 쿵쾅대는군! 선장……」 그는 주머니에서 채혈용 세모날을 꺼내 에이해브의 팔에 대려 했다.

「저리 비켜!」 에이해브는 버럭 소리를 지르며 의사를 뱃전으로 밀어냈다. 「모두 보트에 타라! 놈이 어느 방향으로 갔냐니까?」

「원, 세상에!」 질문을 받은 영국인 선장이 외쳤다. 「이게 무슨 일이람? 놈은 동쪽으로 가는 것 같았소.」 그러고는 페달라에게 속삭였다. 「당신네 선장은 미쳤나?」

하지만 페달라는 손가락을 입술에 댄 채 뱃전을 훌쩍 뛰어넘어 보트의 노를 잡았고, 에이해브는 도르래의 갈고리를 당기며 선원들에게 자신을 아래로 내리라고 명령했다.

잠시 후 그는 보트의 고물에 섰고, 마닐라 선원들이 달려들어 노를 잡았다. 영국인 선장이 그를 소리쳐 불렀지만 소용없었다. 에이해브는 낯선 배를 등진 채 딱딱하게 굳은 표정으로 피쿼드호에 닿을 때까지 꼿꼿하게 서 있었다.

101
술병

  영국 배가 시야에서 사라지기 전에 말해 두자면, 런던에서
출항한 그 배가 이름을 따온 고(故) 새뮤얼 엔더비는 런던의
상인이었으며, 유명한 포경 회사인 엔더비 부자(父子) 상회의
설립자였다. 내 비록 보잘것없는 일개 고래잡이에 불과하지
만, 역사적인 관점에서 봤을 때 그곳은 튜더 왕가[102]와 부르
봉 왕가[103]를 합친 것에 버금가는 상회라고 생각된다. 1775년
당시에 이 훌륭한 포경 회사가 설립 몇 년째였는지는 수많은
포경 관련 자료를 살펴봤음에도 확인할 수 없었지만, 아무튼
그해(1775년)에 영국 최초로 정식 향유고래 포경선을 출항
시켰다. 미국의 낸터컷과 비니어드의 용맹한 코핀 가문과 메
이시 집안에서는 그보다 몇십 년 앞서(1726년부터) 이 바다
괴물을 추격하는 대규모 선단을 갖췄지만, 대서양 남북부로
만 출항하고 다른 바다에는 나가지 않았다. 여기서 분명히

102 15세기 후반 헨리 7세가 즉위하면서부터 17세기 초 엘리자베스 1세
가 사망하기까지, 영국 절대 군주제의 최전성기를 이룬 왕조.
  103 16세기 말부터 19세기 초에 걸쳐 프랑스를 통치한, 유럽에서 가장 큰
지배 왕조.

밝혀 둘 것은, 낸터컷 사람들은 문명의 이기인 강철 작살로 향유고래를 잡은 최초의 인류에 속하며, 반세기 동안 전 세계를 돌아다니면서 작살로 향유고래를 잡은 건 오로지 그들뿐이었다는 점이다.

1778년에 훌륭한 어밀리아호가 뚜렷한 목표에 맞는 장비를 갖추고 왕성한 엔더비 상회의 전폭적인 지원하에 과감하게 케이프 곶을 돌았고, 어느 나라보다 앞서 드넓은 남양에 포경 보트를 내렸다. 항해는 능숙했고 운도 따랐다. 어밀리아호가 귀한 고래기름을 가득 싣고 항구로 돌아오자 영국과 미국의 다른 배들도 곧 그 뒤를 따랐고, 태평양에 광대한 향유고래 어장이 열렸다. 그러나 지칠 줄 모르는 엔더비 상회에서는 이 정도의 결과에 만족하지 않고 더욱 분발했다. 영국 정부에서는 새뮤얼과 아들들(모두 몇 명인지는 그들의 어머니만이 알 일이다)의 직접적인 후원과 아마도 일정 부분의 비용까지 지원받아, 남양의 고래잡이 어장 개척을 위해 슬루프형 군함인 래틀러호를 파견했다. 해군 대령 함장의 지휘 아래 래틀러호는 거침없는 항해에 나서 얼마간의 공을 세우기도 한 모양인데, 구체적으로 어느 정도인지에 대해서는 기록이 남아 있지 않다. 하지만 이게 전부가 아니다. 1819년에는 상회에서 자체적으로 고래잡이 어장 발견에 필요한 장비를 갖추고 멀리 일본 해역까지 시험 항해에 나섰다. 〈사이렌〉이라는 그럴 듯한 이름을 붙인 그 배는 시험 항해를 훌륭히 마쳤고, 그러면서 일본의 광활한 고래 어장이 처음으로 널리 알려지게 되었다. 이 유명한 항해에서 사이렌호의 지휘를 맡았던 코핀 선장이 바로 낸터컷 출신이었다.

그러므로 모든 명예는 엔더비 가문의 차지이며, 내 생각엔 그 상회가 지금도 존재할 것 같다. 물론 창업자인 새뮤얼이야 오래전에 닻줄을 풀고 저승의 드넓은 남양으로 떠났을 테지만.

그런 그의 이름을 딴 배는 명성에 걸맞게 속도가 매우 빨랐으며 모든 면에서 우수한 선박이었다. 나는 언젠가 파타고니아 앞바다에서 한밤중에 그 배에 올라 앞 갑판에서 플립[104]을 마신 적이 있다. 근사한 상호방문이었고, 선원들도 전부 멋진 사내들이었다. 짧고 굵게 살다가 유쾌하게 죽음을 맞는 그런 사람들. 에이해브 영감이 고래 뼈 다리로 그 배의 갑판을 딛고 나서 한참, 아주 한참 후였는데, 그때의 멋진 상호방문을 생각하면 색슨족답게 당당하고 진심 어린 환대가 떠오른다. 그때를 내가 잊는다면 우리 교구의 목사님이 나를 잊고 악마가 나를 기억하리라. 플립? 우리가 플립을 마셨다는 얘기를 내가 했던가? 마셨다. 그것도 한 시간에 10갤런의 속도로 마셔 댔다. 그리고 갑작스러운 폭풍이 몰아쳐 (폭풍이 잦은 파타고니아 앞바다였으므로) 손님과 선원을 불문하고 모두에게 위쪽 돛을 줄이라는 명령이 떨어졌을 때, 우리는 너나없이 고주망태가 된 나머지 가로돛 밧줄에 높이 매달려 그네를 타야 했다. 그런 데다가 옷자락이 돛에 말려 올라가는 바람에 휘몰아치는 바람 속에 꼼짝없이 매달린 채로 모든 술 취한 뱃사람들에게 교훈을 주는 본보기가 되었다. 하지만 돛대는 뱃전 너머로 쓰러지지 않았고 우리도 어찌어찌 기어 내려왔는데, 그때는 정신이 말짱해졌기 때문에 또다시 술잔을 돌려야 했지만, 사나운 물보라가 앞 갑판으로 쏟아져서 지나치게 묽고 찝찔해진 술이 입맛에 맞지 않

104 맥주나 브랜디에 향료와 설탕, 달걀 등을 넣고 따뜻하게 데운 음료.

았다.

고기는 맛있었다. 질기긴 해도 씹는 맛이 있었다. 황소 고기라고 했지만, 낙타 고기라는 사람도 있었다. 어느 쪽이었는지는 나도 확실히 모른다. 덤플링도 있었다. 작지만 속이 알차고 동글동글한 것이 좀처럼 바스러지지 않았다. 배 속에 삼키고 난 뒤에도 어디 있는지 알 것 같고, 몸속에서 굴릴 수도 있을 것만 같았다. 몸을 심하게 숙였다간 당구공처럼 몸 밖으로 굴러 나올지도 몰랐다. 빵은, 사양할 도리가 없었다. 게다가 그건 괴혈병을 막아 주었다. 요컨대 빵에는 배에서 유일하게 신선한 재료가 들어 있었다.[105] 하지만 앞 갑판은 썩 밝지 않았고 먹다가 어두운 구석으로 가기도 아주 쉬웠다. 아무튼 전체적으로 봤을 때, 돛대 꼭대기 목관부터 키에 이르기까지 요리사 본인의 인간적인 그릇을 포함해서 요리사가 사용하는 모든 그릇의 크기를 고려했을 때, 새뮤얼 엔더비호는 이물부터 고물까지 유쾌한 배였다. 음식은 맛있고 푸짐했으며, 술맛도 최고인 데다 독했고, 선원들도 부츠 굽부터 모자의 띠까지 전부 훌륭한 멋진 친구들이었다.

하지만 새뮤얼 엔더비호와 비록 전부 그런 건 아니지만 내가 아는 몇몇 영국 포경선이 이렇게 손님을 환대하기로 유명한 이유가 뭔지 생각해 봤는가? 그렇게 고기와 빵과 술을 대접하고 농담을 주고받으면서 먹고 마시고 웃는 것에 쉽게 싫증을 내지 않는 이유는 뭘까? 말해 주겠다. 영국 포경선에 넘치는 유쾌한 기운은 역사적으로 고찰해 볼 만한 문제고, 필요하다고 판단될 경우 나는 고래에 대한 역사적인 고찰을 결코 게을리하지 않았다.

105 구더기나 바구미 같은 벌레가 섞여 있었다는 뜻이다.

영국은 포경업에서 네덜란드와 셸란,[106] 그리고 덴마크에 뒤졌기 때문에 그곳에서 유래된 포경 용어가 아직도 많이 남아 있다. 거기에 더해 푸짐하게 먹고 마시는 오랜 관습까지 받아들였다. 왜냐하면 일반적으로 영국 상선은 선원들이 먹는 음식에 인색한데, 영국 포경선은 그렇지 않기 때문이다. 따라서 영국인에게도 포경선의 유쾌한 분위기는 정상적이고 자연스럽다기보다 예외적이고 특별한 것이다. 그러므로 거기에는 특별한 유래가 있는 게 틀림없으며, 그에 대해 여기서 지적하고 자세히 부연하여 설명하고자 한다.

바다 괴물의 역사를 연구하던 중에 나는 우연히 네덜란드의 고서를 손에 넣게 되었는데, 케케묵은 고래 냄새가 나서 고래잡이에 관련된 책이 틀림없다는 걸 알았다. 제목이 〈단 코프만Dan Coopman〉이기에, 포경선에는 통장이cooper를 반드시 태워야 하니까 이건 암스테르담의 어느 통장이가 포경선을 탔던 경험을 기술한 귀한 회고담이 분명하다고 판단했다. 게다가 저자가 〈피츠 스와크함머〉라는 걸 알고는 그 생각에 더욱 확신을 갖게 되었다.[107] 그런데 산타클로스 앤 세인트포츠 대학에서 저지(低地) 네덜란드어와 고지(高地) 독일어를 가르치는, 대단히 박식한 내 친구 스노드헤드 박사에게 경랍초 한 상자를 선물하면서 책의 번역을 부탁했더니만, 책을 보자마자 〈단 코프만〉이 통장이가 아니라 〈상인〉이라는 뜻이라고 알려 주었다. 간단히 말해서, 저지 네덜란드어로 쓴 이 해박한 고서는 네덜란드 상업을 다룬 책이었고, 여러 주제들 가운데 포경업과 관련된 매우 흥미로운 기술이 포

106 덴마크 최대의 섬.
107 스와크함머Swackhammer는 망치를 휘두르는 사람이라는 뜻이다.

함되어 있었다. 그리고 〈지방(脂肪)〉이라는 제목이 붙은 장에서 네덜란드 포경 선단 180척에 실을 물품의 길고 상세한 목록을 발견했는데, 스노드헤드 박사가 번역해 준 그 목록의 일부를 옮겨 보겠다.

쇠고기	40만 파운드
프리슬란트 돼지고기	6만 파운드
건어물	15만 파운드
건빵	55만 파운드
부드러운 빵	7만 2천 파운드
버터	2천8백 통
텍셀과 레이덴 치즈	2만 파운드
치즈(아마도 하급품인 듯)	14만 4천 파운드
네덜란드 진	550앵커[108]
맥주	1만 8백 배럴

통계표는 대부분 읽어 봐야 무미건조한데 이건 그렇지 않다. 각종 파이프와 병과 통과 상자에 담긴 좋은 술과 좋은 치즈에 파묻힌 것 같은 느낌이 든다.

당시에 나는 이 술과 고기와 빵을 꼼꼼히 소화하는 데 사흘을 바쳤고, 그러는 동안 부수적으로 떠오른 수많은 심오한 생각들은 초월적이고 관념적으로 응용할 만한 것들이었다. 거기서 더 나아가, 나는 저지 네덜란드 작살잡이 한 명이 그 옛날 그린란드와 스피츠베르겐의 고래잡이 어장에서 소비한 건어물 등의 추정치와 관련하여 나름대로 보충적인 통

108 550앵커는 약 10갤런에 해당한다.

계표를 작성해 봤다. 일단 버터, 그리고 텍셀과 레이덴 치즈의 소비량은 놀라워 보인다. 하지만 그건 선천적으로 기름기를 좋아하는 민족인 데다 직업 탓에 기름기를 더 많이 먹게 되었고, 더구나 에스키모 마을의 쾌활한 원주민들이 고래기름을 술잔 가득 부어 축배를 드는, 바로 그 극한의 북극해에서 사냥감을 추격했기 때문으로 여겨진다.

맥주도 무려 1만 8백 배럴이라니, 대단한 양이다. 그런데 북극해의 조업은 그곳 기후상 짧은 여름에만 가능하므로 네덜란드 포경선 한 척의 총 출항 기간은 스피츠베르겐까지 갔다오는 데 걸린 짧은 항해까지 포함해도 대략 3개월을 크게 넘어가지 않았을 테고, 한 배에 30명씩이라고 가정하면 180척의 선단에 승선한 저지 네덜란드 선원의 수는 모두 5천4백 명이라는 계산이 나온다. 그러므로 12주 동안 정확하게 1인당 2배럴의 맥주가 할당된 것인데, 진 550앵커를 공정하게 나눈 몫은 별개다. 작살잡이들이 이만큼의 진과 맥주를 마셨다면 고주망태로 취했을 법한데, 뱃머리에 서서 질주하는 고래를 제대로 겨눌 수 있었을지 다소 의심스럽다. 그런데도 그들은 실제로 고래를 제대로 겨냥했고, 맞히기까지 했다. 하지만 이건 맥주가 잘 받는 저 멀리 북극 지방의 얘기라는 걸 기억해야 한다. 남양 어업이 이루어지는 적도에서 맥주를 마셨다간 작살잡이들이 돛대 꼭대기에서 꾸벅꾸벅 졸거나 보트에서 해롱대기 십상이고, 낸터킷과 뉴베드퍼드에 막대한 손실을 초래하게 될 것이다.

하지만 이 얘기는 이쯤에서 마무리하자. 2~3세기 전 네덜란드 고래잡이들이 미식가였으며 영국 고래잡이들이 이렇게 훌륭한 본보기를 외면하지 않았다는 얘기는 충분히 했다. 그

들의 주장은, 빈 배로 항해하며 세상의 더 좋은 것들을 얻지
는 못하더라도 최소한 저녁은 맛있게 먹자는 것이다. 그러자
면 술병은 비기 마련이다.

102
아르사시드 군도의 나무 그늘

　지금까지 향유고래를 묘사하면서 겉모습의 놀라운 특징을 주로 다뤘고, 내부의 몇 가지 구조적인 특징에 대해서는 따로 자세히 논했다. 하지만 녀석을 폭넓게 포괄적으로 이해하기 위해서는 놈의 단추를 조금 더 풀어헤칠 필요가 있다. 바지를 벗기고 양말대님을 끄르고 가장 깊숙한 곳의 관절에 달린 고리와 단추까지 전부 풀어서 녀석의 궁극적인 모습, 그러니까 꾸밈없는 골격을 있는 그대로 드러내야 한다.

　하지만 이슈마엘, 그걸 어떻게 하겠다는 게냐? 포경선 노잡이에 불과한 네깟 녀석이 고래의 숨겨진 부분에 대해 뭘 아는 것처럼 굴다니. 해박한 스터브가 캡스턴에 올라서서 고래의 해부학 강의를 하고 양묘기로 갈빗대를 들어서 보여 주기라도 했더냐? 해명을 해보란 말이다. 이슈마엘. 요리사가 구운 돼지를 접시에 올려놓듯이 다 자란 고래를 갑판 위에 놓고 검사라도 할 수 있단 말인가? 당연히 어림도 없다. 이슈마엘, 지금껏 너는 진실한 목격자였다. 그러나 요나에게만 허용된 특권, 바다 괴물의 들보와 도리에 대해, 뼈대를 이루는 서까래와 마룻대, 침목과 받침목에 대해, 배 속에 있는 커다란 기름통과 낙농실, 식량 창고와 치즈 저장실 같은 것들에 대해 논할 수 있는 특권을 가로챌 생각일랑 말아라.

요나 이후 다 자란 고래의 겉껍질을 뚫고 몸속 깊이 들어갔던 고래잡이가 거의 없었다는 건 나도 인정한다. 그렇기는 해도 나는 작은 고래를 해부할 행운을 누린 적이 있다. 한번은 내가 탄 배에서 향유고래의 작은 새끼를 갑판으로 끌어올렸는데, 부낭이라는 주머니를 떼어 그걸로 작살과 창끝을 감쌀 의도였다. 내가 도끼와 주머니칼로 봉인을 풀고 어린 새끼의 내용물을 샅샅이 읽지 않은 채 그 기회를 그냥 흘려보냈을 거라고 생각하나?

그리고 완전히 자란 커다란 바다 괴물의 골격에 대해 내가 정확히 알게 된 건 아르사시드 군도[109]를 이루는 트랑크 섬의 왕이었던 내 친구 고(故) 트랑코 왕 덕분에 진귀한 지식을 얻었기 때문이다. 몇 년 전에 무역선인 〈알제 태수〉호를 타고 트랑크 섬에 갔을 때 트랑코 왕의 초대를 받아 푸펠라의 한적한 야자수 별장에서 아르사시드 군도의 휴일을 만끽한 적이 있다. 뱃사람들이 대나무 마을이라고 부르는 그 나라 수도에서 그리 멀지 않은 바닷가의 골짜기였다.

내 친구인 트랑코 왕은 수많은 훌륭한 자질들 외에 원시 미술품에 대한 애정도 남달라서, 백성들 가운데 창의적인 사람들이 만든 진귀한 것들을 전부 푸펠라에 모아 놓았다. 주로 나무를 깎아 만든 기발한 장치들, 끌로 세공한 조개껍데기, 상감으로 무늬를 넣은 창, 화려한 노와 향나무로 만든 카누 같은 것들이었다. 그리고 이런 것들 사이에 파도가 해변

---

109 호주 북동쪽의 멜라네시아 제도를 이루는 섬들 가운데 솔로몬 제도 남쪽의 섬들을 가리킨다.

에 실어다 놓은 자연의 경이로움, 그 경이로운 공물들이 섞여 있었다.

자연의 경이로움 중에 가장 대표적인 것이 엄청나게 큰 향유고래였다. 유난히 길고 사납던 폭풍이 지나간 후 죽어서 바닷가에 떠밀려 온 고래는 머리를 야자나무에 박고 있어서 깃털처럼 무성한 그 잎사귀들이 마치 고래가 내뿜는 신록의 물기둥처럼 보였다. 마침내 커다란 몸을 한 길 깊이로 감싼 것이 벗겨지고 뼈가 햇볕에 바싹 마르자 골격을 푸펠라 골짜기로 조심스럽게 옮겨 키 큰 야자수들이 이루는 웅장한 신전에 보관했다.

늑골에는 전리품이 걸렸고, 척추에는 기이한 그림 문자로 아르사시드 군도의 연대기를 조각했다. 사제들이 두개골 안에다 꺼지지 않는 향불을 피웠기 때문에, 신비로운 머리에서는 다시 한 번 안개 기둥이 솟아올랐다. 그런가 하면 나뭇가지에 매달린 무시무시한 아래턱은 한 오라기 머리카락에 묶여 다모클레스를 떨게 했던 칼처럼 참배자들 위에서 흔들렸다.[110]

경이로운 광경이었다. 숲은 빙곡[111]의 이끼처럼 푸르고, 생명의 수액을 빨아들이는 나무는 높고 곧았으며, 그 밑에서는 부지런한 대지가 직공의 베틀처럼 덩굴손으로 씨실과 날실을 삼고 생생한 꽃들로 무늬를 넣은 아름다운 융단을 펼쳐

110 기원전 4세기경 활동한 시칠리아 시라쿠사의 참주(僭主) 대(大)디오니시오스의 신하. 다모클레스가 디오니시오스의 행복을 과장하여 떠들어 대자, 디오니시오스가 잔치를 벌이고는 실 한 올로 매달아 놓은 칼 아래 다모클레스를 불러 앉혀 권력자의 자리가 그만큼 위태롭다는 것을 보여 주었다는 이야기가 전해 온다.
111 연중 얼음으로 덮여 있는, 미국 매사추세츠 주의 스톡브리지 지역에 있는 계곡.

놓았다. 가지마다 열매가 주렁주렁 매달린 크고 작은 나무들, 고사리와 풀들, 뭔가를 속삭이는 것 같은 바람에 이르기까지 모든 것이 쉬지 않고 움직이며 활력에 넘쳤다. 나뭇잎 장식 사이로 보이는 위대한 태양은 시들지 않는 신록을 짜는 베틀의 북 같았다. 오, 부지런한 직공이여! 보이지 않는 직공이여! 잠깐만 손을 멈추어라! 한마디만 물어보자! 그 천은 어디로 흘러가는가? 어느 궁전을 장식하는가? 무엇을 위해 이토록 쉴 새 없이 일하는가? 말하라, 직공이여! 그대의 손을 멈추어라! 부디 한마디만 허락하라! 어림없다. 북은 날고 베틀에서는 무늬가 흘러나오고 홍수처럼 쏟아지는 융단이 쉬지 않고 미끄러져 나온다. 베 짜는 신이 베를 짠다. 그렇게 베를 짜느라 귀가 멀어 인간의 목소리는 듣지 못한다. 그리고 그 윙윙대는 소리에 베틀을 들여다보는 우리도 귀머거리가 된다. 그곳에서 벗어나야 비로소 그곳에 울려 퍼지는 몇천의 목소리를 들을 수 있을 것이다. 뭔가를 만드는 공장이라면 모두 마찬가지다. 물렛가락이 날아다니는 곳에서는 무슨 말을 해도 들리지 않지만 그곳을 벗어나면 열린 창문으로 터져 나오는 그 말들이 또렷이 들린다. 지금껏 그렇게 해서 모든 악업이 밝혀졌다. 아, 인간들아! 그러니 조심하라. 광활한 세상의 베틀이 내는 온갖 소음 속에서도 그대의 아주 은밀한 생각까지 멀리서 엿들을지 모르니.

그렇게, 아르사시드 군도의 푸른 숲에서 생명이 꿈틀대는 베틀 사이에 위대하고 신성한 하얀 뼈가 누워 빈둥거린다. 엄청나게 커다란 게으름뱅이처럼! 그러나 푸른 날줄과 씨줄이 주위를 계속 오가며 윙윙거렸기 때문에 이 커다란 게으름뱅이가 마치 노련한 직공처럼 보였다. 덩굴이 그의 몸을 뒤덮어 날이 갈수록 푸른 신록을 더했지만, 정작 그 자신은 뼈대에 불과했다. 죽음을 감싼 생명. 생명이 뻗어 나가는 시렁 역할을 하는 죽음. 젊은 생명을 아내로 얻어 곱슬머리의 영광을 자식으로 얻은 음울한 신.

트랑코 왕과 함께 이 경이로운 고래를 찾아가서 제단 역할을 하는 두개골과 진짜 물기둥이 솟구치던 곳에서 올라오는 인공의 연기를 봤을 때, 나는 왕이 이 신전을 하나의 미술품으로 여기는 것에 놀랐다. 그는 웃었다. 하지만 사제들이 고래의 연기 줄기가 진짜라고 맹세하는 것에는 더 놀랐다. 나는 뼈대 앞을 왔다 갔다 거닐었고, 덩굴을 쓸어 내고 갈빗대 속으로 들어가 〈아르사시드〉의 실타래[112]를 들고 미로를 헤매며 굽이굽이 수많은 주랑과 정자들 사이를 오래도록 거닐었다. 하지만 실타래의 실은 금세 다 풀렸고, 그걸 되감으며 들어갔던 곳으로 다시 빠져나왔다. 안에서는 살아 있는 것을 하나도 보지 못했다. 그곳에는 오로지 뼈뿐이었다.

나무를 잘라 초록색 자를 만들어서 그걸 들고 다시 한 번 뼈 속으로 들어갔다. 두개골에 난 길쭉한 화살 자국 틈으로 내가 마지막 늑골의 높이를 재는 걸 본 사제들이 소리쳤다. 「지금 뭐 하는 건가? 감히 우리 신의 치수를 재다니! 그건 우리가 할 일이다.」 「아무렴요, 사제님들. 그러면 길이가 얼마인가요?」 그러자 사제들 사이에서 몇 치 몇 푼을 따지는 격렬한 논쟁이 벌어졌다. 그들은 자로 서로의 머리를 후려쳤

---

112 그리스 신화에서, 크레타의 공주 아리아드네가 미노타우로스를 없애기 위해 미궁으로 들어가는 테세우스에게 실타래를 내주어 실을 따라 길을 찾을 수 있도록 도움을 준 것에 빗댄 것으로, 여기서 어려운 상황을 돌파하는 방법의 상징으로서 〈아리아드네의 실타래〉란 말이 유래했다.

고, 그러자 고래의 두개골까지 웅웅거렸다. 나는 그 행운의 기회를 놓치지 않고 재빨리 측량을 마쳤다.

그렇게 측량한 것을 이제 여기서 공개하고자 한다. 하지만 그 전에 먼저 이 사안과 관련하여 멋대로 아무 치수나 말할 재량이 내게 없다는 걸 분명히 밝혀 둔다. 여러분이 골격 전문가에게 문의해서 내 치수의 정확성을 확인할 수 있기 때문이다. 듣자니 영국의 포경 기지 가운데 하나인 헐이라는 곳에 고래 박물관이 있고, 긴수염고래를 비롯한 여러 고래의 훌륭한 표본이 전시되었다고 한다. 그런가 하면 뉴햄프셔의 맨체스터 박물관에는 관계자들이 〈미국 유일의 완벽한 그린란드 고래, 또는 참고래 표본〉이라고 이름을 붙인 전시물이 있다는 얘기도 들었다. 그뿐 아니라 영국 요크셔의 버튼 콘스터블이라는 곳에 사는 클리퍼드 콘스터블이라는 어떤 귀족은 향유고래 뼈를 소유했는데, 다만 이건 크기가 중간 정도여서 내 친구 트랑코 왕의 엄청난 뼈와 비교가 되지 않는다.

두 사람은 모두 뼈만 남은 고래가 바닷가로 떠밀려 왔을 때 비슷한 근거를 내세워 소유권을 주장했다. 트랑코 왕은 갖고 싶어서 가졌고, 클리퍼드 경은 그 지역 영주라서 고래를 차지했다. 클리퍼드 경의 고래는 전체가 관절로 연결되어서 커다란 서랍장처럼 뼈로 된 구멍들을 열고 닫으며 갈빗대를 커다란 부채처럼 펼칠 수도 있고 아래턱에 앉아 하루 종일 그네를 탈 수도 있다. 고래의 뚜껑문과 덧문에 자물쇠를 채운다면, 앞으로는 옆구리에 열쇠 꾸러미를 찬 하인이 손님들을 안내할 것이다. 클리퍼드 경은 바람이 속삭이는 등뼈 회랑을 들여다보는 데 2펜스, 소뇌 구멍의 메아리를 듣는 데 3펜스, 그리고 앞이마에서 바라보는 기막힌 전망을 감상하는 데 6펜스를 받을까 생각 중이다.

　이제부터 내가 공개할 뼈대의 치수는 오른팔에 문신으로 새겨 둔 걸 그대로 옮겨 적었다. 당시에 나는 여기저기 떠돌아다니던 신세라 이렇게 귀한 자료를 달리 안전하게 보존할 방법이 없었다. 하지만 공간은 모자라고 몸의 다른 부위는 그즈음에 구상하던 시를 위해 공백으로 남겨 두고 싶었기 때문에 (아무튼 문신을 하지 않은 부분이 남아 있다면) 끝 단위는 생략했다. 사실 고래를 고래답게 측량하는 데 그런 작은 단위는 개입할 여지가 없다.

103
고래 골격 측량

    우선, 이제 곧 뼈대를 공개할 이 바다 괴물이 살아 있을 때의 크기에 대해 자세하고 분명하게 말해 두고 싶다. 그 설명이 여기서 유용할 것 같다.

    내가 엄밀히 계산하고 스코스비 선장이 측정한 것을 어느 정도 참고한 바에 따르면, 몸길이가 18미터인 초대형 그린란드고래는 무게가 70톤이고, 내 엄밀한 계산에 따르면, 초대형 향유고래는 몸길이가 25~27미터 사이이며 몸통 둘레는 12미터에 조금 못 미치는데, 이런 고래라면 무게가 적어도 90톤은 나갈 것이다. 열세 명 정도의 몸무게를 더했을 때 1톤이 된다고 본다면 이 고래 한 마리가 1천1백 명이 사는 마을의 주민을 전부 합쳐 놓은 것보다 훨씬 무겁다는 얘기다.

    그렇다면 뭍사람이 상상하기에 이런 고래를 조금이라도 움직이게 하려면, 이 바다 괴물의 몸에 멍에를 멘 가축 같은 뇌라도 집어넣어야 하지 않을까?

    이미 여러 방식으로 고래의 두개골과 분수공, 턱과 이빨, 꼬리, 이마 지느러미와 다양한 다른 부위들을 설명했으므로 여기서는 전체적인 뼈대의 일반적인 골격에서 가장 흥미로운 점만을 간단히 지적하겠다. 하지만 고래의 커다란 두개골은 전체 뼈대에서 대단히 큰 부분을 차지하고 또 가장 복잡한 부분이므로, 여기서 그와 관련한 얘기를 되풀이하지는 않더라도 이야기가 진행되는 동안 그 점을 염두에 두거나 옆구리에라도 끼고 있어야지, 그렇지 않았다간 이제부터 고찰할 전체적인 구조를 완전히 이해할 수 없을 것이다.

트랑크 섬에 있는 향유고래 뼈의 길이는 약 22미터였다. 그러므로 살아서 살을 붙이고 몸을 쭉 뻗었다면 27미터는 됐을 것이다. 고래의 뼈는 살아 있을 때에 비해 약 5분의 1 정도 길이가 줄어들기 때문이다. 이 22미터 중에 두개골과 턱이 6미터쯤을 차지하며, 15미터 남짓한 나머지는 전부 등뼈다. 등뼈의 3분의 1 조금 못 미친 지점에 한때 주요 장기를 감싸던 둥근 바구니 모양의 커다란 갈빗대가 붙어 있다.

내가 보기에 상앗빛 늑골로 감싼 방대한 가슴과 거기서 직선으로 멀리 뻗어 나가는 길고 단조로운 척추는 새로 건조해 조선소의 작업대에 놓인, 커다란 배의 선체와 여간 비슷하지 않았는데, 그대로 노출된 늑재만 스무 개 남짓 끼우고 용골은 당분간 분리된 채 길쭉한 목재로 남아 있는 상태를 연상시켰다.

늑골은 한쪽에 열 개씩이었다. 목에서 시작되는 첫 번째 늑골은 길이가 거의 1.8미터에 달했다. 두 번째와 세 번째, 그리고 네 번째로 갈수록 점점 길어지다가 가운데인 다섯 번째에서 정점을 찍는데, 그 길이는 2.4미터가 넘는다. 그다음부터 나머지 늑골은 차츰 짧아져서 마지막인 열 번째는 1.5미터 남짓에 불과하다. 일반적으로 굵기는 길이와 비례하는 것처럼 보인다. 가운데 부분 늑골이 가장 많이 휘어졌다. 아르사시드 군도에서는 이걸 들보 삼아 작은 개울에 보행자용 다리를 놓은 곳도 있다.

이 책에서 여러 번 되풀이했지만, 고래의 늑골을 고찰하면서 나는 고래의 골격이 살을 입었을 때의 형태와 전혀 다르다는 사실에 새삼 놀라지 않을 수 없었다. 트랑크 섬 고래의 늑골 중에 가장 큰 가운데 뼈가 차지한 부분은 살아 있을 때 몸이 가장 두껍던 부분이다. 이 고래한테 살이 붙어 있었을 때 그 부분의 깊이는 최소한 4.8미터 이상이었을 텐데, 갈비뼈의 길이는 2.4미터에 불과하다. 그렇다면 이 갈비뼈는 살았을 때의 위용을 절반밖에 전달하지 못하는 것이다. 게다가 어떤 면에서 지금은 벌거벗은 척추만 남았지만, 한때는 총 몇 톤에 달하는 살과 근육, 피와 창자에 덮여 있었다. 그뿐 아니라, 커다란 지느러미가 있던 자리에는 어지럽게 흐트러진 관절들밖에 보이지 않고, 뼈는 없어도 묵직하고 장대하던 꼬리의 자리에는 철저한 공백만 남았다!

그러니 소심하고 견문도 좁은 사람이 평화로운 숲 속에 늘어진 앙상한 뼈대만 보고 이 경이로운 고래를 제대로 이해하려 한다는 건 얼마나 부질없고 어리석은 노릇일까. 어림없다. 오로지 급박한 위험의 한복판에서만, 놈의 격노한 꼬리가 일으키는 소용돌이 속에서만, 망망하고 깊은 바다에서만 살을 제대로 입은 고래의 진실되고 생생한 모습을 발견할 수 있다.

그리고 척추. 척추를 고찰하는 가장 좋은 방법은 기중기를 이용하여 뼈를 차례로 쌓아 올리는 것이다. 쉽게 할 수 있는 작업은 아니다. 하지만 일단 작업을 마치면 폼페이의 기둥[113]과 대단히 비슷하다.

척추골은 모두 마흔 여남은 개인데, 뼈대에서는 서로 맞물려 있지 않다. 대체로 고딕 첨탑의 커다란 장식처럼 얹혀 있고, 육중한 석조 건물의 단단한 가로 층을 이룬 모습이다. 가운데 있는 가장 큰 척추골 너비는 90센티미터에 조금 못 미치고 두께는 1.2미터 남짓이다. 꼬리 쪽으로 갈수록 가늘어지면서 가장 작은 것은 너비가 5센티미터에 불과하며 마치 흰 당구공 같은 모습이다. 이보다 더 작은 것도 있었지만 사제의 장난꾸러기 아이들이 몰래 가져가서 공기놀이를 하다가 잃어버렸다고 했다. 이것만 보더라도, 세상에서 가장 큰 생물의 등뼈조차 종국에는 코흘리개 아이들의 장난감으로 전락한다는 걸 알 수 있다.

113 이집트의 알렉산드리아 서쪽에 있는 로마 시대의 석조 기둥. 높이 25미터, 둘레 9미터에 이른다.

104
화석 고래

고래의 커다란 덩치는 상술하고 부연하고 전반적으로 설명하기에 더없이 적합한 주제를 제공한다. 압축은 할 수도 없고 해서도 안 된다. 고래는 특대형 2절판으로만 취급해야 마땅하다. 분수공부터 꼬리에 이르는 길이나 몸통의 둘레에 대해서는 다시 되풀이하지 않겠다. 다만 둘둘 말린 엄청난 창자가 전함의 맨 아래 갑판에 있는 굵은 밧줄처럼 녀석의 몸 안에 들어 있다는 걸 생각해 보라.

이 바다 괴물을 다루기로 팔을 걷어붙인 이상, 가장 작은 생식 세포까지 간과하지 않고 둘둘 말린 창자를 남김없이 펼쳐서 이 문제를 구석구석 철저하게 파헤쳤다는 걸 입증할 필요가 있다. 고래의 현재 서식 환경과 해부학적 특징에 대해서는 이미 서술했으므로, 이제 고고학과 화석학, 그리고 시원(始原)의 관점에서 놈에게 확대경을 들이대는 일만 남았다. 바다 괴물을 제외한 다른 생물, 이를테면 개미나 벼룩한테 이렇게 어마어마한 표현을 쓴다면 틀림없이 거창하다고 여길 것이다. 하지만 바다 괴물이 주제가 되면 사정이 다르다. 나는 기꺼이 사전에서 가장 묵직한 말들을 찾아서 짊어지고 이 큰일을 치러 낼 작정이다. 그리고 여기서 말해 두지만, 이 논술의 과정에서 급하게 도움이 필요할 때마다 어김없이 바로 그 목적을 위해 특별히 구입한 존슨 박사의 4절판 사전을 사용했다. 이 유명한 사전 편찬자는 몸집이 이례적으로 커서 나 같은 고래 저술가가 사용할 사전을 편찬하기에 더 적합했기 때문이다. 그저 평범해 보이는 주제를 다루면서도 의기양양하게 우쭐대는 저자들의 얘기를 자주 듣는다. 그렇다면 이 엄청나게 큰 바다 괴물에 대해 쓰는 나는 어떻겠는가? 내 글씨는 나도 모르게 현수막의 대문자만큼 커진다. 내게 콘도르의 깃털로 만든 펜을 다오! 베수비오 화산의 분화구를 잉크병으로 쓰게 해다오! 벗들이여, 내 팔을 잡아다오! 고래에 대한 생각을 적는 것만으로도 나는 녹초가 되고, 모든 학문을 총망라하고 과거와 현재와 미래에 태어날 고래와 인간과 마스토돈의 모든 세대를 아우르며 지상에 세워졌던 제국의 흥망성쇠와 우주 전체 및 그 저변까지 전부 포함하기라도 한 것처럼 한없는 방대함에 현기증이 날 지경이다. 크고 분방한 주제의 덕목이란 이러하며, 이렇게 엄청난 것이다. 우리도 그 크기만큼 확대된다. 위대한 책을 쓰려면 위대한 주제를 선택해야 한다. 벼룩에 대한 책을 쓴 사람은 많겠지만, 벼룩을 다뤄서는 결코 위대한 불후의 명작이 나올 수 없다.

　화석 고래라는 주제로 들어가기 전에 지질학자로서 신임장을 제출하는 차원에서, 잡다한 직업을 전전하던 시절에 내가 석공으로 일했으며, 도랑과 운하와 우물, 포도주 저장고와 지하실, 온갖 종류의 저수지를 능숙하게 팠다는 사실을 밝히고자 한다. 더불어 기초 지식을 위해, 오래된 지층에서는 이제 거의 멸종된 괴물들의 화석이 출토되지만, 제3기층이라고 부르는 곳에서 발견되는 그 이후의 유물은 선사 시대의 생물과 노아의 방주에 들어간 생물들의 까마득한 조상을 연결하는 고리, 또는 어떤 식으로든 그 사이에 끼어 있는 고리처럼 보이며, 지금까지 발견된 모든 화석 고래가 지표층 바로 밑에 있는 제3기층에 속한다는 사실을 상기시키고자 한다. 그중에 현재 알려진 종과 완전하게 부합하는 것은 하나도 없지만, 그래도 고래 화석으로 분류하는 게 정당할 정도로 일반적인 측면에서는 충분히 비슷하다.

아담 이전에 살았던 고래의 부분적인 화석, 뼈와 골격의 파편은 지난 30년 사이에 알프스 산기슭과 롬바르디아, 프랑스, 잉글랜드와 스코틀랜드, 그리고 미국의 루이지애나와 미시시피, 앨라배마 등지에서 간간이 발견되었다. 이런 유골 중에서도 특히 호기심을 자극하는 것은 1779년에 파리의 튀일리 궁전으로 거의 곧장 이어지는 짧은 도로인 도핀 가에서 출토된 두개골 일부와 나폴레옹 시대에 안트웨르펜 항구에 커다란 선착장을 만들 때 나온 뼈들이다. 퀴비에는 이런 파편들이 전혀 알려지지 않은 종의 고래에 속한다고 단언했다.

하지만 지금까지 발견된 모든 고래 유적 가운데 가장 경이로운 것이라면 1842년에 앨라배마에 있는 크레이 판사의 농장에서 발견된 골격을 꼽을 수 있는데, 멸종된 괴물의 커다란 뼈대는 거의 완전한 상태였다. 겁에 질린 인근의 순박한 노예들은 그게 땅에 떨어진 천사의 뼈라고 생각했다. 앨라배마의 박사들은 그걸 엄청나게 큰 파충류라고 단정하고 바실로사우루스라고 명명했다. 하지만 뼈의 일부를 바다 건너 영국에 있는 해부학자 오언에게 보냈더니, 파충류로 추정했던 것은 비록 멸종되긴 했어도 고래라는 사실이 밝혀졌다. 이 책을 통해 여러 번 되풀이된 사실, 즉 고래의 뼈대로는 살이 온전히 붙어 있을 때의 형체를 거의 짐작할 수 없다는 것을 단적으로 보여 주는 사례다. 그래서 오언은 이 괴물에 제우글로돈이라는 새로운 이름을 붙였고, 런던 지질학회에서 발표한 논문을 통해 그것이 사실상 지구의 변천 과정에서 절멸한 가장 특별한 생물 가운데 하나라고 주장했다.

이런 커다란 바다 괴물의 뼈대와 두개골, 송곳니와 턱, 늑골, 척추 사이에 서 보면, 모든 것이 현존하는 바다 괴물과 부분적으로 유사한 특징들을 지녔지만, 그와 동시에 또 한편으로는 까마득한 조상인, 선사 시대에 절멸한 바다 괴물과도 유사성을 지녔음을 알 수 있다. 그러면서 홍수에 떠밀려, 시간이라는 개념이 시작되었다고 말할 수 있기 이전의 경이로운 시대로 돌아가는 기분이 든다. 시간은 인류와 함께 시작되었기 때문이다. 여기서 사투르누스[114]의 잿빛 혼돈이 나를 덮치고 나는 극지의 영겁을 어렴풋이 들여다보며 몸서리친다. 쐐기 모양 얼음 요새가 지금의 열대 지방까지 밀어닥치고, 둘레가 4만 킬로미터에 달하는 지구에 사람이 살 수 있는 땅이라고는 한 뼘도 보이지 않는다. 그때는 온 세상이 고래의 것이었고, 피조물의 왕으로서 지금의 안데스와 히말라야 능선에도 지나간 흔적을 남겼다. 그 무엇이 바다 괴물과 같은 계보를 자랑할 수 있는가? 에이해브의 작살은 파라오의 피보다 더 오래된 피를 흘리게 했다. 므두셀라[115]가 어린애처럼 보인다. 나는 주위를 돌아보다가 셈[116]과 악수한다.

114 로마 신화 속 농업의 신으로, 불멸과 영원의 차원에서 시간이나 죽음과 결부된다.

나는 모세 이전부터 근거도 없이 존재하던 형언할 수 없는 고래에 대한 공포를 확인하고 충격에 휩싸인다. 시간이 생기기 이전에 존재하던 그 공포감은 인간의 세기가 모두 끝난 뒤에도 존재할 게 틀림없다.

하지만 이 바다 괴물은 아담 이전의 종적을 자연의 연판에 남기고 석회암과 이회토에 태고의 흉상을 새겼을 뿐만 아니라, 고색창연해서 그 자체로 거의 화석에 가까운 이집트의 명판에서도 의심할 수 없는 지느러미의 자국을 발견할 수 있다. 50여 년 전에는 덴데라 대(大)신전[117]에서 화강암 천장에 새기고 채색한 천체도가 발견되었는데, 오늘날의 천구의에서 볼 수 있는 기괴한 형상들과 흡사한 켄타우로스, 그리핀, 돌고래 등이 가득 새겨진 가운데 태고의 바다 괴물이 옛날처럼 그 사이를 유유히 헤엄친다. 고래는 솔로몬이 태어나 요람에 눕기 몇 세기 전에 이미 천체도 안에서 헤엄을 치고 있었다.

대홍수 이후에 뼈를 남겨 놓아 고래의 유구한 계보를 보여 주는 또 하나의 기이한 증언도 빼놓을 수 없는데, 옛날 바버리 지방[118]을 여행한 덕망 높은 요하네스 레오[119]는 그것을 이렇게 기록했다.

115 구약 시대의 족장. 〈므두셀라는 구백육십구 년을 살고 죽었다.〉(「창세기」 5장 27절)

116 노아의 장남.

117 이집트의 나일 강 동쪽 연안 도시 덴데라에 있는 신전으로 1세기에 세워졌다.

118 북아프리카 지중해 연안 지방의 모로코, 알제리, 튀니지, 리비아를 일컫는다.

119 16세기 무어인. 아프리카 견문록을 써서 유럽에서는 레오 아프리카누스로 알려진 인물. 멜빌은 해리스 항해기를 통해 그의 글을 접했다.

〈해안에서 멀지 않은 곳에 신전이 있는데, 그곳의 서까래와 들보는 고래 뼈로 만들었다. 어마어마한 크기의 고래가 죽어 바닷가로 떠밀려 올 때가 많기 때문이다. 그 지방 사람들은 신이 신전에 신비로운 힘을 부여하여 그 앞을 지나는 고래는 전부 즉사한다고 믿는다. 하지만 실상은 신전 양쪽에 바다로 3킬로미터쯤 뻗어 나간 암초가 있어서 거기 부딪힌 고래가 상처를 입는 것이다. 그곳 사람들은 믿을 수 없을 만큼 긴 고래의 늑골을 기적의 증거로 보존하고 있는데, 볼록한 부분이 위를 향하도록 땅에 세워 놓은 아치의 꼭대기는 낙타 등에 올라 선 사람도 닿을 수 없을 만큼 높다. 이 늑골은 내(요하네스 레오)가 봤을 당시에 이미 1백 년 전부터 그곳에 있었다고 한다. 그 지역 역사가들은 마호메트의 출현을 내다본 예언자가 이 신전에서 나왔다고 주장하고, 일부는 고래가 예언자 요나를 토해 낸 곳이 이 신전의 아래쪽이었다는 주장을 서슴지 않는다.〉

잠시 이 아프리카의 고래 신전을 거닐어 보라. 그대가 낸터컷 출신이고 고래잡이라면 그곳에서 조용히 경배를 드리게 될 것이다.

105
고래의 크기는 줄어들고 있는가?
고래는 소멸할 것인가?

바다 괴물이 영겁의 수원에서 우리 시대까지 몸부림치며 헤엄쳐 왔다면, 긴 계보 속에서 고래가 조상의 원래 덩치를 상실하지 않았는지 따져 보는 일은 적절할 것이다.

하지만 조사를 해본다면 현재의 고래들이 제3기층(인류가 등장하기 전의 지질 시대를 포함하는 지층)에서 화석으로 발견된 고래보다 크기가 월등하며, 그뿐 아니라 3기층의 고래들 중에서는 후기에 속하는 것이 전기에 비해 크다는 것을 알 수 있다.

지금까지 발굴된 아담 이전의 모든 고래 중에서 가장 큰 것은 바로 앞 장에서 언급한 앨라배마의 고래지만, 그 고래의 뼈대 길이는 21미터가 채 되지 않는다. 반면에 현재의 커다란 고래는 골격을 측정했을 때 거의 22미터에 달한다는 걸 이미 확인한 바 있다. 그리고 포경업 관계자한테서 듣자니, 포획 당시에 길이가 무려 30미터에 달하는 향유고래를 잡은 적이 있다고 한다.

하지만 현재의 고래가 앞선 지질 시대에 발견된 것들에 비해서는 더 클지 몰라도, 아담 시대 이후로는 크기가 줄지 않앗을까?

플리니우스 같은 학자나 고대 박물학자들의 전반적인 이야기를 신뢰한다면, 확실히 그렇게 결론을 내릴 수밖에 없다. 플리니우스는 몸집이 몇 에이커에 달하는 고래에 대해 이야기하고 알드로반디[120]는 길이가 240미터인 고래 얘기를 했는데, 그야말로 밧줄 공장만큼 넓고 템스 강 터널만큼 긴 고래가 아닐 수 없다! 그리고 쿡 선장의 배에 탔던 박물학자 뱅크스와 솔랜더의 시대에도 덴마크 과학원의 한 회원이 아이슬란드고래의 일종(레이든-시스커, 다른 말로는 뱃주름고래)을 108미터라고 기록했다. 또한 프랑스 박물학자인 라세페드는 고래의 역사를 상세히 기술한 책의 첫머리(3쪽)에서 참고래의 길이를 1백 미터라고 적었다. 심지어 이 책은 최근인 1825년에 발간되었다.

하지만 이런 얘기를 믿는 고래잡이들이 있을까? 없다. 오늘날의 고래는 플리니우스 시대에 살던 조상들만큼 크다. 플리니우스를 만날 수만 있다면, 나는 고래잡이로서(그보다는 숙련된) 무례를 무릅쓰고 그렇게 말하겠다. 왜냐하면 플리니우스가 태어나기 몇천 년 전에 매장된 관 속의 이집트 미라가 오늘날 켄터키 사람이 신발을 벗고 잰 것만큼도 크지 않고, 고대 이집트와 니네베의 명판에 새겨진 소를 비롯한 여러 동물의 상대적인 비율로 판단했을 때 축사에서 잘 먹여 키운 스미스필드의 일등품 소가 파라오의 가장 살진 소를 훨씬 능가하는 마당에, 어떻게 그럴 수 있는지 이해할 수 없기 때문이다. 이 모든 점을 종합했을 때 나는 모든 동물 중에서 유독 고래의 크기만 줄었다는 걸 인정할 수 없다.

120 16세기 이탈리아의 박물학자.

하지만 또 한 가지 따져 볼 게 남았는데, 좀 더 생각이 깊은 낸터컷 사람들이 자주 제기하는 의문이다. 돛대 꼭대기에서 모든 곳을 두루 살피는 망꾼들 덕분에 이제 포경선은 베링 해협을 지나 세상 끝에 숨겨진 비밀 서랍과 궤짝 속까지 뚫고 들어갔고, 모든 대륙의 해안에서 무수한 작살과 창이 날아갔다. 그렇다면 따져 볼 문제는 이것이다. 바다 괴물이 이런 마구잡이 추격을, 이런 무자비한 포획을 오랫동안 견뎌 낼 수 있을까. 바다에서 끝내 절멸하지 않을까. 그리고 최후의 고래는 최후의 인간처럼 마지막 담배를 피우고는 마지막 담배 연기 속으로 증발해 버리지 않을까.

혹이 있는 고래 무리를 혹이 있는 들소 떼와 비교해 보자. 40년 전만 해도 들소들은 몇만 마리씩 무리 지어 억센 갈기를 흔들고 벼락이 엉겨 붙은 것 같은 이마를 찌푸린 채 일리노이와 미주리의 초원을 뒤덮었지만, 지금 그 강변에는 인구가 밀집한 도시가 들어섰고 정중한 부동산 중개인들이 2.5센티미터에 1달러로 땅을 판매한다. 이렇게 비교할 경우 고래도 사냥을 계속하다 보면 급격한 멸종을 피할 수 없다는 필연적인 결론이 도출될 것 같다.

하지만 이 문제는 다각도로 검토해야 한다. 불과 얼마 전까지, 한 사람이 나고 죽을 만큼의 시간도 흐르기 전에, 일리노이의 들소 개체 수는 런던의 인구보다 많았지만, 지금은 그 지역을 통틀어도 뿔 하나, 발굽 한 개조차 찾아볼 수 없다. 그리고 이 놀라운 멸종의 원인은 인간의 창이었다. 하지만 고래잡이는 성격이 전혀 다르므로 바다 괴물이 이렇게 불명예스러운 최후를 맞게 될 일은 절대로 없다. 배 한 척에 40명이 타고 48개월 동안 향유고래를 잡으러 다니다가 40마리 분량의 기름을 싣고 귀로에 오르면 대성공으로 여겨 신께 감사한다. 반면에 지난날 서부의 캐나다인과 인디언들이 총과 덫으로 사냥하던 시절에, 그러니까 멀고 먼 서부(해가 져도 날이 저물지 않던)가 황무지이고 처녀지였던 시절에, 가죽신을 신은 같은 수의 남자들이 같은 기간 동안 배 대신 말을 타고 사냥을 했다면 들소를 40마리가 아니라 4만 마리도 넘게 죽였을 것이다. 필요하다면 얼마든지 통계적으로 증명할 수 있는 사실이다.

예를 들어 전에는(이를테면 지난 세기 말에는) 작은 무리를 이룬 이 바다 괴물들이 오늘날보다 훨씬 자주 눈에 띄었고, 그 결과 항해 기간이 그렇게 길지 않았으며 수익성도 훨씬 좋았다는 주장 또한 잘 생각해 보면 향유고래의 점진적인 멸종을 뒷받침하는 증거라고는 여겨지지 않는다. 왜냐하면, 어딘가에서 이미 말했다시피, 요즘 고래들은 안전상의 이유로 큰 무리를 이루어 바다를 헤엄치기 때문에 예전에 따로 흩어져 다니던 외톨이나 둘씩 짝지어 다니던 것들, 혹은 작은 무리를 이루던 것들이 이제 엄청난 집단으로 모이면서, 그만큼 간격이 멀고 자주 발견되지도 않는 것이다. 그게 전부다. 그리고 이른바 수염고래가 예전에는 득실대던 어장에 더는 나타나지 않는다고 해서 종의 수가 감소하고 있다고 생각하는 것 역시 잘못인 듯하다. 그 고래들은 작은 곳에서 큰 곳으로 옮겨 갔을 뿐이기 때문이다. 그리고 어느 해안에서 더는 고래의 왕성한 물기둥을 볼 수 없다면 다른 외딴 바닷가에서는 느닷없는 낯선 풍경에 깜짝 놀라고 있을 것이다.

게다가 마지막에 언급한 수염고래와 관련해서 한마디만 더 하자면, 수염고래는 두 군데에 견고한 요새를 갖고 있는

데, 사람의 힘으로는 결코 함락시킬 수 없을 곳들이다. 기민한 스위스 사람들이 골짜기를 침략당하면 산으로 후퇴했듯이, 대양의 초원과 습지에서 쫓겨난 수염고래는 마지막 보루인 극지의 요새로 퇴각하여 차마 넘볼 수 없는 얼음 울타리와 빙벽 밑으로 잠수했다가 빙원과 부빙 사이로 떠올라 영원한 12월의 마력 속에서 인간의 모든 추격을 물리칠 수 있다.

하지만 향유고래가 한 마리 잡힐 때 수염고래는 약 50마리쯤 잡히기 때문에 포경선 앞 갑판의 일부 철학자들은 이렇게 가차 없는 포획이 이미 이들의 병력에 상당한 손실을 입혔다고 판단했다. 그러나 최근 얼마 동안 미국의 북서부 해안에서 잡힌 수염고래의 수가 매년 1만 3천 마리를 넘기는 했어도, 또 다른 관점에서 생각해 보면 이런 사태조차 이 문제에 대한 반론으로는 거의 또는 전혀 의미를 갖지 못한다.

지구상에 큰 동물이 그렇게 많이 살았는지 의심이 드는 것도 당연하지만, 고아[121]를 연구한 역사가 하르토가 말하길 시암 왕은 사냥을 나가면 한 번에 코끼리 4천 마리를 잡았고, 그 지역에 사는 코끼리가 온대 지방의 가축만큼 많았다고 하니, 우리가 뭐라고 하겠는가? 그리고 그 코끼리들이 세미라미스,[122] 포루스, 한니발,[123] 그리고 동방의 왕들에게 몇천 년 동안 대대로 사냥을 당했으면서도 여전히 많은 수가 그곳에 살아남아 있다면, 커다란 고래는 아시아 전체와 남북

---

121 인도 중서부 해안 지방.

122 기원전 9세기 말에 활동한 고대 아시리아의 전설적 영웅인 여왕. 인도와 전쟁이 벌어졌을 때 가짜 코끼리를 만들어 진격했다.

123 고대의 위대한 군사 지도자 중 한 사람으로 2차 포에니 전쟁(기원전 218~201) 때 로마에 대항해 카르타고군을 지휘했다. 이때 코끼리 부대를 이끌고 알프스 산맥을 넘었다고 전해진다.

아메리카에다 유럽, 그리고 아프리카와 오스트레일리아, 그리고 바다의 모든 섬을 합친 것보다 정확하게 두 배나 더 넓은 초원을 돌아다닐 수 있으므로 인간의 추격을 이겨 내고 살아갈 가능성이 더 높다는 걸 의심할 이유는 없을 것 같다.

더구나 고래는 수명이 1백 년이 넘을 만큼 아주 오래 산다고 추정되므로, 어느 시기에는 여러 세대가 동시에 살아갈 거라는 점도 고려해야 한다. 그게 무슨 뜻인지는 75년 전에 살던 남녀노소가 세상의 모든 무덤과 묘지와 납골당에서 살아 돌아와 지금 지구상에 사는 인구에 그 수를 더한다고 상상해 보면 쉽게 알 수 있을 것이다.

그러므로 이 모든 것을 고려했을 때 개체로서의 고래는 죽을지언정 종으로서의 고래는 불멸의 존재라고 여겨진다. 고래는 대륙이 물 위로 떠오르기 전부터 바다를 헤엄쳤고, 튀일리 궁정과 윈저 성과 크렘린 궁전이 있는 곳 위를 헤엄치기도 했다. 노아의 홍수 때도 고래는 방주 따위를 거들떠보지도 않았다. 설사 세상의 쥐를 모두 잡아 없애기 위해 다시 한 번 대홍수가 몰아쳐 온 세상이 네덜란드처럼 물에 잠기더라도, 불멸의 고래는 살아남아 적도를 휩쓰는 높은 물마루 위로 머리를 쳐들고 하늘을 향해 보란 듯이 물기둥을 뿜어 올릴 것이다.

106
에이해브의 다리

에이해브 선장은 런던 선적 새뮤얼 엔더비호를 서둘러 떠나느라 몸에 약간 타격을 입었다. 보트 널빤지 위로 너무 힘껏 뛰어내리다 고래 뼈 다리가 거의 갈라질 뻔한 충격을 받은 것이다. 그리고 본선으로 돌아와 예의 회전축 구멍에 다리를 꽂은 후에도 키잡이에게 급히 지시를 내리려고(그 지시란 늘 그랬듯이 키를 꽉 쥐라는 호통이었다) 몸을 맹렬히 돌리다가 이미 무리가 간 고래 뼈가 더 비틀리고 말았다. 모양은 망가지지 않아서 겉으로 보기엔 여전히 튼튼한 것 같았지만, 에이해브는 다리를 온전히 신뢰할 수 없었다.

사실, 광적인 무모함에 휩싸여서도 에이해브가 이따금 몸의 일부를 지탱하는 죽은 뼈의 상태에 세심한 주의를 기울이는 건 그리 놀랄 일이 아니었다. 그가 어느 날 밤에 의식을 잃고 땅바닥에 누운 채로 발견된 건 피쿼드호가 낸터컷을 출항하기 얼마 전 일이었는데, 알려지지 않고 설명할 수도 없으며 상상도 할 수 없는 어떤 사고로 인해 고래 뼈 다리가 격렬하게 뽑히면서 말뚝처럼 그의 사타구니를 찔렀고, 그 고통스러운 상처를 완전히 치료하기란 결코 쉬운 일이 아니었기 때문이다.

그때도 그의 편집광적인 머릿속에는 자신이 지금 겪는 고통이 이전에 당한 화의 직접적인 결과라는 생각이 어김없이 떠올랐고, 맹독을 가진 늪의 뱀도 숲에서 가장 아름다운 노래를 지저귀는 새처럼 제 종족을 번식시키듯, 모든 불행한 사건도 기쁜 경사처럼 비슷한 사건을 불러일으키는 게 당연하다는 사실을 너무나 분명히 깨달은 것 같았다. 그래, 더하면 더했지. 에이해브는 생각했다. 슬픔의 조상과 자손은 기쁨의 조상과 자손을 모두 능가하기 때문이다. 이걸 암시하지 않더라도, 어떤 경전의 가르침에서 추론한 바에 따르면, 이승에서 본래의 즐거움을 누린 사람은 다음 생에서 기쁨의 자손을 낳지 못하여 기쁨의 무자식이라는 지옥 같은 절망이 뒤따르는데, 죄를 지은 인간의 불행은 내세에서도 영원히 슬픔의 자손을 낳으며 대대로 번성한다. 이 사건을 전혀 암시하지 않더라도, 문제를 더 깊이 파고 들어가 보면 행복과 불행 사이에는 불평등이 존재하는 것처럼 보인다. 지상 최고의 행복이라도 그 속에는 무의미하고 보잘것없는 것이 도사리고 있지만, 모든 슬픔의 밑바닥에는 신비로운 의미가 숨었으며 어떤 사람은 대천사 같은 장엄함을 지녔기 때문이라고 에이해브는 생각했다. 아무리 부지런히 유래를 뒤져 본들 이 명백한 추론을 뒤집을 수는 없다. 숭고한 비극의 계보를 거슬러 올라가다 보면 결국은 근원을 알 수 없는 신들의 계보 속으로 들어가게 된다. 그러므로 건초를 말리는 반가운 태양과 부드러운 심벌즈 소리처럼 은은한 가을의 보름달 앞에서도 이것만은 인정해야 하는데, 신들도 늘 즐거운 것만은 아니라는 사실이다. 날 때부터 인간의 이마에 새겨진, 지워지지 않는 슬픈 낙인은 다름 아닌 그것을 새긴 자들의 슬픔의 흔적이다.

여기서 뜻하지 않게 한 가지 비밀이 드러났는데, 어쩌면 전에 더 적절하고 확실한 방법으로 공개됐을지도 모르는 비밀이다. 에이해브와 관련된 수많은 특이한 사실과 더불어 그가 어째서 피쿼드호의 출항을 전후로 한동안 라마의 고승처럼 은둔했는지, 그리고 왜 그 기간 동안 망자들의 대리석 원로원을 묵언의 피난처로 삼았는지가 여전히 몇몇 사람에게는 수수께끼로 남아 있었다. 비록 에이해브의 깊은 속내를 누설해 봐야 설명의 빛을 비추기보다 의미심장한 어둠을 드리울 때가 많긴 하지만, 펠레그 선장이 이유라며 제시한 것은 전혀 그럴듯해 보이지 않았다. 하지만 결국 모든 것이 드러났다. 최소한 이 한 가지 문제만큼은 밝혀졌다. 그의 일시적인 은둔의 밑바닥에는 비참한 재난이 자리 잡고 있었다. 그뿐 아니라, 갈수록 줄어들고 감소하기는 해도 어떤 이유로든 다소나마 그에게 접근할 수 있는 특권을 누리는 뭍의 지인들, 그 소심한 사람들 일단에게는, 위에서 암시한 사고, 에이해브가 언짢은 표정만 지을 뿐 아무런 설명을 해주지 않은 그 사고가 망령과 비탄의 땅에서 초래된 것만 같은 공포에 덮여 있었다. 그래서 그들은 에이해브를 아끼는 마음에 자신들의 힘이 닿는 한 이 얘기가 다른 사람들의 귀에 들어가는 것을 막자고 뜻을 모았고, 그런 탓에 상당한 시간이 흐를 때까지 피쿼드호의 갑판에조차 알려지지 않았다.

하지만 그건 그렇고, 우리 눈에 보이지 않는 신들의 회합이나 지옥의 악마와 염라대왕이야 지상의 에이해브하고 관련이 있건 없건, 당면한 다리의 문제와 관련하여 그는 평범

283

하면서도 실질적인 행동을 취했다. 목수를 부른 것이다.

　그리고 목수가 나타나자 에이해브는 지체 없이 새로운 다리 제작에 착수하라고 지시했고, 항해사들에게는 지금까지 항해하면서 수집한 턱뼈(향유고래)의 샛기둥과 들보를 목수에게 보여 줘서 가장 단단하고 결이 깨끗한 것을 고르게 하라고 명했다. 재료 선정이 끝나자 그날 밤 안으로 다리를 완성하고, 현재의 믿을 수 없는 다리에 사용한 것은 일절 사용하지 말 것이며, 부속품을 전부 새로 장만하라는 지시가 하달되었다. 또한 대장장이는 잠시 선창에 넣어 두었던 배의 용광로를 꺼내고, 작업의 속도를 높이기 위해 필요할지 모르는 쇠붙이는 뭐든지 당장 만들기 시작하라는 명령을 받았다.

107
목수

토성의 위성들 사이에 술탄처럼 자리를 잡고 앉아 아주 추상적인 인간을 하나 떠올려 보자. 그러면 인간이 경이롭고 장엄하며 비통해 보일 것이다. 하지만 같은 자리에서 인류 전체를 생각하면 당대의 사람들이거나 유전적인 차원에서 보더라도 대부분 쓸모없는 복제품 군상처럼 보일 것이다. 그러나 제아무리 미천한 신분이어서 고귀한 인간성의 모범 사례와는 거리가 멀지언정 피쿼드호의 목수는 결코 복제품이 아니었다. 그런 까닭에 이 무대에 친히 등장하게 된 것이다.

모든 원양 어선의 목수, 그리고 특히 포경선에 오르는 목수가 그렇듯이, 그 역시 부수적이고 실용적인 수준의 다양한 일 처리와 작업에서 본업 못지않게 능숙한 솜씨를 발휘했다. 목수라는 직업은 역사가 깊고, 많든 적든 나무를 보조 재료로 사용하는 수많은 수공예는 전부 목수업이라는 줄기에서 뻗어 나온 가지들이다. 하지만 피쿼드호의 목수는 이런 일반적인 설명을 적용받는 것은 물론이거니와, 문명 세계를 벗어나 오지의 바다를 3~4년씩 항해하는 큰 배에서 끊임없이 벌어지는, 일일이 거론할 수도 없을 만큼 많고 긴급한 기계 고장을 수리하는 일에도 희한할 정도로 유능했다. 통상적인 소임, 구멍 난 보트와 갈라진 돛대를 수리하고, 날이 뒤틀린 노의 형태를 바로잡고, 갑판에 채광창을 끼우거나 뱃전 널빤지에 새로 나무못을 박는 등의 본업과 조금은 더 직접적으로 관련된 잡다한 일들을 즉시 처리하는 것은 말할 나위도 없으며, 유용한 일이건 재미 삼아 하는 일이건 가리지 않고 다방면에서 온갖 수완을 민첩하게 발휘하는 전문가라고 할 수 있었다.

그가 그렇게 다양한 배역을 두루 소화하는 주된 무대는 바이스 작업대, 즉 쇠와 나무로 만든 다양한 크기의 바이스가 놓인 길고 투박한 탁자였다. 고래가 뱃전에 매달릴 때를 제외하면 이 작업대는 늘 정유 화덕 뒤에 가로로 단단하게 묶여 있었다.

밧줄 걸이가 너무 커서 구멍에 잘 들어가지 않으면, 목수는 늘 준비되어 있는 바이스에 그걸 끼운 다음 줄로 갈아서 크기를 다듬는다. 깃털이 독특한 육지의 새가 길을 잃고 배에 내려앉았다가 선원에게 잡히면, 깔끔하게 깎은 참고래 뼈를 막대로 삼고 향유고래의 송곳니를 대들보 삼아 탑 모양으로 새장을 만든다. 노잡이가 손목을 삐면, 통증을 누그러뜨려 줄 물약을 조제한다. 스터브가 자기 보트의 모든 노에 주홍색 별을 그려 넣고 싶어 하면, 커다란 나무 바이스에 노를 하나씩 끼운 다음 좌우 대칭이 되도록 별을 그려 준다. 선원 중에 누군가가 상어 뼈로 만든 귀고리를 달고 싶어 하면, 귀에 구멍을 뚫어 준다. 또 어떤 선원이 치통을 앓으면, 목수는 펜치를 꺼내 들고 손으로 자신의 작업대를 탁탁 치며 선원을 거기에 앉힌다. 가여운 선원이 미심쩍은 수술에 겁을 집어 먹고 몸을 바들바들 떨면, 목수는 나무 바이스 손잡이를 빙빙 돌리며 이를 뽑고 싶다면 턱을 거기 집어넣으라고 무언의 신호를 보낸다.

이렇게 목수는 어떤 문제에도 척척 대처했고, 모든 문제에 그만큼 무심하고 냉담했다. 이빨을 상아 조각이라고 생각하고 머리는 도르래 정도로 여겼다. 사람도 캡스턴쯤으로 가볍게 생각했다. 이렇게 광범위한 분야에 능숙하고 그렇게 실질적인 기술을 발휘하는 것이 비범한 지성의 소유자라는 증거처럼 보일지도 모른다. 하지만 꼭 그런 건 아니다. 이 남자의 가장 두드러진 특징은 비인간적인 둔감함이었기 때문이다. 내가 비인간적이라고 말한 까닭은 주변의 무한한 사물 속으로 녹아들어 급기야 눈에 보이는 세계에서 식별되는 보편적인 둔감함과 하나가 된 것처럼 보였기 때문이다. 눈에 보이는 세계는 무수한 형태로 쉴 새 없이 움직이면서도 영원히 평화를 유지하며, 설사 옆에서 대성당의 기초 공사를 하더라도 아랑곳하지 않는다. 하지만 목수의 둔감함에는 조금 섬뜩한 면이 있었는데, 거기에서 냉혹함이 사방으로 가지를 뻗는 것처럼 보였다. 그러면서도 이따금 묘하게 낡은 노받이마냥 대홍수 이전의 해학이 보이기도 하고, 가끔은 백발 노인네다운 재치를 담아내기도 했다. 노아의 방주 앞 갑판에서 야간 당직을 섰다면 시간을 보내는 데 도움이 됐을 만한 해학이었다. 이 늙은 목수는 평생을 떠돌아다니며 여기저기 구르느라 이끼가 낄 겨를이 없었던 데다, 그나마 겉에 달라붙어 있던 얼마 안 되는 외적 속성마저 떨어져 나간 것일까? 그는 적나라한 추상체이며 분할되지 않은 완전체이고, 갓난아기처럼 타협할 줄 모르고 현세건 내세건 아무런 계획 없이

287

살아갔다. 그의 이런 기이한 비타협성에는 일종의 비(非)지성이 내포되었다고 말할 수 있을 정도였다. 수많은 일을 하면서 솜씨를 발휘할 때도 이성 또는 직관에 크게 의지하는 것 같지 않았고, 그렇다고 단지 그러한 기술을 배웠기 때문에 하는 것 같지도 않았으며, 모든 것이 균일하거나 균일하지 않게 섞인 것도 아니었다. 그저 일종의 귀머거리거나 벙어리처럼 무의식적이고 단조로운 과정으로 처리할 뿐이었다. 그는 순수하게 손만을 움직였으며 그의 뇌는, 만약에 그에게 뇌라는 게 있다 하더라도, 일찌감치 손의 근육으로 스며들어 간 게 틀림없었다. 그는 이를테면 합리적이지는 않아도 대단히 유용한, 작아도 내실이 있는 셰필드 만능 칼(크기는 일반적인 주머니칼보다 조금 크지만, 다양한 크기의 칼뿐만 아니라 드라이버와 타래송곳, 족집게, 송곳, 펜, 자, 손톱 줄, 구멍 송곳까지 달린) 같은 사내였다. 그래서 상관이 목수를 드라이버로 사용하고 싶을 때는 그 부분을 펼쳐서 드라이버를 꺼내기만 하면 됐다. 족집게를 쓰고 싶을 경우 그의 다리를 들어 올리면 곧바로 족집게가 되는 식이었다.

그러나 앞에서도 얼핏 말했다시피, 이렇게 필요에 따라 여닫을 수 있는 만능 기구 같다고 해서 목수가 자동 기계에 불과한 존재는 결코 아니었다. 평범한 영혼의 소유자는 아닐지언정, 변칙적으로 제 소임을 다하는 미묘한 뭔가가 그에게는 있었다. 그게 무엇이었는지, 수은의 정기였는지 아니면 녹각정 몇 방울이었는지는 알 수 없다. 하지만 뭔가는 분명히 있었고, 그것은 벌써 60년 넘게 그의 몸에 깃들어 있었다. 뭐라설명할 수 없는 교활한 생명의 본질로 인해 목수는 대부분시간을 혼자 중얼거리며 보냈다. 하지만 그것은 이성이 없는 바퀴의 웅웅거림 같은 혼잣말이었다. 어쩌면 그의 몸이 일종의 초소여서, 거기서 보초를 서는 영혼이 늘 혼잣말을 하며 그를 깨어 있게 하는 건지도 몰랐다.

108
에이해브와 목수

갑판 — 초저녁 당직

바이스 작업대 앞에 선 목수, 등불 두 개를 밝힌 채 다리로 쓸 고래 뼈를 바이스에 단단히 고정해 놓고 부지런히 줄로 다듬는 다. 납작한 고래 뼈 조각들, 가죽 끈, 방석, 드라이버와 각종 도구들이 작업대 주변에 흩어져 있다. 앞쪽으로는 용광로의 붉은 불길이 보이고, 대장장이가 작업에 한창이다.

빌어먹을 줄칼, 빌어먹을 뼈다귀! 물렁물렁해야 할 것은 단단하고 단단해야 할 건 물러 터졌네. 낡은 턱뼈와 정강이 뼈를 가는 우리 신세가 그렇지. 어디 다른 걸로 해볼까. 그래, 한결 낫군(재채기). 아이쿠, 이놈의 뼛가루가(재채기), 아니 어째서(재채기) 자꾸(재채기) 재채기가 나오는 거야. 사람 말도 못하게! 늙은이가 죽은 나무를 만지니 이 꼴이구먼. 생나무를 톱질하면 이런 먼지가 안 나는데. 생뼈를 잘라도 이렇지 않지(재채기). 이봐, 이봐, 거기 깜부기 영감, 나 좀 도와주게. 그 쇠테와 버클 나사 좀 건네줘. 금방 쓰게 될 것 같으니까. 그나마(재채기) 무릎마디는 안 만들어도 되니 다행이지.

그걸 만들려면 골치깨나 아플 텐데. 하지만 정강이뼈쯤이야 막대기 만드는 수준이지. 그래도 마무리는 근사하게 하고 싶어. 시간, 시간. 시간만 있다면 응접실에서 귀부인에게 비비 대도 될 만큼 근사한 다리로(재채기) 만들 수 있을 텐데. 가게 진열장에서 본 사슴 가죽 다리와 송아지 가죽 다리는 비교도 안 될 거야. 그런 것들은 물기를 빨아들이거든. 아무렴. 당연히 관절염에 걸려서 살아 있는 다리처럼(재채기) 씻어 내고 약을 발라야 해. 어디, 톱질을 하기 전에 영감을 불러서 길이가 맞는지 재봐야겠군. 너무 짧은 건 아닐지 모르겠네. 아니! 뒤꿈치 소리잖아. 우리가 운이 좋군. 이쪽으로 오고 있어. 설마 다른 사람일지는 모르지만, 하여간 발소리가 들려.

에이해브

(다가온다)

이어지는 장면에서도 목수는 이따금 재채기를 계속한다.

어이, 사람 만드는 목수!
마침 잘 오셨습니다, 선장님. 괜찮으시면 지금 길이를 표시해 놓고 싶은데요. 좀 재보겠습니다.
다리를 재겠다고? 좋지. 처음 하는 일도 아닌데. 그래 그 정도야! 거기. 거길 손가락으로 누르고 있게. 힘 좋은 바이스를 가졌군, 목수. 어디 조이는 힘 좀 느껴 볼까. 그래, 그래. 약간 조이는걸.
아이고 선장님, 이건 뼈도 부러뜨립니다. 조심, 조심하세요!
걱정 말게. 단단히 잡아 주는 게 좋아. 이렇게 미끄러운 세

291

상에서 단단히 제자리를 지키는 느낌을 받고 싶거든. 저기 프로메테우스는 뭘 하는 거야? 대장장이 말일세. 뭘 하는 건가?

버클 나사를 만들고 있을 겁니다, 선장님.

좋아. 협동 작업이로군. 저 친구가 근육 부분을 맡은 게야. 불을 시뻘겋게 일으키는데!

그럼요. 이렇게 정교한 작업에는 뜨거운 열이 필요합니다.

음. 그래야겠지. 옛날 그리스의 프로메테우스라는 대장장이가 불로 인간에게 생명을 불어넣었다는 얘기는, 지금 생각하면 대단히 의미심장해. 불에서 만들어진 것은 불로 돌아가야 마땅하니까, 지옥도 있을 법하지. 그을음이 심하군! 그 그리스 양반이 아프리카 사람들을 만들고 남은 찌꺼기인 모양이야. 목수, 대장장이한테 버클을 완성하고 나면 강철로 견갑골도 한 쌍 만들라고 하게. 어깨가 으스러질 만큼 무거운 짐을 진 행상 한 명이 배에 타고 있으니까.

네?

잠깐. 프로메테우스가 일에 착수한 김에 아예 이상적인 형태의 완전한 인간을 하나 주문해야겠어. 우선, 키는 신발 벗고 15미터, 가슴은 템스 강 터널처럼 만들고, 한곳에 머물 수 있도록 다리에는 뿌리를 달고, 팔은 손목 지름이 90센티미터, 심장은 필요 없고, 놋쇠로 만든 이마에 뇌는 약 4분의 1에이커. 어디 보자. 밖을 내다볼 수 있도록 눈을 주문할까? 아니야. 하지만 안으로 빛이 스며들도록 정수리에 천창은 만들어야지. 자, 주문을 받았으면 가봐.

(방백) 아니, 무슨 소리를 하는 거야? 누구한테 말하는 거냐고? 하지만 내가 알게 뭐람? 그런데 나는 계속 여기 서 있어야 하는 건가?

꽉 막힌 돔을 만드는 건 서투른 건축가뿐이야. 여기도 하나 있지. 아니, 아니, 아니. 내게는 등잔이 필요해.

아하! 그렇습니까? 여기 두 개 있습니다, 선장님. 저는 하나면 충분합니다.

도둑 잡는 등잔을 왜 내 얼굴에 들이미는 거야? 빛을 들이미는 건 권총을 겨누는 것보다 더 나쁜 거라고.

저는 목수에게 하시는 말씀인 줄 알고.

목수? 왜 그런. 아니, 아닐세. 자네는 아주 단정한, 그러니까 내 말은, 대단히 점잖은 종류의 일을 하고 있지 않은가 말일세. 그게 아니면 자네는 진흙을 만지고 싶은 건가?

네? 진흙, 진흙이라고요? 그건 흙입니다. 진흙이야 도랑 파는 사람들이나 만지는 것이죠.

불경스러운 놈일세! 어째서 자꾸 재채기를 해대는 거냐?

뼛가루가 많이 날리네요.

그럼 그걸 교훈으로 삼아서 자네가 죽으면 절대로 살아 있는 사람들 코 밑에 뼈를 묻지 말게.

네? 아아! 그래야겠군요. 네네, 아이고 참!

이보게, 목수. 자네는 스스로 실력 있는, 기술자다운 기술자라고 생각하겠지. 그렇다면 자네가 만드는 이 다리를 내가 달았을 때 바로 그 자리에서 다른 다리, 그러니까 잃어버린 내 옛날 다리, 살과 피로 이루어졌던 그 다리를 느낀다면 자네의 솜씨가 훌륭하다고 말할 수 있을까? 자네는 인간의 그 본성을 좇아 버릴 수 없나?

그렇군요. 이제야 조금 이해가 되기 시작합니다. 그것과 관련해서 흥미로운 얘기를 들은 적이 있습니다. 사람이 팔다리를 잃어도 옛날 감각을 완전히 잃는 건 아니어서 가끔씩 쿡쿡 쑤신다던데, 그게 사실입니까?

그렇다네. 자네의 살아 있는 다리를 여기, 내 다리가 있었던 자리에 대보게. 그렇게 하면 눈으로 보기엔 다리가 틀림없이 한 개뿐이지만 영혼으로 느끼기엔 두 개거든. 자네가 약동하는 생명을 느끼는 곳, 털끝 하나 차이가 없는 바로 그곳에서 나도 그걸 느낀다네. 무슨 말인지 모르겠나?

조금 어려운 문제이기는 한 것 같네요.

그렇다면 잠자코 들어 보게. 지금 자네가 서 있는 자리에 눈에 보이지 않고 뭔지 파악할 수도 없지만 온전히 살아서 생각하는 뭔가가 서 있지 않다고 장담할 수 있는가? 자네가 거기 서 있는데도 말이야. 아무도 없이 혼자 있는 고요한 시간에 누군가 엿듣는다는 기분이 들지는 않나? 잠깐, 아무 말도 하지 마! 내가 오래전에 으스러져 잃어버린 다리의 아픔을 여전히 느낀다면, 목수 자네도 육신 없이 영원히 지옥의 뜨거운 고통을 느낄 수 있는 것 아니겠나? 어때!

오, 맙소사! 그렇군입쇼. 그렇다면 다시 따져 봐야겠는데요. 작은 것들은 계산에 넣지 않은 것 같습니다.

이봐, 멍청이들은 절대로 전제를 달면 안 돼. 다리는 언제쯤 완성되나?

한 시간 정도면 될 겁니다.

그럼 얼른 만들어서 가져오게. (돌아서 가며) 아, 삶이란! 그리스 신처럼 당당한 내가 뼈다귀 위에 서기 위해 이런 얼간이에게 계속 신세를 져야 한다니! 영원히 청산되지 않는 얽히고설킨 관계의 빚은 저주스러워. 공기처럼 자유롭고 싶은데 온 세상의 장부에 기록되어 있으니 말이야. 어마어마한 부자여서 로마 제국(그러니까 전 세계)의 경매에서 가장 부유한 집정관하고 겨룰 수 있을 정도라도, 큰소리치는 혀 때문에 빚을 지게 되거든. 젠장! 도가니에 몸을 던져 그대로 녹아 버리고 싶다. 작은 척추뼈 하나만 남기고. 그렇게.

목수

(작업을 다시 시작하며) 흠, 흠, 흠! 선장이라면 스터브가 누구보다 잘 아는데, 입만 열면 괴짜라고 하지. 괴짜라는 말 한마디면 충분하다고. 스터브는 그가 괴짜라고 했어. 그는 괴짜, 괴짜, 괴짜예요. 스타벅의 귀에 못이 박히도록 말한다니까. 선장은 괴짜, 괴짜, 괴짜예요, 아주 별종이에요. 그리고 여기 그의 다리가 있어! 그래, 따지고 보면 이건 그와 잠자리를 같이 하는 마누라잖아! 고래 턱뼈로 만든 막대기를 마누라로 삼다니! 그리고 이건 그의 다리야. 그는 여기에 올라서겠지. 가만, 다리 하나가 세 군데에 서 있는데, 그 세 군데가 하나의 지옥이었다는 그게 무슨 소리지? 어떻게 그럴 수 있는 거야? 아이고, 선장이 나를 그렇게 깔본 것도 당연해! 사람들은 나더러 가끔 이상한 생각을 한다지만, 그런 생각들이 떠오르는 걸 어쩌란 말이야. 그러니까 나처럼 작고 늙은 몸뚱이로는 왜가리처럼 다리가 긴 선장을 따라 깊은 물을 건너려고 들면 안 되는 거야. 물이 금세 턱밑까지 차서 구명보트를 내려 달라고 소리를 질러 댈 테니까. 여기 그 왜가리의 다리가 있군! 확실히 길고 늘씬해! 사람들 대부분은 두 다리로 평생을 살지. 마음씨 좋은 노파가 늙고 토실토실한 말을 다루듯 조심스레 다루니 그야 당연해. 하지만 에이해브, 그는 가혹한 마부거든. 한쪽 다리를 죽도록 혹사하고 다른 쪽은 평생 불구가 됐는데, 뼈다귀 다리마저 한 묶음씩

닳아 없애고 있네. 어이, 거기 깜부기! 그 나사 좀 이리 건네 줘. 양조장 직원들이 맥주 통을 다시 채우기 위해 빈 통을 모으러 다니는 것처럼 최후의 심판의 날에 대천사가 뿔피리를 불며 진짜 다리, 가짜 다리, 다리라면 모조리 다 모으러 오기 전에 일을 끝내자고. 이 다리 좀 봐! 고갱이만 남기고 전부 갈아서 다듬었더니 제대로 살아 있는 다리 같군. 내일이면 이 다리를 딛고 서 있겠지. 이걸 딛고 서서 위도를 잴 거야. 아차! 고래 뼈를 매끈하게 손질해서 선장이 위도를 계산할 조그만 타원형 석판을 만들어야 한다는 걸 깜빡했네. 자, 자. 끌이랑 줄이랑 사포. 얼른 시작하자!

109
선장실의 에이해브와 스타벅

다음 날 아침 일과에 따라 밑바닥의 물을 펌프로 퍼내는
데, 이럴 수가! 적지 않은 양의 기름이 물과 함께 올라왔다.
선창에 보관한 기름통이 갈라져 기름이 줄줄 새는 게 틀림없
었다. 이만저만 걱정스러운 일이 아니었고, 스타벅은 이 달
갑잖은 사태를 보고하러 선장실로 내려갔다.[124]

이때 피쿼드호는 남서쪽에서 대만과 바시 군도에 접근하
고 있었는데, 그 중간쯤에 중국해에서 태평양으로 들어가는
열대 해역의 출구가 있었다. 그래서 스타벅이 선장실로 들어
갔을 때 에이해브는 동양의 군도들이 표시된 일반 해도와 일
본 열도(니폰, 마츠마이, 시코케)[125]의 긴 동쪽 해안이 표시된

124 배에 상당한 양의 기름을 실은 향유고래 포경선에서는 일주일에 두 번
씩 정기적으로 선창에 호스를 넣어서 통을 바닷물로 적시고 적당한 시간이 지
난 후에 펌프로 물을 다시 빼낸다. 그렇게 하면 통이 항상 축축해서 틈이 벌어
지지 않고 단단하게 유지될 수 있으며, 펌프로 빼낸 물이 이전과 어떻게 달라졌
는지 확인하면 귀중한 뱃짐이 새는지의 여부를 쉽게 파악할 수 있다 — 원주.
125 일본의 도시인 마츠마이를 섬으로 잘못 표기한 것은 멜빌이 당시 존
램지 맥컬록이『유니버설 가제티어』에 정리한〈일본의 섬과 지방〉관련 도표
에서 일본의 속령을 뭉뚱그려 마츠마이 정부 관할이라 칭한 것을 봤기 때문
이라고 여겨진다. 같은 도표에 니폰과 시코케도 언급되어 있었다.

297

별도의 해도를 앞에 펼쳐 놓은 채였다. 바닥에 나사로 고정한 탁자의 다리에 눈처럼 하얀 새 고래 뼈 다리를 기대어 놓고 손에는 긴 낫처럼 생긴 잭나이프를 쥔 이 불가사의한 노인네는 출입문을 등진 채 이마에 주름을 잡고 예전의 항로를 다시 더듬는 중이었다.

「거기 누구냐?」 문에서 발소리가 들리자 선장은 뒤도 돌아보지 않은 채 말했다. 「갑판으로 올라가! 꺼지라고!」

「선장님, 접니다. 선창에서 기름이 샙니다. 고패를 감아올려서 통을 꺼내 봐야겠습니다.」

「고패를 감아서 기름통을 꺼낸다고? 지금 일본이 가까워 오는데, 낡은 쇠테들을 수리하려고 여기서 일주일이나 멈춰 서 있잔 말이냐?」

「그렇게 하지 않으면 1년 동안 모을 수 있는 것보다 더 많은 기름을 하루에 잃게 될 겁니다. 3만 킬로미터 넘게 항해해서 손에 넣은 거라면 지켜야 할 가치가 있지 않습니까.」

「그렇지, 그렇고말고. 손에 넣는다면 말이야.」

「제가 말씀드린 건 선창의 기름입니다, 선장님.」

「그리고 나는 그것에 대해서는 얘기하지도 않았고 생각도 하지 않았어. 당장 꺼져! 기름이야 새든 말든! 나도 줄줄 샌다. 아무렴! 줄줄 새지! 통이 샐 뿐만 아니라 그 통을 실은 배도 샌다고. 그건 피쿼드호는 비교도 안 될 만큼 심각한 처지야. 하지만 나는 새는 구멍을 막겠다고 멈추지 않아. 짐을 잔뜩 실은 선체에서 그 구멍을 무슨 수로 찾을 수 있단 말이냐. 설사 찾는다고 해도 삶의 돌풍이 이렇게 몰아치는 와중에 그 구멍을 어떻게 막겠어? 스타벅! 고패를 감지 말게.」

「선주들이 뭐라고 하겠습니까?」

「선주들이야 낸터컷 해변에 서서 태풍보다 더 큰 소리로 고함을 지르라고 해. 에이해브가 무슨 상관이란 말인가? 선주, 선주라고? 자네는 걸핏하면 그 욕심 사나운 선주들을 들먹이는군, 스타벅. 그들이 마치 내 양심이라도 되는 것처럼 말이야. 하지만 이봐, 뭐가 됐든 진정한 주인은 그걸 지휘하는 사람뿐이야. 그리고 잘 듣게. 내 양심은 이 배의 용골에 있어. 갑판으로 올라가!」

「에이해브 선장님.」 항해사는 얼굴이 상기된 채 안으로 더 들어왔는데, 그 대담한 행동은 묘하게 공손하면서 조심스러워서 대담함을 조금이라도 겉으로 드러내지 않으려고 애쓰는 것처럼 보였을 뿐만 아니라 속으로도 그걸 좀처럼 믿지 못하는 듯 보였다. 「저보다 인격이 더 훌륭한 사람이었다면 자기보다 젊거나 더 행복한 사람한테 화부터 내는 당신이라는 사람을 그냥 개의치 않았을지도 모르겠습니다, 에이해브 선장님.」

「이런 놈을 봤나! 네놈이 감히 나를 비난하는 거냐? 갑판으로 올라가!」

「아니요, 선장님. 아직은 못 올라갑니다. 부탁드립니다. 그리고 감히 말씀드리지만, 저는 지금 참고 있는 겁니다! 앞으로는 서로를 좀 더 잘 이해할 수 없겠습니까, 에이해브 선장님?」

에이해브는 총걸이(남양을 항해하는 대부분의 선박에는 선실마다 설치되어 있었던)에서 장전된 구식 소총을 낚아채더니 그걸로 스타벅을 겨누며 외쳤다. 「이 세상을 주재하는 신은 한 분뿐이고, 피쿼드호를 다스리는 선장도 한 명뿐이다. 갑판으로 올라가!」

순간 항해사의 눈에서는 불꽃이 튀고 뺨에서도 불길이 일어, 그를 겨눈 총구가 실제로 불을 뿜은 게 아닌가 생각될 정도였다. 하지만 감정을 억누르고 간신히 차분하게 몸을 돌려 선실을 나가려던 그는 잠시 걸음을 멈추고 말했다. 「선장님은 저를 모욕한 게 아니라 화나게 했습니다. 하지만 그것 때문에 스타벅을 경계하라는 말씀을 드리지 않겠습니다. 웃으실지 모르겠지만 에이해브는 에이해브를 경계해야 합니다. 자신을 조심하십시오, 영감.」

「발끈해서 호기를 부리면서도 말은 듣는군. 대단히 신중한 용기였어!」 스타벅이 나갔을 때 에이해브가 중얼거렸다. 「녀석이 뭐라고 했지? 에이해브더러 에이해브를 경계하라고? 새겨들을 말이군!」 그러더니 무심코 구식 소총을 지팡이 삼아 이마에 주름을 잔뜩 잡은 채 작은 선실을 오락가락했지만, 잠시 후 이마의 깊은 주름을 펴고는 소총을 총걸이에 다시 걸고 갑판으로 나갔다.

「자네는 대단히 훌륭한 사람이네, 스타벅.」 그는 항해사에게 조용히 말한 후 목청을 높여서 선원들에게 외쳤다. 「위쪽 돛을 감고 앞뒤의 중간 돛은 줄여라. 주 돛대의 아래 활대는 뒤로 밀어라. 고패를 감고 선창에서 기름통을 꺼내라.」

에이해브가 왜 스타벅의 의견을 존중하는 그런 결정을 내렸는지, 이유를 정확히 추측하려고 노력하는 건 부질없는 짓일 터다. 어쩌면 순간적으로 마음속에서 정직함이 번뜩였는지도 모르고, 그 상황에서 아무리 일시적이었다고는 해도 중요한 간부 선원에게 조금이지만 공공연하게 드러난 불만의 징후를 긴급히 차단하기 위해 내린 신중한 결정에 불과했을지도 모른다. 무엇이 됐건 그의 명령은 시행되었고, 고패가 올라갔다.

110
관 속의 퀴퀘그

조사 결과 마지막으로 선창에 집어넣은 기름통에는 아무 이상이 없다는 것이 확인됐고, 그렇다면 기름은 더 아래쪽에서 새는 게 틀림없었다. 그래서 마침 파도도 잔잔하던 터라 선원들이 더 깊이 내려가 맨 밑에 있는 커다란 통들의 잠을 깨우고, 그 큰 두더지들을 한밤중의 어둠에서 대낮의 햇볕으로 올려 보냈다. 선원들은 한없이 깊이 들어갔다. 맨 밑에 있는 나무통들은 너무 오래되어 삭은 데다 이끼까지 껴서, 혹시 노아 선장의 동전이 담겨 있고 겉에는 쾌락에 빠진 세계를 향해 대홍수를 경고하는 전단이 붙은 곰팡내 나는 통이라도 섞이지 않았을까 두리번거렸을 정도였다. 물과 빵, 고기, 통을 만드는 데 필요한 널빤지와 쇠테 묶음이 들어 있는 통까지 차례로 끌어 올리다 보니 급기야 산더미처럼 쌓인 통들 때문에 갑판을 돌아다니기도 힘들어졌다. 걸을 때마다 발밑에서 텅 빈 선체가 울리는 바람에 속이 빈 지하 묘지 위를 걸어가는 것 같았고, 배는 공기를 채운 유리병처럼 파도에 이리저리 흔들렸다. 배는 저녁도 먹지 않은 채 아리스토텔레스의 사상만 머릿속에 가득 채운 학생처럼 윗부분만 묵직했다. 그때 태풍이 불지 않은 건 다행이었다.

그런데 바로 이때 나의 가여운 이교도 동료이자 소중한 친구인 퀴퀘그가 열병에 걸려 끝없는 종말에 다가갔다.

두말할 필요도 없지만, 고래잡이라는 직업에 한직이라는 건 존재하지 않고, 위엄은 위험과 동행하기 때문에 선장이 될 때까지는 지위가 높아질수록 일도 더 고되다. 가여운 퀴퀘그도 역시 마찬가지여서 작살잡이인 그는 살아 있는 고래의 격렬한 맹위에 맞서야 했을 뿐만 아니라, 앞서 이미 살펴봤듯이, 굽이치는 바다에서 죽은 고래 등에도 올라타고, 급기야 선창의 암흑 속으로 내려가 온종일 그 지하 감옥에서 진땀을 흘려 가며 좀처럼 말을 듣지 않는 통들을 쌓기 위해 드잡이를 해야 했다. 이러니 고래잡이들 중에서도 작살잡이를 버팀목이라고 부를 만했다.

불쌍한 퀴퀘그! 배의 창자가 반쯤 비었을 때 승강구 위로 몸을 구부려 밑에 있는 그를 내려다봤어야 했다. 털실로 짠 속바지 하나만 걸친 문신투성이 야만인이 축축하고 미끈거리는 선창을 우물 바닥의 초록색 점박이 도마뱀처럼 기어 다니는 모습이라니. 그리고 불쌍한 이교도에게 그곳은 거의 우물이나 얼음 창고와 다름없었다. 이상한 얘기지만, 땀을 뻘뻘 흘리며 열을 냈는데도 그는 심한 오한이 들었고, 결국 열병이 나고 말았다. 그리고 며칠을 그렇게 앓더니 결국 그물 침대에 누운 채 죽음의 문턱까지 바짝 다가갔다. 며칠이나 병에 시달리느라 야윌 대로 야위어 끝내는 뼈와 문신밖에 남지 않은 행색이었다. 하지만 다른 곳은 전부 마르고 광대뼈도 갈수록 뾰족해지는데, 눈만은 점점 충만해지는 것처럼 보였다. 그의 눈에는 묘하게 부드러운 광채가 어렸고, 아픈 중에도 온화하지만 그윽하게 바라보는 눈빛은 그가 결코 죽거나 약해질 수 없는 불멸의 강건함을 지녔다는 경이로운 증거였다. 물 위의 동심원이 점점 희미해지면서도 멀리 퍼질수록 커지듯이 그의 눈도 영겁의 고리처럼 점점 둥글어지는 것 같았다. 이렇게 쇠약해지는 야만인 옆에 앉아, 조로아스터의 임종을 지키던 사람들이 봤을 것 같은 이상한 기운을 얼굴에서 보고 있노라니 뭐라 표현할 수 없는 경외심에 사로잡혔다. 인간에게서 정말 경이롭고 두려운 것은 지금껏 말이나 글로 표현된 적이 없기 때문이다. 그리고 다가오는 죽음은 모든 사람을 평등하게 하며 모두에게 똑같은 마지막 깨달음을 안겨 주지만, 그 깨달음을 제대로 표현할 수 있는 작가는 죽었다가 살아 돌아온 사람뿐이다. 그리하여, 다시 말하지만, 마지막 안식을 안겨 주려는 듯 파도가 가볍게 흔들어 대는 그물 침대에 말없이 누운 퀴퀘그를 대양의 보이지 않는 조류가 천국의 정해진 자리로 조금씩 들어 올릴 때, 가여운 그의 얼굴 위로 서서히 번진 신비로운 그림자보다 더 고귀하고 성스러운 생각은 죽음을 앞둔 칼데아인[126]이나 그리스인들도 품지 못했을 것이다.

선원들 중에 그를 단념하지 않은 사람은 아무도 없었다. 퀴퀘그 본인도 희한한 부탁을 통해 본인의 병세를 어떻게 생각했는지 분명하게 드러냈다. 그는 동이 틀 무렵에 새벽 당직 한 명을 부르더니 손을 꼭 잡고 이런 얘기를 했다. 낸터컷에 있을 때 고향 섬의 짙은 흑단과 비슷한 검은색 나무로 만든 작은 통나무배를 봤는데, 물어보니 낸터컷에서는 고래잡

126 고대 바빌로니아 남부에 살던 유목 민족으로, 이들에게서 오늘날의 별자리가 시작되었다고 한다.

이가 죽으면 바로 그런 흑단 통나무배에 눕힌다더라. 죽어 그곳에 누울 생각을 하니 무척 기뻤다. 고향 부족의 관습과 비슷했기 때문인데, 우리 고향에서도 전사가 죽으면 향료로 처리한 후 통나무배에 실어 별처럼 많은 섬들 사이로 띄워 보낸다. 별이 곧 섬이며, 또 눈에 보이는 수평선 너머에서 망망한 바다가 푸른 하늘과 섞여 은하수의 흰 파도를 이룬다고 믿기 때문이다. 그러고는 덧붙이길, 바다의 관습에 따라 그물 침대에 싸여 무슨 더러운 물건처럼 내던져지고 시체를 뜯어먹는 상어 떼의 먹이가 된다는 건 생각만 해도 몸서리가 쳐진다고 했다. 그건 안 될 말이었다. 그는 낸터컷에서 본 것 같은 통나무배를 원했고, 포경 보트처럼 용골이 없어서 조종하기가 여의치 않고 바람에 휩쓸려 어스름한 영겁의 날들 속으로 들어가겠지만, 그런 통나무배를 관으로 쓰는 게 고래잡이였던 자신에게 더 어울릴 거라고 말했다.

이런 기이한 사연의 자초지종이 고물에 알려지자, 목수는 뭐든 퀴퀘그가 주문한 대로 당장 만들라는 명령을 받았다. 배에는 어딘가 이교도적이고 관과 비슷한 색깔을 가진 목재가 있었는데, 이전의 오랜 항해 중에 래커데이 군도[127]의 원시림에서 벤 그 짙은 색 목재로 관을 만드는 게 좋겠다는 의견이 나왔다. 목수는 명령을 받자마자 특유의 무심한 민첩성으로 자를 챙겨 들고 앞 갑판 쪽으로 가서 퀴퀘그의 치수를 쟀다. 자를 이리저리 대면서 퀴퀘그의 치수를 분필로 정확히 표시했다.

<hr>

127 지금의 아라비아 해 락사드위프 제도. 당시의 정확한 명칭은 래커디브 군도인데, 멜빌은 일부러 〈슬프다〉는 한탄의 뜻을 암시하기 위해 래커데이라는 표현을 썼다.

「아, 불쌍한 녀석! 이제는 꼭 죽어야겠구나.」 롱아일랜드 출신 선원이 불쑥 외쳤다.

바이스 작업대로 돌아간 목수는 편의상 대략적인 참고를 위해 관의 정확한 길이를 작업대에 표시해 놓은 다음, 양쪽 끝에 각각 눈금을 새겨서 표시가 지워지지 않게 했다. 그런 다음에는 널빤지와 도구를 늘어놓고 작업에 착수했다.

마지막 못을 박고 평평하게 대패질한 뚜껑까지 잘 끼운 후에 그는 관을 번쩍 들어 어깨에 메고 앞 갑판으로 가서 거기 있던 사람들에게 관을 쓸 준비가 됐느냐고 물었다.

갑판에 있던 사람들은 분개하면서도 익살스러운 투로 관을 쫓아 버리려 했고, 그 소리를 들은 퀴퀘그는 관을 당장 가져오라고 해서 모두를 기겁하게 했지만 아무도 그의 말을 무시할 수 없었다. 모든 인간 중에 최악의 폭군은 죽어 가는 사람이고, 얼마 안 있으면 더는 우리를 괴롭히지도 못할 테니 우리는 그 불쌍한 사람들이 해달라는 대로 해주어야 한다.

퀴퀘그는 그물 침대에서 몸을 내밀고 한참이나 주의 깊게 관을 바라봤다. 그러고는 작살을 가져다 달라고 해서 나무 자루를 떼어 내고 쇠 날 부분만 보트에서 쓰던 노와 함께 관에 넣게 했다. 또한 그의 요청에 따라 안쪽 가장자리에 건빵을 빙 둘렀고, 신선한 물을 담은 물병을 머리맡에 놓았으며, 선창에서 긁어모은 나무 부스러기 섞인 흙을 작은 자루에 담아 발치에 놓았다. 그리고 범포를 말아 베개로 만든 다음에는 마지막 잠자리가 편안한지 시험해 볼 수 있도록 관에 누워 달라고 간청했다. 그는 몇 분 동안 가만히 누워 있더니 자신의 보따리 속에서 작은 신 요조를 가져다 달라고 말했다. 그러고는 가슴 위에서 팔짱을 끼고 요조를 그 사이에 놓은 다음 관 뚜껑(그는 그걸 승강구 뚜껑이라고 불렀지만)을 덮으라고 했다. 가죽 경첩이 달린 뚜껑의 머리 부분을 열자, 퀴퀘그가 평온한 표정으로 관 속에 누워 있었다. 「라르마이(이만하면 됐어, 편해).」 그는 마침내 이렇게 중얼거리고는 그물 침대로 옮겨 달라는 신호를 보냈다.

그런데 그렇게 하기 전에, 지금까지 내내 눈치를 살피며 옆에서 어슬렁거리던 핍이 누워 있는 퀴퀘그에게 다가와 그의 손을 잡고 조용히 흐느껴 울었다. 다른 쪽 손에는 탬버린을 들었다.

「가여운 방랑자여! 이 피곤한 방랑에 끝은 없는 건가요? 이제 당신은 어디로 가나요? 하지만 조류가 당신을 해변에 수련이 떠다니는 저 아름다운 앤틸리스 제도[128]로 데려간다면 제 부탁 하나만 들어주실래요? 오래전에 사라진 핍이라는 아이를 찾아봐 주세요. 내 생각에는 그 애가 머나먼 그곳 앤틸리스 제도에 있을 것 같아요. 그 애를 찾으면 위로를 해 주세요. 그 애는 무척 슬플 테니까요. 보세요, 이 탬버린을 두고 갔거든요. 내가 찾았어요. 타라-타, 타, 타! 자 퀴퀘그, 이제 죽어요. 내가 장송곡을 쳐줄게요.」

「예전에 듣자니.」 스타벅은 현창으로 그 모습을 바라보면서 중얼거렸다. 「고열에 들뜬 무지렁이들이 고대 언어로 말을 했다더군. 그래서 어찌된 영문인가 조사해 보니, 까맣게 잊고 살았는데 유년 시절에 고귀한 학자들이 고대 언어로 얘기하는 걸 들은 적이 있었더라지. 그래서 난 핍이 미쳐서 늘 어놓는 저 이상하게 다정한 말들이 천국에 우리 모두의 집이 있다는 신성한 증거라고 믿고 싶어. 핍이 어디서 저걸 알았

128 서인도 제도에서 바하마 제도를 제외한 모든 섬으로 이루어진 제도

겠어? 그곳이 아니라면? 잠깐! 또 무슨 말을 하기 시작하는 군. 이번엔 더 격렬한데.」

「두 줄로 서라! 그를 장군으로 받들자! 어이, 그의 작살은 어디 있나? 여기에 가로질러 놓아라. 타라-타, 타, 타! 만세! 그의 머리에 싸움닭을 올려 울게 하라! 퀴퀘그는 싸우다 죽는다! 이걸 명심하라. 퀴퀘그는 싸우다 죽는다! 이걸 단단히 유념하라. 퀴퀘그는 싸우다 죽는다! 싸움, 싸움, 싸움! 하지만 비겁한 꼬맹이 핍, 그 녀석은 겁쟁이로 죽었다. 바들바들 떨며 죽었다. 우라질 핍! 잘 들어라. 핍을 찾거들랑 앤틸리스 사람들에게 그가 도망자라고 말해라. 겁쟁이, 겁쟁이, 겁쟁이! 그들에게 그놈이 포경 보트에서 뛰어내렸다고 말해라! 비겁한 핍을 위해서는 절대로 탬버린을 치지 않을 것이며, 그가 여기서 다시 죽는다고 해도 그를 장군으로 받들지 않을 것이다. 아니, 아니! 겁쟁이들은 부끄러운 줄 알아야 한다, 부끄러운 줄 알아야 해! 겁쟁이들은 포경 보트에서 뛰어내린 핍처럼 물에 빠져 죽게 내버려 둬라. 부끄러운 놈, 부끄러운 놈!」

그러는 동안 퀴퀘그는 꿈이라도 꾸는 것처럼 눈을 감고 누워 있었다. 사람들은 핍을 끌고 가고 환자를 그물 침대로 옮겼다.

하지만 이제 죽음을 맞이할 준비를 모두 마치고 관도 딱 맞는다는 것을 확인하자 퀴퀘그는 갑자기 기력을 되찾았다. 머지않아 목수가 만든 상자는 필요가 없어졌다. 몇몇 사람이 기뻐하며 놀라워하자 그는 자신의 갑작스러운 회복을 설명했는데, 대충 정리하자면 다음과 같았다. 죽음의 고비에 이르렀을 때 육지에서 맡은 몇 가지 임무가 떠올랐고, 그걸 아

직 마치지 못해서 죽음에 대한 마음을 고쳐먹었다는 것이었
다. 아직은 죽을 수 없다고 그는 단언했다. 그래서 사람들이
죽고 사는 게 본인의 의지와 의향에 달린 문제냐고 물었더니
그는 물론이라고 대답했다. 한마디로, 인간이 살기로 마음
만 먹으면 고래나 폭풍, 그 밖에 사람의 힘으로 어쩔 수 없는
무지막지한 파괴자라면 모를까, 그깟 병 따위로는 죽지 않는
다는 게 퀴퀘그의 기발한 생각이었다.

　여기서, 야만인과 문명인 사이에 주목할 만한 차이가 있
다. 문명인이 병에 걸렸다가 회복하기까지 여섯 달이 걸린다
면, 일반적으로 야만인은 하루 만에 병이 반쯤은 낫는다. 그
래서 우리 퀴퀘그는 머잖아 기운을 되찾았고, 양묘기 위에
며칠 가만히 앉아 있더니(하지만 왕성한 식욕으로 식사를
하면서) 갑자기 벌떡 일어나 팔다리를 쭉 뻗어 기지개를 펴
고 하품을 하고는, 뱃전에 매달린 보트로 펄쩍 뛰어 올라가
작살을 겨누며 이제 언제라도 싸울 수 있다고 호언했다.

　야만인의 별난 생각을 가진 그는 자신을 위해 짜놓은 관
을 궤짝으로 썼다. 자루에 넣어 두었던 옷가지를 몽땅 쏟아
붓고는 깔끔하게 정리했다. 그리고 시간이 날 때마다 뚜껑에
온갖 기괴한 무늬와 그림을 새겼다. 제 몸에 새겨진 복잡한
문신의 몇 부분을 거칠게나마 그대로 베끼려는 모양이었다.
그의 문신은 지금은 세상을 떠난 고향 섬의 예언자이자 점쟁
이의 작품이었는데, 그 예언자는 퀴퀘그의 몸에 하늘과 땅의
완전한 이치를 그림 문자로 새기며 진리에 도달하는 방법에
대한 신비로운 논문을 썼다. 그래서 퀴퀘그의 몸 자체가 풀
어야 할 수수께끼였고 한 권의 경이로운 책이었다. 하지만
그 속에서 심장이 뛰어도, 정작 본인은 자신의 신비를 읽을

수가 없었고, 따라서 이 신비는 언젠가 그것이 새겨진, 살아 있는 양피지와 함께 썩어 없어져 끝내 풀리지 못할 운명이었다. 에이해브가 어느 날 아침 가여운 퀴퀘그를 살펴보다 돌아서서 격한 목소리로 외친 것도 그런 생각이 들었기 때문일 것이다. 「오, 악마처럼 애를 태우는 신들이라니!」

111
태평양

    우리가 바시 제도 옆을 스치듯 지나 마침내 드넓은 남양에 닿았을 때, 다른 일만 없었다면 꿈에 그리던 태평양을 무한한 감사의 마음으로 맞을 수 있었을 텐데, 동쪽으로 몇만 리나 푸르게 일렁이는 그 잔잔한 바다는 내 청춘의 오랜 소망이 마침내 이루어진 것이기 때문이다.

    이 바다에 어떤 달콤한 신비가 숨었는지는 모르지만, 성 요한이 묻힌 에페소스[129] 무덤의 뗏장이 파도처럼 굽이쳤다는 전설처럼 이곳의 온순하고 무서운 파도도 그 밑에 숨은 어떤 영혼에 대해 말해 주는 것만 같다. 그리고 바다의 목장, 드넓게 굽이치는 물의 대초원, 네 대륙의 무연고 공동묘지 위에서 파도가 쉴 새 없이 일어났다 가라앉고 밀려갔다 밀려오는 것은 참으로 그럴듯하다. 이곳에는 그늘과 그림자 몇백 개가 잠기고 꿈과 몽유병과 공상이 가라앉았으며, 우리가 생명과 영혼이라고 부르는 모든 것이 누워 또다시 꿈을 꾸고 침대에서 잠을 자는 사람들처럼 몸을 뒤집는다. 파도가

---

129 고대 그리스의 도시 유적. 터키의 소아시아 반도 서쪽 기슭 이즈미르 남쪽에 있으며, 세계 7대 불가사의의 하나인 아르테미스 신전이 있다.

끝없이 일렁이는 건 안식을 취하지 못하는 이들이 계속해서 뒤척이기 때문이다.

명상을 즐기는 페르시아 조로아스터교 사제들이 잔잔한 태평양을 한번 본다면 이곳을 영원히 자신의 바다로 삼을 게 틀림없다. 태평양은 세상의 중심에서 파도치고, 인도양과 대서양은 태평양의 두 팔에 지나지 않는다. 역사가 가장 짧은 종족이 어제 새로 세운 캘리포니아 도시들의 방파제를 적신 바로 그 파도가 아브라함[130]보다 더 오래되어 이제는 쇠퇴했어도 여전히 아름다운 동방의 끝자락을 씻어 내리고, 그 사이에는 산호섬들과 한없이 이어지는 이름을 알 수 없는 나지막한 군도, 그리고 발을 들여놓을 수 없는 일본 열도[131]가 은하수처럼 떠 있다. 이렇게 신비롭고 신성한 태평양은 온 세상을 띠처럼 휘감아 모든 해안을 자신의 만으로 만들고, 파도 소리는 마치 지구의 심장 소리 같다. 태평양의 영원한 파도에 가슴이 벅차오르는 자는 유혹하는 신에게 순종하며 목신(牧神) 앞에 고개를 조아려야 한다.

하지만 뒤쪽 돛대 삭구 옆의 익숙한 자리에 동상처럼 서서 한쪽 콧구멍으로는 바시 제도에서 풍기는 달콤한 사향 냄새를 무의식적으로 들이마시고(그곳의 향기로운 숲에서는 다정한 연인들이 거니는 모양이다) 다른 쪽으로는 새로 발견한 바다의 짠 공기를 의식적으로 들이마시는 에이해브에게는 목신에 대한 생각 같은 건 안중에 없었다. 가증스러운 흰고래가 지금도 이 바다 어딘가에서 헤엄을 칠 터였다. 마침

---

130 구약 성서에서, 이스라엘 민족의 시조.
131 일본은 1854년 미국과 통상 조약을 체결하면서 개항했다. 이 책의 초판은 1851년 발간되었다.

내 거의 마지막인 바다에 들어서서 일본 어장을 향해 나아갈 때 노인네의 결심은 더욱 굳어졌다. 입술을 바이스처럼 단호하게 다물고, 삼각주를 이루는 이마의 핏줄은 물이 불어난 개울처럼 불거졌다. 잠을 잘 때조차 천장이 높은 선체에 그의 외침이 쩌렁쩌렁 울렸다. 「배를 뒤로! 흰 고래가 먹피를 뿜어 올린다!」

112
대장장이

이 위도에서는 여름 날씨가 온화하고 선선한 데다 얼마 안 있어 유난히 활발해질 고래 추격에 대비하여, 지저분한 검댕에 물집투성이인 늙은 대장장이 퍼스가 에이해브의 다리 만드는 일을 도와준 후에도 이동식 용광로를 선창에 다시 집어넣지 않고 그냥 갑판에 놔둔 채 앞 돛대의 고리 볼트에 단단히 묶어 놨더니, 보트장과 작살잡이와 노잡이 할 것 없이 틈만 나면 찾아와 자질구레한 일들을 부탁했는데, 이런저런 무기와 보트의 장비들을 바꾸거나 고치거나 새로 만들어 달라는 요청들이었다. 차례를 기다리는 사람들이 저마다 보트용삽이나 창살, 작살, 창 등을 손에 들고 주변을 에워싼 채 그을음을 일으키며 부지런히 일하는 그의 일거수일투족을 시샘 어린 눈으로 바라볼 때도 많았다. 그러거나 말거나 노인네는 참을성 많은 팔로 참을성 많은 망치를 휘둘렀다. 중얼거리지도 않고, 조급해하지도 않았으며, 짜증을 내는 일도 없었다. 묵묵히, 천천히, 그리고 진지하게, 그렇잖아도 구부러진 허리를 더 수그리고 열심히 일하는 그의 모습은 노동이 곧 삶이고 힘찬 망치질이 심장의 힘찬 고동이라고 말하는 듯했다. 그리고 과연 그랬다. 너무나 비참하게도!

이 늙은이의 독특한 걸음걸이, 약간이기는 하지만 고통스럽게 한쪽으로 흔들리는 그의 걸음은 항해 초반에 선원들의 호기심을 자극했다. 선원들의 끈질긴 질문에 그는 마침내 손을 들었고, 그의 비참한 운명에 얽힌 수치스러운 이야기를 모두가 알게 되었다.

몹시 추운 어느 겨울날이었다. 밤늦은 시간에 떳떳하지 않은 이유로 두 시골 마을 사이의 길을 달리던 대장장이는 몸이 무감각해지면서 서서히 굳는 느낌에 다 쓰러져 가는 낡은 헛간으로 몸을 피했다. 그 일로 결국 양쪽 발가락이 모두 떨어져 나갔다. 이 고백을 시작으로 급기야 행복한 네 막에 이어 아직 파국에 도달하지 않은, 기나긴 비통의 다섯 번째 막까지 그의 인생 역정이 모두 드러났다.

그는 예순을 바라보는 나이에야 슬픔을 기술하는 자들이 파멸이라고 부르는 것에 뒤늦게 직면했다. 솜씨가 좋기로 유명한 대장장이이던 그에게는 일감이 끊이지 않았다. 정원이 딸린 집에 살았고, 딸처럼 어린 사랑스러운 아내와 쾌활하고 건강한 세 자녀가 있었다. 일요일이면 작은 숲에 둘러싸인 즐거운 교회에 갔다. 그런데 어느 날 야음을 틈타 교활하게 변장한 흉악한 강도가 그의 행복한 가정에 몰래 숨어 들어와 모든 것을 앗아갔다. 게다가 더욱 참담한 노릇인 건, 대장장이가 본의 아니게 이 강도를 집 안으로 끌어들인 장본인이라는 사실이었다. 그건 다름 아닌 술병이라는 이름의 마법사였다! 그 운명의 마개를 열자 마귀가 튀어나와 그의 가정을 망가뜨렸다. 신중하고 현명하고 경제적인 이유로 대장장이의 작업장은 집 지하실에 있었지만, 출입구는 따로 나 있었다. 그래서 젊고 사랑스럽고 건강한 아내는 불행하고 불안한 마음이 아닌 활기차고 즐거운 마음으로 늙은 남편의 젊은 망치질 소리에 귀를 기울였다. 바닥과 벽을 지나 육아실에 도달할 무렵이면 그 울림은 달콤한 만큼 잦아들었고, 대장장이의 아이들은 노동의 힘찬 쇠망치 소리를 자장가 삼아 꿈나라로 가곤 했다.

아, 그런데 이 무슨 가혹한 재앙이던가! 아, 죽음도 어쩌다 한번쯤은 제때에 찾아올 수 없는 걸까? 완전한 파멸이 닥치기 전에 죽음이 늙은 대장장이를 데려갔더라면, 젊은 과부는 감미로운 슬픔에 잠겼을 테고 아버지를 잃은 아이들은 훌륭하고 전설적인 아버지를 훗날 꿈에서 보았을 것이며, 모두가 상심을 잊을 수 있을 만큼의 재산도 물려받았을 터다. 하지만 죽음은 매일 숨이 가쁠 정도의 노동으로 온 가족의 생계를 홀로 책임지는 건실한 청년의 목숨은 꺾어 버리면서, 쓸모없는 노인은 생명이 흉측하게 곯아 들어가 거두기 쉬워질 때까지 내버려 뒀다.

더 말해 무엇하리? 지하실의 망치질 소리는 하루하루 뜸해지고 망치를 내리치는 소리도 점점 약해졌다. 아내는 창가에 얼어붙은 듯이 앉아 눈물조차 말라 버린 눈으로 우는 아이들의 얼굴을 멍하니 바라보았다. 풀무가 바닥에 뒹굴고 용광로는 쇠똥으로 막혔다. 집이 팔리고 어미는 교회 묘지의 길게 자란 풀 속에 묻혔으며, 아이들도 두 번에 걸쳐 그곳으로 어머니를 따라갔다.[132] 집도 없고 가족도 잃은 늙은이는 상복을 걸친 채 방랑의 길을 떠났다. 아무도 그의 불행을 동정하지 않았고, 그의 백발은 황갈색 곱슬머리들에게 웃음거

132 한 번은 어머니를 묻으러, 두 번째는 그 옆에 묻히러 갔다는 뜻이다.

리가 되었다!

이런 인생의 바람직한 결말은 오로지 죽음뿐인 것처럼 보인다. 하지만 죽음은 낯선 미지의 영역으로 들어가는 것일 뿐, 무한히 멀고 황량한 곳, 육지가 보이지 않는 망망한 바다라는 가능성과 나누는 첫 인사에 불과하다. 그러므로 죽음을 갈망하는 이런 자들의 눈에, 그래도 자살을 기피하는 내면의 양심이 남아 있을 경우, 모든 것을 일으키고 모든 것을 받아들이는 바다는 상상을 초월하는 흥미로운 공포와 새로운 인생을 살 수 있는 놀라운 모험의 드넓은 평원을 유혹하듯 눈앞에 펼쳐 놓는다. 그리고 무한한 태평양의 한복판에서는 수많은 인어가 노래를 부른다. 상심한 자들이여, 이리로 오라. 여기서는 생명이 다하기 전에 목숨을 버리는 죄를 짓지 않고도 또 다른 삶을 살 수 있으니, 여기 목숨을 버리지 않고도 경험할 수 있는 초자연의 경이로움이 있으니. 이리로 오라! 이곳의 삶에 몸을 담그면 서로 미워하는 지긋지긋한 뭍의 세계는 죽음보다 더 까마득히 잊어버릴 테니. 이리로 오라! 교회의 묘지에 그대의 묘비를 세우고 이리 와서 우리를 신부로 맞이하라!

동쪽과 서쪽에서, 해 뜨는 새벽부터 저무는 황혼까지 이런 목소리를 듣던 대장장이의 영혼이 응답했다. 그래, 가마! 그렇게 해서 퍼스는 고래잡이배에 올랐다.

113
용광로

　정오 무렵, 헝클어진 수염에 뻣뻣한 상어 가죽 앞치마를 두른 퍼스가 단단한 통나무 위에 놓인 모루와 용광로 사이에 서서 한 손에 든 창끝을 석탄에 찌른 채 다른 손으로 풀무질을 하는데, 에이해브 선장이 작고 허름한 가죽 자루를 들고 다가왔다. 용광로에 조금 못 미쳐 걸음을 멈춘 에이해브는 울적한 표정이었다. 잠시 후 퍼스는 불에서 창끝을 꺼내 모루에 올려놓고 두드리기 시작했다. 시뻘건 쇳덩어리에서 어지러이 불똥이 튀고, 그중 일부는 에이해브 근처까지 날아갔다.

　「이건 자네의 바다제비인가, 퍼스? 늘 자네를 따라 날아다니니 말이야. 길조라지만 누구에게나 그런 건 아니야. 이걸봐. 불똥이 튀었잖아. 하지만 자네는 그 속에서 살면서도 그슬린 자국 하나 없군.」

　「저는 온몸이 그슬렸으니까요, 에이해브 선장님.」 퍼스는 망치에 몸을 의지한 채 잠시 숨을 돌리며 대답했다. 「그슬리는 수준은 이미 넘어섰지요. 흉터를 다시 그슬리는 건 쉽지 않거든요.」

317

「그래 뭐, 그 이야기는 그쯤 해두게. 자네의 가라앉은 목소리는 너무 차분하고 심히 애처롭게 들리는군. 나라고 낙원에 사는 건 아니지만, 미치지도 못한 채 온갖 불행에 시달리는 사람을 보면 참을 수가 없어. 대장장이 자네는 미쳐야 마땅한데 어째서 미치지 않는 거지? 어떻게 미치지 않고 견딜 수 있는 건가? 자네가 미칠 수 없는 건 하늘이 아직도 자네를 미워하기 때문인가? 지금은 뭘 만드는 거지?」

「헌 창끝을 용접하고 있습니다. 금이 가고 파여서요.」

「그렇게 험하게 쓴 것도 다시 매끄럽게 만들 수 있나?」

「그렇습니다, 선장님.」

「그렇다면 금이 가거나 파인 건 뭐든 매끄럽게 만들 수 있겠군. 아무리 단단한 쇠라도 말이야.」

「그럼요, 선장님. 금이 가고 파인 건 뭐든 손볼 수 있죠. 한 가지만 빼놓고는요.」

「그럼 이걸 좀 보게.」 에이해브는 격정적인 몸짓으로 다가와 양손을 퍼스의 어깨에 얹으며 외쳤다. 「이걸 보라고, 이걸. 이런 금도 매끄럽게 펼 수 있나, 대장장이?」 그는 한 손으로 주름진 이마를 쓸어 냈다. 「할 수 있다면 내 기꺼이 머리를 자네의 모루 위에 올려놓고 자네의 가장 무거운 망치를 양미간으로 받을 용의가 있네. 대답해 봐! 자네는 이런 금도 매끄럽게 펼 수 있느냐고?」

「아, 바로 이게 그 한 가지입니다, 선장님. 금이 가고 파인 건 모두 가능하지만 한 가지만은 할 수 없다고 말씀드렸잖습니까?」

「그래, 대장장이. 이게 그 한 가지야. 아무렴, 이건 펼 수 없지. 겉으로는 살에 새겨진 주름밖에 안 보이지만, 이건 내 두개골 뼈에까지 영향을 미쳤으니까. 그것도 온통 주름투성이야! 하지만 애들 장난은 집어치우게. 오늘은 작살이나 창을 더는 만지지 말라고. 자, 이걸 봐!」그가 가죽 자루를 흔들자 금화라도 잔뜩 든 것처럼 짤랑거리는 소리가 났다. 「나도 작살 하나 만들어 주게. 마귀 천 마리가 달려들어도 갈라지지 않고, 지느러미의 뼈처럼 고래의 몸에 단단히 박혀 빠지지 않을 작살 말이야. 자, 이걸로 만들게.」그러면서 모루 위에 자루를 털썩 내려놓았다. 「잘 보게, 대장장이. 경마장에서 쇠 편자의 못 조각을 모은 거야.」

「편자의 못 조각이라고요? 아니, 에이해브 선장님, 우리 대장장이들이 사용하는 재료 중에 제일 좋고 제일 단단한 재료를 갖고 계시는군요.」

「이를 말인가, 영감. 이 조각들은 살인자들의 뼈를 녹여 만든 아교처럼 단단하게 달라붙을 거야. 어서! 내 작살을 만들게. 우선 작살 자루로 쓸 쇠줄 열두 가닥을 만든 다음에 그 열두 가닥을 밧줄처럼 함께 감고 비틀어서 두드리게. 얼른! 풀무질은 내가 해줄 테니.」

마침내 열두 가닥이 만들어지자 에이해브는 하나씩 길고 무거운 쇠막대에 직접 감아 보면서 강도를 시험했다. 그러더니 맨 마지막 가닥은 퇴짜를 놨다. 「불량이야! 다시 만들게, 퍼스.」

그것까지 마무리한 퍼스가 열두 가닥을 용접해서 하나로 만들려고 하자, 에이해브는 그의 손을 잡으며 자신이 쓸 쇠를 직접 용접하겠다고 나섰다. 그러고는 특유의 가쁜 헛기침을 해대며 모루를 내리쳤고, 그런 그에게 퍼스는 빨갛게 단 쇠줄을 한 가닥씩 건네주었다. 힘찬 풀무질에 용광로에서 강한 불길이 곧게 솟구치자 불을 섬기는 배화교도가 조용히 지나며 불을 향해 고개를 숙였는데, 고된 노동에 어떤 저주를 내리거나 축복을 기원하는 몸짓 같았다. 하지만 에이해브가 고개를 들었더니 옆으로 미끄러지듯 사라졌다.

「저 악마들은 왜 저기서 얼쩡거리는 거야?」 스터브는 앞갑판에서 그곳을 바라보며 중얼거렸다. 「저 배화교도 놈은 도화선처럼 불 냄새를 맡고, 저놈 자체도 뜨겁게 달아오른 소총의 화약 접시처럼 불 냄새를 풍긴단 말이야.」

마침내 작살 자루가 하나의 막대로 완성되었다. 퍼스가 그걸 마지막으로 한 번 더 불에 넣었다가 담금질을 하기 위해 옆에 있던 물통에 넣자, 쉭쉭거리는 소리와 함께 뜨거운 증기가 몸을 숙인 에이해브의 얼굴로 치솟았다.

「나한테 낙인이라도 찍으려는 건가, 퍼스?」 그는 고통스러운 듯 잠시 몸을 움츠렸다. 「그렇다면 나는 이때까지 나한테 찍을 낙인 도장을 만든 게로군.」

「아이고 아닙니다. 그래도 걱정이 됩니다, 에이해브 선장님. 이건 흰 고래를 잡으려는 작살이 아닙니까?」

「흰 마귀를 잡으려는 거야! 이번엔 작살 촉을 만들게. 그건 자네가 직접 만들어야 해. 여기, 내가 쓰던 면도날들일세. 최고의 강철이지. 자, 이걸로 얼음 바다에 내리는 진눈깨비처럼 날카로운 작살 촉을 만들란 말이야.」

늙은 대장장이는 그걸 사용할 마음이 내키지 않는 듯이 면도날을 잠시 바라봤다.

「받아. 나한테는 이제 필요 없는 물건이야. 나는 그때까지 면도도 하지 않고 먹지도 않고 기도도 하지 않을 거니까. 아무튼 여기 있으니 얼른 만들게!」

마침내 화살 모양으로 만들어진 작살 촉을 자루에 용접하자, 쇠자루 끝에 뾰족한 강철이 붙었다. 대장장이는 담금질에 앞서 작살 촉을 마지막으로 불에 넣을 준비를 하며 에이해브에게 물통을 밀어 달라고 외쳤다.

「아니, 아니야. 그건 물에 담그지 말게. 그건 진짜 죽음의 담금질을 해주게. 이봐, 거기! 타슈테고, 퀴퀘그, 다구! 어떤가, 이교도들! 작살 촉을 담글 만큼의 피를 내주지 않겠나?」 에이해브가 칼날을 높이 들고 말했다. 흑인 한 무리가 그러겠다는 뜻으로 고개를 끄덕였다. 그리하여 이교도의 살을 세 번 찔러 흰 고래용 작살 촉을 담금질했다.

「*Ego non baptizo te in nomine patris, sed in nomine diaboli* (주님의 이름이 아닌 악마의 이름으로 그대에게 세례를 주노라)!」 사악한 쇠촉이 이글거리며 세례의 피를 마셔 대자 에이해브는 황홀경에 빠진 듯한 목소리로 외쳤다.

이제 에이해브는 아래에서 여분의 막대기를 가져오게 하더니 아직 나무껍질을 벗기지 않은 히코리나무를 골라 작살 구멍에 끼웠다. 그런 다음 새 밧줄을 여러 발 풀어 양묘기에 감고는 팽팽하게 잡아당겼다. 에이해브는 밧줄이 하프의 현처럼 울릴 때까지 발로 누르다가 몸을 한껏 구부려 꼬인 곳이 없는 걸 확인하고는 이렇게 소리쳤다. 「좋아! 이제 동여매라.」

밧줄의 한쪽 끝을 풀어서 그 가닥으로 작살 구멍 주변을 꼬아 엮은 다음, 막대기를 그 구멍 속으로 힘껏 밀어 넣었다. 밧줄을 막대기 중간까지 늘어뜨리고 실을 꼬아서 단단히 묶었다. 모든 작업이 끝나자, 막대기와 강철과 밧줄은 운명의 세 여신처럼 서로 떨어질 수 없게 되었고, 에이해브가 생각에 잠겨 그 무기를 들고 걸어가자 고래 뼈 다리에서 나는 소리와 히코리나무 막대기에서 나는 소리가 갑판의 널빤지에 닿을 때마다 텅텅 울렸다. 하지만 그가 선실로 들어가기 전에 경망스럽고 부자연스러우며 어딘가 조롱하는 것 같으면서도 더없이 측은한 소리가 들려왔다. 아아, 핍! 너의 초라한 웃음, 제대로 보는 것도 없이 잠시도 한곳에 머물지 못하는 너의 눈동자. 너의 기이한 무언극은 이 우울한 배의 어두운 비극과 의미심장하게 뒤섞여 그것을 조롱했다!

114
황금빛 바다

일본 해역 한가운데로 점점 깊이 진입하자 피쿼드호는 곧 고래잡이로 떠들썩해졌다. 온화하고 쾌적한 날씨 속에 열두 시간, 열다섯 시간, 열여덟이나 스무 시간씩 계속해서 보트를 타고 고래를 추격하며 끊임없이 노를 젓거나 중간에 60~70분 정도 고래가 떠오르길 가만히 기다리기도 했다. 하지만 이렇게 고생한 보람은 크지 않았다.

기세가 한풀 꺾인 태양 아래 온종일 느릿하게 일렁이는 바다에서 자작나무 통나무배처럼 가벼운 보트에 앉아 난롯가의 고양이처럼 뱃전에 부딪히며 가르랑거리는 잔잔한 파도와 정담을 나눌 때, 해수면의 평온한 아름다움과 찬란함을 바라보며 그 밑에서 고동치는 호랑이의 심장은 잊어버리고 앞발이 이렇게 벨벳처럼 부드러워도 어딘가에 무자비한 발톱을 숨기고 있다는 사실을 굳이 기억하려 하지 않을 때, 그럴 때는 시간이 꿈결처럼 평온하게 흘러간다.

포경 보트에 몸을 실은 방랑자가 바다에 대해 자식이 부모에게 갖는 것 같은 신뢰감을 느끼고 대지와 같은 감정으로 바라보게 되는 건 바로 이럴 때였다. 그럴 때면 바다가 거의 꽃이 만발한 대지처럼 여겨진다. 저 멀리 돛대 끝만 보이는 배도 높은 파도가 아니라 기다란 풀이 물결치는 초원을 헤치고 나가는 것 같다. 서부로 이주하는 사람들의 말이 눈부신 녹음 속을 달려갈 때 몸뚱이는 보이지 않고 뾰족하게 솟은 귀만 보이는 것과 다르지 않다.

길게 이어지는 처녀지의 골짜기, 싱그러운 푸른빛 산비탈, 그런 곳에 슬그머니 나지막한 정적이 흐르면, 찬란한 5월의 어느 날 숲에서 꽃을 따며 놀다 지친 아이들이 이 황량한 바다에 누워 잔다는 확신이 든다. 그리고 이런 느낌들이 마음 속의 신비로운 기분들과 뒤섞이고, 사실과 환상이 중간에서 만나 속속들이 스며들면서 이음매를 찾아볼 수 없는 온전한 하나가 된다.

마음을 달래 주는 이런 풍경은 아무리 잠깐이나마 에이해브에게 최소한 스쳐 가는 정도의 영향은 미치지 않을 수 없었다. 하지만 이 비밀의 황금 열쇠가 그의 내면에 있는 비밀의 황금 금궤를 연 것처럼 보였더라도, 그가 내뿜는 입김에 보물의 빛이 흐려지거나 할 뿐이다.

오, 풀이 무성한 오솔길이여! 오, 영혼 속에 펼쳐진 끝없는 상춘의 풍경이여. 비록 지상의 삶은 지독한 가뭄에 바싹 마른 지 오래지만, 그대 안에서 사람들은 이른 아침 클로버 밭의 어린 망아지마냥 뒹굴고, 무상한 찰나 동안 영원한 생명의 차가운 이슬이 몸을 적시는 것을 느낄 터다. 신이여, 이 평온함의 축복이 오래 지속되게 하시옵소서. 하지만 뒤엉키고 뒤엉킨 삶의 가닥들은 씨실과 날실로 짜이고, 평온은 폭풍을 만나며, 폭풍은 반드시 평온을 가로지른다. 왔던 길을 되돌아가지 않는 꾸준한 전진 같은 건 우리네 삶에 없다. 우리는 정해진 단계를 점진적으로 밟아 가다가 마지막에야 한 번 쉬는 게 아니다. 즉, 아무것도 모르던 유아기, 무작정 맹신하는 소년기, 청년기의 의심(모두에게 공통된 운명), 이어서 회의를 거치고 불신의 단계를 지나 마침내 〈만약에〉를 곰곰이 따져 보는 성년기에 머무는 게 아니다. 일단 이 과정을 다 지나면 우리는 그 길을 다시 걷기 시작해서 유아기와 소년기와 〈만약에〉를 영원히 돌고 돈다. 우리가 더는 닻을 올리지 않을 마지막 항구는 어디에 있는가? 지칠 대로 지친 자들이 끝내 싫증 내지 않을 세계는 어느 황홀한 창공을 떠도는가? 버려진 아이의 아버지는 어디 숨었는가? 우리의 영혼은 아이를 낳다가 고아로 남기고 죽은 미혼모 같고, 생부의 비밀은 어미와 함께 무덤에 묻혔으니, 그걸 알려면 그곳으로 가야 한다.

그리고 같은 날, 스타벅도 보트의 뱃전에서 황금빛 바다를 굽어보며 나직이 중얼거렸다.

「깊이를 알 수 없는 아름다움, 사랑에 빠진 남자가 어린 신부의 눈동자를 보며 느끼는 그런 아름다움! 사나운 이빨이 난 상어들과 사람들을 채가는 식인종 같은 네 방식에 대해서는 말하지 마라. 믿음이 사실을 몰아내고, 환상이 기억을 몰아내게 하라. 나는 깊이 굽어보며 굳게 믿는다.」

그리고 스터브는 비늘이 반짝이는 물고기처럼 그날의 금빛 햇살 속에 가슴이 부풀었다.

「나는야 스터브, 스터브는 자신만의 삶을 살아왔지. 하지만 여기서 맹세코 말하노니, 스터브는 늘 유쾌하게 살아왔도다!」

115
피쿼드, 독신남을 만나다

　에이해브의 작살이 완성되고 몇 주 후에 순풍을 받으며 등장한 풍경과 소리는 확실히 유쾌했다.

　독신남이라는 뜻을 가진 낸터컷 선적의 배츨러호는 마지막 기름통을 선창에 밀어 넣은 후 터질 듯한 뚜껑을 막 닫은 터라, 뱃머리를 고향으로 돌리기 전에 멋진 축제용 옷으로 몸단장을 하고 조금은 허세를 부리면서 어장에 넓게 흩어진 배들 사이를 즐겁게 돌아다니는 중이었다.

　주 돛대 위의 세 남자는 모자에 가늘고 기다란 빨간 리본을 묶었다. 고물에는 포경 보트 한 척이 거꾸로 매달렸으며, 제1기움돛대에는 마지막으로 잡은 고래의 기다란 아래턱이 포로처럼 붙들려 있었다. 그리고 가지각색 신호기와 수기와 국적을 나타내는 선수기가 사방에서 나부꼈다. 앞 돛대와 주 돛대, 뒤쪽 돛대 꼭대기의 망루마다 경뇌유를 담은 통을 두 개씩 양 옆에 묶었고, 중간 돛대에도 그 귀한 액체가 담긴 길쭉한 통이 보였으며, 돛대 꼭대기에는 놋쇠로 만든 등을 박아 놓았다.

　나중에 알고 보니 배츨러호는 더없이 놀라운 성공을 거뒀다. 더 대단한 건 같은 해역을 항해하는 수많은 다른 배는 몇 달 동안 고래를 단 한 마리도 잡지 못했다는 점이었다. 훨씬 귀중한 경뇌유를 담을 통을 마련하기 위해 쇠고기와 빵을 나눠 줬을 뿐만 아니라, 그런데도 통이 모자라자 항해 중에 만난 다른 배와 물물 교환을 해서 갑판은 물론 선장과 간부 선원의 선실에까지 쌓아 놓았다. 선장실의 탁자마저 불쏘시 개로 써버렸기 때문에, 식사도 한가운데에 고정해 놓은 기름 통의 널찍한 뚜껑 위에서 했다. 앞 갑판의 선원들은 궤짝의 틈을 뱃밥으로 메우고 역청을 바른 다음 거기에 기름을 채 웠다. 그러고는 농담 삼아 덧붙이길, 요리사는 제일 큰 솥에 기름을 채운 후 뚜껑을 봉했고, 사환은 여분의 커피 주전자 에 기름을 채우고 마개를 막았으며, 작살잡이도 작살 구멍 에 기름을 채웠고, 아무튼 선장의 바지 주머니만 빼고 모든 것에 기름을 채웠다면서, 선장의 바지 주머니는 두 손을 찌 르고 으스대며 흡족한 기분을 만끽하기 위해 남겨 놨다는 것이다.

기쁨에 겨운 이 행운의 배가 뿌루퉁한 피쿼드호를 향해 다 가오자, 앞 갑판에서 커다란 북을 두드리는 야만적인 소리가 들려왔다. 거리가 더 가까워지자 커다란 정유 솥을 에워싼 선원들이 보였다. 정유 솥에 양피지 같은 자루, 즉 검은고래 의 위를 싸고 있던 가죽을 덮어서 선원들이 주먹으로 두드릴 때마다 으르렁대는 듯한 요란한 소리가 났다. 뒤쪽 갑판에 서는 항해사와 작살잡이들이 폴리네시아 섬에서 눈이 맞아 도망쳐 온 올리브 빛 피부의 아가씨들과 춤을 추었다. 그리 고 앞 돛대와 주 돛대 사이에는 화려하게 치장한 보트를 높 이 매달아 놓고, 롱아일랜드 출신 흑인 셋이 고래 뼈로 만든 번쩍이는 바이올린 활로 흥겨운 춤곡을 연주했다. 그런가 하면 한쪽에서는 선원들이 커다란 정유 솥을 떼어 낸 화덕에 달라붙어 요란스럽게 뭔가를 하고 있었다. 가증스러운 바스티유 감옥이라도 허무는 게 아닐까 싶을 정도로 거친 함성을 질러 댔지만, 이제 쓸모없어진 벽돌을 떼어서 바다에 던지는 것이었다.

선장은 그 모든 광경의 주재자답게 뒤쪽 갑판 높은 곳에 우뚝 서 있었는데, 그의 눈앞에서 펼쳐지는 모든 즐거운 연극이 마치 선장 개인의 오락을 위해 마련된 것처럼 보였다.

에이해브도 자신의 배에서 뒤쪽 갑판에 서 있었지만, 그의 텁수룩하고 검은 얼굴에는 완강한 침울함이 어렸다. 한쪽은 지나간 일로 기쁨에 넘치고 또 한쪽은 닥쳐올 일 때문에 불길한 두 배가 서로 교차할 때, 두 선장도 배의 풍경만큼이나 뚜렷한 대조를 온몸으로 나타냈다.

「우리 배로 오시오, 건너오시오!」 배츨러호의 쾌활한 선장이 술병과 잔을 높이 쳐들며 외쳤다.

「흰 고래를 보았소?」 에이해브는 건조한 물음으로 대답을 대신했다.

「아니, 듣기는 했지만 그런 게 있다고는 전혀 믿지 않소이다.」 저쪽에서는 여전히 기분 좋은 목소리로 말했다. 「그러지 말고 건너오시라니까!」

「기분이 아주 좋으신 모양이군. 그냥 가시오. 선원을 잃지는 않았소?」

「얘기할 만한 정도는 아니오. 섬사람 둘이 전부니까. 아무튼 건너오시오, 선장. 함께 즐깁시다. 당신의 이마에 드리운 검은 구름을 당장 없애 주리다. 오시오. 즐겁지 않소? 만선으로 고향에 가는 길인데.」

「바보들은 참 스스럼이 없단 말이야!」에이해브는 혼잣말로 중얼거리더니 큰 소리로 외쳤다. 「당신은 만선으로 고향에 간다지만, 나는 빈 배로 고래를 잡으러 가는 길이오. 그러니 당신은 당신 갈 길을 가시오, 나는 내 길을 갈 터이니. 전진하라! 돛을 모두 올리고, 바람 부는 쪽으로!」

그렇게 한 배가 순풍을 받으며 명랑하게 나아갈 때 다른 배는 고집스럽게 바람을 거슬렀고, 두 배는 멀어졌다. 피쿼드호의 선원들은 멀어져 가는 배츨러호에서 우울한 시선을 거두지 못했지만, 배츨러호의 선원들은 흥청거리며 즐기느라 이들의 시선 같은 건 안중에 없었다. 그리고 에이해브는 고물 난간에 기대어 고향으로 가는 배를 쳐다보다가 주머니에서 모래가 담긴 작은 병을 꺼내 병과 배를 번갈아 보면서 전혀 동떨어진 그 두 가지를 연결해 보려는 것 같았다. 그 병에는 낸터컷 바닷가의 모래가 담겨 있었다.

116
죽어 가는 고래

오른쪽으로 운명의 총애를 받은 배가 스치듯 지나가면 그 때까지 축 늘어졌던 우리도 갑자기 일어난 바람에 빈 자루 같 던 돛이 팽팽하게 부풀어 오른 걸 보고 즐거워지는 경우가 우 리네 인생에는 드물지 않다. 피쿼드호도 그랬던 것 같다. 명 랑한 배츨러호를 만난 다음 날 고래 무리가 발견되어 네 마 리를 잡았는데, 그중 한 마리의 숨을 끊은 건 에이해브였다.

오후가 저물어 갈 무렵이었고, 창이 빗발치는 선홍색 싸움 이 모두 끝나자 태양과 고래는 아름다운 해 질 녘의 바다와 하늘에서 함께 조용히 숨을 거뒀다. 그때 어떤 염원 같은 것 이 소용돌이치며 장밋빛 하늘로 말려 올라갔는데, 그게 어찌 나 감미롭고 애처롭던지 저 멀리 마닐라 제도의 짙푸른 수도 원 골짜기에서 스페인 땅의 바람이 제멋대로 선원으로 변신 하여 저녁의 찬송가를 짊어지고 바다에 나오기라도 한 것 같 았다.

고래와의 싸움에서 물러나 다시 차분해졌지만, 차분해진 만큼 더 침울해진 에이해브는 평온한 보트에 앉아 고래의 최 후를 물끄러미 지켜봤다. 죽어 가는 모든 향유고래에게서 볼 수 있는 기이한 광경, 숨을 거둘 때 머리를 태양이 있는 방향으로 돌리는 그 모습을 이렇게 적막한 저녁에 보고 있자니, 에이해브는 그때까지 미처 몰랐던 어떤 경이로움을 느꼈다.

「몸을 돌리는구나, 태양을 향해 몸을 돌려. 저렇게 천천히, 하지만 단호하게, 죽음을 앞둔 마지막 몸짓으로 이마를 돌려 경배하고 기원하는구나. 고래도 불을 섬기는 거야. 태양의 가장 충실하고 커다란, 당당한 신하여! 아, 내 눈이 어떤 은총을 받았기에 이토록 은혜로운 광경을 보는 것인가. 보아라! 물로 에워싸인 드넓은 바다, 인간사 길흉화복의 어떤 소리도 들리지 않는, 너무나 정직하고 공평무사한 바다. 비석을 세울 돌 하나 없이, 중국의 역사만큼이나 오랫동안 일렁인 파도가 나이저 강[133]의 이름 없는 수원 위에서 반짝이는 별처럼 말없이 굽이치는 곳. 여기서도 생명은 믿음으로 충만한 채 태양을 향해 머리를 두고 죽는다. 하지만 보아라! 숨을 거두기 무섭게 죽음이 시체를 휘감아 돌려 다른 쪽으로 머리를 향하게 만드는구나.

오, 자연의 절반인 어두운 힌두여, 황량한 바다 한복판 어딘가에 익사자의 뼈로 그대의 옥좌를 따로 만들었구나. 여왕이여, 그대는 믿음이 없고, 크고 잔혹한 태풍과 그 이후의 잔잔함 속에서 치러지는 장례식을 통해 너무 노골적인 속내를 내게 드러낸다. 그대의 고래가 죽어 가면서 태양을 향해 돌렸던 머리를 다시 되돌려 놓은 것 역시 내게 교훈을 준다.

오, 세 겹 테를 두르고 용접한 강력한 허리여! 오, 높은 곳을 열망하는 무지갯빛 물기둥이여! 저 고래가 안간힘을 쓰

---

133 서아프리카 시에라리온에서 시작하여 기니 만으로 흐르는 강. 아프리카에서 세 번째로 큰 강이다.

고 이 고래가 물을 뿜어도 다 소용없구나! 부질없다, 고래여. 만물을 소생시키는 태양과 타협을 시도해도 태양은 생명을 불러일으킬 뿐 두 번 주는 법은 없으니. 하지만 세상의 절반인 어둠이여, 그대는 더 어두울지라도 더 당당한 믿음으로 나를 흔든다. 뭐라 이름 붙일 수 없는 그대의 혼돈이 여기 내 발밑에 떠돈다. 한때 살았다가 공기처럼 증발하여 이제는 물이 되어 버린 것들의 숨이 나를 떠받치고 있다.

그러니 바다여 만세, 오, 만만세! 영원히 뒤척이는 파도는 거친 바닷새들의 유일한 안식처니. 나는 땅에서 태어났으나 바다의 젖을 먹고 자랐으며, 산과 골짜기가 나를 낳았으나 그대의 큰 파도는 나와 젖을 나눈 형제다!」

117
고래 지키기

　그날 저녁에 잡은 고래 네 마리는 제각기 멀리 떨어져서 죽었다. 한 마리는 저만치 멀리 바람 불어오는 쪽에서, 한 마리는 그보다는 가까운 바람 불어 가는 쪽에서, 한 마리는 앞쪽, 또 한 마리는 고물 쪽이었다. 배 가까운 곳의 세 마리는 해가 지기 전에 뱃전으로 끌고 왔지만, 바람 불어오는 쪽에 있는 것은 아침까지 가지러 갈 수 없었다. 그래서 그 고래를 잡은 보트가 밤새 옆을 지켰는데, 바로 에이해브의 보트였다.

　죽은 고래의 분수공에 푯대를 똑바로 꽂았고, 그 위에 매달려 흔들리는 등불은 검게 번들거리는 등짝 위로 어지러이 깜박이는 불빛을 드리우며 해변에 철썩이는 잔물결처럼 고래의 넓은 옆구리를 부드럽게 쓸어내리는 한밤의 파도를 멀리까지 비추었다.

　에이해브와 보트의 선원들은 전부 잠이 든 것처럼 보였는데, 배화교도만은 뱃머리에 쪼그리고 앉아 고래 주변을 유령처럼 떠돌며 가벼운 삼나무 널빤지를 꼬리로 탁탁 쳐대는 상어들을 감시했다. 용서받지 못한 고모라의 유령들이 역청의 호수[134]에서 무리 지어 탄식하는 것 같은 소리가 진저리를 치듯 밤공기를 뚫고 들려왔다.

선잠이 들었다가 흠칫 깨어난 에이해브는 배화교도를 정면으로 바라봤고, 밤의 어둠에 감싸인 두 사람은 대홍수에 잠긴 세상에서 살아남은 최후의 2인 같았다. 「그 꿈을 또 꾸었다.」 그가 말했다.

「관이 나온다는 꿈 말인가요? 제가 말씀드렸잖습니까. 관이건 뭐건 선장님 것일 리 없다고.」

「그야, 바다에서 죽었는데 입관하는 경우는 없으니까.」

「하지만 선장님은 이번 항해에서 죽으려면 그 전에 바다에서 관 두 개를 봐야 할 겁니다. 첫 번째는 인간의 손으로 만든 것이 아니고, 두 번째 관은 미국에서 자란 나무로 만들었을 겁니다.」

「그래, 그런가! 참 이상한 광경이란 말이야, 배화교도. 깃털로 장식한 관이 바다를 떠돌고 파도가 운구하듯 뒤를 따르다니. 하! 그런 광경은 쉽게 볼 수 없을 거야.」

「믿거나 말거나, 선장님은 그 광경을 보기 전까지는 죽지 못할 겁니다.」

「그런데 자네에 대해서는 뭐라 했다고 했지?」

「마지막 순간이 온다 하더라도 제가 선장님의 수로 안내자 역할을 할 거라고요.」

「그러면, 그런 상황이 벌어져서 자네가 앞서 간다면, 내가 따라가기 전에 자네가 내 앞에 나타나서 나를 안내할 거라는 말이지? 그렇다는 거 아닌가? 아, 나는 자네가 한 말은 모두 믿었지! 나의 수로 안내자여! 여기서 두 가지 맹세를 하겠네. 모비 딕을 죽이고, 나는 살아남겠다고.」

134 사해의 옛 이름.

334

「한 가지 맹세를 더 하시죠, 선장님.」배화교도는 어둠 속에서 눈동자를 반딧불이처럼 반짝이며 말했다. 「오직 삼밧줄만이 선장님을 죽일 수 있다고.」

「교수대 말인가. 그렇다면 나는 육지에서나 바다에서나 불사신이로군.」에이해브는 비아냥거리듯 웃으며 외쳤다. 「육지에서나 바다에서나 모두 불사신이야!」

그러고는 두 사람이 하나같이 입을 다물었다. 잿빛 새벽이 밝자 보트 바닥에서 자던 선원들이 깨어났고, 정오가 되기 전에 죽은 고래를 본선으로 끌고 왔다.

118
사분의

마침내 적도 해역의 어획기가 다가왔다. 에이해브가 날마다 선실 밖으로 나와 위를 올려다보면, 부지런한 키잡이는 보란 듯이 힘껏 손잡이를 놀리고, 의욕에 넘친 선원들은 얼른 아딧줄로 달려가 돛대에 박힌 스페인 금화를 뚫어져라 쳐다보며 서 있었다. 다들 뱃머리를 적도로 돌리라는 명령을 초조하게 기다렸다. 얼마 지나지 않아 명령이 떨어졌다. 해가 중천에 떴을 때였다. 에이해브는 높이 매달아 놓은 보트의 뱃머리에 앉아 여느 때처럼 태양을 관측하며 위도를 측정하려 했다.

그런데 그 일본 해역에서는 여름이 되면 찬란한 빛이 홍수처럼 쏟아진다. 눈부시게 강렬한 일본의 태양은 투명한 바다가 커다란 볼록렌즈가 되어 불을 붙인 초점 같다. 하늘은 칠이라도 한 것처럼 푸르고 구름 한 점 없다. 수평선은 허공에 떠 있다. 누그러지는 기색이라곤 없는 적나라한 빛은 신의 옥좌에서 발하는 지독한 광휘 같다. 그래서 에이해브의 사분의(四分儀)에는 색유리가 달렸고, 그걸 통해 이글거리는 해를 관측했다. 에이해브는 앉은 자세 그대로 배의 출렁임에 몸을 맡긴 채 천체 관측용 도구를 눈에 대고 태양이 정확히 자오선에 도달하는 틀림없는 순간을 포착할 때까지 한동안 그 자세를 유지했다. 그가 온 신경을 이 일에 쏟는 동안, 배화교도는 아래쪽 갑판에서 무릎을 꿇고 에이해브처럼 얼굴을 위로 쳐든 채 동일한 태양을 바라봤다. 다만 그는 눈꺼풀이 눈동자를 반쯤 덮었고, 사나운 표정도 지상의 무심함에 굴복한 듯 조금 누긋해졌다. 마침내 원하던 관측이 이루어졌고, 에이해브는 연필로 고래 뼈 다리에 뭔가를 쓰며 바로 그 순간의 위도를 곧바로 계산했다. 그러더니 잠시 생각에 잠겼다가 다시 태양을 올려다보며 혼잣말로 중얼거렸다. 「그대 항로 표지여! 높고 강력한 수로 안내자여! 그대는 지금 나의 위치를 정확히 말해 주지만, 앞으로 내가 어디에 있게 될지에 대해 최소한의 암시라도 줄 수는 없는가? 그게 아니라면, 내가 아닌 다른 어떤 존재가 지금 이 순간 어디에 머물고 있는지 말해 줄 수는 없는가? 모비 딕은 어디에 있는가? 이 순간에도 그대는 놈을 보고 있을 게 아닌가. 내 눈은 지금도 놈을 바라보는 그대의 눈을 들여다보고 있다. 그대의 저쪽 편, 미지의 사물들을 차별 없이 바라보는 그대의 눈을 들여다보고 있다. 그대, 태양이여!」

그러고는 다시 사분의를 쳐다보고 거기에 달린 수많은 비의적인 장치를 하나씩 만지작거리며 또다시 곰곰이 생각에 잠겨 중얼거렸다. 「바보 같은 장난감! 거만한 제독과 선장들을 위한 어린애 장난감. 세상이 너를 자랑하고 너의 교묘한 솜씨와 실력에 대해 허풍을 떨지만, 너와 너를 손에 든 사람이 이 넓은 세상에서 마침 그때 어디에 머무르는지 그 빈약하고 초라한 사실을 말해 주는 것 외에 네가 뭘 할 수 있단 말인가. 없지! 그것 말고는 아무것도 할 줄 아는 게 없어! 너는 물 한 방울, 또는 모래 한 알이 내일 정오에 어디에 있을지 말해 주지 못한다. 그런데 그렇게 무력한 주제에 태양을 모욕하다니! 과학! 너를 저주하노니, 허울뿐인 장난감이여. 인간의 눈을 하늘 높이 돌리게 만드는 것들은 모두 저주를 받을지니, 하늘의 약동하는 광채는 지금 이 늙은이의 눈이 그대의 빛으로 타들어 가듯 인간을 태울 뿐이다. 오, 태양이여! 인간의 시선은 본래 이 지상의 수평선과 같은 높이며, 인간이 창공을 응시하길 바랐다면 신은 인간의 정수리에 눈을 뚫었을 것이다. 사분의여, 너를 저주한다.」 그러고는 그걸 갑판에 내던지며 말했다. 「더는 네놈에게 이승에서의 길 안내를 받지 않겠다. 수평선과 같은 높이의 나침반과 측정기와 측량줄을 이용해서 수평선과 같은 높이로 측정하는 추측 항법. 이런 것들이 나를 안내할 것이며 바다에서의 내 위치를 말해 줄 것이다. 아무렴.」 에이해브는 보트에서 갑판으로 훌쩍 내려섰다. 「그래서 너를 짓밟노니, 무기력하게 높은 곳을 가리키는 이 못난 놈. 그래서 너를 깨고 부수노라!」

광기에 들뜬 노인네가 이렇게 내뱉으며 산 다리와 죽은 다리로 사분의를 짓밟을 때 미동 없이 잠자코 서 있던 배화교도의 표정에는 에이해브를 겨냥하는 듯한 냉소적인 승리감과 자기 자신을 향하는 것 같은 치명적인 절망감이 스쳤다. 슬그머니 일어나 자리를 피하는 그의 모습을 눈여겨본 사람은 아무도 없었다. 그러는 사이 선장의 행동에 놀란 선원들이 앞 갑판에 몰려들었고, 마침내 에이해브는 격하게 갑판을 거닐며 소리쳤다. 「아딧줄 앞으로! 키는 위쪽으로! 모두 직각으로!」

그 즉시 활대가 회전했고, 배가 방향을 반쯤 돌릴 때 단단히 자리 잡은 우아한 돛대 세 개가 늑골이 있는 기다란 선체에 꼿꼿이 선 모습은 마치 호라티우스 삼형제[135]가 용맹스러운 군마를 타고 급선회하는 것 같았다.

뱃머리의 보조 늑재 사이에 선 스타벅은 피쿼드호의 소란스러운 움직임, 더불어 에이해브가 갑판을 비틀비틀 걸어 다니는 모습을 지켜봤다.

「전에 나는 뜨거운 석탄 불 앞에 앉아 석탄이 고통스럽게 생명을 불태우며 이글이글 타오르는 모습을 본 적이 있지. 그러다 불길이 사위어 점점 약해지다가 마침내 아무것도 아닌 먼지가 되는 것을 보았어. 바다의 노인이여! 그대의 이 불꽃같은 삶도 결국에는 한 줌 재밖에 남지 않을 것을!」

「그래요.」 스터브가 외쳤다. 「하지만 석탄재라는 걸 알아야 해요, 스타벅. 그냥 목탄이 아니라 석탄이라고요. 하긴 나는 에이해브가 이렇게 중얼거리는 걸 들은 적이 있어요. 〈이 늙은 손에 누군가 이 카드들을 쥐어 주고는 다른 카드가 아닌 그것으로만 승부를 내야 한다고 주장하는 꼴이지.〉 제기랄 에이해브, 당신이 옳아요. 승부에 살고 승부에 죽는 거죠!」

135 기원전 7세기 세력 다툼을 하던 도시 국가 로마와 알바가 세 사람씩 용사를 뽑아 결투를 하고 그 결과에 따라 승패를 결정짓기로 했을 때, 호라티우스 삼형제가 로마의 대표로 뽑혀 나와 승리를 거두었다.

119
양초

가장 따뜻한 고장은 가장 잔인한 엄니를 품고 있다. 벵골 호랑이는 늘 푸르고 향기로운 숲에 도사린다. 더없이 눈부신 하늘은 가장 격렬한 천둥을 담으며, 아름다운 쿠바는 온순한 북쪽 지역으로는 한 번도 지난 적 없는 토네이도를 안다. 그리하여 선원들이 폭풍우 중에서도 가장 끔찍한 태풍을 만나는 곳이 바로 이 찬란한 일본 해역이다. 태풍은 밝고 조용한 마을에 내리꽂히는 폭탄처럼 구름 한 점 없는 하늘에서 느닷없이 터져 나오기도 한다.

그날 저녁 무렵, 피쿼드호는 돛이 갈가리 찢기고 벌거벗은 돛대만 남은 채로 정면에서 달려드는 태풍과 싸워야 했다. 어둠이 내리자, 하늘과 바다가 포효하는 천둥으로 갈라지고 번갯불에 환하게 타오르며 여기저기서 넝마만 펄럭이는 못 쓰게 된 돛대들을 드러냈다. 사납게 날뛰는 폭풍우가 먹잇감을 덮친 첫 번째 공격의 흔적이었다.

스타벅은 돛대 줄을 움켜쥐고 뒤쪽 갑판에 서서 번개가 번쩍일 때마다 위를 바라보며 복잡하게 얽힌 밧줄에 또 다른 재앙이 닥치지 않았는지 확인했고, 스터브와 플래스크는 보트를 더 높이 끌어 올려 단단히 붙들어 매는 선원들을 지휘했다. 하지만 이런 노력도 다 허사인 것 같았다. 바람 불어오는 쪽에 있던 보트(에이해브의 것)는 기중기 꼭대기까지 들어 올렸는데도 화를 피하지 못했다. 흔들리는 선체의 높은 뱃전에 부딪힌 엄청난 파도가 보트의 고물 바닥에 구멍을 뚫어 놓는 바람에 보트는 마치 체처럼 물이 줄줄 샜다.

「엉망이로군요. 엉망이에요, 스타벅.」 스터브가 망가진 보트를 보며 말했다. 「하지만 바다는 제 마음대로 할 테죠. 이 스터브도 거기에 맞서서 싸울 수는 없어요. 알겠지만, 파도는 도약을 하기 전에 아주 멀리서 달려오니까. 전 세계를 한 바퀴 돌아서 그 힘으로 펄쩍 뛰어오르잖아요! 그런데 내가 바다에 맞서기 위해 도움닫기를 할 수 있는 거리라곤 이 갑판을 내달리는 것뿐이죠. 하지만 상관없어요. 그것도 다 재미니까. 옛날 노래에도 있잖아요.」(노래를 부른다.)

아! 폭풍은 즐겁고
고래는 익살꾼.
꼬리를 멋지게도 휘두르네 —
재밌어 멋있어 용감해 영악해, 익살스러운 내 친구
아아, 바다야!

비구름 날아가고
향료 넣고 저은 듯
술에 거품이 이네 —
재밌어 멋있어 용감해 영악해, 익살스러운 내 친구
아아, 바다야!

천둥이 배를 쪼개도
바다는 술을 마시며
그저 입맛만 다시네 —
재밌어 멋있어 용감해 영악해, 익살스러운 내 친구
아아, 바다야!

「그만두게, 스터브.」스타벅이 소리를 쳤다. 「태풍이 노래를 부르고 우리 밧줄로 하프를 켜더라도, 자네가 용감한 사나이라면 잠자코 있게.」

「하지만 나는 용감한 사나이가 아니에요. 용감하다고 말한 적도 없어요. 난 겁쟁이에요. 그래서 기운을 북돋우려고 노래를 부르는 거라고요. 그리고 분명히 말하는데, 내 목을 자르지 않는 한 노래 부르는 걸 막을 수 없어요. 그리고 그렇게 한다면 나는 틀림없이 당신에게 영광의 찬송가를 부르며 끝을 낼 겁니다.」

「미친 놈! 눈이 없으면 내 눈을 통해서라도 보란 말이다.」

「뭐라고요! 당신이라고 깜깜한 밤에 남들보다 더 잘 볼 재주가 있나요? 얼마나 바보 같은지는 따지지 않더라도?」

「자!」스타벅은 스터브의 어깨를 움켜잡고 바람 불어오는 쪽 뱃머리를 가리키며 외쳤다. 「폭풍이 동쪽에서, 에이해브가 모비 딕을 잡으러 가는 바로 그 경로에서 불어온다는 걸 모르겠어? 오늘 정오에 바로 그 경로로 방향을 돌렸잖아? 그런데 저기 있는 그의 보트를 좀 봐. 어디에 구멍이 뚫렸는지. 고물의 마룻널이야. 그가 늘 서 있는 자리, 바로 그 자리에 구멍이 뚫렸다고, 이 친구야! 지금도 기어이 노래를 불러야겠다면 바다로 뛰어들어서 실컷 불러 봐!」

「무슨 말인지 반도 못 알아듣겠어요. 바람이 어쨌다고요?」

「그래, 그래. 희망봉을 돌아가는 게 낸터컷으로 가는 지름 길이지.」 스타벅은 스터브의 질문에 아랑곳없이 갑자기 혼 잣말을 중얼거렸다. 「지금 폭풍이 배에 구멍을 뚫자고 우리 를 두드려 대지만, 그 바람을 순풍으로 바꿔서 고향으로 갈 수 있어. 바람이 불어오는 저쪽에는 파멸의 암흑만이 있을 뿐인데 바람이 불어 가는 고향 쪽은 환해지는 게 보여. 번개 가 쳐서 그런 게 아니라고.」

번개에 뒤이어 깊은 어둠이 내려앉았을 때 웬 목소리 하나 가 바로 옆에서 들려왔고, 그것과 거의 동시에 일제 사격 같 은 천둥소리가 하늘에 울려 퍼졌다.

「거기 누구냐?」

「벼락 영감이다!」에이해브는 이렇게 말하면서 자신의 회 전축 구멍을 향해 더듬더듬 뱃전을 따라 나아갔다. 그 순간 굽은 창처럼 내리꽂힌 번개 덕분에 길을 찾아가는 것이 쉬워 졌다.

육지의 첨탑에 세운 피뢰침이 위험한 전류를 땅으로 흘려 보내려는 목적이듯이, 바다에서도 전류를 바다로 흘려보내 기 위해 그와 비슷한 피뢰침을 돛대마다 세운 배들을 볼 수 있다. 하지만 이 전도체는 끝이 선체에 닿는 일이 없도록 상 당한 깊이까지 내려가야 할 뿐만 아니라, 그걸 항상 물속에 끌고 다닐 경우 밧줄 장비에 적잖이 거치적거리고 배의 진행 에도 방해가 되면서 여러 가지 불상사를 일으킬 소지가 있 다. 이런 점들 때문에 선박용 피뢰침의 아랫부분을 늘 뱃전 너머로 드리우는 대신 길고 가느다란 고리를 지어 바깥쪽 사 슬에 걸어 놨다가 필요한 상황이 닥쳤을 때 바다에 던져 넣는 게 보통이다.

「피뢰침! 피뢰침!」 자기 자리를 찾아가는 에이해브의 길을 밝혀 준 현란한 번갯불에 갑자기 경계심이 발동한 스타벅이 선원들에게 소리쳤다. 「피뢰침을 바다에 던져 넣었나? 얼른 던져라. 앞의 것, 뒤의 것 모두. 서둘러!」

「그만둬!」 에이해브가 외쳤다. 「우리가 약자이기는 해도 정정당당하게 싸워야지. 온 세상이 안전할 수 있다면 히말라야와 안데스 산맥에 피뢰침을 세우는 일에 힘을 보태겠지만, 특권은 사양한다! 그냥 놔두시지, 항해사님.」

「저 위를 좀 보세요.」 스타벅이 외쳤다. 「세인트엘모의 불[136]이라고요. 세인트엘모의 불!」

모든 활대의 끝에서 퍼런 불이 번쩍였고, 세 돛대의 피뢰침마다 끝으로 갈수록 가늘어지는 하얀 불꽃이 타올랐으며, 큰 돛대 세 개는 제단 앞에 밝힌 커다란 양초 세 개처럼 유황빛 대기 속에서 조용히 타올랐다.

「빌어먹을 보트! 이거 놓지 못해!」 그때 스터브가 소리를 질렀는데, 강한 파도가 그의 보트를 밑에서 들어 올리는 바람에 밧줄을 누르던 그의 손이 거널 뱃전에 우악스럽게 끼었기 때문이었다. 「젠장할!」 하지만 갑판에서 뒤로 미끄러지며 올려다본 눈에 불꽃이 보이자, 금세 목소리를 바꿔 이렇게 외쳤다. 「세인트엘모의 불이여, 저희에게 자비를 내리소서.」

선원들에게 욕설은 일상적이다. 파도가 잔잔해서 기쁠 때나 사납게 날뛰는 폭풍에 휩말렸을 때에도 욕설을 내뱉고, 중간 활대에서 소용돌이치는 바다로 떨어질 뻔한 순간에도

---

136 폭풍우가 치는 밤에 돛대나 비행기 날개, 교회 첨탑 등에 나타나는 파란 불꽃 같은 빛. 지속적인 방전 현상 때문에 나타난다.

저주의 말을 퍼붓는다. 하지만 지금껏 항해를 하면서 신의 불타는 손가락이 배에 놓이고, 〈메네, 메네, 테켈 우파르신〉[137]이라는 신의 말씀이 돛대 밧줄과 삭구에 새겨졌을 때만큼은 그 흔한 욕설을 들어 본 적이 거의 없다.

서늘한 불꽃이 돛대 위에서 타는 동안 선원들은 뭔가에 홀린 것처럼 거의 아무 말도 하지 않고 앞 갑판에 한 데 모여 있었는데, 창백한 인광에 반짝이는 눈들이 마치 먼 하늘의 별자리 같았다. 커다란 흑석 같은 흑인 다구는 유령 같은 빛을 배경으로 유난히 도드라졌는데, 키가 실제보다 세 배는 더 커 보였고 천둥을 쏟아 낸 먹구름 같았다. 타슈테고가 벌린 입속에서는 상어처럼 흰 이가 드러났고, 그것도 세인트엘모의 불이 붙은 것처럼 야릇한 빛을 발했다. 그런가 하면 퀴퀘그의 문신 역시 초자연적인 빛을 받아 악마의 푸른 불길처럼 타올랐다.

그림 같은 이 장면은 결국 돛대 위의 창백한 불꽃과 함께 점점 사라졌고, 피쿼드호와 갑판 위의 모든 선원은 다시 한 번 어둠에 휩싸였다. 스타벅은 앞으로 나오다가 누군가와 부딪쳤다. 스터브였다. 「지금은 또 무슨 생각을 하나. 뭐라고 외치는 소리가 들리던데. 아까 부르던 노래와는 다르더군.」

「아니, 아닙니다. 세인트엘모의 불에게 자비를 베풀어 달라고 빌었고, 지금도 그걸 바랍니다. 하지만 세인트엘모의 불은 우울한 얼굴에만 자비를 베푸나요? 웃음은 동정하지 않나요? 이봐요, 스타벅. 하지만 너무 어두워서 볼 수가 없군요. 그러면 들어 봐요. 나는 우리가 돛대 꼭대기에서 본 불

137 바빌로니아의 왕 벨사살이 베푼 향연에서 손가락이 나타나 벽에 썼다는 글자로, 바빌로니아의 멸망을 암시했다.

꽃을 행운의 징조라고 생각해요. 그 돛대들은 고래기름으로 가득 차게 될 선창에 뿌리를 박고 있으니까. 따라서 경뇌유가 나무의 수액처럼 돛대를 따라 올라가겠죠. 그래요, 저 돛대 세 개는 경뇌유 양초가 될 거라고요. 그러니 좋은 징조인 거죠.」

그때 주위가 서서히 환해지면서 스타벅의 눈에 스터브의 얼굴이 들어왔다. 그는 위를 쳐다보며 소리쳤다. 「저기! 저걸 좀 봐요!」돛대 위에서 끝이 뾰족한 불꽃이 다시 한 번 타올랐고, 창백함에 어린 초자연적인 느낌은 두 배가 된 것 같았다.

「세인트엘모의 불이여, 자비를 베푸소서.」스터브가 다시 소리쳤다.

주 돛대 아래쪽으로, 스페인 금화와 불꽃 밑에서 배화교도가 에이해브 앞에 무릎을 꿇고 있었지만, 머리는 다른 곳을 향해 조아렸다. 멀지 않은 곳에서는 아치 모양으로 늘어진 밧줄 옆으로 조금 전까지 활대를 고정하던 선원들이 과일나무 가지 끝에 달라붙은 말벌 떼마냥 한 덩어리로 활대에 붙어 추처럼 매달린 모습이 섬광에 포착되었다. 다른 선원들도 마법에라도 걸린 듯, 서거나 걷거나 달리는 자세로 발굴된 헤르쿨라네움[138]의 해골처럼 다양한 자세로 갑판에 못 박혀 있었지만, 시선만은 전부 위를 향하고 있었다.

「어이, 어이, 제군!」에이해브가 소리쳤다. 「저걸 봐라. 저걸 똑똑히 봐라. 흰 불꽃이 흰 고래로 가는 길을 밝혀 준다! 저기 주 돛대의 피뢰침 고리를 가져와라. 그 맥박을 느끼고, 내 맥박을 거기에 대고 싶다. 불에 맞댄 피! 어서.」

138 이탈리아의 베수비오 산기슭에 있던 도시. 기원후 79년, 베수비오 화산 폭발로 폼페이와 함께 매몰되었다.

그러더니 고리 끝부분을 왼손에 단단히 쥐고 돌아서서 발을 배화교도에게 얹고는 고개를 들어 시선을 위에 고정한 채 오른손을 높이 뻗으며 허공에서 타오르는 세 불꽃을 향해 꼿꼿이 섰다.

「오오, 밝은 불의 밝은 정령이여, 페르시아인처럼 나는 한때 이 바다에서 그대를 숭배했으나 예배를 드리던 중에 그대에게서 크게 화상을 입어 지금까지도 흉터가 남아 있다. 나는 이제 그대를 아노라, 그대 밝은 정령이여. 그리고 이제 저항이야말로 그대를 올바르게 숭배하는 방법이라는 걸 아노라. 그대는 사랑에도 존경에도 마음을 움직이지 않고, 증오에는 오로지 죽음뿐이어서 모조리 죽여 버린다. 지금 그대에게 맞서는 자는 두려움을 모르는 바보가 아니다. 내 그대의 형언할 수 없는 무소부재의 위력을 인정하지만, 지진과도 같은 내 삶의 마지막 숨을 거둘 때까지 절대적이고 완전한 나를 위해 저항하겠다. 의인화한 자연력의 한가운데, 여기 한 인격체가 서 있도다. 기껏해야 하나의 점에 불과하고 어디서 와서 어디로 가는지도 모르지만, 내가 이 지상에 사는 동안에는 여왕과 같은 인격체가 내 안에 살며 그러한 왕권을 내가 느낀다. 그러나 전쟁은 괴롭고 증오는 슬프니, 그대가 가장 저급한 형태의 사랑으로 오더라도 나는 무릎 꿇어 그대에게 입 맞추리라. 그러나 한없이 고매하되 한낱 초자연적인 위력으로 다가온다면, 그대가 막강한 해군을 보낸다 해도 여기 선 나는 눈 하나 깜짝하지 않을 것이다. 오, 그대 밝은 정령이여. 그대의 불로 나를 만들었으니, 불의 진정한 자녀답게 그 불을 내뿜어 다시 그대에게 보내노라.」

그때 갑자기 연이어 번개가 내리꽂히고, 불꽃 아홉 개가 이전에 비해 세 배는 길게 타오른다. 에이해브도 나머지 선원들처럼 눈을 감고, 오른손으로 눈을 지그시 누른다.

「그대의 형언할 수 없는 무소부재의 위력을 인정한다고 말하지 않았나? 그것을 내게서 억지로 빼앗아 가지 않았고 나 역시 이 고리를 떨어뜨리지 않았다. 그대는 눈을 멀게 할 수 있으나, 그렇다면 나는 손으로 길을 더듬어 갈 수 있다. 그대는 모든 것을 태워 버릴 수 있으나, 그렇다면 나는 재가 될 수 있다. 이 빈약한 눈과 덧문 같은 손의 경배를 받으라. 나는 그것을 받아들이지 않으리니. 번개가 내 두개골을 갈라 내 눈알이 욱신거리고 또 욱신거리며, 얻어맞은 뇌는 목이 잘려 먹먹한 바닥을 구르는 것 같구나. 오, 오오! 눈을 가리고도 그대에게 말하리라. 그대는 빛이되 어둠에서 나왔고, 나는 어둠이되 빛에서, 그대에게서 나왔다! 빛의 투창이 멈추었구나. 눈을 떠라. 보이는가, 안 보이는가? 저기 불꽃이 타오른다! 오, 고결한 그대여! 나의 계보는 얼마나 찬란한가. 그러나 그대는 나의 불타는 아비일 뿐, 다정한 어미를 나는 알지 못한다. 오, 잔인하여라! 내 어미를 어떻게 한 것이냐? 거기에 나의 수수께끼가 있으나 그대의 수수께끼는 더욱 크니. 그대는 어디서 왔는지를 모르고, 그런 까닭에 스스로를 아비 없이 태어난 자라 일컫는다. 당연히 그대의 시작을 모르니, 그런 까닭에 스스로를 시작 없이 시작된 자라 일컫는다. 오, 그대 전능한 자여, 그대가 그대 자신에 대해 알지 못하는 것을 나는 나 자신에 대해 알고 있도다. 그대 밝은 정령이여, 그대 너머에는 넓게 퍼지지 않은 뭔가가 있고, 그것에 비하면 그대의 영원은 유한한 시간이요 그대의 모든 창조성도 기계적일 뿐. 나의 그을린 눈은 그대를 통해, 그대의 불타는 자아를 통해 그것을 어렴풋이 본다. 오오, 그대 버려진 아이 같은 불이여, 태고의 은자여, 그대 역시 다른 누구에게도 넘길 수 없는 수수께끼를, 어느 누구와도 나눌 수 없는 슬픔을 지녔구나. 여기서 또다시 불손한 번민으로 나는 내 아비를 읽는다. 도약하라, 높이 도약하여 하늘을 핥아라! 나도 그대와 함께 도약하고, 그대와 함께 불타며, 기꺼이 그대와 하나가 되리라. 저항의 몸짓으로 그대를 경배하노니!」

「보트! 보트!」스타벅이 외쳤다. 「당신 보트를 좀 봐요, 선장!」

대장장이의 불로 만든 에이해브의 작살은 뾰족한 작살받이에 단단히 동여매어진 채 뱃머리 앞으로 튀어나와 있었지만, 바닥을 뚫은 파도에 헐거운 가죽 덮개가 떨어졌고, 날카로운 쇠촉에서는 창백하게 갈라진 불길이 옆으로 흘렀다. 작살이 뱀의 혓바닥처럼 조용히 타오를 때 스타벅이 에이해브의 팔을 움켜잡았다. 「신이, 신께서 당신에게 등을 돌린 겁니다, 선장. 그만둬요! 이 항해는 불길해요. 시작부터 불길했고, 줄곧 불길했다고요. 지금이라도 활대를 직각으로 세우고 이 바람을 고향으로 가는 순풍으로 삼아 이제부터라도 좀 더 나은 항해를 합시다.」

스타벅의 말을 엿들은 선원들이 공포에 휩싸여 돛이 하나도 남지 않은 아딧줄로 마구 달려갔다. 그 순간만큼은 겁에 질린 항해사와 모두 같은 생각인 것 같았다. 그들이 내지른 고함은 거의 선상 반란을 방불케 했다. 그러나 덜컹거리는 피뢰침 고리를 갑판에 내던지고 불타는 작살을 움켜쥔 에이해브가 선원들을 향해 그걸 횃불처럼 휘두르며 제일 먼저 밧줄을 푸는 놈을 이걸로 찌르겠다고 엄포를 놨다. 그 모습에 망연자실하고, 그가 들고 있는 불타는 작살 때문에 더 위축된 선원들이 당황해서 뒤로 물러났다. 그러자 에이해브가 다시 입을 열었다.

「흰 고래를 잡겠다는 네놈들의 맹세도 나의 맹세와 마찬가지로 깨어질 수 없다. 그리고 이 늙은 에이해브는 심장과 영혼, 육체, 허파와 목숨까지 모두 그 맹세에 묶여 있다. 이 심장이 어떤 장단에 맞춰 뛰는지는 너희들도 알 것이다. 여기를 봐라. 너희들에게 남은 마지막 공포를 내가 꺼뜨려 주마!」 그러고는 한 번의 입김으로 불꽃을 꺼버렸다.

허리케인이 들판을 휩쓸고 지날 때 사람들이 홀로 선 아름드리 느릅나무 근처를 피해 달아나는 까닭은 그렇게 높고 튼튼한 나무일수록 벼락의 표적이 되기 쉽고 그만큼 더 위험하기 때문이다. 그래서 에이해브의 말이 끝나자 선원들은 공포에 질려 허둥지둥 그에게서 달아났다.

120
첫 번째 당직이 끝날 무렵의 갑판

에이해브가 키 옆에 서 있고, 스타벅이 그에게 다가온다.

「주 돛대의 중간 활대를 내려야겠습니다, 선장님. 밧줄이 헐거워졌고, 바람 불어 가는 쪽의 활대 줄은 반쯤 꼬였습니다. 돛을 내릴까요, 선장님?」

「아무것도 내리지 마라. 밧줄로 묶어. 위쪽 돛대가 있다면 그것들을 당장 세울 텐데.」

「선장님! 도대체, 선장님!」

「말해.」

「닻을 내려놓았습니다. 배로 끌어 올릴까요?」

「끌어 내리지도 말고 끌어 올리지도 말고, 모든 걸 밧줄로 단단히 묶어라. 바람이 불기 시작한다. 하지만 나의 고원에는 아직 도달하지 않았다. 서둘러서 일을 처리해라. 어이가 없군! 저놈은 나를 연안에서 고기를 잡는 작은 배의 꼽추 선장쯤으로 생각하는군. 주 돛대의 중간 활대를 내리겠다고? 허! 멍청한 놈들! 가장 높은 돛대는 그만큼 강한 바람에 대비해서 만들어졌고, 내 머리는 지금 구름 속을 지나건만. 뭐,

돛을 내릴까요? 폭풍이 분다고 돛을 접는 건 겁쟁이들뿐이
지. 저기 저 하늘은 왜 이리 소란스러운 거야! 배탈이 시끄러
운 병이라는 것을 내가 몰랐다면 저것조차 숭고하게 여겼을
텐데. 어허, 약을 드시오, 약을!」

121
한밤 — 앞 갑판의 뱃전

스터브와 플래스크가 그 위에 올라가서 거기 매달린 닻에 밧줄을 더 감고 있다.

「아니요, 스터브. 거기 그 매듭이야 당신 마음대로 얼마든지 두드려도 상관없지만, 지금 한 말을 내 머릿속에 두드려 넣을 수는 없어요. 전혀 반대되는 말을 한 게 언제였죠? 에이해브가 탄 배는 어떤 배가 됐건 뒤에 화약통을 싣고 앞엔 성냥갑을 쌓아 놓은 것과 같으니 보험료를 더 내야 한다고 말하지 않았던가요? 이제 그만 묶어요. 그렇게 말하지 않았냐고요?」

「그래, 그랬다면 어쩔 건데? 그때 이후로 내 몸은 부분적으로 달라졌는데, 마음은 왜 바뀌면 안 된다는 거야? 게다가 이 배의 뒤쪽에 화약통이 실렸고 앞에는 성냥갑이 있다 해도, 이렇게 흠뻑 젖도록 퍼붓는 마당에 악마인들 그 성냥에 어떻게 불을 붙이겠어? 이봐, 자네의 머리카락도 상당히 빨갛지만, 지금은 거기에조차 불을 붙일 수 없을걸. 물기 좀 털게. 자네는 물병자리, 그러니까 보병궁이야, 플래스크. 그러니까 그 옷깃 높이까지 물병 몇 개는 채울 수 있을 만큼의 물이 들어 있는 거라고. 위험이 클수록 해상 보험 회사에서 보장을 추가한다는 거 몰라? 여기 소화전은 얼마든지 있어, 플래스크. 그래도 잘 들어 봐. 다른 것들도 가르쳐 줄 테니. 하지만 우선 밧줄 좀 두를 수 있도록 닻에서 그 다리 좀 내려놓게. 그래, 이제 잘 들어. 폭풍 속에서 돛대의 피뢰침을 잡는 것과 폭풍이 불 때 피뢰침이라곤 없는 돛대 옆에 바짝 붙어서 있는 건 얼마나 큰 차이가 있을까? 이 돌대가리야, 돛대에 먼저 벼락이 떨어지지 않는 이상 피뢰침을 잡고 있는 사람에겐 아무런 위험이 없다는 걸 모르겠나? 그러니까 지금 자네는 도대체 무슨 말을 하는 거냐고? 피뢰침이 있는 배는 1백 척에 한 척도 안 되고, 내 소견에 따르면 그때 에이해브, 아니지 우리 모두가 지금 바다를 항해하는 1만 척의 배에 탄 모든 선원보다 더 큰 위험에 처했던 건 아니라는 거야. 아니, 왕대공 자네는 세상 모든 사람의 모자 한 귀퉁이에 민병대 장교의 삐딱한 깃털 장식처럼 작은 피뢰침을 달고 무슨 띠처럼 줄을 늘어뜨리게 만들고 싶은 모양이지? 플래스크, 분별력이라는 걸 좀 가져 봐. 분별력을 갖는 건 어렵지 않아. 그런데 왜 안 갖는 거야? 눈이 반쪽만 달려도 얼마든지 분별력을 가질 수 있는데.」

「그건 모르겠어요, 스터브. 당신도 가끔은 분별력을 갖기가 힘들잖아요.」

「그래, 뼛속까지 젖은 몸으로는 분별력을 발휘하기 힘들지. 그건 사실이야. 그리고 지금 이 물보라에 나는 흠뻑 젖었고. 신경 쓸 것 없네. 거기 밧줄이나 좀 건네주게. 우리는 마치 두 번 다시 쓰지 않을 것처럼 닻을 꽁꽁 묶고 있군. 플래스크. 여기 이 닻 두 개를 묶는 게 꼭 사람의 손을 뒤로 돌려서 묶는 것 같아. 거 참 크고 넉넉한 손들이지 않나. 어이, 이게 너의 쇠주먹이냐? 악력도 어찌나 센지! 나는 말이지, 플래스크, 이 세상도 어딘가에 닻을 내리고 있는 게 아닌지 궁금해. 그렇다면 엄청나게 긴 밧줄에 묶여 흔들리고 있나 봐. 거기, 그 매듭을 망치로 박아 넣게. 이제 끝났네. 자, 육지에 오르는 것 다음으로 흡족한 건 갑판으로 내려가는 거지. 내 윗옷의 물 좀 짜주겠나? 고맙네. 사람들은 우리의 긴 윗도리를 보고 웃지만 내가 보기에 바다에서 폭풍을 만났을 땐 항상 꼬리가 긴 웃옷을 입어야 한다네, 플래스크. 이런 식으로 점점 가늘어지는 꼬리가 물을 흘려보내는 데에는 제격이거든. 챙을 뒤로 젖힌 모자도. 챙이 박공벽 처마의 물받이 역할을 해주니까. 짧고 꼭 끼는 웃옷과 방수모는 더는 원치 않아. 난 연미복을 입고 실크해트를 써야겠어. 허허, 이거 참! 내 방수모가 뱃전 너머로 날아가는군. 아니, 아니. 하늘에서 내려오는 바람이 이토록 예의가 없다니. 거참 고약스러운 밤이로군 그래.」

122
한밤중의 돛대 꼭대기 — 천둥과 번개

주 돛대의 중간 활대에서 타슈테고가 새 밧줄을 감고 있다.

「어, 허, 허. 천둥 좀 그만 쳐! 여기 올라오니 천둥이 너무 심하네. 천둥이 무슨 쓸모가 있다고. 어, 허, 허. 우리는 천둥 따위 원치 않아. 우리가 원하는 건 럼주지. 우리한테 럼주나 한 잔씩 돌리라고. 어, 허, 허!」

123
머스킷 총

태풍이 가장 맹렬히 몰아치는 동안 고래 턱뼈로 만든 키가 느닷없이 경련하듯 움직이는 통에 피쿼드호의 키잡이는 몇 번이나 갑판에 나동그라졌다. 보조 삭구가 붙어 있긴 했지만 키 손잡이는 어느 정도 자유롭게 움직여야 하기 때문에 느슨하게 해둔 탓이었다.

이렇게 심한 돌풍으로 배가 셔틀콕처럼 바람에 날릴 때면 이따금 나침반 바늘이 빙글빙글 도는 것도 결코 보기 드문 일이 아닌데, 피쿼드호의 경우가 그랬다. 바람의 충격을 받을 때마다 거의 예외 없이 문자반 위를 엄청난 속도로 빙빙 도는 나침반 바늘이 키잡이의 눈에 띄곤 했다. 누구라도 그런 모습을 보면 묘한 감정에 사로잡히지 않을 도리가 없었다.

자정 넘어 몇 시간이 지나자 태풍의 기세가 많이 꺾였다. 스타벅과 스터브가 각각 앞과 뒤에서 맹렬히 노력한 덕분에 뱃머리의 삼각돛, 그리고 앞 돛과 중간 돛에서 너덜거리던 누더기를 잘라 내어 바람 불어 가는 쪽으로 떠내려 보낼 수 있었는데, 그 모습이 마치 신천옹이 폭풍 속을 날아갈 때 이따금 바람에 휩쓸리는 깃털을 보는 듯했다.

그 자리에는 각각 새 돛을 달아 접어 올렸고, 폭풍에 쓰는 튼튼한 돛을 뒤에 달았더니 배는 다시금 정확하게 파도를 가르며 나아갔다. 진로는 당분간 동남동이었고 키잡이는 가능하면 그쪽으로 가라는 명령을 받았다. 돌풍이 거셀 때 배를 조종한다는 건 바람의 변화를 따라 가는 것에 불과했기 때문이다. 그래도 지금은 나침반을 들여다보며 배를 최대한 진로에 가깝게 조종했는데, 오호라! 좋은 징조였다! 바람까지 뒤에서 불어오니. 어허이! 역풍이 순풍으로 바뀐 것이다!

「에헤라! 순풍이 분다! 오호호! 기운을 내자!」 선원들은 신이 나서 노래를 부르며 당장 활대를 직각으로 놓았다. 지금껏 계속되던 불길한 징조들이 금세 거짓으로 보일 만큼 앞길이 창창했다.

갑판의 중대한 변화는 하루 스물네 시간 언제라도 즉각 보고하라는 선장의 지시에 따라 스타벅은 활대를 순풍에 맞춰 조정하자마자 비록 내키지 않는 마음에 인상이 절로 찌푸려지긴 했어도 기계적으로 에이해브 선장에게 상황을 보고하러 내려갔다.

선장실 문을 두드리려던 그는 자신도 모르게 멈칫했다. 좌우로 넓게 흔들리며 펄럭펄럭 타오르는 선실의 등불이 가느다란 빗장을 걸고 윗부분에 판자 대신 고정 덧문을 끼운 영감의 문에 변덕스러운 그림자를 드리웠다. 지하에 홀로 격리된 선장실은 바람과 파도가 으르렁거리는 소리에 둘러싸였으면서도 침묵의 메아리에 지배받는 듯했다. 선반에는 장전한 머스킷 총 몇 자루가 격벽에 똑바로 기대선 채 번쩍이고 있었다. 스타벅은 정직하고 올곧은 사람이었지만, 이상하게도 머스킷을 보는 순간 사악한 생각이 마음속에 일어났다.

하지만 중립적이거나 선한 생각과 섞여 있었기 때문에 그때는 그 생각의 실체를 거의 알아차리지 못했다.

「그는 언젠가 나를 쏘려고 했지.」스타벅이 중얼거렸다. 「그래, 나를 겨눴던 바로 그 머스킷 총이야. 개머리판에 장식 못을 박은 저 총. 어디 한번 만져 볼까. 한번 들어 보자. 이상하군. 무시무시한 창을 수없이 다룬 내가 이렇게 떨다니. 총알이 들어 있나? 한번 보자. 그래, 그렇군. 약실에 화약이 들어 있어. 이건 좋지 않아. 쏟아 버리는 게 낫지 않을까? 잠깐. 이 손부터 고쳐야지. 생각을 정리하는 동안 과감하게 총을 쥐고 있자. 나는 선장에게 순풍을 보고하러 왔어. 하지만 어떤 순풍이지? 죽음과 파멸로 가는 순풍, 모비 딕에게 이로운 순풍. 저주받은 고래에게나 이로운 순풍이잖아. 바로 이걸 내게 겨눴지. 그래 맞아, 바로 이 총이야. 그리고 그걸 내가 쥐고 있어. 지금 내가 들고 있는 바로 이 총으로 그는 나를 죽이려 했어. 아니, 그는 선원들을 전부 죽이는 것도 서슴지 않을 거야. 어떤 돌풍에도 돛을 접지 않겠다잖아? 하늘처럼 떠받들던 귀한 사분의도 내던져 버렸지. 그러고는 이렇게 위험천만한 바다에서 틀리기 쉬운 측정기만 가지고 항로를 더듬거리지 않느냔 말이야. 이번 태풍에도 선장은 피뢰침 따위는 필요 없다고 단언하지 않았어? 하지만 미친 늙은이가 선원들을 전부 파멸로 끌고 가도록 잠자코 놔둬야 하나? 그래, 이 배에 치명적인 위험이 닥친다면 그는 서른 명이 넘는 사람을 기꺼이 죽음으로 이끈 살인자가 되는 거라고. 그리고 내 영혼을 두고 맹세하건대, 에이해브 마음대로 하게 내버려 둔다면 이 배는 치명적인 위험에 처하게 될 거야. 그런데 지금 이 순간에 그를 제거하면 그는 그런 죄를 저지르지 않게 되겠지. 하! 선장이 잠꼬대를 하나? 그래, 바로 저기, 저 안에서 그는 자고 있어. 잔다고? 그래, 하지만 여전히 살아 있고 곧 다시 깨어날 거야. 그런데 나는 노인네, 당신을 견딜 수가 없어. 논리도 통하지 않고 충고나 간청에도 당신은 귀를 기울이지 않으니까. 그런 것들을 당신은 전부 경멸하지. 당신의 일방적인 명령에 일방적인 복종, 당신은 이 소리뿐이야. 그래, 그러고는 선원들이 당신과 똑같이 맹세했다고 말하지. 우리 모두가 에이해브라고 말이야. 벼락 맞을 소리! 하지만 다른 방법이 없을까? 합법적인 방법이 없을까? 그를 가둬서 고향으로 데려갈까? 뭐? 멀쩡히 살아 있는 그의 손을 비틀어 멀쩡히 살아 있는 힘을 빼앗겠다고? 바보나 할 짓이지. 설사 그를 동여맸다손 쳐도, 온몸을 밧줄과 닻줄로 꽁꽁 묶어 여기 이 선실 바닥의 고리에 쇠사슬로 묶어 놓았다 해도, 그는 우리에 갇힌 호랑이보다 더 사나울 테고, 그러면 나는 그 모습을 견딜 수 없을 거야. 그가 울부짖는 소리를 무시할 수 없을 거야. 마음의 평온을 모두 잃고 잠도 이루지 못하고, 길고 참기 힘든 항해 내내 더없이 귀중한 이성이 나를 떠나 버리겠지. 그렇다면 남은 방법은 뭘까? 육지는 몇백 리그 밖에 있고, 가장 가까운 일본은 문을 닫아걸었으니. 나는 망망대해에 홀로 섰고, 나와 법 사이에는 바다 두 개와 대륙 하나가 가로놓였다. 그래, 그래, 그야 그렇지. 살인을 저지르려는 자가 잠든 침대에 벼락이 내리쳐 이불과 살을 모조리 잿더미로 만든다면 하늘이 살인자일까? 그리고 나도 살인자가 되는 걸까? 만약에……」그는 천천히 아무도 모르게, 곁눈질로 주위를 살피면서 장전한 머스킷 총 끝을 문에 대며 말을 이었다.

「저 안에 에이해브의 그물 침대는 이 정도 높이에 매달렸고, 머리는 이쪽을 향했어. 이걸 건드리기만 하면, 스타벅은 살아서 아내와 아이를 다시 품에 안을 수 있는 거야. 오, 메리, 메리! 내 아들, 내 아들, 내 아들! 하지만 내가 노인네 당신을 죽이지 않고 깨운다면, 일주일 뒤에 스타벅의 몸뚱이는 다른 선원들과 함께 바다 깊이 가라앉을지도 몰라! 신이시여! 어디 계시나이까? 해야 하나요? 해야 할까요? 바람이 잦아들고 방향이 바뀌었습니다, 선장님. 앞 돛과 주 돛대를 접어 올렸습니다. 배는 정해진 항로로 나아가고 있습니다.」

「후진하라! 오, 모비 딕. 내 마침내 네놈의 심장을 움켜쥐는구나!」

마치 스타벅의 목소리가 말 못하던 기나긴 꿈에 입을 터 주기라도 한 것처럼 고통스러운 노인의 잠 속에서 이런 소리가 와락 쏟아졌다.

그때까지도 선실을 겨누던 머스킷 총이 주정뱅이의 팔처럼 덜덜 떨며 문에 닿았다. 스타벅은 천사와 드잡이를 하는 것 같았다. 하지만 문을 등지고 돌아선 그는 죽음의 대롱을 선반에 되돌려 놓고 그곳을 떠났다.

「선장은 깊이 잠들었네, 스터브. 자네가 내려가서 깨운 후에 상황을 보고하게. 나는 여기 갑판을 살펴야 하니까. 무슨 보고를 해야 하는지는 알겠지.」

124
바늘

　다음 날 아침, 아직 완전히 진정되지 않은 바다는 길고 느릿하고 커다란 물결로 넘실거리면서, 출렁출렁 나아가는 피쿼드호를 쫙 펼친 거인의 손바닥처럼 뒤에서 밀어 댔다. 거세고 거침없는 바람에 하늘과 대기는 그 바람을 한껏 끌어안은 커다란 돛처럼 보였다. 온 세상이 바람 앞에서 윙윙거렸다. 아침 햇살에 가려 보이지 않는 태양은 강렬하게 뻗어 나간 빛줄기로 위치를 짐작할 뿐이었고, 그 자리에서는 총검 같은 광선들이 무리 지어 움직였다. 왕관을 쓴 바빌로니아 왕과 왕비의 문장처럼 화려한 햇빛이 만물 위로 쏟아졌다. 바다는 황금을 녹이는 도가니였고, 그렇게 녹아내린 황금이 찬란하고 뜨겁게 부글거리며 솟구쳤다.

　에이해브는 한참 동안 혼자만의 침묵을 지키며 외따로 서 있었는데, 배가 흔들리다가 제1기움돛대가 낮아지면서 물속으로 곤두박질치면 눈을 돌려 앞쪽에 비치는 밝은 햇살을 바라봤고, 고물이 낮게 가라앉으면 뒤로 몸을 돌려 곧게 뻗은 배의 물길에 노란 햇살이 뒤섞이는 것을 쳐다봤다.

　「하, 하, 배여! 너는 바다를 달리는 불의 전차라고 해도 되겠구나. 호, 호! 내 뱃머리 앞의 모든 나라여, 내 그대들을 위해 태양을 싣고 가노니! 저기 큰 파도에 멍에를 씌워라. 이랴! 달려라, 나는 바다를 몰고 달린다!」

그런데 불현듯 떠오른 생각이 고삐를 당기기라도 한 것처럼 서둘러 키잡이에게 가더니 쉰 목소리로 배의 전진 방향을 물었다.

「동남동으로 가고 있습니다, 선장님.」 키잡이가 흠칫 놀라 대답했다.

「어디서 거짓말이냐!」 그러면서 주먹으로 키잡이를 후려쳤다. 「아침 이 시간에 동쪽을 향해 가는데 태양이 고물 쪽에 있다고?」

이 말에 모두가 혼란에 빠졌는데, 어찌된 영문인지 에이해브가 관측한 현상을 다른 사람들은 아무도 알아차리지 못했다. 너무나 명백한 것은 오히려 못 보는 법인데, 그게 이유였던 게 틀림없었다.

에이해브는 머리를 나침반 함에 반쯤 밀어 넣고 나침반을 쳐다봤다. 쳐들었던 손이 서서히 내려왔고, 일순 그는 거의 비틀거리는 것처럼 보였다. 뒤에 서 있던 스타벅이 들여다보니 이런! 바늘 두 개가 동쪽을 가리키건만 피쿼드호는 의심할 여지없이 서쪽으로 가고 있었다.

하지만 격렬한 최초의 충격이 선원들 사이에 퍼지기 전에 노인은 굳은 표정으로 웃으며 소리쳤다. 「알겠다! 전에도 이런 일이 있었어. 스타벅, 지난밤의 벼락으로 우리 배의 나침반이 돌아간 걸세. 그게 전부야. 자네도 전에 이런 이야기를 들어 본 적이 있을 테지.」

「네. 하지만 직접 겪은 적은 없었습니다, 선장님.」 항해사가 창백한 얼굴로 우울하게 말했다.

여기서 말해 두어야 할 점은, 심한 폭풍우를 만난 배에 이런 사고는 비일비재하다는 것이다. 선박용 나침반 바늘이 띠는 자력은 모두 알다시피 본질적으로 하늘에서 일으키는 전기와 동일하다. 그러므로 이런 일이 일어나도 별로 놀랄 건 없다. 실제로 벼락이 배에 떨어져 돛대나 삭구를 강타한 경우 나침반에 미치는 영향은 훨씬 더 치명적일 수 있다. 자력이 모두 지워져서 한때 자석이었던 것이 늙다리 마누라의 뜨개바늘만큼도 소용이 없어지는 것이다. 하지만 어느 쪽이건 그렇게 손상되거나 상실한 원래의 기능은 절대로 저절로 회복되지 않는다. 그리고 나침반 함의 나침반이 영향을 받으면 배 안에 있는 모든 나침반, 심지어 내용골에 박힌 가장 밑바닥의 나침반까지 전부 같은 운명에 처하게 된다.

침착하게 나침반 함 앞에 서서 반대 방향을 가리키는 나침반을 바라보던 노인네는 손을 곧게 뻗어 태양의 정확한 위치를 파악하고는 바늘이 정반대로 돌아갔다는 걸 확인한 후 그에 따라 배의 진로를 변경하라고 큰 소리로 지시했다. 활대를 모두 높이 올린 피쿼드호는 불굴의 뱃머리를 다시 한번 역풍으로 돌렸는데, 순풍이라 여겼던 바람은 지금껏 피쿼드호를 농락했을 뿐이었다.

그러는 동안 스타벅은 속마음이야 어땠을지 몰라도 겉으로는 아무 말 없이 필요한 명령만을 조용히 하달했다. 그런가 하면 스터브와 플래스크, 이때쯤에는 스타벅의 심정에 어느 정도 공감하는 것 같았던 두 사람 역시 툴툴대지 않고 명령을 따랐다. 선원들 가운데 일부는 낮게 구시렁거리기도 했지만, 그들은 운명의 여신보다 에이해브를 더 두려워했다.

그러나 이교도 작살잡이들은 언제나처럼 전혀 동요하는 모습을 보이지 않았다. 동요했다면 굽힐 줄 모르는 에이해브의 심장이 비슷한 성질을 가진 그들의 심장에 일종의 자력을 발휘한 정도에 불과했다.

노인은 잠시 생각에 잠겨 갑판을 거닐었는데, 우연히 고래 뼈 다리가 미끄러지는 바람에 자신이 전날 밤에 갑판에 내던진 사분의의 구리 관측관이 망가진 걸 보게 되었다.

「그대 가런하고 오만한 하늘의 관측자, 태양의 수로 안내자여! 어제 내가 그대를 부쉈더니 오늘은 나침반이 나를 부쉬 버리려 들었구나. 아하, 그랬어. 하지만 수평 자석쯤은 아직 에이해브의 손바닥 위에 있거든. 스타벅, 자루를 뽑은 창과 망치, 그리고 돛을 꿰매는 바늘 중에서 제일 작은 것을 가져오게. 어서!」

그가 이제부터 하려는 일을 충동적으로 지시한 데에는 신중한 동기가 결부되었는데, 나침반의 방향이 뒤집힌 불가사의한 상황에서 교묘한 기술을 이용하여 선원들의 사기를 되살리려는 목적이었을 것이다. 그뿐 아니라 방향이 역전된 나침반으로 항해를 하는 게 그럭저럭 가능하기는 해도 미신에 쉽게 흔들리는 선원들에게 그렇게 하라고 요구했다간 그들의 마음에서 불안과 불길한 예감을 씻어 낼 수 없다는 걸 노인네는 잘 알았다.

「모두 주목.」 항해사가 물건들을 챙겨서 건네주자 그는 선원들을 향해 돌아서서 말했다. 「들어라. 벼락이 이 늙은 에이해브의 나침반 바늘을 돌려놨지만, 에이해브는 이 강철 조각으로 정직하게 방향을 가리키는 나침반을 직접 만들 수 있다.」

이 말을 들은 선원들은 비굴한 감탄의 시선을 어정쩡하게 교환하더니, 눈동자를 반짝이며 어떤 마술을 보게 될지 기다렸다. 하지만 스타벅은 눈을 돌렸다.

에이해브는 망치를 휘둘러 창끝을 떼어 버리고 남은 긴 쇠막대를 항해사에게 건네며 갑판에 닿지 않도록 똑바로 세워서 잡고 있으라고 지시했다. 그러고는 쇠막대의 윗부분을 망치로 연거푸 때린 다음 무딘 바늘 끝을 그 위에 대고 조금 약하게 여러 번 망치로 두드렸다. 그러는 동안 항해사는 쇠막대를 그대로 잡고 있었다. 선장은 이어서 바늘을 가지고 조금 이상한 동작을 했는데, 강철에 자력을 가하기 위해 꼭 필요한 건지 아니면 선원들의 경외심을 고조시킬 의도였는지는 확실하지 않았다. 이제 선장은 삼실을 달라고 하더니 나침반 함으로 가서 방향이 뒤바뀐 바늘 두 개를 빼냈고, 돛을 꿰매는 바늘을 삼실에 묶어 가운데가 한쪽 나침반 위에 오도록 수평으로 들었다. 바늘은 처음에는 빙빙 돌며 양쪽 끝이 파르르 떨리더니 마침내 제자리에 멈췄고, 그러자 이런 결과를 기다리던 에이해브가 나침반 함에서 물러나 쭉 뻗은 팔로 그것을 가리키며 소리쳤다. 「자, 모두 두 눈으로 똑똑히 봐라. 수평 자석이 에이해브의 손바닥에 있는지 없는지! 태양은 동쪽에 있고, 이 나침반이 그걸 증명한다!」

선원들은 한 명씩 나침반을 들여다봤는데, 이렇게 무지한 자들을 설득하려면 눈으로 직접 보게 하는 수밖에 없었다. 선원들은 하나둘씩 슬그머니 자리를 떠났다.

멸시와 승리감에 이글거리는 에이해브의 눈에는 그를 파멸로 이끌 오만이 가득했다.

125
측정기와 측심줄

　숙명의 피쿼드호가 이번 항해를 시작한 지도 상당한 시일이 지났건만 측정기[139]와 측심줄을 사용하는 경우는 대단히 드물었다. 배의 위치를 확인할 믿음직한 다른 방법들이 있는 탓에 일부 상선과 포경선 대부분에서는, 더욱이 순항 중에는 측정기를 바다에 던져 넣기를 게을리한다. 그렇기는 해도, 대개 형식상의 이유로 배의 진로와 시간별 평균 전진 속도의 추정치를 일정한 기간마다 주기적으로 기록하기는 한다. 피쿼드호도 마찬가지였다. 나무 얼레와 거기에 달린 각진 측정기는 오랫동안 손도 대지 않은 채 고물 난간 밑에 매달려 있었다. 비와 물보라에 젖었다 태양과 바람에 마르길 반복하느라 형태가 뒤틀렸다. 자연의 모든 힘이 합심해서, 하는 일도 없이 매달린 물건을 썩게 만들었다. 그런데 이런 것에 통 무관심하던 에이해브가 자석 사건이 있고 몇 시간쯤 지났을 때 우연히 얼레를 보고, 이제 사분의가 없다는 사실과 더불어 광란에 휩싸여 측정기와 측심줄에 대해 맹세한 것을 떠올렸다. 배는 바닷속으로 돌진하듯 나아갔고, 고물에서는 큰 파

---

139 자동차나 배 따위가 지나온 거리나 속도를 재는 도구.

도가 사납게 넘실댔다. 「거기, 앞에! 측정기를 던져 넣어라!」

선원 두 명이 다가왔다. 피부가 황금빛인 타히티 출신과 반백의 맨 섬 출신이었다. 「둘 중에 아무나 얼레를 잡아라. 내가 던질 테니.」

그들은 바람이 불어 가는 쪽 고물 끝으로 갔지만, 비스듬히 몰아치는 바람의 힘 때문에 갑판은 옆에서 돌진하는 짙은 물보라에 거의 잠긴 상황이었다.

맨 섬 출신이 얼레를 찾아서 측심줄을 감은 굴대 양쪽의 손잡이를 높이 들고 에이해브가 다가올 때까지 각진 측정기를 아래로 늘어뜨린 채 서 있었다.

에이해브는 그 앞에 서서 뱃전 너머로 던지기 전에 우선 얼레가 30~40번쯤 날쌔게 돌아가도록 줄을 손에 감았다. 그때 선장과 줄을 유심히 보던 맨 섬 노인이 작심하고 입을 열었다.

「선장님, 이건 안 되겠는데요. 줄이 완전히 못 쓰게 된 것 같습니다. 오랫동안 볕을 쐬고 물에 젖으면서 망가져 버렸어요.」

「괜찮을 거야, 영감. 오랫동안 볕을 쐬고 물에 젖었지만, 영감이 어디 망가졌나? 내가 보기엔 멀쩡한 것 같은데. 그게 아니라 어쩌면 목숨이 영감을 붙들고 있다고 하는 게 더 맞는 말일지도 모르겠군. 영감이 목숨을 붙든 게 아니라.」

「저는 얼레를 붙들고 있습니다, 선장님. 하지만 선장님 말씀이 옳습니다. 저처럼 머리가 희끗희끗해지면 말씨름은 부질없지요. 더구나 좀처럼 잘못을 시인하지 않는 윗사람을 상대로는.」

「그건 또 무슨 소리야? 자연이 세운 화강암 대학에서 엉터리 교수라도 나셨나. 하지만 내가 보기에 그 교수는 지나치게 비굴한 것 같군. 영감은 어디서 태어났나?」

「맨이라고 하는 작은 바위섬입니다.」

「끝내주는군! 영감은 그걸로 세상에 한 방 먹인 거야.」

「그건 모르겠지만, 거기서 태어나긴 했습니다.」

「맨 섬에서 말이지? 어허, 그거 말이 되는군. 여기 사람(맨)에서 나온 사람이 있으니, 한때 독립국이었던 사람(맨)에게서 태어난 사람. 하지만 지금은 빨려 들어갔지. 어디로? 얼레를 높이 들어라! 시시콜콜 캐묻는 머리는 결국 막다른 벽에 부딪히는 법이야. 높이 들어! 그래.」

측정기가 바다에 던져졌다. 느슨하던 줄이 금세 곧게 펴지더니 배 뒤로 길게 뻗어 나갔고, 머지않아 얼레가 빙빙 돌아가기 시작했다. 그런가 하면 굽이치는 파도에 불쑥 솟구쳤다가라앉을 때마다 측정기가 당기며 저항하는 힘에 얼레를 쥔 영감은 엉거주춤한 자세로 비틀거렸다.

「꽉 잡아라!」

뚝! 지나치게 팽팽하던 줄이 긴 꽃줄마냥 늘어졌고, 거기 매달린 측정기는 떨어져 나갔다.

「내가 사분의를 부수고 벼락은 나침반을 돌려놓더니, 이제 미친 바다가 측심줄을 끊어 버렸군. 그러나 에이해브는 뭐든 고칠 수 있지. 어이, 타히티! 줄을 당겨라. 맨 영감은 줄을 감아. 나중에 목수한테 측정기를 새로 만들라고 하고, 자네들은 이 줄을 수리해. 알았나.」

「이제야 가는군. 선장한테는 아무 일도 아니겠지만 나한테는 세상의 중심에서 꼬챙이가 빠져나간 것 같다. 당겨라, 당겨, 타히티! 이놈의 줄은 풀려나갈 때는 술술 잘도 풀리더니만 감으려니까 뚝뚝 끊어지며 느릿느릿 끌려오는구나. 허허, 핍? 도와주려고 온 거냐? 그런 거야, 핍?」

「핍이라고요? 누구더러 핍이라는 거예요? 핍은 포경 보트에서 뛰어내렸고, 핍은 실종됐어요. 어디, 핍을 낚은 게 아닌지 한번 봐요, 어부 아저씨. 당기는 힘이 묵직한데요. 아무래도 핍이 걸린 모양이에요. 당겨요, 타히티! 휙 당겨서 녀석을 떼어 버려요. 겁쟁이는 여기로 끌어 올릴 수 없잖아요. 호오! 저기, 녀석의 팔이 물 밖으로 막 나왔어요. 도끼! 도끼를 줘요! 잘라 버려요. 겁쟁이는 여기 끌어 올릴 수 없어요. 에이해브 선장님! 선장님! 선장님! 여기 핍이 있어요. 또 배에 오르려고 해요.」

「닥쳐라, 미친 녀석.」 맨 섬 노인이 핍의 팔을 움켜잡으며 외쳤다. 「뒤쪽 갑판에서 꺼져!」

「언제나 큰 바보가 작은 바보를 꾸짖는 법이지.」 에이해브는 이렇게 중얼거리며 다가왔다. 「성자에게서 손을 치워라! 핍이 어디 있다고, 얘야?」

「저기 고물에요, 선장님, 고물이오! 봐요, 보세요!」

「그런데 너는 누구냐? 네 눈의 공허한 눈동자에는 내 모습이 비치지 않는구나. 오, 하느님! 이자는 불멸의 영혼을 거르는 체인 게로군요! 얘야, 너는 누구냐?」

「종지기예요, 선장님. 배의 신호수랍니다. 딩, 동, 딩! 핍! 핍! 핍! 핍을 찾으면 1백 파운드의 진흙을 사례금으로 줄게요. 키는 150센티미터, 겁쟁이 같은 얼굴! 그걸 보면 금방 알 수 있죠! 딩, 동, 딩! 누구 겁쟁이 핍을 보신 분 안 계신가요?」

「설선 위로는 마음이 있을 수 없지. 오, 얼어붙은 하늘이여! 이곳을 굽어볼지니. 그대, 방탕한 조물주여, 그대는 이 불운한 아이를 낳고 그 아이를 버렸도다. 애야, 잘 들어라. 이제

부터 에이해브의 선실은 에이해브가 살아 있는 한 핍의 집이 될 거다. 너는 내 가장 깊은 곳의 심금을 울리는구나. 내 마음의 실을 엮은 줄로 너는 나와 연결되었다. 자, 내려가자.」

「이건 뭐예요? 벨벳처럼 부드러운 상어 가죽이네.」 핍은 에이해브의 손을 물끄러미 바라보며 어루만졌다. 「아, 불쌍한 핍이 이렇게 부드러운 것을 만져 봤더라면 바다에 빠져 사라지는 일은 절대로 없었을 텐데! 이건 제가 보기엔 난간 줄 같아요, 선장님. 연약한 영혼들이 붙잡을 수 있는 줄 말이에요. 아, 선장님. 퍼스 영감을 불러서 이 두 손을, 흰 손과 검은 손을 함께 못 박으라고 하세요. 두 번 다시 이 손을 놓지 않게요.」

「애야, 너를 여기보다 더 끔찍한 곳으로 끌고 가는 일만 없다면 나도 네 손을 놓지 않으마. 자, 그러니 내 선실로 가자꾸나. 보아라! 신은 온통 선이며 인간은 전부 악이라 믿는 자들아, 보아라! 전능한 신들은 고통받는 인간을 외면하지만, 인간은 비록 백치여서 자신이 뭘 하는지 모를지언정 사랑과 감사의 아름다운 마음으로 가득한 것을. 가자! 나는 황제의 손을 잡았을 때보다 너의 검은 손을 이끄는 지금이 더 뿌듯하구나!

「저기 미치광이 둘이 가네.」 맨 섬 영감이 중얼거렸다. 「하나는 강해서 미치고 하나는 약해서 미치고. 썩은 줄의 끝이 올라왔군. 흠뻑 젖었어. 이걸 수선하라고? 완전히 새 줄로 바꾸는 게 좋을 것 같은데. 스터브 씨와 의논해 봐야겠다.」

126
구명부표

이제 피쿼드호는 에이해브가 만든 수평 자석에 따라 동남쪽으로 진로를 잡고, 오로지 에이해브의 측정기와 측심줄로만 진행 속도를 계산하며 적도를 향해 나아갔다. 다른 배라곤 보이지 않는 인적 끊긴 바다를 한참이나 지나, 이윽고 단조로울 정도로 잔잔한 파도 위에서 한결 같은 무역풍을 비스듬히 받자니, 이 모든 것이 사납고 절망적인 장면에 앞서 전조처럼 펼쳐지는 기이한 차분함처럼 느껴졌다.

마침내 배가 적도 어장의 가장자리에 이르러 때마침 동 트기 전의 짙은 어둠 속에 다닥다닥 붙은 바위섬 사이를 지나게 됐을 때, 플래스크 수하의 당직들은 저승에서 들려오는 것처럼 애처롭고 거친가 하면 헤롯 왕에게 살해당한 무구한 아기들의 영혼이 웅얼거리며 울부짖는 것 같은 소리에 깜짝 놀라 몽상에서 깨어났다.[140] 그러고는 로마 노예의 조각상이라도 된 것처럼 서거나 앉거나 비스듬히 누운 채로 꼼짝하지 않고 한동안 귀를 쫑긋 세웠다. 그러는 동안에도 거칠게 울

140 예수 탄생 당시, 베들레헴에서 유대인의 왕이 될 자가 태어났다는 이야기를 들은 헤롯 왕이 그 근처의 두 살 이하 사내아이를 모두 죽였다.

부짖는 소리는 계속 들려왔다. 기독교도거나 개화한 선원들은 인어가 내는 소리라면서 몸을 부르르 떨었지만, 이교도 작살잡이들은 눈 하나 깜짝하지 않았다. 그런가 하면 선원 중에 가장 나이가 많은 반백의 맨 섬 영감은 소름 끼치는 거친 소리가 바다에 빠져 죽은 지 얼마 안 되는 혼백들의 목소리라고 단언했다.

아래 선실의 그물 침대에 누웠던 에이해브는 어스름한 잿빛 새벽에 갑판에 나와서야 그 소리를 들었고, 플래스크가 상황을 보고하면서 은근히 불길한 해석을 덧붙이자 헛웃음을 터뜨리고는 불가사의한 소리의 정체를 설명했다.

배가 지나온 바위섬들은 수많은 바다표범들이 무리 지어 사는 곳이라서, 어미를 잃은 어린 새끼와 새끼를 잃은 어미가 배 가까이 떠올라 인간이 울부짖는 듯한 특유의 울음소리를 내며 계속 따라온 게 틀림없다는 것이었다. 하지만 몇몇은 이 설명에 오히려 더 충격을 받았는데, 선원들은 대부분 바다표범에 대해 대단히 미신적인 감정을 지녔기 때문이었다. 고통스러울 때 내는 독특한 소리 탓도 있었지만, 뱃전 옆의 수면에서 고개를 내밀고 빤히 쳐다볼 때면 둥근 머리며 어딘가 영리해 보이는 얼굴이 꼭 사람 같다는 이유도 한몫을 했다. 바다에서는 간혹 바다표범을 사람으로 오인하는 경우가 드물지 않았다.

하지만 선원들의 불길한 예감은 그날 아침 그들 중 한 명에게 닥친 운명에서 여지없이 입증되었다. 그 선원은 동이틀 무렵에 그물 침대에서 나와 앞 돛대 꼭대기로 올라갔는데, 잠이 덜 깬 건지(선원들은 때로 비몽사몽 중에 망루로 올라가기도 하니까) 평소에도 그랬는지는 이제 알 길이 없지만, 아무튼 그가 망루에 올라간 지 얼마 되지 않아 비명과 함께 뭔가 돌진하는 것 같은 소리가 들려서 선원들이 위를 올려다보니 허공에서 무슨 유령 같은 게 떨어졌고, 아래를 내려다봤을 땐 파란 바다에 작은 덩어리처럼 뭉친 흰 거품이 떠 있었다.

고물의 교묘한 용수철에 얌전히 매달렸던 구명부표(길고 좁다란 통)를 바다에 던졌지만, 그걸 움켜잡을 손은 물속에서 나오지 않았다. 햇빛을 너무 오래 받은 통이 오그라들면서 서서히 물이 찼고, 바짝 마른 나무도 구멍마다 물을 빨아들였다. 쇠못을 박고 쇠테를 두른 그 나무통도 급기야 선원을 따라 바다 밑으로 가라앉았는데, 조금 딱딱하긴 하지만 그에게 베개라도 되어 주고 싶은 모양이었다.

그리하여 흰 고래만의 독자적인 어장에서 흰 고래를 살피러 망루에 올라간 피쿼드호의 첫 선원을 깊은 바다가 한입에 삼켜 버렸다. 하지만 그 당시에는 이걸 대수롭게 생각한 사람이 아마 거의 없었을 것이다. 사실 이 사건 때문에 크게 슬퍼하지 않았으며, 아무튼 불길한 징조로는 여기지 않았다. 이걸 앞으로 닥칠 상황의 불길한 징조로 본 것이 아니라 이미 예고된 불길한 재난의 실현으로 여겼기 때문이었다. 그들은 이제야 간밤에 들었던 거칠고 날카로운 비명 소리의 이유를 알겠다고 공언했다. 하지만 이번에도 맨 섬 영감은 그게 아니라고 말했다.

이제 잃어버린 구명부표를 새로 대체해야 했다. 스타벅에게 그 일이 하달되었지만 부표로 쓸 만큼 가벼운 나무통을 찾을 수 없었고, 이번 항해의 위기가 다가온다는 생각에 다들 흥분한 나머지 뭐가 됐든 그 마지막 국면과 직접 관련이 있는 일 외에는 도무지 잠자코 할 상태가 아니었다. 그런 까닭에 그들은 고물에 구명보트를 달지 않은 채 내버려 둘 작정이었는데, 퀴퀘그가 야릇한 손짓과 암시로 자신의 관을 넌지시 가리켰다.

「관으로 부표를 만든다고!」 스타벅이 흠칫 놀라며 소리쳤다.

「조금 기이하네요.」 스터브가 말했다.

「좋은 부표가 될 거예요. 목수가 뚝딱 만들어 낼 수 있을 겁니다.」 플래스크가 말했다.

「가져와 봐. 달리 쓸 만한 게 없으니.」 잠시 침울하게 입을 다물고 있던 스타벅이 말했다. 「목수, 한번 만들어 보게. 그런 표정으로 보지 말고. 맞아, 그 관으로. 내 말 못 들었나? 만들라고.」

「그러면 뚜껑에 못을 박을까요?」 목수는 손으로 망치질하는 시늉을 하며 물었다.

「그래.」

「그리고 이음매를 뱃밥으로 메우고요?」 이번에는 뱃밥 메우는 도구를 쓰는 것처럼 손을 움직였다.

「그래.」

「그다음에는 그 위에 역청을 칠할까요?」 그러면서 역청 항아리를 든 듯한 손짓을 했다.

「저리 꺼져! 무슨 생각을 하는 거야? 관으로 구명부표를 만들라는 것뿐인데. 스터브, 플래스크. 자네들은 나랑 같이 앞으로 가세.」

「발끈해서 가버리네. 큰 덩어리는 참으면서 작은 부분에서는 뒷걸음치는군. 하여간 이 일은 마음에 들지 않아. 에이해브 선장에게 다리를 만들어 주면 선장은 그걸 신사처럼 달

375

고 다니지. 그런데 퀘퀘그한테는 모자 상자를 만들어 줘도 그 속으로 머리를 집어넣지 않을 거야. 저 관을 만드느라 애쓴 노력이 다 헛수고란 말이야? 이제 와서 저걸로 구명부표를 만들라니. 헌 코트를 뒤집어서 살을 바깥으로 꺼내자는 것과 같잖아. 이런 식으로 두드려 맞추는 작업은 싫은데. 정말 질색이야. 품위 없는 짓이잖아. 내가 할 일이 아니야. 수선하는 일은 수선쟁이한테나 주라고. 우리는 그들보다 한 단계 위니까. 나는 깨끗하고 순결하고 떳떳하고 엄밀한 일, 처음부터 제대로 시작해서 중간쯤이면 일을 절반 정도 마치고 마지막에 딱 마무리를 짓는 그런 일 외에는 맡고 싶지 않아. 중간에 일이 끝나고, 끝날 때 일이 시작되는 그런 수선쟁이의 일은 싫단 말이야. 수선을 맡기는 건 늙은 노파들이나 하는 수작이지. 허이구! 노파들이 수선쟁이들을 얼마나 좋아하게. 내가 아는 어떤 예순다섯 먹은 할망구는 머리가 벗겨진 어린 수선쟁이랑 눈이 맞아 도망치기도 했다니까. 그리고 내가 비니어드에서 가게를 열었던 시절에 외롭고 늙은 과부의 일을 절대 맡지 않으려 한 이유도 그거야. 외롭고 늙은 머리통 속에 나랑 도망가겠다는 생각이 떠오를지도 모르니까. 하지만 하아! 바다엔 파도가 뒤집어쓴 흰 거품 모자뿐, 노파들이 쓰는 바가지 모자 같은 건 없지. 어디 보자. 뚜껑을 못으로 박고 이음매는 메우고 역청을 칠하고 누름대로 빈틈이 없도록 꽉 눌러서 고물의 용수철에 매달라는 얘기인데. 지금껏 관을 가지고 이런 작업을 한 적이 있었을까? 미신을 믿는 늙은 목수라면 이런 일을 하느니 밧줄에 몸을 꽁꽁 묶이는 쪽을 택했을 거야. 하지만 나는 옹이가 많은 어루스투크[141] 솔송나무로 만들어진 것처럼 억센 사내라고. 꿈쩍도 하지 않아. 꼬랑지에 관을 매달겠다니! 무덤의 상자를 가지고 항해를 하겠다니! 그래도 상관없어. 나무를 만지는 우리 목수들은 관과 관대뿐만 아니라 신방의 침대와 카드놀이 탁자도 만들지. 다달이 보수를 받거나, 일마다 사례를 받거나, 물건을 팔아서 이문을 남기기도 해. 작업의 이유나 목적을 따지는 건 우리가 할 일이 아니야. 지나치게 어이없는 수선 일만 아니라면. 그런 일은 되도록 사양하지. 에헴! 이제 얌전하게 일을 해볼까. 이 배에 탄 사람이 전부 몇 명이더라? 잊어버렸네. 아무튼, 터번처럼 매듭을 지은 구명줄 서른 개를 각각 90센티미터 길이로 잘라서 관 주변에 빙 둘러 매달아 놓자. 배가 가라앉으면 서른 명의 산목숨이 관 하나를 놓고 아귀다툼을 벌이겠지. 하늘 아래 그리 자주 볼 수 있는 광경은 아닐 거야! 망치, 뱃밥 메우는 데 쓸 끌, 역청 항아리, 그리고 밧줄 송곳까지 준비됐으니! 어디 한번 시작해 볼까.」

141 미국 메인 주에 있는 도시.

127
갑판

바이스 작업대와 열린 승강구 사이에 있는 밧줄 통 두 개 위에 관을 내려놓은 목수가 틈새를 뱃밥으로 메우고 있다. 그의 작업복 앞 주머니에 든 커다란 두루마리에서 돌돌 꼬인 뱃밥이 술술 풀려나온다. 에이해브가 선장실 입구에서 천천히 나오다가 뒤따라오는 핍의 발소리를 듣는다.

「들어가라, 애야. 곧 다시 돌아올 테니. 그래 가는군! 내 손이라도 저 아이보다 더 흔쾌하게 내 기분을 맞춰 주지는 않을 거야. 여긴 교회의 중앙 통로인가! 이게 뭐야?」

「구명부표입니다, 선장님. 스타벅 항해사님의 지시를 받았습니다. 앗, 조심하세요, 선장님. 승강구를 잘 보셔야죠!」

「고맙네. 관이 마침맞게도 무덤 가까이 놓여 있군.」

「네? 승강구 말씀이세요? 아하! 그렇군요. 네, 그래요.」

「자네는 다리 만드는 사람 아닌가? 이봐, 이 의족도 자네의 작업실에서 만들었잖아?」

「그렇습니다, 선장님. 쇠테는 아무 문제 없나요?」

「괜찮네. 그런데 자네는 장의사 일도 하는 건가?」

「네, 선장님. 여기 이 물건은 퀴퀘그의 관으로 짜서 맞춘 건데, 지금은 이걸로 다른 걸 만들라네요.」

「그렇다면 뭐야. 자네는 터무니없이 욕심 사납고 주제넘고 모든 걸 독차지하려 드는, 미개하고 늙은 무뢰한이 아닌가? 하루는 다리를 만들고, 그다음 날은 다리를 집어넣을 관을 만들었다가, 그 관으로 다시 구명부표를 만든다니 말이야. 신들만큼이나 제멋대로고, 그만큼 재주가 많은 친구로군.」

「하지만 제가 의도한 게 아닌걸요, 선장님. 저는 그저 일을 할 뿐입니다.」

「신들도 그래. 이보게. 자네, 관을 만들면서 노래를 부르진 않나? 사람들 말로는 타이탄족도 화산의 분화구를 팔 때 콧노래를 불렀고, 산역꾼도 묘를 팔 때 손에 삽을 들고 노래를 한다던데. 자네는 그러지 않아?」

「노래요? 노래를 부르냐고요? 저는 그쪽에는 전혀 관심이 없는걸요. 하지만 산역꾼이 노래를 부르는 이유는 삽에 음악이 없기 때문일 겁니다. 그런데 틈을 메울 때 쓰는 나무망치엔 노래가 가득하죠. 들어 보세요.」

「뭐, 그야 뚜껑이 울림 판 역할을 하기 때문이지. 그리고 울림 판이 되려면 이렇게, 밑에 아무것도 없어야 해. 그런데 관은 안에 시체가 들어 있어도 상당히 잘 울린단 말이야. 목수, 자네는 관을 운구해서 교회 묘지로 들어가다가 문기둥에 부딪혔을 때 나는 소리를 들어 본 적 있나?」

「참말로 선장님, 저는…….」

「참말이라고? 뭐가 참말이라는 거야?」

「아, 참말이라는 건 그냥 일종의 감탄사에 불과합니다. 아무것도 아닙니다, 선장님.」

「흠, 흠. 계속해 보게.」

「제가 하려던 말은, 그러니까…….」

「자네는 뭔가, 누에야? 몸에서 실을 뽑아 자네 수의라도 짜는 거야? 자네 가슴팍을 좀 보라고! 일을 서둘러 끝내고 이것들을 눈에 안 띄는 곳으로 치워 버리게.」

「고물 쪽으로 가는군. 느닷없었어. 하지만 열대 지방에서는 느닷없이 소나기가 내리는 법이지. 갈라파고스 제도의 알베마를 섬[142] 한복판에 적도가 지나간다던데. 내가 보기엔 저기 저 늙은이도 일종의 적도 같은 것이 한복판을 가르고 지나는 모양이야. 그는 늘 적도 밑에 있는 것처럼 불같으니까 말이야! 아니, 이쪽을 보잖아. 뱃밥을 꺼내자, 빨리. 다시 일에 전념하자. 이 나무망치는 코르크로 만들었고 유리컵 연주 박사라네. 톡, 톡, 톡!」

에이해브의 혼잣말.

「거 참 볼만하군! 소리는 또 어떻고. 회색 머리 딱따구리가 속이 빈 나무를 쪼는 소리! 지금 같아선 맹인과 귀머거리가 부러울 지경이야. 저걸 좀 봐! 저걸 밧줄 통 두 개 위에 올려놨네. 밧줄이 가득 든 통 위에. 천하에 사악한 게으름뱅이 같으니. 쾅쾅! 세상의 시간은 그렇게 째깍이지! 오! 세상 만물이란 얼마나 하찮은가! 헤아릴 수 없는 사념 외에 실제로 존재하는 게 뭐란 말이냐? 지금 여기서 무자비한 죽음의 무시무시한 상징이 하찮은 우연으로 말미암아 극도의 곤경에 빠진 목숨에 대한 구원과 희망의 표상이 되었다. 관으로 만

142 갈라파고스 제도에서 가장 큰 이사벨라 섬을 말한다.

든 구명부표라! 이보다 심오할 수 있을까? 어떤 영적인 차원에서, 관이란 결국 불멸성을 보존하는 그릇이라고 볼 수 있을까? 한번 생각해 봐야겠다. 하지만 아니야. 지구의 어두운 면으로 너무 깊이 들어간 나머지 다른 면, 이론상 존재하는 밝은 면이 내게는 불확실한 어스름으로만 보여. 어이 목수, 그 빌어먹을 소리 좀 안 낼 수 없나? 나는 선실로 내려가겠다. 다시 올라왔을 땐 그 물건을 보지 않게 해주게. 자, 그러면 핍, 우리 이걸 놓고 얘기를 해보자. 나는 너에게서 더없이 경이로운 철학을 얻는다! 미지의 세계와 이어진 어떤 미지의 도랑이 네게 흘러 들어가는 모양이구나!」

128
피쿼드, 레이철을 만나다

다음 날, 레이철이라는 이름의 커다란 배가 돛대마다 선원들을 빽빽하게 매단 채 피쿼드호를 향해 곧장 달려오는 것이 포착됐다. 그때 피쿼드호는 물살을 가르며 빠르게 나아가고 있었지만, 바람이 불어오는 쪽에서 돛을 넓게 펼친 채 가까이 다가오던 낯선 배는 잔뜩 펼쳤던 돛이 하나같이 터진 부레처럼 축 늘어지고 비바람에 난타당한 선체에서도 생기라곤 찾아볼 수 없었다.

「나쁜 소식이야, 저 배는 나쁜 소식을 가져왔어.」 맨 섬 출신 영감이 웅얼거렸다. 하지만 낯선 배의 선장이 자신의 보트에 서서 입에 나팔을 대고 인사를 할 엄두를 내기도 전에, 에이해브의 목소리가 먼저 들렸다.

「흰 고래를 보았소?」

「봤소, 어제. 포경 보트 한 척이 떠내려가는 걸 보지 못했소?」

예상치 못한 질문에 에이해브는 기쁨을 억누르며 못 봤다고 대답했다. 그러고는 기꺼이 낯선 배에 오를 마음이었지만, 그때 상대편 선장이 배를 멈추고 뱃전을 내려오는 것이 보였다. 노를 몇 차례 힘껏 젓자 그의 보트 갈고리가 금세 피퀴드호의 사슬에 걸렸다. 그는 한달음에 갑판에 올랐다. 에 이해브는 그가 안면이 있는 낸터컷 출신이라는 걸 즉시 알아 차렸지만 형식적인 인사는 나누지 않았다.

「어디 있던가요? 죽이진 않았겠지! 죽은 건 아니겠지!」에 이해브가 가까이 다가가며 소리쳤다. 「보니 어떻던가요?」

얘기를 들어 보니 전날 오후 늦게, 낯선 배의 보트 세 척이 본선에서 7~8킬로미터 떨어진 곳까지 고래 떼를 추격했는 데, 바람 불어오는 쪽으로 급히 뒤를 쫓을 때 그리 멀지 않은 바람 불어 가는 쪽의 푸른 물속에서 모비 딕의 흰 혹과 머리 가 불쑥 올라온 모양이었다. 그래서 장비를 갖춘 네 번째 보 트(예비용 보트)를 즉시 내리고 추격에 나섰다. 가장 빠른 이 네 번째 보트는 바람을 받으며 힘껏 노를 저은 끝에 작살 을 꽂는 데 성공한 것처럼 보였다. 아무튼 돛대 위의 선원이 판단하기에는 그랬다고 한다. 그의 눈에 저 멀리 작은 점처 럼 찍힌 배가 보였지만, 바로 그때 흰 물보라가 번뜩이더니 그 후로 더는 아무것도 보이지 않았다. 그래서 작살에 맞은 고래가 추격자들을 매달고 멀리 도망친 모양이라고 결론을 내렸다. 그런 일은 드물지 않았다. 우려스럽기는 해도 심하 게 걱정할 정도는 아니었다. 철수 신호기를 돛대에 걸었다. 어둠이 내렸다. 정반대 방향으로 네 번째 보트를 찾으러 가 기 전에 우선 바람 불어오는 쪽 보트 세 척을 배에 올려야 했 기 때문에 레이철호는 자정이 가까워 올 무렵까지 그 보트를 운명에 내맡겨 두어야 했을 뿐만 아니라, 당분간은 거리를 더 벌릴 수밖에 없었다. 그래도 나머지 선원은 모두 무사히 배에 올랐고, 그제야 보조 돛에 보조 돛을 겹쳐서 돛을 전부 달고 사라진 보트를 찾아 나섰다. 정유 솥에 불을 피워 봉화로 삼고, 둘에 하나는 돛대에 올라 바다를 살폈다. 그러나 사라진 보트가 마지막으로 목격되었다고 추정되는 지점까지 충분한 거리를 달려와서 배를 멈추고 예비 보트를 내려 사방을 뒤졌건만 아무것도 찾지 못했다. 다시 조금 더 앞으로 가서 또다시 배를 멈추고 보트를 내렸다. 그렇게 동이 틀 때까지 수색을 계속했는데도 사라진 보트는 흔적조차 보이지 않았다.

낯선 배의 선장은 이 얘기를 마치자마자 곧바로 피쿼드호에 온 목적을 털어놓았다. 그는 수색에 힘을 합쳐 주길 원했다. 7~8킬로미터 간격을 두고 나란히 가면 두 배의 지역을 넓게 훑을 수 있지 않겠냐는 것이었다.

「뭘 걸어도 좋아.」 스터브가 플래스크에게 나직이 속삭였다. 「사라진 보트에 탄 누군가가 선장이 제일 아끼는 옷을 입고 간 게 분명해. 아니면 선장의 시계를 차고 갔거나. 그걸 되찾고 싶어 안달이 났네. 고래잡이 철이 한창일 때 멀쩡한 포경선 두 척이 사라진 포경 보트 한 척을 찾아다닌다는 얘기 들어 본 적 있어? 저것 좀 봐, 플래스크. 저 선장이 얼마나 창백해 보이는지 말이야. 눈알맹이까지 창백하군. 보아하니 옷 정도가 아닌 모양인데. 아마 틀림없이⋯⋯.」

「아들, 내 아들이 그 보트에 타고 있소. 제발, 이렇게 빌고 또 간청하겠소.」 낯선 배의 선장은 그때까지 자신의 애원을 냉담하게 듣던 에이해브를 향해 외쳐 댔다. 「마흔여덟 시간만 귀하의 배를 빌려 주시오. 대가는 기꺼이, 넉넉히 치르겠소. 다른 방도가 없다면⋯⋯ 마흔여덟 시간만, 딱 그만큼만. 제발, 오 부디, 부탁을 들어주시오.」

「아들이라고!」 스터브의 목소리가 커졌다. 「아니, 잃어버린 게 아들이었군! 옷이니 시계니 떠들었던 말은 취소야. 에 이해브는 뭐라고 할까? 당연히 아이를 구해야지.」

「그 애는 간밤에 다른 선원들과 물에 빠져 죽었어.」 뒤에 선 맨 섬 영감이 말했다. 「내가 들었어. 그들의 영혼이 하는 소리를 자네들도 전부 들었잖아.」

그런데 머잖아 밝혀진 바에 따르면, 레이철호의 참사를 더욱 침통하게 만든 사실은 선장의 아들이 사라진 보트에 타고 있었을 뿐만 아니라, 어둠 속에서 정신없이 고래를 추격하다 본선에서 멀어진 또 다른 보트에도 아들이 타고 있었다는 것이다. 그래서 참담한 아버지는 한동안 더없이 잔인한 번민의 나락에 빠지고 말았는데, 그 문제를 대신 해결해 준건 일등 항해사였다. 일등 항해사는 본능적으로 그와 같은 위기 상황에서 포경선이 취하는 일반적인 조처를 취했는데, 그건 위험에 처한 보트가 여러 척일 경우 언제나 선원이 많은 쪽을 먼저 구조한다는 것이었다. 선장은 알 수 없는 기질 상의 이유로 이런 얘기들을 전부 털어놓기 꺼렸지만, 에이해브의 냉담한 태도에 아직 행방을 알 수 없는 아들 얘기를 꺼내지 않을 도리가 없었다. 아직 열두 살에 불과한 어린 소년은 진지하면서도 태평스러운 대담함이 특징인 낸터컷 특유의 부성애를 지닌 아버지에 의해, 대대로 가문의 천직이었던 이 직업의 위험과 경이로움을 일찌감치 배우기 시작했다. 낸터컷 출신 선장들은 이렇게 어린 아들을 품에서 내보내, 자신의 배가 아닌 다른 배에 태워 3~4년쯤 긴 항해를 시키는 일도 드물지 않았다. 아버지 밑에서 고래잡이 생활을 처음 배우면, 아버지가 당연히 갖게 되는 부당한 편애나 과도한 우려와 걱정으로 인해 아이가 행여 나약해질 수 있기 때문이었다.

어쨌거나 낯선 배의 선장은 여전히 에이해브에게 은혜를 베풀어 달라고 간청했고, 에이해브는 어떤 충격에도 끄덕하지 않는 대장간의 모루처럼 버티고 서 있었다.

「당신이 승낙할 때까지 가지 않겠소.」상대편 선장은 말했다. 「똑같은 처지일 경우 당신이 내게 원하는 그대로 해주시오. 에이해브 선장, 당신도 비록 어려서 지금은 안전한 집에 머물러 있지만 늘그막에 얻은 아들이 있지 않소. 그래, 그래요. 마음이 조금 누그러지는 게 보이는구려. 자, 여러분 달려가시오, 서두르시오. 용골을 직각으로 돌릴 준비를 갖추시오.」

「멈춰라.」에이해브가 외쳤다. 「밧줄에 손대지 마라.」그러더니 말을 한마디씩 길게 잡아끌며 또박또박 말했다. 「가디너 선장, 요청은 거절하겠소. 지금 이 순간에도 나는 시간을 허비하고 있소. 이만 가시오, 잘 가시오. 신의 은총이 있기를 빌겠소. 그리고 이런 나의 행동을 나 스스로 용서할 수 있기를 바라오. 하지만 나는 가야 하오. 스타벅, 나침반 함의 시계를 보게. 지금부터 3분 안에 이자들을 전부 내려보낸 다음 돛을 다시 앞쪽으로 고정하고 조금 전처럼 항해하게.」

에이해브는 고개를 돌린 채 서둘러 몸을 틀고는 선장실로 내려갔다. 그렇게 간곡한 요청을 단호하고 철저하게 거절당한 가디너 선장은 홀로 남아 그 자리에 못 박힌 것처럼 망연히 서 있었다. 그러다 마법에서 흠칫 깨어난 듯 묵묵히 빠른 걸음으로 뱃전으로 갔고, 내려갔다기보다 거의 굴러 떨어지는 것처럼 보트에 옮겨 타고는 자신의 배로 돌아갔다.

이윽고 두 배는 엇갈려 멀어졌다. 아무리 작더라도 검은 점 같은 게 보일 때마다 이리저리 뱃머리를 돌리는 레이철호의 모습이 오랫동안 시야에 들어왔다. 활대가 이리저리 흔들리고, 우현과 좌현으로 연신 뱃머리를 돌렸다. 때로는 물결을 거슬러 달리고, 때로는 물결에 실려 나아가기도 했다. 그러는 동안에도 배의 돛대와 활대에는 선원들이 빼곡하게 매달려 있었는데, 가지마다 아이들이 올라가 버찌를 따는 커다란 벚나무 세 그루 같았다.

하지만 여전히 그 자리를 떠나지 못한 채 슬프게 맴도는 걸 보면 눈물 같은 물보라를 일으키는 이 배가 아직도 위안을 얻지 못했다는 걸 분명하게 알 수 있었다. 그 배는 바로 아이들을 잃고 눈물짓는 레이철이었다.[143]

---

143 「예레미아서」 31장 15절과 「마태복음」 2장 18절. 〈라마에서 통곡 소리가 들린다. 애절한 울음소리가 들린다. 라헬이 자식을 잃고 울고 있구나. 그 눈앞에 아이들이 없어 위로하는 말이 하나도 귀에 들어가지 않는구나.〉 헤롯왕의 명령으로 자식을 잃고 비통에 빠진 라헬이 바로 레이철이다.

129
선실

에이해브가 갑판으로 가려 하자, 핍이 그의 손을 잡고 따라 나선다.

「얘야, 얘야. 지금은 에이해브를 따라오면 안 된다. 에이해브가 너를 겁주어서 쫓아 버리는 건 아니지만 네가 옆에 있는 걸 원치 않는, 그런 시간이 다가오고 있어. 가여운 아이야, 너에게서는 내 병을 치유해 주는 어떤 기운이 느껴지는구나. 비슷한 것끼리는 서로 고치는 힘이 있지. 독으로 독을 고치는 것처럼. 이번 추격에서는 내 병이 내게 가장 바람직한 건강 상태가 되었단다. 너는 여기 아래에 남아 있으렴. 다들 마치 네가 선장이라도 된 것처럼 시중을 들어 줄 거야. 자, 얘야. 여기 나사로 고정해 놓은 내 의자에 앉아라. 너는 이 의자의 또 다른 나사가 되어야 해.」

「아니, 아니, 아니요! 선장님은 몸이 온전하지 않아요. 못난 저를 잃어버린 다리 대신 써주세요. 저를 딛고 서시면 돼요, 선장님. 다른 건 바라지 않아요. 그러니 선장님의 일부로 남겠어요.」

「오오, 너의 말은 백만의 악당에도 불구하고 인간의 변함 없는 충직함을 맹신하게 하는구나. 깜둥이에 미친놈이건만! 비슷한 것들끼리 서로 고치는 힘이 녀석에게도 작용한 모양 이야. 이렇게 다시 멀쩡해지고 있네.」

「사람들이 그랬어요, 선장님. 언젠가 스터브가 핍이라는 불쌍한 꼬마를 내버렸대요. 살았을 때는 살갗이 온통 까만 색이었는데 바다에 빠진 그 꼬마의 뼈는 이제 눈처럼 하얗게 변했다는 거예요. 하지만 나는 스터브가 그 꼬마를 버린 것 처럼 선장님을 버리는 일은 절대로 없을 거예요. 저는 선장 님과 같이 가야 해요.」

「네가 자꾸만 그런 말을 하면 에이해브의 목적이 뒤집어 진다. 분명히 말하지만 안 돼, 그럴 수 없다.」

「오, 훌륭하신 선장님, 선장님, 선장님!」

「그렇게 질질 짜면 네놈을 죽여 버리겠다! 조심하렴. 에이 해브도 미쳤으니까. 잘 들으면 갑판을 걸어다니는 내 고래 뼈 다리 소리가 자주 들리고, 내가 거기 있다는 걸 알 수 있 을 거야. 이제 그만 가야겠다. 손을 다오! 악수를 하자! 너는 원둘레가 중심을 기준으로 일정하듯 그렇게 진실하구나. 그 래, 영원히 신의 가호가 있기를. 때가 되어 무슨 일이 일어나 더라도 신께서 언제나 너를 구해 주시길.」

에이해브는 가고, 핍이 한 걸음 앞으로 나간다.

「조금 전까지 그가 여기 서 있었는데, 나는 지금 그가 내쉰 공기 속에 서 있어. 하지만 나는 혼자야. 가여운 핍이라도 여 기 있다면 내가 견딜 수 있으련만, 그는 행방불명이야. 핍!

핍! 딩동딩! 누가 핍을 봤을까? 여기 어딘가에 있을지도 몰라. 문을 열어 보자. 어라? 자물쇠도 채우지 않고 걸쇠도 없고 빗장도 없는데. 그런데도 열리지 않아. 마법에 걸렸나 봐. 그는 나더러 여기 있으라고 했어. 그래, 그러면서 나사로 고정한 이 의자가 내 거라고 했지. 그럼 앉아 보자. 배 한복판에서 가로대에 몸을 기대고 앉으니, 용골과 돛대 세 개가 모두 내 앞쪽에 있구나. 늙은 선원들 말로는 검은 74문 함의 위대한 함장들은 이따금 이런 탁자에 둘러앉아 대령과 대위들을 줄 세워 놓고 으스댄다던데. 아하! 이건 뭐지? 견장! 견장이다! 견장들이 몰려온다! 술병을 돌려라. 제군을 보니 반갑군. 모두 잔을 채우시오. 검둥이 소년이 금줄로 장식한 코트 차림의 백인들을 대접하니 기분이 묘한데! 여러분, 핍이라는 아이를 보지 못했소? 키는 150센티미터고 비굴한 표정에 겁쟁이 같은 니그로 꼬마라오! 언젠가 포경 보트에서 뛰어내렸는데. 보았소? 못 봤다고? 그렇다면 모두 다시 잔을 채우고 세상 모든 겁쟁이의 치욕을 위해 건배합시다! 일일이 이름을 거론하지 않겠지만 부끄러운 줄 알지어다! 탁자에 한 발을 올리시오. 모든 겁쟁이여, 부끄러운 줄 알지어다. 쉿! 위에서 고래 뼈 소리가 들리는군. 오, 선장님, 선장님! 당신이 제 머리 위로 걸어다니면 저는 정말 기운이 빠져요. 하지만 여기 고물이 바위에 부딪혀 바위가 치고 들어오고 굴이 저한테 달라붙더라도, 저는 여기 있겠어요.」

130
모자

이제 그토록 길고도 광범위한 예비 항해 끝에, 에이해브는 다른 모든 고래 어장을 거쳐서, 자신의 원수를 바다의 궁지로 몰아넣고 확실하게 죽일 절호의 때와 장소에 도달한 것처럼 보였다. 이제 그는 고통스러운 상처를 입은 바로 그 위도와 경도에 거의 가까이 왔고, 어제는 실제로 모비 딕을 봤다는 배에서 이야기를 들었다. 다양한 배들을 차례차례 만나면서 전해 들은 소식을 비교해 본 결과, 어느 쪽이 먼저 공격했건 흰 고래는 악마처럼 냉담하게 추격자를 잡아 찢었다는 것을 알 수 있었다. 이제 노인네의 눈에는 심약한 영혼은 차마 바라볼 엄두도 낼 수 없는 기운이 깃들었다. 여섯 달간이나 밤이 이어지는 북극의 밤하늘에서 저물지 않는 북극성이 꿰뚫는 듯한 한결같은 빛으로 가운데 자리를 지키듯, 에이해브의 일념은 밤이 계속되는 듯한 선원들의 침울함 위에서 흔들림 없는 빛을 발했다. 그 빛은 선원들을 완전히 제압했고, 그들은 불길한 징조와 의혹과 불안과 두려움을 영혼 밑에 감춰서 싹이나 잎사귀 하나 돋아나지 않게 하려고 노력했다.

그리고 이렇게 불안한 예감이 드리운 막간에는 억지로 지어내는 것이든 자연스럽게 우러나오는 것이든 웃음기가 싹 사라졌다. 스터브는 더는 미소를 끌어내려 애쓰지 않았고, 스타벅은 미소를 억누르려고 애쓸 필요가 없었다. 즐거움과 슬픔, 희망과 두려움이 모두 에이해브의 강철 영혼이라는 단단한 절구 안에서 곱디고운 가루가 되어 버린 듯했다. 그들은 자신을 주시하는 노인네의 폭군 같은 시선을 의식하며, 갑판을 멍하니 기계적으로 돌아다녔다.

하지만 한 사람 외에는 자신을 보는 눈이 없다고 생각하는 좀 더 은밀하고 비밀스러운 시간에 그를 깊이 주시했다면, 에이해브의 눈길이 선원들을 두렵게 만든 것처럼 수수께끼 같은 배화교도의 눈길이 또한 그를 두렵게 만든다는 사실을, 최소한 뭔가 통제할 수 없는 방식으로 이따금씩 그에게 영향을 미친다는 사실을 알아차릴 수 있었을 것이다. 그렇게 얼핏 스쳐 가는 이상한 기운이 이제는 페달라의 야윈 몸뚱이를 점점 더 강렬하게 에워싸기 시작했고, 쉬지 않고 진저리를 쳐대는 그를 사람들은 의심스럽게 쳐다봤다. 그가 육신을 지닌 실체인지, 아니면 보이지 않는 누군가의 흔들리는 그림자가 갑판에 드리운 것인지 반신반의하는 것 같았다. 하지만 그 그림자는 늘 그곳을 맴돌았다. 밤에도 페달라는 잠을 자거나 선실로 내려가는 적이 없었다. 그는 몇 시간씩 그곳에 가만히 서 있곤 했다. 앉지도 않고 기대지도 않았다. 희미하지만 불가사의한 그의 눈은 분명히 말하고 있었다. 우리 두 불침번에게 휴식이란 없다고.

밤낮을 가리지 않고 선원들이 갑판에 올라가기만 하면, 에이해브는 어김없이 회전축 구멍에 다리를 꽂고 서 있거나 변함없는 두 반환점(주 돛대와 뒤쪽 돛대) 사이를 정확하게 오가거나 선장실 승강구에 서 있었다. 그는 멀쩡한 다리를 앞으로 내디딘 것처럼 갑판에 내밀고, 모자는 눈을 가릴 정도로 깊이 눌러썼다. 그렇게 미동 없이 서서 그물 침대를 흔들지 않는 날이 몇 날 며칠씩 계속 돼도, 눌러쓴 모자에 감추어진 탓에 선원들은 그의 눈이 이따금 감기기는 하는지, 여전히 자신들을 주의 깊게 감시하는지 확실하게 알 도리가 없었다. 승강구에 꼬박 한 시간을 내쳐 서 있다가 어느 틈에 석상 같은 코트와 모자에 밤이슬이 맺혀도 그는 아랑곳하지 않았다. 밤이 적신 옷은 다음 날 해가 말려 주었다. 그렇게 날이 가고 밤이 지나도 그는 갑판에서 내려가지 않았다. 선실에서 필요한 게 있으면 사람을 내려보냈다.

식사도 밖에서 했다. 그것도 아침과 점심, 두 끼만 먹었고 저녁 식사는 손도 대지 않았다. 깎지 않은 수염은 검게 웃자라, 바람에 뽑혀서도 위쪽 푸른 잎들이 말라 죽을 때에도 계속 자라는 나무뿌리처럼 뒤엉켰다. 하지만 그의 모든 생활이 오로지 갑판 위의 불침번뿐이고 배화교도의 신비로운 불침번 또한 중단되는 일이 없었어도, 어쩌다 대수롭지 않은 용건 때문에 꼭 필요한 경우를 제외하면 이 둘은 서로 말을 나누는 것 같지 않았다. 어떤 강력한 주문이 아무도 모르게 둘을 한데 묶어 놓은 것처럼 보였지만 겉으로는, 그리고 두려움을 느끼는 선원들이 보기에, 둘은 양극처럼 동떨어져 있었다. 낮에 어쩌다 한마디를 주고받았으면 밤에는 둘 다 벙어리가 되었다. 아무튼 사소한 말이라도 입 밖에 내어 주고받지는 않았다. 때때로 아주 오랫동안 인사 한 번 없이 별빛 속에서, 에이해브는 승강구에, 배화교도는 주 돛대 옆에 그렇게 멀리 떨어진 채 서서 상대를 뚫어져라 응시했다. 에이해브는 배화교도에게서 자신이 드리운 그림자를 보고, 배화교도는 에이해브에게서 자신이 벗어던진 실체를 보는 것 같았다.

그러면서도 아무튼 에이해브는 본연의 자아 그대로, 매일 매시 매 순간, 부하들에게 당당하게 모습을 드러냈기 때문에 독자적인 군주처럼 보였고, 배화교도는 그의 노예에 불과해 보였다. 그런데도 여전히 두 사람은 하나의 멍에에 묶여 보이지 않는 폭군의 조종을 받는, 여윈 그림자와 실체를 가진 늑골 같았다. 배화교도가 어떤 자이건 간에, 실체를 가진 에이해브는 늑재와 용골로만 이루어진 사람이었기 때문이다.

새벽의 희미한 빛이 번지기 시작할 때면 강철 같은 그의 목소리가 고물에서 들려왔다. 「돛대 꼭대기에 망꾼을 올려라!」 그러고는 하루 종일 해가 저물고 황혼이 지도록 키잡이의 종소리가 울릴 때마다 매시간 같은 목소리가 들렸다. 「뭐가 보이나? 눈을 똑바로 떠! 자세히 살펴라!」

하지만 아들을 찾는 레이철호를 만나고 사나흘이 지나도록 물기둥이 전혀 보이지 않자, 편집광 노인네는 선원들, 아무튼 배화교도 작살잡이를 제외한 거의 모든 선원의 충심을 믿지 않는 듯했다. 심지어 스터브와 플래스크가 자신이 찾는 걸 보고도 일부러 못 본 척하는 게 아닐까 의심하는 것 같았다. 그러나 이런 의심을 실제로 품었더라도, 행동에서 은연중에 드러났을지언정 입 밖으로는 내지 않는 현명함을 보였다.

「고래를 내 눈으로 직접 찾아내겠다.」 그는 말했다. 「아무렴, 에이해브가 금화를 차지해야지!」 그러고는 손수 밧줄을 엮어서 새 둥지 같은 바구니를 짜고는, 선원을 올려 보내 바퀴가 하나인 도르래를 주 돛대 꼭대기에 고정하게 한 다음, 아래로 내려온 밧줄의 양쪽 끝을 붙잡아 하나는 밧줄로 짠

바구니에 묶고 나머지 끝을 난간에 묶기 위한 말뚝을 준비했다. 이 일이 끝나자 밧줄 끝을 손에 쥐고 말뚝 옆에 서서 선원들을 휘 둘러봤는데, 다구와 퀴퀘그, 타슈테고에게서는 눈길이 오래 머물렀지만 페달라는 피해 갔고, 마지막으로 일 등 항해사에게 굳건한 신뢰의 시선을 보내며 이렇게 말했다. 「밧줄을 받게. 이걸 자네 손에 맡기겠네, 스타벅.」 그러고는 바구니 속으로 들어가서 선원들에게 자신을 망대까지 끌어 올리라고 명령했고, 스타벅에게는 마지막에 밧줄을 단단히 묶은 다음 그 옆에 계속 서 있으라고 지시했다. 그리하여 에 이해브는 한 손으로 주 돛대에 매달린 채 그 엄청난 높이에 서 눈에 들어오는 망망한 바다를 전후좌우로 시야가 닿는 곳까지 둘러봤다.

바다에서 그렇게 높고 거의 고립된 데다 발 디딜 곳조차 없는 곳에서 두 손을 움직여야 할 때면, 그 위치까지 끌어 올려진 선원은 밧줄로 몸을 지탱하게 된다. 이럴 경우 갑판에 고정한 밧줄 끝은 언제나 특별히 감시할 사람을 정해서 엄격한 관리를 맡긴다. 갑판에 있는 사람들이 종횡으로 정신없이 얽힌 수많은 밧줄 틈에서 저 위와 연결된 밧줄이 뭔지 항상 정확히 분간할 수 있는 게 아닐뿐더러 몇 분에 한 번꼴로 이런 밧줄을 풀곤 해서, 관리 감독할 당번을 지정하지 않았다간 동료들의 부주의로 말미암아 위에 매달린 선원이 공중에 내던져져 바다에 빠지는 건 자연스러운 운명이기 때문이다. 그러므로 에이해브가 이 상황에서 취한 조처는 전혀 이 례적일 게 없었으나, 단 한 가지 이상한 점이라면 아주 사소하긴 했어도 결연하게 반대 의사를 표한 거의 유일한 사람이자 흰 고래 감시와 관련하여 충심을 얼마간 의심했던 선원인 스타벅을 자신의 밧줄 감시인으로 선택했다는 사실이었다. 다른 점에서는 믿지 않는 사람의 손에 서슴없이 자신의 목숨을 통째로 맡긴 것이다.

그런데 에이해브가 돛대 위로 올라가자마자 10분도 채 지나기 전에, 이 해역에서 망대에 올라간 고래잡이들에게 바짝 다가와 귀찮게 굴며 날아다니곤 하는 사나운 빨간부리물수리 한 마리가 종잡을 수 없을 만큼 어지럽고 빠른 속도로 그의 머리 근처를 선회하며 날카롭게 울어 댔다. 물수리는 3백 미터 위까지 곧게 솟구쳐 올랐다가 빙글빙글 나선을 그리며 내려와 또다시 그의 머리 주변에서 소용돌이쳤다.

하지만 에이해브는 저 멀리 희미한 수평선에 시선을 고정한 채 사나운 새에게는 신경을 쓰지 않는 것처럼 보였다. 사실 그다지 이례적인 상황이 아니었기 때문에, 선원들에게도 별로 주목할 일이 아니었다. 그런데 지금은 제아무리 무심한 눈에도 거의 모든 광경이 모종의 교묘한 의미를 지닌 것처럼 보였다.

「모자요, 선장님! 모자.」 이렇게 불쑥 소리친 건 시칠리아 선원이었다. 뒤쪽 돛대 꼭대기에 올라가 있던 그의 위치는 에이해브 바로 뒤였지만, 그보다는 조금 낮았으며 둘 사이로는 깊은 바람의 골짜기가 지나갔다.

하지만 이미 시커먼 날개가 노인의 눈앞에서 펄럭였고, 갈고리처럼 길게 휘어진 부리는 그의 머리에 닿을 듯했다. 검은 물수리는 날카롭게 한 번 울더니 전리품을 챙겨 쏜살같이 달아났다.

옛날에 독수리 한 마리가 타르퀴니우스[144]의 머리 둘레를 세 바퀴 돌고 모자를 빼앗아 갔다가 다시 돌려주었을 때, 그의 아내인 타나퀼은 타르퀴니우스가 로마의 왕이 될 징조라고 단언했다. 하지만 그때는 모자를 돌려주었기 때문에 좋은 징조로 해석한 것이었다. 에이해브의 모자는 끝내 돌아오지 않았다. 사나운 물수리는 그걸 물고 계속 날아갔다. 뱃머리 앞쪽으로 멀리 날아가더니 마침내 시야에서 사라졌다. 물수리가 사라진 지점에서는 작은 점 하나가 드높은 창공에서 바다로 떨어지는 것이 희미하게 보였다.

144 고대 로마 5대 왕. 아내 타나퀼의 권유로 로마로 들어가 에트루리아의 관습·종교·기술을 전하고, 주변의 도시를 치고 성벽을 구축하여 로마의 영역을 확대했다고 전해진다.

131
피쿼드, 환희를 만나다

맹렬한 피쿼드호의 항해는 계속됐다. 굽이치는 파도와 하루하루가 흘러갔고, 구명부표가 된 관은 여전히 가볍게 흔들렸다. 그때 환희라는 뜻에 전혀 어울리지 않게 비참한 행색을 한 딜라이트호가 나타났다. 배가 가까이 다가오자 모든 선원의 눈은 〈큰 가위〉라고 부르는 넓적한 가로 들보에 쏠렸는데, 몇몇 표경선에서 찾아볼 수 있는 이 들보는 높이가 2.4~2.7미터 정도며, 예비 보트, 또는 장비를 갖추지 않았거나 못 쓰게 된 보트를 올려놓는 용도로 쓰인다.

낯선 배의 큰 가위에는 부서진 포경 보트의 하얀 늑재와 쪼개진 판자들이 보였는데, 난파된 보트는 가죽이 벗겨지고 관절이 반쯤 빠진 데다 하얗게 변색된 말의 뼈대처럼 속이 훤히 들여다보였다.

「흰 고래를 보았소?」

「저걸 보시오!」 볼이 우묵하게 파인 선장이 고물 난간에 선 채 난파된 보트의 잔해를 나팔로 가리키며 대답했다.

「놈을 죽였소?」

「그럴 수 있는 작살은 아직 만들어지지 않았소.」 상대편 선장은 갑판에 모아 놓은 그물 침대를 슬픈 눈으로 힐끗 쳐다봤다. 선원들이 묵묵히 바쁜 손을 놀려 그물 침대의 가장자리를 그러모아 함께 꿰매고 있었다.

「만들어지지 않았다고!」 에이해브는 퍼스가 만든 작살을 받침대에서 낚아채서 앞으로 내밀며 소리쳤다. 「이걸 보시오, 낸터킷 사람이여. 여기 이 손에 놈의 죽음이 들려 있소이다! 피에 한 번 담금질하고 번갯불로 두 번째 담금질한 작살촉이오. 맹세컨대 세 번째 담금질은 놈의 지느러미 뒤의 급소, 흰 고래가 저주받은 생명을 가장 예민하게 느끼는 그곳이 될 거외다!」

「그렇다면 노인이여, 당신에게 신의 가호가 있길 빌겠소. 저걸 보시오.」 그는 그러면서 그물 침대를 가리켰다. 「선원 다섯 명을 한 명만 남기고 모두 바다에 묻었소. 어제만 해도 생생하게 살아 있었는데, 밤이 오기 전에 죽고 말았소. 한 명은 내가 묻지만 나머지는 죽기도 전에 묻었소. 지금 당신이 지나는 곳이 그들의 무덤이오.」 그러고는 자신의 선원들을 향해 몸을 돌렸다. 「준비됐나? 이제 널빤지를 난간에 얹고 시체를 올려라. 자, 그럼…… 오, 주여.」 그는 손을 치켜들고 그물 침대를 향해 걸어갔다. 「부디 부활과 생명이…….」

「돛 줄을 앞으로! 키를 바람 부는 쪽으로.」 에이해브가 자기 선원들을 향해 번개처럼 외쳤다.

그렇게 급히 출발했어도 피쿼드호는 시체가 바다에 닿는 순간 일어난 물보라 소리를 벗어나지 못했다. 실제로 조금도 빠르지 않았기 때문에, 거기서 튄 물방울이 배에 죽음의 세례수를 뿌렸을지도 모를 일이었다.

침울한 딜라이트호에서 보기에는 멀어지는 피쿼드호의 고

물에 매달린 기이한 구명부표가 유독 또렷하게 눈에 띄었다.

「하, 저기! 저기를 좀 봐!」 피쿼드호의 뒤쪽에서 불길한 목소리가 소리쳤다. 「낯선 자들아, 우리의 슬픈 수장을 피해 달아나 봐야 소용없다. 우리를 뒤로 하고 돌아섰건만 보이는 건 네놈들의 관이로구나!」

132
교향곡

    강철처럼 청명하고 푸른 날이었다. 하나로 녹아든 푸른빛에, 어디가 하늘이고 어디가 바다인지 분간할 수 없었다. 다만 생각에 잠긴 하늘은 여인의 모습처럼 투명하게 순수하고 부드러운 반면, 억센 사내 같은 바다는 잠든 삼손의 가슴처럼 크고 힘차고 길게 굽이쳤다.

    높은 하늘 곳곳에서는 눈처럼 새하얀 날개를 가진 작은 새들이 날아다녔다. 새들이 여성적인 하늘의 온화한 상념이었다면, 깊이를 알 수 없는 푸른 바다 저 밑에서는 커다란 고래와 황새치와 상어들이 이리저리 돌아다녔다. 이것들은 남성적인 바다의 강하고 거칠고 잔인한 생각들이었다.

    하지만 내면은 이렇게 대조적이었어도 겉모습에서 대비되는 건 음영과 명암뿐, 둘은 하나처럼 보였다. 둘을 구분하는 것은 단지 성별뿐이었다.

    높은 창공에 제왕처럼 떠 있는 태양은 마치 신부를 신랑에게 넘겨주듯, 거침없이 굽이치는 바다에게 온화한 대기를 넘겨주는 것 같았다. 그리고 여기 적도에서 자주 보이는, 띠를 두른 수평선의 부드러운 떨림은 가슴을 내주는 어린 신부의 정겹게 두근거리는 믿음과 애정 어린 불안을 상징했다.

에이해브는 맑은 아침 공기 속에 꼿꼿이 서서, 주름으로 울퉁불퉁하며 수척할지언정 단단히 집중한 고집스러운 모습으로, 잔해의 잿더미 속에서도 흔들림 없이 타오르는 석탄처럼 이글거리는 눈을 하고서, 아름다운 소녀의 이마 같은 하늘을 향해 갈라진 투구 같은 미간을 쳐들었다.

오, 푸른 하늘의 영원한 젊음과 순수여! 보이지 않는 날개를 달고 우리 주변에서 팔랑이는 생명이여! 대기와 하늘의 달콤한 동심이여! 그대들은 어찌하여 이 늙은 에이해브의 가슴에 단단히 똬리를 튼 고뇌에 이리도 무심한가! 그러나 나는 눈웃음치는 요정 같은 어린 미리암과 마사가 늙은 아버지 곁에서 무심히 뛰어놀며 다 타버린 분화구 같은 머리 가장자리를 따라 둥그렇게 자라난 그을린 머리카락을 만지작거리며 장난치는 것을 보았다.

승강구에서 나온 에이해브는 천천히 갑판을 가로질러 뱃전 너머로 몸을 기울이고는 깊은 물속을 뚫어져라 봤지만, 그럴수록 물에 비친 자신의 그림자가 더 깊이 가라앉는 것처럼 보인다고 느꼈다. 그래도 매혹적인 대기에 감도는 달콤한 향기는 끝끝내, 그의 영혼을 갉아먹는 고민을 잠시나마 날려 버린 것 같았다. 찬란하고 행복한 공기, 상쾌한 하늘이 마침내 그를 어루만지고 쓰다듬었다. 그토록 오랫동안 잔인하고 냉담하던 계모 같은 세상이 이제 그의 완강한 목을 정겹게 끌어안고, 아무리 외고집에 부정한 자식이라도 구원하고 축복할 마음을 먹을 수 있다는 듯이 기쁨의 눈물을 흘리는 것 같았다. 푹 눌러쓴 모자 밑으로 에이해브가 눈물 한 방울을 바다에 떨궜다. 드넓은 태평양도 이 작은 눈물방울 같은 보물은 품고 있지 않았다.

　스타벅이 노인을 바라봤다. 그는 뱃전 너머로 한껏 몸을 내밀고 주변의 고요함 한복판에서 흘러나오는 헤아릴 수 없는 흐느낌을 진심으로 듣는 것처럼 보였다. 스타벅은 그를 방해하지 않으려고, 아니면 그에게 들키지 않으려고 조심하면서 가까이 다가가 그 옆에 섰다.

　에이해브가 뒤를 돌아봤다.

　「스타벅!」

　「선장님.」

　「아, 스타벅! 이 얼마나 잔잔하기 그지없는 바람과 잔잔해 보이는 하늘인가. 나는 이런 날, 이만큼이나 청명하던 날, 태어나서 처음으로 고래를 잡았다네. 어릴 때였지. 열여덟 살짜리 작살잡이였으니! 40, 40, 40년 전 일이야! 오래전 일이지! 40년 동안 쉬지 않고 고래를 잡으러 다녔네! 40년 동안 궁핍과 위험과 폭풍을 견디며, 이 가혹한 바다에서 40년을 보냈어! 40년 동안 에이해브는 평화로운 땅을 저버리고 40년 동안 심해의 공포와 맞서 싸운 거야! 그래, 맞아, 스타벅. 그 40년 동안 내가 육지에서 보낸 시간은 3년도 되지 않는다네. 내가 살아온 삶을 돌이켜 보면 황량한 고독이었네. 선장의 일이란 돌담을 두른 성벽 도시처럼 배타적이라, 성 바깥 푸른 시골의 동정심이 들어올 여지가 거의 없어. 아, 그 지긋지긋함! 그 버거움! 고독한 지휘관은 기니 해안의 노예와 같지! 이런 것들을 생각하면, 지금까지는 뼈저린 깨달음 없이 그저 어렴풋한 의구심만 가졌을 뿐이지만, 40년 동안 어떻게 바싹 마르고 소금에 절인 음식만 먹었는지. 그건 내 영혼의 빈약한 영양 상태에 딱 맞는 표상인 셈이지. 뭍에서는 제아무리 가난한 사람도 매일 싱싱한 과일과 신선한 빵을 뜯어 먹는데 나는 곰팡이가 핀 빵 부스러기를 먹다니. 쉰 넘어 결혼한 꽃다운 어린 아내는 저 바다 건너 멀리에 있고, 이튿날 케이프 곶으로 떠나기 전에 딱 한 번 금침을 베어 봤을 뿐이지. 아내? 아내라고? 차라리 생과부라고 해야 옳을 거야! 그래, 나는 괜히 결혼해서 그 불쌍한 여자를 과부로 만들었네, 스타벅. 그런 데다가 광기, 광포함, 끓는 피와 뜨거운 이마로 에이해브는 천 번도 넘게 맹렬히 보트를 내리고 물보라를 일으키며 먹잇감을 쫓았네. 사람이라기보다 차라리 악마처럼! 그래, 그래. 이 늙은 에이해브는 40년 동안 얼마나 어리석게 살아온 건지! 왜 이토록 힘들여 추격을 하는 걸까? 지쳐 마비된 팔로 노를 젓고 작살과 창을 던지는 걸까? 그래서 에이해브는 얼마나 더 부자가 되고 얼마나 더 멋진 삶을 살게 됐을까? 보게. 아아, 스타벅! 이렇게 힘겨운 짐을 진 내게서 불쌍한 다리 하나를 기어이 낚아채 가는 건 심하지 않나? 자, 이 늙은이의 머리를 옆으로 넘겨주게. 머리카락이 눈을 가려서 내가 마치 우는 것 같아. 이런 잿빛 머리카락은 재에서만 자라지! 하지만 내가 아주 늙어 보이나, 그렇게 심하게 늙어 보이나, 스타벅? 나는 낙원에서 쫓겨난 후 무궁한 세월에 짓눌려 비틀거리는 아담이 된 것처럼 너무나 힘겹네. 어깨가 굽고 등이 휘는 느낌이야. 신이시여! 신이시여! 신이시여! 제 심장을 부수고 제 머리를 꿰뚫으소서! 조롱, 조롱! 백발은 쓰디쓰고 통렬한 조롱이야! 내가 이걸 뒤집어쓸 만큼 충분한 즐거움을 누렸던가. 그래서 보고 느끼기에 그토록 참을 수 없이 늙은 걸까. 가까이 오게. 내 옆에 바짝 다가와 서라고, 스타벅. 내가 인간의 눈을 들여다볼 수 있도록. 바다나 하늘을 들여다보는 것보다 그게 낫겠어. 신을 올려다보는 것보다 그게 낫겠어. 푸른 벌판, 활활 타오르는 난롯가! 이건 마법의 거울이군. 자네의 눈 속에 내 아내와 아이가 보여. 아니, 아니야. 배에 남아 있게, 배를 떠나지 마! 내가 보트를 내려도, 낙인찍힌 에이해브가 모비 딕을 추격할 때에도 자네는 그러지 말게. 자네는 그런 위험을 무릅쓰면 안 돼. 안 돼, 안 되지! 그 눈에서 먼 고향 집이 보이는데 그럴 수는 없지!」

「오오, 선장님! 선장님! 고귀한 영혼이여! 이토록 위대하고 지혜로운 가슴이여! 왜 그 가증스러운 고래를 뒤쫓아야 합니까! 저와 함께 갑시다! 이 죽음의 바다를 벗어납시다! 우리 고향으로 갑시다! 스타벅에게도 처자식이 있습니다. 형제자매 같고 어릴 적 소꿉친구 같은 처자식이 있습니다. 선장님도 늙어서 얻은 처자식이 얼마나 사랑스럽고 그립겠어요! 갑시다! 우리 함께 갑시다! 지금 당장 진로를 바꾸게 해주십시오! 그리운 낸터컷을 다시 보기 위해 나아가는 길은 얼마나 명랑하고 유쾌하겠습니까, 선장님! 낸터컷에서도 오늘처럼 온화하고 화창한 날씨를 볼 수 있을 겁니다.」

「그럼 볼 수 있지, 그렇고말고. 여름날 아침이면 그런 날들이 펼쳐지곤 하지. 이맘때, 그래 지금쯤이면 낮잠을 잘 시간이군. 아들 녀석이 기운차게 일어나 침대에 앉으면, 애 엄마는 내 얘기, 식인종처럼 잔인하고 늙은 아비의 이야기를 아이에게 들려주지. 지금은 멀리 바다에 나가 있지만 언젠가 돌아와서 너와 함께 다시 뛰어놀 거라고.」

「저의 메리, 저의 메리도 그렇습니다! 그녀는 아침마다 아들을 데리고 언덕에 올라가 아이에게 바다에서 돌아오는 아버지 배의 돛을 제일 먼저 보게 해주겠다고 약속했어요! 네,

그래요! 그러니, 이제 그만합시다! 다 끝났어요! 낸터컷으로 돌아갑시다! 자, 선장님, 진로를 정하고 우리 떠납시다! 봐요, 보세요! 창문 밖을 내다보는 아이의 얼굴이 보이잖아요! 언덕에서 흔드는 아이의 손이 보이잖아요!」

하지만 에이해브는 눈을 돌렸고, 말라붙은 과일나무처럼 부르르 몸을 떨다가 타버린 재 같은 눈을 끝내 아래로 떨어뜨렸다.

「이건 뭐지? 뭐라 형언할 수 없고 측량할 수 없고 섬뜩한 이것, 모습을 숨긴 기만적인 주인, 잔인하고 무자비한 황제가 내게 명령하는 것은? 자연스러운 사랑과 갈망을 모두 거역하며, 나는 항상 스스로를 몰아치고 강요하며 밀어붙인다. 내 본연의 타고난 가슴으로는 차마 하지 못할 짓을 무모하게 하도록 만든다. 에이해브는 과연 에이해브인가? 이 팔을 들어 올리는 건 나인가, 신인가, 아니면 누구인가? 하지만 위대한 태양도 스스로 움직이는 게 아니라 하늘의 심부름꾼에 불과하다면, 단 하나의 별도 보이지 않는 어떤 힘에 의해서만 회전할 수 있다면, 이 작은 심장은 어떻게 고동치고 이 작은 뇌는 어떻게 생각이라는 걸 하는가? 신이 고동치고 생각하고 삶을 살아가는 것이지, 내가 아니다. 하늘에 맹세코, 우리 인간은 저기 양묘기처럼 이 세상에서 빙빙 돌고, 그걸 돌리는 나무 지레는 바로 운명이다. 그리고 보라! 언제나 미소 짓는 하늘과 깊이를 알 수 없는 바다를! 보라! 저기 저 다랑어를! 저 다랑어가 날치를 쫓아가 물어뜯게 하는 건 누군가? 살인자들은 어디로 가는가? 재판관이 법정에 끌려 나온다면 판결은 누가 내리는가? 하지만 참으로 잔잔하기 그지없는 바람과 잔잔해 보이는 하늘이지 않나. 대기에서는 이제 머나

먼 초원에서 불어온 듯한 냄새가 나는구나. 안데스 산비탈 아래 어딘가에서 건초를 만들고 풀을 베던 사람들은 갓 베어 낸 풀들 사이에서 잠을 잘 거야, 스타벅. 잠을 잔다고? 그래, 아무리 힘들게 일해도 결국에는 다들 벌판에서 자니까. 잠을 자? 그래, 작년에 쓰던 낫이 반쯤 벤 풀밭에 던져진 채 녹스는 것처럼 초록빛 벌판에서 녹처럼 자는 거야. 스타벅!」

하지만 절망한 항해사는 송장처럼 창백하게 질린 채 그곳을 몰래 벗어난 뒤였다.

에이해브는 갑판을 가로질러 반대편 뱃전 너머를 굽어보다가 박아 놓은 것 같은 두 눈동자가 수면에 비친 것을 보고 흠칫 놀랐다. 페달라가 미동도 없이 같은 난간 너머로 몸을 기울이고 있었다.

133
추격 — 첫째 날

그날 밤, 한밤중에 불침번을 서던 노인네는 이따금 하던 버릇대로 기대섰던 승강구를 벗어나 회전축 구멍으로 가더니, 배에서 기르는 영리한 개가 원시의 섬에 가까워질 때 그러는 것처럼 갑자기 얼굴을 불쑥 내밀고 바다의 공기를 킁킁거렸다. 그러고는 고래가 가까이 있는 게 틀림없다고 단언했다. 머잖아 당직을 서던 모든 선원이 살아 있는 향유고래가 이따금 멀리까지 퍼트리는 독특한 냄새를 맡을 수 있게 되었고, 나침반과 풍향기를 살피며 냄새의 정확한 진원지를 최대한 근접하게 확인한 에이해브가 재빨리 항로를 미세하게 조정하고 돛을 줄이라고 명령했을 때 놀란 선원은 아무도 없었다.

동틀 녘이 되어 세로로 길게 뻗은 자국이 정면에 보이자 에이해브가 빈틈없는 전략으로 옳은 결정을 내렸다는 사실이 여실히 입증되었다. 그 자국은 기름처럼 매끈했고, 잔주름 같은 가장자리의 물결은 깊은 급류가 시작되는 지점에서 격렬한 물살이 남기는, 번득이는 금속성 자국과 흡사했다.

「망꾼을 올려라! 전원 집합!」

다구가 세 갈래 나무 지레 끝으로 천둥 치듯 앞 갑판을 두

드리면서 마치 심판의 날이라도 도래한 것 같은 소리로 자던 선원들을 깨우자, 다들 옷을 손에 쥔 채 허둥지둥 승강구에서 몰려나왔다.

「뭐가 보이나?」 에이해브가 고개를 한껏 젖혀 하늘을 바라보며 외쳤다.

「아무것도 없습니다, 선장님!」 우렁찬 대답이 돌아왔다.

「위쪽 돛! 보조 돛! 아래, 위, 양현 모두!」

모든 돛이 펼쳐지자 그는 주 돛대에 끌어 올릴 수 있도록 미리 준비해 둔 구명 밧줄을 풀었다. 선원들이 즉시 그를 위로 끌어 올렸고, 3분의 2쯤 올라갔을 때 나란한 위쪽 돛대와 중간 돛대 사이의 틈새로 바다를 내다보던 그가 허공에 대고 갈매기 같은 소리로 외쳤다. 「저기 물기둥이 보인다! 저기서 물을 뿜는다! 눈 덮인 산처럼 하얀 혹! 모비 딕이다!」

그걸 이어받은 것처럼 세 군데 망루에서 동시에 외침이 터져 나오자, 격앙된 갑판 위의 선원들은 그토록 오래 추적해 온 유명한 고래를 보기 위해 앞다퉈 삭구로 달려갔다. 에이해브는 이제 다른 망대보다 1~2미터쯤 더 높은 곳에 자리를 잡았고, 타슈테고는 바로 밑인 갈란트 돛 꼭대기였기 때문에 인디언의 머리와 에이해브의 발꿈치가 거의 같은 높이였다. 그 위치에서는 몇 킬로미터 앞에서 물결이 굽이칠 때마다 번득이는 높은 혹을 드러내고 규칙적으로 조용히 물을 뿜는 고래의 모습이 보였다. 뭐든 쉽게 믿는 선원들에게는 그 물기둥이 한참 전 달 밝은 밤에 대서양과 인도양에서 본 조용한 물기둥과 똑같아 보였다.

「저걸 여태껏 아무도 못 봤다는 거냐?」 에이해브가 주위의 망꾼들에게 소리쳤다.

「저는 선장님과 거의 동시에 고래를 발견하고 소리쳤습니다.」 타슈테고가 말했다.

「동시라니. 동시는 아니었어. 어림없지, 그 금화는 내 거야. 애초부터 내 것이 될 운명이었어. 나뿐이야. 너희들은 아무도 저 흰 고래를 제일 먼저 발견할 수 없었을 거야. 저기 물을 뿜는다! 고래가 물을 뿜는다! 저기 물을 뿜잖아! 또 뿜는다!」 그는 차츰 길어지는 것처럼 보이는 고래의 물기둥에 맞춰 말꼬리를 길게 늘이며 규칙적인 장단으로 소리쳤다. 「가라앉는다! 보조 돛을 내려. 위쪽 돛도 내려라! 보트 세 척을 준비해. 스타벅, 본선에 남아 배를 지키라는 명령을 잊지 않았겠지. 키잡이! 바람 부는 쪽으로 1포인트 돌려라! 그래, 그대로! 그대로 전진! 저기 꼬리가 보인다. 아니, 아니군. 검은 물살일 뿐이야! 모든 보트, 준비 완료인가? 준비해, 준비! 나를 내려 주게, 스타벅. 내려, 내려. 얼른, 더 빨리!」 그러고는 허공을 미끄러지듯 갑판으로 내려왔다.

「바람 부는 쪽으로 곧게 나아갑니다, 선장님.」 스터브가 소리쳤다. 「우리에게서 곧장 멀어지고 있어요. 아직 우리 배를 봤을 리가 없는데.」

「잠자코 있어! 아딧줄을 준비해라! 키를 단단히 잡고! 돛의 방향을 돌려라! 바람 불어오는 쪽으로 돌려! 바람 불어오는 쪽으로! 그래, 좋아. 보트, 보트를 내려라!」

이윽고 스타벅의 보트를 제외한 모든 보트가 내려졌고, 돛을 모두 편 채 열심히 노를 저어 날쌔게 물살을 일으키며 바람 불어 가는 쪽으로 나아갔다. 에이해브는 선두에 섰다. 페달라의 퀭한 눈에 죽음처럼 창백한 빛이 반짝이고, 입가에는 섬뜩한 경련이 일었다.

가벼운 보트 뱃머리는 앵무조개 껍데기처럼 소리 없이 바다를 갈랐지만, 적에게 다가가는 속도가 너무 느렸다. 그리고 놈과 거리가 좁혀질수록 바다는 점점 더 잔잔해지면서 파도 위에 융단을 덮은 것 같았다. 물살이 어찌나 매끄러운지 한낮의 초원처럼 보일 정도였다. 마침내 숨이 턱에 찬 사냥꾼들은 아직 낌새를 차리지 못한 것처럼 보이는 먹잇감의 눈부신 혹이 또렷이 보일 정도로 바짝 다가갔다. 그 혹은 별개의 생명체인 양 수면 위를 미끄러졌고, 미세한 초록빛 거품이 양털처럼 끊임없이 빙글빙글 맴도는 고리를 이루며 주변을 에워쌌다. 그 너머로 살짝 들어 올린 머리의 크고 복잡한 주름이 보였다. 더 앞쪽으로 저만치 부드러운 터키 양탄자 같은 물결 위에는 널찍한 우윳빛 이마의 흰 그림자가 반짝였고, 그림자 주변에서는 음악 같은 잔물결이 장단을 맞췄다. 뒤에서는 고래의 꾸준한 항적이 만들어 낸, 움직이는 골짜기 속으로 푸른 물이 번갈아 흘러들었다. 양쪽으로는 밝은 물거품이 일어나 고래 옆에서 춤을 췄다. 하지만 이 물거품들은 하늘을 날아다니다가 한 번씩 변덕스레 수면을 스치는 몇백 마리 쾌활한 물새들의 가벼운 발톱에 다시 깨어졌다. 그리고 흰 고래의 등에는 대형 상선의 선체 위로 우뚝 솟은 울긋불긋한 깃대마냥 최근에 꽂힌 긴 창이 부러진 채 꽂혀 있었으며, 고래 위를 차양처럼 덮고 앞뒤로 날던, 발톱이 부드러운 새 떼 가운데 한 마리가 이따금 이 장대에 가만히 내려앉아 꼬리의 긴 깃털을 삼각기처럼 펄럭였다.

수면 위를 미끄러지듯 전진하는 고래에게서는 잔잔한 즐거움, 빠른 전진 속에 깃든 휴식의 웅장한 평온함이 완연히 느껴졌다. 에우로페를 납치해서 우아한 뿔에 매달고 헤엄치는, 흰 황소로 변한 제우스라도, 곁눈질로 그녀에게 뜨거운 추파를 보내며 크레타 섬에 마련한 사랑의 보금자리를 향해 황홀한 속도로 달려가는 최고의 신 제우스라도! 저토록 거룩하게 헤엄치는 찬란한 흰 고래를 능가하지는 못했다.

부드러운 양쪽 옆구리로 똑같이 갈라져 크게 일어난 파도는 몸이 지나는 순간 드넓게 퍼지며 멀리 흘러갔다. 반짝이는 양 옆으로 고래의 매혹이 발산됐다. 이 평온함에 형언할 수 없이 도취되고 매료되어 과감한 공격에 나섰다가, 고요함이 회오리바람을 가린 천 조각에 불과하다는 걸 죽는 순간에야 뒤늦게 깨닫는 사냥꾼들이 있다는 사실은 전혀 놀랄 일이 아니다. 그토록 평온한, 매혹적일 정도로 평온한, 오, 고래여! 지금껏 그런 식으로 무수한 사람을 현혹하여 파멸시켰으면서도 여전히 너를 처음 보는 이들의 눈앞에서 미끄러지듯 수면을 가르는 고래여.

그렇게 모비 딕은 물속에 잠긴 몸통의 흉포함을 온전히 드러내지 않고 턱의 거친 사악함도 완전히 감춘 채, 끓어 넘치는 황홀경에 박수치는 것마저 멈춘 파도를 헤치며 잔잔하고 고요한 열대의 바다를 헤엄쳤다. 그러나 이윽고 몸체의 앞부분이 서서히 물 위로 올라오더니 순식간에 대리석 같은 몸통이 버지니아의 내추럴브리지[145]처럼 높은 아치를 그렸고, 깃발 같은 꼬리를 허공에 쳐들고 경고하듯 흔들어 댔다. 엄청나게 큰 신은 그렇게 모습을 드러내고는 물속으로 가라앉아 시야에서 사라졌다. 바닷새들은 멈춰 선 듯 허공을 떠돌거나 날개를 펼치고 급강하해서, 고래가 떠나며 남긴 소용

145 미국 버지니아 주 새넌도어 계곡에 있는, 자연적으로 형성된 높이 64.5미터, 길이 27미터의 다리.

돌이 위를 그리운 듯 맴돌았다.

보트 세 척은 돛을 늘어뜨린 채 노를 수직으로 세우고 짧은 노도 내려놓은 상태로 물 위에서 가만히 모비 딕이 다시 나타나길 기다렸다.

「한 시간.」에이해브는 보트의 고물에 뿌리박힌 듯이 서서 말했다. 그는 고래가 있던 자리 너머 바람 불어 가는 쪽의 아련히 푸른 공간과 매혹적이고 드넓은 허공을 물끄러미 바라봤다. 하지만 그것도 잠시, 소용돌이치는 바다로 시선을 돌리자 그의 눈은 다시 소용돌이처럼 빙빙 도는 것 같았다. 이윽고 바람이 세차게 불면서 물살이 일어나기 시작했다.

「새들이다! 새!」 타슈테고가 외쳤다.

흰 새들이 백로 무리처럼 한 줄로 길게 늘어서서 에이해브의 보트를 향해 날아왔다. 그러더니 몇 미터쯤 앞에서 날개를 퍼덕이며 뭔가를 기다리는 것처럼 기쁨에 겨운 소리로 울며 맴돌기 시작했다. 새들의 시각은 인간보다 예리했다. 에이해브는 바다에서 어떤 징후도 감지하지 못했다. 그런데 급히 고개를 숙여 깊은 심해를 굽어보니 저 아래에서 흰 족제비만 한, 살아 있는 흰 점이 놀랍도록 빠르게 떠오르는 것이 보였다. 그 점은 올라올수록 점점 커지다가 방향을 틀었는데, 두 줄로 길게 이어진 희고 반짝이는 이빨이 깊이를 가늠할 수 없는 바다 밑에서 선명하게 드러났다. 모비 딕의 벌어진 아가리와 두루마리처럼 말린 턱이었다. 물속에 잠긴 놈의 엄청난 몸통은 바다의 푸른빛이 드리워 어렴풋했다. 놈은 보트 밑에서 문이 열린 대리석 무덤처럼 번득이는 아가리를 쩍 벌렸다. 에이해브는 이 섬뜩한 유령을 피하기 위해 조타용 노를 옆으로 비스듬히 저어 보트의 방향을 돌렸다. 그리고는 페달라와 자리를 바꿔 뱃머리로 가더니, 퍼스가 만든 작살을 움켜쥐고는 선원들에게 노를 단단히 잡고 뒤로 후퇴할 준비를 하라고 명령했다.

보트의 방향을 이렇게 때맞춰 돌렸기 때문에 뱃머리는, 예상한 대로 아직 물밑에 있는 고래의 머리와 마주보게 되었다. 하지만 모비 딕은 이런 전략을 간파하기라도 한 것처럼 특유의 사악한 지능으로 거의 순식간에 몸을 옆으로 밀면서 주름진 머리를 보트 밑으로 길게 들이밀었다.

일순, 판자와 늑재 하나에까지 보트 전체에 전율이 흘렀다. 고래는 먹이를 물어뜯는 상어처럼 비스듬히 드러누워 천천히 음미하듯 보트의 뱃머리를 통째로 집어삼켰다. 길고 가는 데다가 두루마리처럼 말린 아래턱이 하늘로 둥그렇게 솟고, 이빨 하나가 노받이에 걸렸다. 푸르스름한 흰 진주 같은 턱 안쪽은 에이해브의 머리 옆으로 채 15센티미터도 떨어지지 않았고, 위로도 그의 머리보다 조금 높을 뿐이었다. 흰 고래는 그런 식으로 잔인한 고양이가 생쥐를 다루듯 삼나무로 만든 가벼운 보트를 흔들어 댔다. 페달라는 전혀 당황하지 않은 눈빛으로 팔짱을 끼고 있었지만, 살색이 호랑이 같이 누런 선원들은 서로 뒤엉켜 자빠질 듯 고물 끝으로 내달았다.

고래가 이렇게 악의적인 방법으로 불운한 보트를 희롱하는 동안 양쪽 뱃전은 움츠러들었다 부풀기를 반복했고, 고래의 몸이 배 아래쪽에 잠긴 상태라 뱃머리에서는 놈을 공격할 수 없었다. 뱃머리가 사실상 녀석의 입속에 거의 들어가 있었기 때문이다. 다른 보트들은 순식간에 닥친 급박한 위기 앞에서 저도 모르게 멈칫했지만, 편집광 에이해브는 철천지원수가 이렇게 가까이 있는데도 가증스러운 아가리에 산 채로 삼켜져 어쩌지 못하는 처지에 분개하며 맨손으로 긴 뼈를 움켜잡고 그걸 비틀어 빼기 위해 안간힘을 썼다. 그가 이렇게 부질없이 몸부림을 치는데, 턱이 그에게서 쓱 물러나더니 위아래 턱이 커다란 가위처럼 선미 가까운 쪽을 덥석 물자 보트가 뚝 부러졌고, 약한 뱃전은 휘어지면서 무너져 내렸다. 물속에 잠긴 고래의 턱이 양쪽으로 두 동강 난 보트 중간에서 꽉 닫혔다. 난파선의 잔해는 잘려진 쪽으로 기운 채 나란히 떠 있었고, 고물 쪽 선원들은 뱃전에 매달린 채 바다를 저어 갈 노를 놓치지 않으려고 안간힘을 썼다.

보트가 두 동강 나기 직전에, 고래가 교활하게 머리를 쳐들며 보트를 물고 있던 힘이 잠시 느슨해지는 걸 느낀 에이해브는 고래의 의도를 누구보다 먼저 알아차렸고, 고래의 아가리에서 보트를 밀어내려고 마지막 힘까지 모두 쏟아 부었다. 하지만 고래의 입속으로 더 깊이 미끄러진 것도 모자라, 그렇게 미끄러지면서 보트가 옆으로 기울며 흔들리는 바람에 잡고 있던 고래의 턱을 놓쳤고, 보트를 밀어내려 몸을 기울이는 순간 보트 밖으로 넘어져 얼굴부터 풍덩 바다에 빠지고 말았다.

물살을 일으키며 먹잇감에게서 물러선 모비 딕은 조금 떨어진 거리에서 비스듬히 각진 흰 머리를 커다란 물결 위로 곧게 쳐들었다가 내리는 동시에, 방추형 몸을 천천히 회전했다. 주름진 큰 이마를 물 위로 6미터 남짓 쳐들었을 땐 그 기세에 굽이친 물살이 주변의 파도와 합류하며 눈부시게 부서졌고, 앙심이라도 품은 것처럼 산산이 부서진 물보라를 더 높이 뿜어 올렸다.[146] 폭풍이 칠 때, 영국 해협의 큰 파도가 에디스톤 바위 아래에서 퇴각하지만 질주하며 일으킨 물거품은 의기양양하게 바위 꼭대기를 뛰어넘는 것과 같은 형국이었다.

하지만 모비 딕은 이내 다시 수평 자세를 취하고 난파한 배의 선원들 주변을 빠르게 빙빙 돌며 헤엄쳤다. 다시 한 번 더 치명적인 공격을 가하기 위해 기세를 올리는 것처럼 집념에 찬 몸짓으로 물을 양옆으로 휘저었다. 「마카베오서」[147]를 보면 안티오쿠스 왕의 코끼리들이 포도와 오디의 붉은 즙을 피로 오인해서 미쳐 날뛰었다더니, 모비 딕도 부서진 보트를 보고 미친 것 같았다. 그 와중에 에이해브는 고래의 오만한 꼬리가 일으키는 물거품 때문에 숨이 막힐 지경인 데다 불편한 다리로는 헤엄을 칠 수도 없었지만, 그래도 소용돌이의 한복판에 간신히 떠 있을 수는 있었다. 어찌할 바를 모르는 에이해브의 머리는 아주 약한 충격에도 터져 버릴 것 같은 거품처럼 출렁였다. 페달라는 조각난 보트의 고물에서 무심하고 태연한 눈으로 그를 바라봤고, 다른 쪽 잔해에 매달린 선원들 역시 그를 구조하기는커녕 제 한 몸 건사하기도 벅찰 지경이었다. 주위를 빙빙 도는 흰 고래의 모습은 섬뜩했고, 행성처럼 빠른 속도로 거리를 계속 좁혀 왔기 때문에 이번에는 수평으로 그들을 덮칠 것 같았다. 무사한 다른 보트들이 바로 옆에 있었지만 주변을 맴돌 뿐 차마 소용돌이 속으로 뛰어들어 공격할 엄두는 내지 못했다. 그랬다간 에이해브를

146 이건 향유고래 특유의 동작이다. 이 동작이 〈피치폴링〉, 즉 투창이라는 이름을 얻게 된 것은 앞에서 설명했듯이 고래에게 창을 겨누면서 올렸다 내리는 준비 동작과 비슷하기 때문이다. 고래는 이 동작을 통해 자신의 주변을 맴도는 사물을 가장 또렷하고 포괄적으로 파악할 수 있다 — 원주.

147 구약 성서의 제2경전에 속하는 성서. 가톨릭에서는 정경에 포함시키지만, 개신교나 유대교에서는 외경(外經)으로 본다.

비롯해서 난파로 위험에 빠진 선원들을 즉각적인 파멸로 이끄는 신호가 될뿐더러, 그들도 무사히 빠져나가리란 기대를 할 수 없었다. 그래서 그들은 노인네의 머리를 중심으로 소용돌이치는 불길한 수면 가장자리 너머에서 눈을 부릅뜬 채 지켜볼 뿐이었다.

그러는 사이에 돛대 위에서 이 상황을 처음부터 지켜보던 본선이 활대를 용골과 직각으로 돌리고 현장으로 달려왔다. 배가 바짝 접근했을 때 에이해브는 물속에서 〈계속……〉이라고 소리쳤지만, 마침 그때 모비 딕이 일으킨 파도가 그를 덮쳤다. 하지만 다시 허우적거리며 빠져나와 요행히 높이 일어선 물마루에 올라탄 에이해브는 〈계속해서 고래를 향해 다가가! 놈을 몰아내!〉하고 소리쳤다.

피쿼드호는 뱃머리가 뾰족했기 때문에 이 마법의 소용돌이를 가르며 피해자들을 흰 고래에게서 효과적으로 갈라놓았다. 심기가 불편해진 고래가 멀리 헤엄쳐 가자 보트들이 구조에 나섰다.

스터브의 보트에 끌려 올라간 에이해브는 눈에 핏발이 서고 앞도 제대로 보이지 않았으며, 주름에는 소금기가 하얗게 엉겨 붙었고 너무 오랫동안 힘을 소진한 탓에 체력이 바닥나 몸의 숙명에 무기력하게 굴복하고 말았다. 그러고는 코끼리 떼에게 짓밟히기라도 한 것처럼 스터브의 보트 바닥에 한동안 널브러져 누워 있었다. 계곡에 울리는 황량한 소리처럼 뭐라 형언할 수 없는 울부짖음이 그의 몸 깊은 곳에서 들려왔다.

하지만 몸의 피로가 극심한 만큼 회복 시간이 단축되었다. 나약한 자들이 자비롭게도 일생에 걸쳐 조금씩 나누어

겪는다는 가벼운 고통을 위대한 자들은 이따금 한 번의 깊은 고통으로 응축시키기도 하는 법. 그들은 그런 고통을 짧은 시간에 털어 내지만, 신의 뜻이라면 순간순간의 강렬함을 축적하여 평생을 고뇌로 가득 채우기도 한다. 무의미한 중심에조차 이 위대한 천성의 소유자들은 열등한 영혼들의 전체를 담아내기 때문이다.

「작살은.」에이해브는 팔꿈치를 접어 힘겹게 몸을 반쯤 일으키며 물었다. 「무사한가?」

「네, 선장님. 던지질 않았으니까요. 여기 있습니다.」 스터브가 작살을 보여 주며 말했다.

「내 앞에 내려놓게. 실종자는?」

「하나, 둘, 셋, 넷, 다섯. 노가 다섯 개였는데, 현재 사람도 다섯입니다.」

「다행이군. 나 좀 일으켜 주게. 일어서고 싶다. 그래, 그래. 놈이 보이는군! 저기, 저기 있어! 아직도 바람 불어 가는 쪽으로 가고 있어. 저 어기찬 물기둥을 봐! 내 몸에서 손을 떼라! 에이해브의 뼛속에는 다시 마르지 않는 생기가 흐른다! 돛을 펼쳐라. 노를 젓고, 키를 잡아!」

보트가 부서져 다른 보트에 구조된 선원들은 두 번째 보트의 일을 돕는 게 일반적인 관행이었고, 그럴 경우 〈쌍좌노〉라고 부르는 이중 노를 저으며 추격을 계속한다. 이번에도 그랬다. 하지만 보트의 힘이 그만큼 증가했어도 고래의 힘이 늘어난 데에는 견줄 바가 못 됐는데, 녀석은 지느러미를 이중이 아니라 삼중으로 늘리기라도 했는지, 한눈에 보기에도 이런 상태라면 아예 가망이 없진 않더라도 추격이 한없이 길어질 게 분명한 속도로 헤엄을 쳤다. 그렇게 오랫동안 쉬지 않고 격렬하게 노를 젓는 건 어떤 선원이라도 견딜 수 없었다. 그건 잠시 기세를 올릴 때에나 간신히 감당할 수 있는 일이었다. 그럴 때는 차라리 본선이 고래를 따라잡기에 가장 가능성 높은 추격 수단이 될 때가 많았다. 그런 까닭에 보트들은 본선으로 돌아가 기중기로 끌어 올려졌다. 난파된 보트는 양쪽 모두 이미 건져 놓은 상태였다. 모든 것을 뱃전에 매달고 돛을 높이 올린 후, 신천옹이 이중으로 접힌 날개를 펼친 것처럼 보조 돛까지 양 옆으로 활짝 펼친 피쿼드호는 모비 딕을 쫓아 바람 불어 가는 쪽으로 나아갔다. 잘 알려진 것처럼 일정한 간격을 두고 뿜는 고래의 반짝이는 물기둥을 망꾼들이 규칙적으로 보고했다. 방금 물속으로 가라앉았다는 보고를 받으면 에이해브는 시간을 확인한 다음 손에 나침반 시계를 들고 갑판을 거닐었으며, 일정한 시간이 지나기 무섭게 그의 목소리가 들려왔다. 「이번엔 스페인 금화를 누가 차지할 건가? 놈이 보이나?」 그때 〈안 보입니다, 선장님〉이라는 대답이 들려올 경우, 즉시 선원들에게 자신을 망대로 끌어 올리라고 명령했다. 이렇게 하루가 지나갔다. 에이해브는 높은 곳에 미동도 없이 매달렸다가 어느 틈에 내려와 초조하게 갑판을 거닐었다.

그렇게 걸어 다닐 때면 망대의 선원들에게 소리를 치거나 돛을 더 높이라거나 더 넓게 펼치라고 지시하는 것 외에는 아무 말도 하지 않았다. 모자를 눌러쓴 채 오락가락 거닐며 방향을 바꿀 때마다 그는 자신의 부서진 보트를 지나쳤다. 부서진 이물과 조각난 고물이 뒤쪽 갑판에 뒤집힌 채 놓여 있었다. 그러다 결국 보트 앞에서 걸음을 멈췄다. 이미 구름이 잔뜩 긴 하늘에 새로이 한 떼의 구름이 밀려드는 것처럼,

노인네의 얼굴에는 침울한 그림자가 더욱 짙게 드리웠다.

선장이 멈춰 선 걸 본 스터브는 아마 자신은 조금도 위축되지 않았음을 증명해서 선장에게 변함없이 용맹한 자라는 인상을 주고 싶었는지, 우쭐대려는 뜻은 없이, 앞으로 나아가 난파선을 바라보며 이렇게 외쳤다. 「당나귀도 먹지 않을 엉겅퀴! 이게 놈의 입을 따끔하게 찔렀나 봅니다, 선장님. 하, 하!」

「난파선을 보고 그렇게 웃다니, 무슨 정신 나간 짓이냐? 거참! 자네가 두려움을 모르는, 그리고 기계처럼 감정이 메마른, 불같은 사람이라는 걸 몰랐다면, 비열한 겁쟁이라고 욕을 했을 거야. 난파선 앞에서는 웃을 게 아니라 탄식을 해야지.」

「맞습니다, 선장님.」 스타벅이 다가오며 말했다. 「이건 예사롭지 않은 광경입니다. 징조, 나쁜 징조예요.」

「징조? 징조라고? 그런 말은 사전에서나 찾아봐! 신들이 인간에게 그렇게 대놓고 말할 작정이라면 당당하게 터놓고 말하겠지. 고개를 저으면서 노파처럼 애매한 암시 같은 걸 주지는 않아. 꺼져! 자네들 둘은 한 물건의 양극이로군. 스타벅은 스터브를, 스터브는 스타벅을 뒤집어 놓은 꼴이야. 그렇다면 자네 둘이 온 인류인 셈인가. 에이해브는 지구에 사는 몇백만 명 속에 홀로 서 있다. 그의 주변에는 신도 인간도 없어! 추워, 춥구나. 몸이 덜덜 떨린다! 지금은 어떤가? 어이, 망꾼! 놈이 보이나? 물기둥이 보일 때마다, 1초에 열 번을 뿜더라도 매번 소리를 쳐라!」

이제 날이 거의 저물어, 태양은 황금빛 옷자락만 살랑거렸다. 머잖아 거의 어두워졌지만 망꾼들은 여전히 자리를 지켰다.

「이제 물기둥이 보이지 않습니다, 선장님. 너무 어두워서 안 보입니다.」 허공에서 망꾼 한 명이 이렇게 외쳤다.

「마지막으로 봤을 때 어느 쪽을 향하고 있었나?」

「그전 그대로였습니다, 선장님. 바람 불어 가는 쪽으로 곧장 나아가고 있었습니다.」

「좋아! 이제 밤이 됐으니 녀석도 조금 천천히 달릴 테지. 주 돛대와 위쪽 돛대의 보조 돛을 내리게, 스타벅. 아침이 밝기 전에 놈을 추월하면 곤란해. 녀석이 지금은 달리지만 한동안 멈출지도 모르거든. 이봐, 키잡이! 바람을 정면으로 받도록 방향을 돌려라! 돛대의 망꾼들은 모두 내려와! 스터브, 앞 돛에 새로 사람을 올려 보내고 아침까지 당직을 서도록 해.」 그러고는 주 돛대에 박아 놓은 스페인 금화 쪽으로 걸어가서 말을 이었다. 「다들 들어라. 내가 공을 세웠으니 이 금화는 내 차지다. 하지만 흰 고래를 죽일 때까지 이걸 여기 그대로 두겠다. 그리고 누구든 놈이 죽는 날 놈을 제일 먼저 발견해서 소리친 자에게 이 금화를 주겠다. 그리고 그날에도 내가 또 놈을 발견한다면 이 금화의 열 배에 해당되는 액수를 모두에게 똑같이 나눠 주겠다! 이제 물러들 가라. 갑판은 자네가 맡아 주게, 스타벅.」

여기까지 말하고는 승강구 안으로 반쯤 들어가 모자를 눌러쓴 채, 이따금 밤이 얼마나 지났는지 보려고 몸을 일으켰을 뿐, 에이해브는 새벽까지 그곳에 서 있었다.

134
추격 ─ 둘째 날

동이 틀 무렵, 세 군데 돛대에는 정확하게 새로운 망꾼이 배치되었다.

「놈이 보이나?」에이해브는 새벽빛이 번지기 무섭게 소리쳐 물었다.

「아무것도 안 보입니다, 선장님.」

「모두 제자리에, 돛을 펼쳐라! 내가 생각한 것보다 놈이 빨리 움직이는군. 위쪽 돛! 아, 그 돛들을 밤새 그대로 달아두는 건데. 하지만 상관없다. 전진하기 전에 휴식을 취한 거니까.」

여기서 말해 둘 점은, 어느 특정 고래를 이렇게 밤낮 없이, 밤이 되고 다시 날이 밝도록 집요하게 추격하는 게 남양 포경업계에서 전혀 전례를 찾아볼 수 없는 일이 아니라는 것이다. 낸터컷 선장들 가운데 천부적인 능력을 타고난 사람들은 탁월한 실력과 노련한 통찰력, 그리고 다부진 자신감을 갖고 있기 때문에, 고래가 마지막으로 포착됐을 때 관찰한 모습만 가지고도 주어진 상황에서 눈에 보이지 않는 고래가 한동안 어느 방향으로 계속 헤엄칠 것인지, 그리고 그동안의 진행 속도는 어느 정도일지까지 상당히 정확하게 예측할 수 있다. 이럴 때의 선장은 전체적인 윤곽을 잘 아는 해안선이 시야에서 벗어난 곳까지 나아갔다가 출발한 항구와 조금 떨어진 지점으로 다시 돌아오려는 수로 안내자와 비슷한데, 나침반 옆에 서서 눈에 보이지 않는 먼 곳으로 좀 더 정확하게 나아가기 위해 지금 눈에 보이는 곳의 정확한 위치를 각인하는 것이다. 나침반 옆에 선 고래잡이의 경우도 마찬가지다. 낮에 몇 시간에 걸쳐 추격하고 부지런히 기록하다가 밤의 어둠이 고래를 삼켜 버렸을 때, 현명한 사냥꾼은 수로 안내자가 해안선을 정확히 찾아가는 것처럼 고래가 그 어둠을 뚫고 어디로 나아갈지 정확히 알아낸다. 그렇기 때문에 이런 놀라운 능력을 지닌 사냥꾼에게는 흔히 물에 쓴 글씨라고 일컫는 덧없는 항적이 굳건한 땅에 그려진 것만큼이나 원하는 목표를 이루는 데 확실한 역할을 한다. 쇠로 만든 커다란 현대의 괴물인 철도는 운행 시간이 워낙 널리 알려져 있어서 시계를 찬 사람들은 아기의 맥박을 재는 의사만큼 정확하게 기차의 속도를 측정하고, 상행 열차나 하행 열차가 어느 역에 몇 시면 도착할 거라고 쉽게 말한다. 그것과 거의 마찬가지로 위에서 말한 이 낸터컷 선장들은 심해에 사는 바다 괴물의 속도를 측정해서 고래가 몇 시간 후에 320킬로미터 전방까지 전진하여 이러저러한 위도나 경도에 도착할 거라고 혼잣말을 하기도 한다. 하지만 이런 혜안이 궁극적으로 맞아떨어지기 위해서는 바람과 바다가 고래잡이의 편이 되어 주어야 한다. 그도 그럴 것이, 정확하게 93과 4분의 1리그 거리에 고래가 있다고 확신할 수 있는 기술이 있다 한들 바람이 잔잔하거나 역풍이 분다면 무슨 쓸모가 있겠는가? 여기에서 고래 추격과 관련하여 일어나는 수많은 부수적이고 미묘한 문제를 추론해 볼 수 있다.

배는 계속 나아가며 바다에 깊은 고랑을 팠는데, 빗나간 포탄이 쟁기 날이 되어 평평한 밭을 갈아엎은 것 같았다.

「대단하군!」 스터브가 소리쳤다. 「갑판이 이렇게 요동치면 진동이 다리를 타고 올라와서 심장까지 쩌릿쩌릿하다니까. 이 배도 용감하고 나도 용감해! 하, 하! 누가 나를 번쩍 들어서 등뼈부터 바다에 집어넣어 봐! 분명히 말하건대 내 등뼈는 용골이거든. 하, 하! 이렇게 달려가는데도 우리 뒤에는 흙먼지도 날리지 않는구나!」

「저기 물을 뿜는다! 물을 뿜는다! 물을 뿜는다! 똑바로 정면이다!」 돛대 꼭대기에서 외치는 소리가 들렸다.

「그래, 그렇지!」 스터브가 외쳤다. 「내 그럴 줄 알았어. 네 놈은 도망칠 수 없거든. 계속 뿜어라, 고래야! 분수공이 찢어지도록. 미친 악마가 너를 노리고 있다! 마지막 한 방울까지 뿜어라. 폐에 물집이 잡히도록 뿜어라! 물방앗간 주인이 수문을 닫아 물줄기를 끊듯이, 에이해브가 네 피를 흐르지 않게 막아 줄 터이니!」

스터브의 이 말은 거의 모든 선원의 심정을 대변한 것이었다. 오래 묵은 포도주가 다시 발효하듯 이제 선원들의 마음속에서 추격의 광기가 부글부글 끓어올랐다. 그중 일부가 막연한 공포와 불길한 예감을 느꼈을지 몰라도, 지금은 그런 감정이 점점 커지는 에이해브의 위엄 앞에서 자취를 감췄을 뿐만 아니라, 초원의 겁 많은 토끼가 지축을 흔드는 들소 앞에서 허둥지둥 달아나듯 산산이 부서져 사방으로 흩어졌다. 운명의 손아귀가 그들의 영혼을 낚아챘다. 마음을 뒤흔들었던 전날의 위기와 괴롭던 간밤의 긴장, 날듯이 달아나는 표적을 향해 거침없이 돌진하는 맹목적이고 무모하며 집요한 배, 이 모든 것과 그들의 심장이 함께 뒹굴었다. 바람은 돛을 한껏 부풀리고, 보이지 않지만 저항할 수도 없는 손으로 배를 밀어 댔다. 그것은 그들을 이번 추격의 노예로 만든, 보이지 않는 작인(作因)의 상징 같았다.

그들은 서른 명이 아닌 한 사람이었다. 비록 온갖 대조적인 것들, 참나무와 단풍나무와 소나무, 쇠와 역청과 삼베가 한데 모여 있어도 이 모든 것이 합쳐져 하나의 단단한 선체를 형성하고 중앙의 긴 용골이 균형을 잡고 방향을 잡아서 나아가는 것처럼, 배 한 척이 그들 모두를 태운 것과 같았다. 그렇듯이, 선원들의 다양한 개성, 이 사람의 용기와 저 사람의 두려움, 죄와 벌, 이 모든 것이 하나로 융합되었고, 그들의 주인이자 용골인 에이해브가 가리키는 숙명의 목표를 향해 함께 나아갔다.

삭구도 살아 숨 쉬었다. 돛대 꼭대기는 커다란 야자수의 우듬지처럼 잎사귀 대신 팔다리를 활짝 뻗고 있었다. 몇몇은 한 손으로 활대에 매달린 채 다른 손을 쭉 뻗어 초조하게 흔들었고, 또 어떤 선원들은 눈에 손 그림자를 드리워 강렬한 햇빛을 가린 채 흔들리는 활대에 앉아 있었다. 활대마다 운명을 맞이할 준비를 마친 숙명의 인간들이 가득했다. 아! 자신을 파멸시킬지도 모를 것을 찾아 이토록 열심히 푸른 망망대해를 헤매는 자들이여!

「흰 고래가 보인다더니 어째서 아무 소리가 없는 건가?」 에이해브는 최초의 외침이 있고 몇 분이 지나도록 아무 보고가 없자 급기야 이렇게 소리를 질렀다. 「나를 위로 올려라.

너희는 속은 거야. 모비 딕은 그런 식으로 한 번만 물기둥을 쏘고 사라지지 않는다.」

과연 그랬다. 앞뒤 가리지 않고 덤벼든 탓에 엉뚱한 것을 고래의 물기둥으로 착각했다는 사실이 곧 밝혀졌다. 에이해브는 바다를 관찰할 자리로 올라가서 밧줄을 갑판 말뚝에 감아 매자마자 오케스트라를 조율하는 으뜸음을 누르듯이 소리를 질렀고, 그러자 소총의 일제 사격처럼 대기가 진동했다. 서른 명의 허파에서 의기양양한 외침이 터져 나온 것인데, 모비 딕이 불쑥 몸을 드러냈기 때문이었다! 그 위치는 물기둥으로 오인한 곳보다 훨씬 가까워서, 정면으로 채 1.6킬로미터도 떨어져 있지 않았다. 흰 고래는 차분하고 느긋한 물기둥, 머리의 신비로운 분수공에서 분출하는 평화로운 물기둥으로 자신이 가까이에 있음을 드러낸 게 아니라, 물 위로 솟구쳐 도약하는 훨씬 경이로운 현상으로 자신의 위치를 알렸다. 깊디깊은 심연에서 엄청난 속도로 올라온 향유고래는 커다란 몸뚱이를 투명한 허공에 띄우고 찬란한 물거품을 산처럼 일으키며 10킬로미터 너머까지 제 존재를 알린다. 그럴 때 고래가 찢으며 털어 내는 성난 파도는 마치 고래의 갈기처럼 보인다. 어떤 경우에는 도발하려는 의도로 이런 도약을 할 때도 있다.

「놈이 뛰어오른다! 저기서 뛰어오른다!」 흰 고래가 말로다 할 수 없는 허세를 부리며 연어처럼 하늘로 솟구쳤을 때 선원들의 외침이 터져 나왔다. 푸른 평원 같은 망망대해에서 더 푸른 하늘을 배경으로 느닷없이 펼쳐졌기 때문인지, 고래가 일으키는 물보라는 일순, 빙하처럼 눈이 시릴 정도로 날카롭게 번득이더니 처음의 강렬하던 빛이 차츰 약해지면서 골짜기를 지나는 소나기처럼 자욱한 안개로 잦아들었다.

「그래, 태양을 향해 마지막으로 도약해라, 모비 딕!」 에이해브가 소리쳤다. 「너의 최후와 너의 작살이 준비되어 있다! 내려와라! 앞 돛대에 한 명만 남겨 놓고 모두 내려와. 보트를 내려라! 준비!」

선원들은 돛대 줄로 만든 지루한 밧줄 사다리 따위는 거들떠보지 않은 채 돛대의 뒤 버팀줄과 마룻줄을 이용해서 별똥별처럼 갑판으로 미끄러져 내려왔다. 그렇게 날듯이 내려오지는 못했어도 에이해브 역시 빠르게 망대에서 내려왔다.

「내려라.」 그는 전날 밤에 필요한 장비를 모두 갖춰 준비해 둔 예비 보트에 닿기 무섭게 소리쳤다. 「스타벅, 배는 자네가 맡아 주게. 보트들과 간격을 두되, 일정한 거리 이상 멀어지지는 않도록 해. 전부 내려라!」

어느새 선공 태세를 갖춘 모비 딕은 선원들에게 급작스러운 공포를 안겨 주려는 듯 몸을 돌려 세 보트를 향해 다가왔다. 에이해브의 보트가 가운데였다. 그는 선원들의 기운을 북돋우며 고래와 박치기를 하겠다고 말했다. 녀석의 이마로 곧장 돌진하겠다는 그의 계획은 이례적이지 않았다. 일정한 거리 안에 들어갈 경우, 옆에 눈이 달린 고래의 특성상 앞에서 다가오는 공격을 볼 수 없기 때문이었다. 하지만 그렇게 근접한 거리를 확보하기 전에, 보트 세 척이 세 돛대만큼이나 분명하게 시야에 들어오는 동안 흰 고래가 아가리를 벌리고 꼬리를 휘저으며 엄청난 속도로 거의 순식간에 보트를 향해 돌진했다. 놈은 사방을 향해 난폭하게 싸움을 걸었다. 모든 보트에서 던져 대는 작살에 아랑곳없이 보트의 판자를 남김없이 부숴 버리겠다는 일념을 드러냈다. 그러나 보트들은 요령 있게 움직이고 전쟁터의 훈련된 군마처럼 쉴 새 없이 방향을 전환하며 한동안 고래를 잘 피했다. 판자 한 장 차이로 가까스로 공격을 모면하기도 했다. 그러는 내내 에이해브의 섬뜩한 구호는 자신의 말을 제외한 다른 모든 외침을 갈기갈기 찢어 놓았다.

그러다 마침내 흰 고래의 몸에 꽂혀 느슨하게 늘어졌던 세 밧줄이 놈의 종잡을 수 없는 선회로 인해 교차하고 또 교차하며 무수히 뒤엉키는 바람에 점점 짧아졌고, 그 기세에 작살을 던진 보트들이 바짝 끌려가게 됐다. 고래는 좀 더 막강한 공격을 위해 힘을 모으기라도 하는 것처럼 잠시 옆으로 몸을 당겼는데, 에이해브는 기회를 놓치지 않고서 우선 밧줄을 길게 풀어 냈다가 재빨리 당기며 꼬인 매듭을 어떻게든 풀어 보려 했다. 그런데 바로 그때! 으르렁거리는 상어의 이빨보다 더 잔혹한 광경이 펼쳐졌으니!

미로처럼 얽힌 밧줄에 둘둘 말린 채 고래의 몸에서 뽑힌 작살과 창들이 섬광을 번뜩이고 물을 떨구며 미늘과 창끝을 곤두세운 채 에이해브가 탄 보트 뱃머리의 밧줄 걸이로 떨어졌다. 이 상황에서 할 수 있는 일은 하나뿐이었다. 선원용 칼을 움켜쥔 에이해브가 번득이는 강철 사이를 아슬아슬하게 빠져나와, 그쪽에 늘어진 밧줄을 당겨서 뱃머리의 노잡이에게 넘겨준 다음, 밧줄 걸이 부근 밧줄을 두 번 잘라 배에 떨어진 강철 뭉치를 바다로 밀어 넣었다. 이번에도 날랜 솜씨였다. 그 순간 흰 고래가 여전히 뒤엉킨 다른 밧줄 사이로 갑자기 돌진했다. 그 바람에 밧줄이 더 휘감긴 스터브와 플래스크의 보트가 꼬리 쪽으로 끌려가면서 파도치는 해변에 뒹구는 조개껍데기처럼 맞부딪쳤고, 고래는 물속으로 들어가 들끓는 소용돌이 속으로 자취를 감췄다. 그리고 그 자리에 서는 난파선에서 떨어져 나온 향기로운 삼나무 조각들이 빠르게 휘저은 펀치 볼 속의 육두구 열매마냥 빙글빙글 돌며 춤을 췄다.

선원들은 물속에서 빙빙 돌면서도 소용돌이를 따라 선회하는 밧줄 통이나 노처럼 바다에 떠 있는 어구를 붙잡고 매달렸다. 몸집이 작은 플래스크는 비스듬히 누워 빈 병처럼 수면에서 까딱거리며 무시무시한 상어의 아가리를 벗어나기 위해 다리를 씰룩거리듯 위로 차올렸고, 스터브는 누가 좀 건져 달라고 우렁차게 소리를 질렀다. 노인네의 밧줄은 끊어 버렸기 때문에 누구든 붙잡을 수 있는 사람을 구하기 위해 거품이 들끓는 소용돌이로 던질 수 있었지만, 한꺼번에 들이닥친 많고도 구체적인 위험 속에서 아직 파괴되지 않은 에이해브의 보트는 눈에 보이지 않는 철사에라도 묶여 하늘로 끌어 올려진 것처럼 보였는데, 화살처럼 물속에서 수직으로 밀고 올라온 흰 고래가 널찍한 이마로 밑바닥을 들이박는 바람에 빙빙 돌며 허공으로 날아갔다가 뱃전부터 아래로 다시 떨어졌고, 에이해브와 그의 부하들은 바닷가 동굴에서 기어 나오는 바다표범처럼 그 밑에서 간신히 빠져나왔다.

처음에 솟구치며 올라온 여세 때문에 고래는 본의 아니게, 그리고 수면을 통과할 때 방향을 틀기도 했지만, 자신이 파괴한 난파 현장에서 조금 벗어난 곳으로 나갔다. 고래는 현장을 등진 채 잠시 꼬리를 좌우로 흔들면서 떨어져 나온 노나 판자 조각처럼 아주 작은 파편이나 부스러기라도 닿을라치면 재빨리 꼬리를 몸 쪽으로 당겼다가 수면을 비스듬히 내리쳤다. 하지만 이내 당분간은 이 정도로 만족한다는 듯

429

이 주름진 이마로 바다를 헤치며 나아갔다. 뒤엉킨 밧줄을 질질 끌면서 여행자처럼 일정한 속도를 유지하며 바람 불어 가는 쪽으로 계속 나아가는 것이었다.

지난번처럼 전투의 전 과정을 돛대에서 중계하면서 상황을 주시하던 배는 이번에도 구조를 위해 달려와 보트를 내렸고, 물에 떠 있는 선원들과 통, 노, 손에 닿는 것이면 뭐든 건져서 안전하게 갑판 위로 끌어 올렸다. 어깨와 손목과 발목을 접질린 사람, 타박상으로 시퍼렇게 멍이 든 사람, 비틀린 작살과 창, 도저히 풀 수 없을 만큼 뒤엉킨 밧줄, 부서진 노와 판자도 있었다. 하지만 치명상은커녕 중상을 입은 사람조차 없는 것 같았다. 그 전날 페달라가 그런 것처럼, 에이해브는 보트의 부서진 반쪽에 매달려 침울한 표정으로 비교적 수월하게 떠 있었고, 전날의 참사 때만큼 탈진하지도 않았다.

하지만 그가 구조되어 갑판으로 올라가자 모든 눈이 그에게 집중됐다. 그때까지도 혼자 힘으로 서지 못하고, 지금까지 가장 충실한 조력자 역할을 해온 스타벅의 어깨에 반쯤 매달려 있었기 때문이었다. 그의 고래 뼈 다리는 부러져 짧고 날카로운 조각만 남아 있었다.

「아, 그래. 스타벅. 가끔은 남에게 기대는 것도 나쁘지 않군. 늙은 에이해브도 좀 더 자주 기댈걸 그랬어.」

「쇠테가 버티지 못했군요, 선장님.」 목수가 다가오며 말했다. 「공들여 만든 다리인데.」

「하지만 뼈는 부러지지 않았겠죠, 선장님.」 스터브는 진심으로 걱정하는 투였다.

「웬걸! 전부 산산조각이 났다네, 스터브. 안 보이나? 하지만 뼈는 부러졌어도 늙은 에이해브는 끄떡없어. 나는 살아 있는 뼈라고 해서 잃어버린 이 죽은 뼈보다 조금이라도 내 본질에 더 가깝다고는 생각하지 않으니까. 흰 고래도, 인간이나 악마도, 늙은 에이해브 본연의 범접할 수 없는 본질은 털끝 하나 건드릴 수 없어. 어떤 측심줄이 저 깊은 바닥에 닿고, 어떤 돛대가 저 높은 창공을 스칠 수 있겠나? 어이, 망꾼! 어느 쪽인가?」

「정확하게 바람 불어 가는 쪽입니다, 선장님.」

「그렇다면 키를 위로 돌려라. 배지기 선원들은 돛을 다시 펼쳐라! 남은 예비 보트를 내리고 장비를 갖춰라. 스타벅은 가서 보트에 탈 선원들을 꾸리게.」

「우선 선장님을 뱃전으로 모시고 가겠습니다.」

「아, 아아! 부러진 조각이 나를 찔러 대는군! 저주받은 운명 같으니! 난공불락의 영혼을 가진 선장이 이런 비겁한 짝을 가져야 했다니!」

「무슨 말씀이십니까?」

「자네가 아니라 내 몸뚱이를 말하는 거야. 지팡이로 쓸 만한 걸 가져다주게. 저기, 저 부러진 창이면 적당하겠군. 선원들을 소집하게. 그런데 아무래도 그가 보이지 않는 것 같은데. 설마 그럴 리가! 실종된 건가? 서둘러! 선원들을 전부 집합시켜라.」

노인이 언뜻 내비친 생각은 옳았다. 선원을 불러 모았지만 그 속에 배화교도는 보이지 않았다.

「배화교도가!」 스터브가 큰 소리로 말했다. 「그렇다면 녀석은 틀림없이 밧줄에……」

「황열병에 걸려 나자빠질 놈! 다들 위아래, 선실, 앞 돛대로 달려가서 찾아봐. 사라졌을 리가 없어! 사라졌을 리가 없다!」

하지만 선원들은 이내 다시 돌아와 어디에서도 배화교도가 보이지 않는다고 보고했다.

「저, 선장님. 선장님의 엉킨 밧줄에 걸려 물속으로 빨려 들어가는 걸 본 것 같습니다.」스터브가 말했다.

「내 밧줄이라고! 내 밧줄? 들어가? 들어갔다고? 그게 대체 무슨 뜻인가? 그 말 속에서 어떤 조종(弔鐘)이 울리기에 이 늙은 에이해브가 종루처럼 부들거린단 말이냐. 작살도 안 보이네! 저기 저 잡동사니들을 들춰 봐라. 있나? 흰 고래를 잡기 위해 쇠를 벼려서 만든 것 말이다. 아니, 아니다, 이 지긋지긋한 바보들 같으니. 내 손으로 던졌다고! 그러니까 고래 몸에 박혀 있겠지! 거기 망꾼! 고래에게서 눈을 떼지 마라. 서둘러! 다들 달려들어서 보트에 장비를 갖춰라. 노를 전부 모아! 작살잡이들은 작살을 준비해라! 작살! 주 돛대의 돛을 더 높이 올려라! 모든 돛을 당겨! 거기 키잡이! 죽을힘을 다해 항로를 그대로 유지해라! 무한한 지구를 열 바퀴라도 돌다가 지구를 뚫고 들어가는 한이 있더라도 놈을 잡아 죽이고야 말겠어!」

「전능하신 하느님! 단 한순간만이라도 모습을 드러내소서.」스타벅이 외쳤다. 「영감, 당신은 절대로, 결단코 놈을 잡지 못할 겁니다. 예수의 이름으로 여기서 그만두세요. 이건 악마의 광기보다 더한 짓입니다. 이틀간의 추격으로 두 번이나 보트가 산산조각이 났고, 당신의 다리도 또 두 동강이 났으며, 당신의 사악한 그림자는 실종됐어요. 선한 천사들이 전부 모여 당신께 경고하는 겁니다. 뭘 더 당해야 되겠습니까? 그 포악한 고래가 한 사람도 남김없이 전부 물속에 처박을 때까지 계속 추격할 건가요? 우리는 그놈 때문에 바다 밑바닥까지 끌려가게 되는 건가요? 지옥까지 끌려가나요? 아아, 놈을 더 추격하는 건 신성 모독이고 불경한 짓입니다!」

「스타벅, 요즘 나는 이상하게 자네에게 마음이 끌렸다네. 그러니까 우리가 서로의 눈을 들여다본 순간부터 줄곧 그랬어. 하지만 고래에 관한 한, 자네의 얼굴은 이 손바닥이나 마찬가지야. 입도 없고, 이목구비 아무것도 없는 공백이지. 에이해브는 영원히 에이해브야. 이 원칙은 불변이라네. 이 바다가 굽이치기 10억 년 전에 이미 자네와 내가 예행연습을 마친 거라고. 바보 같기는! 나는 운명의 부하, 운명의 지시에 따라 행동할 뿐이다. 그리고 너희 조무래기들! 너희들은 내 지시를 따라야 한다. 모두 내 주변에 둘러서라. 너희의 눈앞에는 다리가 잘려 외발로 부러진 창에 기대 선 늙은이가 있다. 그것은 에이해브, 그의 육신이다. 그러나 에이해브의 영혼은 다리 1백 개로 움직이는 지네와 같다. 나는 폭풍 속에서 돛대가 부러진 군함을 당기는 밧줄처럼 팽팽한 긴장감을 느끼며, 반쯤은 좌초된 기분이다. 너희들이 보기에도 그럴 것이다. 하지만 뚝 소리도 없이 끊어지지는 않을 것이다. 그리고 너희들의 귀에 그 소리가 들리기 전까지는 에이해브의 밧줄이 목표물을 끌어당기고 있다는 걸 명심해라. 자네들은 징조라는 걸 믿나? 그렇다면 큰 소리로 웃고, 재청이라고 외쳐라! 가라앉았던 것들은 가라앉기 전에 수면에 두 번 떠오르고, 다시 떠올랐다가 영원히 가라앉기 때문이다. 모비 딕도 마찬가지. 이틀 동안 떠올랐으니 내일이 세 번째다. 알겠나? 놈은 다시 떠오를 것이다. 하지만 마지막 물 뿜기가 되겠지! 가슴에 용기가 느껴지는가, 용기가?」

「두려움 없는 불덩이처럼.」 스터브가 외쳤다.

「감정이 없는 기계처럼.」 에이해브가 낮게 중얼거렸다. 그러고는 선원들이 걸어가는 동안에도 그의 중얼거림은 계속됐다. 「징조라는 것! 어제도 나는 저기 스타벅에게 부서진 보트와 관련해서 똑같은 소리를 했지. 아! 내 마음속에 이토록 단단히 들러붙은 것을 다른 사람의 마음에서 몰아내려 하다니, 용감하기도 하구나! 배화교도, 배화교도! 없어져? 없어졌다고? 하기야 그가 먼저 가게 되어 있었지. 그래도 내가 죽기 전에 다시 나타나기로 되었는데. 그건 어찌된 영문일까? 대대로 이어진 재판관의 유령들이 도와주는 법률가라도 당황할 수수께끼야. 매의 부리처럼 내 머리를 쪼아 대는군. 하지만 기어이 풀고야 말겠어!」

어스름이 내려앉았을 때에도 고래는 여전히 바람 불어 가는 쪽에 있었다.

그래서 다시 한 번 돛을 줄이고 모든 것을 전날 밤과 거의 똑같이 처리했는데, 다만 거의 동이 틀 때까지 망치 소리와 숫돌 가는 소리가 이어졌다. 선원들은 등불을 밝힌 채 예비 보트에 완벽하고 세심하게 장비를 갖추고, 내일을 위해 새로 받은 무기를 날카롭게 가느라 분주했다. 그 와중에 목수는 에이해브의 난파된 보트의 부서진 용골로 그의 다리를 새로 만들었으며, 에이해브는 전날 밤처럼 모자를 눌러쓰고 승강구 안에 못 박힌 듯 가만히 서 있었다. 모자에 가려진 그의 눈은 해바라기처럼 빛을 따라 기대에 찬 시선을 뒤로 돌려 아침의 첫 햇살을 맞이하기 위해 동쪽을 향했다.

135
추격 ─ 셋째 날

셋째 날 아침이 화창하고 상쾌하게 밝았다. 이번에도 앞 돛대에서 홀로 밤을 지새운 당직이 내려오자 모든 돛대와 거의 모든 활대마다 낮의 망꾼들이 우르르 올라갔다.

「놈이 보이나?」 에이해브가 소리쳤지만, 고래는 아직 시야에 들어오지 않았다.

「그래도 우리는 틀림없이 놈이 지나간 자리를 따라가고 있어. 어쨌거나 그 항적을 따라가기만 하면 돼. 어이, 키잡이. 지금까지의 항로를 계속 유지해라. 오늘도 날씨는 정말 좋구나. 천사들의 여름 별장으로 새로 만든 세상을 천사들에게 처음 개방하는 아침이라도, 그 세상이라고 해도, 이보다 더 화창하게 날이 밝을 수는 없을 거야. 에이해브에게 생각할 시간이 허락된다면 생각을 해볼 만한 주제지만, 에이해브는 절대 생각을 하지 않아. 오로지 느끼고, 느끼고, 느낄 뿐. 한낱 인간에게는 그것만으로도 충분히 흥분되는 일이지. 생각하는 건 주제넘어. 그런 권리와 특혜를 누리는 건 신뿐이야. 생각은 냉철하고 침착한 행동이며, 그래야 해. 그런데 그러기에는 우리의 못난 가슴이 두근거리고, 우리의 못난 두

뇌는 지나치게 고동치거든. 하지만 가끔은 우리의 뇌가 너무 차분한 것 같아. 얼어붙은 것처럼 차분한 나머지, 내용물이 얼어 버린 유리잔처럼 낡은 두개골이 쩍 갈라져 뇌를 흔들어 댄다고 생각했지. 그런데도 머리카락은 자란단 말이야. 지금 이 순간에도 계속 자라는 걸 보면 열기가 머리카락을 자라게 만드는 모양이야. 아니, 아니지. 이건 그린란드 얼음 틈새나 베수비오 화산의 용암에 이르기까지 어디서나 자라는 흔한 풀 같은 거잖아. 사나운 바람이 머리카락을 휘젓는구나. 찢어진 돛이 흔들리는 배에 매달려 배를 후려치듯 나를 채찍질하는구나. 여기 오기 전에 감옥의 복도와 감방과 병동을 지나며 그곳 공기를 실어 날랐을 텐데도 양털처럼 순결한 척 불어오다니. 썩 꺼져라! 더러운 바람. 내가 바람이었다면 나는 부정하고 비참한 세계로는 더는 불어 가지 않고 동굴 같은 곳으로나 기어 들어가 그곳에서 살금살금 돌아다닐 텐데. 그래도 고결하고 용감하다, 바람아! 지금껏 바람을 정복한 자가 있었던가? 언제나 싸움에서 제일 마지막에 제일 통렬한 공격을 날리는 것은 바람이니, 바람에게 창을 겨누고 달려가 봐야 그냥 통과할 뿐이다. 하! 비겁한 바람은 벌거벗은 사람을 때리면서도 반격은 한 대도 맞지 않는다. 심지어 에이해브라도 그보다는 용감하고 그보다 더 고결하다. 바람에게도 몸뚱이가 있다면 좋겠지만, 인간을 가장 짜증 나고 분노하게 하는 것들은 전부 하나 같이 몸을 갖고 있지 않다. 그러나 물질로서는 몸이 없어도 작인으로서는 실체가 있다. 거기에 가장 특별하고, 가장 교활하며, 아아, 가장 사악한 차이가 있으니! 그러나 다시 말하지만, 아니 아예 맹세하지만, 바람은 더없이 거룩하고 우아한 기운을 지녔다. 적어도 맑은 하늘에서 곧장 불어오는 따뜻한 무역풍은 강하고 꾸준하며 왕성한 온화함을 지녔고, 저열한 해류가 방향을 바꾸고 틀어도, 광대한 미시시피 강이 막판에 어디로 가야 할지 몰라 우왕좌왕해도, 바람은 절대로 방향을 바꾸지 않고 목표를 향해 곧장 불어 간다. 저 영원한 양극에 걸고 말하나니! 바로 이 무역풍이 내 배를 곧게 밀어 가며, 무역풍, 또는 그와 비슷한 어떤 힘, 이처럼 변함없고 강력한 무언가가 내 영혼의 배를 밀어 간다! 바람을 위해 건배! 거기, 망꾼! 뭐가 보이나?」

「아무것도 안 보입니다, 선장님.」

「아무것도 안 보인다고! 정오가 다 됐는데! 스페인 금화가 냉대를 받는구나! 태양을 봐! 그래, 그래, 그게 틀림없어. 내가 놈을 앞지른 건가? 어떻게 추월을 했을까? 그럼 놈이 나를 추격하고 있겠군. 내가 놈을 추격하는 게 아니라. 좋지 않아. 진작 알았어야 했는데. 멍청하게! 놈은 밧줄, 거기에 달린 작살을 끌고 가고 있잖아. 그래, 그래. 간밤에 지나쳐 버린 거야. 배를 돌려! 방향을 돌려라! 지정된 망꾼만 남겨 놓고 전부 내려와! 아딧줄을 잡아라!」

지금까지는 바람이 대체로 피쿼드호의 뒤에서 불었는데, 이렇게 방향을 돌리고 나니 지나오면서 일으킨 흰 거품을 다시 휘저으며 바람을 안고 힘겹게 나아가야 했다.

「이제 바람을 거스르며 벌린 아가리를 향해 나아가는군.」 스타벅은 새로 내린 큰 돛 줄을 난간에 감으며 혼잣말로 중얼거렸다. 「신이여 우리를 지켜 주소서. 하지만 내 몸속의 뼈는 이미 축축해져서 겉이 아닌 안쪽에서 살을 적신다. 그의 명령에 따르는 건 신을 거역하는 게 아닐까!」

「나를 끌어 올릴 준비를 해라!」 에이해브가 삼줄로 만든 바구니를 향해 걸어가며 외쳤다. 「이제 곧 놈을 만나게 될 것이다.」

「예, 예, 선장님.」 스타벅은 즉시 에이해브가 명령한 대로, 그를 다시 한 번 높이 끌어 올렸다.

꼬박 한 시간이 흘렀다. 그 시간은 두드려 편 금박처럼 몇 세대쯤 흘러간 것 같았다. 이제는 시간마저 날카로운 긴장감에 긴 한숨을 내쉬었다. 하지만 마침내, 바람 불어오는 쪽 뱃머리에서 약 3포인트 벗어난 방향으로 나타난 물기둥을 에이해브가 다시 발견했고, 곧이어 세 군데 돛대 꼭대기에서도 혀에 불이라도 붙은 것 같은 세 사람의 목소리가 터져 나왔다.

「세 번째에는 이렇게 정면으로 맞부딪치게 됐구나, 모비 딕! 거기 갑판! 아딧줄을 더 힘껏 당겨라. 바람이 부는 쪽으로 돛을 활짝 펼쳐. 보트를 내리기엔 놈이 너무 멀리 있군, 스타벅. 돛이 흔들린다! 나무망치를 들고 저 키잡이를 감시해라! 그래, 그래. 놈이 빨리 달리는군. 아무래도 보트를 내려야겠다. 하지만 한 번만 더 이 높은 곳에서 바다를 바라보자. 그 정도의 시간은 있어. 너무나 해묵은 풍경이지만, 그러면서도 한없이 젊구나. 그래, 어려서 낸터컷의 모래 언덕에 올라 처음 봤을 때와 조금도 달라지지 않았어! 똑같아! 똑같아! 노아가 본 바다와 내가 보는 바다가 똑같아. 바람 불어가는 쪽에는 소나기가 살짝 내리는군. 바람 불어 가는 쪽은 얼마나 사랑스러운가! 어디론가, 흔한 땅 말고 야자수보다 더 야자수 같은 곳으로 이어지는 게 분명해. 바람 불어 가는 쪽! 흰 고래는 그곳으로 가고 있다. 그러면 바람 불어오는 쪽을 보자. 더 험할지는 몰라도 더 좋은 쪽이지. 하지만 안

녕. 정든 이 돛대 꼭대기와도 작별이군! 이게 뭐지? 이 녹색
은? 아니, 이렇게 뒤틀린 틈새에서 조그만 이끼가 자라다니.
에이해브의 머리엔 비바람이 남긴 이런 녹색 얼룩 같은 건
없지! 인간의 세월과 물질의 세월에는 이런 차이가 있구나.
하지만 정든 돛대여, 우리 둘은 함께 나이 들어 간다. 그래도
우리의 선체는 둘 다 튼튼하지 않은가, 나의 배여? 그저 다
리가 하나 없을 뿐. 단언컨대, 이 죽은 나무가 모든 면에서
살아 있는 내 살보다 낫다. 나는 비교도 할 수 없어. 어떤 배
들은 죽은 나무로 만들었어도 생명력 넘치는 아버지의 가장
생명력 넘치는 정기를 받아 만들어진 인간보다 더 오래가지.
그가 뭐라고 했더라? 나의 수로 안내자가 되어 내 앞길을 인
도할 거라고. 그래도 다시 볼 수 있을 거라고? 하지만 어디
서? 저 끝없는 계단을 내려가면 바다 밑바닥에서 그 눈을 볼
수 있을까? 그가 어디에 가라앉았는지는 몰라도, 나는 밤새
그곳에서 멀리 떠나왔다. 그래, 그래. 다른 많은 자들처럼 너
는 네 자신에 대해 끔찍한 진실을 이야기했지, 오 배화교도
여. 하지만 에이해브에 대해 한 그대의 말은 과녁을 빗나갔
다. 잘 있어라, 돛대 꼭대기여. 내가 내려가더라도 고래를 잘
감시해 다오. 내일, 아니 오늘 밤, 흰 고래의 머리와 꼬리가
저 아래 꽁꽁 묶여 누웠을 때 다시 이야기하자.」

그는 이렇게 약속하고는 여전히 주변을 살피면서, 양쪽으
로 갈라진 푸른 공기를 차근차근 젖히며 갑판으로 내려왔다.

이윽고 보트를 내렸지만, 에이해브는 고물에 서서 막 바다
로 내려가려다 말고 갑판에서 도르래 밧줄을 잡고 있던 항
해사에게 손을 흔들어 잠시 멈추게 했다.

「스타벅!」

「예, 선장님.」

「내 영혼의 배가 세 번째로 항해를 시작하네, 스타벅.」

「네, 선장님. 그걸 바라시잖아요.」

「어떤 배들은 항구를 떠나 영영 사라진다네, 스타벅!」

「맞습니다, 선장님. 너무나 안타까운 사실이죠.」

「어떤 자는 썰물에 죽고, 어떤 자는 얕은 물에서 죽고, 어떤 자는 만조에 죽지. 그리고 나는 지금 가장 높은 물마루로 일어선 파도 같은 심정일세, 스타벅. 나는 늙었어. 자, 악수를 하세.」

그들은 손을 맞잡고 서로의 눈을 응시했다. 스타벅의 눈물은 두 사람의 시선을 붙여 놓는 아교였다.

「오, 선장님, 나의 선장님! 고결한 자여, 가지 마세요. 가지 마십시오! 용감한 사나이가 이렇게 울지 않습니까. 이렇게 설득하는 심정이 얼마나 괴로운지 모르시겠습니까!」

「보트를 내려라!」 에이해브는 항해사의 팔을 뿌리치며 소리쳤다. 「모두, 준비하라!」

보트는 어느새 고물 바로 아래쪽으로 돌아갔다.

「상어다! 상어다!」 고물 밑 선장실 창문에서 누군가 외쳤다. 「선장님, 오, 선장님, 돌아오세요!」

하지만 에이해브는 아무 소리도 듣지 못했다. 그때는 그의 목소리가 쩌렁쩌렁 울리고, 보트가 돌진하고 있었기 때문이었다.

하지만 그 목소리가 외친 것은 진실이었다. 보트가 본선에서 멀어지자마자 득실거리는 상어 떼가 선체 밑 어두운 물속에서 솟구쳐 오른 것처럼 나타나 노가 물에 잠길 때마다 그 끝을 심술궂게 물어 댔고, 그런 식으로 계속 물어뜯으며 보

440

트를 따라왔다. 상어가 우글대는 해역에서는 포경 보트에 드물지 않게 일어나는 일이었다. 상어들은 동양에서 행진하는 군대의 깃발 위를 맴도는 독수리처럼 미래를 내다보고 보트를 따라오는 것 같기도 했다. 하지만 흰 고래를 발견한 후로 피쿼드호에서 상어를 본 건 이번이 처음이었다. 에이해브의 보트에 탄 선원들이 전부 호랑이처럼 누런 피부를 가진 야만인이어서 그들의 살이 더 짙은 사향 냄새로(그 냄새가 상어들에게 영향을 미친다는 건 잘 알려진 사실이니까) 상어들의 감각을 자극했기 때문인지 몰라도, 아무튼 상어들은 다른 보트들은 내버려 둔 채 에이해브의 보트만 따라가는 것처럼 보였다.

「강철로 만든 심장이로군!」 스타벅은 뱃전 너머로 멀어져 가는 보트를 바라보며 중얼거렸다. 「저런 광경을 보면서도 대담하게 소리를 지를 수 있단 말인가? 게걸스러운 상어들 틈바구니에 그대의 용골을 내리고, 저놈들이 아가리를 벌리고 쫓아오는데도 추격을 한단 말인가? 게다가 이 중요한 셋째 날에? 왜냐하면 격렬한 추격이 연이어 사흘째 계속될 때, 첫 번째는 아침이고 두 번째는 한낮이고, 세 번째는 저녁인 동시에 뭐가 됐든 결말을 지어야 하니까. 오, 하느님. 제 몸을 꿰뚫고 지나며 저를 이토록 침착하며 동시에 기대에 차게 만드는, 전율의 정점에 못 박히게 만드는 이것은 뭐란 말입니까? 미래의 일들은 텅 빈 윤곽과 골격만으로 앞에서 헤엄치고, 과거는 어찌된 일인지 전부 희미해지는구나. 메리, 내 아내! 당신은 내 뒤에서 창백한 후광으로 희미해지고, 내 아들! 신비롭도록 점점 파랗게 변하는 네 눈만 보이는 것 같구나. 인생의 묘한 문제들이 선명해지는 것 같다. 하지만 그 사

441

이를 구름이 휩쓸고 지난다. 내 여행의 끝이 다가오는 걸까? 하루 종일 걸어 다닌 사람마냥 다리에 힘이 빠진다. 가슴에 손을 대어 보라. 심장이 아직 뛰고 있나? 정신 차려라, 스타벅! 이겨 내야 해. 움직여, 움직이라고! 큰 소리로 말해 봐! 거기, 돛대 꼭대기! 언덕에서 손을 흔드는 내 아들이 보이나? 미쳤군. 거기 망꾼! 보트에서 눈을 떼지 마라. 고래를 잘 감시해! 아니, 또! 매를 쫓아 버려! 저런, 풍향기를 쪼아서 찢어 버리고 있잖아!」 스타벅은 돛대 꼭대기에서 펄럭이는 빨간 깃발을 가리켰다. 「허허! 그걸 물고 날아가는군! 노인네는 지금 어디 있지? 저 광경이 보이나요, 에이해브! 몸이 떨린다, 몸이 떨려!」

보트들이 그리 멀리 가지 않았을 때 돛대 꼭대기에서 신호를 보냈다. 팔을 아래로 내린 신호를 보고 에이해브는 고래가 잠수했다는 걸 알았다. 하지만 다시 떠올랐을 때 근처에 있을 요량으로 그는 본선에서 약간 옆으로 진로를 잡았고, 파도가 정면에서 뱃머리를 연신 두들겨 대는데도 선원들은 마법에라도 걸린 것처럼 깊은 침묵을 지켰다.

「그래, 파도야, 두드려라, 못을 박아라! 네놈들의 대가리까지 깊이 때려 박아라! 하지만 뚜껑이 없는 것을 박고 있구나. 관도, 그 관을 놓을 대도 내 것이 될 수 없다. 오직 삼밧줄만이 나를 죽일 수 있으니까! 하, 하!」

보트 주변의 파도가 갑자기 커다란 원을 그리며 천천히 부풀어 오르는가 싶더니, 물속에 잠긴 빙산에서 옆으로 미끄러지는 것처럼 순식간에 일어나 수면으로 솟구쳤다. 낮게 우르릉거리는 소리가 들렸다. 땅이 웅웅대는 것 같았다. 그 순간 모두가 숨을 멈췄다. 늘어진 밧줄과 작살과 창을 매단 커

442

다란 형체가 바다에서 세로로 비스듬히 솟아올랐다. 옅은 물보라의 베일을 뒤집어쓴 그 형체는 무지개가 걸린 허공에 잠시 떠 있다가 다시 깊은 바닷속으로 가라앉았다. 9미터까지 밀려 올라갔던 바닷물은 순간적으로 분수처럼 반짝이더니 눈송이처럼 부서져 쏟아졌고, 고래의 대리석 같은 몸뚱이 주변으로는 갓 짠 우유 같은 물거품이 둥글게 소용돌이쳤다.

「힘껏 저어라!」 에이해브가 노잡이들에게 소리치자 보트들이 공격을 위해 앞으로 돌진했다. 하지만 어제 새로 찔려 몸속에서 녹슬어 가는 작살들 때문에 괴로운 모비 딕은 하늘에서 떨어진 타락한 천사들에게 사로잡힌 것 같았다. 넓고 흰 이마를 뒤덮은 널찍한 층의 억센 힘줄이 투명한 피부 밑에서 촘촘히 이어진 것처럼 보였다. 머리를 쳐든 고래는 꼬리로 보트들 사이의 물을 휘저으며 다가와 다시 한 번 도리깨질 하듯 보트들을 떨어뜨려 놓았다. 두 항해사의 보트에서 작살과 창이 쏟아지자 그 두 척의 뱃머리 위쪽으로 돌진했지만, 에이해브의 보트는 거의 아무런 상처도 입지 않았다.

다구와 퀴퀘그가 부서진 판자를 막는 동안 고래는 저만치 멀어졌다가 방향을 틀어서 한쪽 옆구리를 완전히 내보이며 보트를 향해 다시 돌진했는데, 그때 날카로운 외침이 터져 나왔다. 고래 등에 단단히 감겨, 밤새도록 고래가 몸을 뒤틀 때마다 점점 얽혀 든 밧줄에 반쯤 찢겨져 나간 배화교도의 몸이 묶여 있었다. 검은담비 가죽으로 만든 그의 옷은 누더기가 되었고, 팽창한 동공이 에이해브를 똑바로 향했다.

그의 손에서 작살이 떨어졌다.

「바보 같이 속았구나! 속았어!」 그러고는 가늘고 긴 숨을 들이마셨다. 「그렇구나, 배화교도! 이렇게 너를 다시 보는구

나. 그래, 네가 나보다 앞서 가는구나. 그러면 이게, 이것이 네가 약속한 관 받침대인 것이냐. 하지만 네가 한 약속의 마지막 말까지 지켜야지. 두 번째 관 받침대는 어디 있나? 항해사들은 본선으로 돌아가라. 그 보트들은 이제 쓸모가 없다. 늦지 않게 마무리할 수 있다면 보트를 수리해서 다시 돌아오고, 그럴 수 없을 땐 죽는 건 에이해브만으로 충분하다. 모두 앉아라! 내가 서 있는 이 보트에서 제일 먼저 뛰어내리는 자가 있다면, 그자에게 작살을 던지겠다. 너희들은 별개의 존재가 아니라 내 팔이며 내 다리다. 그러니 내 말에 복종하라. 고래는 어디에 있나? 또 물속으로 내려간 거냐?」

하지만 그는 너무 가까운 곳만을 살폈다. 모비 딕은 시체를 매달고 달아나기로 작정한 것처럼, 그리고 마지막으로 마주친 그 장소가 바람 불어 가는 쪽으로 향하는 여정에서 잠시 멈춘 정거장이었던 것처럼, 또다시 계속 앞으로 헤엄쳤고, 지금까지 반대 방향에서 놈을 향해 되돌아오다가 지금은 전진을 멈춘 본선을 거의 스치듯 지나갔다. 모비 딕은 전속력으로 헤엄치는 것처럼 보였고, 바다에 곧게 난 제 길을 따라가겠다는 일념뿐인 듯했다.

「오오, 에이해브!」 스타벅이 소리쳤다. 「지금도 늦지 않았어요. 셋째 날이기는 하지만 아직도 단념할 수 있어요! 보세요! 모비 딕은 선장님을 노리는 게 아니에요. 미친 듯이 놈을 노린 건 선장님, 당신이라고요!」

홀로 남은 보트는 거세지는 바람에 돛을 달고, 노와 돛의 힘을 모두 빌려 바람 불어 가는 쪽을 향해 빠르게 나아갔다. 그리고 마침내 에이해브가 난간 밖으로 몸을 기울인 스타벅의 얼굴을 분명히 알아볼 수 있을 만큼 본선 옆을 가까이 지나갔을 때, 그는 뱃머리를 돌려서 너무 빠르지 않게 적당한 간격을 두고 자신을 따라오라고 스타벅에게 소리쳤다. 위를 올려다보던 그의 눈에 돛대 세 개의 꼭대기로 열심히 올라가는 타슈테고와 퀴퀘그, 다구가 보였다. 한편 노잡이들은 지금 막 뱃전으로 끌어 올린 구멍 난 보트 안에서 몸을 좌우로 흔들어 대며 수리를 하느라 여념이 없었다. 빠르게 지나가면서도 하나씩 스쳐 가는 현창을 통해 스터브와 플래스크가 새 작살과 창을 쌓아 놓고 분주히 작업하는 모습을 얼핏 확인했다. 이런 것들을 보고 부서진 보트를 내리치는 망치 소리를 들을 때, 그의 가슴에는 전혀 다른 망치가 못을 박는 것만 같았다. 그래도 기운을 차렸다. 그리고 그제야 돛대 꼭대기에서 풍향기 역할을 하는 깃발이 사라진 것을 알아차리고는, 그 망대에 막 올라간 타슈테고에게 다시 내려와서 새 깃발과 망치와 못을 가져다가 그걸 돛대에 박으라고 소리쳤다.

사흘간 이어진 추격에 녹초가 된 데다 몸을 동여맨 밧줄이 헤엄을 치는 데 방해가 됐기 때문인지, 아니면 잠재된 기만적이고 사악한 본성 때문이었는지, 비록 이번에는 고래가 먼저 출발한 거리가 전만큼 길지 않았다고는 하지만, 다시 한 번 급속하게 고래에 접근하던 배에서 보기에 흰 고래의 기세가 약해지기 시작한 것 같았다. 에이해브가 파도 위를 미끄러지듯 달릴 때 냉혹한 상어 떼도 그 길에 동행했다. 어찌나 집요하게 보트에 매달리고, 어찌나 끊임없이 분주한 노를 물어 댔는지 노 끝이 톱날처럼 들쭉날쭉 갈라져 노를 바다에 담글 때마다 작은 나뭇조각이 수면에 흩어질 지경이었다.

「상어들은 신경 쓰지 마라! 놈들의 이빨은 새로운 노받이일 뿐이다. 계속 저어라! 힘없는 물보다는 상어의 아가리가 노를 받치는 데는 더 낫다.」

「하지만 상어가 물어뜯을 때마다 얇은 노 끝이 계속해서 점점 줄어듭니다!」

「그래도 충분히 버틸 수 있다! 계속 저어라! 하지만 알 수 없는 일이지.」 그는 중얼거렸다. 「이 상어 떼가 고래로 만찬을 벌이려고 따라오는 건지, 아니면 에이해브를 먹으려는 건지 말이야. 어쨌거나 저어라! 그래, 모두 기운 차려. 놈이 멀지 않다. 키! 키를 잡아라. 내가 그쪽으로 가겠다.」 그렇게 말하자, 노잡이 두 명이 여전히 날듯이 달려가는 보트의 뱃머리 쪽으로 갈 수 있도록 그를 부축했다.

그러다 보트가 한쪽으로 기울어지면서 흰 고래의 옆구리와 나란히 달리기 시작했는데, 보트가 다가오는 걸 알아차리지 못하는 것 같은 눈치가 묘하기는 했지만 고래들은 가끔 그럴 때가 있다. 에이해브는 고래의 물기둥에서 피어나 높다란 모내드녹 산[148] 같은 혹 주변에서 소용돌이치는 자욱한 안개에 완전히 파묻혔다. 그 정도로 고래에게 가까이 갔을 때, 그는 등을 둥글게 젖히고 팔을 높이 들어 자세를 취하고는 가증스러운 고래를 향해 잔인한 작살과 그보다 훨씬 더 잔인한 저주를 던졌다. 작살과 저주가 늪에 빨려 들어가듯 눈구멍에 꽂히자 모비 딕은 몸을 옆으로 비틀며 발작적으로 뒹굴다가 옆구리로 뱃머리를 들이받았다. 보트에 구멍은 나지 않았지만 너무 갑작스레 기울어지는 바람에, 그때 마침 뱃전에서도 높이 솟은 부분에 매달려 있지 않았더라면 에이해브는 또다시 바다에 내동댕이쳐질 뻔했다. 아닌 게 아니라, 작살을 던지는 정확한 순간을 미리 알지 못했기 때문에

148 뉴햄프셔 남쪽 채셔 카운티에 있는 산.

그로 인한 파장에도 대비하지 못한 노잡이 세 명이 보트 밖으로 내던져졌다. 하지만 그렇게 떨어지면서 그중 두 사람은 순간적으로 뱃전을 움켜쥐었고, 크게 일어난 파도를 타고 뱃전 높이로 올라왔을 때 다시 보트 안으로 몸을 날렸다. 나머지 한 사람은 속수무책으로 고물 쪽에 떨어졌지만 그래도 가라앉지 않고 헤엄을 쳤다.

거의 동시에 흰 고래는 폭발적일 만큼 갑작스럽게 강력한 의지를 발동한 듯이 넘실거리는 바다를 질주했다. 에이해브가 조타수에게 작살에 연결된 밧줄을 다시 감아서 잡으라고 소리치고, 선원들에게는 앉아 있는 방향을 바꿔서 목표물을 향해 노를 저으라고 명령한 바로 그 순간, 망할 놈의 밧줄이 이중으로 당기는 힘을 견디지 못하고 허공에서 뚝, 끊어지고 말았다!

「내 안에서 뭔가 부러진 건가? 어딘가 힘줄이 끊어졌구나! 다시 멀쩡해졌다. 노를 저어라, 노를 저어! 놈을 향해 돌진하라!」

바다를 가르며 맹렬하게 달려드는 보트 소리에 고래가 몸을 휙 돌려 길을 막으려는 듯이 백지 같은 이마를 들이밀었다. 하지만 그렇게 돌아서다가 가까이 다가오는 본선의 검은 선체를 보고는, 그게 자신을 끈질기게 괴롭히는 원천이라고 느낀 모양이었다. 아무래도 그게 더 크고 더 당당한 적수라고 생각했는지, 놈은 느닷없이 아가리를 힘껏 악물어 거센 소나기 같은 물거품을 일으키며 다가오는 본선의 뱃머리를 향해 돌진했다.

에이해브는 비틀거리며 손으로 이마를 때렸다. 「앞이 안 보이는군. 누구 없나! 내게 손을 뻗어서 앞으로 갈 수 있도록 도와 다오. 벌써 밤인가?」

「고래가! 본선을!」 겁에 질린 노잡이들이 소리쳤다.

「노를 저어라! 노를 저어! 오, 바다여, 저 밑바닥까지 기울어져라. 너무 늦기 전에 에이해브가 이번 한 번만, 마지막으로, 목표물까지 미끄러져 갈 수 있도록. 보인다. 본선! 본선이! 모두 힘을 내어 돌진하라! 배를 구해야 한다!」

하지만 쇠메로 내리치는 것 같은 파도를 뚫고 노잡이들이 맹렬하게 달렸건만, 조금 전에 고래에 부딪힌 뱃머리 쪽 판자 두 개가 부서지면서 일순간에 일시적으로 무력해진 보트는 파도와 거의 같은 높이로 내려앉았고, 선원들은 반쯤 물에 잠긴 채 철벅거리며 열심히 물이 새는 곳을 틀어막고 쏟아져 들어오는 물을 퍼냈다.

그 모습을 지켜보던 타슈테고는 순간적으로 돛대 꼭대기에 깃발을 박으려고 망치를 쳐들었던 손을 멈추었고, 격자무늬 어깨걸이처럼 몸을 반쯤 감싼 붉은 깃발은 마치 그의 심장에서 나오는 핏줄기처럼 아래로 곧게 흘러내렸다. 한편 아래쪽 제1기움돛대에 있던 스타벅과 스터브도 타슈테고와 거의 동시에 배를 향해 돌진하는 괴물을 봤다.

「고래, 고래다! 키를 위로, 키를 위로! 오, 하늘의 자애로운 힘들이여, 저를 힘껏 안아 주소서! 기어이 죽어야 한다면 스타벅이 여자처럼 연약하게 졸도한 채 죽지 않게 하소서. 키를 위로 올리라니까, 이 바보들아. 아가리, 저 아가리! 절절한 가슴으로 올린 모든 기도의 결과가 이것이란 말인가? 평생을 그렇게 충실하게 살아왔건만? 오오, 에이해브, 에이해브. 당신이 한 짓을 보시오. 키를 단단히 잡아라! 키잡이, 항로를 유지해. 아니, 아니다! 키를 다시 위로 올려라! 놈이 우

448

리를 노리고 몸을 돌린다! 오오, 무엇으로도 진정시킬 수 없는 놈의 이마가 우리를 향해 달려오는데, 우리는 놈에게 순순히 달아날 수 없다고 말해 주어야 한다. 신이시여, 저를 지켜 주소서!」

「누구든 스터브를 도울 자는 내 옆이 아니라 내 밑에 서라. 스터브는 여기서 꼼짝도 하지 않을 테니까. 고래가 이빨을 드러내고 웃으니 나도 웃어 주마! 눈 한 번 깜빡이지 않는, 스터브의 그 눈 말고 지금껏 누가 스터브를 도왔으며 누가 스터브를 깨어 있게 했는가? 그리고 이제 스터브는 한없이 푹신한 침대에 누워 자려 한다. 잔솔가지라도 채워 넣을 것이지! 이를 드러내고 웃는 고래야, 나도 웃어 주마! 보아라, 해야, 달아, 별들아! 영혼을 저당 잡힌 어떤 놈만큼이나 너희도 살인자이거늘. 그래도 너희가 잔을 건네준다면 함께 건배하겠다! 오, 오, 오, 오오! 이빨을 드러내고 웃는 고래야, 이제 곧 많은 것을 삼키게 될 테지! 오, 에이해브, 왜 도망치지 않는 거요! 나라면 신발과 옷을 벗어부칠 텐데. 스터브는 속옷 차림으로 죽게 해주오! 그래 봐야 곰팡내 진동하고 소금에 잔뜩 절여진 죽음이겠지만. 버찌, 버찌, 버찌! 오, 플래스크, 죽기 전에 빨간 버찌를 한 알만 먹고 죽었으면!」

「버찌라고요? 나는 그것들이 자라는 곳에 가고 싶을 뿐입니다. 오, 스터브, 불쌍한 우리 어머니가 이런 일이 있기 전에 내 급료를 일부라도 미리 받아 두었으면 좋았을 텐데. 안 그랬으면 어머니한테 동전 한 푼 돌아가지 않을 거예요. 이것으로 항해는 끝났으니까.」

거의 모든 선원이 손을 놓은 채 뱃머리에 모였다. 저마다 다양한 일들을 하다 달려왔기 때문에, 저마다 아무 생각 없이 망치와 판자 조각, 창, 작살을 손에 들었고, 홀린 것 같은 눈은 모두 고래를 향했다. 고래는 숙명적인 머리를 묘하게 좌우로 흔들어 넓게 번지는 반원형의 물거품을 일으키며 앞으로 돌진했다. 놈의 온몸에는 보복, 즉각적인 복수, 영원한 악의가 가득했고, 한낱 인간들이 할 수 있는 모든 수단을 강구했건만, 희고 견고한 버팀벽 같은 이마가 우현 뱃머리를 들이받자 선원들은 물론이고 늑재까지 휘청거렸다. 몇몇 선원은 앞으로 고꾸라졌다. 작살잡이들의 머리가 어긋난 돛대 목관처럼 황소 같은 목 위에서 흔들렸다. 파열된 곳에서 골짜기를 흐르는 급류처럼 바닷물이 쏟아져 들어오는 소리가 요란했다.

「배! 관 받침대! 두 번째 관 받침대!」에이해브가 보트에서 외쳤다.「두 번째 관은 미국에서 자란 나무일 거라고 했지!」

가라앉는 배 밑으로 들어간 고래는 배의 용골을 따라 몸을 흔들며 달리더니, 물 밑에서 방향을 돌려 순식간에 수면으로 다시 솟구치고는 잠깐 동안 움직이지 않고 가만히 있었다. 고래가 솟아오른 지점은 뱃머리에서는 한참 떨어진 곳이었지만, 에이해브의 보트와는 불과 몇 미터 거리였다.

「나는 태양에 등을 돌린다. 어찌된 일인가, 타슈테고! 망치 소리를 들려 다오. 오, 불굴의 세 첨탑이여. 부러지지 않는 용골이여. 오직 신만이 빼앗을 수 있는 선체여. 굳건한 갑판과 당당한 키, 북극성을 가리키는 뱃머리, 죽음의 순간에도 거룩한 배여! 나를 두고 비명에 가야 하는가? 못난 난파선의 선장에게 허락되는 마지막 자긍심마저 나는 가질 수 없단 말인가? 오, 고독한 삶의 고독한 죽음! 오, 이 순간 나는 인생 최고의 슬픔 속에 내 인생 최고의 위대함이 들어 있음을 느낀다. 허허! 지나간 내 삶에 내내 몰아치던 세찬 물결이여, 가장 먼 곳에서 달려와 나의 죽음이라는 커다란 파도를 뛰어넘어라. 모든 것을 파괴할 뿐 정복하지 않는 고래여, 나는 너를 향해 돌진하고 끝까지 너와 맞붙어 싸우리라. 지옥 한복판에서라도 너를 향해 작살을 던지고, 가늠 수 없는 증오를 담아 내 마지막 숨을 너에게 뱉어 주마. 모든 관과 관받침대를 한 웅덩이에 가라앉혀라! 어느 것도 내 것일 수 없으니. 빌어먹을 고래여, 내 갈가리 찢길지언정 네 몸에 묶여서라도 너를 추격하리라! 그러니, 창을 받아라!」

작살이 날아갔다. 작살에 찔린 고래는 앞으로 내달렸고, 밧줄은 불이 붙은 것처럼 빠르게 풀려 나가다 엉켜 버렸다. 에이해브가 몸을 구부려 엉킨 밧줄을 풀었지만, 고리 진 밧줄이 날아가면서 그의 목을 휘감았고, 벙어리 터키인이 표적을 교살할 때처럼 아무 소리도 없이 선원들이 알아차리기도 전에 보트에서 튕겨 나갔다. 이어서 밧줄 끝에 달린 묵직한 삭안이 텅텅 빈 밧줄 통에서 엄청난 기세로 빠져나오면서 노잡이 한 사람을 때려눕힌 뒤 수면을 내리치고는 깊은 바닷속으로 사라졌다.

보트의 선원들은 어리둥절해서 일순 목석처럼 서 있다가 뒤를 돌아봤다. 「배가? 오, 하느님. 배가 어디로 갔지?」 얼마 지나지 않아 흐릿하고 몽롱한 물안개 사이로 덧없는 신기루처럼 비스듬히 사라지는 배의 환영이 보였다. 물 밖으로 나와 있는 건 가장 높은 돛대뿐이었다. 한때 높이 솟았던 망대에 대한 애정 때문인지, 충정 또는 숙명 때문인지, 이교도 작살잡이들은 배가 가라앉는데도 여전히 망루를 지키고 있었다. 그리고 동심원을 그리는 바다는 홀로 떠 있는 보트를 선원들과 물에 뜬 노, 그리고 창의 자루까지 모두 낚아채, 생물과 무생물을 가리지 않고 하나의 소용돌이에 휘감아 빙글빙글 돌리며 피쿼드호의 가장 작은 조각까지 남김없이 집어삼켰다.

하지만 마지막으로 덮친 파도가 주 돛대 꼭대기에 있던 인디언의 머리 위로 쏟아지자 이제 보이는 건 똑바로 선 활대의 끄트머리와 몇 미터가 넘도록 길게 흐느적거리는 깃발뿐이었는데, 깃발은 거의 닿을 듯한 파괴적인 파도 위에서 통렬한 우연처럼 그 너울을 따라 조용히 굽이쳤다. 그리고 그 순간, 붉은 팔과 뒤로 쳐든 망치가 허공으로 솟아올랐는데, 물에 잠기는 활대에 깃발을 단단히, 아주 단단히 못질하려는 동작이었다. 별들 사이의 둥지에서 내려와 조롱하듯 돛머리를 따라왔던 물수리 한 마리가 깃발을 쪼며 타슈테고를 방해하다가 펄럭이는 그 넓은 날개가 우연히 망치와 활대 사이에 끼었고, 그 순간 공기의 떨림을 느낀 물속의 야만인은 활대에 망치를 내리친 동작 그대로 마지막 숨을 삼켰다. 천상의 새는 대천사처럼 비명을 지르며 장엄한 부리를 위로 쳐들었지만, 사로잡힌 몸뚱이는 에이해브의 깃발에 싸인 채 그의 배와 함께 가라앉았다. 그 배는 악마처럼 천상의 생명 한 조각을 끌어다 투구처럼 쓰고서야 지옥으로 가라앉으려는 모양이었다.

이제 작은 바닷새들이 아직도 입을 다물지 않은 심연 위에서 울부짖으며 날아다녔고, 침울한 흰 파도가 소용돌이의 가파른 측면에 와서 부딪혔다. 이윽고 모든 것이 무너졌으며, 바다라는 광대한 수의는 5천 년 전에 그런 것처럼 쉬지 않고 굽이쳤다.

에필로그

저만 가까스로 살아남아서 이렇게 말씀드리러 왔습니다.

「욥기」

연극은 끝났다. 그런데 누군가 이렇게 무대에 등장한 이유는 무엇인가? 난파의 현장에서 한 사람이 살아남았기 때문이다.

우연찮게도 배화교도가 사라진 후, 운명의 여신들에 의해 에이해브의 빈 노잡이 자리를 차지한 건 바로 나였다. 마지막 날 흔들리는 보트에서 노잡이 세 명이 튕겨 나갔을 때 고물 쪽에 떨어진 사람도 나였다. 그래서 나는 이후에 벌어진 난파의 현장 가장자리를 떠돌며 모든 참사를 목격했다. 그런데 본선이 침몰하며 일으킨 소용돌이가 어느 정도 힘이 빠지긴 했지만 내가 있는 곳까지 파장이 미쳐, 결국 소멸해 가는 소용돌이 쪽으로 서서히 끌려가는 신세가 되었다. 내가 그곳에 닿았을 땐 거품이 가득한 웅덩이 수준으로 잠잠해진 상태였다. 나는 느릿느릿 회전하는 동그라미 한복판에 단추처럼 박혀 부글거리는 검은 거품을 향해 익시온 왕[149]처럼 빙

453

글빙글 돌며 끌려 들어갔는데, 그 기운의 축에 이르렀을 때 검은 거품이 위로 솟구쳤다. 그러면서 교묘한 탄력으로 배에서 떨어져 나온 관 같은 구명부표가 엄청난 부력 덕분에 힘차게 솟구쳐 공중으로 날아올랐다가 떨어져서 내 옆으로 떠내려왔다. 나는 그 관을 붙들고 꼬박 하루 낮과 밤을 나직한 만가 같은 망망대해를 떠돌았다. 상어 떼는 입에 자물통이라도 채운 것처럼 나를 공격하지 않고 옆을 스쳐 갔다. 사나운 물수리들도 부리에 덮개를 씌운 듯이 그냥 날아갔다. 그리고 이튿날에야 마침내 배 한 척이 다가와 나를 건져 주었다. 그 배는 항로를 벗어나 돌아다니던 레이철호였는데, 잃어버린 아이들을 찾기 위해 왔던 길을 더듬어 올라가다가 엉뚱한 고아를 발견한 셈이었다.

149 헤라를 범하려다 제우스의 노여움을 산 익시온은 영원히 도는 불의 수레바퀴에 묶이는 벌을 받는다.

부조리한 사회를 전복하는
거대한 문학의 힘

〈자칭 소설이라는데, 말할 수 없이 독특하고 대단히 과장이 심하다. 몇몇 부분은 매력적이고 묘사가 생생하다.〉『모비 딕』이 처음 발표됐을 때, 런던에서 발행되는 『리터러리 가제트』라는 문학 전문지에 실린 비평의 한 구절이다. 헤브라이어부터 에로망고어에 이르는 어원과 〈성속을 가리지 않고 닥치는 대로 수집한〉인용들로 시작해서 극적인 서사와 박물학적인 정보, 그리고 내면의 성찰을 아우르는 이 책은 정확한 장르에 의문을 제기해야 할 정도로 낯설고 파격적이었으며, 그런 만큼 평가도 극명하게 갈렸다. (참고로, 영국에서 〈고래〉라는 제목으로 먼저 출판됐을 때는 〈에필로그〉가 없었고 〈어원〉과 〈발췌〉도 부록으로 덧붙였던 것을 미국판에서 보완하고 위치를 앞으로 옮겼다.)

광범위하면서도 세밀한 지식의 토대 위에 경험에 의거한 사실적 묘사를 더하고 대양만큼이나 드넓은 상상력을 덧씌운 『모비 딕』의 자유로운 느낌과 탁월한 성찰에 찬사를 보내는 의견이 있었던 반면, 허구와 사실이 마구잡이로 뒤섞였다며 심지어 돈이 아깝다는 혹평을 쏟아 낸 독자도 없지 않았다. 이렇게 엇갈린 평가 속에 비록 당대의 대중에게는 끝내 외면을 당했어도 멜빌의 텍스트가 〈독보적〉이라는 사실만큼은 아무도 부인하지 않았다. 세월이 한참 흘러서야 비로소 작품의 진가가 〈재발견〉된 이후, 암시적이고 다층적인 상징성에 대한 연구와 새로운 해석이 꾸준히 이어지면서 『모비 딕』은 19세기 미국 문학을 대표하는 고전으로 굳게 자리매김했다.

거짓에 맞서 진실을 설파하라!

멜빌이 『모비 딕』을 집필한 19세기 중반의 미국에는 영토의 확장과 물질의 풍요가 가져다준 낙관론적 세계관이 팽배했다. 인간의 존엄과 평등을 강조하며 자유 민주주의 이념을 내세우던 독립 정신이 퇴색하고, 이른바 〈명백한 운명〉이라는 미명하에 서부 개척을 신이 내린 소명으로 포장하며 팽창주의에 몰두하던 시기였다. 그런가 하면 10여 년 후에 남북 전쟁으로 터지고 마는 정치적 갈등이 물밑으로 곪아 들어가기 시작한 때이기도 했는데, 그 단초가 된 것이 바로 1850년에 실행된 〈도망 노예 송환법〉이었다.

1820년에 미주리가 열두 번째 노예주가 되자 뉴햄프셔를 따로 떼어 열두 번째 자유 주로 선언할 정도로 첨예하게 대립하며 신경전을 벌이던 남부와 북부의 세력들은 캘리포니아가 자유 주를 선언한 1850년에 뉴멕시코와 유타를 준주로 남겨 놓는다는 골자의 〈1850년 타협〉을 체결하는 한편, 남부의 노예가 다른 주나 준주로 도망했을 경우 원래의 주로 송환시킨다는 도망 노예 송환법을 제정했다.

앞서 말했듯이 물질적인 풍요가 낳은 낙관적인 사회 분위기 속에서 통과된 이 미봉책은 그러나, 노예제 문제를 개별적인 주의 결정으로 넘기면서 국가적 분열의 가능성을 내포한 갈등의 표면을 잠시 가리는 데 그쳤을 뿐, 명백하게 부당한 내용과 가혹한 법 적용은 오히려 극심한 반감을 불러일으켰으며, 지역 간 적대감을 더욱 부채질하는 결과를 낳았다.

여기서 주목할 흥미로운 사실 한 가지는, 1851년에 노예의 도주를 도와서는 안 되고 도망한 노예를 원래의 주인에게 돌려보내야 한다고 규정한 도망 노예 송환법을 합헌이라고 판결한 매사추세츠의 대법원장 레뮤엘 쇼가 바로 멜빌의 장인이었다는 점이다. 그런가 하면 1865년에 결국 노예제를 폐지하게 되는 수정 헌법의 하원 표결을 앞두고 링컨이 노예제 문제를 고래잡이에 비유했다는 사실에도 관심을 가져 볼 만하다. 링컨은 하원에서 이렇게 말했다. 〈우리는 오랫동안 고래를 추격한 고래잡이 어부와 같다. 마침내 커다란 고래에게 작살을 꽂았지만 이를 어떻게 끌고 갈지 고민해야 하며, 고래가 꼬리를 휘둘러 우리 모두를 몰살시키지는 않을지 걱정해야 한다.〉

이런 점들을 감안했을 때, 이미 포경선 승선을 통해 인종 차이나 지위 고하에 상관없이 생사가 달린 절체절명의 상황에서 공동 운명체로 힘을 합쳐야 하는 바다 생활과 남태평양의 섬에서 식인종들의 이질적인 문화를 경험하며 백인의 근거 없는 우월감과 막연한 두려움을 극복했고, 장인을 비롯한 주변 인물들로 인해 당시 미국의 사회 정치적인 지평을 더욱 예민하게 지각할 수밖에 없었던 멜빌이, 몸소 체험한 바다라는 무대에서 고래라는 상징을 축으로 웅장한 상상력을 발휘하여, 당시로서는 대단히 전향적이고 과감한 사상을 암시적이며 다의적으로 개진한 문학적 고발장이 바로 『모비 딕』이라고 보는 시각에는 전혀 무리가 없다. 그리고 이런 시대적인 배경과 멜빌의 이력을 알고 나면, 끝내 침몰하고 마는 피쿼드호에서 주 돛대 꼭대기에 깃발을 박으려던 타슈테고의 마지막 망치질에 붙들려 함께 물속으로 끌려 들어간 물수리 한 마리가 미국의 몰락을 경고한 것이라는 일부의 해석에도 고개를 끄덕이게 된다.

그뿐 아니라 이야기 첫머리에서 화자의 이름을 〈이슈마엘〉이라고 밝히며 굳이 성경에 등장하는 추방당한 유랑자이자 〈하느님께서 들으심〉이라는 뜻을 가진 인물로 정체성을 상정한 것 또한, 신의 뜻이라는 허울을 뒤집어썼을 뿐 오히려 진정한 신의 섭리를 무시한 채 획일적이고 강압적으로 변질되어 가는 사회적 분위기 속에서 멜빌이 지녔을 사상적인 좌표를 짐작하게 해준다.

식인종? 누군들 식인종이 아니란 말인가?

이렇듯 화자인 이슈마엘부터 시작해서 에이해브, 일라이저, 가브리엘, 빌대드와 레이철에 이르기까지 성경 속의 이름을 두루 차용하며 별다른 부연 설명 없이도 해당 인물의 성격이나 인물들 사이의 기본적인 관계를 추측할 수 있게 하는 등, 『모비 딕』은 전반적으로 기독교적인 세계관의 토대 위에 놓여 있다. 출판 당시 부정적인 의견이 평가를 압도하며 끝내 외면을 받게 된 데에는 독자들이 『모비 딕』에서 기독교에 대한 멜빌의 불경한 태도를 감지한 탓도 적지 않았지만, 실제로 멜빌은 포경선 항해 중에도 틈틈이 성경을 읽었다고 알려져 있다. 어쩌면 이슈마엘이 포경선 승선 전에 눈보라를 뚫고 찾아가서 듣는 매플 목사의 설교는 종교를 억압과 차별의 구실로 삼지 말고 신의 진정한 가르침에 귀를 기울이라는 멜빌의 간청이었을지도 모른다. 〈진실을 말하는 자〉가 되어 간교한 니네베 사람들에게 달갑잖은 진실을 전하라는 사명을 받았지만 자신이 불러일으킬 적대감에 지레 겁을 먹은 나머지 사명을 내팽개친〉 요나가 고래에게 집어삼켜지는 벌을 받았다가, 진정한 회개 끝에 용서를 받는다는 내용은 이 책의 성격에 비추어 볼 때 중요한 상징성을 지닌다.

멜빌은 종교는 물론이고 인종에서도 근거 없는 우월감이나 배타적인 태도를 경계했다. 도망 노예 송환법이 시행되던 남북 전쟁 이전 시대임을 감안하면 대단히 전향적인 입장이었다. 〈기독교적인 다정함이란 그저 공허한 예의에 불과하다는 게 입증됐으니, 이제 이교도 친구를 사귀어 보자고 나는 생각했다.〉 그리고 인종에 대한 멜빌의 이런 생각을 가장 분명하게 보여 주는 인물이 바로 퀴퀘그다.

이슈마엘은 전형적인 야만인이자 식인종이며 이교도인 퀴퀘그와 어쩔 수 없이 침대를 함께 써야 했을 때 한밤중에 비명을 지르며 소동을 일으킬 정도로 두려움을 느끼지만, 〈문명의 위선이나 허울 좋은 기만 따위가 도사리지 않은〉 퀴퀘그의 천성은 산산이 갈라졌던 이슈마엘의 가슴을 달래 주고 세상에 저항하던 성난 손을 어루만져 준다. 이슈마엘은 급기야 이웃이 내게 해주길 바라는 대로 이웃에게 행하는 것이야말로 진정한 신의 뜻이라고 주장하며, 우상을 섬기는 퀴퀘그의 예배에까지 동참하기에 이른다.

멜빌은 1841년에 남양 포경선인 애큐시넷호를 타고 뉴베드퍼드를 떠났다가 이듬해에 마키저스 군도에서 배를 버리고 탈주한 후 타이피 섬의 식인종들과 한 달을 지냈고, 그때의 경험 덕분에 백인들이 타인종에 대해 가지고 있는 두려움과 편견에서 벗어날 수 있었다.

멜빌은 기독교의 세계관 위에서 신자들의 허울을 벗겨 냈듯이, 26장과 27장에 걸친 〈기사와 종자〉에서도 인종에 대한 고정 관념을 아무렇지 않게 뒤집는다. 피쿼드호의 항해사는 전부 백인이고 그들과 짝을 이룬 유색인 작살잡이는 기사에 딸린 〈종자〉로 표현한 것만 보면 마치 신분 계급에서 유색인이 백인보다 열등하다는 당시의 통념을 그대로 반영하는 것 같지만, 〈조지 워싱턴이 식인종으로 성장했다면 퀴퀘그가 됐을 것〉이라는 퀴퀘그는 물론이고, 하늘에서 내려 보낸 왕자의 아들이 아닐까 반신반의할 정도로 늠름한 타슈테고와 위풍당당한 다구까지, 유색인을 오히려 백인 상관보다 더 강인한 신체와 정신력을 가진 인물로 묘사함으로써 독자들의 무의식 속에 자리 잡은 고정 관념의 전복을 시도한다.

94장의 〈손 쥐어짜기〉에서도 다양한 인종이 어우러진 포경선의 선원들이 향기로운 경뇌유 속에 모두 다 함께 손을 담그고 넉넉하고 다정한 마음을 나누며 서로의 눈을 정겹게 들여다보는 장면을 그림으로써, 세계의 축소판인 포경선이 공통의 이익과 공통의 관심사를 추구하며 동일한 의무와 책임을 공유한다면 우리가 살아가는 세계 역시 그렇지 않겠냐는 생각을 다시 한 번 은근하게 피력한다.

자신을 야만인이라고 조롱하던 풋내기가 위험에 처하자 잠시도 망설이지 않고 즉시 바다로 뛰어들어 목숨을 구해 내고도 당연한 일을 했을 뿐이라는 듯이 무심하게 선 퀴퀘그를 통해 멜빌은 또한 이런 생각을 전달한다. 〈세상은 공동 자본으로 세운 주식회사 같은 거야. 어딜 가나 마찬가지야. 우리 식인종은 이 기독교도들을 도와줘야 해.〉

고래 머리 위에 올라가서 갈고리 구멍을 뚫는 퀴퀘그의 안전을 도모하기 위해 〈원숭이 밧줄〉이라는 장치로 그와 함께 몸을 묶은 이슈마엘은 타인의 실수나 불운으로 인해 무고한 사람에게 재앙이 닥칠 수 있다는 건 〈신의 섭리가 단절된 상황〉이라며 부당함을 토로하지만, 그것이 결국 〈살아 숨 쉬는 모든 인간의 처지〉라는 걸 깨닫는다. 그런데 이렇듯 원하든 원하지 않든 온 세상의 인류는 서로 연결되어 있기 때문에, 서로 도우며 살아가야 하는 상황을 실감했을 때 그걸 받아들이는 이슈마엘과 에이해브의 태도가 대조적인 것은 흥미롭다. 에이해브는 목수에게 고래 뼈 다리를 새로 만들어 달라고 부탁할 수밖에 없는 상황에서 〈영원히 청산되지 않는 얽히고설킨 관계의 빚이 저주스럽다〉고 한탄한다.

모든 편견의 장벽을 뛰어넘어 이슈마엘과 흉금을 털어놓는 소중한 친구가 된 퀴퀘그는 필요하다면 목숨도 기꺼이 바치겠다며 우정을 맹세했고 실제로도 이슈마엘의 목숨을 구해 준다. 우연찮은 사고로 먼저 바다에 빠진 덕분에 피쿼드호가 침몰하는 모습을 옆에서 지켜보던 이슈마엘이 그 소용돌이에 휘말려 들어갈 지경에 처했을 때 불쑥 솟구쳐 올라 목숨을 부지하게 해준 구명부표가 바로 퀴퀘그의 관으로 만든 것이었기 때문이다. 인간의 임의적인 장벽을 부수고 신이 인간을 만들었던 본연의 모습으로 돌아가 진심으로 나눈 우정 덕분에 이슈마엘은 목숨을 구할 수 있었다.

나는 본다, 너는 본다, 그는 본다. 우리는 본다, 너희는 본다, 그들은 본다

『모비 딕』의 줄거리를 정리하려는 시도는 멜빌의 연보를 정리하는 것만큼이나 부질없다. 멜빌이 언제 어디에서 태어나서 어떤 책을 쓰고 어떤 좌절 끝에 어떤 직업에 종사하다가 어디서 어떻게 죽었다는 것만으로 그의 총체적인 삶과 사상을 들여다볼 수는 없듯이, 『모비 딕』에 등장하는 인물들의 관계와 갈등, 그들의 행로와 종말을 나열하는 것은 이 작품을 이해하는 데 그다지 큰 도움이 되지 않는다. 그뿐 아니라 『모비 딕』은 들여다볼수록 더 깊은 층위의 의미가 드러나면서 또 다른 해석과 또 다른 독서 경험의 가능성을 발견하게 한다.

『모비 딕』이 처음 발표됐을 당시에는 작품의 줄기를 이루는 극적 서사와 이른바 〈고래학 장(章)〉으로 일컬어지는 내용들이 병치된, 이중적이고 혼합적인 형식이 낯설었던 탓에 많은 평론가들이 혼란스러워하며 엇갈린 반응을 보였다.

고래학 장들 중에서 가장 대표적인 것으로는 고래를 크기에 따라 서지학적으로 분류하며 당시 알려진 모든 고래를 총망라한 32장 〈고래학〉이나, 향유고래와 참고래의 머리를 비교 고찰하며 탐구한 74~76장을 들 수 있는데 모비 딕을 추격하는 줄거리와 얼핏 동떨어진 인상을 주기 때문에 처음에는 두서없는 혼합이라고 혹평하는 의견이 많았지만, 후대에는 사실적인 설명으로 내용을 풍부하게 보충하고 심층적인 탐구를 통해 의미를 강화했다고 평가하는 시각이 지배적이다.

특히 42장 〈고래의 흰색〉 같은 경우는 모비 딕의 주된 특징인 흰색에서 출발해 동서와 고금의 다양한 사례를 망라하며 신비로운 상징의 암시와 거기에 도사린 마법 같은 힘에 집중함으로써 세계 자체에 내재된 복합성과 모호함을 드러내는데, 그걸 읽노라면 독자들도 어느새 바다로 떠나던 이슈마엘처럼 맹렬한 공상 속에서 〈눈 덮인 높은 봉우리처럼 두건을 뒤집어쓴 커다란 유령〉이 되어 떠다니는 흰 고래를 보게 되는 문학적 힘을 발휘한다.

멜빌의 실제 경험에서 우러나온 바다 생활과 포경업 전반에 대한 묘사는 매우 생생하며, 독자들은 『모비 딕』을 통해 항해를 준비하는 단계에서부터 고래의 추격과 포획, 기름을 추출하고 지방을 분리하고 정유하는 과정까지 19세기 미국 포경업의 실상, 그리고 포경업의 역사를 종과 횡으로 완벽하게 파악할 수 있다.

그런가 하면 서사의 리얼리즘과 별개로 고래에 대한 세밀한 탐구와 박물학적인 정보가 제공된다. 생물학과 해부학, 골상학은 물론이고 신학과 법률학, 사회학적인 측면에서까지 전 방위적으로 고래를 고찰하고, 희곡의 형식을 차용하는가 하면 화자가 배제된 상태에서 독백이 이루어지기도 하는 등 다양한 장르의 변화가 시도된다.

이렇게 다채롭고 다층적인 『모비 딕』 읽기의 또 다른 난점은 주인공을 누구로 보느냐에 따라 독서의 경험이 완전히 달라진다는 데 있다. 이걸 에이해브와 모비 딕 사이에 벌어지는 형이상학적인 선과 악의 대결 구도로 이해할 것인가, 신의 뜻을 놓고 서로 다른 태도를 보이는 에이해브와 스타벅의 갈등에 주목해 기독교적 함의가 가득한 텍스트로 읽을 것인가, 아니면 비극적인 영웅의 면모를 보이는 에이해브와 모험의 전말을 관찰하고 홀로 살아남아 그것을 기록한 이슈마엘의 철학과 성찰에 더 초점을 맞출 것인가. 곳곳에서 등장하는 예언가들과 스쳐 가는 배의 선장들, 항해사와 작살잡이들은 물론이고 핍과 맨 섬 노인, 양털 영감, 목수와 대장장이 등은 또 어떤가. 다채롭고 흥미로운 이 인물들은 이야기를 더 풍부하게 만들어 주는 한편으로 핵심 인물의 내면을 들여다볼 수 있는 또 다른 창을 제공해 준다.

이렇듯 모험담과 철학적 사유, 종교와 문학적 견해, 비유와 상징이 어우러진 『모비 딕』은 무궁무진한 해석을 이끌어 내는 다층적인 텍스트이며, 사회에 대한 비판 의식과 세계라는 수수께끼를 풀고자 하는 열망을 지적인 탐구와 문학적 성취로 완성해 낸 걸작이다.

말하라, 크고 장엄한 머리여

『모비 딕』은 이렇게 독자들이 상상력을 발휘할 여지가 많고, 그렇기 때문에 등장인물이나 흰 고래를 단 하나의 의미로 고정하여 해석할 이유는 없으며 그래서도 안 된다. 『모비 딕』이 하나의 독법만을 제시했다면 갈수록 풍부한 결을 나이테처럼 더해 가며 지금과 같은 걸출한 거목으로 문학사에 굳건하게 뿌리를 내리지 못했을지도 모른다.

앞서 말했듯이 『모비 딕』은 이야기의 중심을 어디에 맞추느냐에 따라 독서의 경험이 달라지고, 바다와 상어, 금화와 태양, 심지어 아버지와 고아에 이르기까지 어느 것 하나 상징적이지 않고 해석의 대상이 아닌 게 없을 만큼 의미로 중첩되어 있으며, 망망한 바다와 그 바다를 항해하는 포경선, 수평선 너머 보이지 않는 육지마저도 또 다른 의미의 가능성을 잠재하고 있는 다차원적인 텍스트다.

그러나 멜빌은 강직한 비판 의식을 견지하면서도 명상과 성찰을 통해 획득한 광대한 세계관을 드러낼 뿐 결코 자신의 입장을 노골적으로 토로하거나 독자를 계몽하듯 이끌고 가려는 시도를 하지 않으며, 문학적인 비유와 암시를 통해 어떤 단일한 해석이 절대적인 지위를 누릴 수 없게 만든다. 그건 마치 삶 자체가 의미를 찾아내기 위한 고달픈 노력이며 어느 누구의 시각도 절대적인 권위를 누릴 수 없는 주관적이고 잠정적인 해석일 뿐이라는 걸 말해 주는 듯하다.

〈살아 있는 상태에서, 겉으로 보이는 향유고래의 표면은 이 고래가 가진 수많은 경이로움 가운데 결코 무시할 수 없는 부분〉이며 〈간혹 예리한 눈으로 잘 관찰하면 줄무늬가 진짜 동판화에서처럼 전혀 다른 작업을 위한 밑그림에 불과해 보이기도 한다. 말하자면 상형 문자다.〉

그렇다. 모비 딕은 상형 문자여서, 자연이라는 신의 텍스트가 그렇고 우리가 살아가는 이 세계가 그렇듯이, 그 문자를 정확하게 해독, 또는 독해하려는 노력이 여전히 진행 중이다. 그렇기 때문에 지금도 깊이를 가늠할 수 없는 심해를 유유히 누비는 『모비 딕』은 이따금 저만치에서 환영처럼 하얀 물기둥을 뿜어 올리며 우리를 유혹한다.

이 책의 번역 대본으로는 2008년에 Oxford Classics로 출간된 『Moby Dick』을 이용했고, 멜빌의 착오나 혼동으로 여겨지는 내용이라도 최대한 그대로 옮긴 후 주에 설명을 붙였으나 단순한 오기와 편집 과정의 실수 등은 다른 판본을 참조하여 보완했음을 밝힌다.

강수정

『모비 딕』 줄거리

결말을 미리 알고 싶지 않은 독자들은 나중에 읽어 주시기 바랍니다.

상선을 타고 뱃일을 해본 경험이 있는 이슈마엘은 문득 육지 생활이 갑갑해지면서 바다가 그리워지고 때마침 수중에 돈도 떨어진 터라 이번에는 고래잡이배를 타보자고 결심한다. 맨해튼을 떠나 유서 깊은 포경 항구인 낸터컷으로 가려는데 갈아탈 배 시간을 맞추지 못하는 바람에 뉴베드퍼드에서 주말을 보내게 되고, 한밤중에 낯선 곳을 헤맨 끝에 마땅한 여인숙을 찾아 들어가지만 방이 없으니 작살잡이라는 남자와 한 침대를 써야겠다는 얘기를 듣는다. 생면부지의 사람과 함께 자는 게 내키지는 않지만 한겨울 바닷가의 칼바람을 피할 곳이 필요하고 포경선 생활을 미리 경험하는 것도 나쁘지 않다는 생각에 응낙하는데, 밤이 깊어서야 들어온 남자는 검은 피부에 문신까지 얼룩덜룩한 식인종이 아닌가.

우려했던 것보다도 더 끔찍한 상황에 기겁하던 이슈마엘은 퀴퀘그라는 이 사람의 인격과 기품을 금세 알아차린다. 그리고 무엇보다 겉모습이 서로 다를 뿐 이 상황이 당황스럽기는 상대도 마찬가지일 것이라는 사실을 깨닫는다. 그렇게 두 사람은 인종과 종교와 문화의 차이를 넘어 서로를 깊이 이해하는 영혼의 친구가 되어 함께 낸터컷으로 향한다.

승선할 배를 알아보러 나갔던 이슈마엘은 피쿼드호에 타기로 결정하고, 다음 날 퀴퀘그까지 계약서에 서명을 마친 후 돌아오는데, 웬 허름한 행색의 남자가 나타나더니 피쿼드호의 선장이라는 에이해브에 대해 해괴한 말을 늘어놓는다. 그때는 남자의 말을 정신 나간 사람의 헛소리로 치부하지만, 어쩐지 꺼림칙한 기분이 드는 가운데 에이해브 선장은 출항을 하고도 며칠이 지나도록 모습을 드러내지 않는다.

남양을 향하면서 한기가 서서히 가시고 온화한 기운이 느껴지던 어느 날, 갑판에 오르던 이슈마엘은 마침내 낙인 같은 납빛 흉터가 얼굴을 가로지르고 향유고래 턱뼈로 만든 의족을 딛고 선 에이해브 선장을 보게 된다. 그때부터 피쿼드호는 얼음과 빙산을 뒤로 한 채 열대의 바다를 향해 나아가며 향유고래 추격을 위한 본격적인 준비에 돌입한다.

그런데 그 후로도 주로 선실에 머물며 어쩌다 갑판에 나오더라도 신경질적으로 걸어 다니는 게 전부이던 에이해브가 하루는 선원을 모두 한자리에 집합시킨다. 운항 중인 선박에서 이례적으로 전원 집합 명령을 내린 에이해브는 중대 결심이라도 한 듯이 금화 하나를 들고 이야기를 시작한다. 게다가 누구든 흰 고래를 제일 먼저 발견해서 외치는 자에게 그 금화를 상으로 주겠다며, 선원들의 의욕을 자극하기 위해 그걸 아예 돛대에 박아 놓는다. 에이해브 선장이 자신의 광기 어린 복수심을 모두에게 전파하여 반드시 잡겠다는 열망을 품게 만든 그 흰 고래는 바로 모비 딕, 선장의 다리를 앗아 갔으며 이제껏 그 누구도 정복하지 못한 공포의 향유 고래였다.

독실하고 강직한 일등 항해사 스타벅은 피쿼드호는 선장 개인의 복수를 위해 출항한 것이 아니며, 맹목적인 본능에 따라 움직이는 짐승을 향해 그런 분노를 쏟아 내는 건 신을 모독하는 불경한 처사라고 반박하지만, 다른 선원들은 순간 의 광기에 휩쓸려 열광하며 거듭되는 충돌과 패퇴 속에 포경 업계에서 공포의 전설이 되어 버린 흰 고래와 겨뤄 보고 싶다 는 마음을 갖게 된다.

그러던 어느 날, 드디어 피쿼드호의 본래 목적인 향유고래 를 발견하고 처음으로 추격 보트를 내리던 선원들은 뜻밖의 광경에 어리둥절해진다. 그때까지 배에 타고 있는지도 몰랐 던 이교도 행색의 남자들이 유령처럼 홀연히 나타나 보트를 직접 지휘하려는 에이해브를 에워싸고 있는 게 아닌가. 그들 은 에이해브가 자신에게는 유일무이한 출항 목적인 모비 딕 과의 결전을 염두에 두고 몰래 배에 태운 일종의 정예 부대 였다. 그중에서도 우두머리 격인 페달라는 유난히 기이한 분 위기 때문에 선원들이 악마를 운운하며 힐끗거릴 정도였는 데, 아닌 게 아니라 에이해브에게 막강한 영향력을 행사하며 마치 그의 개인적인 수로 안내인이라도 되는 것처럼 에이해 브라는 영혼의 배를 이끄는 것 같았다.

그 후로 별다른 사건 없이 하루하루를 보내던 어느 고요 한 달밤, 은빛 두루마리를 펼쳐 놓은 것처럼 너울거리는 수 면 위에서 은빛 물기둥이 포착된다. 그 물기둥을 제일 먼저 발견한 사람은 밤에도 망루에 올라 바다를 살피던 페달라였 고, 그걸 본 선원들은 묘한 공포 속에서도 환희를 느끼며 한

밤중이라는 사실을 망각한 채 보트를 내리고 싶다는 열망을 느낀다. 그런데 모두의 눈에 띄었던 물기둥이 순식간에 사라지더니 며칠이 지나고 나서 일정한 간격을 두고 똑같이 신비로운 물기둥이 쏘아 올려져 마치 이들을 유혹하는 듯한 상황이 반복된다. 미신을 신봉하는 경향이 있는 선원들은 그 고래가 바로 모비 딕이고 이 괴물이 자신들을 가장 사납고 외딴 곳으로 유인하려는 수작이라고 수군거리지만, 그러는 중에도 에이해브는 밤에는 선실에서 해도를 보며 모비 딕의 이동 경로를 예상하고 갑판에 올라오면 먼 바다를 노려보며 잠시의 여유도 허락하지 않은 채 목표를 향해 돌진해 간다.

하지만 본연의 임무를 완전히 무시할 수는 없는 터라, 피쿼드호에서는 향유고래를 추격해 포획하고 머리를 분리하여 뱃전에 매단 후 기름을 추출하고 정유하는 등의 일상적인 업무가 진행된다. 그리고 망망대해에서 다른 포경선을 만날 때마다 안부를 묻고 새로운 소식을 주고받는 한편, 희귀한 이 흰 고래를 본 적이 있는지, 만약 봤다면 언제 어디서 봤는지 물으며 궁극의 일전을 향해 점점 더 가까이 다가간다.

그렇게 스쳐 간 여러 배들 중에서 영국 선적의 새뮤얼 엔더비호는 특히 에이해브 선장의 관심을 사로잡는데, 그 배의 선장도 향유고래의 뼈로 만든 흰 팔을 끼우고 있었기 때문이다. 알고 보니 그의 팔을 앗아 간 것이 바로 모비 딕이었다. 그러나 새뮤얼 엔더비호의 선장이 팔 하나를 잃은 것으로 충분하니 또다시 모비 딕을 상대하고 싶은 마음이 없다며 운명을 비껴간 반면, 에이해브는 모비 딕을 상대할 생각만으로도 몸에 피가 끓고 뛰는 맥박에 갑판이 쿵쿵 울릴 정도가 된다.

모비 딕을 만날 확률이 높은 구체적인 시간과 장소인 적도 시기가 가까워 오면서 에이해브는 말편자의 못 조각들을 녹이고 그걸 거칠고 강인한 작살잡이들의 피에 담금질하여 최고의 무기인 작살 촉을 만드는 등, 준비에 더욱 박차를 가한다. 그러나 불안한 눈으로 보면 불길하게 여겨지는 징조들이 거듭되고, 에이해브가 피쿼드호를 파멸로 이끌고 있다고 생각한 스타벅은 일상적인 보고를 하러 선실로 내려갔다가 머스킷 총을 보는 순간 문득 운명의 갈림길 앞에 선 자신을 발견한다. 하지만 일등 항해사가 신의 계시를 간청하며 고민하는 동안에도, 깜빡 잠이 든 에이해브는 모비 딕의 심장을 움켜쥐는 꿈을 꾼다.

마침내 바로 전날 모비 딕을 봤다는 레이철호를 만나게 된다. 하지만 에이해브는 추격과 충돌의 소용돌이 속에서 어린 아들을 태운 보트가 실종됐다며 수색에 필요한 인원과 장비를 보내 달라는 레이철호 선장의 간곡한 부탁을 매몰차게 거절한다. 이어 또다시 흰 고래에 선원을 잃은 배를 지나치게 된 에이해브는 목전으로 다가온 복수의 순간을 예감하며 전율한다.

그리고 드디어 포착된 물기둥. 눈 덮인 산처럼 하얀 혹. 꿈에도 잊지 못했던 모비 딕이 나타난다. 추격의 낌새를 차리지 못한 듯 유유히 바다를 가르다가 물속으로 들어간 모비 딕이 다시 떠오르길 한 시간째 기다리는데, 흰 점 하나가 점점 커지는가 싶더니 과연 교활하고 사악하다는 소문처럼 무시무시한 아가리를 쩍 벌리고는 불쑥 솟아올라 보트의 앞머리를 삼켜 버렸고, 에이해브는 작살조차 던지지 못한 채 첫째 날의 추격에서 무기력하게 물러난다.

둘째 날이 밝자 전날의 공격이 못내 아쉬웠던 선원들은 모두 한마음이 되어 추격의 광기를 드러내고, 모비 딕을 발견하는 순간 보트를 내리고 공격에 나선다. 그리고 모비 딕 역시 사방에서 날아오는 작살에 아랑곳 않고 난폭하게 싸움을 걸어온다. 격렬한 충돌 끝에 보트는 산산조각이 나고 에이해브는 고래 뼈 다리가 부서진 채 본선에 올라 스타벅의 부축을 받으며 상황을 점검하는데, 에이해브의 영혼을 안내하는 배화교도 페달라의 모습이 보이지 않는다. 에이해브가 던진 작살 밧줄에 엉켜 물속으로 빨려 들어간 것 같다는 선원들의 말에 에이해브는 떨리는 몸을 가누지 못하고, 스타벅은 지금이라도 이 어리석은 싸움을 중단하라고 간청하지만 에이해브는 자신은 운명의 부하일 뿐이라고 말한다. 에이해브는 이 바다가 굽이치기 10억 년 전에 모두가 이미 예행연습을 끝낸 운명을 따를 뿐이라며, 밤새 장비를 손보느라 분주한 배의 한쪽에 선 채 뜬눈으로 날이 밝기만을 기다린다.

그리하여 사흘째. 마지막 작별을 고하듯 스타벅에게 본선을 부탁한 에이해브는 우글대는 상어들이 노에 달라붙어 물어뜯는 사나운 바다에 보트를 내린다. 이번에는 모비 딕의 속도를 잘못 계산해서 앞질러 갔다 되돌아오는 바람에 추격전이 아닌 정면충돌이 되었고, 새로 찔린 작살들 때문에 괴로운 나머지 더 고약하게 물을 휘젓던 모비 딕의 옆구리가 드러났을 때 에이해브는 망연자실한다. 고래 등에 뒤엉킨 밧줄에 포획된 채 팽창한 동공으로 에이해브를 응시하고 있는 건 바로 그의 수로 안내인, 페달라였다.

에이해브는 가증스러운 고래를 향해 잔인한 저주를 퍼붓듯 작살을 던지고, 발작적으로 몸을 비틀던 모비 딕은 문득 본선이 시야에 들어오자 그게 모든 괴로움의 원천이라고 생각했는지 희고 견고한 이마로 온 힘을 다해 본선을 들이받는다. 에이해브는 안타까운 마음으로 본선이 침몰하는 걸 지켜보다가 마지막 창을 던지지만, 엉킨 밧줄을 풀려고 몸을 숙이는 순간 오히려 정신없이 풀려나가는 밧줄에 목이 휘감겨 바다에 빠지고 만다. 그리고 모비 딕의 거대한 몸이 바닷속으로 잠수하자 그 지점에서 거대한 소용돌이가 일어나며 모든 것을 삼켜 버린다.

그러나 단 한 명, 우연한 충격으로 인해 보트에서 튕겨 나왔던 이슈마엘은 점점 큰 동심원을 그리며 빙글빙글 돌아가는 소용돌이에 빨려 들어갈 처지였으나 때마침 구명부표가 솟구쳐 올라 그걸 부여잡고 망망대해를 떠돌다가 지나가던 배에 구조된다.

난파의 운명에서 이슈마엘을 구해 준 부표는 영혼의 친구인 퀴퀘그의 관이었으며, 그를 건져 올린 배는 사라진 아들을 찾아 헤매던 레이철호였다.

허먼 멜빌 연보

1819년 **출생** 8월 1일 뉴욕에서 스코틀랜드 혈통의 수입상인 아버지 앨런 멜빌과 독립 전쟁에서 공을 세운 피터 갠즈보트 장군의 딸인 어머니 마리아 갠즈보트 사이에서 셋째(차남)로 태어남.

1830년 **11세** 아버지의 사업 실패 때문에 올버니로 이주.

1832년 **13세** 1월 아버지가 빚을 남기고 사망. 학교 중퇴 후 올버니에 있는 뉴욕 주립 은행에서 근무.

1834~1835년 **15~16세** 매사추세츠 피츠필드에 있는 큰아버지 토머스 멜빌의 농장에서 일함.

1835~1837년 **16~18세** 올버니에서 형의 모피 사업을 도움.

1937년 **18세** 4월에 형의 사업이 실패한 후 가을 학기 동안 매사추세츠 피츠필드의 학교에서 교사 생활을 함.

1839년 **20세** 소품인 「책상의 조각들」을 랜싱버그의 신문에 익명으로 발표. 이리 운하에서 일자리를 얻으려 했으나 실패. 리버풀을 왕래하는 세인트 로런스호에서 수습 선원으로 일함.

1841년 **22세** 처녀항해를 떠나는 남양 포경선 애큐시넷호를 타고 뉴베드퍼드 출항.

1842년 **23세** 7월에 마키저스 군도에서 배를 버리고 탈주한 후 타이피에서 한 달을 지내다가 8월에 호주 선적의 루시앤호에 승선했으나 타히티에서 반란 혐의로 상륙 조처 당함. 10월에 도망쳐서 타히티를 탐험하며 감자 농장에서 일함. 11월에 낸터컷 선적의 찰스앤드헨리호에 승선하여 1843년 4월까지 일하다가 5월에 하와이에 내린 후 호놀룰루에서 다양한 일자리 전전.

1843년 24세 호놀룰루에서 미국 해군 입대. 전함인 미합중국호를 타고 미국을 떠난 지 1년 만인 1844년 10월에 보스턴 항에 입항. 전역.

1846년 27세 런던에서 발행한 『마키저스 군도 계곡에서 원주민과 함께 보낸 넉 달 간의 이야기』의 제목을 미국에서는 〈타이피〉로 바꿔 출간.

1847년 28세 『오무』 출간. 매사추세츠 대법관의 딸인 엘리자베스 쇼와 결혼. 맨해튼으로 이사.

1849년 30세 2월에 장남 맬컴 출생. 『마디』, 『레드번』 출간.

1850년 31세 『하얀 재킷』 출간. 『모비 딕』 집필 시작.

1851년 32세 10월 차남 스탠윅스 출생. 10월에 런던에서 『고래』 출간. 〈모비 딕〉으로 제목을 변경한 미국판은 11월에 출간.

1852년 33세 『피에르』 출간.

1853년 34세 멜빌의 건강을 염려한 가족과 친지들이 영사 자리를 마련해 주려 하지만 실패함. 장녀 엘리자베스 출생. 『필경사 바틀비』를 필두로 『퍼트넘』과 『하퍼스』 등 잡지에 연재 시작.

1855년 36세 삼남 프랜시스 출생. 잡지에 연재하던 『이즈라엘 포터』 단행본으로 출간.

1856년 37세 『광장 이야기』 출간.

1856~1857년 37~38세 장인의 배려로 요양차 여행을 떠남. 리버풀에서 호손을 방문한 후 유럽과 중동 일대를 여행.

1857년 38세 『사기꾼』 출간.

1857~1860년 38~41세 〈로마의 동상들〉, 〈남양〉, 〈여행〉 등을 주제로 순회 강연.

1860년 41세 동생 토머스가 선장인 배를 타고 케이프 곶을 돌아 샌프란시스코까지 여행을 하고 돌아옴. 그동안 쓴 시들을 모아 출간하려 했으나 여의치 않음.

1866년 47세 『전쟁물과 전쟁의 양상』 출간. 12월에 뉴욕 세관에 부검 사관으로 취직.

1867년 48세 11월에 장남 맬컴이 권총 자살.

1876년 57세 『클라렐』 출간.

1885년 66세 세관에서 은퇴.

1886년 67세 차남 스탠윅스 사망.

1887년 68세 하퍼스 출판사와 인세 결산. 『타이피』와 『마디』, 『레드번』, 『피에르』, 『전쟁물과 전쟁의 양상』 등은 약간의 재고가 남아 있고, 『오무』와 『하얀 재킷』, 『모비 딕』은 절판된 상태. 이 책 여덟 권은 멜빌 생전에 미국에서 3만 5천 권, 영국에서 1만 6천 권이 판매됨.

1888년 69세 『존 마르와 선원들』 출간.

1891년 72세 『티몰리언』 출간. 9월 28일에 심장 발작으로 사망. 다수의 시와 『빌리 버드』, 『선원』의 유고를 남김.

열린책들 세계문학 215 **모비 딕** 하

옮긴이 강수정 연세대학교를 졸업한 뒤 출판사와 잡지사에서 근무했으며, 현재 전문 번역가로 활동하고 있다. 옮긴 책으로는 『새비지 가든』, 『신도 버린 사람들』, 『아버지가 없는 나라』, 『독서일기』, 『우리 시대의 화가』, 『앗 뜨거워』, 『토스카나의 태양 아래서』, 『반짝이는 박수 소리』, 『보르헤스에게 가는 길』, 『리버 타운』, 『노인들의 사회 그 불안한 미래』, 『카바레―새로운 예술 공간의 탄생』, 『여자라는 종족』, 『거꾸로 가는 나라들』, 『크리에이티브 마인드』 등이 있다.

지은이 허먼 멜빌 **옮긴이** 강수정 **발행인** 홍예빈·홍유진
발행처 주식회사 열린책들 **주소** 경기도 파주시 문발로 253 파주출판도시
전화 031-955-4000 **팩스** 031-955-4004 **홈페이지** www.openbooks.co.kr
Copyright (C) 주식회사 열린책들, 2013, *Printed in Korea.*
ISBN 978-89-329-1215-8 04840 **ISBN** 978-89-329-1499-2 (세트)
발행일 2013년 8월 15일 세계문학판 1쇄 2022년 10월 20일 세계문학판 11쇄

이 도서의 국립중앙도서관 출판예정도서목록(CIP)은 서지정보유통지원시스템 홈페이지(http://seoji.nl.go.kr)와 국가자료공동목록시스템(http://www.nl.go.kr/kolisnet)에서 이용하실 수 있습니다.(CIP제어번호:CIP2013013335)

열린책들 세계문학
Open Books World Literature

Moby Dick

The Cruise Of The Pequod

North Atlantic Ocean

South Atlantic Ocean